문명의 불안

그리스 신화와 영웅숭배

문명의 불안

그리스 신화와 영웅숭배

김봉률 지음

도서출판

머리말

대개 우리들은 현대 우리 사회의 문제를 찾고자 할 때 고대그리스에서 전범을 찾고자 한다. 그리고는 전범이라 할 수 있는 고대그리스의 민주주의나 철학 담론에 미치지 못하는 현재의 모습을 비판한다. 항상 우리는 고대그리스를 닮기 위해 노력해야 한다는 것이다. 그래서 가장 중요한 인류문명의 스승들은 2-3천 년 전의 호메로스, 페리클레스, 그리고 소크라테스와 플라톤 들이다. 철학자, 정치가, 문학인들이 이들 고전을 인용하고 즐겨 쓰는 것은 고전에 대한 교양을 넘어 심지어 도덕적으로 정의롭기까지 하다.

『친밀한 적』에서 아시스 난디는 "상식을 내세우는 전 지구적 문화에서 유일하게 정당한 과거는 그리스의 과거 뿐"이라고 말한다. 그래서 아시아나 아프리카의 근대적 엘리트들은 "유럽선조들에 대한 뿌리 깊은 선망"에 시달려야 했다고 나 또한 다르지 않다. 단군이나 주몽이나 박혁거세 같은 우리의 신과 영웅들은 나름의 기품은 있으나 상대적으로 왜소한 형상으로 초라한 움막집이나 그보다는 좀 나은 기와집에 사는데 그리스 신들은 뽀얀 살결, 멋진 얼굴, 현대적 헤어스타일, 웅장한 대리석 기둥의 신전에 산다. 르네상스 이후 서구 최고 화가들의 손에 의해 그려진 이 신들과 영웅들은 현재적 인물이 되어 시대적 간극을 상실할 정도로 우리와 같이 호흡하고 있다. 더구나 이들은 자본주의적 사랑과 욕망을 지닌 현대인들과 그리 다르지 않다. 그들의 리얼한 권력형 강간과 폭력, 살인은 복장만 다를 뿐 텔레비전 리얼리티 쇼나 폭스TV에 지겹게 나오는 장면들이다. 그대로 현대의 영화의 문법이 되었다.

그런데 그리스신화를 읽을 때 신의 편에 서서 읽지 말고 인간의 입장에서 한번 서 보라. 그리고 남자 영웅의 입장에 서지 말고 여자의 입장에서 한번 서 봐라. 그러면 그리스신화의 세계관이 어떠한지를 쉽게 알게 된다. 제우스의 입장이 아니라 겁탈당한 뒤 기구한 여인의 일생을 살게 된 이오¹⁰의 입장에서 말이다. 아폴론은 마르시아스와 팬 파이프 대결에서 지게 되자 심판관의 귀를 잡아당겨 당나귀 귀로 만들어버리고 마르시아스의 껍질을 벗겨버린다. 이렇게 그리스신화를 읽게 되면 그리스신화는 평화와 공존을 지향해야 할 21세기의 준거점은 되지 못한다. 그런데도 그리스신화를 예찬하고 영웅들을 숭배할 것인가.

그리스신화 같은 것이 왜 필요한가? 지구는 유한하고 인간의 한계도 유한한데 불멸을 꿈꾸며 자신의 능력이 무한함을 설파하는 그리스신화가 왜 필요한가? 왜 공존과 조화를 내세우지 않고, 신들의 전쟁 이후 모든 것을 다 차지하는 제우스에서 보듯이, 승자독식의 경쟁윤리를 당당하게 내세우는 그리스신화 같은 것이 필요한가 말이다. 그것은 그러한 투쟁과 경쟁윤리를 단지 인간 사회의 어느 한 부분으로서가 아니라 인간 보편의 것으로 승격시켜서 세계적으로 선언하고 못 박아두고 당연한 것으로 여겨지도록 인간 본성에 대한 이념적 투쟁이 승자들에게는 필요했기 때문이다.

이 글은 그리스신화를 서구문명과, 그리고 대한민국이 사는 21세기 초반의 신자유주의 사회와 엮어서 이야기하고자 한다. 이 세 가지를 관통하는 것은 경쟁과 승자독식, 생태계의 파괴, 여성의 지위하락이다. 조셉 캠벨은 신화는 인간본성으로 들어가는 비밀의 문이라 하였고 칼 융은 무한한 인간 잠재력의 보고라고 하였다. 하지만 그리스신화에 대해서 이 정의는 부분적으로만 옳다. 오히려 그리스신화는 문명의 신화로 신화에 대한 원초적인 정의와는 다소 거리가 멀다. 문명의 신화로서 문명담론 속에서 파악되어야 한다.

문명담론을 전개하는데 헤라클레스만큼 더 적절한 신화적 영웅은 없다. 따라서 이 책은 신들보다 헤라클레스에 주목하고자 한다. 거의 전 지구화된 영광스러운 서구문명의 기원과 내력을 연대기적으로 내장시키고 있는 자가 헤라클레스이기 때문이다. 헤라클레스의 위업은 단지 영토의 정복과 확장에 그치지 않는다. 헤라클레스의 노역은 경제적 발전을 상징하였다. 가축에 위협이 되는 사자나 괴물을 처단하고 멧돼지나 황소를 가축으로 길들이기, 댐과 관개사업 들을 통해 농업의 발전까지도 선도해내는 문화적 영웅이다.

헤라클레스를 서구문명의 대표적 영웅으로 보았을 때 서구문명에 대한 담론과 그리스신화를 연결하는 고리가 생긴다. 서구 문명의 역사를 정복의 역사라고 하는 말은 끌라스트르의 말대로 타자말살이나 타민족말살의 역사로 바꾸어 쓸 수 있다. 또한 대내적으로 남들보다 더 뛰어나게 남들보다 더 많이 가지게 되는 승자독식의 상황 속에서만 영웅이 탄생한다. 그건 다수가 억압받고 불평등해지는 상황이다. 영웅숭배는 승자가 되기를 갈망하고 승자의 편에서 사고하고자 하는, 빌헬름 라이히의 말대로 '억압을 욕망하는' 대중심리가 그대로 투영된 것이다.

우리나라에서 2000년 초반 전후로 왜 그리스신화 열풍이 불었을까? 서구적이고 현대적인 문화적 코드로 그리스신화를 안다는 것은 풍부한 지식과 교양을 의미했기 때문만은 아닐 것이다. 이윤기의 『그리스로마신화』와 가나출판사의 『만화로 보는 그리스신화』는 백만 부에서 천만 부 정도가 팔렸다. 이건 생존경쟁이 치열해지고 승자독식의 신자유주의가 사회경제체제 전반을 지배하기 시작했던, 1997년 IMF사태 이후의 우리 사회분위기와 무관하지 않다. 경쟁에서 이겨 승자가 되기를 갈망하는 바람 속에 유독 그리스신화가 그 입맛에 맞게 더 왜곡되어 들어왔다고 볼 수 있다.

이 책은 3부로 구성된다.

1부 "영웅숭배: 억압을 욕망하다"에서는 지혜와 자유를 잃은 서사인 그리스신화가 한국사회에 불어 닥친 신자유주의적 문제와 어떻게 조응하는지, 공공성과 어긋나는 영웅의 병리성이 헤라클레스의 광기에 어떻게 투영되는지, '억압을 욕망하는' 대중심리로부터 벗어나기 위한 미래 감수성은 어떻게 다시 써야 하는지를 다룬다. 애니미즘, 흙, 여성성, 모성적 사유를 불러온다.

2부 "그리스신화와 호모 네칸스"에서는 공존의 신화가 어떻게 불모의 사막의 신화로 바뀌었는지, 그 과정에서 문명의 수렵가/살해자 패러다임이 어떻게 작동하는지, 그리고 이 폭력적 살해의 문화가 전쟁 속에서 어떻게 신에 대한 경배로 예찬되는지를 다룬다. '살해하는 인간' 호모 네칸스는 우리시대의 치맥파티와 조류독감, 대량 살처분, 즉 축제와 대량학살에서 여전히 살아있으나, 공존을 꿈꾸는 나비의 날개 짓으로 조금씩 생명의 바람도 불어옴을 보게 된다.

3부 "문명의 불안, 헤라클레스"에서는 거칠지만, 본격적인 문명 담론을 시도한다. 문화영웅 헤라클레스의 신화적 행적을 통해서 문명과 진보가 어떻게 불안과 죽음충동으로 드러나는지, 대조적인 두 문명 담론과 유발 하라리와 데릭 젠슨을 통해 그 불안과 평화의 두 갈래 길이 어떠한지를 살펴보면서, 나아가 야만인을 기다리는 문명화과정에 반대하며 야만의 민주주의를 꿈꾸어본다.

그리스신화 책을 쓰고 있다고 하니 친구가 말했다. "그리스신화 관련 책 억수로 많은데 … " 아울러 별로 시답지 않은 표정이었다. 누구나 쓰는 책 아닌가하고. 사실 그동안 수많은 사람들이 그리스신화 관련 책들을 쓰면서 살인, 파괴, 전쟁, 겁탈 들 시답지 않은 신화적 내용을 시(詩)답게 쓰려고 노력했다. 정의로 포장하여 준엄한 신들의 세계로 그리기도 하고 사랑이란 이름으로 낭만화시켜 시적 정의와 만고불변의 에로스 문제로 다루려고 했다.

필자는 시답지 않은 신화의 세계를 일단 파열시켜보기로 하였다. 천상의 신들과 영웅들을 시답지 않게 속세에 불러온다는 것의 위험은 엄청나다. 그 위험을 피하는 일까지, 세상에 모든 일을 다 할 수는 없다, 그 위험에도 불구하고, 철학이나 신화, 미학 들 고상한 인문학의 뿌리는 바로 현실이라는 걸 상기하고 싶었다. 그래서 학문의 세계에 발을 딛기는 하되, 뉴스, 심층기사, 위키피디아, 블로그, 댓글 들 저자거리에서 그리스신화를 소비하고 반응하는 생생한 소리를 철학과 심리학, 경제학 들과 접목시켰다. 학제 간의 연구일 뿐 아니라 상아탑과 현실 역시 융합적일 필요가 있다고 판단했다.

헤라클레스와 문명의 불안을 연결하여 연구하게 된 것은 한국연구재단의 저술지원 덕택이다. 그 당시 저술성과로 출판하지 못한 이유는 천상의 신들을 속세의 현실적 버전으로 소환하고자 하면서 전문 서적과 대중 교양서 사이를 갈팡질팡했기 때문이다. 더구나 기획이 방대해져 거의 3-4권으로 늘어나면서 수습이 좀 안 됐다. 학술적 전문성은 높이되 현실의 생생한 소리로 대중화시키는 이러한 작업은 시간의 시험을 거쳐야 했다.

그리스신화는 미래의 가치를 담보하는 공존의 신화는 아니다. 너무나도 분명하게 가해자와 피해자로 나뉘어 있다. 신과 인간, 남자와 여자, 영웅과 그냥 사람들, 문명과 자연 들. 특히 여신이나 여자는 피해자가 되는 경우에만 서사의 대상이다. 영웅의 폭력성과 그 숭배의 배반적 결과에만

치중하다 보니 그리스신화가 어찌 더 불안해졌다. 불안은 심리적 불안^{anxiety}과 물리적 현실 세계의 불안^{instability}이기도 하다. 그리스신화를 통해 마주하게 된 이 불안을 필자 스스로 해소해야 했는데 이것이 가장 어려운 작업이었다. 현실은 비관적이지만 미래는 낙관적인, 비관적 낙관주의자의 모습으로 문명담론을 마주하고 싶었다.

우선, 가해자의 감수성을 벗어나 피해자의 감수성으로 일관되게 서사를 읽어내려야 했다. 제왕적 신들과 영웅들의 그늘에서 벗어나서 평범한 것들, 소수되기의 감성과 행동에 대한 신뢰와 바람직한 서사가 필요했다. 그리고 무엇보다 신들과 귀족, 부자들과 영웅들의 계급투쟁을 읽어내어야 했다. 신자유주의에 이르기까지 말이다.

다음으로, 호모 네칸스의 수렵가/살해자 패러다임을 물리치고 채집가/양육자 패러다임으로 인류사를 바라보는 것이다. 영웅숭배는 남자든 여자든 자신보다 약한 타자를 폭력과 착취의 합법적 표적으로 삼는다. 어머니는 아이보다 훨씬 경험, 자원, 힘에서 우월하지만 아이를 피지배적 위치에 두지 않는다. 이건 모성적 사유 덕택이다. 미래의 가치는 사회적 관계에서 지배가 아닌 책임과 권한을 가진 모성적 사유라 할 수 있다.

세 번째로, 우주로 나아가는 하늘의 편이 아니라 대지와 편을 먹고 지구에 안착하는 시선이 필요했다. 신화와 영웅의 문명담론에서 생태적 위치, 자연의 자리 들을 읽어내고자 했다. 이건 곧 서구와 비서구, 도시와 농촌 들을 문명과 야만 구도 속에 배치하여 문명담론을 하는 작업이었다. 3부 중반부 이후 전개되는 이 문명담론은 필자가 가장 고심하여 적은 부분이기도 하다.

이 책의 대부분은, 3-4 꼭지를 대폭 새로 쓰긴 했지만, 2016년에서 2017년에 주로 쓴 것을 다듬은 것이다. 2016-17년에 접했던 그 당시 자료들은 그냥 두고 꼭 필요한 경우 2021년 여름 자료들로 아주 약간 덧칠하긴 했다. 각 부마다 영문학 학술지에 실은 한편의 논문을, 논문식의 전개 방식과 어투를 좀 정리하여 넣었다.[1]

처음에 기획했던 3-4권의 책 절반 정도를 수습해서 한권으로 편집한 것을 이번에 출간하게 되었고, 나머지는 다른 한 권으로 다듬어 보고자 한다. 여러 편의 논문들로 답하긴 했지만 한국연구재단의 후함에 감사드리고, 2021 우수출판컨텐츠로 선정해준 한국출판문화진흥원과 글의 가치를 알아보고 기꺼이 출판하고자 한 정혜욱 선생님께도 감사드린다. 헤라클레스를 가지고 이렇게 방대한 기획을 할 수 있었던 것은 함께 책 읽고 토론하고 많은 것을 나누었던 수이제 선생님들 덕택이다. 올 여름 헤라클레스와 씨름하면서 자주 함께 하지 못한 영환, 마로, 새로에게도 고마움을 전한다.

2021. 여름 민락,

강과 바다가 만나는 어귀에서 진조말산을 바라보며

---

[1] 『영어영문학』, 『영미어문학』 들의 학술지에 실린 3편의 논문으로 「헤라클레스의 광기와 전쟁신경증」, 「호머의 일리어드, 인신공희를 노래하다」, 「문화영웅, 헤라클레스와 계몽의 변증법」이다.

목 차

목 차

목 차

목 차

1부

영웅숭배: 억압을 욕망하다

1장. 친밀한 적, 그리스신화

1. 친밀한 적, 그리스신화

조지프 캠벨^{Joseph Campbell}은 『천의 얼굴을 가진 영웅들』에서 현대인은 도처에서 신화적 인물을 만난다고 한다. 거리에서도 수많은 오이디푸스를 보고 있다고 한다. 꿈속에서도 마찬가지다. 20세기 뉴욕의 어느 청년이 꾼 꿈 속, 그는 기와를 수리하려고 지붕 위에 올라가 있다. 아래에서 아버지가 부르는 소리를 들었다. 그러자 미끄러지면서 기와가 하나 떨어져 나왔고 아래에서 아버지가 비명을 질렀다. 땀에 흠뻑 적신 채 깨어났다. 오이디푸스콤플렉스로 부친살해 욕망이 꿈속에서 나타난 것이다. 나 역시 도처에서 신을 만나고 영웅을 만난다. 꿈속에서 오이디푸스가 아니다. 오이디푸스, 그는 서양문명의 적자이다. 반면, 나는 도처에서 주로 헤라클레스를 만난다. 헤라클레스가 명령으로 오이디푸스를 개시하긴 했다. 이건 아무도 말하지 않은 비밀인데, 아마 아무도 몰라서 말하지 않은 것 같다.

아이가 말을 떼기 시작하면 모든 사물은 엄마다. 젖을 달라고 할 때도 엄마고 재워달라고 할 때도 엄마고 '쉬야' 할 때도 엄마라고 말한다. 내가 문명에 대해서 말을 떼기 시작하면서 나에게 모든 문명적 현상은 헤라클레스와 그를 둘러싼 그리스신화이다.
신문에서 책에서 영화에서 인터넷에서
헤라클레스를 만나고 모든 것이 헤라
클레스로 설명이 가능해졌다. 수식과
공식이 가득한 책이 아니면 현대 사회
의 모든 현상들은 헤라클레스로 설명
이 가능했다. 이 책은 내가 서구화된
현대 대한민국에 살면서 알게 되는, 만
나게 되는, 느끼게 되는 모든 것을 헤
라클레스를 통해서 풀어쓰고자 한 것
이다. 미생물학자가 현미경이 없으면
안 되듯이 나는 문명을 헤라클레스를
통해서 밖에 볼 수 없다.

사자 가죽을 둘러쓴 헤라클레스 대리석
조각. 로마 제국 초기 작품.
출처: https://fineartamerica.com/

　　신화에는 여러 종류가 있다. 하늘
에 수많은 별들이 있듯이 지상에서도
수많은 인간, 수많은 역사, 수많은 삶들이 있다. 우리나라에서 신화하면 그
리스신화를 생각한다. 거기 나오는 제우스, 헤라, 아프로디테, 아테네와 같
은 신들이나 아니면, 헤라클레스나 테세우스 같은 영웅들을 먼저 떠올린다.
그 외의 신화들은 다 저열한 것들이다.

　　아프가니스탄의 황금유물들이 미국의 침략 전쟁과 내전으로 폐허가
된 본국으로 돌아가지 못하고 세계를 돌면서 서울을 거쳐 경주 박물관에
전시되었다. 신라 고분에서 출토된 것보다 훨씬 순도가 높고 정교하고 무
게도 매우 묵직한 찬란한 황금의 유물들 사이로 헤라클레스의 전신상들이
보이고 그리스 승리의 여신 니케와 서아시아의 대지의 여신 키벨레가 사
자가 끄는 같은 수레를 타고 있다. 알렉산더 대왕의 동방원정으로 아프가
니스탄의 베그람과 틸리야 테페가 그리스문화권에 편입되었던 것이다.

전시되고 있는, 세월을 견디지 못해 파편을 붙여 가까스로 만든, 스타벅스 커피 대용량 컵 정도의 유리잔에는 그리스화된 복장의 인간들과 신들의 모습이 새겨져 있다. 함께 갔던 동료들이 찬탄을 한다. 기원후 200년경이 되니 지금으로부터 1800여 년 전의 그때가 이렇게 현대적일 수 있다니…. 그때가 현대적이라기보다 현대가 서구적 고대와 시간적 간극이 느껴질 정도로 크게 다르지 않다는 것이 정확할 것이다. 말하자면, 현재 서구적으로 세계화된 세계 구석구석은 2-3천 년 전의 고대그리스 신과 영웅들이, 르네상스 시기 그리스 신들이 미켈란젤로, 라파엘로 들과 같은 화가들의 손에 의해 복장과 형상을 가진 구체적인 모습으로 가득차 있고, 2천3-4백 년 전의 플라톤과 아리스토텔레스, 심지어 3천 년 전의 호메로스와 헤로도토스는 아직도 가장 중요한 인류문명의 정신적 스승들이다. 현대의 우리들은 이들과 함께 호흡하며 살아가고 있다.

그것은 우리에게 열등감을 주는 것이다. 광주항쟁으로 정권을 잡은 전두환이 허문도와 국풍을 일으켰고 3S(Sex, Screen, Sports) 정책을 펴기 시작했다. 그 일환으로 미스 유니버스 대회가 서울에서 개최되었고 이들 미스 유니버스들이 육군사관학교를 방문하여 강당에서 짝을 지어 왈츠나 블루스를 추었다. 화려하고 풍만하며 압도적 키를 자랑하는, 온갖 화장품과 바디 제품으로 수년간 관리해온 미인들과 육군사관생도의 왜소하고 화장기 없는 강퍅한 모습의 대비 … 그리스신화 속의 여신들의 모습은 우리에게 그렇게 상상력의 폭격을 퍼부었다. 어느 선배가 총 쏘아 죽이고 싶다고 했다. 아마 자신의 뇌를 …. 대한민국 남자의 열등감 폭발이다.

친밀한 적이 있다. 너무나 익숙하고 잘 안다 생각하는데 알고 보니 적이다. 아시스 난디^{Ashis Nandy}의 『친밀한 적』에서 식민주의는 식민지배가 공식적으로 끝난 뒤에도 그 지배를 받은 사람들의 정신에 남는다고 한다. 인도가 1947년에 공식적으로 영국의 지배(첫 번째 식민화)에서 벗어났어도, 지배자의 가치와 규범을 내면화한 엘리트들이 인도를 새로운 식민주의로 몰아간다는 것이다. 이에 따라 지배를 받은 사람들의 정신에는 과거 지배자의 가치관이 강하게 각인된다. 피지배자에게 남은 지배자의 자아가 바로 '우리 안의 적', 제목이 의미하는 '친밀한 적'이다.

난디는 말한다.[1]

> 상식을 내세우는 전 지구적 문화에서 유일하게 정당한 과거는 그리스의 과거뿐이다. … 아시아와 아프리카의 근대적 엘리트들은 전부 그 유일하게 유리한 지점에 빼곡하게 모인 채 다른 미래를 그려야 했는데 그들은 대개 유럽의 선조들에 대한 뿌리 깊은 선망에 시달려야 했다. 자신들의 조상이 그리스인이 아니라는 사실을 한탄할 수밖에 없었고, 자신들의 과거로 돌아갈 때 끔찍한 죄의식과 당혹감을 느껴야만 했다.

인도의 지식인 난디만이 아니다. 우리 역시 마찬가지이다. 이러한 그리스신화에 비하면 호랑이와 곰이 등장하는 단군신화는 몹시 단순하며 심지어 초라하기도 하다. 그것은 우리가 그리스신화의 문화권에 편입되었기 때문에 그리스신화와의 동일시가 너무나 강력하여, 단군신화는 우리가 벗어나고 싶어 하는 아주 원시적이었던 시대의 조그마한 부족의 이야기에 불과하다.

단군이나 주몽이나 혁거세 같은 우리의 신과 영웅들은 나름 기품은 있으나 상대적으로 왜소한 형상으로 초라한 움막집이나 그보다는 좀 나은 기왓집에 사는데 그리스 신들은 뽀얀 살결 현대적 헤어스타일 웅장한 대리석 기둥의 신전, 무엇보다도 자본주의적 사랑과 욕망을 지닌 현대인들로 그려진다. 그들의 리얼한 권력형 강간과 폭력, 살인은 복장만 다를 뿐 텔레비전 리얼리티 쇼나 폭스TV에 자주 나오는 장면들이다. 그대로 현대 영

1) 아시스 난디. 『친밀한 적』. 220쪽.

단군신화. 단군초상은 전래로부터 내려오는 6개 정도 있으나 신화 자체를 그린 화가는 거의 없다. 대부분 삽화나 애니메이션에 머문다. 왜 단군신화를 우리나라 화가들은 그리지 않을까. 출처: 인천광역시 블로그 '인천이야기'

화의 문법이 되었다. 그야말로 고대의 부활, 르네상스다. 고대그리스 문명의 부활이다.

헤라클레스로 현대사회를 보게 되면서, 고대그리스신화를 인류 문명의 최고의 자산으로, 고대그리스의 철학을 인류 정신의 최고봉으로 보는 사람들에게서 그들의 뒤에 드리워진 몽매와 위선의 그림자를 본다.

이에 비해 『그리스 귀신 죽이기』에 나오는 박홍규의 다음 글은 시사적이다.[2]

> 따라서 이제 그리스신화를 추방하고 그리스 귀신을 쫓아내야 한다. 신자유주의니 세계화라고 하는 현대세계의 경쟁과 폭력이 아닌, 화합과 평화의 세계로 변모하기 위해서는 민족과 계급과 성별간의 투쟁만이 지배하는 세상이 아닌 평화가 지배하는 세상을 만들기 위해서는 더 이상 그리스 귀신을 숭배해서는 안 된다. 그리스신화나 그것에 입각한 서양의 학문과 예술을 영원한 진리인 양 섬겨온 천편

---

2) 박홍규. 『그리스 귀신 죽이기』. 277쪽.

일률적인 책들과는 전혀 다른 이 책이 그리스 귀신을 죽여 추방하는 데 조그만 기여라도 하기를 빈다.

박홍규에게 그리스 신들은 신성하다기보다는 경쟁과 억압, 투쟁, 차별을 부추기는 사악한 잡귀에 가깝다. 이와 유사하게 이 책 역시 그리스 신들이 최고위에 있는 폭력적인 신성이자 억압과 지배의 이데올로기 구현체라 본다.

니콜라스 푸생의 "아폴론과 뮤즈" 출처: Wikipedia.

시대적 간극이 거의 결여된 그리스신화와 현대 자본주의 문명의 오버랩, 그것은 우리에게 많은 것을 말하고 있다. 그리스신화로 현대 자본주의 문명에 대한 해석이 가능하다는 것, 거꾸로 현대의 문명으로 그리스신화 설명이 가능하다는 것. 그래서 역시 내가 헤라클레스로 조그맣게는 21세기 대한민국을, 크게는 현대 자본주의 문명 전체를 보게 되는 근거가 된다. 이 점에서 헤라클레스가 속한 그리스신화가 지닌 문화적 특성을 연구하는 것은 매우 중요하다. 그것은 그리스신화가 이 시대의 지배적인 심성^{mentality}과 문화적 불안까지 고스란히 반영하고 있기 때문이다.

2. 그리스로마신화 신드롬: 지혜와 자유를 잃은 서사

왜 현대 자본주의 사람들은 그리스신화를 좋아할까? 단지 고전이니까, 혹은 옛이야기이니까 좋아하는 것만은 아닐 것이다. 그리스신화를 좋아하는 이유는 현대사회에서 서사가 요구하는 어떤 것을 지니고 있기 때문이다. 근대 자본주의의 서사는 기본적으로 소설이다. 소설의 특징은 사적인 개인에 기반을 둔 사적인 서사라는 데 있다. 그리스신화 역시 사적인 서사의 뭉치들이다.

발터 벤야민Walter Benjamin은 니콜라이 레스코프라는 러시아 작가에 관해 비평한 「이야기꾼」이라는 글에서 소설과 이야기를 구분한다.1) '이야기'가 경험을 공유하는 것임에 반해, 소설이라는 장르의 본질은 공유될 수 없는 고유한 경험에 있다고 말한다. 이야기라는 서사 예술은 대를 이어 구전되며 사람들에게 지혜를 선사하는 반면, 소설은 고독한 개인에 기반하며 자신을 고립시킨다. 벤야민에 따르면, 소설의 등장은 이야기의 몰락을 뜻한다. "요컨대 우리 모두의 삶에서 '사적인 것'이 뻔뻔스럽게 영역을 확장해가는 현상이야말로 이야기의 정신을 철저하게 파괴하는 주범"이다.

『일리아스』나 『오뒷세이아』는 서사시이므로 '사적인 것'은 거의 배제하고 전쟁터의 무훈이나 생사에 대한 것만 알려준다. 이에 비해 그리스신화는 신이나 개인 영웅에 관한 사적인 이야기이다. 가장 체계적인 최초의 신화집이라는 헤시오도스의 『신통기』는 신들의 전쟁 후 제우스가 결혼하여 거대 가족을 이루는 이야기다. 『신의 계보』로도 번역되는 『신통기』는 제우스 가문의 형성사를 다룬 족보다. 우리나라 족보가 순수하게 계통만 적고 있다면 『신통기』는 제우스가 어떻게 거대 가족을 만드는지에 대해 그 과정을 세세하게 설명한다.

■
1) 발터 벤야민 『서사·기억·비평의 자리』. 482쪽.

막장 드라마 역시 사적인 것이 뻔뻔스럽게 삶에서의 지혜나 가치를 무시하고 반사회적인 반인륜적인 가치를 주입한다. 그리스신화와 막장드라마와의 유사점을 살펴보자. 막장드라마에서처럼 그리스신화의 주요줄기인 제우스 가족을 지배하는 것은 순혈주의이다. 피가 섞이냐 안 섞이느냐로 결정되는 혈연주의가 지배한다. 그래서 제우스는 여신이나 인간뿐 아니라 요정까지도 건드려서 자신의 정자를 사방팔방으로 퍼뜨려 자신의 왕국을 건설한다.

두 번째는 위계의 파괴이다. 제우스의 지배적 행동이나 애정행각이 우선시되면서 자연적 위계도 파괴되어 제우스 중심으로 위계가 재편된다. 대개의 옛이야기에는 이름이 나오지 않는다. 서양의 옛이야기에만 한정하여 보면, 이름이라 하여 나오는 것은 고유명사가 아니라 '빨간 모자', '재투성이'(신데렐라), '백설 공주' 들의 주인공을 특정하는 별칭이다. 그나마 이런 별칭도 없이 나머지 등장인물은 왕이거나 왕비이거나 공주이거나 난장이이거나 늑대거나 사냥꾼이거나 언니거나 계모이다. 옛이야기는 구체적인 개인을 다루기보다는 등장인물이 차지하는 위계와 위치에 걸맞은 역할을 부여한다. 위계라고 해서 무조건 나쁜 것은 아니다. 자연적인 위계는 오랜 경험과 지혜의 축적물이다. 자연적 위계가 끊임없이 꼬이고 흔들리는 것이 막장드라마의 기본문법이다.

반면, 그리스신화에 등장하는 모든 신과 영웅, 요정, 인간은 모두 고유명사를 지닌 개체이다. 어쩌면 씨족이나 가족의 속박이나 구속으로부터 개인이 독립해가는 과정이 반영되었을 수도 있지만, 그들의 위계는 안정되어 있지 못하고 불안하다. 예를 들어, 데메테르는 제우스의 누나이자 동생이다. 어쨌든 오누이 관계인데, 사실 제우스의 아내도 아니고 애인도 아닌데, 하지만 제우스와 관계해서 페르세포네를 낳는다. 이들은 이름이 있어 개인성은 돋보이나[2] 역할과 경계가 있는 안정된 위계와 사회적 위치를 가지지 못한다. 제우스라는 1인의 지배하에서 모든 위계와 사회적 질서가 재편된다.

제우스는 태어난 순서로 정해지는 형과 아우, 누나와 남동생 들의 관계도 뒤집어버린다. 아버지 크로노스도 사실 막장이긴 하다. 크로노스는 자식들이 태어나 성장해서 자신에게 대들까봐 포세이돈과 하데스, 헤라 들 낳는 족족 삼켜버린다. 모든 자식을 삼켜버릴까 두려워한 어머니 레아는 막내 제우스 대신 돌멩이를 강보에 싸서 크로노스에게 주고 제우스를 크레타 섬에 있는 이데 산으로 보냈다. 제우스는 그곳에서 님프 요정들의 보호를 받고 산양의 젖을 먹으며 자란다. 그 후 제우스는 성장하여 힘을 키운 후에 다시 돌아와 아버지 크로노스를 제압하고 형과 누나를 크로노스의 뱃속에서 끄집어낸다. 포세이돈 - 하데스 - 헤라 - 데메테르 - 헤스티아의 순으로 나왔다. 이 사건으로 맨 먼저 지상에 있던 자인 제우스가 가장 큰 형이자 지배자가 되고 그 다음에 크로노스의 뱃속에서 토해지는 순서로 형제의 위계가 정해졌다. 정복 서사에서만 가능하다. 그렇지 않은 오래된, 안정되고, 평화로운 사회에서 이러한 제우스의 행동은 반드시 처벌받는다.

옛이야기를 보면, 이런 제우스식의 전개는 일어나지 않는다. 옛이야기의 정통문법에 충실한 이야기를 하나 보자. 어느 부부가 세 아들을 낳았다. 세 아들은 무럭무럭 자랐다. 어느 날 큰아들이 말했다. 아버지 어머니 제가 이제 독립을 해서 길을 떠날 때가 되었습니다. 성공하여 돌아오겠습니다. 제가 나무 한 그루를 심고 떠나겠습니다. 이 나무가 무럭무럭 잘 자라면 제가 잘 있는 거고 시름시름 자라지 않으면 저에게 뭔가 변고가 일어

■

2) 그리스신화에는 그나마 많은 여신과 여자들의 이름이 나온다. 하지만 가부장제가 차츰 더 강화되는 고대 아테네 도시국가에서는 그 찬란한 문화에도 불구하고 여자들의 이름은 딱 3명 나온다. 그리스신화 시대에 그나마 등장하는 여성들의 이름에 그들의 지위가 좀 있다고도 볼 수 있지만 이름마저 없으면 제우스의 그 수많은 자식을 구별할 수 없으므로 이름은 차마 지우지 못했다고도 볼 수 있다.

난 것입니다. 나무가 시들어가자 둘째가 역시 나무를 심고 떠났다. 다시 두 번째 나무가 시름시름 죽어가자 부모의 만류에도 불구하고 셋째 아들이 떠났다. 셋째 아들은 천신만고 끝에 두 형을 구해서 부자가 되어 돌아왔다. 이런 옛이야기를 보면 다시 질서가 회복되어 5식구는 부모님은 부모님으로, 첫 형은 첫 형으로 둘째는 둘째로, 그리고 막내는 비록 형들을 구하고 집안의 부를 일구었지만, 여전히 막내로서 잘살아나간다. 막내가 부모님을 내쫓지도 않고 첫째와 둘째를 자기 밑의 위치에 두지도 않고 말이다.

그리스신화 못지않게 우리나라에서 유행하는 막장드라마 역시 이러한 위계가 마구 섞이면서 혼돈을 초래한다. 아들이 아버지의 애인을 빼앗아 임신시켰는데 쌍둥이를 낳게 되자 어머니가 그걸 알고 아이들을 보육원에 맡긴다. 나중에 아들은 성공해서 재벌이 되고 난 후 어느 날 왠지 끌리는 젊은 여인을 만나 유혹하는 데 알고 보니 자기의 딸이었다든가 하는 드라마 소재는 아마 2000년대 이전의 막장드라마이고 지금은 더 복잡해졌다. 물론 이것이 속임수와 배신, 착각, 경쟁, 악의 들이 섞이면서 나타난 결과이고 그러한 복잡하고 복합적인 위계가 수단과 방법을 가리지 않는 복수에 의해서 차츰 단순해지고 정리되는 것이 드라마의 문법이다. 제우스의 경계 넘나들기는 부와 권력을 가진 자가 할 수 있는 특권임을 보여준다. 제우스의 욕망은 그야말로 욕망 기계이다. 제우스의 의지와 무관하게 돌아다니는 욕망 기계이다. 여신이나 인간 여자들 마음에 드는 자들을 자신의 영토에 포획한다.[3] 이건 자본의 욕망과 닮았다. 이윤이 나는 곳이라면 어느 곳이든 아메바처럼 스며들어 자신의 영토에 포섭시키는 자본의 욕망 말이다. 평화롭고 안정된 사회는 권력에 의한 위세나 부에 의한 위계가 아

■

[3] 제우스와 관계한 여신, 요정(님프), 인간들과 그의 자식들에 대해 알고 싶다면 다음 링크를 클릭해보면 된다.
http://ko.greekmyth.wikidok.net/wp-d/59a19306ced74d32194a6dc8/View

니라 사회 속에서 자연스레 형성된 위계에 의해 다스려진다. 그것은 자연법이자 도덕률이자 불문율이다.

그래서 그리스신화를 읽으면 신이나 영웅의 이름을 가지고 정체성을 파악한다. 옛이야기에서는 대개 어머니가 어머니답지 못하여 어떻게 파멸했는지 왕이 왕답지 못하여 어떻게 쫓겨났는지, 할머니가 지혜롭게 나이를 먹지 않으면 어떻게 벌 받는지를 알 수 있지만 그리스신화에서는 신이나 영웅이 하는 일은 '이름'에 의해 판별되지 그의 '위계'에 의해 판단되지 아니한다. 그래서 그가 권력만 있다면, 자신의 위계에 걸맞지 않은 행동을 해도 전혀 처벌받지 아니한다. 아니 오히려 수단과 방법을 가리지 않고 행동해야 이름에 걸맞은 권력과 명성이 나온다. 요즘 TV를 장식하는 막장드라마의 문법처럼 말이다.

IMF 체제 이전에는(딱히 못 박기는 어렵지만), 대체로 가족 드라마는 김수현 작가의 작품처럼 가족의 갈등과 통합의 과정을 그려내는 것이 일종의 기준이었다. 하지만 막장 드라마의 원조 격인 임성한 작가가 히트를 기록한 뒤부터 가족 드라마는 점점 더 가족 드라마의 탈을 쓴 막장드라마로 변하고 있다. 작가도, 시청자도 어느 순간부터 가족의 가치나 어른들의 삶의 방식 대신 막장의 자극을 선택했다. 그 점에서 "막장드라마는 지금 우리 사회의 자화상일지도 모른다. 품위는 사라졌고, 남은 것은 매일 30분 동안 주어지는 막장의 쾌락뿐이다."[4]

문학평론가 윤석진은 우리나라 막장 드라마의 최고봉은 "꽃보다 남자"라고 한다. 대한민국 상위 1%만 다니는 사립학교 이 학교에 다니는 외모와 경제적 여건이 가장 좋은 학생들의 모임 F4가 학교의 실세다. 이들은 이탈리아 장인이 만든 신발을 신고 최고급 스포츠카를 몰고 전용기를 타고 남태평양으로 주말여행을 떠난다. 이들 특목고 고등학생들이 벌이는 범

---

4) "막장 드라마는 한국 드라마의 불길한 징후" 출처: 다음백과.

죄가 제우스의 애정행각과 크게 다르지 않다. 여자 주인공 금잔디가 납치, 감금되는 장면, 금잔디가 약에 취해 호텔 방에 끌려가는 장면, 남학생들이 금잔디를 겁탈 시도하는 장면들이 그대로 여과 없이 방영되었다. 이 "꽃보다 남자"가 우리나라 막장 드라마에서 가장 그리스신화 구조와 닮았다. 1%가 다닌다는 고등학교, 이름도 신화고등학교이다. 올림포스 궁전에 사는 1%의 신들이다. 2020년 드라마 "펜트하우스"의 상위 0.1%가 사는 곳은 헤라펠리스이다.

그러면 왜 막장드라마와 그리스신화에 대한 인기가 높을까? 인터넷에서 '그리스신화 막장 드라마' 치면 꽤 많이 카페, 블로그, 여러 사이트의 내용이 올라온다. 그런데 막상 그리스신화와 막장 드라마를 가지고 쓴 논문은 KISS 학술논문 검색서비스나 DBPIA를 검색해도 없다. 그건 보통 평범한 사람들은 그리스신화가 얼마나 막장인지 알고 있고 그걸 여러 사람한테 그런 사실을 알리고 싶어 한다. 하지만 학자들은 그리스신화를 불멸의 고전으로, 자신의 학문을 강화하는 근거로서 계속 이용한다. 그 막장성은 재미를 돋우는 첨가제일 뿐이다.

막장 드라마는 막장 사회가 배경이다. 아니 막장 사회는 막장 드라마를 필요로 한다. 그래서 막장 사회의 비인륜적 반도덕적 반사회적 가치가 용인되도록 사회적 분위기를 형성한다. 그리스신화 역시 마찬가지가 아닐까? 인터넷에서 '그리스신화 막장'을 쳤더니만 나오는 글이다.

> 한 때 이 타입문넷을 그리스넷으로 바꾸어버린 환상의 그리스신화.
> 그 본질은 '… 그러나, 여기는 그리스입니다' 한 마디로 모든 문제를 해결해 버리는 무적의 막장성. 그렇다면, 그런 그리스신화는 어찌하여 저리도 막장일까? 하는 생각을 하게 됩니다. 사회적인 면으로 봤을 때, 왜 저런 내용이 된 건지 하는 것 말이죠.
> ……
> 동성애야 워낙에 유명하니 내버려 두더라도(동성애도 주로 미소

년애지요), 사랑이란 이름의 스토킹, 강간, 바람, 수간(이건 자신 없음…) 등과 어딘가의 초깡패마냥 힘의 논리에 의한 폭력, 무자비함, 강도, 살해 들의 정당화가 그리스 사회에 어느 정도 다수 존재했었다는 것이지요. 그래서 신인동형론에 따라 신화의 신들을 비롯하여 영웅 등에 이런 사회성이 반영되었다는 생각입니다.[5]

위의 글에서 보면, 그리스신화는 정복을 배경으로 한 정복자의 신화이다. 군소 지역의 조그만 군주들도 자신이 제우스의 혈연이거나 먼 인척임을 내세우고 싶어 해서 어떤 식으로든 제우스를 빌려왔다는 것이다. 그 정복한 사회의 풍경이란, 승자들의 자유가 마음껏 확장되는, '초깡패마냥 힘의 논리에 의한 폭력, 무자비함, 강도, 살해 들'이 정당화되면서 또한 남녀 문제 역시 사랑이란 이름으로 이루어지는 '스토킹, 강간, 납치, 혼외정사' 들로 구성된다.

이런 승자독식과 폭력적인 사회 분위기가 그리스신화와 막장 드라마의 서사를 선호하는 쪽으로 흘러가고, 거꾸로 '공급이 수요를 창출'하듯이 이런 서사들의 무차별적 공급은 역시 이런 사회적 분위기를 만들어낸다. 신들이나 재벌급의 특권층이 반사회적이고 반인륜적인 행위를 하고도 처벌받지 아니하고 오히려 자신들의 특권인 것처럼 용인되면 일반 사람들에게도 그러한 반인륜적, 반사회적 가치가 주입된다. 그렇지 아니하면 자신들이 손해를 본다는 생각, 심지어 『지킬박사와 하이드』에서처럼 억압되었던 무의식의 악한 본능이 대리 표출되는 데 대한 쾌감 같은 걸 느끼지 않을까? 이렇게 막장이 막장을 낳는 분위기로 흐르면 사회적 의식은 마비되고 무력화된다. 막장드라마에서 악행을 저지른 사이코패스적인 재벌에 대한 복수가 이루어지면 한편으로는 카타르시스를 느끼지만 다른 한편으로는 무력하다. 현실에서는 이루어질 수 없는 판타지이기 때문이다.

■

5) http://typemoon.net/bbs/board.php? bo_table = freeboard&wr_id = 117497

그런데 막장드라마는 어떤 식으로든 악행을 저지르는 등장인물이 몰락하는 걸 보여주지만, 그리스신화는 그런 전환이 나오지 않는다. 신들은 영원히 신들이고 그 신들의 악행에 스러진 인간들은 복수를 꿈꾸지 못한다. 막장 드라마에서 복수하는 대개의 여주인공은 미모와 지략과 타인의 도움을 받을 수도 있고, 표현이 좀 그렇긴 하지만, 악하게 살 수 있는 자유도 있다. 하지만 그리스신화에서 여주인공은 대개는 버림받고 사라진다. 복수는 꿈도 꾸지 못한다. 일방적으로 당하는 관계이다. 간혹 구원이 일어나기도 한다. 하지만 일어날 수 있는 최상의 구원은 자기를 압제한 신을 모시는 사제가 되는 것이다. 이오[10]가 대표적이다.

이오는 제우스에게 겁탈당한 후 헤라의 박해와 그에 이어 온갖 기구한 운명을 겪다가 헤라 여신의 신전 사제가 됨으로써 구원받았다고 한다. 그리스신화를 읽을 때, 신의 편에 서서 읽지 않고, 인간의 입장에서, 특히 여자가 되어 감정이입을 해서 그것을 한번 읽어보라. 이오가 헤라 신전의 사제가 되는 것은 영화 <베테랑>에 나오는 트레일러 운전사가 회장 아들집 경비원으로 취직하는 것쯤 된다보면 된다. 그 운전사는 부당한 행위에 대해 항의하러 갔다가 사냥개로 위협받고 회장 아들과 일방적으로 파이터 게임을 하고는 피투성이가 된다. 매 값으로 돈이 주어지자 분하고 분해서 계단에서 뛰어내려 자살한다. 그리스신화 식으로 이해하면, 겨우 살아난 그가 그 회장 아들네 집 경비원으로 취직하는 것이 주어질 수 있는 최대의 구원이라 보면 된다(물론 영화에서 취직하지 않는다).

근대소설의 가장 핵심 주제인 '성과 사랑'이 드러나는 방식과 그리스신화의 방식을 비교해보자. 중세문학은 절대적으로 기독교적 금욕주의의 영향을 받아 남녀관계가 나오지 않거나 나온다고 하더라도 정신적 사랑 정도에 머물렀지만, 근현대 소설에 들어서는 성적인 음란성이 강화된다. 그렇다고 중세문학을 좋다고 하는 것은 아니다. 중세문학 역시 대칭성이 깨어진 사회이니. 17~18세기 서한체 소설에 주로 나타난 사적 생활에 대한 관음증적 시선은 19세기 들어 리얼리즘적 경향에서 잠시 주춤하다가 20세기 들어 무의식의 발견과 함께 성적인 음란성으로 매우 강화된다.

무의식과 무의식을 채우는 성적 욕동에 대한 발견은 신대륙의 발견에 비견될 수 있다. 근현대적 세계를 만든 3명의 최고의 거장으로, 지구가 둥글다는 것을 발견한 코페르니쿠스, 인간이 동물이라는 것을 일깨워준 찰스 다윈, 그리고 인간의 무의식과 그것을 채우는 성적 욕망을 발견한 프로이트를 드는 걸 어디서 읽은 적이 있다. 그만큼 성적 욕망의 발견은 매우 충격적인 중요한 사건이라 할 수 있다. 어떻게 보면 좀 우습지 않은가? 고대 그리스 때부터, 고대 중국에서부터 지구가 둥글다는 것을 다 알고 있었다. 서구 문명에서 기독교가 하늘에서 아래로 내려 보는 하느님의 위치를 만들어주어야 하므로 지구가 평평하다고 할 수밖에 없었다. 그리고 인간이 동물인 것을 누가 모르나. 더구나 인간이 성적 욕망이 있다는 걸 누가 모르나. 서구에서는 기독교가 억압한 세계에서 벗어난다는 것은 매우 혁명적이긴 하지만. 하지만 그것이 인류의 보편적 지혜로 포장되는 건 좀 그렇다.

어찌 되었든 잘 있어왔던 아메리카도 서구의 눈으로 처음 발견된 만큼이나 성적 욕망이 있다는 걸 발견하는 것은 그 시대 서구인에게는 최고의 통찰력인 동시에 용기 있는 행동이었다. 더욱이나 내면과 사생활, 성적 생활에 대해 표현을 한다는 것은 매우 용기 있는 행동이었다. 웬델 베리 Wendell Berry에 따르면, 신대륙의 발견부터 과학에서도 최초의 발견이 중요한 목표였듯이, 사적인 성적 생활에 대한 것도 예술 가운데서도 문학에서 최초의 폭로라는 목표로 나타났다고 한다. 그래서 개인의 삶, 특히 개인의 사적인 내적 삶에 대한 20세기 작가들의 관심은 더 강렬하고 밀착적으로 되었다고 한다. 웬델 베리의 글을 좀 보자.6)

현대인문학의 두드러진 특징 가운데 하나는 사생활을 들여다볼 수

6) 웬델 베리. 『삶은 기적이다 - 현대의 미신에 대한 반박』. 116쪽.

있고, 발표할 수 있는 것이며 출판에 대해서는 법적으로 기소할 수 없다는 사실에 대한 발견이다. 소설이나 시, 전기, 저널리즘, 오락산업 그리고 정치에서마저도 20세기의 최첨단은 내밀하고 비밀스러우며 성적이고 사적인, 음란한 영역을 까발리는 것이었다. 그리고 이러한 폭로는 자신들의 용기에 대해 자부심을 가지는 사람들에 의해 자유의 이름으로 행해졌다.

웬델 베리는 인문학에서 성적이고 사적이고 음란한 영역을 까발리는 것이 용기 있는 행동으로 여겨지고 자유의 이름으로 행해졌다는 데 대해 회의적이다. 유신 시대 최고 권력자 박정희의 여자를 까발리면서 박정희의 성적인 음란한 영역을 폭로한다고 하면 안기부에 끌려갈 각오를 하고 하는 일이기 때문에 매우 용기 있는 일이고 자유의 이름으로 행해졌다고 할 수 있다. 또한 예전에는 여배우가 대역을 쓰지 않고 완전히 벗었다는 것이 매우 용기 있는 일로 쳐준 시대도 있었다.

하지만 소설이나 영화 같은 허구를 통하여 음란하고 성적인 것을 말하는 것이 과연 용기 있는 행동이라 할 수 있을까? 처벌을 무릅쓰고 행하였다고 하면 용기 있는 일이지만, 그리고 그런 것을 말하지 못하게 억압되어 있다면 자유라고 할 수 있을지는 모르지만 말이다. 아마 드러낼 필요가 없는 것을 드러내는 것에 대한 따가운 시선을 억압이라고 볼 수도 있겠다.

우리에게 섹스는 무엇인가? 친밀함, 내밀함 그리고 어떤 사적이면서도 우리의 내면을 구성하는 것이다. 공적인 것이 존재하는 만큼이나 사적인 것이 존재한다. 사적인 친밀함과 내밀함 속에서 느끼는 안온함과 평화를 우리는 필요로 한다. 웬델 베리는 예배와 마찬가지로 섹스는 우리의 내면과 관련된 것이며 소유물처럼 다루어져서는 안 된다고 한다.[7] 사실 섹스

■

[7] 같은 책. 118쪽.

의 본성은 모두가 공유하는 것이지만 그것을 경솔하게 다루는 것은 위험하다고. 그것은 성스럽게 대해야만 하는 또 다른 중심을 범하는 것이다.

섹스가 물질화되어 정신으로부터 분리되어 나온 지 오래다. 프로이트가 성적 욕망을 발견한 순간부터 섹스의 성스러움은 사라졌다고 볼 수 있다. 발견된 아메리카 대륙을 마음껏 식민화할 수 있는 것처럼 섹스는 내면에서 분리되어 객관적 물질적 실체가 되어 상품이 되어 소유물처럼 판매, 유통, 생산되어 범람하게 되었다. 더구나 프로이트의 성적 욕망의 발견이란 것도 남자는 공격성, 여자는 수동성이다. 그러면 남자에게 섹스는 공격적 물질성이 된다. 차츰 사랑의 아름다움은 사라졌다. 사랑은 식민지가 되고 섹스는 불모의 황무지가 된다.

리벤지 포르노란 것이 있다. 리벤지 포르노란 헤어진 연인과 찍은 나체 사진이나 성관계 영상을 상대방에게 동의를 구하지 않고 무차별적으로 유포하는 보복성 포르노를 말한다. 이걸 뿌리는 남자의 마음에도 용기가 필요하겠지. 이런 폭로도 자유의 이름으로 할 수도 있겠지. 허구에서 사적인 것을 다루는 것을 용기 있게 보다 보면 개인이 사적으로 자신에게 허용하는 용기와 자유에 대한 감각도 달라지겠지. 까발리고 보면 자신이 세상에 둘도 없는 파렴치범이 되어있는데 까발리기 전까지는 무수한 고민 속에서 용기와 자유의 이름으로 까발렸을 테니까.

현대인들은 소설이나 영화, 컴퓨터 게임 들에서 난무하는 성적 음란함을 일상적으로 맞닥뜨린다. 그러면 당연히 성적 에너지가 일상적으로 분출된다. 영화를 볼 때도 컴퓨터 게임을 할 때도 그런데 프로이트도 리비도의 경제학에 대해서 말하지 않았는가? 평소에 리비도를 질질 흘려보냈다면 정작 필요할 때 그 에너지는 고갈될 것이 아닌가? 필요할 때 사용하지 못한다는 말이다. 정작 연인을 만났을 때 진정 온 힘을 다하여 그 리비도를 사용하지 못한다. 수원이 말라버리듯 리비도의 샘은 그래서 메마르다. 그래서 사랑은 몰입하여 경외감에 이르지 못한다. 섹스 속에서 자아를 망각해야 아주 짧은 순간이나마 하나됨을 경험하면서 섹스는 성스럽고 경외의 순간이 된다. 자아를 잃는 순간이 경외다.

현대에서 가족도 해체되어 국가의 국민으로, 시장의 소비자로, 공장의 노동자로 각각 개인으로 존재하는데 마지막 남은 친밀하고 사적이며 가장 원초적인 영역인 사랑마저도 음란함의 상시화에 의해 남아있기 어렵다. 하지만 다들 목마르게 갈구한다. 진정한 사랑을. 그것이 이루어지지 않을 때 남자들은 여자를 때린다. 서로 때리지만 주로 맞는 것은 여자다. 살해당하기도 한다. 남자는 그것이 사랑의 행위라 한다. 자신은 진정으로 사랑했다고 한다. 데이트폭력도 사랑이라 하고 강간도 사랑이라 한다.

그리스신화에서 보면 강력한 남신들은 사랑에서 자유롭다. 자신이 마음에서 우러나오는 사랑을 느꼈든, 순간 욕정을 참을 수 없었든, 남신들은 여성과의 섹스에서 자유롭다. 그래서 제우스뿐 아니라 포세이돈 역시 격정의 신답게 강간, 약취, 납치의 행위에 서슴없다. 그 신들이 폭력을 쓰든, 술수를 쓰든 그걸 모두 사랑이라는 이름으로 그리스신화는 말하고 있다. 이 자유가 부러운 사람들도 많다. 이 자유를 부러워하면 그 자유를 얻을 수 있는 사람도 있고 그 자유를 얻지 못하는 사람들이 있다. 신자유주의 사회의 구조 역시 극소수가 이런 자유를 가질 수 있게 하는 사회다. 따라서 가족 드라마나 멜로드라마가 점점 막장 드라마가 된다. 심지어 PD나 작가들이 막장 드라마를 쓰거나 방영하다가 막히면 그리스신화에서 모티프를 따온다고 한다. 그리스신화에서 이야기 문법을 빌려와서 현대인들의 옷을 입힌다.

이것이 과연 자유인가? 지금 이 시대의 자유는 바로 이것이 맞다. 이 시대의 이러한 자유의 문제는 무엇인가? 이 자유는 다른 사람의 자유를 축소시킴으로써 자신의 자유를 확장시켰다. 자유의 가치는 무제한적이지도 않고 내재적이지도 않다. 웬델 베리는 진정한 자유는 "공정성에 대한 공동의 이해관계에 의존"한다고 본다.[8] 강간이 나쁜 것은 강간 피해자의 자유를 가장 훼손시키기 때문이다. 그 자유는 신체적 자유뿐 아니라 심리적 자유, 사회적 자유 모두 말이다. 강간이나 성추행을 범죄시하여 가해자를 법적으로 심판하더라도 말이다. 강간 피해자의 사회적 자유는 제한될 뿐 아니라 심리적 자유도 매우 위축된다. 다른 사람의 자유를 가장 제한하는 가장 나쁜 것임에도 불구하고 신들의 강간은 처벌받지 아니한다. 자유가 침해된 여인이 가장 많이 불행해진다. 그래서 그리스신화의 서사는 자유가 없다. 때론 음란한 호기심을 부추기지만, 그 음란한 호기심과 상시적인 신들의 음란증 때문에 지상의 인간들도 리비도의 샘물이 메말라간다.

벤야민이 이야기와 소설을 대비시켜 소설을 비난하는 이유도 여기에 있다. 그는 "오늘날의 사람들은 통풍상태가 열악하다"라고 말한다. 시원한 바람이 통하는 이야기, 그러한 이야기를 표현하는 자유로움을 인류는 잃어가고 있다는 것이다. "내밀하고 관례적이며 이기적인" 소설은 '언어' 능력 자체를 빼앗아간다는 것이다. 그리하여 인간과 인간을 이어주며 그 속에서 자유로움을 구현하는 서사 능력이 차츰 상실되고 있으며 지혜를 공유하는 언어의 개방성을 점차 잃어가고 있다. 아마 이러한 개방성과 자유의 상실 속에서 그리스신화의 서사가 다시 르네상스를 맞이해서 독버섯처럼 번성하는지도 모르겠다.

■

8) 같은 책. 117쪽.

3. 청소년용, 만화로 보는 그리스로마신화

어른용으로서 『이윤기의 그리스로마신화』에 이어 얼마 안 가 아동용으로 가나출판사의 『만화로 보는 그리스로마신화』라는 새로운 버전이 등장했다. 이윤기의 책이 5권으로 구성되어 있다면 이 책은 25권짜리 만화인데 천만 부가 팔리게 된다. 도서관에 소장된 책들은 하도 많이 보아 너덜너덜해질 정도이니 아마 거의 대부분의 아이들이 읽었으리라 추정된다. 『만화로 보는 그리스로마신화』로 돌아가 보면 일단 조악하기 그지없음은 물론이다. 이영미 만화스토리 작가가 유일하게 비판하였다. 물론 나에게도 책임은 있다. 사실 나는 그전부터 신화에 관심이 없는 것은 아니지만 이런 과정을 거치면서 그리스신화에 관해 연구하기 시작했으니 책임이 많이 있는 것은 아닐 수도 있지만 어쨌든, 나에게도 책임은 있다. 모두 다 그냥 지나쳐버릴 때 무언가 이상한 것을 발견하고 최초로 그것을 공론화시키는 것 그것이 바로 혁명이다. 그런 의미에서 우리 일상생활에서, 우리의 사회적 삶에서 그런 혁명들은 평범한 사람들에 의해 매일 일어나고 있다. 다만 그 불씨를 받아서 다음 주자가 있어야 봉화를 올리고 많은 사람이 보게 되는 데 그렇지 않으면 많은 혁명의 불씨들이 사라지고 만다.

"만화로 보는 그리스로마신화: 캐릭터 왜곡 '고전의 맛' 사라졌다"에서 이영미가 하는 비판은 누구나 다 아는 말이다.[1] 하지만 이영미는 "그런데 과연 '만화로…'로 비롯된 신화의 '천박한' 상품화는 아이들에게 도움이 될까. 필자는 정신 차리라고 호통을 치며 책을 빼앗고 싶을 만큼 이 책이 위험하게 보인다"라고 할 정도로 매우 심각하게 느낀다.

책을 읽는 아이들은 여자는 그저 큰 눈에 허리가 잘록한 미녀가 최

---

1) "캐릭터 왜곡 '고전의 맛' 사라졌다." 문화일보. 2004. 01. 24.

고며, 남자는 울퉁불퉁한 근육질이어야 한다는 성(性) 정체성이 알게 모르게 굳어지는 것은 아닐까. 자칫하다간 여자애가 성형을 한다고 제 눈을 칼로 찢거나 남자애가 친구에게 흉기를 휘두르는 작금의 현상을 더욱 부채질할 수 있는 문제다.

만나기만 하면 싸우거나 짝짓기를 하는 것이라는 이영미의 지적은 매우 정확하다. 만나기만 하면 싸우려면 이두박근이 강조되는 마초형 남성이, 만나기만 하면 짝짓기를 하려면 여자들은 그에 못지않게 가슴 풍만하고 구슬 같은 눈을 지닌 어린 여자들의 등장이 당연하다.

2권에 나오는 악타이온 이야기의 삽화를 보자. 아르테미스와 부하 요정들이 전라 상태로 목욕을 하는 장면이 꽤 고퀄리티의 작화로 4페이지 정도 분량으로 나온다. 나무위키의 어느 필자가 쓴 표현을 그대로 써보자.[2] 당연히 "유두나 국부가 묘사되는 정도의 참사는 일어나지 않았다. … 그나마도 팔다리나 모발을 적당한 곳에 배치해서 은근슬쩍 넘어간 정도. 뽕빨물이나 에로계에서 자주 등장하는 장면을 생각하면 이해가 빨리 갈 것이다". 악타이온이 광경을 발견하자 요정들이 직접 아르테미스의 몸을 가려주는 장면이 묘사되긴 했지만 "아르테미스의 키가 너무 커서 가슴 일부가 가려지지 않았다"는 서술이 나와 작가의 의도가 의심이 갈 정도"라고.

남자들의 일방적 힘에 여자들이 속수무책 당하는 게임이긴 하지만 이영미는 '짝짓기'란 보다 중립적인 단어를 썼다. 그러나 그럼에도 불구하고, 이영미는 홍은영 작가의 그림과 문체를 비판했는데, 사실 그런 조야한 문체와 조잡한 그림이 그리스로마신화를 왜곡시킨 것은 아니다.

우리나라에서 그리스로마신화 연구자들의 글은 더 고상하다. 하지만 이 고상한 글들은 그리스로마신화를 찬양하고 숭배한다는 면에서는 다르

■
2) https://namu.wiki/w/%EC%95%85%ED%83%80%EC%9D%B4%EC%98%A8

지 않다. 이런 연구자들이 고상하게 부추기는 교양서들로 인해 그리스로마신화는 신화의 가장 기본적인 것으로 인류 문화의 영원한 값진 보고로 추앙받아왔다. 두 방향이 하나로 만난다. 거칠고 조잡한 내용을 고상한 학문어로 품격을 높인 경우와 그런 내용을 조야하고 조잡하게 형상화시킨 경우. 어쩌면 『만화로 보는 그리스로마신화』가 훨씬 더 진실에 다가간 것은 아닐까?

역설적으로 천만 부 베스트셀러의 근저에는 그런 그리스로마신화가 비록 이처럼 조야한 문체와 조잡한 그림으로 출판되었다고 해서 그리스로마신화의 본질적인 면은 변하지 않는다는 깊은 신뢰가 바탕이 되었음이 틀림없다. 여기서 더 문제는 어린이의 정신과 어른의 정신이 차원이 다를까? 아이는 조잡한 것을 보여주고 어른에게는 세련된 것을 보여주어야 하나. 물론 이 시대 아이는 20살이 되기 전에 학교와 학원을 전전하며 때로는 자율학습에 하루 16시간 감금되어야 어른이 된다. 이런 조잡한 것들을 팔아먹는 출판사와 작가, 그리고 교양과 상식에 그리스신화가 좋다고 그것을 권장하는 부모, 그것을 배태하는 IMF 체제 이후의 살벌한 생존경제라는 삼위일체가 천만 부의 그리스로마신화 만화를 만들어낸 것이다.

문제는 청소년들이 이 만화책과 그 비슷한 책들을 제외하고는 책을 읽을 시간이 없다는 것이다. 그렇기 때문에 이 만화책이 미친 영향은 더 심각하다고 할 수 있다. 그렇다고 이 만화책에 책임을 전가하는 것은 아니다. 컴퓨터 게임도 이 그리스로마신화 만화책에 가깝다. 컴퓨터 게임에서는 어쨌든 현실에서 불가능한 일도 할 수 있는 신적 특권이 부여된다. 사람을 다치게 하고 죽여도 된다. 무한히 죽여도 그들은 되살아나니까 죽이면 죽일수록 승자가 되는 게임은 그리스 서사시 『일리아스』에서 사람을 가장 많이 죽인 아킬레우스가 영웅이 되는 것과 같다. 그리고 컴퓨터 게임에 나오는 여성들은 가슴이 매우 풍만하고 허리는 잘록하고 눈은 구슬같이 매우 크고 둥글며 아주 어리다. 어리게 그리는 것은 아직 미성숙하여

홍은영의 『만화로 보는 그리스신화』 아르테미스와 악타이온의 장면

세상의 경험과 지혜가 부족해서 남자들의 꼬임에 잘 넘어가는 순진하고
어리석은 캐릭터여야 하기 때문이다.

컴퓨터 게임의 폭력성을 두고 분분하다. 때로는 인간은 간접적 폭력을 통해서 내면의 공격성을 해소할 수도 있다. 하지만 해소되지 못한 폭력성은 쌓이게 마련이다. 그것을 상쇄할 취미나 여가의 활동이나 여행이나 독서, 자연 체험 같은 것들이 없으므로 더욱 문제가 된다. 어떤 경향성이 중화되지 않으면 그쪽으로 경향성이 강화되기 마련이다. 입시경쟁에서 숨 돌릴 여유란 폭력적인 컴퓨터 게임을 하거나 조잡한 학습만화를 봐야 하니까 그런 폭력성과 성차별적 문화의 경향성이 차츰 더 심해지는 것 같다.

2015년 9월 한양대에서 열린 축제 에리카에서 방범 포차를 운영하면서 '오원춘 세트'라는 메뉴로 곱창볶음과 모듬 튀김을 안주로 팔았다.[3] 오원춘 사건은 지난 2012년 4월 오원춘이 수원시에서 20대 여성을 성폭행하려다 실패하자 살해한 사건이다. 여성의 토막 난 시신을 곱창이나 튀김 같은 걸로 등치시켰다. 그리고 미성년자 성폭행범 가수 고영욱 세트도 등장했다. 서울대 단체 카톡방, 고려대 단체 카톡방, 연세대 단체 카톡방 들 소위 일류대학이라고 예외가 아니다. 사랑이나 애정으로서가 아니라 성에 대한 상상력은 폭력, 그것도 엽기적 폭력과 항상 연루되어 있다. 그리고 같은 동료인 여학생들에 대해서도 혐오와 성적 대상화, 성적 경멸 들이 얽힌 언사가 빈번하다. 올림포스 궁전에 사는 신들의 대화가 어땠을까 궁금해지는 오후다.

3) "오원춘 세트-고영욱 세트라니 … 막장 대학축제 이래도 되나?" MBN. 2015. 09. 23.

2장. 그리스신화, 한국에서 신자유주의를 만나다.

1. 그리스신화의 사랑과 여인의 일생

그리스로마신화는 아주 지독한 가부장제적 신화이다. 특히 신들이나 영웅들은 성적 포식자들sexual predators이다. 다음 백과사전에서 안티오페의 일생을 한번 보자. 안티오페는 제우스에게 강간당하면서 기구한 운명을 겪게 된다.[1]

> 안티오페는 아버지가 제우스인 쌍둥이 형제 암피온과 제토스를 낳았다. 일설에 따르면 그녀의 아름다움에 반한 제우스가 사티로스로 변신하여 그녀를 강탈했다고 한다. 임신한 안티오페는 아버지를 피해 달아나 시키온의 왕 에포페우스와 결혼했으나, 아버지는 끝까지 쫓아갔고, 삼촌인 리코스가 그녀를 다시 데려다 감금했다. 시키온에서 돌아오는 길(또는 감옥에서 도망치는 길이었다고도 함)에 암피온과 제토스를 낳았다. 한 목동의 손에 자라난 그들은 뒤에 어머니 안티오페를 되찾았으며, 리코스와 그의 아내 디르케를 죽였다. 디르케가 숭배했던 디오니소스는 이에 앙심을 품고 안티오페를 미치게 했다. 그리스 전역을 정처 없이 떠돌아다니던 그녀는 파르나소스 산에

■
[1] 출처: 다음백과.

있는 티토레아의 포코스에게 치료를 받고 그와 결혼했다.

제우스, 리코스, 디오니소스 모두 남성 포식자로 등장한다. 안티오페의 스토리는 특별한 것이 아니고 그리스로마신화에 나오는 가장 전형적인 여인의 일생이다. 이 여인의 일생은 제우스에게 강간을 당함으로써 모든 인생이 꼬인다. 그런데 제우스에게 강간을 당하지 않는다고 하더라도 다른 영웅들이나 남자들에게 당할 수도 있고 연애를 하여 순결을 잃으면 이처럼 끝까지 추적해서 감옥에 가두거나 노예로 팔아버리거나 죽여버릴 수도 있다. 그리스신화엔 강간 기록이 835회 나온다고 한다. 또 다른 설에 의하면, 안티오페는 또한 전쟁의 신 아레스와 여전사들의 부족인 아마존족의 여왕 사이에서 태어난 딸의 이름이기도 하다. 그런데 이 여인조차 그리스의 시조 영웅이라 일컬어지는 테세우스가 납치하여 아내로 삼았다고 한다.

남성 포식자로서 제우스는 마음에 드는 여자, 아니 마음에 들지 않더라도, 자신이 원하면 여신이든 여인이든 반드시 취한다. 술을 마셨거나 성적 본능이 어느 날 최고조로 치솟아 이성을 상실했냐면 그렇지 않다. 매우 이성적이다. 이성적이라는 말은 매우 합리적이고 매우 계산적이라는 말이다. 목표를 세우면 그 목표를 달성하기 위해 가장 합리적인 방법을 택한다. 제우스는 경비병이 지키고 있어 쇠창살을 뚫고 들어갈 수 없을 때는 황금으로 매수하여 경비병을 무력화시키고, 정절이 굳은 알크메네에게는 남편으로 변신하고, 안티오페 공주가 겉으로는 정숙하나 속으로는 음탕한 생각을 즐겨하는 걸 알고 사티로스로 변신하여 덮친다. 술에 취한 자들이 성폭행하는 경우도 이와 다르지 않다. 더욱 술을 통해 과감해진다는 것이지 제정신이 아닌 것은 아니다. 오히려 도구적 이성이 빛을 발한다. 헤겔은 호색한 제우스를 옹호한다.[2] 그리스인들에게 정신은 자연과 부정적으로 대립되는 도덕적 측면이다. 하지만 여자를 겁탈하는 것은 정신적이지 못한 단

2) 『헤겔 미학 강의 2』, 223, 233쪽.

순한 자연적 목적이다. 그래서 제우스가 여신이나 여자를 겁탈할 때는 인간의 정신적 행위가 아니므로 동물로 변신을 한다는 것이다. 백조로 변하여 레다를 범하고 황소로 변하여 에우로파를 겁탈한다.

헤겔뿐만 아니다. 제우스의 이런 성적 약탈자적인 행동에 대해 수많은 비평가 사상가 신화학자들은 끝없이 변호한다. 아주 최근의 변호를 한번 보자. 그 변호를 보면 이전의 변호를 볼 필요가 없다. 권혁웅은『태초에 사랑이 있었다』에서 제우스를 변호한다.[3]

> 신화와 꿈과 시의 테마는 언제나 사랑이다. 신화시대의 주된 관심은 생산력의 증대에 있었다. 신이나 영웅과 같은 집단적인 힘의 대리자가 내보이는 무시무시한 힘은 늘 정력이었다. 이 때문에 최고신 제우스가 그토록 바람을 피웠던 것이며, 신들의 세계에서 한도 끝도 없는 근친상간이 일어났던 것이며 ….

> 아프로디테는 여러 남자와 어울려 사랑을 즐겼다. 사랑하는 것이 본업인 여신이니, 그녀는 자기 임무에 충실했던 셈이다(제우스 역시 우주 최대, 최고의 난봉꾼이었다. 세상을 풍성하게 만드는 게 최고 신의 본업이니, 그 역시 자기 임무에 충실했다고 말해야 한다).

권혁웅은 제우스의 성욕 발산을 생산력을 증대시키기 위해서라고 한다. 여기서 주목할 것은 첫째, 여성의 출산, 임신, 젖먹이기가 가장 중요한 생산력으로 숭배받았다가 남신 중심의 신화 속에서는 남성의 성욕만이 생산력 증대의 핵심이 되었다는 것이고, 둘째는 제우스가 그 성욕을 사랑이라는 상호주관적 정열 속에서, 그리고 애정이라는 애틋하고 푸근한 마음에서가 아니라, 대개 변장과 폭력을 통해서 발산한다는 것이다. 셋째는 근친상간까지도 생산력의 증대를 위해서 일어난다는 것이다. 근친상간은 레비-

■
3) 권혁웅. 12, 76쪽

스트로스조차 문명과 원시의 경계로 삼았는데 최고로 개명된 문명의 신화라고 자처하는 그리스신화에서 근친상간을 옹호하다니.

이렇게 볼 때 제우스의 생산력 증대의 핵심은 폭력적 지배와 독점에 있다. 그리고 이러한 제우스의 성욕 발산 방식을 옹호하는 것은 이러한 폭력적 지배와 독점을 비호하는 것이다.

그리스신화는 이들 성적 포식자의 성적 충동과 섹스중독을 사랑이라는 이름으로 말한다. 섹스중독이란 말이 그리스어에 있을 정도로 그리스신화는 남성들의 섹스중독을 그리고 있다. 섹스중독은 노노스^{nonos}라고 한다. 에우리피데스의 『트라키스의 여인들』에서 헤라클레스가 마을을 부수고 어린 이올레를 데려온다고 하자 헤라클레스의 아내 데이아네이라가 또 그 병이 도졌구나 탄식할 때 언급하는 단어이다. 헤라클레스는 이올레에 대한 욕정을 포기할 수 없어 이올레의 아버지 오빠 친인척들을 다 죽이는 상황까지 감수하며 데려온다. 욕정과 공격성은 같은 방향으로 이루어진다.

어쩌면 이것은 욕정에 덧붙여 제닛 윈터슨$^{Jeanette\ Winterson}$이 신화 리라이팅 시리즈 『무게』에서 표현한 대로 모욕을 잊거나 용서하지 않았기 때문일 수도 있다. 에우리토스 왕은 딸 이올레를 경품으로 건 활쏘기 시합을 개최했다. 이기는 자에게 주겠다고 헤라클레스는 공정하게 이겼지만 에우리토스 왕은 아내 살해의 전력을 들먹이며 이올레를 넘겨주지 않았다. 여자가 결혼했건 하지 않았건 헤라클레스는 자기가 정복하여 얻은, 자기의 소유물이라 생각했다. 아버지나 오빠 친인척은 자신이 사랑하는 여인의 친척들로 보호하고 존경해야 할 대상이 아니라 자신의 정당한 소유권 권리를 다시 찾아오는 데 제거해야 할 방해물이었다.

2. 개인주의의 귀결, 매춘과 가족의 해체

예전부터 그리스로마신화는 인기가 있었고 교양으로서 적극 권장된 것이었다. 하지만 이윤기의 책이나 가나출판사의 만화는 이런 성적 포식자들을 아주 친절하게 인간 본성의 피할 수 없는 본질로 추켜세웠고 그런 성적 포식을 통해 여성들에게서 영혼과 정신을 빼앗고 몸과 얼굴만을 가진 육체로 형상화하였다. 이런 그리스로마신화가 인기를 폭발적으로 끌기 시작한 시기는 다른 한편으로 매춘산업이 급속도로 성장하는 시기이기도 하다. 꼭 그렇다기보다 거꾸로도 가능하다. 매춘산업의 성장은 몸을 여성의 주요 자산이자 경쟁력으로 부추겼으며 화장품 산업과 성형산업, 유흥서비스 산업의 동반성장을 가져옴으로써 한국사회와 문화의 여러 영역을 준포르노화하기 시작했으니, 이를 기회로 하여 그럴 소지가 충분히 있었던 그리스로마신화가 준포르노적 옷을 갈아입은 것이다.

우리나라 산업의 특성이 수출 제조업 중심에서 3차 산업이 확대되는 시기이기도 하지만 IMF 체제 이후 경제적 양극화가 심해짐에 따라 한편으로는 돈 많은 남성들이 여러 여자를 소유하고 즐기는 것은 인지상정인 듯 여겨진다. 부자 남자는 아내뿐 아니라 내연녀가 필요하고 룸살롱부터 단란주점에 이르기까지 직간접 매춘산업이 눈부시게 발전할 수밖에 없다. 돈이 없는 남성 역시 결혼이나 연애에서 루저가 되면서 매춘업소에 기웃거리게 되는 것도 불가피한 듯하다.

우리나라의 매춘 여성의 존재는 세계 2위이다. 은메달이다. 1위가 베네주엘라이다. 그런데 베네주엘라는 1/5만 베네주엘라에서 태어난 자국민이고 나머지는 원정 온 여성이라 한다. 그러면 우리나라가 1위가 된다.[1]

---

[1] 데니스 포이네스Denis Foynes의 "가장 많은 매춘녀가 있는 나라들"(The Countries With The Most Prostitutes)의 기사내용이다(2013년 7월 13일). 이에

데니스 포이네스는 각기 그 나라의 자국에서의 집계라 하니 사실상 이보다 훨씬 많을 수도 있다. 노래방 도우미부터 시작해서 단란주점, 마사지샵들 음성적인 여러 다양한 형태의 직간접 매춘 현장들이 갈수록 늘어나고 있다. 소위 된장녀 김치녀의 진실의 일부분도 여기 있는지도 모른다. 여자들은 몸과 얼굴 팔아 쉽게 돈 벌고 명품가방 들고 다닌다고. 우리나라 남성들도 동남아에 많이 가지만 일본 관광객들 역시 섹스 관광을 목적으로 우리나라를 방문하는 경우도 많다. 서울 명동이나 롯데 호텔 앞쪽에 보면 나이 많은 일본인과 다정한(?) 모습으로 길거리를 걸어가는 여성들 역시 많이 볼 수 있다. 한국경제신문에 따르면[2], 2000년 이전만 해도 매춘시장 규모는 5조 원 안팎으로 분석됐다. 96년 자료를 보면 약 4조 원이라는 통계가 있다. 근거는 당시 향락업소 매출이 40조 원으로 추정됐고, 이 가운데 10%는 매춘이 차지하고 있다는 전문가들의 의견을 종합한 결과다. 하지만 지금은 사정이 크게 달라졌다. 시장규모가 더욱 커진 것이다. 2015년 한국형사정책연구원이 조사, 발표한 자료를 보면 성매매 시장 규모가 연간 약 37조 원에 이르는 것으로 파악되고 있다.[3] 조사 주체는 다르지만, 외형적으로 볼 때 15년 사이에 7배 이상 확대된 셈이다.[4]

■

따르면 매년 3백만 명의 남성들이 해외로 섹스 관광을 떠난다고 한다. 법적 제제와 경찰의 단속에도 불구하고, 남한에서 매춘은 계속해서 번성하고 있는데 인구만 명당 110명이다. 대한민국 인구수 49,039,986에다 110을 곱해서 10000으로 나누면, 539,439.846. 대략 54만 명의 매춘부가 있고 그중 여성의 비율이 96% 즉 517,862.252159명 대략 52만 명의 여성 매춘부가 있다.

2) 한경Business. "시장규모 24조 원 ··· GDP 4.1% 차지". 2006. 09. 04

3) 한국형사정책연구원 "조직범죄 단체의 불법적 지하경제 운영실태(2015년)" 미국 암시장 전문 조사업체 하보스코프닷컴은 한국 성매매 시장 규모가 120억 달러(약 14조8000억 원)로 세계 6위 규모라고 보고했다(2015년 기준). 한국형사정책연구원은 하보스코프닷컴 추산치의 3배 이상으로 추정했다. 국내 커피 시장(6조 8000억 원, 2018년 'KB 자영업 분석 보고서')의 4배가 넘는다. 남자친구의 성매매 이력을 알려준다는 '유흥 탐정' 사이트는 1,800만 명에 달하는 성 구매자 명단을 이용한 것이라는 경찰의 수사 결과도 나왔다.

이 분석대로 한다면 IMF체제를 거치면서 2002년에 이르는 기간에 매춘업이 폭발적으로 성장하였다고 볼 수 있다. 지금 헬조선에서 매춘업의 성장은 어디까지 왔을까? 헤럴드경제신문에 따르면[5], 2015년 매춘시장규모는 연 37조이며 매춘업소 사장 3명 중 1명은 조폭과 관련되어 있다고 한다. 2015년 GDP 대비 약 2.5% 나온다.[6] 이 통계를 믿을 수 있는가도 문제다. 왜냐하면 2002년에 비해 더 커졌으면 커졌지 줄어들지는 않았을 것이다. 또 하나는 향락업소 매출의 10%를 매춘시장의 비율로 보았는데 이것은 정말 협소한 의미의 매춘이다. 설사 그렇다하더라도 이 10%의 매춘이 견인하여 내는 향락산업 및 성형, 화장품, 패션산업의 발달까지도 고려한다면 GDP 성장의 여러 축 가운데 무시하지 못할 축이라 할 수 있다.

이런 매춘업의 성장은 돈과 권력을 가진 남자와 얼굴과 몸을 가진 여자의 두 존재가 필요하다. 당연히 돈과 권력을 가지지 못한 남자들은 돈도 없고 권력도 없어서 여자도 가지지 못한다. 여자들이 돈과 권력을 가진 남자들에게 가기 때문이다. 그래서 돈도 권력도 없는 남자들의 정서적 바탕에는 여자를 혐오하고 비난하고 심지어 무차별 폭행을 하기도 한다. 자신의 울분과 열등감을 폭발할 대상을 찾지 못한 혼란스러움에 약자에게는 한없이 강하고 강한 자에게는 한없이 복속하는 면을 가지고 있다. 권위주

■

4) 구체적으로는 성매매 알선 가능성이 큰 것으로 추정되는 7개 업종(일반 유흥주점업, 무도 유흥주점업, 간이주점업, 다방, 노래방, 이발소, 마사지업)이 16조 5,000억 원, 집창촌이 1조8,000억 원, 기타 비 업소형 성매매 시장이 5조 7,000억원대를 차지하는 것으로 파악했다. 24조원이라는 규모는 2002년도 국내총생산(GDP)인 578조원의 4.1%를 차지, 놀랍게도 농림어업 비중(4.4%)과 비슷하다.

5) "시장 연 37조 … 업소사장 3명 중 1명은 조폭" 헤럴드경제. 2016. 1. 21. 한국형 사정책연구원에 따르면 현재 국내 성매매 시장 규모는 30조~37조 원으로 추정된다. 성매매 추정 여성 수 대비 단속된 여성 수, 관련 업소 수 대비 단속 업소 수, 사법당국에 적발돼 법원에서 처벌받은 금액 들을 합산한 숫자다.

6) 2015년 GDP 1조3천7백억 달러를 당시 평균 환율 1100을 곱하여 1507조 원에서 37조의 비율을 추산한 것임.

의적 심리의 일종인 일베의 심리로, 강자로부터 보호받으며 약자를 짓밟을 때 느끼는 안전함이 지배감이 강한 자에게 복속하면서 느끼는 열등감을 때로는 상쇄시켜주기 때문이다.

매춘산업은 글로벌하게 전 세계를 가로지르고 있으며, 인터넷의 발달로 포르노산업 역시 가파르게 성장하고 있다. 필리핀, 태국, 말레이시아와 같은 동남아 국가에서의 매춘도 엄청 증가하는 추세이다. 글로벌 관광의 붐을 타고 섹스산업이 더욱 팽창하고 있다. 매춘은 다른 어떤 상품보다도 언어가 불필요한 산업이다. 몸과 몸만이 돈을 매개로 만나기 때문에 언어가 필요 없다.

글로벌한 환경, 세계화의 바람을 탄 관광, 그리고 인터넷 기술의 발달들이 매춘과 섹스 산업을 부추기지만 신자유주의가 획책하는 가족의 해체역시 큰 몫을 한다. 에르베 켐프Herve Kempf는 『지구를 구하려면 자본주의를 벗어나라』의 "가족, 내 너를 찢어발기마"라는 장에서 자본주의, 특히 신자유주의의 경제성장 정책이 어떻게 가족해체로 이어지는지를 밝히고 있다. 그에 따르면, 자본주의가 가족을 찬양하는 이유는 "가족이란 것이 서로서로 고립된 개인들로 이루어진 이 세계에 유일하게 적합한 사회적 형태이기 때문이다. 하지만 가족은 자본주의가 고무하는 개인주의적 경쟁의 희생양이 되고" 있다.[7] 자녀를 두고 조부모와 부모세대가 갈등하며 부부는 헤어지고 더구나 "개인주의적 소비문화 속에서 사랑하는 남녀가 상대방을 물건처럼 생각하여 더 이상 만족을 안겨주지 못하면 떨어내 버리는 일"이 흔하다. 프랑스에서 이혼은 1964년 한 해 3만 2천 건에서 2006년 13만 9천 건으로 증가하여서 이제 세 쌍 중 한 쌍이 이혼을 하였다. 2007년에 법원행정처에서 간행된 사법연감에 따르면, 2002년부터 2006년까지 우리나라의 이혼건수는 연평균 약 14만 4천 건에 달한다. 우리나라보다 천6백만 명이

7) 에르베 켐프 『지구를 구하려면 자본주의를 벗어나라』. 89쪽.

많은 프랑스 인구를 볼 때 우리나라의 이혼 비율이 훨씬 많음을 알 수 있다.

결혼생활의 족쇄로부터 벗어날 수 있는 이혼은 가부장제에 대한 저항의 일환으로 볼 수도 있지만, 다른 한편으로 여성의 권리나 자유의 신장이라고 부추기는 것 역시 자본주의의 한 전략일 수 있다. 이혼으로 인해 주거에 대한 수요가 증가하며 물질적 소비도 촉진된다. 일단 부부가 따로 살면 세탁기, TV, 냉장고 들 가전제품이 두 배로 늘어나며 집에 대한 수요도 늘어난다. 특히 프랑스에서는, 우리나라의 경우와 좀 다르긴 하지만, 자녀들이 어머니와 아버지 집을 오가며 생활하는 바람에 아이들 방, 텔레비전, 롤러 들 모든 것의 수요가 종종 두 배로 늘어난다. 에르베 켐프는, 미시간 대학의 연구자 둘이 수행한 연구 결과에 따르면, 이혼으로 인해 주거의 수가 늘어나면서(동일 연구에 의하면 이혼가구 1인당 방의 수가 결혼 가구의 33%에서 95%를 웃돈다) 도시 확장을 낳았다고 한다. 한편 물 소비는 56%, 전기 소비는 46%가 높았다.[8]

그런데 가족은 해체되는 데 가족주의는 강화되는 게 아이러니다. 우리나라에서 일반 사람들에게 가족들은 해체되어 가지만 재벌들의 가족은 더욱 강성하게 퍼진다. 그리스신화는 제우스 가족들이 다스리는 세계다. 우선 제우스와 포세이돈 하데스 형제들끼리 천하를 삼분한다. 그리고 자식들은 해와 달을 다스리고 누이 데메테르는 농사를 관장하는 농림부장관이고 광업이나 제련업, 무기 산업 들은 정실부인 헤라 사이에서 난 헤파이스토스가 관장한다. 철저히 족벌체제이다. 제우스가 성적 포식자가 되어 여자들이나 여신들을 희롱하러 다니는 목적은 이런 가족군단을 키우고 강화하기 위한 전략이다. 인간세상까지 구석구석 대리 지배하기 위해 헤라클레스를 낳지 않았던가.

■
8) 같은 책. 90쪽.

제우스나 다른 신이나 영웅들은 여자들이 결혼을 했건 하지 않았건 중요하지 않다. 화간을 비롯해서 납치, 유괴, 약취, 강간 들 수단과 방법을 가리지 않는다. 여성에 대한 이러한 폭력은 가족의 중심이어야 할 여성의 자리를 취약하고 불안하게 만듦으로써 가족은 중심을 잃고 흔들린다. 더구나 그리스신화의 사회경제적 배경은 대토지 사유화가 가속적으로 일어나고 수많은 사람들이 농토를 잃고 가족의 터전을 상실하고 유랑하여 혼란스러운 시기이다. 가족주의가 강화되어도 가난한 사람들에겐 보호할 가족이 파괴되고 없거나 그 구성원들 개인이 파괴되어 그들을 묶어주는 힘들이 매우 느슨하다.

자본주의는 가족까지도 벗어나 독립할 것을 요구하고 완전히 개체로 살 것을 요구하지만, 이혼을 통한 가족해체는 가족이 주는 압박과 구속에서 해방인 동시에 보호막이 사라지는 것을 말한다. 가족의 중요한 기능인 경제적 보호로부터 개인을 무력화시키기 위해서다.[9]

> 이혼, 되찾은 자유 아닌가? 물론 필요했을 경우에는. 하지만 유대의 부재가 곧 자유의 표현이라고 가르치는 집단 심리에 좌우되는 측면 또한 강하다. 부수적으로 가정은 또한 사랑의 집합체일 뿐아니라 경제적 보호단위이기도 하다. 이 보호막은 가족이 퍼져나가는 만큼, 그러니까 그 안에서는 연대의 망이 유지되었던 만큼, 더더욱 효과적이었다. 이러한 사실에 비춰볼 때, 가난한 노동자 대부분이 홀어머니 가정이라는 사실은 의미심장하다.

가족이 해체되면 사랑도 경제적 보호단위도 사라진다. 그리고 연대의 망도 사라진다. 가족과 함께 사는 것을 캥거루니, 아직도 부모로부터 독립하지 못한 어린애라고 하며 비난한다. 결혼해서도 부모 곁에 같이 사는 것

---

9) 같은 책. 90쪽.

은 안정감을 준다. 육아와 부모님 보호를 함께 할 수 있으니. 그렇지만 지금 사회는 부모 세대와도 떨어져 사는 것을 세련된 문화라고 부추긴다. 지방의 시골이나 중소도시에서 올라온 20대들이 주로 사는 원룸을 보자. 1인이 사는 원룸에 세탁기, 냉장고, TV, 에어컨 들이 모두 필수품이다. 1인 가구나 3인 가구나 전자제품은 크기만 약간의 차이가 있을 뿐 모두 갖추고 있다. 1인 가족의 팽창과 그 미화 뒤엔 재벌 가전회사의 이해관계가 얽혀 있다. 둘이나 여럿이서 사느니 차라리 빚을 지고 마는 개인주의적 심성이 지배하면서 혼자 사는 것을 당연하게 여긴다. 원룸에 혼자 살면서 회사에서 비정규직 노동으로 연대를 상실하고 인터넷으로 혼자 장을 보는 그런 생활은 힘이 없는 미약한 삶이며 보호받지 못하고 안전하지 못한 삶이다. 국가로부터든, 가족으로부터든, 이웃으로부터든.

어머니가 힘이 없고 가족의 울타리가 느슨해지면 가장 먼저 희생되는 것은 딸이다. 어머니가 힘이 있고 뒷받침할 가족이 있다면 여성들은 노예이든, 매춘이든, 공장이든 팔려가지 않을 것이다. 아이스퀼로스의 『오레스테이아』 3부작은 힘 있는 어머니가 사라지는 것을 그리고 있다 할 수 있

남편 아가멤논을 살해하는 클뤼타임네스트라

다. 트로이전쟁을 일으킨 그리스 군의 총사령관이자 클뤼타임네스트라의 남편인 아가멤논은 자신의 공명심을 위해 딸 이피게니아를 제물로 바친다. 인신공양의 제물로 쓴 것이다. 아킬레우스에게 시집보내주겠다고 딸을 꼬셔서 함선으로 오게 한 다음 살해하여 제물로 바쳤다. 이 사실을 알고 어

머니 클뤼타임네스트라는 분노하다가 트로이전쟁을 마치고 돌아오는 남편을 살해한다.

아이스킬로스는 클뤼타임네스트라에 대해 다소 혼란스런 시선을 간직한다. 남편을 살해하는 독부이지만, 그리고 당시 가장 강국인 아르고스를 실질적으로 장악하고 있는 권력자이지만, 헬라스든 트로이든 가리지 않고 전쟁의 참화에서 오는 고통을 겪는 여인들에 대해 동정하고 연민을 쏟고, 전쟁터를 누비며 약탈하고 살육하는 전사들에 대해서는 분노하는 여인으로 그린다.

첫 편인 「아가멤논」에서 나오는 대사이다.

클뤼타임네스트라:
> 트로이아는 바로 오늘 아카이아인들의 수중에 들어갔소
> 생각컨데 도시 안에서는 융화되지 않는 목소리들이 똑똑히 들릴 것이오.
> ……
> 그들에게 떨어진 운명이 서로 상반되기 때문이오
> 한쪽에서는 남편과 형제들의 시체 위에 쓰러져
> 그리고 아이들은 집안 어른들의 시체 위에 매달려
> 이미 자유를 잃어버린 목청으로
> 사랑하던 사람들의 죽음을 슬퍼할 것이고
> 한쪽에서는 밤새 전투를 하느라 지친 나머지
> 그저 닥치는 대로 도시 안에 있는 것으로
> 주린 창자를 채울 테니 말이오.
> ……
> 제발 그동안 군사들이 물욕에 눈이 어두어
> 신성한 물건을 약탈하는 일이 없어야 할 텐데.

(320-340행)

어머니 클뤼타임네스트라를 살해하는 아들 오레스테스

클뤼타임네스트라는 승전의 소식과 함께 화려하게 도착한 아가멤논에게 붉은 융단을 깔아주며 신과 같은 대접을 한다. 아가멤논은 전리품으로 트로이의 공주 카산드라를 데려오고 카산드라는 아가멤논의 목욕시중을 든다. 아마 밤에는 한 침대도 쓸 것이다. 목욕하는 아가멤논과 카산드라를 도끼로 살해하고[10] 상기된 채 돌아온 그녀를 코로스가 비난하자 클뤼타임네스트라는 남편이 딸을 제물로 바칠 때에는 잠자코 있다가 이제 와서 자신을 추방하고 백성의 원성과 저주를 받도록 몰고 가는 것은 옳지 못하다고 말한다. 그리고는 자신은 아가멤논의 아내로서 그를 죽인 것이 아니며 가문의 악령이 죽어있는 자의 아내 모습으로 죽였음을 말한다.

클뤼타임네스트라:

> 그대들은 이것을 나의 소행이라고 믿고 있구려.
> 하지만 나를 아가멤논의 아내라고 생각하지 마세요.
> 무자비한 향연을 베푼

■

10) 호메로스의 『일리아스』에서 아가멤논은 조카인 아이기스토스에 의해 살해되고 클뤼타임네스트라는 이를 방조하는 것으로 그려진다. 그러나 아이스킬로스의 비극 『아가멤논』에서는 클뤼타임네스트라가 남편을 직접 살해하는 악녀로 설정된다. 비극은 신화에서보다 여성의 명망과 지위, 명예를 더욱더 하락시킨다.

아트레우스의 악행을
복수하는 해묵은 악령이
여기 죽어있는 자의 아내의 모습을 하고 나타나
어린 것들에 대한 보상으로,
마지막을 장식하는 제물로서 이 성숙한 어른을 죽인 거예요.

(1497-1504행)

그리고는 자신의 자식을 위하여 원수를 갚아준 정의의 여신과 아테와 복수의 여신들에게 아가멤논을 제물로 바쳤다고 한다. 물론 어머니로서 딸을 잃은 슬픔과 분노도 있겠지만 사회적 책임이 있는 여왕으로서 정의를 바로 세우는 것은 당연한 의무였다.

21세기를 사는 지금, 여러분의 딸을 남편이 사창가에 팔아넘기거나 음모에 의해 사지로 몰아넣어 죽여버렸다면 격노하지 않을 어머니가 어디 있겠는가. 클뤼타임네스트라는 힘 있는 여인이어서 딸에 대한 복수를 철저하게 한다. 이 복수가 정의로운 것이라 여겨졌다면 다시는 아버지가 딸을 살해하는 일이 벌어지지 않았을 것이다.

하지만 권력을 어머니와 숙부에게 빼앗겼다고 생각한 아들 오레스테스는 그 자리를 찾기 위해 어머니를 살해한다. 명분은 아버지에 대한 복수이다. 그리고 오레스테스는 결국 왕의 자리를 차지한다. 딸의 원수를 갚은 어머니는 아들에게 살해당한다. 이것은 힘 있는 어머니의 사라짐이고 더이상 어머니는 가족을 보호하는 위치에 있지 못하게 됨을 말한다. 신자유주의 들어 더욱 가속화된 가족의 해체는 딸들에게 어린 아이들에게 보호막이 되지 못한다. 더구나 딸이 친부나 양부에 의해 성폭행을 당해도 경제적으로나 심리적으로 독립하지 못해서 그 남편을 떠나지 못하는 수많은 무력한 어머니들도 있다. 돌팔매는 이들이 맞는다. 필리핀이나 태국의 어느 농촌 마을의 소녀들이 인신매매 되어 노예 노동 같은 공장이나 아랍의

가사노예로 팔려간다. 대개 이들 소녀들에게는 어머니가 없거나 있어도 무력한 어머니일 뿐이다.

3. 전 지구적인 영웅적 개인주의

앞에서 우리나라 조폭이 우리나라 매춘업소의 1/3을 장악하고 있다는 것은 범죄와 매춘의 상관성을 말한다. 이것은 지하경제를 가속화시키기도 한다. 실제로 조폭을 지배하는 것은 권력과 돈을 가진 상층부이지만 조폭원으로 행동대를 충원하는 것은 가난한 사람들이다. 이들은 가족의 해체로 어머니나 아버지의 도움을 못 받는 남자아이들이 학창시절부터 연루되면서 조폭원이 될 가능성이 높다. 이들은 범죄율을 증가시키는데 이것 역시 가난한 사람들의 이해를 대변하는 집단이 부재하기 때문이다. 범죄에는 두 가지 측면이 있다. 하나는 불평등함에 대한 저항이고 또 하나는 개인주의적 영웅숭배이다. 각자가 자신의 운명을 개선하기 위한, 하지만 연대로 함께 풀기 위한 집단행동은 어렵게 되었다. 집단행동의 정당성마저 사회주의의 종말과 함께 의문시되었다. 제레미 시브룩^{Jeremy Seabrook}은 범죄는 "불공정성에 대해 개인이 들려주는 답변이다. 그것은 지배 가치에 대한 풍자(범죄자들 역시 범죄행위를 저지르면서 적극성과 기발함의 정신을 보여준다)인 동시에, 전 지구적 자본주의의 심장부에 위치한 영웅적 개인주의를 찬양하는 것"이기도 하다".1)

사실, "전 지구적 영웅적 개인주의"가 고대그리스의 신화와 서사시 들의 주제의식이라 할 수 있다. 트로이를 침공했던 그리스 군은 조그만 폴리스들의 연합체이다. 그 연합체들 가운데서 총사령관은 아가멤논이고 최고의 영웅은 아킬레우스이다. 개별 폴리스의 정치적 경제적 단위를 넘어서려면 폴리스 공동체 구성원의 삶에서 일정한 희생이 불가피하다. 트로이 침공에 동조 찬성하는 주도집단은 대부분 선단을 가지고 있는 대상업 부르주아이기 때문이다. 에게 해의 무역(+해적) 패권이 중요한 전쟁이라서 그

■

1) 에르베 켐프. 같은 책. 90쪽. 재인용.

렇다. 대부분의 농부는 열심히 농사지어 가족들을 부양하고자 한다. 하지만 건달이나 외부 전사들에게 뺏기기 십상이다. 그들은 힘들여 일하기보다 놀고먹으며 쌈질이나 하다가 농부나 어부의 것을 빼앗는데 능숙하다. 헤시오도스가 『노동과 나날』에서 가장 분개하는 것도 이것이다.

어찌되었든 전쟁은 이들에게 한 몫을 가져다는 주는 기회다. 비록 '헬레네를 위해' 무기를 들었지만 이들 전장을 지배하는 것은 실력주의다. 실력껏 약탈하고 강간한다. 『일리아스』의 헥토르는 국가와 공동체를 위해 의연히 목숨을 바치는 영웅인 반면 아킬레우스는 자신에게 할당된 전리품을 빼앗아 갔다고 분개하여 전투를 보이콧하는 개인주의에 가깝다. 그리고 친구 파트로클로스가 죽었기 때문에 친구의 복수를 위해 참전하는 개인주의자이다. 이 서사시는 개인주의적 영웅 아킬레우스를 그리고 있다.

대개 전쟁에 이탈하거나 아군에게 위해를 가하는 것은 철저하게 다스리지만 적과의 관계에서는 어떤 폭력이라도 거의 모든 것을 허용한다. 특히 그 폭력은 신의 이름으로, 신의 지지로 실행되었다. 존 티한John Teehan의 『신의 이름으로』는 종교폭력의 진화적 기원을 다루고 있다. 유대교의 야훼가 독재자가 아니라 선한 지도자가 된다. 그 원리는 간단하다. 그의 백성들이 전리품을 취하도록 한다는 것이다. 야훼 자신도 자신의 몫을 챙기지만 또한 전리품을 동료와 부하들에게 나눠주는 관대한 지휘관으로 묘사된다. "만군의 주(이는 군사적 명칭이다)인 야훼는 또한 선한 장군의 역할을 맡아 열연한다".[2] 고대의 지도자들은 자신의 몫을 챙기는 동시에 군인들에게 패배한 적에 대한 강간, 약탈, 강탈을 허용해서 그들을 행복하게 만드는 일을 중요하게 생각했다.

■
2) 존 티한, 『신의 이름으로』, 292쪽.

전쟁에서의 실력주의나 개인주의는 정복전쟁에서 가장 많이 죽인 사람이나 가장 약탈을 많이 한 사람을 영웅화한다. 일본군이 행한 난징대학살에서 '100인 목 베기 경쟁'에 대한 내용이다.

> 난징에 도착하기까지 "100인 목 베기 경쟁"의 진기한 경쟁을 시작한 전례의 카타기리 부대의 용사 무카이 토시아키, 노다 다케시(마마) 두 소위는 10일의 자금산(紫金山, 쯔진산) 공략전의 혼잡 중에 106대 105의 기록을 세웠다, 10일 정오, 두 소위는 예상한대로 칼날이 손상된 일본도를 한 손에 들고 대면했다
> 노다 "나는 105명을 베었는데, 당신은?"
> 무카이 "나는 106명이다!"
> … 두 소위는 '하하하' 웃음을 터뜨렸다. 결국 언제 누가 먼저 100명을 베었는지는 불문에 붙였고, 종국에는 "나와의 게임은 무승부다. 하지만 다시 150명으로 하는 것이 어때?" 라고 금세 의견이 일치해, 11일부터 드디어 150명 목 베기 시합이 시작되었다.[3]

이러한 일본군들이 남자들의 목만 벤 것은 물론 아니다. 그들은 약 2만-8만 추정의 여성들을 강간하고 배를 가르고 내장을 꺼내고 산 채로 못을 박기도 했다.[4]

우린 대개 이런 구체적 사실엔 분노한다. 하지만 이들은 전사 영웅이 되어 고국으로 돌아가고 숭배받는다. 그리고 자신들은 나라를 위해서 목숨 바쳐서 용감하게 싸운 숭고한 자다. 신화 속의 영웅들 역시 전쟁을 일으키고 이러저러한 구체적 살인과 약탈을 행하였으나 그들은 영웅이기 때문에 사면된다. 오히려 그런 일을 한 사람들을 영웅이라 한다. 하지만 이런 가해자 전사들의 약탈과 살육, 강간에 대한 평범한 사람들의 저항은 결국은

---

3) "독도수호지기" http://dokdo.naezip.net/nanking/nanking09.htm
4) 아이리스 장. 『역사는 힘 있는 자가 쓰는가』 *The Rape of Nanjing.*

가해자들을 쫓아낸다. 미국의 베트남 침공과 이라크침공이 대표적이다. 베트남 사람들의 저항은 정말 치열하고 정말 눈물겨우며 감히 범접할 수 없는 경외다. 이 두 전쟁에 미국은 연합군으로 출병을 했고 그 속에는 많은 용병이 있었다. 용병의 목적은 돈을 버는 것이다. 2003년 미군이 바그다드를 침공 20일 만에 점령하고 40일 만에 이라크 정복을 선언했다. 그 후 미군은 약탈하는 전형적인 점령군으로서 행세하다가 결국 이라크 전에서 실패했다고 할 수 있다. 하지만 그 전쟁의 대가는 고스란히 이라크의 일반 국민들이, 평범한 사람들이 모두 받았다.

공동체를 지키는 것은 대개 평범한 사람들이다. 나중에 그들 중에서 영웅들이 나오기는 하지만 처음부터 신분이나 명예, 그리고 권력에서 월등한 영웅들은 공동체를 위해 희생하려 하지 않는다. 마찬가지로 그리스신화 속의 영웅들은 가해자 영웅이다. 9년 동안의 전쟁으로 트로이군의 피해도 적지 않았지만 원정을 나온 그리스군의 피해는 더더욱 컸다. 전쟁에서 가장 큰 문제는 보급품이라 할 수 있는데 이 보급이 제대로 되지 않는데 대부분 현지에서 직접 식량을 조달해야 한다. 그 말은 그 근처 인근 지역을 약탈한다는 것이다. 그 당시 그리스군도 트로이 인근 지역을 공격하여 재물과 포로 들을 획득하여 전쟁을 계속해나갔다.

『일리아스』 도입부에서 일어나는 아가멤논과 아킬레우스의 다툼도 여기서 출발한다. 트로이 인근 크뤼세 섬을 공격한 그리스군은 전리품으로 총사령관 아가멤논에게 포로 크리세이스Chryseis를, 아킬레우스에게 브리세이스Briseis를 배분한다. 그런데 크리세이스는 아폴론 신전의 사제 크뤼세스의 딸이었기 때문에 곧 풀어주어야 했다. 아폴론의 저주로 그리스 진영에 전염병이 나돌았기 때문이다. 아가멤논은 대신 브리세이스를 요구했고 이에 분노한 아킬레우스는 자신의 막사에 들어가서 전투 사보타지를 한다.

아킬레우스가 전쟁에 참전하지 않으면 이길 수 없다. 그리스군은 헥토르의 트로이 군에게 계속 밀리는 상황이었고 트로이군은 그리스군의 함선까지 밀고 들어왔다. 노장 네스토르가 아킬레우스의 친구(동성애 연인) 파트로클로스에게 그를 설득하여 전투에 나오게 해달라고 간청하게 된다. 파트로클로스는 울면서 아킬레우스에게 전투에 나와 달라고 설득하였으나 아킬레우스는 거절하였다. 파트로클로스는 아킬레우스 대신 용맹한 뮈르미돈 부대를

부상당한 파트로클로스의 팔에 붕대를 감아주는 아킬레우스

이끌고 나가겠다고 하며 아킬레우스의 무장을 빌려 달라고 하였다. 이 제안마저 거절할 수는 없었던 아킬레우스는 무장을 빌려준다. 이때 아킬레우스가 하는 말이 걸작이다. 대부분의 평자들은 아킬레우스가 파트로클로스에게 트로이군을 공격하되 함선에서 격퇴하면 더 이상 추격하지 말라고 신신당부한 것은 파트로클로스를 염려해서라고 본다. 아킬레우스의 충고를 무시하고 적진 깊숙이 들어갔다가 헥토르에게 죽음을 당했단다.

그런데 아킬레우스의 충고는 파트로클로스에 대한 걱정보다 파크로클로스가 너무 잘 싸워 자신이 공을 세울 기회가 없을까봐 몹시 신경이 쓰여서 한 것이다.

아킬레우스:

그러나 내 한 가지 일러두겠으니 이것만은 꼭 명심하고 행동하게나.
그래야만 자네는 모든 다나오스 백성들에게서 큰 명예와 영광을
얻게 되고, 또 그들은 나에게 더없이 아름다운 그 소녀를

되돌려주고 거기에 빼어난 선물들을 얹어주게 될 테니까
자네는 함선들에서 그들을 몰아내는 대로 되돌아오게
설사 헤라의 크게 천둥을 치시는 남편께서 자네에게 영광을
허락하신다 해도 나 없이 호전적인 트로이아 인들과
싸우려들지 말게나. 그것은 내게서 보상을 빼앗는 짓이니까

(제16권 83-90행)

아킬레우스는 자신이 전쟁에 참가해서 공을 세워서 브리세이스도 다시 되돌려받고 다른 전리품들도 많이 챙겨야 하는데 그래서 파트로클로스가 너무 잘 나가면 걱정이다. 파트로클로스가 너무 열심히 싸운다면 자신에게서 보상을 빼앗아 가는 것이기 때문에 적당히 싸우다가 오라는 것이 신신당부의 요체이다.

그 다음에 이어지는 글은 영웅적 나르시시즘의 절정이다. 여기서는 아폴론이 전쟁에 개입해서 트로이 편을 들고 있기 때문에 전세가 불리해 자칫하다가 위험할 수도 있으니 함선만 구하고 돌아올 것을 명령한다. 그러면서 모두들 죽더라도 자신들만 살아남기를 갈구한다.

아킬레우스:

......

그리고 자네는 전쟁과 결전에 도취되어 트로이아 인들을
죽이며 백성들을 일리오스 앞으로 인도하지 말게나
영원한 신들 중에 누가 올륌포스에서 자네에게 다가가지 않도록
말일세. 멀리 쏘는 아폴론이 그들을 몹시도 사랑하고 있다네.
그러니 자네는 함선들을 구하는 대로 되돌아오고
그들은 들판에서 서로 싸우도록 내버려두게나.
아버지 제우스와 아테네와 아폴론이여
모든 트로이아 인들이 한 명도 죽음을 피하지 못하고
아르고스 인들도 전멸하여 우리 둘만이 파멸에서 벗어나

트로이아의 신성한 머리띠를 단 둘이서 풀 수 있었으면 좋으련만!

(제16권 91-100행)

위의 대사에서 아킬레우스는 아직 자신의 분노를 다스리지 못하고 있다. 그 분노는, 브리세이스는 전리품이므로 잃을 수도 있지만, 그로 인해 자신의 명예를 회복하지 못한 수치심에서 나온다. 자신에게서 브리세이스를 뺏어간 아가멤논의 아르고스 인들이 모두 전멸하면 좋겠다고 말한다. 트로이아 인들의 전멸은 물론이다. 파트로클로스와 아킬레우스만 단 둘이 살아남아 트로이아의 머리띠를 풀기를 소망한다. 이 얼마나 나르시시스트적인가. 아내가 노예로 끌려가고 두 살 난 아들이 살해될 것을 무릅쓰고 트로이를 구하기 위해 전장에 뛰어드는 헥토르와 달리 아킬레우스에게 중요한 것은 자기감정, 자기명예 그리고 자기의 공훈이다.

일종의 자기애성 인격 장애이다. 자신에 대한 숭배와 자신의 명예가 공동체의 운명이나 타자의 생명보다 훨씬 중요하다. 우선 '추앙받고 싶은 강렬한 욕구'를 보면, 아킬레우스는 혹시나 파트로클로스가 자신의 공을 가로챌까, 자기보다 명성이 더 높아질까 노심초사하는 걸로 나타나고 '수치심, 열등감의 지독한 알레르기'는 자신의 명예를 회복하기 위해서는 트로이 군뿐 아니라 자기편인 아르고스 인들조차 전멸되었으면 하고 바란다.

문제는 서양문화의 가장 위대한 서사시이자 이제는 인류 보편의 서사시가 된 『일리아스』가 사실상 이 나르시시스트적인 영웅주의자 아킬레우스의 업적을 기리고 그를 숭배한다는데 있다. 『일리아스』 마지막에 백발의 노인 프리아모스가 아들 뻘인 아킬레우스에게 무릎 꿇고 눈물로 호소해서야 그는 헥토르의 시신을 돌려준다. 아킬레우스가 파트로클로스가 살해된 것에 대한 분노를 푸는 이 장면은 가장 명장면으로 꼽힌다. 하지만 아킬레우스는 전쟁터에서 적장에 대한 최소한의 예우도 하지 않고 승자로서 모든 분풀이를 한 다음에야 돌려주는 게 관대함의 증표라 할 수 있는가. 더구나 아킬레우스는 전투 참여를 거부하고 계속 휴식을 취한 반면, 헥토르는 전장에서의 계속된 싸움뿐 아니라 파트로클로스와 싸워 기력이 매우 쇠진한 상태였다. 공정하지 않았다. 이런 아킬레우스의 포악함과 제멋대로임은 승자의 저주로 돌아온다. 그 역시 소치고 양치고 멋진 옷 입고 연애를 즐겼던, 무용이라곤 없던 파리스에게 어이없게 죽임을 당한다. 아킬레스 건에 화살을 맞고.

현대의 금권(대자본) 영웅들도 이와 다르지 않다. 자신의 이득을 최대한 취할 때까지 취하고, 그것도 자기의 힘만으로 된 것이 아니라 미국의 막강한 경제력과 정치력을, 더더구나 더더욱 막강한 군사력의 보위를 받으며 부를 일군 세계의 억만장자 빌 게이츠나, 그리고 이와는 결이 좀 다른 영웅 스티브 잡스 들 역시 이런 나르시시스트적 개인적 영웅주의자라 할 수 있다. 아킬레우스는 자신의 생명이라도 바쳤지만 현대의 이들 영웅들은 아주 안전한 보호막 속에서 최대의 이익과 최대의 명예 모두를 가진다. 어찌 나르시시스트적이 되지 않을 수 있겠는가.

제레미 시브룩Jeremy Seabrook이 말하는 전 지구적 자본주의의 심장부에 위치한 영웅적 개인주의가 가장 잘 드러나는 것은 합법적으로는 기업조직이며 불법적으로는 마피아조직이다. 빌 게이츠, 이건희, 웨렌 버핏 …. 돈으로 무장한 영웅이다. 이들에게 가장 중요한 것은 돈이다. 돈 이외에 그 어떤 가치도 중요하지 않다. 교양서인 경제학원론도 기업의 목적은 이윤에 있다고 가르치고 기업가는 이윤을 목적으로 사는 게 그게 윤리적인 삶이다. 우리는 맨날 이들의 부가 얼마나 커졌나를 본다. 그들의 부가 늘어나면 경제성장이 되었다고 하고 그들의 부가 줄어들면 경제가 힘들다고 한다. 경제성장은 일반 사람들의 삶과는 별로 상관이 없다는 뜻이다. 다만 경제가 힘들 때는 그 힘든 것보다 두 세배 이상으로 보통사람들이 힘들다.

21세기 들어 신자유주의의 가장 큰 특징은 경제의 금융화이다. 현실에 있는 실물자산보다 금융으로 돌아다니는 파생상품(의제자본)인 가상의 돈들이 몇 십배, 몇 백배로 뻥튀기 되었다. 파생상품의 수법은 이렇다. 금융이 발달하다보면 자기 확장성에 장애되는 '암 덩어리'라 할 규제를 철폐하고자 한다. 돈을 갚을 수 없는 사람들, 소위 NINJA(No Income, No Job, No Asset)인, 수입도 직업도 자산도 없는 사람들에게까지 대출을 남발해주고 그걸로 채권을 만든다. 이 대출채권은 부실채권이다. 자기가 가지고 있으면 장차 휴지조각이 될 수도 있다. 대출금 상환이 불가능함으로. 그 부실함을 숨기고 은행이나 증권회사에 판다. 그걸 산 곳에서는 부실채권을 여러 개 모아서 쪼개고 다시 분류해서 보따리로 묶어서 멋진 펀드를 만들어서 판다. 그 와중에서 조금이라도 투자수익을 얻고자 하는 사람들이 그걸 산다. 이 과정에서 1억의 대출금이 수십억의 돈으로 뻥튀기된다. 마법의 연금술도 당하지 못한다. 경제의 금융화를 통해 부패와 거짓, 속임수가 체계적이고 합법적으로 그것도 당당하게 진행된다.

막스 베버는 『자본주의 정신과 프로테스탄트 윤리』에서 자본주의가 성공가능한 이유를 말했다. 비록 자본을 추구하는 것이 하느님이 부여한 권리라고 정당화하긴 했으나 프로테스탄트 윤리의 핵심이라 할 칼뱅주의가 물질 숭배를 혐오하고 규율을 강조했으며 체계화된 생활방식을 강조한 점 들이 경제적으로 중요한 측면이라고 보았다. 베버의 프로테스탄트 윤리가 자본주의의 윤리의 핵심이라고 보긴 어렵다. 오히려 축적의 욕망, 돈이 돈을 좇는 욕망만이 남았다. 자본 축적의 욕망 앞에서는 공동체의 윤리나 최소한의 규율도 존재하지 않는다.

프랑스의 경제학자 알랭 코타Alain Cotta는 현대 사회의 부패는 사회가 복잡해지고 고도화되면서 공무원이 받는 개인의 월급과 공무원이 내린 결정의 효력 사이에 엄청난 불균형이 발생함으로써 온다고 한다. 예를 들어 구청의 공무원은 연봉 4천만 원인데 그가 일 년에 결정을 내려야 사업의 액수는 수십 수백억 원에 이를 수 있다. 그리고 그런 결정을 통해 엄청나게 이익을 보는 특정인이나 특정집단이 있다. 자신이 결정을 내리지 않으면 그들은 이익을 보지 못한다. 거꾸로 자신이 결정을 내리면 그들은 엄청난 이익을 본다. 그런 식의 전개과정을 보노라면 마치 자신이 그런 힘을 지니고 있는 듯 착각을 하게 되고 그 힘에 대한 반대급부로서 보상을 바라고자 할 수 있다. 그로 인해 부패에의 유혹이 끊이지 않는다.

기업가나 개인 사업자들의 경우도 마찬가지이다. 자신들이 사업을 따내거나 어떤 특정한 국가기관의 도움을 받을 수 있다면 수십 수백억 원의 이익을 낼 수 있다. 그러면 자신에게 가장 효율적인 방식으로 일처리를 할 수 있다. 뇌물이든 성상납이든 인사청탁이든 말이다. 그것이 부패의 고리를 만든다. 더구나 신자유주의가 몰아친 지난 40년간 "공공선이야 어떻게 되든, 개인의 부와 성공을 지나치게 높게 평가하면서 개인주의 이데올로기가 팽배했고, 더불어 윤리와의 적당한 타협에 대한 이론적 정당화"가 생겨났다.[5]

이탈리아의 소설가이자 언론인인 로베르토 사비아노 Roberto Saviano 는 나폴리 지역의 마피아들을 샅샅이 파헤치는 조사를 마무리하면서 그러한 이론적 정당화가 어떻게 이루어지는지를 명확하게 설명해준다. 마피아 대부들은 스스로 비윤리적이라 생각하지 않으며 자신들을 비윤리적이라고 비판하는 사람들은 권력을 쥐지 못하고 시장 앞에서 굴복한 사람들이다.[6]

> 윤리는 실패자들의 견제책이요, 굴복당한 자들의 보호책이며, 모든 것을 걸고 모든 것을 쓸어갈 줄 몰랐던 사람들의 윤리적 정당화이다.
>
> ......
>
> 기업의 논리와 마피아 대부들의 관점은 극단적 자유주의에 깊이 젖어 있다는 공통점을 보인다. 사업이, 그리고 이윤을 창출해야 하고 경쟁에서 이겨야 한다는 의무가 규칙을 정한다. 나머지는 중요하지

■

5) 에르베 켐프 『지구를 구하려면 자본주의에서 벗어나라!』. 41쪽.
6) 같은 책. 42쪽. 재인용.

않다.

　니체의 『선악의 저편』에 나오는 글을 떠올리는 이 글에서 마피아 대부들에게 윤리란 실패한 자들의 자기보호막이다. 실패하지 않기 위해서, 성공의 잣대인 돈을 많이 벌기 위해서 경쟁에서 이겨야 하는 것이다. 마피아가 불법과 합법의 경계를 넘나들 듯이 기업 역시 그 법의 경계를 넘나든다. 우리나라의 뉴스에서 한 번씩 조폭들과 재벌들의 범법 행위들이 번갈아 나온다. 조폭들은 주로 주도권 싸움과 보복전에서 살해 행위가 일어날 때이고 재벌들은 주로 횡령과 탈세이다. 마피아와 재벌들이 어떻게 돈을 버는지 알 수 없고, 어느 정도 제로섬 게임인 경제에서 누구에게 가야 할 돈들이 어떤 파이프라인으로 그들에게 가는지는 알 수 없게 한다. 다만 파이프라인에 물이 셀 때 그 내막의 일부를 볼 수 있을 뿐이다.

　니체에게, 선은 원래 좋은 것으로 강한 자의 것이고, 악은 원래 좋지 않은 것으로, 예를 들어 옷이 안 좋다든지 돈이 많이 없다든지 지위나 명예가 별로 없다든지 하는 그런 것이다. 그런데 가난하고 패배한 자들이 자기들의 재산을 몰수해가고 생명에 위해를 가하는 강한 자들을 비윤리적이라 하여 나쁘다고 하면서 악으로 몰아세우고 자신들을 착하고 선한 사람들 즉 선이라 했다고 한다. 니체의 글은 사회적 정치적 맥락에 따라 아주 다양하게 읽힐 수 있지만, 그리고 니체의 관점주의에 따라서 읽으면 반대로도 읽힐 수 있지만, 어쨌든 니체는 강자의 힘셈을 선으로 예찬한다. 니체가 현대 자본주의 사회에서 그렇게 인기 있게 읽힐 수 있는 이유도 이런 강자예찬에 있을 수 있다.

　소수의 영웅들에게 나타나는 윤리의식의 실종은 우선 본인들이 저지른 과오나 실수에 대해서는 관대해서 면책하는 반면 대부분의 평범한 사람들이 저지른 실수에 대해서는 매우 가혹한 것으로 나타난다. 가장 대표적인 예가 신으로서는 제우스이고 인간으로서는 아가멤논이다. 제우스의 범법행위는 비일비재하다. 존재 자체가 범법이다. 가니메데스 납치는 아동 약취에 해당되고 무수한 납치강간과 중혼 역시 불법이다. 제우스는 아가멤논의 꿈속에 들어가 전쟁의 승리를 약속하면서 전쟁을 일으키도록 부추긴다. 그러면서 자신은 하늘의 신이라는 경계를 넘어 지상까지도 관장하는 정의의 신으로 등극한다. 하지만 그는 법을 결정하는 결정권자의 입장이므로 자신에게는 그 법을 적용하지 않는다.

삼성의 전 법무팀장인 김용철 변호사가 삼성비리 관련하여 천주교 정의구현사제단에 양심고백을 했던 일이 있었다. 이로 인해 2008년 4월 22일, 이건희 회장의 차명계좌가 적발되고 천억 원대의 세금포탈 혐의가 적발되면서, 이건희는 삼성과 관련된 모든 직책을 내놓고 삼성에서 전격 퇴진하였다. 그는 불구속 상태에서 재판을 받았는데 2009년 8월 14일 서울고등법원은 삼성그룹 주식의 불법 매각으로 인한 세금 포탈, 주식시장 불법행위, 배임 행위를 이유로 이건희 씨에게 징역 3년에 집행유예와 1100억 원의 벌금을 결정하였다. 2009년 12월 31일 이명박 대통령은 이건희 씨를 단독 사면했다. 그런데 사면된 후 얼마 안 되어 2010년 1월에 느닷없이 "사회각계각층과 국민은 정신 차려야 한다고 거짓말 없는 사회, 국민이 정직해야 한다"고 말한 것이 언론에 대서특필되었다.[7] 너무나 어이없는 일이지만 이것 역시 IOC윤리위에 제소되자 자신은 윤리 도덕에 어긋난 일을 한 적이 없다고 (국민이 정직하지 않다고) 말함으로써 IOC로부터 면책 받으려는, 아주 계산된 쇼였다는 사실이 드러났다. 어쨌든 IOC는 이건희가 유죄판결을 받은 혐의에 대해 윤리강령을 위반했다고 결정하고 견책이라는 중징계를 내렸다고 한다. 이번 징계로 이건희는 5년 동안 IOC 산하 위원회에 참석할 수 있는 권리를 박탈당했다.

■

[7] 2020년 삼성부회장 이재용이 박근혜 전대통령에게 공여한 뇌물건으로 실형위기에 처하자 삼성에서 준법감시위원회를 발족한 것도 비슷한 맥락이다.

하지만, 법을 제정하고 만드는, 혹은 집행하는 최고 권력이나 최상위 부유층들이 가장 영악하고 범법행위를 가장 많이 하고 면책되는 이런 되풀이는, 가장 존경할만한 인물은 가장 인격이 훌륭한 인물이 아니라 가장 영악한 인물이라는 생각이 사람들 사이에 퍼져나간다. 공권력 역시 그들에게 관대하고 일반 사람들에게는 엄격하다 못해 아주 가혹하다. 에르베 켐프의 말대로 "의기양양한 자본주의의 법은 약자에게는 가혹하고 강자에게는 너그러워서 공동규범 준수의 의지를 꺾어버리는 독을 스멀스멀 피워 올린다".8) 짜장면 배달부는 72만원을 횡령했다는 이유로 징역 10개월을 살았는데 636억을 횡령한 SK재벌 회장 최태원은 집행유예로 감옥에 가지도 않았다.

---

8) 에르베 켐프, 같은 책. 46쪽.

4. 승자독식과 신들의 세계

정승일은 『누가 가짜 경제민주화를 말하는 가』에서 IMF사태 바로 직전인 1995년을 기점으로 잡는다. 1995년을 경계로 불평등과 빈곤, 양극화가 뚜렷하게 나타나기 시작했다고 한다. 한국경제는 중진국을 벗어났고 한국의 도서출판이나 사상의 시장은 일본에서도 벗어나 서구적인 것이 되었다. 그 동안 그리스로마신화를 읽는 것은 식자들이 가질 수 있는 교양의 한 덕목이었다. 그런데 1998년 IMF사태를 거치면서 그리스신화는 우리 한국인들의 사회문화영역에서 나아가 정신세계에 본격적으로 그리고 광범위하게 들어오기 시작했다. 2000년 6월에 초판을 찍은 『이윤기의 그리스로마신화』는 로마 시대 오비디우스의 『변신』을 바탕으로 서술한 것이다. 21세기 한국에서 100만부 이상 팔린 밀리언 셀러에 이윤기의 이 책이 들어간다. 김난도의 『아프니까 청춘이다』와 윤태호의 『미생』과 마이클 센델의 『정의란 무엇인가』와 함께. 물론 황대권의 『야생초 편지』도 백만 권 팔렸다. 지금에야 100만권 팔리는 현상은 자주 있긴 어려워도 한 번씩 있을 수도 있지만 2000년도에만 하더라도 그것은 하나의 사건이다. 그만큼 하나의 시대적 징후를 형성한다.

그리스로마신화는 이긴 자의 이야기이다. 제우스, 얼마나 멋진가. 『삼국지』는 전쟁의 이야기이기 때문에 제왕이라 하더라도 유비나 조조도 전쟁의 룰에서 그리 자유롭지 않다. 그리고 그들은 불사의 생명도 아니다. 반면 제우스는 불사의 신일 뿐 아니라 그의 이야기는 오랜 부친살해의 전통에 종지부를 찍고 세상을 평정한 이후의 것이다. 제우스의 올림포스 궁전은 신족들이 거주하는 철저한 족벌사회이다. 모든 신들은 제우스와 혈연, 혼맥으로 묶여 있거나 여자들은 연애 및 치정, 겁탈에 얽혀 있다. 형제와 아들들을 이미 권력의 위계 속에서 배치했기 때문에, 정치 시스템은 그대로 굴러가게 되어 있다. 제대로 되지 않으면 짜증을 내거나 아니면 눈 슬쩍 감고 못 본 척하고 봐줘도 잘 돌아가게 되어 있다. 제우스의 주된 임무는 전쟁터의 영웅과 전사들의 목숨을 저울질하거나 여신이나 인간 여자를 희롱하거나 성폭행하는 것이다. 헤라의 눈을 피해, 헤라가 보더라고 큰 상관은 없다, 어차피 헤라가 갈구고 복수하는 대상은 피해자이니까, 제우스가 눈만 부라려도 헤라는 꼼짝 못하지 않는가. 두려움 없이 제우스는 여신과 인간 여자를 희롱하며 즐거움을 누리는데 그에 배가하여 씨를 퍼뜨려 인간 사회에까지 권력을 확장할 수 있다. 그리스신화가 중점적으로 다루는 것은 신들의 전쟁이 끝난 후 주로 제우스가 권력을 지키고 행사하고 욕망을 충족하는 현장들이다. 삼성과 현대 및 엘지 여러 재벌들 어찌 생각나지 않는가. 이들의 부도덕함과 불법은 오히려 이들의 특권이다. 이 족벌들의 부도덕과 불법은 그들의 권력과 부를 확인할 수 있는 수단이다.

헤라클레스나 영웅들의 이야기는 그들의 행동을 통해 제우스의 통제권과 통치전략이 인간사회로 확장되는 것을 보여준다. 제우스는 인간세상에서는 여자들을 건드렸지 세세한 인간적 삶에 깊이 개입하지 않았다. 하지만 헤라클레스나 영웅들은 인간들 사회, 말하자면 구름 위에 사는 특권층이 아닌, 중산층과 서민의 삶 속으로 파고들어 자신들이 하고 싶은 것을 마음껏 한다. 재벌들의 2-3세들, 직계보다는 방계의 후손들이 '일감 몰아주기'의 불법 지원을 받고 프랜차이즈나 중소업체를 만들어서 시장을 공략하고 골목길을 누벼 영세자영업자들을 다 쫓아낸다. 사생아이긴 하지만 신들의 자식들인데, 그리고 비록 적자들에 비해 자본은 적지만 충분히 대적가능하다. 헤라클레스는, 침략을 받아서 아니면 빚을 못 갚아서, 아니면 좋은 목초지를 눈여겨보던 자들에게 강탈당하였을 수도 있고, 어쨌든 자기 토지에서 쫓겨나 노예가 되기를 거부하는 떠돌이 부랑자나 생계형 좀도둑들을 손봐주는데 일가견이 있다. 테세우스의 임무도 주로 이들을 정리하는 것이다. 이들을 정리해야 대토지 소유자의 부가 늘어나고 그들의 연맹으로 최초의 국가권력이 생겨나지 않겠는가.

토지의 사유화가 진행되어 농민들이 오래 농사짓던 땅에서 쫓겨나면 그들은 대토지 소유 귀족의 노예로 들어가거나 그들의 용병이 되어 인신적으로도 복속이 되어야 한다. 하지만 땅에서 농사지으며 나름 일상적 생활을 일구던 사람들은 그런 구속을 싫어한다. 노예가 되느니 부랑자가 낫고 용병이 되느니 좀도둑이 되는 게 나을 수도 있다. 헤라클레스는 아이게우스의 마구간에 있는 3천 마리의 소똥을 치우라는 과제를 맡는다. 대단하지 않은가. 마구간에 3천 마리의 소를 가진 자가 그 시대에 있다니. 물론 신화는 과장이 심하긴 하지만 이것은 대토지 소유화가 상당히 진척되었음을 보여준다. 반면 토지 잃은 가난한 농민들이 엄청나게 많았을 거라고 추측할 수 있다.

신자유주의체제가 미국과 영국에는 1980년대에 도입되기 시작했고, 우리나라에는 1990년대에 IMF체제를 통하여 자리잡기 시작했다. 신자유주의 시대는, 비유하자면, 극소수의 신들과 대다수 인간들의 시대이다. 그 전의 시대가 인간 귀족과 일반 인간들의 시대라면. 1960년대까지만 해도 미국과 일본, 한국에서 대기업 CEO 들 임원급 경영자들 01.%의 연봉은 근로자 연봉 평균의 10배정도였고 그 격차도 비슷했다. 하지만 2000년대 들어 미국에서는 이 격차가 40배로 증가했다. 미국 100대 기업 CEO들의 연봉은 1970년대에 백만 달러에 못 미쳤는데 2000년대에는 4000만 달러로 4000% 폭증했던 것이다. 미국 근로소득자의 평균 연봉은 3-4만 달러(1999년 불변가격) 수준에서 정체되었다. 지금은 1000배에 달한다고 한다. 이렇듯 "임금 격차가 크게 벌어진 원인은 레이건-부시-클린턴 정부가 추진한 탈규제와 주주자본주의의 전면화, 고액의 스톡옵션과 단기수익 연동 성과급이 지급되었기 때문"이다[1].

■
[1] 정승일. 『누가 가짜 경제민주화를 말하는가』. 39쪽.

하지만 일본의 경우는 10배에서 13배로 30% 증가하는데 그쳤다. 우리나라는 미국을 따라하는데 우리나라의 높은 분들이 유리한 것은 따라하고 자신들에게 불리한 것은 따라하지 않는다. 우리나라는 1970년대에는 일본의 경우와 비슷했다. 하지만 1997년을 기점으로 0.1% 부유층으로의 소득집중이 유별나게 빠른 속도로 진행된다. 빈익빈, 부익부의 메커니즘이 본격 작동하기 시작한 것이다. 2010년에는 대기업 임원 들 근로소득 최상위 0.1%가 20배가 넘었는데 이명박 정부를 거치면서 그 격차는 더더욱 커졌다. 2020년 기사에 의하면 미국은 테슬라의 일론 머스크로 최대 10,000배까지, 한국은 롯데 신동빈 회장이 257배, 즉 2만 5천 700%나 격차가 벌어졌다.[2]

근로소득의 차이보다 금융소득의 차이는 더 크다. 하지만 근로소득은 그런대로 통계에 잡히지만, 재산(임대)소득은 제대로 된 통계가 없어 그 불평등을 가늠할 수 없다. 이 정도의 불평등은 노력해서 다가갈 수 없는 것이고 감히 넘겨다볼 수조차 없는 신들의 세계에 관한 것이다. 최상위 계층의 돈이 그대로 은행에 얌전히 있는 것이 아니다. 칼 마르크스는 『1848 경제학-철학 수고』에서 자본이 가진 놀라운 힘에 대해 쓰고 있다.[3]

> 사람들은 자본으로써, … 무엇을 획득하는가?
> 예를 들어, … 이것을 통해 직접적인 정치적 권력을 획득하는 것은 아니다. 이러한 점유가 그에게 무매개적으로 그리고 직접적으로 양도하는 권력의 종류, 그것은 구매하는 힘인데, 이것은 다른 사람들의 모든 노동에 대한, 또는 지금 시장에 존재하고 있는 이러한 노동의 모든 생산물에 대한 명령권이다.

■

2) "회장님 1년 연봉 벌려면 257년 동안 쉬지 않고 일해야 합니다". JobsN. 2020. 08. 03.

3) 칼 마르크스 『1848 경제학-철학 수고』. 35쪽.

돈은, 자본은 액수가 늘어날수록 그 힘도 강해진다. 그 힘은, 단지 그들이 호화로운 생활을 한다는 데 있지 않고, 노동하는 일반사람들과 그들의 생산물에 대한 명령권을 가진다는데 있다. 마르크스의 고전적 정의에 머물지 아니한다. 더 나아가 자본은 전국의 땅과 아파트를 누비고 다니며 투기하여 자신들의 자산 가치를 올리고 특정 정치인을 후원하여 개발정보를 빼내고 검사나 판사를 매수 혹은 친분을 가져서 자신들의 불법, 전횡을 편법적으로 승인하게 만들고 그리하여 결국 자신들의 권력과 돈을 더 강화한다. 더구나 세계화의 바람 속에서 우리나라의 부자는 세계적인 부자이다. 서울 강남 사람들이 같은 민족, 같은 국가의 국민이라고 하여 전라도 어느 시골 사람들과 심리적 연대감을 가질까, 미국의 뉴요커들과 동일성을 가질까. 이런 물음조차 필요치 않을 정도로 그들은 가족 중 한명은 반드시 미국 영주권이나 시민권을 취득하게 하고 아이들 방학 때는 미국에 가서 살고 여가가 있으면 수시로 미국과 서유럽을 드나든다. 조금 더 부유층은 돈세탁도 필수코스다.

이렇게 되면 민족이나 민주주의는 무관심의 영역이 되고 도덕이나 가치판단은 뒷전에 둔다. 자신들의 권력과 부가 가장 중요한 기준이 되고 그것을 유지하고자 하는 탐욕과 누리고자 하는 욕망이 가장 맨 앞에 온다. 그리하여 가장 중요한 가치는 자신들의 욕망이 된다. 이제는 자신들의 부를 과시하고 마음껏 욕망의 자유를 누리는, 글로벌한 자유방임적 향락주의가 고개를 든다. 자신들이 몸담고 있는 공동체에 발을 딛거나 책임지지 아니하고 글로벌하게 되면 자연스럽게 방종이 나온다. 사람들은 그들의 과시적 방종을 선망한다. 그들의 권력이 지닌 폭압은 가려져 보이지 않는다.

방종의 신화적 원조:
제우스의 여성적 거울, 헬레네

자유방임적 향락주의는 그리스 신들의 세계를 특징짓는 '방종'과 맞닿아있다. 방종의 대가는 제우스이지만 인간으로서는 헬레네이다. '방종'이란 아무 거리낌이 없이 제멋대로 함부로 행동함을 말한다. 글로벌한 세상에서 계급이나 민족, 정의나 신의가 사라지듯이 남녀 간의 충절^{fidelity} 같은 것은 사라졌다. 방종의 신화적 원조는 트로이전쟁의 원인이라고 알려진 헬레네이다. 헬레네의 방종이 어떠한 지, 그 파렴치함이 어떠한 지, 그럼에도 불구하고 그리스로 돌아가 여전히 왕비의 지위를 가지고 천수를 누렸음을 보자. 에우리피데스의 『트로이의 여인들』은 헬레네의 방종과 파렴치함을 잘 그리고 있다.

트로이전쟁이 끝나고, 남자들은 다 죽고 아이들도 거의 살해되고 남은 자들은 주로 여자들이다. 헬레네가 버리고 트로이의 파리스에게로 떠난, 전남편 메넬라오스가 헬레네를 죽이겠다고 트로이의 포로를 수용하고 있는 천막에 도착한다. 트로이의 프리아모스 왕의 아내이자 파리스의 어머니이고 헬레네의 시어머니인 왕비 헤카베는 오뒷세우스의 하녀로 끌려가게 되어있다. 헤카베는 메넬라오스에게 전쟁의 원인이 된 헬레네를 죽이라고 한다. 그러자 헬레네는 포로임에도 불구하고, 그리고 자신이 버리고 떠난 남편인데도 아름답게 치장을 하고 나와서 유혹하며 열렬히 자신을 변호한다. 헬레네는 자기가 파리스를 따라 트로이로 왔기 때문에 헬라스에게 행운을 가져다 주었다고 한다. 헬레네의 변명을 보자. 그리스신화에서 유명한 파리스의 '삼미신(三美神)에 대한 심판'에서부터 자신의 논거를 가져온다.

적색무늬 토기, 루브르 박물관 소장. 왼쪽에서는 사랑의 신 아프로디테 여신이 있고, 헬레네와 메넬라오스 사이에는 에로스가 날아다니며 이들의 재결합을 부추기고 있다. 헬레네의 입장에서는 '살려고' 하는 일이고, 이를 계기로 메넬라오스와 '다시 살게' 된다.

헬레네:

......

　그 뒤 세 여신을 위해 심판하게 되었지요. 팔라스[4]가 알렉산드로스[5]에게 약속한 선물은 그가 프뤼기아인들의 장군으로서 헬라스[6]를 유린하게 해주겠다는 것이었어요.

■

[4] 아테네 여신의 다른 이름

[5] 파리스의 다른 이름

[6] 고대그리스 인들이 자신들의 나라를 일컫는 이름이다.

헤라는 파리스가 자기에게 유리한 심판을 해주면,
그가 아시아와 에우로페의 변방들을 통치해주겠다고
약속했어요. 퀴프리스[7]는 내 미모를 찬탄하며, 그녀가
아름다움에서 여신들을 능가할 경우, 그에게 나를 주겠다고
약속했어요. 그 뒤 이야기가 어떻게 되었는지 살펴보세요.
여신 퀴프리스가 이겼고, 그리하여 내 결혼은 헬라스에
큰 이익을 가져다주었어요. 그대들은 전쟁에 의해서든,
폭군에 의해서든 야만족의 통치를 받지 않았으니까요.
하지만 헬라스에게 행운이었던 것이 내게는 파멸을 의미했어요.
나는 미모 때문에 팔려갔고, 게다가 당연히 내가 머리에
영관을 써야 할 사건들로 되레 욕을 먹고 있으니까요.

(924-937행)

　　헬레네의 말은 궤변이긴 하지만 나름 신화적 근거를 가진다. 3명의
여신 가운데 가장 아름다운 여신을 뽑을 권한을 파리스가 가지게 되자 헤
라는 권력을, 아테나는 지혜를, 아프로디테는 아름다운 여인을 주겠다고
했다. 파리스는 아프로디테 여신을 선택했다. 이 신화를 헬레네가 자신에
게 유리하게 재해석한 것이다. 만약 파리스가 헤라를 택했다면 트로이가
강성해졌을 것이고 아테나를 택했다면 헬라스, 즉 그리스가 유린되었을 거
라는 것이다. 자기가 트로이로 가서 파리스와 결혼했기 때문에 자신은 헬
라스에게 엄청난 행운을 가져다주었는데 자신을 죽이겠다는 것은 말이 안
된다고 말한다. 그리고 파리스가 전쟁에서 죽자 신이 맺어준 결혼이 더 이
상 유효하지 않기 때문에 자신은 몰래 밧줄을 타고 흉벽에서 내려와 아르
고스 인들의 함선으로 돌아올려고 무수하게 시도했다고 한다. 탑의 파수꾼
들과 성벽 감시인들을 증인으로 내세운다.

■
7) 아프로디테의 다른 이름

이에 트로이의 여인들로 구성된 코로스의 코로스장은 헤카베에게 헬레네가 못된 짓을 한 주제에 말솜씨만 그럴싸하게 한다고 헬레네의 교묘한 언변을 꺾으라고 한다. 이에 헤카베는 자신은 여신의 명예를 옹호하는데 헬레네는 여신들을 모함하고 있다고 한다. 여신들은 어리석지 않고 다만 장난삼아 아름다움을 다투려고 이데 산에 모인 것일 뿐이다. 헬레네가 트로이로 와서 자신의 아들 파리스와 결혼한 것은 화려한 의복과 황금, 즉 부와 사치가 탐이 나서였다고 한다.

헤카베:

> ……
> 내 아들은 빼어난 미남이었어요. 그래서 그 애를 보자
> 그대의 마음이 퀴프리스로 변한 것이오. 인간이 저지르는
> 모든 어리석은 짓이 바로 아프로디테며,
> ……
> 그 애가 동방의 의복과 황금이
> 번쩍이는 것을 보자 그대는 그만 넋을 잃었던 것이오.
> 아르고스에 살 때 그대는 살림이 넉넉지 못했으니까.
> 그건 그렇고, 그대는 내 아들이 그대를 납치했다고
> 주장하는데, 그렇다면 왜 스파르타인들 중 아무도
> 알아채지 못했을까요? 도와달라고 비명은 질렀나요
>
> (987-1000행)

그 다음에 이어지는 헤카베의 대사는 헬레네가 끊임없이 누가 이기는가를 보면서 이기는 쪽에 붙으려고 했다고 한다.

헤카베:

> … 그리고 그대가 트로이아에 오고
> 아르고스 인들이 그대를 뒤따라와, 전사들이 창에 쓰러지는
> 전투가 시작되었을 때, 메넬라오스가 우세하다는 소식이

들릴 때마다 그대는 그를 칭찬했어요 내 아들이 강력한
연적을 가진 것에 괴로워하도록, 하지만 트로이아 인들이
잘나가면 그대에게 그는 아무것도 아니었지요.
그대는 언제나 행운을 바라보며 이기는 쪽에 붙으려
했지, 신의 같은 것은 헌신짝 버리듯 했어요.
그 다음, 그대는 의사에 반해 머물러야 했기에 탑에서
몰래 밧줄을 타고 아래로 내려갔었다고 주장했던가요?
대체 언제 어디서 그대를 스스로 올가미에 목매달거나
칼을 갈다가 들킨 적이 있지요? 고귀한 부인이라면
전남편에 대한 그리움에서 능히 그럴 법도 한데 말이오.

(1002~1014행)

　　헤카베는 전쟁의 와중에, 헬레네에게 자신의 아들들은 다른 여인들과 결혼할 수 있을 것이고 헬레네를 아르고스의 함선이 있는 곳으로 데려다 줄 테니 제발 가라고 누차 타일렀다고 한다. 하지만 헬레네는 파리스가 죽고 트로이가 멸망하자 예쁘게 몸치장을 하고 와서 메넬라오스에게 다시 교태를 부리는 파렴치한 여인이다. 따라서 헤카베는 전남편 메넬라오스가 헬레네를 죽이는 것이 헬라스[8])에게도 영관을 씌워주는 것이라고 일갈한다.

　　하지만 발 앞에 쓰러지며 살려달라고 애원하는 헬레네를 메넬라오스는 즉결 처형으로 넘기지 않고 아르고스 함선에 데려가기로 한다. 아르고스에 데려가서 돌에 맞아 죽는 처형을 받을 것이고 그리하여 "모든 여인에게 정숙해야 한다는 것을 가르쳐주게 될" 것이라고 말한다. 하지만 신화의 줄거리는 말하고 있다. 메넬라오스는 헬레네의 아름다움에 대한 욕정이 식지 않았고 헬레네는 아르고스에 가서도 여전히 왕비로서 사치와 방종을 누렸다는 것을.

■
　8) 헬라스는 그리스 민족의 시조 헬렌의 자손들이라는 뜻으로 그리스 민족을 통칭한다.

제우스는 헬레네보다 훨씬 대표적인 방종의 모습을 보이지 않는가. 신들은 선악이 없다고 한다. 그래서 누가 착한가 누가 나쁜가를 따지지 않는다. 그리스신화는 이긴 자들이 정의롭다는 것을 보여준다. 물론 역사도 그렇지만. 신들은 끊임없이 트로이 편을 들거나 그리스 편을 들거나 왔다 갔다 한다. 신들이 자신들이 지지하는 편을 위해 목숨을 바친 적이 없다. 물론 신들은 불사이기 때문에 목숨을 바치기 보다는 사라진다. 하지만 이 신들은 이긴 자들이 제물을 많이 바치고 경배를 많이 하면 모두 받아준다.

그리스 연합군이 트로이전쟁을 일으킨 명분은 이런 여인을 되찾기 위한 것이었다. 원래의 목적은 트로이에게서 에게 해의 상권을 빼앗아 오는 것이지만 그리스는 공동체의 재물로서의 여인을 강탈해감으로써 그리스 공동체에게 해를 입힌 트로이를 응징한다는 명분으로 수만의 그리스 전사들을 전쟁터로 차출한 것이다. 살아 돌아온 전사들은 몇이나 될까. 오뒷세우스도 함께 참전한 일가친척과 하인들을 모두 잃고 혼자 살아남았다. 고향으로 돌아와 씨족 공동체를 파괴하고 최강의 강자가 되어 1인 지배자가 된다.

그리스신화에 나타난, 경쟁을 통해 최고가 된다는 것, 그리고 이기는 것만이 최고의 가치를 가진다는 것은 르네상스를 통해 다시 부활하였고 자본주의에 와서 그대로 재현된다. 무엇이든 최고가 되어야 한다. 돈이 최고의 미덕이듯, 경쟁에서 이기는 것이 최고의 힘이듯, 아름다움에서도 최고는 선악, 도덕, 윤리, 가치체계 자체를 초월한다. '과거는 용서해도 못생긴 것은 용서하지 않는다'는 말이 헬레네에게 그대로 적용된다. 여자에겐 미모가 최고라는 것이다. 미러링, 즉 이 말의 남성적 거울은 부자라면 어떤 방종을 해도 모두 용서된다는 것이 아닐까. 여자가 어떤 죄를 저질러도 이쁘면 용서된다는 이 파렴치함은 무엇일까? 무엇보다도, 정신과 지성이 아니라, 여자의 얼굴과 몸에 우선적 가치를 부여하는 것. 그리고 여자의 얼굴과 몸이 욕정의 대상이 되고 교환가치를 지니고 매매 가능한 영역으로 들어가며 생존의 수단이 되는 사회가 된다. 사회의 어두운 일부가 아니라 사회의 밝은 영역들조차 매춘화, 즉 성산업으로 되어간다.

5. 돈과 권력, 욕정의 트라이앵글

그리스신화에서 남성들의 사랑은 어떤 것일까? 돈과 권력을 가진 남성은 아내 뿐 아니라 당연히 다른 여자, 노예까지도 관심 가진다. 신화는 건조하게 기록하더라도 그걸 현대적으로 번안하면 다음과 같은 것이지 않을까. 엘렉트리온은 헤라클레스의 외할아버지, 즉 어머니 알크메네의 아버지이다.

> 엘렉트리온은 아낙소와의 사이에서 여섯 아들을 낳았다. 그런데 엘렉트리온도 남자인지라 어느 정도 아내와 지내고 나자 다른 여자를 보면 눈이 돌아가곤 했다. 결국 그는 프리기아 출신 노예인 미데아를 회유하여 그녀를 범하고 말았다. 그렇게 하여 그녀와의 사이에서 리킴니오스가 탄생하기도 했다.

이런 권력자의 사생활은 비판의 대상보다는 부러움과 질시의 대상이 된다. SK재벌 회장 최태원이 2016년 1월 내연녀를 전격 공개했다. 16년 1월을 강타한 최고의 인기뉴스였다. 질타보다는 부러움이 남녀 모두에게 일었다. 남자들은 돈 뿐만 아니라 아내 아닌 다른 여자도 당당하게 거느릴 수 있는 최태원을 부러워했고 여자들은 아이가 있는 유부녀이지만 최태원과 사귀면서 이혼신청을 한, 신데렐라가 된 그 내연녀를 부러워했다.

최태원 회장은 SK그룹 계열사의 펀드 출자금 수백억 원을 빼돌려 옵션투자위탁금 명목으로 전 SK해운 고문에게 송금한 혐의로 재판에 회부되었고 지난 2014년 2월 대법원은 최 회장에게 징역 4년형을 확정했다. 이후 2년6개월간 복역하다 이번 광복절 특사로 출소하게 됐다. "앞으로 국가경제 및 사회발전에 최선의 노력을 다하겠다"라고 출소 소감을 밝혔다. 그리고 몇 달 후 자신의 내연녀와 그에게서 난 6살 난 딸이 있음을 밝혔다. 당당하게 커밍아웃한 의도는 자신의 이혼을 미리 공론화하여 차가운 세간의 시선의 강도를 차차 누그러뜨려보자는 의도가 있었을거라고 한다. 그리고 나서 뒤에 밝혀진 것은 그 내연녀에게 회사의 공금 24억원으로 아파트를 사줬다는 것이다. SK 해외계열사를 통해 회사공금으로 아파트를 매입해 줌으로써 공금횡령의혹을 받고 있다. 법이 절대적인 것은 물론 아니지만 최태원 회장의 이 기사는 모두 불법적인 사실들로 채워져 있다. 하지만 그는 돈과 권력, 여인 그 어느 하나도 잃지 않았다.

돈과 권력, 그리고 여자의 도돌이표를 신화 속에서 살펴보자. 다음은 돈이 많은 사람이 어떻게 성적 포식자가 되고 성적 포식자가 어떻게 또 권력을 확장하는지 그 과정을 그리고 있다. 역시 헤라클레스 가문과 관련 있는 언급을 한번 보자.[1]

> 엘렉트리온에게는 메스트로라는 동생이 있었는데, 엘렉트리온이 미케네 왕국을 물려받자 동생은 타포스 섬으로 떠났다. 거기에서 자리를 잡은 그에게는 딸 히포토에가 있었다. 그가 살러온 이 땅, 타포스에는 프테렐라오스 왕이 살고 있었으니, 그는 포세이돈의 아들이었다. 그는 아버지로부터 황금 머리카락을 받아 머리에 심었다. 그 머리카락이 빠지지 않는 한 그는 죽지 않으며, 그의 도시는 함락되지 않도록 보증을 받는 신비의 머리카락이었다. 이 막강한 힘을 가진 프테렐라오스 왕은 메스트로의 딸 히포토에를 보자 침을 꿀꺽 삼켰다. 그는 자신의 힘을 내세워 히포토에를 강제로 자기의 아내로 삼았다. 그렇게 하여 그녀와의 사이에서 6명의 아들을 낳았다. 그렇게 하여 아들들이 장성하여 어른이 되자 그는 은근히 미케네 왕국이 욕심이 났다. 미케네는 아내의 아버지인 메스트로가 절반을 차지할 권리가 있었던 왕국이라고 생각했던 것이다. 그래서 그는 아내가

<hr>

[1] 다음 블로그에 아주 축약한 글이 있어 가져왔다. https://blog.daum.net/mrbillchoi /2104

물려받아야할 권리를 대신 찾기 위해 6명의 아들을 미케네로 보냈다. 그의 여섯 아들은 미케네 왕국으로 와서 그곳의 왕 엘렉트리온을 만나게 해달라고 요구했다.

이걸 조금 더 쉽게 써보면, 물론 이 글은 너무나 쉽지만, 그래도 약간만 첨삭을 해서 보면, 프테랄라오스 왕이 황금 머리카락을 받게 되자 막강한 힘을 가지게 되었다는 것, 이것은 그냥 황금이라 읽어도 무난하다, 부자가 되자 여자에 대해 욕정이 발동했다는 것이다. 그리고 사랑이 아니라 황금이 가진 힘으로 권력을 사용하여 강제로 했다는 것, 6명의 아들이 생겨서 죽을 때까지 아니 사후에도 권력이 영원할 수 있다는 것, 그래서 그 권력을 더 강화하기 위해 이제 다시 권력에 대한 욕망이 타올랐다는 것이다. 돈 → 권력 → 여자 → 아들 → 권력 → 돈 … 무한히 도돌이표를 그리며 확장되는 것으로 인간의 욕망을 그리스신화에서 그리고 있다.

검찰출신 국회의원이나 고위직 인사들의 성추행사건이 유난히 많은 이유도 이러하다. 그들은 자신의 자리가 곧 권력이라 생각한다. 앞서 말한, 개인의 월급과 공무원이 내린 결정의 효력 사이에 엄청난 불균형이 발생하듯이 이들은 자신의 자리가 다른 사람들의 운명을 결정하는 엄청난 자리라는 걸 잘 알고 있다. 그래서 모든 것에 스스럼이 없다. 전직 국회의원, 전 국회의장, 전 검찰총장, 전 법무부차관. 전 대구지검 서부지청장, 전 제주지검장 들. 이들의 공통점은 전·현직 검찰 고위직이다. 권력을 추구하고 권력에 아부하고 권력을 앞세우는 이들 검사 및 검찰출신들은 성에 대한 욕정을 드러내는 방식도 사적인 장소 뿐 아니라 공적인 장소에서도 쉽게 드러낸다. 특히 70대 노인들인 전 국회의장이나, 전 검찰총장 들의 성추문 사건을 보면 과거 이 사람들이 현직에 있을 때 서슬이 시퍼렀을 때이기 때문에 알고도 넘어 가고 덮어주고 묻어 주었기 때문에 관행이 되고 습성이 되어버린 것일 수도 있다. 성추행은 일종의 권력행사이고 권력의 확인이다. 이들은 수시로 자신의 권력을 확인하고자 한다. 그리스신화의 신들과 영웅들이 자신의 권력 행사로 여성에 대한 폭력을 무시로 행사하듯이.

이 책을 쓰는 주된 목적은 그리스신화를 다시 보고 그리스신화의 신들이나 영웅에게서 신비적이고 면책적인 아우라를 벗기고 그리스신화를 찬양하지 말자는 데 있다. 지금의 세상이 잘 되어가고 있기 때문에 태평성대라 생각하는 사람은 그리스신화는 정말 훌륭한 인생의 지침서이자 인간 본능을 가장 원초적으로 대변화는 신화적 버전이다. 하지만 그러지 못한 사람들은 지금 한국사회의 온갖 문제점들에 대해 매우 비판적이면서도 다른 한편 그와 똑같은 지배구조와 지배 심성을 지닌 그리스신화를 찬양하는 그런 짓은 하지 말자는 것이다.

당연히 그리스신화에서 사랑은 철저하게 성적 욕망으로 그려진다. 알크메네를 사랑하는 암피트리온에 대한 묘사를 한번 보자.

> 하지만 알크메네를 생각하면 그는 무엇이든 해야만 했다. 알크메네를 향한 그의 연정은 그를 참을 수 없게 만드는 것이었다. 그녀를 생각만 해도 그는 관자놀이가 붉어졌고, 온 몸이 불타오를 것 같았다. 하지만 그가 아무리 애를 태워도 그녀는 그를 받아들이려하지 않았다. 그럼에도 불구하고 그는 그녀 생각을 하면 저절로 입가에 미소가 피어올랐고, 눈동자는 게슴츠레하기까지 했다. 그야말로 사랑에 단단히 미쳐버린 사내가 되고 말았다. 잠시라도 그녀를 보지 않으면 가슴이 벌렁거리고 불안하고 초조했다.

사랑은 이처럼 철저하게 욕정으로 그려진다. 욕정은 참을 수 없는 걸로 그려진다. 충족되기 전까지는. 그래서 그리스신화의 영웅들은 욕정에 사로잡히면 광포한 힘을 발휘한다. 그 욕정을 참을 수 없는 것은 참을 필요가 없기 때문이다. 전쟁터에서 살인행위를 제어할 필요가 없듯이.

광기발작을 일으킨 헤라클레스가 아들을 죽이고 있는 동안 아내 메가라가 공포에 질려서 있다. 마드리드 국립고고학박물관. 기원전 350-320년 경. 사진출처: wikipedia

　헤라클레스가 이올레에 대한 욕정을 참지 못해 밤새 고통 받다가 다음 날 새벽 그 마을로 가서 아버지를 죽이고 오빠를 죽이고 마을을 부수고는 이올레를 데려온다. 정복한 만큼 이올레는 승리의 전리품이다. 하지만 이 욕정은 충족되고 나면 다시 일상으로 돌아가면 사랑은 식고 권태로워진다. 그러면 다시 원정을 떠나 길가의 여인이든 적국의 공주이든 아름다운 여인이면 다시 욕정의 대상이 된다. 욕정과 권태로움 이것이 사랑에 대해 영웅이 가진 에토스다. 프로이트의 리비도 경제학이 철저히 적용된다. 광포하고 거대한 욕정에다 권태로움을 더하면 일상적 리비도의 양은 평균적이다. 그래서 영웅들의 가정생활은 그들이 바깥에서 행하는 영광스런 위업에도 불구하고 항상 비참하고 불행하다.

　헤라클레스는 한 번도 사랑을 느껴보지 못했을까? 돌을 갓 지나자마자 헤라클레스는 의붓어머니 헤라가 보낸 뱀들로 생명의 위기를 겪는다. 젖에 굶주려 탐욕스레 헤라의 젖을 빨다가 헤라로부터 매를 맞는다. 어머니의 사랑을 받아보지 못했다. 어머니의 사랑을 받아보지 못한 자는 사랑의 참됨을 알지 못한다. 첫째 아내 메가라는 테스피오스 족을 물리친 공로로 테베에서 전리품으로 준 것이다. 메가라와 두 아들을 낳고 살았지만 거의 대부분의 시간을 큰 전쟁이든 작은 싸움이든 전쟁터에서 보냈다. 전쟁터에서 살육을 하고 돌아와서 정화제의를 지내다가 희생물에서 솟구치는 피를 듬뿍 맞게 되자 정신이 혼란스러웠다. 전쟁터였다. 그래서 눈알이 돌아가고 아이들은 방금 죽이고 온 적의 아들과 오버랩되면서 화살로 몽둥이로 아이들을 죽이고 말리는 메가라까지 죽여버렸다. 더 나아가 아버지까지 죽이려고 할 때 헤라가 그를 혼미하게 하여 쓰러지게 한다.

일설에는 아이들만 죽이고 아내 메가라는 죽이지 않았다고 한다. 헤라클레스는 아내 메가라를 자신의 조카인 이올라오스에게 주었단다. 이올라오스는 헤라클레스의 쌍둥이 형제인 이피클레스의 아들이다. 그는 삼촌 헤라클레스를 아버지보다 더 존경해서 항상 그와 많은 모험을 했는데 헤라클레스의 12 과업 중 특히 히드라의 격퇴에 굉장한 도움을 주었다. 헤라클레스가 히드라의 머리를 베는 족족 벤 부위에서 두 개의 새 머리가 자라났고 오히려 싸움이 더 힘겨워지자 이올라오스는 불을 피워 헤라클레스가 머리를 벨 때마다 벤 부위를 지져 새 머리가 돋아나지 않게 태워버렸다. 그에 대한 보답으로 헤라클레스는 조카 이올라오스와 자신의 첫 아내인 메가라를 결혼시킨다.[2] 메가라를 조카에게 주어버린 것을 자식들을 살해한 트라우마 때문이라고도 한다. 이때 메가라는 33살이었고 이올라오스는 고작 16살이었다고 한다. 메가라는 이올라오스와의 사이에서 딸 레이페필레네를 낳았단다.

■

2) 설이 두 개 있다. 하나는 광기에 빠져 자식들을 죽일 때 아내도 죽였다는 설과, 다른 하나는 죽인 자식들이 생각날까봐 조카에게 주었다는 설이다.

사랑이란 무엇일까. 여자의 몸과 얼굴에만 꽂히는 욕정과는 어떻게 다를까. 거꾸로 남자의 권력과 돈에 꽂히는 생존기술로서의 사랑과는 어떻게 다를까? 트로이전쟁에서 중요한 변수를 만든 여인은 헬레나만이 아니다. 브리세이스 역시 매우 중요한 변수다. 헬레나와 파리스의 사랑은 두 도시국가를 혼란의 구덩으로 빠트린 욕정으로 비난받지만 아킬레우스와 브리세이스의 사랑이야기는 호메로스의 일리아스의 기본 구성으로 중요한 위치를 차지하며 후대에 중세의 여러 전설에도 영향을 미칠 정도로 사랑받는다.

브리세이스는 원래 트로아스의 도시 리르네소스 출신으로 아킬레우스가 그 도시를 약탈하고 형제들을 모두 죽인 이후에 그녀를 전리품으로 가졌다. 아마도 그녀의 남편은 리르네소스의 왕 미네스였을 것으로 추정되며 역시 아킬레우스의 손에 죽었다. 그녀는 아킬레우스가 트로이 원정에 참가한 이후에 처음으로 얻은 전리품이다. 전리품으로서의 사랑, 아킬레우스의 사랑도 그렇게 시작되었다. 전리품으로서의 여자 브리세이스는 아가멤논에게 주어졌다가 다시 아킬레우스에게 건네진다. 아킬레우스가 참전거부를 하여 전세가 기울어 그리스 함선에까지 트로이 군대가 밀고 들어왔다. 아가멤논과 그리스 장수들은 포이닉스, 디오메데스, 오뒷세우스 들의 장수들을 아킬레우스에게 사절로 보내어 달래려고 했다. 아킬레우스는 이때 브리세이스를 아내로 표현하며 진심으로 사랑한다고 말한다.

죽음을 면할 수 없는 인간들 중에 아트레우스의 아들들만이
아내를 사랑한단 말이오? 천만에. 착하고 분별있는 사람이라면
누구든지 제 아내를 사랑하고 아끼는 법이며 나 역시 비록 창으로
빼앗은 여인이기는 하나 내 아내를 진심으로 사랑했소.

(제9권 340-343행)

파트로클로스의 시신 위에 엎드려 우는 브리세이스,
프란시스 잉글허트, 1805년 그림

　이후 아가멤논은 자신의 결정에 패착이 있었음을 깨닫고 많은 화해의
선물과 함께 브리세이스를 아킬레우스에게 돌려준다. 이때 아가멤논은 브
리세이스에게 손도 대지 않았음을 강조하며 신들께 맹세한다. 전리품으로
서의 정복된 사랑. 아킬레우스는 사랑을 그렇게 배웠다. 그럼 브리세이스
는 어떠했을까? 호메로스는 황금의 아프로디테와 같은 브리세이스가 아킬
레우스 대신 싸우러 나갔다가 날카로운 청동에 찢긴 파트로클로스를 보았
고, 그 옆에 쓰러져 가장 청아한 목소리로 울며 두 손으로 가슴, 목, 고운
얼굴을 뜯으며 다음과 같이 말했다고 전한다.

오 파크로클로스여 내가 가장 비참하던 순간에 내 마음을 가장 크게 위로해 주시던 분이여 … 백성의 보호자인 그대는 죽었구료. … 오 이렇듯 내게는 불행에 불행이 겹치는 군요. 나는 아버지와 왕비인 어머니가 주신 남편이 우리 도시 앞에서 날카로운 청동에 찢기는 것을 보았고, 같은 어머니께서 낳아주신 사랑하는 세 오빠들도 그 옆에 누운 것을 보았습니다. …. 하지만 그대 파트로클로스는 준족의 아킬레우스가 내 남편을 죽이고 신과 같은 미네스의 도시를 함락했을 때 나를 울도록 내버려두지 않고 나를 신과 같은 아킬레우스의 결혼한 아내로 만들고 … 결혼식을 올려주겠노라고 약속했지요. 그대가 늘 친절했기에 나는 그대의 죽음 앞에 눈물을 멈출 수 없습니다.

(제19권 282-302행)

브리세이스가 파트로클로스의 죽음을 애도하는 말에 자신의 비참함을 실어나른다. 남편도 오빠들도 아킬레우스에게 살해당했지만 파크로클로스가 자신을 위로하고 아킬레우스와 결혼시켜주겠다고 한 그 내력을 말한다. 파트로클로스의 죽음을 애도하는 것이 아니라 자신의 불행을 그 죽음에 투사하며 불안과 두려움에 떨고 있는 것이다. 아가멤논에게서 벗어나 다시 돌아온 브리세이스는 아킬레우스의 마음이 변했을까 노심초사한다. 그나마 파트로클로스가 중개한다면 희망을 걸어보기도 하겠지만. 그는 이미 죽어 이렇게 말이 없이 누워있지 않은가?

호메로스는 이어서 말한다. "브리세이스가 이렇게 울면서 말하자 다른 여인들도 따라서 통곡했다. 그들은 파크로클로스를 위해 울었지만 그것은 핑계였으며, 실제로 가장 염려한 것은 모두 자신들의 슬픔이었다"고. 『일리아스』가 이렇게 고전으로 지속되는 이유도 호메로스의 이 짧은 멘트에 있는지 모른다.

6. 헤라클레스, 오이디푸스를 개시하다

사랑이란 무엇인가? 대개 지금의 사랑은 남자의 권력과 능력과 돈에 끌리거나 여자의 화장한 아름다운 얼굴과 가슴과 엉덩이에 꽂힌다. 남자에게 사랑은 자신의 권력과 돈에 합당한 미모의 여인을 구한다면 여자에게 사랑은 생존의 기술이므로 이와 달리, 이와 아주 다르게 벤야민이 말하는 사랑은 애처롭고 빈약하기조차 하다. 발터 벤야민의 『일방통행로』에 실린 아름다운 글이 있다. "알림: 여기 심어놓은 식물들 보호 요망"의 글의 일부 내용이다. 길지만 인용해보자.1)

> 사랑하는 사람은 애인의 '실수', 여성스러운 변덕이나 약점에만 연연해하지 않는다. 어떠한 아름다움보다 그의 마음을 더욱더 오래, 더욱더 사정없이 붙잡은 것은 얼굴의 주름살, 기미, 낡은 옷, 그리고 기울어진 걸음걸이다. 우리는 이를 이미 오래전에 경험했다. 어째서인가? 감정은 머리에 깃들어있는 것이 아니라는 학설이 맞는다면, 또한 창문, 구름, 나무에 대한 우리의 감정은 머릿속이 아니라 그것들을 본 장소에 깃들어있다는 학설이 맞는다면, 그렇다면 우리는 애인을 바라보는 순간 우리 자신을 벗어난 곳에 가 있는 것이다. 그러나 그곳에서 우리는 고통스러울 정도의 긴장과 환희를 느낀다. 감정은 여인의 광채에 눈이 부셔서 새떼처럼 푸드득거린다. 그리고 잎으로 가려진 나무의 우묵한 곳에 은신처를 찾는 새처럼 감정은 사랑하는 육체의 그늘진 주름살, 투박한 몸짓, 그리고 눈에 잘 띄지 않는 결점을 찾아 그 안에 숨어 들어가 안전하게 은신처 안에서 몸을 움츠린다. 사모하는 사람에게 순식간에 일어나는 사랑의 떨림은 바로 거기, 결점이 되고 비난거리가 될 만한 것 안에 둥우리를 틀고 있다는 사실을 지나가는 사람은 아무도 알아채지 못한다.

■

1) 발터 벤야민 「알림: 여기 심어놓은 식물들 보호 요망」. 『일방통행로』. 80쪽.

사랑하는 사람은 애인의 얼굴에 나타난 주름살이나 기미, 낡은 옷, 그리고 기울어진 걸음걸이 같은데서 더욱 오래 마음이 머문다고 한다. 사랑하는 사람을 바라보는 순간 자신을 벗어난다. 자아는 자기의 몸 밖으로 나가버린다. 마치 자아가 터져버려 봉오리가 꽃으로 피어나는 것처럼 그것은 긴장과 환희를 동반한다.

살육의 대가로 주어진 여성 포로가 아무리 예쁘다 한들 그 포로에게서 어떤 사랑을 볼 수 있을까? 헤라클레스에게 여자는 항상 정복의 대가로 주어지는 전리품일 뿐이고 욕정을 배설하는 대상이었을 뿐일까? 그는 태어나서 처음으로 그리고 마지막으로 사모하는 사람에게 순간적으로 일어나는 사랑의 떨림을 경험한다. 제닛 윈터슨은 『무게』에서 헤라클레스가 두 번째 아내인 데이아네이라를 사랑하고 있음을 깨달은 순간에 대해 다음과 같이 쓰고 있다. 원정을 마치고 돌아오다가 자신의 마을로 오기 전에 자신의 몸에 묻은 나쁜 피를 정화해야만 집으로 돌아올 수 있다. 그래서 아내에게 정화제의용 깨끗한 옷을 준비하게 했다.[2]

> 그 시각, 제단 준비를 마친 헤라클레스가 신성한 불을 붙이고 나서 깨끗한 옷을 입기 위해 뒤로 물러났다. 시종이 그에게 데이아네이라가 보낸 멋진 셔츠를 주었고, 그것을 입으면서 그는 데이아네이라가 원하다면 이올레를 포기하겠다고 맹세하며 그녀를 축복했다. 그는 자기가 얼마나 그녀를 사랑하는지를, 그리고 전에는 한 번도 누군가를 사랑해본 적이 없었다는 것을 깨달았다. 이올레는 굉장하지만, 그냥 젊은 여자일 뿐이었다. 젊은 여자라면 다른 여자도 얻을 수 있었다.

■
[2] 제닛 윈터슨. 『무게』. 138쪽.

헤라클레스는 깨끗한 옷을 지어 보낸 아내에게 감사한다. 그것은 떠돌이가 아니라 자기가 돌아갈 가정이 있음에 감사하는 것이다. 이렇게 맘 편한 가정이 있다고 생각하니 어린 여자애는 단지 욕정의 대상일 뿐이다. 자신이 욕정에 휘말렸던 것이 잠시 부끄럽다. 데이네이라를 쫓아내고 이올레와 가정을 꾸릴 생각도 해봤다. 하지만 자기 아들보다도 어린 여자애와 가정을 꾸리는 것은 어울리지 않는다. 정말 진심으로 데이아네이라가 가슴에 다가온다. 이렇게 가족을 꾸리고 가정을 만들어준데 대해서 말이다. 그러면서 정말 사랑하고 있었구나, 이제는 돌아가서 자신도 가족의 사랑과 배려 속에서 여생을 보내야겠다고 생각한다.

데이아네이라 역시 살면서 헤라클레스에게 사랑을 느꼈을까? 윈터슨의 문체로 그 얘기를 들어보자.[3]

> 데이아네이라는 눈을 뜬 채로 그를 느끼며 빠르게 지나가는 구름을 올려다보며 누워있었다. 헤라클레스는 결코 얌전히 있지 못했다. 언제나 다른 여자들이 있었다. 외도, 창녀, 첩, 술집 아가씨, 상금, 몸값, 전리품, 농부의 딸, 여신. 헤라클레스는 충실하겠다고 약속한 적도 없었다. 그것은 그의 성정도 취향도 아니었다. 그리고 데이아네이라는 자신이 그런 것을 게의치 않을 거라고 생각했다. 그들은 이미 부부였고 그는 공적으로 그녀를 예우했다, 그녀의 아이들의 아버지였다. 그는 그녀를 좋아했다. 그랬다. 그들은 잘 지냈다. 그것은 헤라클레스에게는 새로운 일이었고 데이아네이라에게는 놀라움이었다. 그녀는 전차를 다룰 수 있었다. 그녀는 말에 능숙했고 과녁 맞추기에서 그와 함께 어울릴 수 있었다. 그는 그녀를 존중했다. 그는 그녀와 말이 통했다.

■
3) 같은책. 132쪽.

'헤라클레스의 죽음' 프란시스코 데 수르바란, 캔버스에 유채, 136×167㎝, 1634년, 프라도미술관(스페인 마드리드).

유난히 데이아네이라는 남성적인 여자이다. 그녀는 전차도 탈 수 있고 말타기도 잘 하고 헤라클레스와 함께 놀아볼만한 여자였다. 헤라클레스는 여성적인 여자는 어떻게 다룰지 몰랐다. 어머니 헤라와의 관계에서 헤라클레스가 그렇게 길들여졌는지도 모른다. 순종적이고 유혹적인 여자는 금새 질려버렸다. 데이아네이라 역시 강의 신 아켈로우스Achelous가 데리고 있었는데 헤라클레스가 레슬링 시합에서 아켈로우스를 꺾고 쟁취한 여자이다. 싸워서 얻은 일종의 전리품이다. 그런데 둘이는 서로 합이 맞았다. 사실 헤라클레스의 죽음도 데이아네이라가 그를 사랑했기 때문에, 그의 사랑을 돌리려고 하면서 벌어진 참극이다. 사랑의 순간은 지고했으나 가정 역시 죽고 죽이는 전쟁터의 연장이었다. 의도하든 의도하지 않든.

그 깨끗한 셔츠에는, 따뜻한 가정을 꾸린 아내가 보내준 그 옷에는, 예전 자신이 쏘아 죽였던 히드라의 맹독이 묻어 있었다. 데아이네이라를 겁탈하려던 네소스를 쏘았을 때 네소스가 죽으면서 사랑의 비방으로 그녀에게 남긴 그의 피와 정액이 묻어있었고 그 속에는 히드라의 맹독이 있었던 것이다. 제단에 불이 지펴지자 그 맹독이 활성화되어 헤라클레스는 온 몸에 열상을 입고 죽어가게 된다. 헤라클레스의 고통에 찬 분노의 울부짖음과 데이아네이라에 대한 분노에 찬 저주. 그러자 헤라클레스의 사랑도 가정도 모두 날아가 버린다. 그 사실을 전해들은 데이아네이라는, 자신이 전혀 모르고 한 것이었지만, 칼로 할복하여 자결한다. 사랑을 깨달았을 때는 이미 늦었다. 사랑 역시 과거의 업보이다. 미래의 희망이라기보다.

영웅이 진정한 사랑을 알게 되는 건, 그건 전혀 영웅답지 않은 것이니 영웅이 죽음을 걸어야 함이 아닐까. 사랑이 헤라클레스의 심장에 깊이 박히는 것은 찰나의 순간이다. 헤라클레스는 사랑을 깨닫는 순간 오랜 되돌이표의 악행이 온몸에 불을 지른다. 곧 다시 헤라클레스는 사랑의 찰나적 단잠에서 깨어나 가부장제의 영웅적 화신이 된다.

헤라클레스는 이올레의 아버지와 오빠들이 자신의 자존심을 짓밟았다고 생각했다. 자존심의 회복은 영웅의 자아를 거대하게 부풀어 올린다. 이올레는 대가를 치를 만큼 아름다운 여인이다. 16살의 처녀이다. 어린 이올레를 정복하는 것은 새로운 처녀지를 달려서 정복하는 것만큼이나 짜릿한 것이다. 처녀지를 정복했으니 식민을 해야 한다. 이 처녀지를 두고 죽어야 한다면 정복이 무슨 소용인가. 그래서 헤라클레스는 이올레를 아들 힐로스에게 준다. 이올레와 결혼하라고. 아버지의 여자와, 그리고 어머니 데이아네이라의 죽음의 원인이 된 여자와 결혼하라니. 준엄한 아버지의 명령이다. 그 시대에 아버지는 자식의 생사여탈권을 쥐고, 죽이거나 노예로 팔아도 죄가 되지 않은 시절이었다.

섹스 중독[nonos]에 발광하여 마을을 초토화시키고 이올레를 데려왔으나 헤라클레스는 더 이상 섹스할 수 없고, 더 이상 향유할 수 없게 되었다. 자신이 죽을 수밖에 없는 상황에 처해지자 아들에게 결혼하라고 명령하는 이 심리는 무엇일까? 이 심리의 목적은 두 가지다. 아들에 대한 부러움, 우울의 양가적 감정 속에서 하나는 힐로스의 "대상을 즐기는 능력, 그 역량을 파괴"하는 데 있다. 자신의 이름과 위업, 가문을 물려줄 수밖에 없지만 아들의 향유의 능력은 빼앗아버린다. 자신은 대상 이올레를 "향유할 수 없지만 바로 그 불가능한 상태가 비친 거울상을 향유하는 상태"로 볼 수 있지 않을까.[4] 헤라클레스의 인생 전반은 모성박탈이 심한 자의 운명을 보여주었다고도 볼 수 있는데 엄마로부터 사랑을 받지 못하여 애착형성이 잘 이루어지지 않았다. 마찬가지로 사랑하는 여인에 대한 애착형성 역시 어렵고 섹스의 상대였을 뿐이다. 어머니와 아내가 무엇이 다를까. 그것을 구분하지 못한다.

오이디푸스는 이렇게 시작되었다. 어머니가 아버지를 죽이자 아버지는 어머니에게 복수한다. 아들이 어머니와 결혼하라고 그 어머니는 그 어머니가 아니지만. 어머니가 마지막으로 사라지는 사건이다. 어머니는 자신의 생명의 기원이자 죽으면 돌아갈 고향이 아니라 성적으로 대상화되고 자신에게 지배당하고 복종하는 아내가 된다. 오이디푸스의 핵심은 바로 이것이다. 자신을 낳은 어머니가 아니라 자신의 아이를 낳는 여자이다. 그래서 더 이상 어머니는 아들을 낳은 자가 아니다. 더 이상 위계상으로 아들 위에 있지 않다.

힐로스는 이올레와 결혼해서 많은 아이를 낳았다. 그리하여 헤라클레스 왕가를 개시한다. 이들의 후손들이 기원전 1125년 헬라스로 쳐들어왔다. 이것을 역사는 '헤라클레스 왕가의 귀환'이라고 하고 '도리스 족의 침입'이라는 사건으로 기록한다.

---

4) 슬라보예 지젝. 『폭력이란 무엇인가』. 135쪽.

3장. 영웅숭배: 억압을 욕망하다

1. 피해자의 감수성으로

인간은 왜 자신을 억압하는 자를 찬양할까? 우리를 억압하는 자는 근대 이전에는 영웅이거나 왕이거나 전사들이라 할 수 있고 근대 이후는 대개 자본가나 정치가들이다.

항상 궁금했다. 제우스는 수많은 여신과 여자들을 강간했다. 헤라클레스는 동물이든 괴물이든 사람이든 닥치는 대로 죽였다. 제갈공명은 천하삼분지계를 통해 끝없이 전쟁의 동력을 만들어냈다. 그 과정에 무수한 백성들이 죽었다. 그런데 제우스는 서양문명의 한 축을 담당하는 그리스 로마문화의 최고신으로, 헤라클레스는 그리스로마시대 이래 최고영웅으로, 제갈공명은 삼국지를 통해 동양의 가장 지혜로운 책사로 칭송을 받았다.

대학 신입생으로 선배들과의 모임이 있었다. 돌아가면서 감명 깊게 읽은 책을 말하기로 했다. 어느 선배가 말했다. 삼국지라고 유비가 도도히 흐르는 황하를 바라보며 천하 통일의 꿈을 꾸는 장면, 장비와 관우와 함께 도원결의를 맺는 장면을 아주 웅변적으로 그러면서도 눈을 반쯤 감은 채 감상에 젖어 말하였다. 나는 일순 몸이 움츠러드는 느낌이 들었다. 삼국지라고? 무엇보다 삼국지가 하나의 칼날처럼 나의 몸 어딘가를 베는 느낌이었다. 거기 나오는 여인들은 가장 잘난 경우가 누군가의 첩이었던 기억, 초선이라던가. 정략에 의해 이리저리 배분되는 재물이자 노리개. 나는 삼국지를 생각하면 전쟁에 져서 끌려가는 여인들, 남편 전사 통지서를 받은, 아이들이 딸린 여인네의 참담함, 전쟁에서 목이 잘리는 병사들, 부상당해서 동료의 주검 속에 깔려서 나오지 못하는 고통…. 이런 것들이 더 먼저 떠올랐다.

초등학교나 중학교 때까지만 해도 나는 이와 달랐다. 공비를 토벌하거나 검객이 되어 아버지 원수를 갚는 역사나 소설에 몰두하고 내가 유비도 되고 알렉산더도 되고 칭기스칸도 되었다. 영웅과 나를 일치했다. 그러다가 어느 날부터 나는 초선도 되고 미부인도 되고 변황후가 되었다. 하지만 이들과 동일시의 순간은 아주 짧았다. … 그러다가 일반 백성의 아내이자 딸이 되어 이리저리 쫓기어 죽거나 쓰러졌다. 내가 그 옛날에 태어나 영웅이 되거나 상류층의 여인이 될 확률은 아예 없었다.

나는 이처럼 나 자신을 지배층보다는 피지배층으로 동일시하면서 가해자보다는 피해자로서의 감수성을 지니게 되었다. 이런 피해자의 감수성 때문에 영웅적 호기는 부족하고 앞서서 호령하는 에너르기는 약해서 유신독재에 앞장서서 포효도 지르지 못하고 출세하여 입신양명지도 못했던 것 같다. 하지만 나의 피해자적 감수성은 신화를 볼 때, 고대그리스를 볼 때, 국가의 정책을 볼 때, 과목의 교과과정을 짤 때, 철학공부를 할 때 이데올로기의 허구성을 볼 수 있는 힘을 주었다고 할 수 있다. 지금 생각해 보면 입신양명하지는 못했으나 입신 불혹할 수는 있었던 것 같다.

그래서 징기스칸을 볼 때는 그가 누렸을 영광보다도 그에게서 피의 냄새를 더 많이 맡아 그를 숭배하지 않았고 나라를 볼 때도 강대국의 입장에서 보다는 약소국의 입장에서 보는 것이 습관화되었다. 미국에 서기보다는 베트남에, 아프가니스탄에, 이라크의 편에 섰고 남북한을 따질 때조

니오베의 아들딸 14명을 활로 살해하는 아폴론과 아르테미스. 신들에 의한 일가족 몰살사건이라 볼 수 있다. 피에르-샤를 종베르Pierre-Charles Jombert. 1772년

차도 어느 편을 서야 할지 혼란스러웠다. 이런 감수성으로 그리스신화를 보니 자연 천하를 제패한 제우스에 대해서는 반감부터 들었다. 그의 무시무시한 번개, 여인에 대한 파렴치한 겁탈, 인간의 운명을 항아리 속에서 마음대로 조정하는 변덕 같은 것들에 대해서 말이다.

니오베의 돌. 에게 해 연안의 터키 도시 마니사 인근
사이필러스Sipylus 산 위의 "울고 있는 돌".

아들 일곱 명, 딸 일곱 명을 두었다고 자랑한 니오베의 신화를 보자.
아폴론과 아르테미스는 제우스와 레토 사이에 난 자식이다. 아들 하나 딸
하나만 낳은 어머니 레토를 무시하는 것으로 받아들인 아폴론과 아르테미
스는 아들 한명 한명씩을 활로 쏘아 죽인다. 그리고 딸들을 한명 한명씩
또 쏘아 죽인다. 아들 딸 많다고 자랑한 것에 대한 처벌이다. 사태의 심각
성을 깨달은 니오베가 눈물로 호소한다. 딸 한명이라도 살려달라고 하지
만 울며불며 호소하는 니오베를 무시하고 아폴론과 아르테미스는 마지막
남은 한명의 딸마저 쏘아 죽인다. 슬픔을 이기지 못한 남편 암피온은 자살
하였고, 니오베는 계속 한 곳에서 흐느끼다 바위로 변해 버렸다. 온 몸의
물기가 눈물로 다 빠져나가버렸다. 남은 것은 물기라곤 하나도 없는 딱딱
한 고체, 바위가 되어버렸다.

신들은 이제 국가가 되었다. 국가의 행위는 신성불가침의 영역이다.
진도가족간첩단 사건은 이를 잘 보여준다. 1981년 진도에서 박씨 성을 가
진 자가 간첩 활동을 하고 있다는 제보를 받은, 혹은 받았다고 하는, 안기

부는 진도 출신으로 한국전쟁 때 행방불명된 박영준이란 인물을 찾아 그 일가족을 간첩으로 몰았다. 안기부 직원들은 박영준의 아들, 당시 농협직원이던 박동운 씨가 북한 공작원으로 남파된 박영준 씨에게 포섭돼 두 차례 북한을 다녀온 뒤 간첩활동을 해온 것으로 조작했다. 3월 7일 박동운 씨와 어머니 이수례 씨가 연행되었고, 3월 9일엔 박근홍(차남), 박경준(삼촌), 이영남(처남)이 잡혀갔다. 이영익, 이면자(처남, 처제)도 끌려갔다. 이들은 최장 63일을 고문당했다. 그후 4월 5일에 박영준의 제수씨 한등자가 고문당했다. "여자를 삼각 빤스만 입히 놓고 손목 발목 묶고 그 사이 막대기 끼워서 천정에 매달아 부러. 내가 먹따서 걸어놓은 돼야지 맹키로 되더란 말시. 그래 놓고 서 되짜리 주전자에 물을 채워 멕이능겨."/ "여자를 말이여, 나를 말이여, 각목으로 아래를 쑤셔대는디···. 내가 정신이 없어져 부렀다니께. 지하실 먼 디서 짐승새끼 같은 울음소리가 들렸등가. 그 일 말로는 몬하제."[1] 한등자는 죽기 전 구술에서 말했다. "창시에 쌓인 분 풀고 죽을라니께 청와대 델따 주소" 흐느끼다 흐느끼다 돌이 되기 전의 니오베의 심정이 그렇지 않았을까 "창시에 쌓인 분 풀고 죽을라니께 올림포스 산 궁전으로 델따 주소"라고.

신화학자들은 인간의 오만을 경계하라는 신의 뜻이라고 아주 쿨하게 말한다. 신화에는 아폴론과 아르테미스가 이들을 활로 쏘아 죽였다고 아주 쿨하게 말한다. 이들이 쏘아죽이기 이전에 온갖 고문으로 남편 암피온이나 니오베, 그리고 아들 딸들을 불러 인간이 상상할 수 있는 온갖 고통의 고문들을 자행하였을 것이고 이들의 몸통과 사지가 흐물해질 때까지 계속되었을 것이다. 아마 니오베와 그 딸들에게 상상을 초월하는 성고문이 이루어졌을 가능성도 있지 않았을까? 헌법 12조 2항에 "모든 국민은 고문을 받지 아니하며···"라고 적혀 있는 20세기 민주공화국인 대한민국에서도 성고

---

1) "창시에 쌓인 분 풀고 죽을라니께 청와대 델따 주소." 한겨레. 2016. 12. 04.

'진도가족간첩단' 사건 피해자 한등자씨의 운구 행렬이 묘소(진도군 고군면)에 닿았다. 조카(박동운)가 형사보상금을 받아 어머니(이수례)를 모신 땅에서 한등자씨는 형제 부부가 한 무덤에서 안식하길 바랐다. 한겨레. 이문영 기자

문이 이렇게 날 것으로 이루어졌는데 말이다. 혼미하여 정신을 완전히 잃었을 때 마지막으로 활을 쏘아서 깨끗이 정리하지 않았을까.

한등자가 생전 구술에서 "그것은 亂이었제. 난이었당께"라고 했다. 이문영은 한겨레 토요판에 연재하는 "한(恨)국어사전"에서 亂이란 전쟁이나 병란을 말하지만 '진도가족간첩단 사건'(1981년) 피해자들은 그 일을 '사건'이 아닌 '난'으로 표현한다고 한다. 피해자들에게 조작·날조는 느닷없이 닥쳐 평생을 파괴하는 전쟁·천재지변과도 같다는 것이다. 신화에는 '니오베의 눈물'이라 기록하고 세월 호 유가족의 눈물로 말을 하지만 그것은 변란이다. 변란을 겪은 사람들은 신이 더 이상 신성하지 않듯이 국가 역시 더 이상 신성하지 않다. 세월 호 이후 우리사회에서 국가는 신성성을 잃었다. 인식의 다발들은 포도송이와 같아서 썩어가는 포도송이에서 한두 개 포도알이 살아난다 하더라고 다 살아나는 것은 아니다. 포도송이를 살리기 위해 다른 인식의 포도알 역시 살리지 않으면 안된다. 내가 살리고자 하는 것은 썩어있는 그리스신화에 대한 인식의 다발이다.

다시 돌아가자. 내가 이처럼 파편적으로나마 그리스신화에 대해 갖는 생각과 달리 대다수의 사람들, 특히 신화를 전공하고 번역하고 강의를 하는 사람들이 더 신화를 숭배하는 것에 대해서 의아하게 생각이 들었다. 그래서 드는 첫 번째 의문은 "왜 인간은 한 두 명도 아니고 수 십 명 수 백만 명들을 죽이고 강간하고 약탈하는 자들을 찬양할까?"이다. 만약 그런 자들이 자기 가족 안에 있거나, 거리에서 만나거나, 공장에서, 구청에서, 대학에서, 그런 인간을 만난다면 경악을 하고 최소한 연쇄강간범이나 살인범, 그리고 교사범, 전범으로서 재판에 회부되어 지탄의 대상이 될 수 있는 자들을 찬양하는 이유가 무엇일까? 심지어 서울대나 고려대 학생들의 단체 카톡방의 성추행사건에 대해 그렇게 분노하고 피해자들은 치를 떠는 데 어떻게 제우스나 그리스 신들의 세계를 선망하고 그들의 세계를 재현하여 놓은 르네상스 이래 서구 미술에 대해서 앞 다퉈 배우려고 관람하려고 할까. 이런 의문은 이어지는 3장의 글에서 뿐만 아니라 3부 "문명의 불안, 헤라클레스"에서 문명화의 두 가지 층위를 살펴봄으로써 많이 해소되리라 생각한다.

2. 그리스신화, 남성지배의 칼의 문화

리안 아이슬러^{Riane Eisler}는 『성배와 칼』에서 그전까지 남녀협력사회라 할 수 있는 성배의 문화를 남성전사들이 남성지배의 칼의 문화로 바꾸었다고 본다. 그리스신화는 남성지배의 칼의 문화이다. 왜 그리스신화가 폭력, 강간, 살해 들 신의 만행으로 가득 찼는지 『신성한 즐거움』^{Sacred Pleasure}에서 이에 대한 답을 풀어놓는다.

그리스신화를 기술한 그 시대의 신화작가들이 어떤 희비극적 아이러니의 감각을 가졌거나 아니면 오늘날의 몇몇 예술가들처럼 단지 그들이 만든 이야기나 이미지들이 무엇을 말하는지에 대해 성찰을 멈추지 않고 '진솔하게 말한' 것뿐이었는지 궁금해 했다. 예를 들어보면, 제우스가 에우로페를 강간한 이야기는, 여전히 오늘날에도 권력과 폭력적 지배를 똑같이 생각하는 남자들을 그리고 있는 현대의 만화들처럼, 상당한 정치적 발언이다. 지금 현대의 시대에 빌 클린턴의 지퍼게이트를 처음 발언한 사람이나 박정희의 여성이력들을 까놓고 기술한다는 것은 상당한 정치적 용기가 필요한 일이기 때문이다.

희극작가 아리스토파네스는 「리시스트라타」에서 펠로폰네소스 전쟁 말기 아테네에 습관적으로 고질화된 전쟁을 여성들의 섹스파업으로 조롱했다. 그것으로 미루어 고전기 그리스에서 정치적 풍자가 상대적으로 안전했을 수도 있다고 볼 수도 있다. 그러나 아이슬러는 그리스신화 '그건 정치적 풍자가 결코 아니다'라고 한다. 오히려 성스러운 신들에 대한 경외스런 발로라고 본다.[1]

고고학적 증거로 판단하건데 우리의 선사시대에서 급격하게 서양문

---

[1] *Sacred Pleasure*. 85쪽.

명의 경로를 바꾼 남자들을 조소하는 것은 완전히 별 소득이 없거나 아마도 그렇게 하면 즉각적으로 치명적이었을 것이다. 왜냐하면 그들에 대해, 폭력적인 지배 -여성에 대해 남자들이, 남자에 대해 남자들이, 종족에 대해 종족이, 국가에 대해 국가가 한다하더라도 - 는 후회할만한 인간적인 오류가 아니라 남자들이 살아가고 죽는, 고대에 제도화되고 영광스럽게 찬양되고 심지어 신성스러운 방식이었다.

우리가 글을 읽을 때 이야기를 들을 때 그것이 비판적인지 찬양하는 것인지는 대부분 느낄 수 있다. 이들 영웅적인 남자들의 폭력적인 지배는 그 당시 그 대상이 여자이든, 남자들이든, 종족이든 상관하지 않고 전방위로 이루어졌는데 그것에 대한 언급은 비난이나 조소가 아니라 오히려 그들의 그러한 행동을 영광스럽게 찬양하였다는 것이다. 그래서 그리스신화는 은유나 직유가 아니라 문자 그대로 읽을 필요가 있다. 다만 성스럽다는 생각만 빼고 말이다. 신화적 아우라를 벗기고 읽으면 헐벗은 참혹한 서사가 된다.

스캔들이 퍼지면 덕을 보는 사람과 피해를 보는 사람이 있다. 장자연이라는 어린 배우는 자살을 했다. 자신과 관계된 남자들의 리스트를 남기고 죽었다. 언론사 회장부터 정계와 재계의 다양한 고위급 인사들이 관련되어 있음이 드러났다. 이들에 대한 수사는 흐지부지되고 장자연 소속사 대표와 관련자 1명이 집행유예를 받았을 뿐이다. 그러면 장자연과 성적 관계를 맺은, 특히 늙은 남자들은 부끄러워하거나 반성할까? 난 절대 아니라고 본다. 떳떳하게 자랑은 하지 못해도 그에겐 또 하나의 훈장이다. 돈과 권력으로 언론을 틀어막고 경찰, 검사 들의 수사를 막을 수도 있다. 그들에게 그것이 바로 자유이다. 도박의 경우도 마찬가지이다. 몇 십억 그 자리에서 한 번에 잃어도 끄떡 않는 부자의 배포와 그 돈을 잃어도 별로 재산에 축이 안 나는 재력의 과시, 그들은 돈을 잃어도 아무 문제가 되지 않는 자유를 누린 것이다. 자기네 집단에서는 "200억을 한 번에 잃는 데 말이야 표정도 변하지 않아. 대단해" 오히려 훈장이다. 현행법 위반으로 재수 없이 구속될 수는 있지만, 그것도 권력 없는 졸부의 이야기이다.

그래서 이런 스캔들은 오히려 이 세상에 성공한 사람, 권력이 있는 사람이 누구인가를 드러내준다. 익명성으로 부유한 것보다 한 번씩 존재감을 드러내는 스캔들이 필요하지 않겠는가? 그것은 권력의 확인이기 때문이다. 결국 그리스신화의 다양한 온갖 성적 스캔들은 누가 힘 있고 누가 성공한 신인지를 알려주는 기제이다. 그래서 우리는 성공한 자의 이야기에 귀 기울이듯 성공한 신들의 행적에 호기심을 가진다.

그리스신화는 하나의 매트릭스다. 서양문명의 매트릭스다. 워쇼스키 형제의 영화 <매트릭스>에서는 신들이 아니라 기계가 지배한다. 기계지배의 세상 역시 다른 억압적인 사회와 마찬가지로 억압받는 자들의 정신적 육체적 에너지를 착취한다. 네오Neo가 저항의 1단계로 설정한 것은 '깨어나기'Wake Up이다. 우리는 그리스신화라는 매트릭스에서 벗어나야 한다. 이것은 우리 시대만의 과제가 아니다.

데릭 젠슨Derrick Jensen은 『문명의 엔드게임』에서 억압받는 자들이 깨어나기 어려운 것에 대해서 다음과 같이 말하고 있다.[2]

> 문명은 분명히 정의되고 폭넓게 수용되면서도 뚜렷이 구별되지 않는 위계질서에 기반을 두고 있다. 이 위계질서의 고위층이 하위층에게 행사하는 폭력은 거의 언제나 모습을 드러내지 않으며, 따라서 눈에 띄지 않는다. 눈에 띄는 폭력은 완전히 합리화되어 있다. 위계질서의 하위층이 고위층에게 행사하는 폭력이란 상상할 수도 없으며 그런 폭력이 일어나면 충격 공포로 받아들여지고 피해자는 맹목적으로 미화된다.

■
2) 데릭 젠슨. 『문명의 엔드게임』. 1권 7쪽.

높은 지위의 사람이 낮은 지위의 사람에게 행사하는 폭력은 잘 드러나지 않거나 아니면 미화되고 합리화되기 때문에 알아채기 어렵다. 반면 하위층이 고위층에 행하는 폭력은 상상도 할 수 없거나 지극히 미미하게 일어난 것도 쥐 잡듯이 잡아서 족치기 때문에 일어나기도 어렵다. 그건 문명이란 매트릭스가 그렇게 짜였기 때문이다.

데릭 젠슨은 <죠스>와 같은 영화에서와 달리 실제로 인간이 상어와 같은 종들을 암암리에 멸종시키고 있으면서도 어쩌다가 상어가 인간을 해치면 요란하게 떠들어댄다고 한다, 인간의 상어살육 대 상어의 인간공격 건수의 비율은 2천만 대 1이다. 그리고 미군이 아프가니스탄이나 이라크에서 행하는 민간인 살해와 폭력은 많을수록 그들에게 좋은 것이고 어쩌다 민간인들의 사제폭탄으로 미군 서너 명이 부상이라도 당하면 난리가 난다. 또한 남자들이 여자와 아이들을 상대로 사사로운 폭력을 저질러도 여성과 아동들은 참을 수밖에 없고 대다수는 저항하지 않는다. 젠슨은 어린 시절 아버지의 폭력에 대해서 말한다. 아버지의 폭력은 완전히 일방적이어서 아버지는 어머니와 아이들을 구타하고도 처벌받지 않았다. 자신의 형이 단 한번 주먹으로 스스로를 방어했던 것을 기억하는데 형은 이 때문에 비참했던 어린 시절에서도 가장 심한 매를 맞았다고 한다. 젠슨은 그 이유를 "형이 우리 집안의 (그리고 문명의) 기본적인 불문율을 어겼기 때문이었다. 폭력은 오직 한 방향으로만 흘러간다"는 것을 말이다.[3]

이러한 사례는 너무나 많다. 그래서 위계의 아래쪽에 있는 사람들은 말 한마디 할 수 없다. 잘못 말이라도 들어가면 엄청난 폭력이 가중되어 자신을 몰아대기 때문이다. 그리스신화에서 폭력이 어떻게 아래로만 흐르

■
3) 데릭 젠슨. 같은 책. 74쪽.

는가를 보자. 아르테미스 여신과 악타이온의 이야기는 너무나 유명하다. 신의 계급 여자와 인간 계급 남성이 맞닥뜨리는 장면이다.

사냥개로 하여금 물어뜯게 하고 악타이온에게 활을 쏘는 아르테미스. BC 470년 경. 보스턴 미술관.

악타이온은 테베를 만든 인물인 카드모스의 손자이다. 여러 영웅들의 스승으로 유명한 켄타우로스 종족의 현자 케이론에게서 수학하기도 했으며 이아손, 헤라클레스와 함께 모험을 한 적도 있다. 어느 날 사냥을 하러 키타이론의 숲으로 갔는데, 하필이면 그 숲에 있던 샘은 아르테미스가 멱 감으러 오는 장소였고 딱 그날 아르테미스가 목욕을 하러 와 있었다. 그래서 악타이온은 아르테미스의 벌거벗은 몸을 그대로 보게 되었다. 그러자 자신의 순결성에 상처를 입었다고 생각한 아르테미스는 크게 분노하여 악타이온에게 "아르테미스의 벌거벗은 몸을 보았다고 그입으로 말할 수 있거든 말해 보아라."라며 샘물을 그의 얼굴에 뿌리며 저주를 내렸다. 여신의 저주를 받은 그는 사슴으로 변했고 결국 자신이 기르던 사냥개에게 사냥당해 죽는 비극적인 최후를 맞았다. 일부 전승에 따르면, 악타이온의 사냥개는 자신이 주인을 죽인 줄도 모르고 자신이 잡은 사슴을 자랑하기 위해 제자리에서 주인을 기다리다가 결국 죽었다고 한다.

위계의 아래에 있는 인간인 악타이온이 올림포스 궁전의 여신 아르테미스의 벌거벗은 몸을 보았다!! 이것은 메가톤급의 사건이다. 헤라클레스가 아내와 자식을 죽였다! 이건 좀 안된 사건이다. 그리고 헤라클레스가 오히려 불쌍하다 그의 출세가도에 오점을 남겼으니! 포세이돈이 그 아리따운 메두사를 강간했다. 그건 폭력이 아니다. 메두사가 그 아름다운 머리로 꼬리를 쳤으니 남신으로서 당연히 반한 것뿐이다. 그래서 아테네는 메두사의 머리를 뱀으로 바꾸어버렸다. 이런 것들이 그리스신화에서 일어나는 폭력적 사건에 대해 이루어지는 대응방식이다.

위계의 위에 있는 자들이 아래에 있는 사람을 강간하고 납치하고 폭행하고 죽이고 추방하는 들 이 모든 것의 폭력 행사는 처벌받지 아니한다. 오히려 그 폭력의 피해자가 처벌된다. 여성은 남자가 벌거벗은 몸을 보는 것을 가장 큰 수치로 여겼다고 한다.[4] 여성의 정절과 정숙이 그만큼 억압적으로 강조되던 시대였다. 하지만 높은 사람이 아랫 신분의 여자의 벌거벗은 몸을 보는 건 당연히 해당되지 않는다. 제우스는 수많은 요정들이 물가에서 목욕하는 장면을 수시로 본다. 더구나 스파르타의 왕비 레다가 시내에서 멱을 감을 때 제우스는 벌거벗은 몸을 훔쳐보는 걸 넘어 (백조로 변신해) 겁탈하지 않았는가? 젠슨의 말대로 폭력이 아래로 흐른다는 것은 그리스 문명, 즉 서구문명의 불문율이지 않은가?

■

[4] 헤로도토스의 『역사』에 나오는, 왕비의 벌거벗은 몸을 보게 된 기게스에 관한 재미있는 이야기가 있다. 리디아의 왕 칸다울레스는 자신의 아름다운 아내를 지극히 사랑했다. 다른 사람에게 과시하기를 좋아했던 칸다울레스는 자신이 총애하는 신하 기게스에게 왕비의 아름다운 몸매를 자랑했고 급기야는 그녀의 벗은 몸을 몰래 훔쳐볼 것을 제안했다. 왕의 거듭된 성화에 밀려 기게스는 왕비의 침실에 숨어들었고 그녀가 옷을 갈아입는 장면을 훔쳐본 뒤 빠져나왔다. 기게스의 도망가는 뒷모습을 본 왕비는 다음날 그를 불러 정숙한 여인의 몸을 볼 수 있는 자는 남편 밖에 없음을 강조하면서 기게스가 스스로 자결하든가 아니면 왕을 죽이고 자신의 남편이 되든가 둘 중 하나를 택하도록 요구했다. 기게스는 칸다울레스를 죽이고 새로운 왕이 되어 왕비를 자신의 아내로 맞았다. 리디아 인들은 왕을 살해한 기게스에 대해 분노했지만 델포이의 신탁이 기게스를 지지하자 어쩔 수 없이 그를 새로운 왕으로 받아들였다. 하지만 그 신탁은 기게스가 신관들에게 은밀하게 제공한 금은의 덕이었다.

그래서 아래에 있는 사람들은 공포를 내면화한다. 폭력에 저항하지 못한다. 리처드 라이트^{Richard Wright}의 『미국의 아들』^{Native Son}은 악타이온 버전인데 폭력에 순응하는 걸 넘어 공포와 두려움에 길들여진 상황을 보여준다. 주인의 딸 전속 운전사인 젊은 흑인 청년이 주인의 딸인 술 취한 백인 아가씨를 부축하여 집으로 들어가다가 그걸 들켰을 때, 그것도 술 취한 백인 아가씨가 자꾸 자기 몸에 기대는 걸 바로 세우려고 노력했음에도 불구하고, 자신이 죽임을 당할지도 모른다는 공포 때문에 모든 사건이 일어난다. 여성에 대한 폭력은 더 저항이 어렵다. 가정폭력이나 데이트폭력을 신고 했을 때 그에 대한 보복이 들어오기 때문이다. 가정폭력이나 데이트 폭력의 가해자들은 대부분 피해자와 합의를 했다는 이유로, 또는 피해자가 선처호소를 했다는 이유로 거의 풀려난다. 그건 피해자들이 보복을 두려워하기 때문이다.

경찰에 고문 받아 죽은 남아프리카 흑인의식운동의 창시자인 스티븐 비코^{Steven Biko}는 말했다. "압제자가 손에 쥔 가장 유력한 무기는 피압제자의 마음이다"라고 영웅숭배는 이 피압제자의 마음이 분노와 두려움을 넘어서 압제자의 가치를 내면화하고 있음을 보여준다. 어떻게 공포를 벗고 두려움에서 벗어나 폭력에 저항할 것인가? 가장 처음 해야 할 일이 영웅숭배에서 벗어나서 평범한 사람들과 주변에 있는 아주 평범한 것들, 나무와 물, 공기 그리고 대지를 사랑하고 신뢰하는 것이다.

더 나아가 신화 속에서 신이나 영웅이 행사하는 폭력은 문명의 기원적 폭력이라 여겨진다. 대체로 문명을 일구는데 시원적 폭력, 혹은 르네 지라르 식으로 말한다면, 초석적 폭력은 불가결하다는 것이다. 이 폭력이 신들의 전쟁으로 나타난다. 그래서 이들 신과 영웅 덕분으로, 이전의 혼란을 끝내고 문명이라고 하는 안전지대가 확보되었다고 본다. 그런데 제우스나 헤라클레스가 만든 문명의 사회에 대해 그 후손인 헤시오도스는 기원전 8세기에 뭐라고 했을까. 이 시대는 청동기와 철기를 든 인도유럽어족으로 불리는 이오니아, 아카이아, 도리아인들의 침략 이전이 어떠했는지에 대한 공동의 기억과 유산이 아직 남아있던 시기였으리라. 헤시오도스는 서로 모순적인 글을 썼는데 제우스에 대한 찬양을 목적으로 『신들의 계보』를 쓰면서도 제우스 통치 이후 인간의 불행을 한탄하는 『노동과 나날』을 썼다. 이 글에서는 제우스가 폭력으로 질서를 다시 세우기 이전의 시대에 대한 그리움으로 넘쳐난다.

헤시오도스는 『노동과 나날』에서 인류의 다섯 시대에 관해 썼다. 그는 인류가 황금 종족의 시대에서 은의 종족의 시대와 청동의 시대를 거쳐서 영웅시대, 그리고 마지막으로 철의 시대로 나아갔다고 말한다.[5] 종교가 기억하는 오랜 전설 속에서는 그 이전 시대가 대부분 황금시대였다고 할 수 있다. 황금시대라 하여 물질인 황금이 많이 사용되었다는 뜻은 아니다. 그 시대는 대부분 사람은 죄가 없었으며 신과 친밀한 교제를 나누며 행복하고 평화스럽게 살았으며 병과 죽음에서 벗어나 있었다고 한다. 바이블의 에덴동산은 누구나 다 알고 있으므로 구태여 말할 필요도 없다. 고대 페르시아의 조로아스터교 경전인 『아베스타』Avesta[6]에 나오는 이마Ima가 지은 모

■

[5] 금속으로 비유하고 있지만 퇴영적 역사관이다. 오늘날 자본주의의 역사관은 진보적이다. 그래서 항상 과거보다 현재가 더 발전된다고 본다. 현재보다 미래가 더 발전되어야 해서 발전과 성장이 항상 선이다.

[6] 조로아스터교의 최고신 아후라 마즈다(창조자)와 대화를 나누었던 최초의 멸성 인간인 '훌륭한 이마(Ima), 선한 목자'에 관한 것이다. 이마는 아후라 마즈다로부터 "내 세상을 가꾸고, 다스리고, 보살피라"는 지시를 받았다. 그렇게 하기 위해서, 그는 모든 생물을 위한 땅 속의 거처인 '바라'를 지어야 했다. 그 속에서의 생활은 이와 같았다. "뽐내는 일이나 천박한 일이 없었고, 어리석은 일이나 폭력도 없었으며, 가난이나 속임수도 없었고, 연약한 것이나 기형적인 것도 없었으며, 보통 이상으로 큰 이빨이나 체구도 없었다. 그 거주민들은 악령의 더러운 행위로 괴롭힘을 당하는 일이 없었다. 그들은 향기로운 나무와 황금 기둥 사이에 거하였는데, 그것은 땅에서 가장 크고 가장 좋고 가장 아름다운 것이었다. 그들 자신부터 키가 크고 아름다운 인종이었다." https://blog.naver.com/syi301/15015557 5268.

든 생물을 위한 거처인 "바라"도 황금 종족이 사는 시대라 할 수 있고, 고대 중국의 황제 시대에도 역시 황금시대가 있었다고 한다.[7]

헤시오도스는 크로노스가 우주를 지배하던 태초에 황금의 종속이 살았다고 한다. 이들은 아무런 걱정도 고통도 몰랐고 이들에게 삶은 축제의 연속이었다. 이들은 늙지도 않았고 죽음을 잠드는 것처럼 생각하여 전혀 두려워하지 않았다. 땅은 돌보지 않아도 스스로 풍성한 수확을 가져다주었기에 이들은 모든 것을 평화롭게 나누었고 욕심을 부리지 않았다. 대지가 이들을 모두 덮어 버린 후에도 이들 황금 종족들은 행운을 갖다 주는 좋은 정령이 되어 마을 근처에 머물면서 어려운 일이 생기면 사람들을 도와주고 있다.

이 전설에 나오는 황금시대는 마샬 샐린즈^{Marshal Salins}나 제러드 다이아몬드^{Jered Diamond} 같은 학자들이 쓴 수렵채집시대의 인류의 자화상과 일치한다. 이들 뿐 아니라 수많은 학자, 탐험가들이 증언한다. 크리스토퍼 라이언은 "180만 년 전에서 기원전 1만 년 사이인 홍적세의 인간의 삶은 - 우리 자신의 삶에 비해 그리고 홉스나 홉스 시대 사람들에게 알려진 삶과 비교해 보면 - 훨씬 더 스트레스가 적고 공동적이었으며 평화롭고 많은 측면에서 풍부했다고 믿을 만한 충분한 근거가 있다"고 한다.[8] 로버트 롤러 역시 아직도 수렵채집인으로 사는 오스트레일리아 원주민은 하루에 약 4시간을 식량을 찾는데 쓰고 나머지 시간은 음악, 이야기하기, 미술과 같은 여가활동을 하거나 가족 친지들과 함께 지낸다고 말한다. 문명이 시작된 이후, 말하자면, 농업이후, 더구나 자본주의 이후, 말하자면, 산업혁명 이후는 이런 삶에 훨씬 못 미친다고 본다.

■

7) 황제(黃帝)의 시대가 지나자 중국의 역사는 원시적 씨족 공동체가 무너지고 노예제가 싹트기 시작하여 계급이 없는 사회에서 계급이 있는 사회로 이행(移行)하는 대변혁의 시대로 들어섰다. 출처: 다음백과

8) 스티븐 테일러. 『자아 폭발』. 44쪽 재인용.

헤시오도스는 들판에서 온종일 힘들게 일하는 농부였다. 그는 『노동과 나날』에서 황금의 시대가 가고 청동의 시대를 거쳐 영웅의 시대, 철의 시대로 온 그 당시의 문명에 대해 매우 한탄하고 슬퍼했다. 세

요하임 우태윌Joachim Antonisz Wtewael의 "황금시대" 1605년. 출처: Wikioo.

번째 시대인 청동시대의 인간종족은 제우스 혼자서 그 유명한 물푸레나무로 만들어낸 존재이다. 물푸레나무는 재질이 단단하고 묵직해서 일반적으로 전사의 활이나 창을 만드는데 쓰이는 나무이다. 그가 보기에 "빵을 먹지 않는" 즉 농사일처럼 평화로운 활동은 할 수 없고 다만 아무런 까닭도 없이 폭력적인 싸움이나 뒤쫓아 다니는 청동시대 전사들의 근원을 아주 적절하게 표현했다고 할 수 있다.

청동시대의 인간종족들은 헤시오도스가 단지 상상으로 지어낸 종족들이 아니다. 이들은 트로이전쟁을 일으킨 미케네인들이다. 역사학자 존 맨슬리 로빈슨John Mansley Robinson에 따르면, 그들은 기원전 2000년경에 청동무기를 들고 남하하여 유럽 본토에 정착했고, 거대한 미케네 요새를 건축했으며 그리스어의 초기 형태라고 알려진 설형문자B로 문서를 기록했다. 그들은 남쪽으로는 크레타까지, 동쪽으로는 소아시아의 해안까지 세력을 넓혔으며 기원전 12세기 초에는 소아시아 해안의 트로이를 무너뜨렸다.

트로이전쟁은 미케네 문명 시대 일어난 것이고 미케네의 아가멤논이 그리스 군 총사령관이었다. 여기서 호메로스는 아주 짧은 시기에 영웅시대

가 있었다고 하는데 그것은 그가 호메로스의 『일리아스』에 나오는 아가멤논, 아킬레우스, 오뒷세우스와 같은 영웅들을 예찬하기 위함이었다. 서로 죽이려고 기를 쓰면서 싸웠으나 헤시오도스가 짧게나마 그들의 영광을 추켜세웠던 영웅의 시대 역시 청동의 종족 시대에 속한다. 이미 청동의 종족 무리에 대한 헤시오도스의 비판에서 알 수 있듯이 이들 호메로스의 영웅들은 싸움질이나 하고 열심히 농사짓는 농민들을 약탈이나 하는 종족이다.

'다섯 번째 종족'인 철의 종족은 헤시오도스 시대에 이미 그리스를 지배하고 있었다. 헤시오도스도 그들의 후손이었다. 그는 자신이 속한 시대를 비판하고 자신이 이 시대의 일원임을 한탄했다.[9]

> 하지만 내가 지금처럼 인간들의 다섯 번째 종족과 같이 살지 않는다면 얼마나 좋을까? 내가 이전에 죽었거나, 혹은 이후에 태어났다면 얼마나 좋았을까? 지금은 철의 종족의 시대이기 때문이다. 이들은 낮에는 노고와 고초로 편안하지 못하다. 심지어 밤에도 그들의 고난은 끝나지 않는다.

헤시오도스가 한탄한 철의 시대가 어떠했는지 보자.

> …… 그들은 늙으신 부모님을 돌보아드리지는 않고 주먹을 휘두를 것이다. 더 나아가 어떤 사람은 다른 사람들의 도시를 파괴할 것이다. … 오히려 정직한 사람이 무법자와 폭력을 일삼는 자들을 존경할 것이다. 정의는 주먹에 있고, 서로 배려하는 마음은 사라질 것이다. … 단지 유한한 인간들에게는 단지 쓰라린 고통만 남을 것이며, 아무도 이런 화를 피할 수 없을 것이다.

로빈슨이 지적했듯이, 다섯 번째 종족은 도리스 족이다. 그들은 "철제 무기를 휘두르며 미케네 요새를 파괴하고 그 땅을 차지했다." 마지막 시대

---

9) 헤시오도스 「노동과 나날」. 『신들의 계보』. 129쪽.

"철의 시대". 버질 솔리스Virgil Solis. 1563년. 판화. 출처: Wikipedia

인 철의 시대는 금속 중에서 가장 값어치가 없고 거칠기 짝이 없는 시대
라 볼 수 있다. 이 철의 시대는 "궁핍한 소작농과 양치기들을 경제적으로
갈취했던 헤시오도스 당시의 소인배 왕들의 특징인 냉혹한 마음을 효과적
으로 대변한다"고 본다.10)

하지만 헤시오도스는 제우스를 받아들이지 않을 수 없었다. 제우스를
정점으로 한 권력체계와 영웅의 위업들을 불가피한 시대의 유산으로 받아
들이고 그 역시 혼란스러움을 달래고 질서를 세우기 위해 『신들의 계보』
를 썼다. 헤시오도스가 쓴 다섯 시대는 비문명 시대에서 문명 시대로 나가
는 음울한 역사의 바퀴를 보여준다.

리안 아이슬러는 인류 역사 이래 사회의 성격을 둘로 나눈다. 하나는
공동협력partnership 사회이고 다른 하나는 지배domination 사회다. 대체적으로

10) 스티븐 앨 해리스와 글로리아 플래츠너. 『신화의 미로 찾기 1』. 148~151쪽.

처음 공동체를 일구고 살 때 인류는 대체적으로 공동협력 사회에서 출발하였다고 본다. 그런데 이런 공동협력 사회를 부수고 지배 사회로 넘어가는 계기가 된 여러 폭력적 종족 가운데 아리안 족과 셈 족을 예로 든다. 현대 서구문명이 되는 두 중심축인 헬레니즘과 헤브라이즘의 기원에 대해 말하고 있다. 고대그리스신화와 문화를 계승한 헬레니즘의 아리안 족과 기독교 유태문화라 할 수 있는 헤브라이즘의 셈족, 이 두 종족의 문화의 공통점에 대해 다음과 같이 말한다.[11]

> 두 종족에게 공통되게 나타나는 특징은 사회적, 이념적 체제 구조다. 두 종족은 모두 지배 중심 체제에 기초한 사회였다. 남성지배와 남성적 폭력, 그리고 위계질서가 분명한 권위적 사회였다. 또한 그들은 처음 서구 문명에 기반을 놓았던 사회와는 달리 생산기술을 발전시킴으로써가 아니라 훨씬 더 효과적인 파괴력을 바탕으로 물질적 부를 축적했다.

이런 문화의 기원으로서 파괴적이고 지배적인 문화가 어떠했을까? 앙드레 보나르Andre Bonnard의 『그리스인 이야기』 1권은 아리안 족이라 일컬어지는 인도-유럽어족의 아카이아인들이나 도리아인들이 어떻게 기존 문화를 파괴했는가를 말하고 있다. 그들은 이렇다 할 기술도 문화도, 문명이라 부를 것도 없는 야만인에 불과했다. 그들은 야금술도 주변의 농경인들에게 배웠다. 그 농경인들에게 구리 도끼는 나무를 자르는 도구였지만 이들에겐 사람의 목을 자르는 무기가 되고 힘의 상징이 되었다.

헤시오도스가 상정한 청동의 종족 시대와 철의 종족 시대가 바로 파괴적이고 지배적인 문화로 바뀌는 시대이다. 아이슬러에 따르면, 신석기 시대 유럽의 농부들에게 파괴기술은 사회적 특권이 아니라 범죄였고 금기였다. 그러나 남쪽에서 올라온 무리 뿐 아니라 북쪽 메마른 땅에서 내려온

■

11) 리안 아이슬러. 『성배와 칼』. 111쪽.

전쟁을 좋아한 무리에게 파괴력은 중요하고 유용한 권력이었다. 철기가 인간의 역사에서 치명적인 역할을 한 시기도 바로 이때다. 청동기 시대라 할 때 농민들이 청동기로 된 곡괭이, 청동기로 된 낫을 사용한 것은 아니었다. 이들 금속은 아주 귀하고 첨단이고 아주 고가여서 특수계층만 쓸 수 있는 것이었다. 청동기 시대 제사장이나 샤먼이 쓰는 청동거울이나 청동홀 같은 거 말이다.

그런데 철기 시대가 되자 그런 경향은 더욱 뚜렷해졌다. 철기는 일반적인 기술 발전의 도구가 아닌 죽이고 약탈하고 노예를 만드는 도구가 되었다. 김부타스는 '가늘고 날카로운 청동 도끼, 준보석으로 만든 철퇴, 전투용 도끼, 부싯돌 화살촉 들과 함께 청동무기가 등장한 것은 우연히도 쿠르칸 족 이동한 경로와 일치한다'고 지적했다. 쿠르간 족은 터키어로 거대한 언덕이란 뜻인데 이런 봉분이 분포한 지역을 쿠르간 문화라 한다. 기원전 7000~5000년 전에 흑해 북안(우크라이나)에 살던 종족이 말을 길들여 무력으로 주위를 정복해왔다는 백인 유목민을 일컫는데 라인하르트 쉬메켈이 인도유럽어족임을 체계적으로 밝히고 있다. 고대 유럽문화의 평화적인 사회와 문화를 파괴하고 전쟁 중심의 지배적인 사회를 건설했다고 할 수 있는 고대그리스의 종족들이라 할 수 있다.12)

■
12) 쿠르간 족에 대해서 아직 많은 논란이 있지만 그 당시 사회적 격변의 과정에서 대량 이주하여 발간반도로 흘러들어간 인도유럽어족의 실체에 관해서는 어느 정도 합의를 본다. 라인하르트 쉬메켈Reinhard Schmoeckel은 『인도유럽인, 세상을 바꾼 쿠르간 유목민』에서 말한다. "수천 년간 서양 문명의 특성을 유럽에 부각시킨 주역은 쿠르간 족"이며 "인도유럽인에게 내재돼 있던 저돌적일 정도로 진취적인 성격, 즉 '새로운 곳을 향한 갈망'과 낯선 문화 요소를 개방적으로 받아들여 자신의 구미에 맞게 변형시켜 수용하려는 노력이 이 종족에서만큼 두드러지게 나타난 예는 오늘날 어디서도 찾아보기 어렵다."고

마리아 김부타스는 기존의 고대 유럽문화를 파괴하고 그리스로 남하한 쿠르간 족들의 사회체제가 기존 유럽의 사회체제와 얼마나 다른지에 대해 다음과 같이 쓰고 있다.13)

고대유럽문화와 쿠르간 문화는 완전히 달랐다. 고대 유럽인들은 잘 계획된 도시에 정착하여 살기를 좋아하는 원예학자들이었다. 이곳에서는 요새나 무기가 발견되지 않았다. 이러한 사실은 아마도 이 사회가 모계 중심 사회였고 어머니 측 거주지를 중심으로 생활했으며, 평등을 중시한 문화가 발달했음을 증명한다. 반면 쿠르간 족은 부계 중심사회였고 계층구분이 엄격하며 작은 무리를 지어 모여 살거나 기르는 가축이 뜯어먹을 목초를 찾아 옮겨 다니는 생활을 했다. … 고대 유럽인들은 어머니 창조주라는 여성적 원칙이 구현된 탄생, 죽음, 재생의 순환 고리 아래에 신앙체제를 구축했다. 반면 쿠르간 족은 인도 유러피언 신화에서 확인할 수 있듯이 천둥치는 하늘에서 활동하는 남자다운 영웅 전사 신들을 숭상했다. 고대 유럽인들이 만든 형상물에는 무기가 보이지 않지만 쿠르간 족은 단도와 전투용 도끼 들을 매우 중요시했으며, 역사적으로 알려진 모든 인도-유러피언처럼 날카로운 칼이 상징하는 치명적인 힘을 찬양했다.

김부타스의 글에서 나오는 "하늘에서 활동하는 남자다운 영웅 전사 신의 숭상"은 정확히 그리스신화와 일치한다. 우리는 칼이 상징하는 치명적인 힘을 찬양하는 지배 사회에 익숙하다. 그래서 모계사회, 여성적 원칙, 그리고 직선적 시간관이 아닌 순환적인 원리 이런 것들은 아주 아득하다.

이미 파괴적인 문화에 익숙하다. 『전쟁 유전자』의 저자 말콤 포츠Malcolm Potts와 토머스 헤이든Thomas Hayden에 의하면, 우리 인류는 칼과 창으로 적과 경쟁자를 살해하고 승리한 자들의 후손이며 여성을 빼앗고 폭력으로

■
13) Marija Gimbutas. "The First Wave of Eurasian Steppe Pastoralists into Copper Age Europe." 281쪽. 리안 아이슬러. 『성배와 칼』. 116~17쪽. 재인용.

정복해 피의 강을 건너 번식에 성공한 자들의 후손이다. 모든 역사책은 이것들을 기록하고 있다. 세부적인 것은 생략하지만 누가 누구를 정복하고 누가 멸망했으며 누가 침략하여 땅을 빼앗고 거기에 누가 식민을 했는지에 관한 역사다. 그래서 어쩌면 유전자에 각인이 되어 있는지 모른다. 프로이트의 공격성은 사실상 파괴의 쾌락과 다르지 않다. 남을 공격할 때의 쾌는 남이 파괴되는 것에서 느끼는 기쁨이다.

물론 파괴가 있으려면 생산이 있어야 하고 함께 작업한 문화도 있어야 한다. 헐리우드 영화를 볼 때마다 의문이 드는 점, 주인공은 항상 가장 많이 부수는 자이다. 직접 부수는 것은 적을지 몰라도 주인공과 악당의 대결이 몰고 다니는 어떤 기운에 의해 피아의 재산이나 공공의 건물이나 가리지 않고 무조건 부순다. 얼마나 많이 부수느냐에 따라 흥행이 점쳐진다. 간혹 제작비를 그렇게 들였는데도 스토리가 빈약해 전혀 흥행하지 못하는 경우도 있지만. 파괴할 때 느끼는 쾌감은 아마 유전자적으로 각인이 됐는지도 모른다. 말콤 포츠와 토마스 헤이든은 우리가 가장 남을 잘 죽이고 가장 여자를 많이 강간하고 누구보다도 승리한 영웅들의 후손이기 때문에 그 유전자가 각인이 되어 영화를 볼 때에도 살인을 즐거워하고 강간이 벌어지면 더 긴장하나 흥미로워한다고 한다.

이런 파괴적인 문화와 지배 사회를 가진 아리안 족이 만든 신화가 바로 그리스신화이다. 그리스신화는 그러므로 기존의 에게 문화^{Aegean culture}의 사람들을 정복하고 그 문화를 파괴하는 것이 주 임무였으므로 신화 자체가 전쟁신화이다. 그래서 신화의 도입부는 우주의 기원에 대해 간략한 언급을 한 다음 주로 피비린내 나는 신들의 전쟁을 다룬다.

말콤 포츠와 토마스 헤이든은 전쟁유전자가 이미 우리 몸에 각인이 되어있다고 해서 바꿀 수 없는 것은 아니라고 한다. 생명을 다루는 여성이 중심이 되어 남녀 함께 한다면 바꿀 수 있다고 본다. 나는 생명을 다루는 대지의 농부 마음이 되어야 한다고 본다. 아이슬러도 이제는 남녀협력사회로 나아가야 한다고 말한다. 지배사회여 아듀 !!!

3. 영웅숭배: 억압을 욕망하다 – 권위주의 심리구조에서 소수-되기

영웅숭배에 관한 가장 큰 질문은 '왜 우리는 자신을 억압하는 자를 욕망할까'이다. 착하게 말 잘 듣고 조용히만 있으면 영웅은 우리를 간섭하지 않는다. 스파이더맨이나 아이언 맨은 악당만 물리치는 것이다. 나는 착한 사람이니까 괜찮다. 그런데 때로는 아닐 수도 있다. 옆에 있다가 칼 맞는 경우도 있다. 헤라클레스는, 활쏘기 시합에서 이기면 딸 이올레를 경품으로 주겠다고 하였으나, 약속을 어긴 아버지 오이팔리아의 왕을 설득하고 자신을 위해 애쓰던 이올레의 오빠를 술에 취해 집어던져 죽여 버린다. 물론 헤라클레스는 광기가 잘 도니까 예외일수도 있긴 하다.

그런데 스탠리 다이아몬드Stanley Diamond의 문명화 정의가 '대외적으로 정복, 대내적으로 억압'이라고 할 때 영웅의 정의는 대내적인 억압의 주체가 된다. 영웅들의 등장을 통해서 무기는 최첨단 사업이 되고 힘 있는 소수 개인들의 등장으로 다수는 개인 영웅들의 지배를 받는 체제로 나아갔기 때문이다. 그런데 이러한 영웅의 등장은 그 개인 영웅이 아무리 뛰어나다할지라도 구성원의 지지를 받지 않으면 영웅으로서의 지도력이나 명예를 끝까지 가지고 가기 어렵다. 그리스신화와 그와 비슷한 신화들의 작업은 이들 영웅들을 기리고 그런 영웅들의 지배체제를 당연하게 받아들이도록 한 것에 목적이 있는 이데올로기 작업이다. 이런 신화와 영웅숭배의 결과, 신비와 권위에 대한 병적 선망인 권위주의적 심리구조가 생겨나고 그 속에서 순종과 굴종의 미덕이 자리잡는다.

'대중이 억압을 욕망'하는 문제를 학문적으로 정식으로 제기한 사람은 20세기 초반의 정신의학자 빌헬름 라이히다. '억압을 욕망하다'에는 두 모순된 이론, 하나는 사회적 억압을 이론화한 마르크시즘, 다른 하나는 욕망을 이론화한 프로이트주의가 들어있다. 이것을 결합하면, 프로이트-마르크스주의가 된다. 이것은 개인과 사회를 다 아우르는 환상적인 결합인가? 프로이트의 촉망받는 제자이자 공산당 당원으로 활동했던 라이히는 당시 히틀러 등장에 대중들이 환호했으며 민주적 절차를 거쳐 히틀러가 총통으로 선출된 것에 충격을 받았다. 그의 유명한 질문은 "대중은 왜 파시즘이 자신을 위한 것이라도 되는 양, 자신에 대한 억압을 욕망하는가?"이다.

사실, 처음에 나치와 히틀러가 등장했을 때 일반 대중에게 그들은 구원자인 것처럼 여겨졌다. 경제적으로 매우 힘든 상황 속에서 좌절하고 있는 대중들에게 활력과 희망을 주는 것 같았다. 우선, 경제적으로는, 1320억 마르크 1차 대전 배상금 문제로 독일경제가 허덕이고, 수백만 명이 실업상태이며 인플레가 하늘 모르고 치솟아 감자 한 포대 1마르크 하던 것이 3년 후에는 1천억 마르크로 뛰고, 휴지보다 돈이 가치가 없을 때 혜성처럼 나타났던 것이다. 더구나 기존 정치 지도자들이 상층 부르주아들이거나 엘리트들인 데 비해, 나치 지도자들은 사회적 위신이 낮았고, 평민적 성격이 현저했다. 당의 최고지도자 히틀러만 보더라도 실업학교 중퇴의 학력으로 당시 독일 사회에서 위신이 높은 인물이 아니었다. 나치스는 말단의 지부 지도자에 이르기까지 출신 계층으로는 하급 중간층 정도의, 게다가 인생 과정이 순탄치 않은 사람들이 압도적으로 많았다. 이러한 나치당의 반엘리트적 성격과 대중동원은 중하층 서민 대중에게 많은 호소력을 지녔던 것 같다.

그런데 권력을 잡는 과정은 매우 폭력적이었으며 권력을 잡자마자 그들은 공산당원과 반정부주의 및 저항하는 사람들을 무참하게 죽이거나 국외로 추방하였고 히틀러는 도이치 제국의 총통이 되어 전쟁 준비를 하였다. 무기 공장을 짓고 고속도로를 닦으며 일자리를 만들고 유태인들의 집을 빼앗아 집이 없는 독일 하층민들에게 제공했으며 어찌되었든 히틀러 집권 초반에는 대중들에게 일자리와 집이 주어지는 듯 했고 정치적 혼란도 질서가 잡히는 듯했다. 하지만 이들에게 주어지는 경제적 구원은 일시적인 것에 그쳤고 더 큰 전쟁의 소용돌이와 더 무지막지한 독재 속에서 대중들은 억압되고 고통받게 되었다. 유태인 및 폴란드 인, 집시, 공산주의자 들 6백만 명 이상을 총살과 독가스로 죽음에 몰아넣는 광기어린 과정은 다른 한편으로 대중에 대한 정치적 통제와 경제적 억압의 과정이었다.

라이히의 질문대로 대중은 자신을 억압하는 자를 열렬히 지지하고 찬동함으로써 욕망하였던 것이다. 사실, 처음부터 히틀러의 등장은 억압적이고 권위주의적인 정치의 등장인 것은 분명했다. 하지만 대중은 침묵했고 동조했으며 심지어 열렬히 찬동까지 하지 않았는가? 라이히는 파시즘은 그것이 언제 어디서 나타나든 간에, 국민 대중들에 의해 탄생되는 운동이기 때문에, 대중들 개인의 성격구조에 존재하는 모든 특성과 모순을 은연중에 드러낸다고 한다. 그것은 다음과 같은 파시스트의 정신성으로 나타난다.[1]

> 파시스트의 정신성은, 노예상태에 있으며 권위를 갈망하는 동시에 반역적인 '소심한 인간'(little man)의 정신성이다. 모든 파시스트 독재자들이 소심한 인간의 반동적 분위기로부터 생겨났다는 것은 우연한 일이 아니다. 생명의 충동에 대한 전반적 억압의 틀 속에서 위와 같은 사회적 사실이 발생한 후 산업부호와 봉건적 군국주의자들은 자신들의 목적을 위하여 이러한 사회적 사실을 이용하였다.

군국주의자들과 자본가들은 이러한 대중의 '소심한 인간의 반역적인 정신'을 이용한다. 소심한 인간은 자기보다 지위가 높고 능력있으며 부유한 사람을 우러러 본다. 그들에게 복종하고 순종함으로써 그 보답으로 보호받고자 한다. 영웅숭배의 심리와 유사하다. 이것은 권위에 대한 복종으로 나타나기 때문에 권위주의적 성격구조라 불릴 수 있다.

■
1) 빌헬름 라이히. 『파시즘의 대중심리학』. 19쪽.

그들은 높은 사람들을 존경하면서 아
버지처럼 무섭지만 친근하게 생각한다. 그
것은 아무리 무섭더라도 복종하고 따르기
만 하면 아버지는 자신을 내치지 않는다
는 신념으로 작동한다. 그래서 그들의 행
동은 근본적인 무력감에 뿌리박고 있어
에릭 프롬Erich Fromm의 말대로 "행동이란

빌헬름 라이히

자기보다 높은 지위에 있는 어떤 자를 위해 행동하는 것"을 뜻한다. 북한
의 수령님 아바이 동무나 하나님 아버지나 모두 권위주의적 성격구조를
이용한 것이라 볼 수 있다. 하지만 자신의 경제적 처지에서 해방을 바라는
것이 아니라 오히려 억압적인 상황을 더 욕망하게 되는 결과를 낳는다.

라이히가 『파시즘과 대중심리』 책을 쓰던 시기에 마르크스주의자들
은, 노동자를 포함해 인민대중들이 미친 듯이 히틀러와 나치에 열광하며
지지했지만, 모두 원래는 선한 그들이 나쁜 사람들이나 언론의 속임수에
속아 넘어간 것에 불과하다고 생각했다. 따라서 '거짓'을 폭로하면, 진실을
알려주면, 대중이 혁명적인 본래 모습을 되찾을 거라고 생각했다. 하지만
라이히의 생각은 달랐다. 그는 마르크스주의자였지만 그렇게 생각하지 않
았다. 당시 투표상황을 보면, 공산당과 사회민주당은 1200만~1300만 표를
얻고 나치당이라 할 수 있는 국가사회주의 노동당과 독일국가당은 1,900
만~2000만표를 얻었다. 라이히가 보기에 그것은 경제적 분포가 아니라 이
데올로기적 분포였다. 그래서 그는 경제적 상황과 대중들의 심적 구조가
일치되지 못하는 이유를 찾고자 한다.

일반적으로 생각하기에, 경제적 상황은 사회-경제학적으로 이해되어
야 하며 성격구조는 생물-심리학적으로 이해되어야 한다. 그런데 이와는
달리 모순된 상황이 발생했던 것이다. 그래서 라이히의 그 유명한 질문이
나온다.[2]

배가 고프기 때문에 음식을 도둑질한 사람, 임금착취 때문에 파업한 사람은 충분히 이해(경제적 상황과 이데올로기 일치)한다. 사회심리학에서는 전혀 다른 관점에서 문제 파악해야 한다. 설명되어야 할 것은 배고픈 사람들 중 대부분은 왜 도둑질을 하지 않으며 착취당하고 있는 사람들 중의 대부분은 왜 파업을 하지 않는가라는 사실이다.

위와 같은 라이히의 의문은 파시즘에 찬동한다는 20세기 전반기에만 국한되지 않는다. 그것은 이 책이 드러내고자 하는 영웅숭배의 또 다른 모습으로 수천 년의 세월에 걸쳐서 이어져 내려온 인간의 성격이다.[3] 신비와 권위를 향한 인간의 병적 갈망이라고도 할 수 있다. 라이히는 이러한 소심한 인간의 양산은 생명의 충동에 대한 전반적인 억압적인 틀에서 발생한다고 한다.

라이히는 프로이트의 제자로 정신분석학을 정통으로 수학하였다. 그는 프로이트의 무의식이나 이드, 그리고 공격충동 들을 어떻게 이어받았을까? 프로이트의 개념을 극복하는 가운데서 새로운 대안을 보지 않았을까? 라이히는 학대받는 대중들의 수많은 반역 속에 나타난 것은 바로 '이차적 욕구로 구성된 성격층'이라고 한다. '이차적 욕구로 구성된 성격층'을 라이히는 프로이트의 무의식과 연관시킨다. 프로이트에게 무의식은 억압된 본능으로 그것이 억압되지 않으면 사회가 존속해나갈 수 없다. 즉 프로이트에게 무의식의 핵심은 초자아에 있기보다 이드에 있는데 이드는 거칠고 파괴적인 본능이다. 『지킬 박사와 하이드』에서 하이드적인 것이다. 『수호전』의 영웅들에게 일어난 것이 프로이트 식으로 말하면 이드의 분출이다.

■

2) 같은 책. 53쪽.
3) 현대에 와서도 가난한 사람들이 부유한 사람들을 위한 정책을 찬성하고 그 부유한 자들을 대변하는 자들을 투표하는 경향은 종종 있다. 그것을 계급배반 투표라 하는데 정보의 부족으로 많이 말하기도 한다(Low Informative Voter).

무송이 청렴하고 강직한 말단 관리로 있을 때는 忠이라는 초자아가 강했다. 그러나 억울하게 살인범으로 몰리고 형마저 독살당하면서 하이드 식 본능이 분출된다. 그래서 살인에의 쾌감이 무송의 행동을 이끄는 하나의 힘이 된다.

앞에서 프로이트는 이러한 무의식, 그 가운데서도 특히 이드에게서 공격성을 발견하고 그것이 서로가 서로를 죽이는 전쟁으로 몰아가는 죽음충동이라고 하였다. 프로이트는 식민지에 대한 제국주의 침략이나 유럽인들끼리 피터지게 싸운 1, 2차 세계대전은 이런 이드의 공격성의 발로이자 죽음충동의 발로였다고 본다. 그것은 불가피하지 않은가? 인간의 본능인 무의식의 작동이기 때문에 이것은 비극적이지만 어쩔 수 없다. 이것은 서구문명의 폭력성에 대한 훌륭한 알리바이다.

이와 달리 라이히는 프로이트의 죽음본능(타나토스) 이론에 반기를 들고 나와 인간에게는 오로지 에로스의 본능밖에 없고, 타나토스는 타고난 본능이 아니라 후천적으로 성이 억압된 환경에서 자라났기 때문에 생긴 '신경증적' 증후에 불과하다고 주장하였다. 그는 인간의 반응을 평가할 때, 대체로 생물-심적 구조^{biopsychic}가 서로 다른 세 개의 층을 이루고 있다고 본다.[4]

> 인생의 표면층에서 평균적 인간은 수줍고, 예의바르며, 인정이 많고, 책임지며 양심적이다. 인생의 표면층이 심층의 자연스런 핵심과 직접적인 접촉을 가졌다면 인간이란 동물의 사회적 비극은 없었을 것이다. 그러나 불행히도 아니다. 사회적 협동의 표면층은 자아의 심층의 생물학적 핵심과 접촉을 하고 있지 못하다. 즉 잔혹하고 가학적이며 음란하고 욕심이 많으며 시기심 많은 충동으로만 구성되어 있는 두 번째의 중간 성격층에 의해 표면층이 태어나는 것이다. 이것은 프로이트적 무의식, 억압된 것의 의미이다. 인간의 반사회성을

■
4) 빌헬름 라이히. 같은 책. 16쪽.

의미하는 프로이트적 무의식을 오르곤 생물-물리학(orgone biophysics)은 원초적인 생물학적 욕망에 대한 억압의 이차적 결과로 해석한다. 도착이 지배하는 두 번째 층을 지나 인간의 생물학적 하부구조로 깊이 들어가면, 우리는 그곳에서 생물학적 핵심이라는 세 번째 층이 있다. 좋은 사회적 조건 하에서, 이 핵심에서의 인간은 근본적으로 정직, 부지런, 협동적이며 사랑을 하고 있다.

라이히가 이렇게 3층으로 나눈 것은 프로이트가 무의식, 즉 이드를 인간의 본래적인 본능으로 본 것에서 벗어나기 위한 것이다. 라이히의 강조는 자아의 심층에 있는 생물학적 핵심이다. 인간은 하나의 생명체로서 에로스(생명과 사랑)를 가지고 있는데 이것이 억압된 것이 문명이다. 서구 문명은 정말 에로스가 억압된 것이라 볼 수 있다. 프로이트의 이드가 구현된 것이다. 도덕적 제어가 약해지면 드러나는 이 이드적 충동은 파괴적이고 가학적으로 이끈다. 프로이트가 말한 문명의 불만이란 곧 문화의 투쟁을 의미하고, 이 문화 투쟁은 도덕적 자아와 이드적 충동의 투쟁이다. 이 문화투쟁에서 종종 이드적 충동이 승리하는 것을 비극적으로 보고 프로이트는『문명 속의 불만』을 썼던 것이다.

우리는 현실에서 라이히가 말하는 생물학적 핵심을 한 번씩 보게 된다. 사실 이런 자아의 심층에 있는 생물학적 핵심으로서의 에로스를 가지고 있지 못한 사람은 사이코패스라 할 수 있다. 세월 호 참사 희생자를 모욕하는 댓글을 달아 고소된 10대 고교 중퇴생이 경기 안산 정부합동분향소를 방문한 뒤 진심 어린 사과를 전해 유족의 용서를 받았다. 이 청소년이 사과하고 용서받는 과정을 보자. 여기서 청년은 자신의 자아 심층에 있는 생물학적 핵심을 만나게 된다.

2015년 1월 1일 4·16세월 호 참사가족대책위 측에 따르면 대책위는 최근 ㄱ군(18)과 ㄱ군 어머니로부터 한 통의 전화를 받았다. "선처를 받고 싶다"는 내용이었다. ㄱ군은 세월 호 희생자와 가족을 비방하는 악성댓글을 달아 지난해 8월 명예훼손과 모욕죄 들로 고소됐다. ㄱ군 어머니는 "아들이 조사를 받으면서 무척 힘들어한다. 대학 입시도 준비해야 한다. 아이의 인생을 봐서라도 제발 선처해달라"고 대책위에 호소했다. 숨진 자녀 또래 아이의 미래가 달린 일이라는 ㄱ군 어머니 호소에 대책위 측은 "직접 방문해서 사과한다면 용서하겠다"고 전했다. 며칠 후 어머니와 함께 분향소에 마련된 대책위 사무실에 나타난 ㄱ군은 표정 없이 "죄송합니다"라고 말했다.

세월 호 유족들은 ㄱ군의 반성 없는 얼굴을 보고 실망하면서도 "여기까지 왔으니 분향소라도 한번 보고 가라"고 말했다. 분향소로 간 ㄱ군은 1시간도 채 지나지 않아 전혀 다른 얼굴이 돼 사무실로 돌아왔다. 새빨개진 얼굴에 눈물이 그렁그렁 맺혔다. "제가 엄청난 일을 저질렀습니다. 이렇게 심각한 일인 줄 몰랐어요. 정말로 죄송합니다." ㄱ군은 심드렁한 표정은 온데간데없이 눈물을 쏟아내며 사과했다. 분향소 안에 걸린 또래 친구들의 영정과 그들의 명복을 비는 글 및 각종 기록물을 보고 자신이 큰 잘못을 저질렀다는 것을 깨달은 것이다.[5]

ㄱ군은 지난해 자퇴하고 1년 동안 집 밖으로 나간 일이 거의 없었다. 친구들과의 관계에 어려움을 겪어 학교를 그만둔 ㄱ군에게는 일부 인터넷 사이트가 세상과 접촉하는 유일한 통로였다. ㄱ군은 "250명의 아이들 영정을 보고 (세월 호 참사가) 얼마나 심각한 일인지 깨달았다"며 "앞으로는 매체 글을 믿지 않겠다. 나도 세월 호 가족을 위해 할 수 있는 일을 찾아보겠다"고 말했다.

ㄱ군은 간접적으로만 전해지던 세월 호 희생자들을 분향소에서 직접 만나게 된다. 300여명의 또래들의 사진을 하나하나 보면서 다시는 그들이 돌아올 수 없다는 것, 저 푸르고 깊고 차가운 바다에 영원히 남겨져 있다

[5] "세월 호 희생자 모욕 글 10대, 분향소 찾아 '사죄'." 경향신문. 2015. 01. 01.

는 것을 알게 된다. 그리
고 만일 자신이 그런 상
황이라면, 어머니가 어땠
을까. 어머니가 그런 상황
이라면 자신이 어땠을까.
감정이입을 하면서 자신
의 내면 깊숙이 잠재해있
던 생명에 대한 꿈틀거림
이 솟아난다. 그 꿈틀거림
은 눈물로 쏟아진다.

추석인 15일 오후 서울 광화문 광장 세월 호
희생자 분향소 안에 추석 차례상이 차려져 있다.
뉴시스 2016. 09. 15.

어느 사건에도 그렇듯이 세월 호 사건을 통해서도 권위주의적 심리구
조를 가진 사람들의 반응은 적극적이든 소극적이든 드러나기 마련이다. 젊
은 세대는 일베나 댓글을 통해, 그리고 나이든 세대는 카톡이나 문자를 통
해 자기들 무리에 섞여서, 혹은 무리 뒤에 숨어서 마음껏 비방한다. 그 대
상은 국가나 자본이라는 거대한 힘의 피해자나 희생자들이다. 희생자나 피
해자들과 그 유족들이 국가나 거대한 자본과 싸운다는 것은 정말 힘든 것
이다. 대부분 항상 중도에 포기하거나 타협하거나 지쳐버렸다. 그런데 세
월 호 유가족들은 보상이나 협박에도 물러서지 않고 오로지 진실을 밝히
는 데 온 힘을 바쳤다. 보상의 문제는 애시 당초 문제가 되지 않았다. 수장
된 자식들, 그 자식들을 살려내라. 왜 죽었는지 밝혀라.

그런데 우리나라 모든 사람들이 세월 호 사건에 아파하고 진실에 동
참한 것은 아니다. 처음에는 모두 TV를 보며 안타까워하고 분노하며 슬퍼
했다. 하지만 시간이 지날수록 아주 많은 사람들은 세월 호 유가족들이 보
상금을 더 받기 위해서 저렇게 싸우는 게 아니냐고 의혹을 보내며 그들이
받게 될 어떤 보상금에 배 아파했다. 그것이 고의적인 선동이든 어쨌든 세
월 호 유가족들의 슬픔과 분노에 공감하기보다 그들이 받게 될 보상금을

질시하였다는 것 역시 사실이다. 유가족들이 싸우면 싸울수록 보상금의 크기가 커지는 것에 대한 불안 ⋯ "마, 고마해라"는 반응 ⋯. 이런 것 역시 대중의 권위주의적 심리구조에서 비롯되었다 할 수 있다.

권위주의적 심리구조에서 정의^{justice}는 무엇인가? 건물주 리쌍과 싸운 세입자 우장창창 곱창집 사장에 대한 여론의 방향도 이와 크게 다르지 않다. <비마이너>^{BeMinor}에 실린 글이다.6) 글쓴이 박정수는 신사동 곱창집 '우장창창' 강제철거에 대한 반응에서도 '일베'의 심리가 얼마나 '대중화'되었는지를 확인할 수 있다고 한다. 2013년 건물주 '리쌍'과 '우장창창' 간 첫번째 분쟁 때는 '건물주라고 갑질한다'는 여론이 앞섰지만, 그로부터 3년이 지난 2016년 7월의 2차 분쟁 때는 '을의 횡포'라며 '우장창창'을 비난하는 여론이 인터넷 댓글로 폭발했다.

박정수는 묻는다. 그때나 지금이나 건물주의 소유권만 지나치게 보호하는 '상가건물임대차보호법' 때문에 생긴 분쟁인데 그때는 법대로 쫓아내려던 건물주 '리쌍'의 '갑질'을 비난하던 여론이 이번에는 법대로 안 나가고 떼쓰는 '우장창창'에 대한 비난 여론으로 돌아섰다. 왜일까? 댓글부대의 주된 논거는 2년 전 리쌍이 법대로라면 안 줘도 될 권리금의 일부를 합의금 형태로 보전해 주고, 지하로 장소를 옮겨 남은 임대기간도 보장해 주었다는 것이다. 그렇게까지 했는데 은혜도 모르고 또 떼쓴다는 거다. 리쌍이 댓글부대를 풀었을까? 태극기 집회에 수십만 명이 모였다는 기사를 보고도 별로 걱정하지 않았다. 그들이 동원되었다는 생각을 계속 하고 있으니. 자발적 후원금이 수십억 모였다는 기사를 보고도 별로 걱정하지 않았다. 그들 세대는 곧 지나가리라고. 하지만 요즘의 댓글들을 보면 동원되지 않고도 동원된 듯이 쓰는 내용들을 보면 정말 그렇게 생각하는 사람들이 엄청 있다는 것이다. 그들이 진짜로 그렇게 생각하는 논리는 무엇일까? 거기

■

6) "빌헬름 라이히의 '파시즘의 대중심리'로 읽는 '일베'의 정의." 비마이너. 2016. 07. 29.

에는 법은 지켜야 한다는 준법의식과 건물주인은 할 만큼 했다는 인정주의 이면에는 일베의 정의론인 '무임승차' 혐오가 있다고 박정수는 말한다. 사회적 분위기를 틈타 넘볼 것을 넘어 넘보는 것에 대한 혐오다. 세입자라면 당연히 건물주의 횡포를 견뎌야 한다고 생각하고 건물주 편에서 사고한다. 그러다가 세입자가 권리금 2억 7천 5백만 원과 인테리어 비용 8천만 원을 들였는데 건물주가 바뀜으로써 상가임대차계약 2년 후에 나가야 된다는 것을 듣고는 세입자 편에 선다. 하지만 리쌍이 권리금 보상으로 1억 8천만 원을 보시하고 지하와 주차장 일부 공간에서 영업을 하도록 하는 양보를 했는데도 그 임대기간 이후에 계속 안 나가고 버티게 되자 여론이 싹 바뀐 것이다. 이때부터 세입자에게 당하는 건물주가 불쌍해진다. 건물주는 건물주라는 이유로 역차별을 받고 있다고 생각한다.

우장창창 곱창집 사장 서윤수의 투쟁과 맘상모의 지원으로 상가임대차법이 세입자에게 유리하게 많이 개정되어 임대 상인들의 계약조건이 많이 호전되었다. 이 사건을 계기로 법적인 상황이 세입자에게 조금이나마 유리하게 바뀌는 걸 보아 여러 곳에서 더 투쟁을 많이 해서 좀 더 나은 사회를 만들어야 한다는 생각은 없다. 에릭 프롬은 말한다.[7]

> 본질적으로 권위주의적 성격이 가지는 용기란, 본질적으로는 숙명이나 그들의 대표자나 '지도자' 들이 결정한 사항을 참아내는 용기이다. 불평하지 않고 견디어내는 것이 그의 최고의 미덕이다. 그것은 고뇌를 그치게 한다든가 고뇌를 감소시키고자 하는 용기는 아니다. 숙명을 바꾸지 않고 그것에 복종하는 일이 권위주의적 성격의 영웅주의이다.

그래서 참지 아니하고 순종하지 않는 자들은 염치를 모르는 자가 된다. 자신들이 오래 오래 참고 견딘 것 그것이 미덕이다.

■
7) 에릭 프롬, 『자유로부터의 도피』, 188~89쪽.

점점 더 이건희나 이재용이 슈퍼리치가 되는 걸 자랑스럽게 생각하고 서울이나 부산 대도시에 초고층의 빌딩이 속속 들어서고 화려하게 경관이 바뀌는 걸 자랑스럽게 생각하지 내가 들어가야 할 오두막은 변하지 않아도 당연하게 생각한다. 몇 백만 원대 보증금의 몇 십만 원 월세의 원룸에 사는 내 오두막에 대해 말이다. 월급을 받으면 거의 1/3을 월세로 넣어야 하는 세입자의 처지에서 건물주를 동정한다. 그가 잘 사는 걸 존경하고 비슷한 처지의 사람들이 싸워서 얻어내는 조그마한 결실은 시기하여 '무임승차'라고 혐오한다.

이것이 보수적인 일베의 정의감이다. 이 정의감은 거지가 정승 걱정하는 것이다. 기득권이 아닌데도, 한국사회를 '헬조선'으로 느끼는 가난한 청년들과 그들의 '루저'들은 그렇게 생각한다. 그것은 어떤 '질시'의 감정 때문이다. 일베의 혐오는, '헬조선'의 현실을 냉소하기만 하지 않고, 법과 권력을 두려워하기만 하지 않고, 가진 자들을 선망하기만 하지 않고, 맞서 싸워서 자기 권리를 찾으려고 하는 사람들에게로 향한다. 부자들의 명품 쇼핑과 그들의 늘어나는 부에 대해서 불만과 반감을 가지기 보다는 그런 반항인들의 소란에 기득권자들이 느끼는 것보다 훨씬 강한 짜증과 불편함을 느낀다.

그런데 주인에게 대들지 못하는 노예와 같은 이런 소심한 인간들이 오히려 공격충동을 가진다. 도덕이나 교양 같은 초자아의 꺼풀이 벗겨지고 도착적이며 가학적인 성격 층으로 프로이트의 이드 층이 우세해진다. 라이히의 말대로 동기가 주어진다면 인간은 합리적으로 증오하는 동물이 될 수도 있다. 그리하여 무력한 자신에 대한 혐오감은 달리 행동하는 비슷한 처지의 사람들에 대한 혐오감으로 바뀌면서 나르시시즘적인 공격충동까지 일어나게 된다.

그런데 이런 2번째 층을 제거하지 않고는 이 심층에 있는 희망적인 층에 도달하여 현대인의 성격구조를 평화롭고 느슨하게 만드는 것은 불가능하다. 그러면 어떻게 이 2번째 층은 만들어졌으며 그 해결책은 무엇인가? 라이히는 정신분석학자답게 그 원인을 성적 억압에 두었다. 에로스는 자아의 심층에 있는 생명의 핵심인데 이것이 억압되면 성적 욕망은 변형되어 나타난다. 프로이트는 대중들이 대중집회에서나 제식훈련 같은 지도자에 대한 경배방식, 혐오집단에 대한 가학적 충동의 분출 행위 들과 같은 파시즘적인 행동에서 희열을 느끼는 것은 죽음충동이라고 보았다. 하지만 라이히는 그런 파괴적인 본능을 인정하지는 않았다. 그것은 오히려 자연스런 본능의 억압에서 비롯된 병리적 충동이라고 보았다.

라이히는 이런 본능의 억압은 어린 시절부터 가부장적 가족제도에서 일어난다고 한다. 어린이의 자연스런 성 본능을 어머니에 대한 것으로 보아 그것을 근친상간적 욕망으로 금지시킨다. 그래서 어린이들은 성적 욕망이라는 것이 금지된 것에 대한 욕망이기 때문에 죄의식을 갖게 된다. 오이디푸스 콤플렉스와 같은 맥락인데 여기서 아버지는 최초의 금지자로 표상된다.

라이히의 말을 빌리면, 그런 억압은 오르가즘의 불안과 불능을 초래한다. 오르가즘 불안은 "본능적 충족의 외적 욕구불만에 의해 생겨나서 막힌 성적 흥분에 대한 두려움에 의해 내적으로 닻을 내린다".[8] 곧 성적 불안이라 할 수 있다. 더 나아가 오르가즘 불능은 오르가즘 능력의 부재이다. 즉 유기체의 불수의적 포옹(성교)의 절정에서 성적 흥분을 완전히 방출하지 못한다. 이것은 오늘날 평균적인 인간의 가장 중요한 특성이며 유기체 속의 생물학적 에너지를 막음으로써 모든 종류의 생물병리학적 증후와 사회적 비합리주의에게 에너지를 제공한다. 이런 상황에서 라이히는 아버지

---

8) 빌헬름 라이히. 같은 책. 35쪽.

의 법을 내면화함으로써 권위주의적 인간이 탄생한다고 보는 것이다. [이와 달리 프로이트는 아버지의 법(근친상간 금지)을 받아들임으로써 문명화된다고 보았다.]

권위주의적 심리구조에서 자연히 욕망은 억압되고 자아는 위축된다. 소심한 인간형이 나오게 된다. 하지만 인간은 성적 욕망의 대상을 찾기를 갈망하고 자아의 불안을 떨쳐버리고자 한다. 그래서 국가, 민족, 학연, 지연 같은 집단 정체성을 통해 신비적으로 확장된 '큰 나'를 가지고 싶어 한다. 거기서 자신보다 더 큰 집단에 권위를 부여하고 그 권위에 복종함으로써 자아의 불안을 떨치게 된다고 본다.

이런 성적 억압은 여성에 대한 억압을 함께 불러온다. 이런 억압을 벗고 남자든 여자든 스스로 자신을 관리하고 조절하는 성적 영역에서의 '자율'을 가져야 한다. 에로스에 대한 억압은 곧 여성 섹슈얼리티에 대한 억압이다. 에로스를 본래의 생명의 자리로 돌려놓는 작업이 필요하다. 라이히 시대가 아니라 해도 에로스는 지금도 억압된다. 온통 사방천지가 성적인 가십기사와 매춘, 곳곳에 음탕한 상징이 늘려있는데 에로스가 억압되는 것은 아이러니이다. 진정으로 사랑이 있어야 할 곳에 있지 못함으로써 욕망은 그 에너지를 감당하지 못해 왜곡된 방향으로 분출된다. 온갖 강간, 추행 들 성적 범죄가 난무한다. 특히 공부만 하고 성적 욕망은 억압된 엘리트들이 갑의 위치에 가게 되면 자신의 성적 욕망을 통제하던 고삐를 느슨하게 함으로써 그 범죄에 동조한다. 여전히 청소년의 사랑은 금지되고 여성의 육체는 성적 도구로 전락했다. 여성의 유방은 더 이상 아이의 양식인 젖을 가진 유방이 아니다. 젖소에게 그 자리를 물려주고 남자가 가지고 노는 걸로 바뀌었다. 여성의 팔다리는 노동을 하는 건강한 근육을 가지지 못하고 부드럽고 야들야들하여 성적인 도구로 되기 좋도록 권장된다. 온갖 방송과 여러 매체는 이것들을 조장한다. 여성들이 자신의 욕망과 행동을 스스로 판단하고 조절하는, 자율의 영역을 가져야 한다. 그 억압된 긴 역사를 다음의 책에서 살펴보겠다.

그렇다면 권위주의적 성격구조를 혁파하고 해방으로 나아가는 것은 어떻게 가능한가? 라이히는 성적 억압은 "사회조직의 가장 기초여야 할 일-민주주의적 형태가 붕괴한 결과이다. 그래서 인간의 생물학적 핵심은 자신의 사회적 표현을 가지지 못했다"고 말한다.[9] 따라서 욕구의 충족이나 쾌락, 기쁨이나 즐거움을 죄악시하거나 적대시하는 금욕적 체제를 넘어서서 노동과 즐거움이 서로 합치하고 노동과 욕구의 충족이 서로 나란히 공존하는 그런 체제를 만들어야 한다고 본다. 노동이 고통이 아니라 즐거운 것이 되게 하고, 일이 싫어도 참고 하는 의무가 아니라 좋아서 즐겁게 할 수 있는 활동으로 만드는 것. 이러한 체제를 그는 '일-민주주의'라고 부른다.

하지만 그렇다고 라이히는 기술과 예술이 하나였던 장인적 생산체제로 돌아가길 꿈꾸지는 않는다. 거꾸로 그는 기계적 합리화나 분업을 유지하면서 노동이 즐거운 활동이 되게 하려면 어떻게 해야 하는가를 묻는다. 이를 위해선 노동이 욕구를 충족시키는 방향에서 설계되어야 하며, 작업 자체를 일하는 노동자 자신이 직접 결정하고 실행하며 관리하는 작업장 자치가 필요함을 역설한다. 그것을 통해 노동자 자신이 작업은 물론 경영 전체를, 나아가 집단의 활동 자체를 직접 책임지고 관리하는 자기-책임(자율주의)이 필요하다고 힘주어 말한다.

하지만 라이히는 정신분석학회에서도 쫓겨나고 공산당에서도 쫓겨나고 미국에서는 정신병자로 몰렸다.

---

[9] 라이히. 같은 책. 16쪽.

질 들뢰즈와 펠릭스 가타리의
안티-오이디푸스

1968년 68혁명 후 질 들뢰즈$^{Gilles\ Deleuze}$와 펠릭스 가타리$^{Felix\ Guattari}$는 라이히의 질문 '왜 억압을 욕망하는가'에 대한 답을 하기 위해 『안티-오이디푸스』를 썼다. 이 책의 서문에서 두 저자는 다음과 같이 말했다.[10]

> 왜 사람들은 마치 그들의 구원이 중요한 문제였던 것처럼 그들의 예속을 위해 싸우는가? 어떻게 사람들은 더 많은 세금을! 더 적은 빵을!이라고 외치게 되는가. 라이히가 말하고 있는 바와 같이, 놀라운 것은 사람들이 도둑질한다는 것, 또 다른 사람들이 파업을 한다는 것이 아니고, 굶주리고 있는 사람들이 언제나 도둑질하지 않는다는 것, 착취당하고 있는 사람들이 언제나 도둑질하지 않는다는 것, 착취당하고 있는 사람들이 언제나 파업을 하지 않는다는 것이다. 왜 사람들은 여러 세기 동안 착취, 모욕, 노예 상태를 견디되, 남들만을 위해서가 아니라 자기들 자신을 위해서도 이런 일들을 바라는 데까지 이르는가? 라이히는 파시즘을 설명함에 있어 대중의 오해나 착각을 끌어대지 않고, 욕망에 의하여 욕망의 말로 설명할 것을 요구하고 있는데, 이때만큼 그가 위대한 사상가였던 적은 없다: <아니다, 대중은 속고 있지 않았으며, 그때 그리고 그런 상황에서 그들은 파시즘을 욕망하고 있었으며, 설명해야 할 것은 이 군중심리적 욕망이다>라고 그는 말한다. 어떤 지점, 어떤 일련의 조건들 아래에서 그들은 파시즘을 원했으며, 해명될 필요가 있는 것은 대중의 욕망의 이러한 도착이다.

들뢰즈와 가타리는 라이히의 이 군중심리적 욕망을, 파시즘을 욕망하는 대중의 도착적 욕망으로 본다. 그 욕망의 바탕에 깔린 것이 대체 무엇일까 의문시하면서 욕망의 유물론을 수립한다.

■

10) 『안티-오이디푸스』. 52쪽.

68혁명시기에 미국의 베트남침공에 반대하는 시위대들. 68혁명이나 반전운동은 성적 에너지 자체의 혁명성의 발현이라 본다. 출처: *New York Times*. 2018. 05. 05.

이들은 인식과 행동의 궁극적 근거로서 주체를 설정하던 근대철학과 달리 어떤 구조적 조건을 보고자 한다. 프랑스 혁명 이후 세계에 대한 합리적 인식에 근거하여 불합리한 사회적 조건을 변혁시키는 주체 설정에 대한 반발이다. 프로이트와 라깡은 욕망 자체를 가족 삼각형(아버지-어머니-나)의 오이디푸스적 욕망으로 환원시켜 모든 사회적 관계를 가족관계 속으로 환원시켜버린다고 보았다. 남자 아이들은 아버지의 금지, 그리고 거세공포로 인해 엄마에 대한 욕망을 숨기고 아버지의 법을 받아들여 사회로 나간다.

들뢰즈와 가타리가 보기에, 프로이트와 라깡의 오이디푸스 가족 매트릭스에서 주체는 자율적 존재로 스스로 상상하는 것과 달리 오히려 지배관계를 정상적인 것으로 받아들이며 나아가 스스로 이 지배종속관계가 재생산되도록 하는 존재이다. 초월적인 권위의 아버지의 법이 있고 그 아버지의 법은 욕망의 생산적 역량을 억압해 자본주의를 재생산하는 데 필요한 유순한 순종적인 주체를 형성한다는 것이다. 이 유순한 주체는 라이히의 파시즘적 주체이다.

히틀러와 대중. 들뢰즈와 가타리는 이를 성적 에너지의 도착적 발현이라 본다.

이와 달리 들뢰즈와 가타리에게 욕망은 개인 내면에, 가족 내부에 제한되어 억압되지 않는다. 또한 밑을 알 수 없는 구멍을 메우듯 결핍을 끝없이 메우는 것도 아니다. 오히려 사회적으로 생산되는 욕망이 가지고 있는 폭발력, 성적 에너지(리비도) 자체의 혁명성이 추동된다. 이것은 종교나 정치, 문화 들에 포획되지 않은, 즉 의식적이거나 이데올로기적 차원이 아니라 무의식 자체가 가지고 있는 폭발력으로 변혁의 추진력을 얻어야 한다고 본다. 경제적 하부구조가 아니라 욕망이 사회변혁의 핵심이라는 점에서 욕망의 유물론이다.

들뢰즈와 가타리는 욕망이 기계처럼 순수 에너지로 무의식의 흐름을 타는 것이고 의지도 아니고 표상이나 언어의 매개 없이 직접적으로 투여된다고 보았지만 어떤 역사적 사회적 조건에 의해서 혁명적 에너지가 될 수도 도착적 반동적 에너지가 될 수도 있다고 보았다. 예를 들면, 20세기 초 대중의 열렬한 지지로 등장한 히틀러와 파시즘은 도착적 반동적 에너지의 결과이다.

그건 히틀러가 직접 대중을 성적으로 흥분시켰기 때문이다. 용사들의 규칙적이고 거대한 사열, 펄럭이는 깃발, 수많은 군중들의 함성이 울려퍼지는 광장, 활기찬 행진대열, "배타적 민족주의를 통해 대중적 욕망의 흐름을 그들의 당파적 이해관계로부터 단절시키고 거대한 사회적 집계로 재영토화"시킨 것이다.[11]. 그래서 들뢰즈와 가타리는 파시즘의 출현에 대해 "이데올로기보다 심층적 층위에서 작동된 욕망의 도착"이라 본다.

그러면 어떤 논리에 의해 이런 혁명적인 욕망이 들뢰즈와 가타리에게 도착적인 것으로 되고 미시파시즘까지 가능해질까? 그리하여 라이히의 말대로 자기배반적인, 억압을 욕망하는 상태로 되어버릴까? 그건 욕망이 순수 에너지이긴 하지만 사회 속에서 욕망이 만들어지기 때문이다. 특히 역사적으로 자본주의 사회는 이 욕망의 도착을 일으키기 쉽다고 본다. 자본주의는 한편으로, 신분제로부터의 자유, 전제군주로부터의 자유, 대가족(씨족)으로부터의 자유, 심지어 대지로부터의 자유를 통해, 들뢰즈의 표현대로, 탈영토화시키고 분열시켜 욕망의 흐름을 긍정하고 혁명적으로 만든다. 하지만 다른 한편으로 화폐 자본에 예속되어 노동의 소외를 겪으며, 궁핍 속에 욕망은 억제되고 은밀히 배제된다. 그리하여 편집증적으로 재영토화되어 개인은 무력해지고 영웅을 숭배하고 억압을 욕망하게 된다. 들뢰즈와 가타리는 전자의 욕망에선 혁명성을, 후자의 욕망에선 파시스트적인 욕망을 간파해내었다.

자본주의 사회에서 욕망의 이중성은 필연적으로 파시즘을 야기한다고 보았을 때 욕망을 혁명의 유일한 물질적 토대로 본 들뢰즈와 가타리는 어떤 이론적 곤궁을 만나지 않았을까? 욕망의 일원론을 주장했지만 정작 욕망 자체가 이중적일 때 그들은 모든 개념들의 속성을 이원화시킬 수밖에 없는 막다른 골목을 만났을 것이다. 막다른 골목임을 알지 못하게 하는 것

---

11) 전경갑.『욕망의 통제와 탈주』. 240쪽.

은 새로 만든 수많은 개념어의 난무와 여러 개의 주술문장을 내부적으로 겹치게 하는 복문들, 한 마디로 난해하게 만들기다. 아주 깊숙이 숨겨져있을지도 모르는 한 모금의 샘물을 마시기 위해 엄청난 언어의 숲을 헤매야만 한다. 헤매다 보면 정작 무엇을 찾는지 잊어버린다. 샘물은 없다. 진리가 있다는 것이 오히려 촌스럽다고 일갈한다.

가라타니 고진은 젊었을 때 "자신이 의욕적으로 비평에서 해오던 개념적 전복들이 현실적인 차원과 무관한, 심지어 현실에 관련해서 보자면 사실 어찌 되어도 상관 없는 형식적 전환에 불과한 게 아닌가라는 문제에 골몰했다"고 한다.[12] 이것은 우울증으로 빠져들 정도로 심각한 고민이었다. 고진 뿐 아니라 들뢰즈에 빠진 사람들을 우울증 아니 화딱지 나게 만든 것들은 이항대립을 이용하여 만든 무수한 신조어이다. 예를 들어 '편집증과 분열증', '정주민과 유목민', '신체와 신체 없는 기관', '몰적인 것과 분자적인 것', '전쟁기계와 국가장치', '전제적인 것과 아나키적인 것' 기타 들들의 수많은 이항대립의 개념들이다. 개념어라고 하기에는 지나치게 서술적이고 모순형용어법의 단어들로, 다른 철학이나 사상을 이해할 때 도움을 주게 되는, 개념어가 요구하는 범용성도 없고 아주 편협하다.

인류 최초로 씌어진 문자는 어떻게 시작되었을까? 데리다는 『그라마톨로지』에서 떠나간 연인을 그리워하며 막대기로 땅바닥에 연인의 얼굴을 그리기 시작하면서 문자가 시작되었다고 한다. 중국 고전인 『시경』 또한 사랑에 관해서 읊은 고대적 기록이긴 하다. 하지만 수메르 점토판을 비롯하여 함무라비 법전 들 최초의 문자 기록에 나타난 대부분의 문자들은 '부채와 소유'에 관한 것이다. 누가 빚을 지고 세금을 얼마나 거두었으며 이 땅은 누구의 것이며 저 인간은 누구의 노예인가 들이다. 그래서 문자의 기원을 사유재산의 기원, 계급발생의 기원과 등치하기도 한다. 곧 문명과 비

---

12) 이하 박가분의 "가라라타니 고진과 유물론." 참조.
http://blog.naver.com/PostView.nhn? blogId=paxwonik&logNo=40076424572

문명을 나누는 것이 사유재산의 발생이듯 문자의 발생 또한 그 기준이 된다는 것이다.

더구나 왕이나 귀족 들 소수가 다수를 통치하기 위해 필요한 사제나 관료시스템은 문자를 쓰고 읽을 줄 아는 소수의 엘리트를 필요로 했다. 그래서 문자를 독점한 자들은 다수가 그 문자의 세계에 들어오는 걸 격렬하게 반대했다. 한글의 역사만을 보아도 그건 분명한 사실이다. 한문을 터득한 양반들은 한글의 상용화에 결사반대했고 한문의 습득 정도를 가지고 자기 내부의 계층을 만들기도 했던 것이다. 문자 독점을 자신들의 권위로 내세우는 것이다.

들뢰즈와 가타리의 난해하고 생경한 개념들과 글쓰기 역시 이런 권위주의 심리구조의 하나가 아닐까? 문자 속이 그득한 권위주의와 문자와 식자 숭배의 권위주의 심리구조가 이 점에서는 크게 다르지 않다. 제임스 조이스는 『율리시즈』를 썼다. 그가 『율리시즈』를 쓰면서 세운 목표는 앞으로 200년은 이 책을 연구하느라 지식인들이 골머리를 싸게 만들겠다고 했다. 『피네건의 경야』는 더 참혹하지만 『율리시즈』 역시 전통적인 문학의 틀을 깨고 사회적 객관적 서사를 무덤에 보내고, 내면에서 일어나는 온갖 상념들로 눈 감으면 어른거리는 회오리 불빛들이 춤추듯 엮어갔다. 『율리시즈』가 혁신적인 것은 사실이다. 하지만 그 혁신은 무엇을 위한 혁신인가? 무엇을 썼는지 무엇을 읽었는지 알 수 없다. 거기에 의미를 읽어내려고 아일랜드나 영국 미국의 영문학자들뿐만 아니라 우리나라의 지식인들, 그리고 세계의 지식인들이 20세기 내내 매달렸다.

들뢰즈와 가타리의 『안티 오이디푸스』, 『천 개의 고원』 역시 이 『율리시즈』 못지않다. 이정우와 천규석이 유목민(노마드) 논쟁을 벌일 때 이정우가 한 말은 유명하지만 아주 치명적이다.[13] 그는 천규석을 무식하다고

13) 천규석 선생의 『유목주의는 침략주의다』에 대한 이정우 선생의 서평이 2006년 4월 3일자 『교수신문』에 실렸다.

일갈하고 차갑게 조롱했지만 정작 그도 이들의 사상이 뭔지 쉽게 설명하여 일반인들이 읽히도록 해줄 수는 없었다.

그런데 재미있는 것은 히틀러는 아주 쉽게 간단하게 설명한다. 히틀러의 『나의 투쟁』은 아주 쉽게 간단하게 감각적으로 말하면서 대중을 파고든다.14)

> 선전은 모두 대중적이어야 하며, 그 지적 수준은 선전이 목표로 하는 대상 중 최하부류까지도 알 수 있을 만큼 조정되어야 한다. 그 지적 수준은 선전의 대상이 되는 사람들 가운데 가장 낮은 수준인 사람도 이해할 수 있을 정도로 조정해야 한다. 따라서 획득해야 할 대중이 많으면 많을수록 순수한 지적 수준은 그만큼 낮게 해야만 한다.

히틀러는 모두가 이해할 수 있는 언어로 말하고자 하는 데 정작 말하는 바를 감춘다. 라이히는 히틀러의 연설을 들을 때 대중들이 느끼는 흥분은 자연현상에 압도될 때나 종교적으로 고양될 때 느끼는 흥분들처럼 성적 흥분(오르가즘)과 같다고 본다. 이성보다는 감정적이고 감성적으로 접근하며, 정의 아니면 불의, 사랑 아니면 미움, 긍정 아니면 부정 같은 아주 단순논리로 말했다.

들뢰즈나 가타리, 랑시에르, 그 외 수많은 포스트모던 철학자들은 언어의 미로, 논리의 자가당착 들을 통해 자신이 말하고자 하는 것을 대중으로부터 철저히 감춘다. 그러면 지식인의 난해한 글쓰기가 갖는 이점은 무엇일까. 이 장은 억압을 욕망하는 권위주의 심리구조에 대한 글이므로 주제를 이탈하지 않고 계속 나가보자. 지식인의 난해한 글쓰기는 복잡다단한 자본주의의 실체적 진실을 밝히는 것이 그만큼 어렵다는 것일 수도 있지만 억압이나 불의, 진실이 무엇인지를 말하는 것은 더 어렵다는 걸 뜻한다.

■

14) 아돌프 히틀러. 『나의 투쟁』. 191쪽.

그건 자신이 가지게 될 지식인으로서의 특권을 포기해야 하기 때문이다. 자본은 지식인이 민중들에게 이로운 말을 할 때 어렵게 해서 민중들이 못 알아듣는다면 용서해준다. 또한 어려운 글쓰기 때문에 다른 지식인들이 미로 속에서 헤매며 지적 놀이에 빠져 민중들에 대한 임무를 망각할 때 자본은 언론 매체들이 그 난해한 글쓰기를 부추기고 위대한 사상으로 띄워주도록 해준다. 말이 길어졌는데 어렵게 쓰지 않아 조금만 노력하면 이해할 수 있다면 그게 바로 민주주의이고 혁명이고 암울하고 불안한 문명에 대한 처방이다.

가라타니 고진은 형식의 전복과 혁신, 개념의 현란한 가공이라는 언어의 전복 들이 그리 중요한 것이 아니라 '무언가' 있어야 된다고 말한다. 그 무엇을 칸트의 '물자체'를 빌어 말한다. 칸트의 『실천이성비판』에서 물자체는 알 수 없는 것이다. 무엇인지 알 수 없지만 있다는 것인데 그 물자체는 비어있는 것으로 자유로울 수 있다. 그 이후 누군가들이 지속적으로 채워 넣으려고 했다. 그래서 가라타니 고진에게 있어, "'물자체'는 실천이성비판에서 직접적으로 말해지기 이전에 기본적으로 윤리적인 문제"이다."[15]

들뢰즈와 가타리에게 욕망은 눈도 없고 귀도 없고 공감도 없고 연대도 없는, 더구나 윤리도 없는 순수 에너지 기계일 뿐이다. 이항대립에 의해, 분열과 편집증에 의해, 절단과 접속에 의해 움직이는 에너지일 뿐이다. 욕망은 들뢰즈와 가타리의 가장 큰 이론적 핵이자 곤궁함이 드러나는 교차점이다. 표상을 벗어난 작은 욕망들, 어딘가에 척도화되지 않고, 척도에도 포섭되지도 않는 욕망들이 혁명성을 가진다고 하지만 현실은 그렇지 아니하다. 상식적으로 보자. 보통사람들의 욕망과 갈수록 눈덩이처럼 커지는 독점 자본의 욕망이 같을 수 있는가. 보통 사람들의 욕망은 현실의 삶에 의해 제약된다. 아무리 물신이 물어뜯어도 자신의 욕망의 크기를 제한

■
15) 가라타니 고진 『언어와 비극』. 73쪽.

하며 조절하여 살려고 한다. 하지만 자본은 물신이 되어 곳곳에 침투하여 소비를 부추기고 돈을 빌려서라도 돈을 추구하라고 선동한다. 아파트 문을 열 때마다 대출권하는 광고지가 붙어있다. 자본의 괴물스러운 욕망에 보통 사람들의 욕망은 무력해지고 스러진다. 그러면 자본에 의한 억압을 욕망하게 된다. 거기 어디 욕망에 혁명성이 자랄 수 있는가

68혁명 이후 자본-노동의 거대 담론에 가려졌던 여성운동, 인종차별 철폐운동, 동성애합법화운동, 생태운동 들 그동안 주목받지 못했던 보다 미시적 영역에서 소수자들의 욕망이 분출되었다. 여기서 들뢰즈와 가타리의 '욕망'은 '자본-노동'의 거대담론이나 국가주의에 포섭되지 아니하고 부문별 소수자들이 자기이해관계를 충실히 제시한다는 점에서 이념적인 것이 아니라는 의미이다. 이렇게 보면 들뢰즈의 '욕망'은 개인의 욕망이라기보다 사회적 조건에 의해 형성된 소수자의 존재론적 의지이다.

들뢰즈와 가타리는 욕망의 언어화도 부정하지만 의지도 부정한다. 혁명이 가능하려면 자본주의가 탈영토화되어 분열증의 극단까지 가서 스스로 내파할 수밖에 없도록 해야 한다. 여기서 자본의 탈영토화는 국가와 민족과 이념을 넘어 타국을 침범하는 것, 즉 글로벌 자본화되는 것이다. 내파되기 위해선 자본이 끝까지 자신의 욕망을 추구해야 한다. 터질 때까지. 그게 바로 신자유주의 아닌가? 신자유주의 자본의 욕망을 끝까지 추구하라! 모순을 철저히 밀고가야 한다는 논리. 물론 경제 위기나 공황을 통해 터지고 세상에 영원한 것은 없듯이 언젠가 자본주의도 스러지겠지만 그동안의 문제는 어떡하란 말인가. 상처를 입는 건 인간만이 아니다. 지나친 성장과 개발, 소비에 의해 자연도 지구도 회복할 수 없는 상처를 입는다. 코로나 펜데믹, 기후위기는 그 상처를 조금 보여주는 것에 불과할 수도 있다.

들뢰즈와 가타리는 라이히의 질문에 대한 답을 제대로 하지 못했다. 물론 내가 보기에. 욕망의 주체 설정도 어렵고 욕망의 복수성과 다원성을

강조하나 그것의 위계와 평가기준이 없다.[16] 아메바적 욕망, 무의식의 욕망이 더 위험하다. 하지만 들뢰즈와 가타리의 소수되기는 어떤 실마리와 희망을 준다. 억압을 욕망하는 파시스트적 주체가 되지 않기 위해서 "소수되기"를 제시한다. 여기서 소수는 주변화되고 배제된 집단인 여성과 그리고 남성, 이주노동자, 소수 민족, 동물, 식물 들이다. 그건 내가 가진 피해자 의식과 맥락을 같이 하고 대지의 뭇 생명들, 심지어 바위나 텅스텐, 구리 같은 무기물까지 소수가 아닌가.

━

16) 전경갑. 『욕망의 통제와 탈주』. 255쪽.

슬라보예 지젝과
억압을 욕망하는 하층민의 전략

슬라보예 지젝^{Slavoj Žižek}은 하층계급의 사람들이 왜 권력자나 부자들을 지지하는가에 대한, 약간 새로운 관점인 듯하지만 다시 오래된 본질로 돌아간다. 68혁명 이전으로, 들뢰즈와 가타리의 문제적 저서 『안티-오이디푸스』 이전으로, 계급투쟁이 본질임을.

하지만 그의 질문은 라이히나 들뢰즈와 가타리의 질문과 동일선상에 있다. 다만 "억압을 욕망하다"를 "맹목적 행동." "무의미한 분출"로 표현하고 있을 뿐이다.[17]

> 우리는 이 사회를 선택의 사회라고 자찬하지만 강제된 민주적 합의를 거부할 유일한 대안이 고작 맹목적 행동밖에 없는 사회 속에 살고 있다. 이런 사회는 대체 어떤 우주인가? 반체제 저항이 모종의 현실적 대안이나 최소한의 의미 있는 유토피아 프로젝트로 분명하게 정리되지 않고 오직 무의미한 분출로 표출된다는 서글픈 정황에서 우리는 우리가 처한 곤궁함이 얼마나 암울한지 여실히 알 수 있다.

시장에서 물건을 고르고, 인터넷에서 옷을 고르고, 들어갈 대학을 고르고, 볼 영화를 고르고 … 모든 것이 선택이고 우리는 민주주의 사회에 살고 있는 것 같지만 강요된 사회에 살고 있다.

그는 '아랍의 봄'에 이은 2016년에 일어난 대규모의 난민사태에 관하여 쓴 『새로운 계급투쟁』에서 본질을 볼 것을 주문한다. 무엇이, 누가 난민을 폭발적으로 증가하게 만들었는지 분명하게 알아야 한다. 단지 난민이 싫다, 생각하기도 싫다, 들어온다 생각만 해도 끔찍하다가 아니다. 난민은 상상체가 아니라 현실에서 존재하는 실재의 현실적 존재이다.

■
17) 슬라보예 지젝. 『새로운 계급투쟁』. 48쪽.

지젝이 보기에 그 일차적 원인은 "당연히 글로벌 자본주의의 동력과 군사개입"이다.[18] 또한 서구의 생활방식을 흔드는 것도 글로벌 자본주의이다. 그러면 "난민과 유럽의 시민들은 똑같은 적을 갖게 되고 연대를 해야 한다. 정치적-종교적 기호와 무관하게 우리 모두가 하나이기 때문이고, 우리 모두 동일한 두려움과 열정을 공유하는 존재임을 알고 있기 때문이다."[19]

그런데 억압을 욕망하는 영웅숭배나 파시즘에서처럼 우리는 우리의 적에 대해서 알지 못하고 연대할 우리 편을 알지 못하는 것은 왜 그러한가? 이의 질문에 지젝은 현재의 계급투쟁이 문화투쟁으로 위장되어 일어나기 때문이라고 본다. 예를 들어보자. 우리는 동성애를 격렬하게 반대하는 목사나 신부가 알고 보면 게이였다는 사실들을 만나면 매우 어처구니가 없다. 하지만 그 목사나 신부의 동성애 반대 문화투쟁은 자신의 취향쟁취가 아닌 지배계급의 변장된 계급투쟁일 뿐이기 때문이다. 미국의 공화당 국회의원들이 낙태금지와 진화론 수업 금지를 관철시키려고 노력하는 것도 지젝은 문화투쟁으로 위장한 계급투쟁이라 본다. 사실상 낙태나 진화론 수업 금지가 불가능함에도 불구하고, 그리고 공화당 국회의원 개개인들은 말도 안 되는 일이라고 스스로 생각하더라도, 하층계급을 통제하는 수단으로 도덕전쟁을 할 필요가 있기 때문이고 그 덕분에 기득권이 보장된 경제적 이해관계를 확보했다고 할 수 있기 때문이다.

하층계급이 어리석고 정보가 부족해서, 그리고 이데올로기적 조작으로 하층계급이 자기배반적인 행동을 한다는 데에 대해 비판한다. 더구나 리비도의 강제를 받아 사람들은 자신의 합리적 이해관계와 상반되는 행동을 취한다는 빌헬름 라이히의 정신분석적 접근도 비판한다. "현실 경제에 리비도 경제를 너무 직접적으로 반영했고 둘 사이에 어떤 연결고리가 있는지 밝혀주지 못했기 때문"이라고.[20]

■
18) 같은 책. 53쪽.
19) 같은 책. 93쪽.

미군 병력 수송기를 격추했다고 주장하는 탈레반. 탈레반은 파키스탄 소농들의 지지를 받는다. 반면 미국은 대지주 들 파키스탄의 봉건계급을 지지한다. 미국 자유주의자들이 탈레반의 반여성적 이념을 비판하지만 실제로 도우는 것은 파키스탄의 봉건계급이다. 출처: Newsis

　　그러면 어떻게 올바른 계급투쟁을 해야 하는가? 그는 어느 사회나 계급분열은 존재하지만 "핵심은 서로 다른 계급의 동력이 어떻게 상호작용하는 지를 묻는 일"이라고 말한다.[21] 예를 들어 탈레반이 소수의 부유한 지주와 소작농 사이의 깊은 균열을 이용하여 계급봉기를 일으키는 데 대해 <뉴욕타임스>는 탈레반의 진짜 목적은 따로 있지만 농민을 이용했다고 비판한다. 이것은 이데올로기적 편견이다. 이에 대해 지젝은 탈레반의 진짜 목적과 조작의 도구를 분리하는 것은 탈레반에게 뒤집어씌운 이미지라고 우선 비판한다. 그리고 탈레반이 농부의 어려운 형편을 이용했고 파키스탄이 아직 대부분이 봉건제로 남아있는 것에 대해 진정한 고민이 있다면 왜,

■
　20) 같은 책. 70쪽.
　21) 같은 책. 68쪽.

어떤 이유로, 파키스탄과 미국의 자유민주주의자들은 이 어려운 형편을 이용해 땅이 없는 농부를 도울 생각을 하지 않는가라고 묻는다. 지젝은 말한다. 파키스탄의 봉건세력이 미국 정부의 자연스러운 동맹이기 때문이라고.

지젝에 따르면 "이러한 모순적인 정치현상은 바로 장기전략과 단기적 전술 동맹 사이의 변증법적 긴장에서 기인한다. 장기적으로는 철저한 해방 투쟁의 성공은 하층계급을 어떻게 결집시키느냐에 달려있지만 단기적으로는 성차별과 인종차별주의 투쟁을 위해 평등주의-자유주의자와의 동맹을 문제 삼지 않는 것"이다.[22] 그래서 탈레반은 성차별적이긴 하지만 농민들을 동원하여 평등주의 투쟁을 하고 있기 때문에 미국의 자유주의자들이 파키스탄 상층부의 봉건제보다는 탈레반을 지지해야 한다는 논지가 된다. 즉 성차별적인 탈레반에 반대하여 파키스탄의 봉건제와 미국의 자유주의가 맺고 있는 동맹관계는 더욱더 왜곡되는 계급투쟁이라는 것이다.

그래서 버니 샌더스Bernie Sanders는 평소 보수 공화당을 지지하던 사람들인 버몬트주의 소농과 노동자들과의 대화도 마다하지 않고 귀를 기울인다. 이들 소농과 노동자들의 우려와 두려움을 인종차별적 헛소리라고 무시하지 않고 이를 경청한다.

이걸 우리나라에 도입해보면, 더불어민주당이 메갈리아나 워마드에 개인적으로 비슷한 입장을 가진다하더라도 국회의원들이 남성노동자들과 청년들의 지지를 잃을까봐 두려워 대놓고 동조하지 못하는 경우다. 그리고 박사모(박근혜를사랑하는모임) 주최나 태극기 부대에 50대 이상의 남녀들 상당수가 자신들의 계급적 이해관계에도 불구하고 자발적으로 참여하는 것도 지젝식으로 설명이 가능하다. 이들은 자신들의 이해관계를 계급적 이해관계로 읽지 않고 반공이나 친미기독교적 문화코드로 나아가 애국코드로 읽는다. 박사모 집회에 등장하는 대형 미국국기 성조기와 목사들, 할렐

■
22) 같은 책. 76쪽.

루야 기도들. 이들은 종북좌파들은 계급투쟁을 하지만 자기들은 우아한 문화투쟁한다고 생각한다.

사실상 태극기 집회에 모여드는 수십만 명의 사람들은 대다수가 자기 이해를 몰각하고 기득권자의 계급투쟁에 자발적으로나 비자발적으로 동원된 자들이다. 강남의 부자들은 텔레비전으로 보도되는 이들의 시위를 향유(쥬이상스)한다. 이들의 시위는 포르노그래피적이다. 오스트리아 철학자 로베르트 팔러와 슬로보예 지젝은 '상호수동성'이라는 개념을 고안해냈다. 그것은 "자신의 느낌과 행동을 외부 대상, 곧 인간이나 사물에 떠넘기는 것"을 말한다.[23] 상호수동성의 대표적 예는 다른 사람이 나 대신 즐기는 행위를 관찰하는 포르노그래피다. 지젝은 다음의 예를 든다. 동성애 반대 시위에 정통파 유대교도 단체인 '유대인 정치행동위원회'에서 멕시코 일용직 노동자들을 고용해 유대인 복장을 입히고 동성애 반대 데모를 하게 하는 것이다. '나'는 타인을 고용해 데모를 하게 했고 타인을 통해 내가 반대하는 그 사건을 즐겼다는 것이다.

지젝은 사회전체를 관통하는 적대를 분명하게 드러내지 못했기 때문에 계급투쟁이 실패했다고 본다. 문화적 대립을 넘어서 "다른 모든 대립성을 중층결정하며 그 자체로 전체 장을 포괄하는, '구체적 보편자'로서의 유일한 적대(계급투쟁)가 존재함"을 보여줘야 한다. 해방 후 대개의 정권은 상층기득권과 하층노동자농민을 결합시켜 상층기득권 권익을 확보했다. 김대중, 노무현 정권은 도시중산층 지지를 얻어내었지만 하층노동자농민과 결합하지 못하고 자신의 집값 상승을 위해 도시중산층이 상층기득권 세력에 투항함으로써 몰락했다. 박근혜-최순실 게이트는 유일한 적대가 형성되었던 전선이다. 1% : 99%로, 중층결정된 전선이 지금은 명확하다. 하지만 누가 누구와 손잡을 것인가. 어느 계급이 어느 계급과 손잡을 것인가. 다

23) 같은 책. 28쪽.

시 한 번 말한다. "핵심은 서로 상호작용하는 다른 계급의 동력을 일으켜 낼 것인가" 촛불시민들의 동력이 답이다.

이런 계급 동력에 언제나 장애가 되는 것은 권위주의적 지배체제와 성격구조이다. 위대한 지도자나 영웅이 되겠다는 야심은 언제나 공공성과 어긋나기 때문이다.

4. 영웅의 병리성: 공공성과 어긋나다

부에 대한 숭배,
부자들의 계급투쟁

그러면, 다시 내가 궁금했던 문제로 돌아간다. 인간은 자신을 죽이고 강간하고 노동을 착취하는 인간들을 결코 좋아하지 않는다. 그런데 왜 신화 속의 제우스, 헤라클레스, 그리고 제갈공명들을 찬양할까? 이 문제에 대한 답을 하기 위해 이제 이론가들의 힘을 빌리는 것을 그만두고 사회경제적이거나 역사적인 것에서 비유를 가져와보자. 우리들이 살아오면서 워낙 많은 것들이 중첩되어 켜켜이 쌓이면서 단단한 인식체계를 가지고 있기 때문에 이론가들의 도움으로는 이 질문에 대한 명쾌한 해답을 얻기가 더 어려워지는 것 같기 때문이다.

『플루토크라츠 – 모든 것을 가진 자와 그 나머지 사람들』에 나오는 이야기를 통해 조금 나아갈 수 있다. 플루토크라트란 그리스어로 부를 의미하는 플루토스와 권력을 의미하는 크라토스가 합쳐서 권력과 부를 다 가진 사람으로 전 세계의 0.1% 부자를 말한다. 우리나라의 이건희나 정몽구가 포함될 수도 있겠다.

이 책의 서문에서 브란코 밀라노비치[Branko Milanovic]에 대한 이야기를 꺼낸다. 그는 세계은행의 경제학자다. 1980년대에 자신의 고향 유고슬라비아에서 박사 과정을 밟고 있었던 그는 처음에 소득 불평등 문제에 관심을 가졌다. 그러나 연구 과정에서 밀라노비치는 소득 불평등이 공공연하게 '민감한' 사안이라는 사실을 깨닫게 되었다. 당시 정권은 이 주제를 연구하는 학자들을 탐탁지 않게 여기고 있었다. 사실 그건 별로 놀라운 사실이 아니었다. 어쨌든 사회주의의 핵심 이념은 계급 없는 사회를 건설하는 것이어서 불평등이 존재한다는 것을 공연하게 드러내고 싶어 하지 않기 때문이다. 하지만 워싱턴으로 왔을 때 밀라노비치는 더 이상한 사실을 발견했다. 미국인들은 부자들을 기꺼이 찬양했고, 적어도 이따금 가난한 이들을 걱정했다. 하지만 그 두 계층을 하나로 묶어 경제적 불평등에 대해 이야기하는 것은 금기시 했다.

밀라노비치는 최근 한 책에서 이렇게 언급했다. 워싱턴의 한 유명 연구소 소장으로부터 그 연구소 이사회는 앞으로 '소득'이나 '부의 불평등'을 제목으로 하는 어떠한 연구에도 지원을 하지 않을 것이라는 말을 들었다. 물론 그들은 빈곤 문제를 해결하기 위한 모든 시도들을 적극 후원할 테지만, 불평등은 차원이 다른 문제였다.

밀라노비치는 이렇게 질문을 던지고 답한다. "그 이유는 무엇일까? 가난한 사람들을 걱정한다는 말은 '내'가 고귀하고 따뜻한 사람이라는 뜻이다. 그러므로 나는 기꺼이 내 돈을 들여 가난한 사람들을 도울 용의가 있다. 자선은 훌륭한 일이다. 비교적 적은 돈을 가지고서도 자아를 빛낼 수 있고, 도덕적으로 높은 점수를 얻을 수 있다. 하지만 불평등 문제는 다르다. 이 주제에 대해 논의하려면, 결국 내가 벌어들인 돈의 정당성까지 고려해야 하기 때문이다".[1]

이와 비슷한 경우 나 역시 겪었다. 최근 나는 어느 학회에 가서 경제학원론 교육에서 경제 불평등의 문제가 빠져있음을 지적하고 우리나라의 불평등이 심각하기 때문에 경제학 교양으로서 불평등에 대해 가르쳐야 한다고 주장했다. 1971년부터 1990년까지 평균 9.3%, 이후 1991년부터 1997년까지 평균 7.5%의 경제 성장률을 기록했는데, IMF사태가 일어난 1998년에 마이너스 5.7%를 기록했다고 한국경제가 그렇게 휘청거리고 가족 살해와 동반자살이 그렇게 광범위하게 일어난 이유가 무엇인가? 그것은 불평등이 심하기 때문에 일어난 일이고 그것은 오랜 독재시절에 이루어진 권위주의적 정책으로 인해 민주적 의사소통이 되지 않았기 때문이라고 했다.

■
[1] 크리스티아 프릴랜드 『플루토크라츠-모든 것을 가진 자와 그 나머지 사람들』. 9~10쪽.

인도의 경제학자이자 노벨상을 받은 아마르티아 센의 연구를 인용하여 다른 나라와 비슷한 사례도 함께 동원하여 발표하였다. 마침 그 발표장은 KDI였고 원로교수들의 성토가 이어졌다. 노골적으로 물었다. '박정희가 독재했다고 생각하느냐' 거기에 답하라고.

아마 신화학회에 가서 내가 '신들과 영웅의 위대한 위업을 수많은 사람들의 고통과 궁핍과 연결시킨다면' 마치 부자가 부자인 이유가 가난한 사람들이 가난하기 때문이라는 것, 즉 부자의 존재 이유는 가난한 자의 존재를 전제한다는, 즉 그리스의 신들과 영웅은 수많은 사람들에게 토지를 빼앗고 그들을 노예화하고 예쁜 여자는 강간하고 못생긴 여자는 하녀로 만들어서 얻는 부와 권력으로 존재한다는 것을 주장한다면 다음해에 신화학회에서도 초대받지 못할 가능성이 크다.

제우스가 몇 명의 여성을 강간했느냐, 당신이 그 강간당한 여성의 부모라면 어떻게 생각하겠는가? 헤라클레스가 셀 수 없이 수많은 사람들을 죽였으며 심지어 술에 만취해 가정폭력으로 자신의 아내와 아들을 죽였는데 그래도 그를 칭송하느냐라고 물으면 신화를 그렇게 속되게 해석하는 나를 매우 저속한 사람으로 취급한다. 신화를 신화로 받아들이지 않고 신문의 사회면에 나오는 사건사고의 지면이나 치정에 얽힌 아침 드라마류로 신화를 받아들인다고. 신화적 상상력이 부족한 자라고 말이다. 즉 찬양하는 부자와 고통받은 가난한 자들의 인과관계 설정을 거부하듯이 찬양하는 영웅들의 행위와 그로 인해 스러지는 무수한 사람들의 삶과 고통과 연결을 거부한다.

『플루토크라츠』의 영어 부제목은 *The Rise of the New Global Super-Rich and the Fall of Everyone Else*이다. 즉 '세계 신흥 슈퍼부자들의 부상과 나머지 모든 사람들의 몰락'이다. and로 연결된 앞 부분과 뒷 부분은 동등한 자격을 가진 열거사항이 아니다. 앞의 것이 원인이라면 뒤의 것은 결과이고 뒤의 것이 원인이라면 앞의 것은 결과이다. 신흥 슈퍼

부자들의 부상으로 나머지 모든 사람들이 몰락했거나 나머지 모든 사람들의 몰락으로 신흥 슈퍼 부자들이 부상했다는 것이다. 이 속도는 점차 더 가속화된다. 슈퍼리치 1%의 재산이 나머지 99%의 재산보다 많다.[2] 2015년 통계로 전 세계의 최대부호 62명의 재산이 전 세계 하위 35억 명의 재산과 맞먹는다. 이런 세계가 제우스가 다스리는 올림포스 신의 시대가 아닐까. 사마천의 『사기』에 나온 글을 빌리지 않더라도, 사람들은 자기보다 열 배 부자면 헐뜯고 백 배 부자면 두려워하고 천 배 부자면 고용당하고 만 배 부자면 노예가 된다. 그리고 그 이상 부자면 그들은 신이다.

그러면 한쪽은 갈수록 극소수가 부를 차지하고 다른 한쪽은 대다수가 가난해지는 메커니즘이 무엇일까? 노동착취에만 의존하는 것은 옛말이다. IMF 연구보고서 「불평등, 빚, 그리고 위기들」에서 금융의 역할에 주목한다.[3] 수입이 감소하거나 정체된 중하층민들에게 부채를 빌려주고 이자를 받아 상층부유층의 저축금의 이자를 늘려준다.[4] 중상부유층의 저축증가는 중하층민들의 부채증가의 결과이다. 엄청난 소득 불평등에도 불구하고 당장 소비의 불평등이 눈에 띄게 나타나지 않는다. 하층부의 소득 감소분만큼 그들은 대출을 받아서 소비하기 때문이다. 중상부유층의 사업소득이 증가하게 된다. 하층의 소득 감소분만큼 금융이 증가하는 부분이다. '술 권하는 사회'가 아니라 '빚 권하는 사회'이다. 금융을 통한 약탈이다.

라구람 라잔^Raghuram G. Rajan의 글을 보면 점차 증가하는 소득불평등은 정치적 압력을 강화한다.[5] 하지만 그것은 불평등을 되돌리기 위한 하층의 민주적 압력이 아니다. 오히려 상층부의 부자들이 정치적 압력을 가하는

---

2) "수퍼리치 1%의 재산이 나머지 99%의 재산 보다 많아" 중앙일보 2016.01.18.

3) Michael Kumhof and Romain Ranciere. *Inequality, Leverage and Crises.*

4) 중상부유층이 대출로 자산투기와 자산소득 및 자산 가치를 증식하는 문제는 더욱 심각하다.

5) Raghuram G. Rajan. *Fault Lines: How Hidden fractures still Threaten the World Economy.* 8~9, 23~24, 39, 42~43쪽.

것이다. "소득이 정체됨에도 불구하고 손쉬운 신용과 일자리창출을 만들어 내도록 압력을 행사하는 것"이다. 손쉬운 신용이란 쉽게 돈을 빌릴 수 있 도록 대출규제를 완화하는 걸 말하고 일자리 창출이란 값싼 단기계약직에 도 줄 서서 오고자 하는 그런 고용분위기를 만들어내는 걸 말한다. 결국 금융의 역할은 점점 부자가 되어가는 인구의 상층부와 점차 채무자가 되 어가는 인구의 하층부문 사이에 자금을 중재한다는 것이다. 놀랍지 아니한 가. 자본주의의 꽃이요 생산의 윤활유요 생산물을 전 국민에게 골고루 유 통시키는 데 불가결한 금융의 지대한 역할이 알고 보니 상층부의 호주머 니로 돈이 들어가는 파이프라인의 역할이 아닌가.

'왜 대중은 자신의 억압을 욕망할까'라는 이 질문에 대한 답답증은 68 혁명을 거치면서 그리고 로날드 레이건과 마가렛 대처로 대변되는 신자유 주의 시대를 지나오면서 더욱 깊어졌다. 레이건과 대처는 열렬히 환영받았 지만 그들이 집권한 후 대다수의 삶은 빈곤해지고 일자리는 없어지고 유 대는 깨어지고 복지는 축소되었다.

노동조합에서 파업을 하고 단식농성을 하고 굴뚝에 올라가, 123m 크 레인에 올라가 농성을 하는 것만이 계급투쟁이 아니다. 우리가 알고 있는 것은 노동자 계급투쟁에 대해서만이다. 오히려 지금은 부자들의 계급투쟁 의 시대이다. 프랑스 혁명도 부르주아의 계급투쟁이라고 칼 폴라니가 말하 지 않았던가. 신자유주의 시대는 자본가의 계급투쟁의 시대이다.

경제의 핵심 부분이라 할 재정부와 연방준비제도 뿐 아니라 워싱턴 정가가 재계와 금융계에 장악되어왔다고 생각하면, 빈곤층이 부유층보다 높은 세율을 부담하고 기업이 일반 국민보다 효과적으로 세금을 피할 수 있는 과세구조가 생겨날 것이다. 이런 상황이 미국에서 실제로 일어났다. 2009년 기업이 낸 소득세는 연방 소득세의 24%에 불과했고 일반국민이 76%의 세금을 냈다. 대출 이자도 가난할수록 비싸고 부자일수록 이자가 싸 지 않은가 주식투자로 세계에서 손가락에 꼽히는 부호 워렌 버핏은 자체 내부감사를 한 후 자신이 사무실의 비서와 사무원보다 훨씬 낮은 세율의 소득세를 낸다는 것을 발견했다. 배당금이나 자본 이득 들 금융소득세는 14%이고 비서나 사무원 노동자들의 근로소득세는 34%이다. 그는 "그게 어떻게 정당하냐"고 물었다. 벤 슈타인은 "하지만 그런 문제를 제기할 때마다 계급투쟁을 불러일으킨다는 비난을 받는다"고 하였다. 그러자 버핏이 말했다. "계급투쟁이 일어나고 있는 것이 사실이다. 그러나 투쟁을 벌이는 쪽은 우리 부유층 쪽이며 부유층이 투쟁에서 승리하고 있다"고.[6]

공공성과 영웅의 길,
어긋나다

총과 칼의 권위 하에서 많은 사람들은 두 가지 반응을 보인다. 물론 돈과 지위와 권력의 위협에서도 마찬가지다. 한편으로는 굴욕을 참고 순종의 모드를 취한다. 이승욱은 『애완의 시대 - 길들여진 어른들의 자화상』에서 이에 대해 잘 설명하고 있다. 애완용 개가 아닌, 애완용 사람. 국가 권력에 의해 길들여진 세대의 사람들. 우린 알게 모르게 권력을 가진 자, 재산을 가진 자 들 … 가진 자들에 의해서 길들여지고 있다는 사실이다. 더구나 세월이 흘러 때로 이들의 권위가 무너져가면 그걸 안타깝게 여긴다. 보호하고 지켜줘야 할, 순종해야 할 주인이 힘이 약하다는 건 더 불안하다. 미래의 삶에 대한 희망이 보이지 않게 되면, 사람들은 시간의 권위를 복원하려고 한다. 박정희 시대는 좋았어라든가, 전두환 정권 시절엔 그래도 경제는 좋았었지와 같은 식으로. 개발 독재 시대에 대한 감상주의적 회고나 박정희 정권에 대한 향수는 기성세대에게는 이 상태를 호전 시킬 수 있는

---

6) "There's been class warfare for the last 20 years, and my class has won." *The Washington Post.* 2011. 09. 30.

아주 매혹적인 해결 방식으로 인식되는 것이다. 그리스신화에 대한 취향 저격도 어쩌면 그럴 수도.

다른 한편으로는 권위주의적 체제에 복종하면서 자신보다 약한 자들에게는, 여우가 호랑이의 위세를 빌리는 호가호위하는 모드이다. 자신들을 억압하는 높은 분들과 자신을 동일시하며 그들의 권능을 자신의 보호막으로 하여 약한 자들을 밟으면서 자신의 힘을 과시한다. 이것은 상처받은 내면의 아이를 위로하기보다 자기보다 약하다고 생각하는 자들을 공격하는 형이다. 가스통 할배들이나 선글라스 끼고 군복입고 거리를 활보하는 퇴역 군인이나 일부 고엽제전우회 회원 같은 사람들은 그들 뒤에 더 큰 실체로서의 권력이 없다면 이들은 그냥 평범한 노인일 것이다.

이 권위주의적 성격구조는 출세를 절대시한다. 출세한 자는 능력 있는 자이고 능력 있는 자는 우월한 자이고 우월한 자는 훌륭한 자이고 훌륭한 자는 오류가 없다. 그런데 이상하면서도 기이하면서도 실제로 일어나는 것은 출세하지 못한 자가 츨세한 자를 우러러 보면서 이렇게 생각하는 경우보다 출세한 자들이 자신을 무결점, 무오류의 존재라고 스스로 더 확신한다는 거다.

CBS 라디오 '시사자키 정관용입니다'에서 문화비평가 이택광과 정관용이 대담한다. 제목은 "소년급제 우병우는 왜 이상한 사람이 되었을까?"[7]이다. 거기서 우리 사회에 만연한 출세에 대한 이중적 태도를 지적하고 있는데, 크게 출세하면 어지간한 것은 봐주는 태도이다. 우병우는 영주에서 전교 수석으로 고등학교를 졸업하고 서울법대를 다니면서 21살에 소년 급제한 천재 중의 천재다. 이택광이 보기에 우병우는 아무도 넘볼 수 없는 말 그대로 넘사벽의 표상이었는데 이 사람이 왜 그렇게 거짓말을 하는 존재, 왜 이렇게 자기의 잘못을 덮기에 급급한 이상한 존재로 바뀌었는가 묻

■
7) "소년급제 우병우는 왜 이상한 사람이 되었을까? ". 노컷뉴스. 2016. 12. 14.

는다. 한마디로 말하면 우리 사회는 출세라는 것에 굉장히 이중적인 태도를 가지고 있는데 어떤 수단과 방법을 가리지 않고 출세를 하는 것 자체를 어느 정도 용인하기 때문이고 그래서 말 그대로 이른바 사법시험을 어린 나이에 통과한다든가 또는 행정고시라든가 외무고시를 어린 나이에 통과하면 그 사람의 삶 자체가 정당한 것처럼 그 사람이 무슨 일을 하더라도 정당한 어떤 행동을 하는 것처럼 받아들이는 경향들이 있다는 것이다.

이것은 법원의 판결에서도 분명하게 드러난다. 2016년 전라남도의 어느 버스기사는 착오로 차비 2400원을 회사에 입금하지 않아서 17년 다니던 버스회사에서 해고됐는데[8] 삼성그룹 이재용 부회장은 460억을 최순실에게 뇌물로 주고도 1차 구속영장이 기각되었다. 버스 기사에게는 2400원을 입금하지 않은 것에 고의성을 두고 해고가 정당하다고 판결한 반면, 이재용은 강요에 의한 것이므로 고의성이 없다라는 게 그 근거다. 2400원을 입금하지 않은 버스 기사에게는 의지를 지닌 성인의 잣대를 적용하고 이재용에게는 강요에 의한 것이기 때문에 의지가 박약한 어린이의 심리상태로 판단해서 구속영장을 기각했다. 이들 출세하고 부자이고 권력 있는 자들은 자신의 잇속을 챙기는 데는 의지적 인물이지만 자신의 범죄는 술 먹고 했거나, 강요에 의했거나, 비서가 하라는 대로 했거나, 휠체어에 앉을 정도로 몸이 아프거나 정신이 출타해서, 기억이 없는, 몸이 그냥 움직인 비의지적 행위에 의한, 예외적인 상황에 의한 것이다. 즉 도덕을 판단할 정신이 없는, 한 마디로 양심이 없는 사람이기 때문에 판단할 수 없다는 것이다.

이것은 재벌이나 권력자의 범죄는 예외적인 상황이므로 평소 그의 인격이나 품격에 비추어서 판단할 수 없다는 것이다. 예외적인 상황이란 말은 곧 법적으로도 예외적이라는 말이다. 그리스신화에 나오는 시지프스

---

[8] "'2400원 횡령 해고'…누리꾼, 버스회사와 재판부 성토." 세계일보. 2017. 01. 18.

제우스가 독수리로 변신해 아에기나를 납치하고 그걸 알려준 벌로 시지프스가 형벌을 받고 있다. https://thewiki.kr/w/%EC%8B%9C%EC%8B%9C%ED%8F%AC%EC%8A%A4

Sisyphus를 보자. 그는 하데스에서 언덕 정상에 이르자마자 굴러 떨어지는 무거운 돌을 다시 정상까지 거듭 밀어올리는 벌을 받았다. 그가 영원히 바위를 굴려야 할 존재로 떨어진 것은 강의 신 아소푸스Asopus에게 제우스가 납치해간 그의 딸 아에기나Aegina의 행방을 알려주었기 때문이다.[9]

> f. 제우스가 아에기나를 유괴하자 그녀의 아버지인 하신 아소포스는 코린트로 그녀를 찾으러 왔다. 시지프스는 무슨 일이 아에기나에게 일어났는지 잘 알고 있었지만 아소포스가 코린트의 요새에 사시사철 솟는 샘을 떠맡아주지 않을 경우 어떤 것도 드러내지 않을 요량이었다. 아소포스는 순순히 페이레네 샘을 아프로디테 신전 뒤에 솟게 하였는데 거기에는 지금 무장한 여신상들과, 태양의 신상, 그리고 활쏘는 에로스의 신상이 있었다. 그러자 시지프스는 그에게 알고 있는 모든 것을 가르쳐 주었다.
>
> g. 제우스는 간신히 아소포스의 앙갚음을 벗어나자 그의 형제 하데

9) Robert von Ranke Graves. *The Greek Myths.* 130쪽.

스에게 시지프스를 하계로 잡아간 다음 신의 비밀을 털어놓은 데 대한 영원한 형벌을 가할 것을 명령하였다.

시지프스는 제우스가 아에기나를 납치해서 성폭행을 저지를 것이라는 걸 알고 아에기나의 아버지에게 그 사실을 알리고 다른 사람들에게도 알렸다. 시지프스는 영리한 자이므로 아소푸스에게 샘물을 샘솟게 하는 대가를 바라고 일러주기는 했다. 하지만 그것은 범죄는 아니다. 제우스의 정의와 법은 자신에게 예외이다. 신의 비밀을 털어놓았기 때문에 영원한 형벌을 받을 것을 명령하였다고 자못 장엄한 어조로 로버트 그레이브스Robert von Ranke Graves는 쓰고 있는데 그가 말하는 신의 비밀이란 무엇인가? 여자를 납치해서 성폭행하려는 게 아닌가? 그런데 아소푸스는 하급의 신이다. 신의 족보에도 속하지 않는 어느 산골의 도랑의 신인지도 모른다. 그의 딸을 납치했기로서니 감히 제우스의 행각을 알리다니.

능력있는 출세한 자들은 특권을 당연하게 여긴다. 더구나 공부를 잘해서 일류대학에 가면 가정이나 사회에서 언제나 특별대접을 받아야 된다는 통념이 많이 남아있다. 그래서 엘리트들은 웬만하면 다 봐주니 엘리트들에게 가장 없는 것이 공공성이다. 이택광의 말을 계속 들어보자.

이택광:
> 본인의 이익을 지키는 것이 공익인가? 그럼 본인의 이익을 지키는 것이 공익이라고 생각한다면 왜 그럴까. 바로 본인의 이익이 곧 공익이라고 생각하기 때문에 그런 거 아니겠어요. 그 둘의 사이가 차이가 없다. 본인이 곧 국가라고 생각을 하는 거라는 거죠.

정관용:
> 하기는 5. 16도 유신체제도 불가피했다, 이런 역사인식을 거침없이 드러내니까.

이택광:

거기서 불가피라는 것은 누가 했더라도 그렇게 할 거라는 거죠. 그것이 굉장히 한국사회에 대한 조롱이라고 저는 생각을 해요. 왜냐하면 한국사회는 그런 공익성이 공공적 의식이라는 것이 이런 식으로 구현되는 거야라고 이야기를 하는 것이거든요. 그러니까 다시 말하면 공공성이라는 것이 그분에게는 바로 그런 식으로 구현되는 겁니다. 훌륭한 사람이 나와서 그 사람이 시키는 대로 하면 그게 공익성이라는 거예요.

이런 사회적 평가 분위기라면 엘리트들은 자신이 무엇을 잘못했는가라는 반문이 나올 법하다. 여러 명이 여러 단계를 거쳐서 논의하면 민주주의의 비용이 발생하므로 자신은 빨리 효율적으로 일을 하기 위해 측근들하고만 논의를 할 수 있고 그에게 공권력과 예산들은 모두 자신이 원하는 대로 쓰면 그게 바로 공공성이다.

그다음 얘기되는 것은 그들의 훌륭한 점은 왜 무시하는가이다. 세계의 혼란을 잠재워서 질서를 가져왔다는 것이다. 제우스가 없었다면 엄청난 사회적 혼란에 빠졌을 것이다. 그리고 헤라클레스의 영웅적 위업이 우리에게 주는 희망이 없었다면 사회는 발전하지 않고 역사는 퇴보했으리라는 것이다. 즉 이들 신들과 영웅들의 폭력은 우리들의 조상으로 우리를 있게 하고 풍요롭게 한 시원적인 것이다. 제우스는 티탄신족과의 전투에서 이겨 이 티탄 괴물들을 지하 타르타로스에 가두었다. 야만이라는 어둠을 물리치고 이성이라는 빛을 가져온 신이지 않는가? 하지만 제우스는 어떤 혼란을 물리치고 어떤 세계를 가져왔는가? 그것을 명쾌하게 밝히는 논리는 없었다. 헤시오도스도 했는데 말이다.

그리스신화에서 신들의 전쟁을 끝내고 제우스를 정점으로 하는 세계의 질서가 구축되었을 때 이런 권위주의적 사회가 만들어졌으리라. 제우스는 신들의 투쟁을 통하여 기존의 연맹체적인 부족들을 쳐부수고 문명으로 이끄는 국가에 준하는 질서를 구축하였다. 『신들의 계보』를 지어 제우스를

중심으로 신들의 계보를 작성한 헤시오도스가 제우스에 대해 내린 평가를 비평가의 시각으로 살펴보자.[10]

> 헤시오도스는 궁극적 승리를 쟁취한 주요 올림포스 신들을 "선을 가져온 이들"로 찬양했으면서도 인간세상의 모습에 대해서는 지극히 비관적이다. 그는 타락 일로에 있는 세계의 모습을 그리면서 신들의 종복인 대부분의 인간들에게 가난과 고통을 안겨주기 시작한 점진적인 사회적 도덕적 몰락의 시작단계를 제우스의 통치시점으로 잡는다.

이것은 헤시오도스의 아이러니이다. 제우스는 악덕이지만 승리한 자이다.『수호전』에서처럼 반란은 정당하고, 콜럼버스가 악당이지만 아메리카의 원조이듯이. 제우스는 오랜 전쟁을 끝내고 질서를 가져온 자이지만 그 질서 자체가 극소수의 귀족들과 그들의 신들이 지배하는 세상이다.[11]

> 그리스적 코스모스는 실은 귀족계급에 의해 통제되는 가부장적 계급사회를 신들의 세계로 표현한 것에 지나지 않는다. 인간세상의 정치 지도자들이 그러하듯이 그리스의 지배층을 대변하는 신들은 그들보다 열등한 필멸의 존재들을 궁핍과 가난에 시달리는 힘없는 부류로 격하시켰다.

결국 신들은 승리한 자의 신이 되고 대다수의 삶은 궁핍과 가난, 억압에 시달린다. 대개 사람들은 신화는 인간 심리의 원형을 상징하며 인간 사회의 원초적인 것을 반영한다고 한다. 맞는 말이다. 그런데 인간 보편의 심리나 인간 보편의 사회는 아니라 그 신화가 최초로 생성되어 완성된, 그 시대를 보여준다고 보면 된다.

■

10) 스티븐 앨 해리스와 글로리아 플래츠너. 『신화의 미로 찾기』. 1권. 129쪽.
11) 같은 책. 133쪽.

그리스신화는 인류 유년기의 시적 상상력의 산물이 아니다. 그리스신화는 정확히 남근-로고스적이다. 그리스신화가 보여주는 인간 심리의 원형은 권위주의적 성격구조이며 원초적인 인간사회는 신과 극소수의 가문 귀족이 지배하고 대대수가 억압되는 권위주의적 정치 사회를 반영하는 것이다. 그리스신화는 정확히 '부유한 자들의 계급투쟁'을 원초적인 것으로 내밀며 인간 보편의 이념으로 내세운 것이라 볼 수 있다. 그리스신화가 IMF체제 이후 우리에게 그렇게 성큼 다가온 것도 승자독식의 세계를 그리스로마신화만큼 구현하고 있는 신화는 없기 때문이다.

그러면 왜 그리스신화 같은 것이 필요한가? 지구는 유한하고 인간의 한계도 유한한데 불멸을 꿈꾸며 자신의 능력이 무한함을 설파하는 그리스신화가 왜 필요한가? 왜 공존과 조화를 내세우지 않고 투쟁과 승자독식의 경쟁윤리를 당당하게 내세우는 그리스신화 같은 것이 필요할까? 그것은 그러한 투쟁과 경쟁윤리를 단지 인간사회의 어느 한 부분으로서가 아니라 인간 보편의 것으로 승격시켜서 올바른 것으로 세계적으로 선언하고 못 박아두고 당연한 것으로 여겨지도록 인간 본성에 대한 이념적 투쟁이 필요했기 때문이다.

그래서 대대수의 사람들은 신들이라면, 신들의 가족이라면, 신들의 사생아라면[12] 그런 특권을 누리는 것이 당연하다고 생각하게 되었다. 일종의 마비이다. 그리고 그들의 삶을 선망한다. 질시도 하고 싶지만, 신에 대한 질시는 가장 큰 오만이다. 신이 되고 싶어하고 신과 지혜를 겨루고자 하는 자들은 탄탈로스이든 오이디푸스이든 모두 파멸한다. 그래서 사람들은 신이나 영웅의 삶을 선망하고 그들의 입장에서 생각하고 그들을 변호한다.

최근 신자유주의의 글로벌 시대에 맞는 미학적 감수성은 승자나 가해자를 미화하는 데 열중한다. 역사를 읽을 때 우리는 어찌 고역에 찌들고

■

12) 영웅은 원래 한쪽은 신이고 다른 한쪽은 인간인 부모로부터 출생한 자를 말한다.

전쟁터에 끌려가 화살받이가 되고 탐관오리에 수탈당하는 농민들이라 생각하지 않는다. 그리고 전쟁영웅의 모습만 보여주면 가해자로 지목되지만, 그의 러브 라인을 보여주면 전쟁에서의 살해자는 멋진 남성으로 다가온다. 신들의 전쟁영웅 제우스가 맨날 전쟁만 하지 않고 뭇 인간녀와 요정들의 뒤꽁무니를 우스꽝스럽게 쫓아다니는 장면들은 남성들에게 얼마나 친밀하고 소박하게 보일 것인가?

양심과 공공성을 결여한 영웅들이 스스로에 하는 정당화, 그 정당화를 인정하고 숭배하는 바로 그것이 자신의 억압을 욕망하는 권위주의적 성격구조의 핵심이다. 영웅을 숭배하는, 자신의 억압을 욕망하는 이런 권위주의적 성격구조는 하나의 마비현상이다. 대다수 사람들이 이 신화들의 속살을 다 안다면 마비되지 않을 것이다. 이 신화들에 나오는 신들이나 영웅들의 행위가 선행, 즉 착한 일을 한다거나 덕성의 발로라고 미화되어야 가능하다. 데릭 젠슨은 폭력을 선행행위로 포장하는 것에 대해 다음과 같이 말한다.[13]

> 나는 오히려 문제를 마비상태numbing, 즉 이 문화 내에서 일반화된 필연적인 만성적 상태로 보고 싶다. 그것은 자신에게 가해지는 일상적 폭력에 의해 감정이입이 마비되고 이어 이데올로기와 리프턴이 말하는 이른바 '선행주장'claim to virtue으로 조작당해 엄격한 '전제 4'의 세계를 받아들이는 상태를 말한다. 그렇게 해야만 남을 억압하면서도 좋은 기분을 지니고 집에 돌아가 아기를 무릎에 앉혀놓고 귀여워해줄 수 있는 것이다. 이런 식으로 나치들은 유태인을 죽이는 것이 아니라 아리안 족을 순화한다고 생각하면서 일상생활 비슷한 것을 유지할 수 있었다.

---

13) 데릭 젠슨 『문명의 엔드게임』. 1권 444쪽.

데릭 젠슨의 '전제 4'는 간단하게 요약하면, 위계질서의 고위층이 하위층에게 행사하는 폭력은 잘 인식되지 않는 반면, 하위층이 고위층에 행사하는 폭력은 눈에 잘 띄고 과대 포장된다는 것이다. 그 이유는 고위층의 폭력은 정의나 통치의 명분으로 합리화되기 때문이다. 즉, 위에서 말하는 선행주장으로 조작되기 때문이다. 선행주장이란 자신이 하는 일이 착한, 덕성의 행위라는 것이다. 정의라든지 착한 일이라는 명분을 도저히 찾을 수 없을 때는 '명백한 운명'을 들이댔다. 미국인들은 인디언을 죽이고 인디언을 내쫓고 그 땅을 자신들이 차지하는 것을 자신들의 '명백한 운명'manifest destiny이라고 하였던 것이다.

데릭 젠슨의 말을 헤라클레스에게도 그대로 적용할 수 있다. 헤라클레스가 길을 떠나 갈림길에서 만나는 두 가지 길이 있다. 하나는 욕망의 길이고 하나는 덕성의 길이다. 그리스 철학자 프로디코스Prodikos는 헤라클레스를 찬양한 소피스트였다. 그의 교훈극 「갈림길의 헤라클레스」에 의하면[14] 헤라클레스는 막 청년기로 들어선 어느 날 비몽사몽간에 꿈을 꾸었는데 자신이 갈림길에 서 있음을 발견한다. 한쪽 길에는 '욕망'이라는 이름의 요염하게 생긴 여자가, 자기와 가는 길은

파올로 베로네세의 "선과 악의 알레고리 – 헤라클레스의 선택"(1565년)

언제나 장밋빛이며 육체의 욕망뿐 아니라 모든 욕망을 마음껏 채울 수 있다며 함께 가자고 손짓한다. 그런데 다른 길에는 '덕성'이라는 이름의 정숙

---

14) BC 5세기의 극으로 알려져 있으나 현존하지는 않는다.

한 여자가 자기와 가는 길은 고난과 고통의 길이지만 참된 행복을 얻을 수 있는 길이라며 함께 가자고 손짓한다.[15]

헤라클레스는 갈림길에서 한순간 갈등하다가 결국 후자의 길을 택한다. 이 일화에서 바로 '헤라클레스의 선택'이라는 격언이 유래했다.

헤라클레스는 자신이 행한 문명의 위업을 '덕성'의 길이라고 생각하여 그것을 선택했다. 그가 문명의 위업을 위해 행한 일이라곤 영토를 확장하기 위해, 부를 늘리기 위해, 끝없는 전쟁, 전투, (인간과 비인간 모두에 대한) 살해와 학살, 강간 들이 지배적이었지만 문명의 위업을 위해 그 폭력적 수단은 불가피했다. 그것을 선행의 길이라 한 것이고 따라서 그가 수많은 하층 신분의 사람들에게 행한 폭력은 정당화되었다. 이런 폭력의 행사가 영웅에게 안전한 것만은 아니다. 목숨을 걸어야 할 만큼 자기희생을 요구했기 때문에 그것이 고난의 길이자 덕성의 길처럼 보이고자 했던 것이다. 얼마나 스스로도 힘들었으면 광기에 빠져 아내와 자식을 죽이고 시종이나 조력자들에게마저 그 광기의 폭력을 들이댔겠는가?

그래서 '헤라클레스의 선택'에서 여자를 사랑하고 아이를 낳고 가정을 꾸려 이웃과 평화롭게 사는 길을 타락으로 보고, 남보다 뛰어나 이웃에게 폭력을 쓰며 권세가 있는 사람에게 철저히 복종하여 그 명을 받들어 온갖

■

15) 프로디코스의 영향을 받은 중세의 그림은 베로네세의 「선과 악의 알레고리 – 헤라클레스의 선택」이다. 이 그림은 미국 뉴욕의 프릭 컬렉션(Frick Collection)이 소장하고 있다. 헤라클레스가 미소년이었을 때 어느 날 길을 가다가 갈림길을 만났다. 헤라클레스는 어느 길을 갈까 하고 망설이고 있는데 각각의 길에 서 있던 여인들이 자신이 서 있는 길로 오도록 설득하기 시작했다. 오른쪽 여인이 가리키고 있는 길은 언덕이 가파르고 험하지만 길 끝에는 먼 곳에 있는 푸른 산과 닿아 있는 것처럼 보였고 그에 비해 왼쪽 여인이 가리키고 길은 넓고 평탄하며 아름다운 초원으로 둘러싸인 들판이 보였다. 오른쪽 여인은 선을, 왼쪽 여인은 악을 가리키고 있었다. 헤라클레스는 기로에서 서서 험한 길이지만 선을 택한다. "그리스 철학자가 제시한 인생의 기로-프릭 컬렉션의 작품들" 참조 (*Sciencetimes* 2009. 10. 13)

고난을 무릅쓰고 다른 지역의 땅과 사람들을 정복하여 권세 있는 자들의 재산과 권력을 확장해주는 그런 삶을 올바른 덕성의 길이라고 한 것이다. 삶에 대한 이런 태도는 페르세우스를 비롯하여 테세우스, 오뒷세우스, 아킬레우스 들 그리스신화 모든 영웅들의 가장 중요한 공통분모이다. 이런 식으로 왕이나 제국에의 야망을 품은 장군에게 이용당하는 영웅의 모습에서 스스로 깨어나는 헤라클레스의 모습을 그린 영화가 있다. 드웨인 존슨 주역의 <허큘리스> Hercules 를 뒤에 소개하겠다.

영웅숭배나 권위주의적 지배체제에 대한 마비를 깨뜨리고, 니체식으로 표현하자면, 마야의 베일을 걷고, 매트릭스에서 벗어나기 위해 감수성의 변화가 필요하다. 웬델 베리는 말한다. 최고가 되겠다는 영웅들의 야망이란 '꼭대기에 오르려는' 도착증의 일종이라고.[16]

> 우리는 그와 동일한 영웅적 야망을 문화적 이상으로 삼고 그 안에 있다고 믿어 의심치 않은 좋은 점만을 보려 한다. 그리고 그것이 얼마나 사춘기의 환상과 성인의 과대망상, 지적 속물근성으로 범벅이 되어 있는지, 끊임없이 지속되는 제국주의, 식민주의의 역사와 얼마나 긴밀하게 연결되어 있는지에 대해서는 외면하려 한다.

앞서 헤라클레스가 어떻게 제국주의적 야망을 표상하는지, 그 표상의 아이콘으로 이용되었는지에 대해 여러 번 말하였듯이, 웬델 베리의 말대로, 영웅의 위업이나 영웅숭배는 제국주의 팽창의 역사와 긴밀하게 관련되어 있다.

그뿐 아니다. 어린이에게 그리스신화나 플루타르크 영웅전 및 수호전이나 삼국지를 통하여 영웅적 야망을 부추기는 것은 사춘기의 환상을 권위주의적으로 조직하는 가장 손쉬운 방법이다. 「잭과 콩나무」에서 보면,

---

16) 웬델 베리. 같은 책. 87쪽.

암소를 콩 세 알로 바꾼 어리석은 잭은 엄마에게 혼나고 저녁도 못 얻어먹고 자면서 비몽사몽 환상을 꿈꾼다. 사춘기에 갓 진입한 잭은 잠자리에서 거대하게 부풀어 오르는 자신의 남근마냥 인생에 대한 거대한 자신감과 환상을 꿈꾸는데 그것은 엄마가 던져버린, 자신의 잘못된 선택에서 나온, 콩 세 알이 하룻밤 새 거대한 나무로 자라나는 것이다. 그것은 하늘까지 올라가서 잭이 수많은 보물을 훔치고 거인을 죽이고 공주까지 얻고자 하는 남근적 과대망상으로 이어진다.17) 잭의 콩나무가 사춘기의 환상이라면 수호전이나 삼국지는 성인들의 과대망상이다.

영웅적 야망은 바로 이와 같은 것이다. '남자가 된다'는 것은 남보다 훨씬 더 많은 재물과 지위를 얻기 위해 훔치고 죽이고 새로운 영토로 침략하는 것이며 그것이 바로 영웅의 삶이다. 이러한 영웅의 길을 가기 위해 절대적 복종은 필수이다. 헤라클레스가 헤라나 에우뤼스테우스Eurystheus에게 바치는 복종처럼 말이다. 그리스신화는 이런 환상과 과대망상을 부추긴다. 1987년 민주화 체제 이후 1997년 IMF체제를 지나면서 생존경쟁에 내몰린 청장년들은 능력주의와 성과주의에 내몰리게 되었다. 민주화 시대 생존경쟁에 내몰린 이들에게 경쟁에서 이겨서 최상의 위치를 차지한 제우스나 아폴론의 이야기, 그리고 끊임없이 경쟁으로 내몰리는 영웅들의 이야기가 엘리트에게는 꿈과 선망을, 루저에게는 피할 수 없는 삶의 고통에 대한 자위가 될 수도 있었을 것이다.

여기에는 반드시 대가가 따른다. 세상에 공짜 점심은 없다. 그리스신화도 인과응보 네메시스에 대해서 말하지 않는가? 영웅은 대가를 치러야 한다. 클린트 이스트우드 감독의 영화 <아메리칸 스나이퍼>는 이를 잘 보여준다. 클린트 이스트우드가 공화당 지지의 우파 중에 우파라는 선입견을 가지지 않으면, 이 영화는 크리스 카일이라는 저격수의 비극을 통해서 영웅의 비극을 말하고 있음을 알 수 있다. 크리스 카일의 첫 희생자는 어린

■
17) 부르노 베텔하임, 『옛이야기의 매력』 2권 312쪽.

이와 여자이며, 그는 이 영화에서 죄의식을 가장 적게 느끼는 평면적인 인물이다. 카일은 주어진 정보를 의심 없이 믿고 그에 따른다. 영화는 카일과 카일이 속해있는 남부 총기 숭배 문화를 잘 보여준다.

긍정적으로 이를 보여줌에도 불구하고 영화는 크리스 카일 캐릭터마저도 기어코 붕괴되는 과정을 보여준다. 이 영화의 후반은 거의 전적으로 이러한 아이러니에 의해 지탱된다. 크리스 카일은 끝까지 자신이 이라크 전에서 행한 일들을 올바른 일이라고 믿으며 반전운동에 가담하거나 전쟁을 비판하는 전우를 비난한다. 하지만 그런 과정을 반복해 거치면서 그 역시 정신적으로 조금씩 무너져 내린다. 그는 끝끝내 인정하지 않지만, 후반 장면에서 팔다리가 잘린 채 돌아온 군인들과 그는 거의 구별이 불가능하다. 그러다가 그는 이라크 참전후 PTSD(외상 후 스트레스 장애)로 시달리는 전우의 총에 의해 죽음을 맞이한다.

영웅의 길이란 이와 같지 않을까? 위업을 쌓기 위해 수많은 사람들을 죽이고 나무나 꽃을 짓밟고 집을 부수고 땅을 파괴시킨 것에 대한, 즉 살생에 대한 인과응보는 종교나 시대를 떠나 반드시 돌아온다는 것을. 그래서 영웅은 살생수당으로 때로는 부와 권세를 누리기도 하지만 살생에 대한 업보로 파괴된다는 것을. 4장에서는 이러한 영웅의 파괴적 삶에 대해 서술하고, 5장에서는 헤라클레스의 '덕성의 길'이 아닌, '욕망의 길'이라 여겨지는 삶에 대해서 살펴볼 것이다. 이 길은 평민의 길, 위대하지만 소박하고, 섬세하지만 주변에 선한 영향을 미치는 평민다움, 이웃다움의 미학적 가치를 발견하는 길일 것이다.

4장. 헤라클레스의 광기와 전쟁신경증

1. 헤라클레스, 양가적 영웅

헤라클레스는 동서고금을 통틀어 가장 용맹스러운 신화적 인물이다. 그는 신화적으로 전해오는 이야기를 통해 끊임없이 인구에 회자될 뿐 아니라 영화나 소설의 소재이면서 애니메이션 영화로 만들어져 어린이들에게도 무척 인기가 있는 영웅이다. 하지만 그의 용맹함을 좀 더 생생하게 말하면 폭력과 살인의 대가라 할 수 있는데 그 수많은 역사적 인물이나 신화적 인물들이 기억 속에 사라지거나 연구용이나 일부 호사가들의 입담으로 남아있는데 비해 헤라클레스만이 유독 그 오랜 서사적 생명력과 인기를 누리는 이유는 무엇일까?

영웅이 칭송받는 가장 큰 이유는 국가가 형성되기 이전에, 즉 국가가 폭력조직을 갖추고 타 공동체로부터의 침입과 위협을 물리쳐 주기 이전에, 공동체를 보호하고 지켜주는 역할을 하기 때문이다. 영웅의 불굴의 의지와 용맹함은 공동체가 자신들의 울타리로 삼고 싶어하는 가장 큰 미덕이다. 트로이전쟁의 영웅 아킬레우스의 용맹은 그리스가 전쟁의 승기를 잡는데 결정적인 역할을 함으로써 10년 전쟁에 지친 그리스 군들이 고향으로 돌아가게 하듯이, 헤라클레스의 용맹함은 도리아 족이 스파르타의 지배 종족이 되게 하고 스스로 스파르타의 시조신이 되는 계기가 된다.

그런데 헤라클레스의 용맹은 사자나 암여우, 머리가 백 개 달린 용들의 괴물이나 적대적인 외부 공동체의 적들을 살해하는데 머무르지 않고 공동체 내의 구성원들에게도 그 용맹이 발휘된다는 점에서 미덕을 넘어 폭력 그 자체가 된다. 영웅의 용맹이 적들에게 공포를 주고 공동체 내에는 안도감과 안정감을 주어야 하지만 헤라클레스의 용맹은 공동체 내에도 불안과 두려움을 불러일으킨다. 자신을 환대하는 청년을 절벽에 던져버리고 자신의 아이를 불 속에 던져버리거나 화살로 쏘아죽이며 자신에게 술을 따르는 아이의 손목을 비틀어 죽여버린다. 더 나아가 욕정에 못 이겨 여자의 남자 가족들을 살해하고 그 여자를 데려온다. 영웅의 폭력이 외집단으로 향하지 않고 내집단으로 향할 때 신화는 그것을 광기라고 명명한다.

조폭이나 테러리스트들보다 더 폭력적인 이런 헤라클레스가 고대그리스에서 뿐 아니라 헬레니즘 시대 나아가 현대사회에 이르기까지 칭송되고 인류의 영웅으로 회자되는 이유가 무엇일까? 고대 아시리아에서부터 바이블에 나오는 잔혹한 족장, 중세의 십자군의 만행, 프랑스 외인부대의 아프리카에서의 살육 들 인류 역사이래 많은 잔혹한 지도자들은 비난받고 부정적인 영웅으로 제시되었지 칭송의 대상은 아니었다. 징기스칸의 경우도 중앙 아시아인들은 옛 영광을 그리워하며 칭송할지언정 다른 사회의 사람들은 그 야만적 행위에 분개한다.

현대사회는 폭력을 음성적으로 부추길지언정 양성적으로 폭력을 찬미하지는 않는다. 현대사회에서 헤라클레스가 찬양받는 이유 가운데 하나는 앞에서 언급한 이들 잔혹하고 용맹한 무수한 영웅들의 지역이 그리스가 아닌 반면, 헤라클레스는 현대 서구문명의 기원이라 할 수 있는 고대그리스의 영웅이기 때문이다. 오리엔탈리즘이 지닌 양면성은 전근대적인 비그리스의 폭력적인 문화는 야만으로 치부하는 반면 전근대의 그리스적인 폭

력성은 영웅으로 미화한다는데 있다. 하지만 여기에서 작동하는 오리엔탈
리즘은 이 글의 초점은 아니다. 왜 그리스인가가 아니라 신화적 탈을 쓰고
왜 폭력적인 것을 찬미하며 그리스의 다른 영웅이 아닌, 광기로 자신의 가
족을 살해한 헤라클레스가 칭송받는 것에 대한 이유를 해명하고자 한다.

2. 죽음본능과 전쟁유전자

사실 거의 모든 사람들이 헤라클레스의 영웅적 행위에 열광한다. 그런데 영웅적이라 일컬어지는 이런 행위는 괴물이나 동물에 대한 살해도 있지만 대부분 인간에 대한 살해와 여성에 대한 강간이다. 개, 돼지, 원숭이는 모두 인간처럼 성에 관심이 많고 폭력적인 행동을 표출하기도 하지만 인간과는 달리 동족 말살을 하는 경우가 거의 없는데 인간은 왜 동종 살해를 하는 자를 찬미할까? 인간이 인간을 죽이는 동종 살해는 전쟁이라 할 수 있다. 인류의 등장에는 전쟁이 없었던 시대가 없었다고 역사는 보고한다.

이것은 전쟁이 인간의 본능의 하나라는 이론과, 나아가 인간은 전쟁유전자를 원래 가지고 있다는 이론으로 나아가는 근거가 된다. 프로이트는 1차 세계대전으로 대규모 집단살상의 회오리에 빠져든 인류에 대해 비관하면서 전쟁은 인간의 본능이 아닐까 의심한다. 그는 인간의 성적 욕망인 리비도를 인간의 기본 본능으로 보던 이론에서 한발 후퇴해서 인간에게는 에로스의 본능 일부일 수도 있는 죽음의 본능이 있다고 보았다.[1]

> 인간의 본능은 두 종류입니다. 즉, 보존과 통합을 추구하는 본능과 파괴와 죽음을 추구하는 본능이 그것입니다. … 에로스적인 본능은 생명 지향의 노력을 나타냅니다. 죽음의 본능이 특별한 신체기관의 도움으로 외부대상에게 돌려지면 파괴본능으로 바뀝니다. 말하자면, 생명체는 외부 대상을 파괴함으로써 자신의 생명을 보존하는 것입니다. 그러나 죽음의 본능 가운데 일부는 여전히 생명체 내부에서 작용하고 있으며, 우리는 정상적이거나 비정상적인 수많은 현상의 근원을 이 파괴본능의 내적인 작용에서 찾을 수 있습니다.

■

1) 지그문트 프로이트 『문명 속의 불만』. 358, 360~61쪽.

이것은 '이중본능이론'이라 할 수 있는데 죽음의 본능을 기본적으로 추동하는 것은 공격성이다. 인간의 밑바닥에 있는 성욕이나 공격성향은 모두 인간의 자기보존 및 종족보존을 위해 주어진 동물적 본능인데 전자는 인간의 몸과 정신을 움직이는 '삶'의 힘^{libido}으로, 후자는 인간존재를 결국 '죽음'으로 이끌고 가는 본능으로 보았다. 물론 프로이트가 죽음의 본능이론을 제시하면서 전쟁을 합리적으로 이해하고 어쩔 수 없는 것으로 여긴다고 하더라도 전쟁을 찬성했다고 할 수 없다. 그는 비관적 전망을 가지고 음울하게 인류의 동종 살해를 수용하고자 노력했던 것이라 볼 수 있다.

이에 비해 말콤 포츠와 토머스 헤이든은 『전쟁유전자』에서 인간의 동종 살해가 인간에 내재된 전쟁유전자 때문이라 본다. 그에 따르면, 유인원과 흡사한, 숲속에 살던 인간 조상에게 유전자 돌연변이가 나타나 이로 인해 성인남성이 형제나 사촌들과 연합하여 이웃을 습격하거나 살해하게 되었고 그러한 성향을 보였던 이들이 더 넓은 영토를 확보할 수 있었다는 증거가 나와 있다. 더 넓은 영역은 더 많은 자원을, 더 많은 자원은 더 많은 여성을, 더 많은 여성은 더 많은 성교의 기회를, 더 많은 성교의 기회는 폭력적 성향을 포함한 해당 남성의 유전적 소질을 다음 세대로 전달할 수 있는 많은 수의 자손을 의미한다. 집단 내에서 폭력을 도모했던 남성들은 냉혹한 자연의 투쟁에서 승자가 되었다는 것이다.[2]

2003년 각국의 유전학자로 구성된 어느 팀에서 중앙아시아인을 대상으로 한 DNA 분석을 발표했다. 중앙아시아 남성의 8%가 사실상 동일한 Y염색체를 지니고 있었다는 연구 결과는 단지 신기한 생물학적 사항이 아니라 인류라는 집단의 과거에 대한 중대한 통찰을 제공하는 대단한 발견이었다. 이 Y염색체는 남성성을 규정하는 것으로 동일한 Y염색체를 지니는 남성들은 모두 한 명의 동일한 남성의 후손임을 의미한다. 이것이 의미

■
2) 말콤 포츠와 토머스 헤이든. 『전쟁 유전자』. 28쪽.

하는 바는 단 한 가지다. 최근 천년 이내 역사의 어느 시점에 한 남성이 엄청난 수의 자손을 낳았다는 것이다. 포츠와 헤이든은 1206년에서 몽골제국의 황제로 군림하여 1227년까지 살았던 칭기스칸이 바로 이러한 역할에 들어맞는 역사적 인물이라고 말한다.[3]

이들이 역사에서 승자가 되었다는 것은 우리들에게 냉혹한 폭력적 남성의 후손들이 더 많으며 따라서 우리의 생물학적 기반에는 사람을 죽이고 여성을 강간하는 그런 장면을 즐겨하는 감정이 기저에 깔려있다는 것이다. 그래서 영화와 소설들에 그런 장면과 소재가 유난히 많은 이유도 그런 맥락이라 할 수 있다.

그런데 포츠와 헤이든은 프로이트가 음울하게 1차 대전을 관망했던 것과 달리 전혀 다른 주장을 내놓는다. 그에 따르면, 호모 사피엔스는 20만년이 넘도록 개별적인 종으로 존재했는데 이는 지구상에 생명체가 존재해온 수십억 년 세월에 비하면 찰나에 불과할지 모르지만, 인류 역사의 95%는 수렵채취인으로 구성된 소규모 씨족 집단 내에서의 생존과 번식, 그리고 싸움으로 점철되었다. 다시 말해 인간의 성적 행위의 바탕을 이루거나 폭력을 유발하는 행동체계는 석기시대의 환경에 적합하게 진화한 것이다. 하지만 핵폭탄이나 생물학적 무기가 사용자를 포함한 인류 전체에 해를 입힐 수 있게 된 이 글로벌 공동체에 맞게 진화한 것이 아니라는 것이다.

유발 하라리[Yuval Harari]는 아예 사피엔스 종 자체의 유전자라고 본 반면 포츠와 헤이든은 석기시대의 돌연변이로 인간 폭악성의 원인을 본다.[4] 물

■

3) 같은 책. 23쪽.
4) 포츠와 헤이든은 수렵 채취인의 소규모 씨족 내의 싸움에서부터 전쟁 유전자가 각인되어 있다고 주장하나 실제로 그가 예를 드는 것은 대규모 전쟁을 일으키고 주도했던 국가 단위의 남성 가부장제의 수장이다.

론 포츠와 헤이든의 주장 가운데 석기시대와 폭악성을 연결하는 것은 나의 주장이 아니다.

어찌되었든 포츠와 헤이든의 주장대로 하면 헤라클레스는 원시시대의 석기 시대적 영웅이지 현대의 영웅은 아니라는 것이다. 현대의 헤라클레스라 할 수 있는 람보가 신을 능가하는 능력을 지니고 하나의 마을을 몰살할 수 있는 능력을 지녔지만 람보를 현대의 영웅으로 보는 사람은 아무도 없다. 그것은 문화의 진화속도가 생물학의 진화보다 빠르다는 사실을 의미하며 인간의 석기시대 행동을 몸에 새긴 전쟁유전자를 억제하고 그 기저에 깔린 정서적 반응도 변화시킬 수 있다는 것을 뜻한다.[5]

현재 헤라클레스 신화는 사회적 약자인 여성, 이슬람교도, 비서구의 여러 나라들에 대한 서구의 폭력을 정당화하는 이데올로기로 찬양되는 면이 없지 않지만 좀 더 들여다보면 헤라클레스 신화는 양가적이다. 헤라클레스는 가장 살육적이고 잔혹한 영웅이면서 자신의 가족까지도 살해하는 광기로 공동체에서 쫓겨나고, 자신이 타자에게 행한 폭력이 여러 겹의 과정을 거친 결과 결국 그 자신까지도 희생된다. 이러한 폭력의 양가성은 이미 석기 시대에 인간이 인간을 죽이는 폭력행위의 결과가 내집단의 공동체까지도 위협할 수 있다는 걸 보여줌으로써, 다른 공동체를 멸망시키기 위해 만든 핵폭탄이나 화생물학적인 무기로 인류가 절멸될 수도 있다는 위기의 본질을 그대로 드러내주는 것이다.

■
5) 황헌영은 「전쟁관련 외상 후 스트레스 장애(PTSD)와 정신분석: 대상관계론적 치료적 접근을 통한 목회상담학적 담론」에서 성전이라는 이름으로 '전쟁을 도구로 한 폭력포교'를 정당화한 기독교교회에 대해 비판한다. 기독교회가 호전적이고 폭력적인 세계관으로 우리의 정신과 영성을 '무장' 시키는 죄를 범해왔다고 본다.

3. 헤라클레스의 폭력적 신성과 광기의 발작

플루타르크에 따르면, 영웅이란 반신반인을 말한다. 부모의 한쪽은 신이고 나머지 한쪽은 인간이다. 트로이전쟁의 대표적 영웅인 아킬레스는 아버지는 인간이나 어머니는 테티스이다. 반신반인이라 함은 신적인 능력을 지녔으되 인간으로서 불사의 생명을 가지지 못하고 죽을 수밖에 없는 운명이다. 그래서 영웅은 항상 비극적 존재이다. 아킬레스는 어머니의 도움으로 불사의 존재가 될 뻔했으나 아킬레스건에 화살을 맞음으로써 결국 죽음을 맞이하는 영웅이 된다.

그런데 헤라클레스는 아킬레스나 다른 영웅과 달리 죽음을 맞이하였으나 올림포스 산으로 올라가 신이 되어 불사의 영생을 누리게 된다. 그러면 헤라클레스는 어떻게 신이 되었을까? 헤라클레스를 신성화하기 위해서는 우선 혈통이 신적 계보를 따라야 한다. 헤라클레스는 제우스가 아버지이고 어머니는 알크메네이다. 알크메네는 암피튀리온^{Amphitryon}과 결혼을 하였으되 남편이 출정을 갔다 돌아오기 하루 전날 밤에 제우스가 남편으로 변신하여 잠자리를 가진 후 헤라클레스를 잉태하고, 다음날 남편과의 관계를 가진 후 이피클레스를 잉태하여 둘을 한꺼번에 낳는다. 아킬레스는 어머니만 여신이고 아버지는 인간인데 비해, 헤라클레스에게는 아버지를 제우스로 할 뿐 아니라 탄생의 서사를 예수 탄생의 서사와 같은 장치도 들이댄 것이다. 요셉과 잠자리를 하기 전 동정녀 마리아가 하나님의 아들을 잉태시킨 것과 알크메네에게 제우스의 아들을 잉태시킨 것은 같은 맥락이다. 이것은 알크메네의 모성을 부정하여 헤라가 계모로서 폭력을 행사할 수 있게 하는 장치이기도 하다.

그리스신화는 유일신이 아니라 다신의 세계이다. 전지전능한 유일신과 달리 그리스 신들은 자신의 전문영역을 특화시킨다. 이성과 합리의 신인 아폴론이나, 전쟁의 신 아테나나 아레스 그리고 상업의 신 헤르메스와

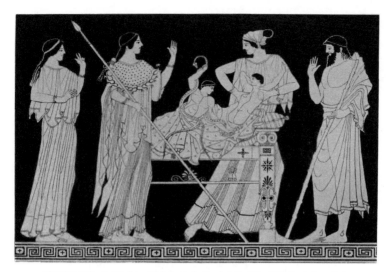

헤라클레스와 이피클레스: 헤라가 보낸 두 마리의 뱀을 목졸라 죽이는 아이
헤라클레스. 출처: Wikipedia.

대장장이 기술의 신 헤파이스토스 들이 그 예이다. 헤라클레스에게 신성은
다양한 능력 가운데 살육기술과 정력이다. 정력은 제우스 역시 그에 못잖
기 때문에 실제로 헤라클레스의 신성은 그 어느 인간 개체가 꿈꿀 수 없
을 정도의 살육의 능력과 기술로 신이 되었다고 할 수 있다.

　　헤라클레스는 어릴 때부터 보통 사람을 훨씬 더 능가하는 괴력의 소
유자이다. 이런 괴력은 신성으로부터 오는 것이다. 그가 태어난 지 여덟
달이 되었을 때 헤라는 아이를 죽이려고 거대한 뱀 두 마리를 아이의 침
대로 보냈다. 헤라클레스는 일어나 두 손으로 그 뱀들을 목 졸라 죽였다고
한다. 그는 전차 모는 법과 레슬링, 그리고 활 쏘는 법을 배우며 중무장하
고 싸우는 기술을 연마하면서 고대그리스의 전형적인 귀족 기마전사로 자
라난다. 그리고 오르페우스와 형제간인 리노스^{Linos}1)에게 키타라^{kithara}2) 연주

1) 테베의 전설에 따르면 리노스는 천문을 관장하는 뮤즈인 우라니아와 음악가인 암
　피마로스 사이에 태어난 아들로서 그 자신도 위대한 음악가였다. 리노스는 '리노
　스의 노래'를 만들었지만 감히 아폴론의 경쟁자로 나섰다는 이유로 그에게 죽음

를 배운다.

　고대에 음악은 전사이자 귀족인 사내들의 사나운 성정을 순화시키는 데 아주 중요한 과목이다. 충동을 제어하고 성정을 다스리는데 음악은 매우 중요한 것이지만 거꾸로 충동을 제어하고 아주 단순하고 지겨운 것의 반복을 이겨내야 한다. 그런데 헤라클레스가 제대로 배우지 않자 나태하여 제대로 열심히 배우지 않는다고 키타라 스승 리노스는 키타라로 헤라클레스를 때린다. 그러자 헤라클레스는 분격하여 스승 리노스를 바로 그 키타라로 때려죽인다. 이때부터 헤라클레스는 용맹이 그 한도를 넘어 제어하기 힘들게 된다. 공동체의 안정된 구성원으로서 질서 있는 문화적 관계를 만들어갈 수 있는 존재로서가 아니라 적을 섬멸하고 폭력을 행사하는 데 필요한 전쟁기계로서 자신의 정체성을 다지게 되는 셈이다.

　아버지 암피트뤼온은 헤라클레스가 또다시 그런 짓을 할까 두려워 소떼를 지키는 목동으로 보내버린다. 그곳에서 귀족전사로서 왕궁이나 성채에서 자라지 않고 헤라클레스는 시골 촌구석에 방치하는 셈이 된다. 하지만 헤라클레스는 그곳에서 자라며 모든 사람을 능가하는 체격과 힘을 지니게 된다. 외모만 보아도 제우스의 아들임을 쉽게 알 수 있었다고 아폴로도로스^Apollodoros는 『원전으로 읽는 그리스신화』^Bibliotheke에서 전한다. 키가 4완척이나3) 되고 두 눈에는 불이 번득였으며 활을 쏘든 창을 던지든 빗나

■

　을 당했다고 전해지기도 한다.

　2) 나무로 된 공명판과 상자 모양의 몸통(공명통), 여기에서 뻗어 나온 2개의 텅 빈 나무팔에 횡목을 붙여 줄을 매달았다. 처음에는 현이 3개였으나 나중에 12개까지 늘었고, 이것들은 횡목에서 악기 몸통의 맨 아래까지 연결되었으며 그 사이의 공명판에는 줄 받침이 걸려 있다. 현은 대개 채로 연주했고 소리내는 현 이외의 현들은 왼손으로 감싸 불필요한 배음을 없앴으며, 때로는 여러 현들을 동시에 누르거나 배음을 내기도 한다. 독주 악기로 사용할 때는 양 손으로 현을 뜯어 연주했다. 바로 세워 연주하거나 연주자 쪽으로 약간 기울여 어깨나 팔목에 기대기도 했다(다음백과 참조).

　3) 이집트의 단위인 완척(腕尺 cubit)은 고대사회에서 가장 널리 퍼진 선형측정단위

가는 법이 없었다. 아버지와 인근 유력자 테스피오스Thespios의 소떼를 괴롭히는 사자를 18살 때 때려죽이는 용맹을 발휘한다. 그는 사자를 제압한 뒤 사자의 가죽을 몸에 둘렀고 쩍 벌어진 사자의 입을 투구로 사용하여 범접 못할 잔혹한 전사의 이미지를 스스로 연출한다.

이처럼 목동으로서 야만의 상태에서 자라오던 헤라클레스가 지도력과 전투력을 인정받게 된 것은 테바이와의 관계에서다. 사냥을 마치고 돌아가던 길에 헤라클레스는 테바이인들이 공물을 바치던 미뉘아이 족의 왕 에르기노스의 전령들을 폭행하고 귀와 코와 손을 잘라 노끈으로 그들의 목에 묶은 다음 그것을 공물로 에르기노스와 미뉘아이 족에게 갖다주라 한다. 이에 분개한 에르기노스가 쳐들어오자 아테나 여신에게서 무구를 받아 전투를 이끌고 에르기노스를 죽이고 미뉘아이 족을 패퇴시킨다. 이제 미뉘아이 족은 거꾸로 테바이에게 공물을 그 전의 두 배로 바치게 된다. 이에 헤라클레스는 크레온에게서 그의 장녀 메가라Megara를 승리의 상으로 받아 가정을 꾸리고 테리마코스, 크레온티아데스, 데이코온 3명의 아이를 낳는다.

신화가 여기에 와서 멈추어 보통의 옛이야기가 그렇듯 '행복하게 오래 오래 살았더래요'에 머물렀다면 헤라클레스 신화는 이미 사라져버렸을 것이다. 헤라클레스가 편안한 가정생활을 하지 못하고 폭력과 광기의 악순환으로 끝없이 내몰린다는데 신화의 참 의미가 있다. 신화는 어리석은 듯하지만 세계와 우주의 본질을 보여주는 것이다. 폭력의 본질은 광기에 있다는 것이다. 폭력은 광기를 부르고 광기는 폭력을 부르는 악순환이야 말로 자신의 하체를 먹으면서 식욕을 채우는 괴물과 같다. 맘껏 배가 부른

라고 알려졌다. 이 단위는 BC 3,000년경에 쓰였는데 팔꿈치에서 펼친 손끝까지의 길이로 54cm 정도로 보면 된다. 이렇게 보면 헤라클레스의 키는 약 216cm가 된다.

광기로 가족을 살해하는 헤라클레스.
안토니오 아고스티니Antonio Canova De Agostini. 1799년.

순간 존재가 사라지는 것이다. 헤라클레스는 거칠지만 공동체에 꼭 필요한 전사이자 지도자로 인정받게 되고 결혼을 하여 아내와 아이들을 거느린 가장으로서 삶을 시작하게 됨으로써 공동체의 생활에 안착하는 듯하였다. 하지만 헤라클레스는 미뉘아이 족과의 전투가 끝난 뒤 헤라의 질투로 미쳐 메가라가 낳아준 자기 자식들을 이피클레스의 두 아이와 함께 불 속에 던져 살해한다

에우리피데스는 「헤라클레스」에서 헤라클레스의 광기가 일어난 것은 12고역을 마친 이후라고 본다.4) 12고역의 마지막을 마치려고 케르베로스 Cerberos를 끌고 오기 위해 저승에서 오래 동안 헤라클레스가 지체하는 동안 뤼코스Lycos가 테바이의 왕 크레온을 죽이고 왕위를 찬탈한다. 왕위찬탈은 헤라클레스가 없는 틈을 타서 힘의 공백기에 이루어진 셈인데 뤼코스는 그가 돌아오기 전에 테바이에 있던 헤라클레스의 가족을 제물로 제단에 바치려고 한다. 이때 헤라클레스가 돌아와 뤼코스와 그 일당들을 살육한다.

■

4) 에우리피데스. 「헤라클레스」. 『에우리피데스 비극전집』.

그리고는 그 폭력의 피를 정화하기 위해 희생제의를 드리다가 헤라가 보낸 광기의 여신 륏사에 의해 미쳐서 자신의 아들들과 아내를 살해한다.

그는 자신의 아들을 자신에게 고역을 시킨 에우뤼스테우스의 아들로 착각하여, 한 명의 아들은 심장을 화살로 쏘고, 제단 아래 웅크리고 있던 아들이 "아버지" 부르며 매달리자 활을 쏘기에는 너무 가까이 있어 "발갛게 단 무쇠를 망치질 하는 대장장이처럼 몽둥이로 아들의 금발머리를 내리쳐 두개골을 박살내" 죽인다. 그러자 아내 메가라가 아이를 몰래 데려가 방문을 잠그자 헤라클레스는 문짝들 밑을 파고는 지레로 들어올려 문설주를 뜯어내어 화살 하나로 아내와 아들을 쓰러뜨린다. 그 이후에 노인인 아버지를 죽이려고 덤벼들다가 갑자기 나타난 어떤 환영에 의해 졸도하게 되면서 잠들게 된다.

아폴로도로스의 신화이든 에우리피데스의 비극이든 상황 설정은 조금씩 다르나 헤라클레스가 광기로 자식을 살해하는 것은 다름이 없다. 광기로 자식들을 살해한 헤라클레스는 어떤 처벌을 받았을까? 아폴로도로스의 신화에서는 자신에게 스스로 추방형을 선고하고 테스피오스에게 죄를 정화받은 뒤 에우뤼스테우스가 부과하는 12고역을 완수하는 것으로 가족 살해에 대한 처벌을 받는 걸로 되어 있다. 이것은 미케네의 왕 에우뤼스테우스가 공동체의 대표자로써 헤라클레스가 작게는 가족의 살해, 크게는 공동체인 내집단에 미치게 될 폭력의 광기를 제어하고 충성심을 제고하기 위해 내린 명령이라 볼 수 있다.

인간의 인간 살해가 지닌 측면은 포악성인 동시에 이타적이기도 하다. 인간은 외집단에 대해서는 포악성을 발휘하여 살해하기 위해서는 내집단 내의 이타성과 충성도가 반드시 필수적이기 때문에 이런 역설이 가능하다. 사실 사회적 동물에게 이는 매우 위험한 전략이다. 포츠와 헤이든의 말대로, 죽이려고 하는 대상을 탈동일시하는 일종의 신경조직을 진화시키

지 않았다면 지능과 사회성이 높은 동물이 동족을 조직적으로 살해하는 것은 당연히 불가능한 일이다.[5)]

콘라트 로렌츠^{Konrad Lorenz}는 『공격성에 대하여』^{On Aggression}에서 동물들이 같은 종을 공격할 수 있음을 입증하고 있지만 이것은 악이 아니라 종족 보존을 위한 선으로 본다. 공격본능과 마찬가지로 그것을 억눌러 동족을 살상하지 않게 하는 장치도 존재하기 때문에 동종에 대한 공격이 경쟁에 머물고 서로 절멸 상태까지 가지 않기 때문이다. 즉 "같은 종끼리 서로 상처입히고 죽이는 것을 막는 여러 행동생리학적 구조"가 존재한다는 것이다. 그리고 그것은 비교적 고등한 동물의 사회적인 행동양상으로는 대체로 범해서는 안되는 규칙이라 할 수 있다.

포츠와 헤이든은 외집단을 인간으로 보지 않는 탈동일시의 전략이 진행되면서도 진화는 그 눈먼 실험에서 인간의 마음에 '일종의 감정이입 스위치'를 달아놓음으로써 내집단에 대한 살해충동을 어느 정도 제어할 수 있게 되었다고 한다. 감정이입 스위치를 자유로이 조절하여 대상을 내집단이나 외집단 중 어느 쪽에 속하는 것으로 판단하는지에 따라 인간은 같은 인간을 사랑이라 할 수 있는 공감과 연민으로도, 냉혹한 무감동과 무관심으로도 대할 수 있다. 하지만 헤라클레스에게는 이런 역설적 측면, 즉 포악하면서도 이타적인 것이 동시에 존재하면서 상황에 따라 충동을 실현하거나 제어하는 장치가 제대로 작동하지 않았던 것이다. 이것은 개인이 통제할 수 없는 폭력과 광기의 메커니즘이 존재하기 때문이다.

아폴로도로스는 아이를 살해한 행위를 단 두 줄로 언급하고 있지만, 에우리피데스의 「헤라클레스」에서 집중 조명되는 것은 '폭력과 피의 감염'이다. 헤라의 하녀 륏사가 광기를 보냈다고 말을 하지만 실제로 조명되는 것은 여신에 의한 어쩔 수 없는 행동에 대한 변명이 아니라 헤라클레스가

■

5) 같은 책. 78쪽.

행한 '폭력과 피'이다. 아내와 아이들이 살해된 집에서 나온 사자(使者)가 코로스의 연로한 시민들에게 보고한 바에 따르면, 헤라클레스는 이 나라 왕 뤼코스를 죽이고 그의 시신을 집밖으로 던진 뒤 살육의 피로부터 집을 정화하기 위한 제물이 차려진 제우스의 제단 앞에 서 있었다. 헤라클레스에 광기가 몰려온 것은 바로 그때였다.

아이들이 보기 좋게 할아버지 암피트뤼온과 어머니 메가라와 조용히 서 있는데 그는 횃불을 집어 성수에 담그려다 말고 가만히 서 있다가 갑자기 눈을 부라리며 미친 사람처럼 웃으며 활과 몽둥이를 달라고 말한다. 또한 쇠지레와 곡괭이를 가지러 가는 시늉을 하다가 갑자기 연회장의 한 가운데로 뛰어들더니 이스트모스의 숲 우거진 평야에 다가가고 있다고 말한 후 옷을 벗고 알몸으로 있지도 않은 상대와 레슬링 경기를 한다. 그러고는 스스로 전령이 되어 자기가 이겼노라 선언한다. 이때 아버지 암피뤼리온이 말한다. "내 아들아. 네게 무슨 일이 생겼구나? 이 무슨 해괴한 짓이냐? 설마 네가 방금 죽인 자들의 피가 널 미치게 한 것은 아니겠지?"(965~966행). 아버지 암피뤼리온이 두려워하는 것은 피와 폭력의 본질이다. 피의 존재는 학살을 말해주며 동시에 새로운 비극을 예고한다. 피는 폭력을 죽음의 색깔로 접하는 것 모두를 더럽히는 것이기 때문이다.

르네 지라르Rene Girard가 『폭력과 성스러움』La Violence et le Sacre에서 볼 때, 전사의 귀환은 본래의 신화적인 의미만을 지니고 있는 것이 아니다. 이것은 곧바로 사회학적인 또는 심리학적인 용어로 해석된다. 전장에서 돌아옴으로써 "조국의 자유를 위협하는 개선장군은 이제 더 이상 신화가 아니라 역사이다".[6] 나라와 공동체를 지킨 전사들은 후방의 비전투요원들의 패배주의에 분개하는데 실제로 폭력으로 충만된 전사들의 몸은 어떤 조그만 계기로도 그 방향을 바꾸어 내집단으로 공격성을 드러낼 수 있다. 로렌츠는 영역 싸움을 하던 숙적을 떼어내고 나면, 항상 자기가족에게로 공격 성

---

6) 르네 지라르, 『폭력과 성스러움』. 65쪽.

향을 돌려서 마침내 가족을 멸망시키고 마는 어떤 물고기 종류를 이야기하고 있다. 그래서 이 폭력을 어떻게 정화시킬 것인가, 즉 충만된 폭력의 전염성을 어떻게 차단시킬 것인가가 중요한 문제가 되고 이에 대안으로 제시되는 것이 희생제의라는 정화의식이다. 희생제의는 적이든 자신의 편이든 인간의 살육이라는 나쁜 폭력을 희생제의라는 좋은 폭력으로 정화하고 순화시켜서 그 폭력의 감염성을 줄이자는 취지이다.

고대그리스 사회에서 살인을 했을 경우 그 피의 감염을 막기 위해 반드시 정화의식을 한다. 아이스퀼로스의 「자비로운 여신들」^{Eumenides}과 에우리피데스의 「타우리케의 이피게니아」에서는 모친살해범 오레스테스의 정화의식에 대해 말하고 있고 헤로도토스 또한 이러한 정화의식은 헬라스인들에게만 아니라 그가 『역사』에서 다루는 지중해 지역의 다양한 나라들에서도 이루어지고 있었음을 사례를 들어 언급하고 있다⁷⁾ 고대의 정화의식은 이처럼 폭력이 과잉되어 그 전사의 폭력이 공동체 내로 유동적으로 흘러오는 것을 막기 위한 사회적 장치이다.

이와 유사하게, 하지만 많이 달리, 스티프 비덜프^{Steve Biddulph}는 뉴질랜드 원주민의 정화의식에 대해 설명하고 있다.⁸⁾ 그에 따르면, 뉴질랜드의 타우포 근처 작은 골짜기에는 여행자들의 눈에도 띄지 않고 멋진 호텔로부터도 몸을 숨기고 있는 마오리족 소유의 자그마한 온천이 하나 있다. 작은 시냇물이 화산 활동으로 끓어오르는 뜨거운 진흙과 바위 위를 지나 다시 숲으로 들어가서, 무성한 이파리들로 둘러싸인 공터의 작은 절벽 위에서 펄펄 끓는 폭포가 되어 떨어진다. 이곳이 바로 신성한 장소였다. 전쟁에서 돌아온 전사들은 거기서 증오와 두려움, 그리고 전쟁에서 흘린 피를 씻어 버리고 다시 인간이 되는 의식을 치렀다.

■

7) 헤로도토스 『역사』. 1권 35쪽.
8) 스티브 비덜프 『남자, 다시 찾은 진실』. 45쪽.

그런데 뉴질랜드의 이런 정화의식과 달리 고대그리스의 희생제의는 초기에는 사람이든 동물이든 죽여서 그 피를 뿌린다. 아이스퀼로스의 「아가멤논」에 나오는 이피게니아나 에우리피데스의 「헤라클레스의 자녀들」에 나오는 헤라클레스의 딸 마카리아는 살해되어 그 피가 제단에 뿌려진다. 「헤라클레스」나 아폴로도로스에 나오는 희생제의는 동물을 희생물로 쓴다. 지라르는 희생제의는 동종의 인간을 살해하는 나쁜 폭력을 순화시키는 좋은 폭력으로 보지만, 동물이든 인간이든 살아있는 피를 본다는 의미에서 둘 다 폭력의 본질은 다름이 없다고 한다. 그래서 그는 에우리피데스의 「헤라클레스」에서 자신의 아이 셋과 아내를 살해한 현장이 바로 희생제의를 들이는 곳이었다는데 주목한다. 그의 말대로 주인공이 행한 희생은 다시 주인공에게 폭력을 집중시킬 따름이다. 희생제의에서 이루어지는 동물의 살해가 최근 도시에서 이루어진 살육의 피를 불러오면서 헤라클레스의 정신을 혼미하게 한 것이다. 이에 대해 르네 지라르는 다음과 같이 말한다.[9]

> 사고나 폭행 혹은 제의의 희생물에게서 흘러나온 피는 모두 불순한 것이다. … 평정과 안정이 지속되는 한 피는 보이지 않는다. 그러다가 폭력이 나타나면 피도 나타나는데 이 피는 어디든지 침투하여 무한정 퍼져나간다. 이러한 피의 유동성은 폭력의 전염성을 구현하고 있다고 말한다.

지라르가 보기에 살육이든 제의든, 나쁜 폭력이든 좋은 폭력이든 피는 모두 불순한 것이다. 제의적 정화의식을 처방하는 것으로는 충만된 폭력의 전염성만을 확인할 뿐이다.

헤라클레스가 광기에 휩싸이게 된 순간은 정화의식을 통해 폭력이 다시 튀어 올라 공동체에 퍼지는 것을 막으려고 하는 순간이다. 하지만 전사

----

9) 르네 지라르, 같은 책. 55쪽.

가 행한 외부적 폭력은 희생제물에서 흘린 피를 통해 다시 튀어 올라 공동체에 오히려 폭력을 감염시킴을 보게 된다. 그리하여 헤라클레스는 아이러니하게도 자신의 가족을 제단에 바치려는 뤼코스의 의도를 가장 충실하게 이행하여 자신의 아이들과 아내를 정화의식에 제물로 바치게 되고 만다. 결국 헤라클레스의 뤼코스 살해는 자신의 몸을 먹는 괴물처럼 자신과 자신의 가족을 파멸시키는 행위였다.

4. 광기와 전쟁신경증 혹은 외상 후 스트레스 장애

헤라클레스가 희생제의를 드리던 중 미쳐서 자신의 아들들을 불 속에 던져버리는 것처럼 최소한의 가족이나 친족 내집단에서의 감정이입 스위치가 작동하지 않게 된다는 것은 한 개인의 위기일 뿐 아니라 엄청난 공동체의 위기이다. 자식과 아내도 몰라보는 인면수심의 행동에 대해서 어떻게 해석해야 할까? 이것은 단지 헤라클레스가 키타라 스승 리노스를 죽였던 것처럼 살인충동을 억제하지 못하는 본질적으로 잔혹한 인간의 문제일까? 신화가 전하는 대로 그는 인간적 고뇌나 공포 들 정서적 감응이 전혀 없는 전쟁기계일 뿐일까? 그의 광기는 그가 단지 타고난 전쟁기계나 전문화된 살인의 신이 아니라 자의든 타의든 전쟁이라는 참혹한 상황에 내몰린 결과이다.

때때로 단일 유전자나 특정 호르몬이 이러한 경향이나 성향을 제어할 수 있는 경우도 있다. 어떤 동물에게서 특정 유전자가 결핍되면 자기파괴적 대담성이 표출되는 것으로 밝혀졌다. 예를 들어 이 유전자가 없는 쥐는 아무런 거리낌 없이 분주하게 돌아다니다 눈에 잘 띄는 물체에 기어올라 고양이나 여타 포식자 앞에서도 숨지 않고 자신을 노출시킨다. 물론 인간에게도 충분히 가능한 일이다. 충동을 제어하지 못하게 하는 또 하나의 방식은 세포의 상호소통에 사용되는 분자인 호르몬의 작용을 통해서다. 남성 호르몬의 일종인 테스토스테론은 지위와 공격에 대한 대부분의 남성적 욕구를 불러일으키며 충동제어를 형편없게 만드는 원인이 되기도 한다. 실제로 일부 연구에서는 폭력 범죄나 가정폭력과 테스토스테론 수치가 연관이 있음이 발견되었다.[1] 20~24세 사이의 미혼 남성은 동일한 연령집단의 기혼

■

[1] J. H. Brooks and J. R. Reddan. "Serum testosterone in violent and nonviolent

'술에 취한 헤라클레스' 페테르 파울 루벤스, 오크 패널에 유채,
220×220㎝, 1612~1614년경, 알테마이스터 회화관(독일 드레스덴
츠빙거 궁전) 출처: 세종포스트.

남성에 비해 살인을 저지를 가능성이 3배나 높다. 그러나 인간의 성욕이나
이웃에 대한 증오심 들 대부분의 행동은 수많은 유전자 집합 간의 복잡하
고도 변화무쌍한 상호작용에 달려 있으며 주변 환경의 영향을 더 많이 받
는다.

　　뤼코스에 의해 희생제물로 바쳐지려 했던 순간을 간신히 모면하고 안
도의 숨을 쉬며 아내와 아이들이 제단 앞에서 나란히 서 있는데 헤라클레

■

offenders." *Journal of Clinical Psychology.* 참조. 성적을 향상시키고 체질량을
증가시키기 위해 테스토스테론이나 기타 스테로이드제를 사용하는 운동선수의
경우 성격이 급해지고 쉽게 싸우는 성향이 심해지는 이른바 '스테로이드 분노'가
생길 가능성이 높다.

스가 횃불을 성수에 담그려다 말고 가만히 서서 머뭇거리자 놀라 쳐다보는 아이들의 눈에 비친 아버지의 "얼굴은 일그러지고, 눈 안에서는 눈알들이 구르고 눈의 핏줄들은 벌겋게 튀어나와 있었으며 텁수룩한 수염에는 거품이 뚝뚝 듣고 있었다". 이것은 전형적인 간질발작의 형태이다. 헤라클레스의 광기발작은 헤라가 보낸 것이라 하여 신의 병이라 하였다. 오스웨이 템킨[Oswei Temkin] 들 많은 학자들은 신성한 질병은 간질에 대한 대중적인 이름이었다는 많은 증거를 제시하고 있다.[2] 히포크라테스 역시 간질 epilepsis를 epileptic seizures와 연관시킨다. 여기서 사로잡힘이란 하나의 공격으로서 불연듯이 외부에서 오는 것을 의미하고 일반 사람들뿐만 아니라 이 광기에 빠진 사람들도 역시 자신이 '사로잡힌 것'[seizure or captive]으로 본다. 이것은 개인이 갖는 '자신에 대한 자아감각'과는 무관하다는 것이다.

여기서 헤라클레스의 광기는 신의 개입이나 영웅적인 함축성을 갖게 되는데 베네트 시몬[Bennett Simon]은 sacred(신성한)는 라틴어 사케르(sacer)가 지닌 양가성, 즉 '신성하면서도 저주받은'이라는 양가적 의미를 지니고 있다고 말한다.[3] 발작의 상태는 위험하지만 그 발작을 일으키는 사람들을 공동체는 피해야 되는 사람으로 여긴다는 것이다. 헤라클레스가 용맹에서 신적인 능력을 가진 영웅적 행위로 공동체의 발전 확대에 많은 기여를 하지만 그의 광기발작이나 그에 뒤이은, 혹은 그와 무관하게 이루어지는 가족이나 내집단 구성원들의 살해는 그를 양가성을 지닌 '호모 사케르'로 만든다.

현대의 간질환자들의 발작은 극히 적은 일부를 제외하고는 대부분 발작을 한 후 다시 일상으로 돌아갈 뿐 주변사람들에게 가해자로서 혹은 공격자로서의 역할은 하지 않는다. 앞서 말했듯이 헤라클레스가 양가적 영웅

---

2) Bennett Simon. *Mind and Madness in Ancient Greece. The Classical Roots of Modern Psychiatry.* 221쪽.

3) 같은 책. 221쪽.

이 된 것은 단지 발작이 문제가 아니라 전쟁이라는 환경 때문이라는 것이다. 따라서 이 글에서는 헤라클레스의 광기는 '외상 후 스트레스 장애'(PTSD)의 일종인 전쟁신경증의 산물이라 본다. 크리스티나 폰 브라운 Christina von Braun은 19세기 말 전쟁경련증에 대한 용어가 등장하였고 1차대전 이후 의미가 더 커졌다고 본다.4) 전쟁경련증 군인들은 신체기관으로는 설명이 불가능한 이유로 인한 걷잡을 수 없는 경련을 보임으로써 전투임무를 거부했다. 너무 많은 전쟁경련증 환자들로 말미암아 이러한 질병을 주로 인정할 수밖에 없었던 나라는 공격하는 나라들인 독일과 오스트리아였다. 이들 나라의 군인들에게 전쟁은 '자신'의 전쟁으로 느낄 수 없는, 그들 자신과 동일시할 수 없는, 그들에게는 아무런 의미도 없는 전투였던 것이다. 공격을 받았기 때문에 실제로 자신의 전쟁으로 동일시할 수 있었던 반대진영의 군인들과 사정이 정반대였다. 이러한 전쟁경련증은 여성의 전환 히스테리와는 다른 '정신적 외상에 의한 히스테리'로 전통적인 정신과치료에서 인정했던 남자 히스테리형태로 일종의 전쟁신경증이라 할 수 있다. 이것을 1982년부터 정신의학계에서는 '외상 후 스트레스 장애'라는 이름으로 정식 채택한다.

인간에게 설령 전쟁유전자가 내재해 있다하더라도, 그리고 상대방이 실제로 자신을 가혹하게 대하거나 잔인하게 몰아간 경우가 그리 많지 않은 경우, 주로 가해자와 공격자의 역할을 해야 할 때 살육이 주는 정신적 육체적 부담과 스트레스는 엄청나다. 가해자와 공격자의 심성을 주로 가지게 되는 것은 헤라클레스가 직접 겪은 학대나 살육의 경험에서 비롯되었을 개연성이 크다. 우선 헤라클레스가 가해자와 공격자로의 심성을 강화하게 되는 계기가 유년기의 학대 경험에서 비롯될 수도 있다.5) 예언자 테이

■

4) 크리스티나 폰 브라운. 『히스테리』. 355쪽.

5) "학대당한 새끼 새, 커서 깡패짓." 〈연합뉴스〉. 2011. 10. 05. 라이브사이언스 닷컴livescience.com이 2011년 10월 4일에 보도한 바에 따르면, 미국 웨스트 포리

레시아스가 그를 신의 아들이라고 말하기는 했으나 사생아로 태어난 헤라클레스는 태어나는 것 자체가 양어머니 헤라의 질투와 양아버지 암피튀리온의 은밀한 학대로 이루어졌다. 헤라클레스를 죽이기 위해 여덟 달된 아이에게 헤라는 뱀을 보내며, 일설에는 아버지 암피튀리온이 누가 자기 아들인지 알아보기 위해 뱀을 보냈다고 말하기도 한다. 그 후 헤라클레스의 삶은 자신의 잔인한 행동만큼이나 잔인한 형벌을 받는다. 유년기의 학대는 뇌에 영구적인 변화를 일으킬 수 있다. 예를 들면, 어렸을 때 신체적 혹은 성적으로 학대를 받았던 성인은 해마 부위의 크기가 더 작다.[6] 아동 학대의 장기적 영향을 연구한 마틴 타이처M. Tiecher와 하버드 연구진은 이러한 변화가 손상이 아닌 적응의 산물임을 알게 되었다.[7] 타이처는 "유년기 스트레스에의 노출은 성인이 되었을 때 위험한 세계 속에서 생존하고 번식할 수 있도록 적응하는 방식으로 신경발달을 변화시키는 분자학적, 신경학적 효과를 낳는다"고 본다. 미국 웨스트 포리스트 연구진 역시 이에 대해 "사람이나 새나 학대받은 뒤엔 스트레스 호르몬 수치가 높아지는데 원인이 있는 것"으로 보인다고 지적했다.

■

스트 대학 연구진은 갈라파고스 섬에 사는 나스카 부비Nazca boobies 어른 새들이 종종 이웃의 어린 새들을 폭행한다는 사실에 주목해 장기간 관찰했다. 그 결과 어려서 폭행을 당한 새들은 어른이 되어 이웃의 어린 새들에게 똑같은 짓을 하는 것으로 밝혀졌다. 이 연구는 미국조류연맹AOU이 발간하는 계간지 〈바다쇠오리〉The Auk에 실렸다. 연구진은 "많은 어른 새가 제 핏줄이 아닌 어린 것들에게 정말로 가혹한 행위를 하는 것을 보고 놀랐다. 한 새가 이처럼 폭행당한 과거를 갖고 있으면 장차 어른이 돼서 이런 행동을 할 확률이 매우 커진다"고 밝혔다.

[6] 이와 달리 어릴 때 많이 사랑받는 경우는 스트레스에 훨씬 강하다. 쥐의 경우 다른 어미보다 새끼를 더 많이 핥고 쓰다듬어 주는 어미가 있다. 그렇게 손길을 많이 받은 새끼일수록 어미의 보살핌을 덜 받은 새끼들보다 스트레스에 더 침착하게 반응하며 뇌 내부에도 해부학적으로 차이가 난다. 이러한 행동은 후손에게 나타나고 다시 3대째로 전달된다(D. D. Francis 외 286쪽).

[7] M. Tiecher. 68~75쪽.

이처럼 학대와 공격을 경험하는 경우 움츠려들고 피학적으로 빠져들기 쉬운데 어떻게 공격적인 기질로 변할까? 이에 대해 머니키를Money-Kyrle은 멜라니 클라인Melanie Klein의 이론에 근거하여 '광적 진행'manic process이라는 개념으로 설명한다.8) 어린아이는 처음에는 두려워하지만, 자신의 힘으로는 도저히 감당할 수 없는, 자신을 학대하는 사람이나 동물들과 자신을 동일시하는 방법을 통해서 힘을 얻는다는 것이다. 아이들은 이들 학대자들이나 공격자들을 아이들은 내면화된 대상으로 만들어 그 나쁜 대상의 힘과 공격성을 자신의 것으로 삼아 심리적 힘을 얻게 되고 공격적이고 파괴적인 광적 성향으로 발전하게 된다.

아이가 맞닥뜨리게 되는, 어두운 숲 속에서 괴성과 함께 덮치는 사자는 아주 무서운 존재이다. 하지만 아이는 의외로 사자 자신이 되어 사자로 인한 두려움을 이기는 방법을 찾게 되는 것이다. 이때 외부의 나쁜 타자와 자신을 동일시하는 내면의 아이를 머니키를은 '광적 진행의 내적 아이'the inner child of manic process라 한다. 이 '광적 진행의 내적 아이'는 현실을 왜곡하는 편집증적 망상과 유사하다고 할 수 있다. 하지만 모든 위험에 공격적으로 반응하는 기질에는 큰 대가가 따르기 마련이다. 헤라클레스의 공격적 행동은 자신에게 가해진 위험보다 더 높은 수위의 공격을 감행하고 이겨냄으로써 신적인 능력을 발휘하지만 그 역시 끊임없는 목숨에 대한 위협과 공격을 견뎌내야 한다. 그는 갈수록 강도가 높아지는 시련에 더 높게 대응해야 한다.

유년기 이후 헤라클레스의 삶은 부족들 간의 전쟁 뿐 아니라 10명이하의 무리로 구성된 잦은 원정과 산적에 버금가는 약탈과 살육 행위로 점철된다. 이러한 헤라클레스를 제압하기 위해 많은 도전들이 이루어지며 그

■

8) R. E. Money-Kyrle. *Psychoanalysis and Politics*. 46~53쪽.

도전을 모두 이겨내야 할 뿐 아니라 광기로 인해 공동체의 보호를 받지 못하고 내쫓겨 스스로 모든 위험과 긴장을 부담해야 한다.

앞서 설명했듯이 과도한 피로나 소진, 무기력상태, 극도의 불안 증세를 보이는 전쟁터의 병사들에 대한 연구에서 출발한 '외상 후 스트레스 장애'는 가해자와 공격자로서 느끼는 전쟁거부 증세 뿐 아니라 대량학살을 목격하거나 직접 학살의 대상으로써 겪게 되는 정신적 외상에 대한 연구를 모두 포함한다. 미국 정신의학회가 발간한 『정신장애의 진단 및 통계 편람』 제 4판^{DSM-IV}에 의하면,[9] '외상 후 스트레스 장애'란 실제적이거나 위협적인 죽음, 심각한 상해, 개인의 신체적 안녕을 위협하는 사건에 대한 직접적인 경험이나 목격, 또는 가족이나 친지의 예기치 못한 무자비한 죽음이나 심각한 상해를 경험한 충격으로 인해 극심한 공포, 무력감, 두려움을 느끼며 그 외상을 지속적으로 재경험하거나 그와 관련된 자극을 회피하는 들의 증세를 보이는 반응의 형태를 말한다. PTSD 증후군은 실제적이거나 위협적인 죽음이나 심각한 상해를 입을 수도 있고 일상 자체가 위기와 긴장의 연속이며 자신이 신적인 능력을 발휘해야하는 부담으로 가득차 있다.

에이브람 카디너^{Abram Kardiner}는 1920년 이후 2차 대전 기간에 이르기까지 참전했던 병사들에 대한 임상적 연구를 통해, 전쟁후유증^{fatigue}은 도덕적 결함이나 이미 어릴 적부터 형성된 허약한 성격구조를 가진 병사들에게서만 나타나는 것은 아니라고 하였다.[10] 그는 전투 현장에서 빚어진 부상과 전우의 죽음 목도 그리고 이에 따른 충격과 심리적 증세들이 자아기능에 손상을 가져와 '생리적 신경증'을 초래하는 것이며 이로 인해 긴장조정력, 정서 상태, 사물 인식력, 일상경험에 대한 의미파악 기능 들에 문제가 생긴다고 주장했다.[11]

■

9) 32~65쪽.

10) Abram Kardiner. & H.Spiegel. *War Stress and Neurotic Illness.* 93쪽.

이러한 항상적 외상이 내면세계에 미치는 영향들을 조사한 헨리 크리스탈Henry Krystal은 외상 후 스트레스 장애를 앓고 있는 사람들에게서 나타나는 '퇴행성 기억상실증, 퇴행적 행위들, 꿈속에서 외상에 대한 강박적인 반복경험, 극심한 신체화 증세' 들의 증상들을 주요증세로 추가하였다. 크리스탈이 연구한 대상은 유태인 수용소의 생존자들이지만 헤라클레스에게 적용해보면, 헤라클레스는 살육의 경험이 주는, 외상의 강박적인 반복경험은 살인충동을 항상화시켜서 그 충동제어가 어려운 신체화된 증상을 보여준다고도 할 수 있다.

그런데 이런 헤라클레스도 다양한 방법의 치유행위를 통해 일상적 인간으로 돌아올 수 있다. 헤라클레스가 아무리 천하무적이라 하더라도 그역시 무수한 생명 위해의 위기를 겪었으며 죽음의 문턱까지 오갔을 것이다. 그때 느꼈을 공포와 불안, 분노, 자신에 대한 절망 들을 털어놓거나 감정의 교유 들 적절한 치료가 행해져야 한다. 그렇지 않으면 정신적 상처는 다음 단계를 기다리며 대뇌변연계라는 뇌의 원시적 기관에 얼어붙게 된다.12) 이 대뇌변연계가 가진 문제는 시간개념이 없다는 것이다. 그것에 충격적인 경험이 저장되면 당사자는 마치 그 경험을 현재 벌어지고 있는 일처럼 여기게 된다. 그러다 그 충격적인 경험을 누군가에게 털어놓고 그 일로 느꼈던 감정들을 적절하게 표현하고 나면 그때서야 그 상처에 대한 기억은 두뇌의 신피질로 옮겨간다. 그리고 그곳에서 그 상처는 현재상황이 아니라 '전에 일어났던 어떤 일', 즉 단순한 기억이 된다. 더 큰 삶 속의 한 부분으로 자리잡는 것이다.

과거와 현재가 전혀 구별 없이 들이닥치는 것을 플래쉬백이라고 한다. 플래쉬백은 과거 경험에 대한 생생한 재체험을 말하는데 당시의 이미

■

11) 같은 책. 313~314쪽.
12) Shin, L. M., Rauch, S. L. & Pitman, R. K. "Amygdala, Medial Prefrontal Cortex, and Hippocampal Function in PTSD." 67~79쪽.

지와 감각을 그대로 느끼며 극적인 운동반응이 동반된다.[13] 희생제의를 드리던 상황에서 헤라클레스는 에우뤼테우스의 고역 기간 동안 생사를 다투던 위기 상황을 생각해내자 그것이 플래쉬백을 보이면서 마치 현재 벌어지고 있는 일처럼 느끼고 에우뤼테우스에 대한 분노가 폭발하게 된다. 그때 자기 옆에 있던 무방비상태의 아이들은 전혀 두려움 없이 공격할 수 있는 좋은 사냥감이고 일순간 자신의 아이들을 에우뤼테우스의 아들이라고 착각을 하게 된다.

이와 비슷한 상황이 영화 <람보>에서 재현되고 있다. <람보> 1편에서 베트남에서 귀국한 람보는 자신을 불량한 사람으로 몰아가는 경찰들에게 가혹한 행위를 당한다. 그러자 일순 베트콩에게 잡혀 고문을 받던 상황이 플래쉬백 되면서 내집단의 경찰이 가하는 어느 정도 가벼운 가혹행위가 생사를 건 상황으로 오버랩되고, 급기야 조국인 미국에서 여러 명의 경찰들을 살상할 뿐 아니라 대응수위가 높아질수록 더 강도가 높아지면서 마을 전체를 초토화시키기에 이른다.

소리내어 우는 것도 아주 좋은 방법이다. 비델프가 소개한 뉴질랜드의 정화의식에서 중요한 것은, 그리스에서처럼 동물살해를 통해 피를 뿌리는 것이 아니라 그 의식을 행할 때 그들은 죽은 동족들을 애도하고 다른 사람을 죽인 고통과 끔찍함을 슬퍼하며 울었다는 것이다. 뜨거운 물이 쏟아지는 폭포 아래서 그들은 소리 높혀 울었다. 여인들은 노래를 부르면서 그들이 다시 가족과 공동체의 평화로운 세계로 돌아온 것을 환영했다. 그들은 이런 의식을 통해 신들이 자기들에게서 고통과 분노, 슬픔들을 가져갔다고 믿었다.[14] 하지만 그리스의 서정시인 아르킬로코스Archilochos가 울고 싶어도 울지 못하는 이유를 슬픔은 여성적인 것이기 때문이라 했듯이 헤

■

13) 김순진, 김환. 『외상 후 스트레스 장애』. 13쪽.
14) 스티브 비델프. 같은 책. 45쪽.

라클레스 그는 여성이 아니라 남성이었기 때문에 역시 소리내어 울지도, 아내나 아버지에게 털어놓지도 않았을 것이다.[15)

남성다움에 대한 신화로서 헤라클레스에 대한 영웅적 요구와 기대는 그를 평화가 불편한 자로 만든다. 전쟁이 있어야만 존재를 증명할 수 있는 자가 되고 내면 역시 폭력적 충동을 발산해야만 하는, 평화와 안정이 깃들기 어려운 존재로 내몰린다.

전쟁이란 자연계의 일반 동물들에게는 거의 볼 수 없는 동종 살해이다. 인간을 죽이는데 가장 능한 인간을 가장 훌륭한 영웅으로 기린다는 것은 동종 살해의 양가성이자 아이러니이다. 이런 아이러니로 인해 보다 더 공격적이고 경쟁에 강한 남성이 유전자 풀에 훨씬 많은 기여를 하고 있는 것은 분명한 사실이며 인간의 호전적 성향 역시 점차 강화된다. 이런 기저에 깔린 정서적 공감은 대부분의 영화에서 살인마와 조직 폭력배가 난무하고 여성은 강간되거나 아니면 헤라클레스 못지않은 폭력적인 전사로 등장하는 장면들이 적지 않은 비중을 차지하게 되는 바탕이 된다.

하지만 이와 반대로 <람보> 영화와 같은 살육 시리즈를 보면서 폭력에 대한 처음의 열광이 환멸과 지겨움으로 변하는 걸 느낀다. 그것은 살해와 살육에 대한 쾌감의 정서가 차츰 불쾌의 정서로 바뀌고 있다는 것을 의미한다. 지금 헤라클레스의 삶을 살고자 하는 사람은 아무도 없다. 람보의 삶을 살고자 하는 사람이 없는 것처럼 살육의 영웅은 현실에서 배제된다. 헤라클레스가 신이 된 데에는 그를 현실의 삶에서 배치시킬 위치가 없기 때문이다. 왕보다도 뛰어난 인간이, 마음 내키면 왕이든 다른 유력자든 몽둥이나 레슬링으로 언제든지 때려, 잡아 죽일 수 있는 전사를 공동체에 마음 편하게 두고자 하는 왕이나 지도자는 없다. 그래서 헤라클레스는 공

■
15) 김봉률. 「사랑의 상처와 사유의 발생」. 『어두운 그리스』. 115쪽.

동체를 구하지만 공동체에서 배제된다. 그런 의미에서 그는 호모 사케르이다. 신성하지만 평화 시에는 공동체에 전혀 쓸모없는 존재이다.

그런데 현대에서 헤라클레스를 용감한 전사로만 다양하게 리메이크하는 것과 달리 신화는 그의 광기를 통해 동종 살해의 양가성이 귀착하는 최종 귀결을 보여준다. 그의 용맹함은 피와 폭력의 통제할 수 없는, 스스로 증식하는 메커니즘에서 비롯되는 전쟁신경증을 보여주고 그 결과 폭력의 양가성을 확실하게 실현한다는 것이다. 공동체의 적에게 겨눈 칼날이 자신의 공동체의 구성원들 뿐 아니라 자신에게도 무차별적으로 향하게 된다는 점에서 헤라클레스 신화는 인류의 운명을 예언하는 듯하다. 그것은 핵무기나 생태계의 파괴와 같은 것이다.

하지만 권위주의적 지배구조의 감수성으로 더 이상 헤라클레스를 찬양하지 않고 인류에 대한 하나의 경고로 해석하게 된다면 헤라클레스는 아마 3,000여 년을 건너뛰어 새로운 신화로 빛날 수도 있다.

5장. 미래 감수성, 다시 쓰다

1. 과거사 반성과 인식구조의 변화

헤라클레스는 '덕성의 길'을 가면서 많은 악덕을 행하였다. 그 악덕을 이제 열거할 필요조차 없다. 덕성의 길을 가기 위해 악덕을 행하는 것은 부수적인 산물일 뿐일까? 약을 사면 반드시 약에는 부작용에 대해 적혀 있다. 목표물을 타격하면 목표물 인근의 여러 것들이 피해를 입는다. 미국방부는 이걸 '부수적 효과'라 한다. 경제학에서 보면, 공장을 세워서 폐수를 보내고 쓰레기를 버리면 '외부효과'가 있다. 이 '외부효과'란 물이 오염되고 땅이 오염되고 공기가 오염되는 걸 말한다. 약에 적힌 '부작용'보다 훨씬 중립적인 말이다.

덕성과 부작용 혹은 외부효과를 반대로 하면 어떨까? 때로는 주효과보다 부작용이 더 클 때도 있다. 더구나 부작용을 전면에 내세운다면 약에 대한 거부반응이 있듯이 영웅숭배에서도 무언가 파열이 일어나지 않을까? 나를 지배하는 자를 욕망하는 나의 마음에 균열이 일어나지 않을까? 하워드 진Howard Zinn은 책 『달리는 기차 위에 중립은 없다』에서 말한다.[1]

콜럼버스에 대해 글을 쓰거나 강연을 할 경우, 그가 대양을 가로질러 미지의 바다라는 위험에 몸을 던지는 비범한 일을 했다는 사실을 숨기거나 빼먹지 않으려고 노력합니다. … 하버드의 역사학자 새뮤얼 엘리엇 모리슨이 자신의 콜럼버스 전기에서 실제로 행한 방식은 이렇습니다. 콜럼버스는 대량학살을 저지르긴 했지만 불가사의한 뱃사람이었다, 그는 서반구에서 이 섬들을 발견하는 과정에서 비범하고도 특별한 일을 했다, 이렇지요. 여기서 뭘 강조하고 있습니까? 그는 대량학살을 저지르긴 했지만… 훌륭한 뱃사람이었다. 저라면 이렇게 말하겠습니다. 그는 훌륭한 뱃사람이었지만, 사람들을 극도로 끔찍하고 잔인하게 다뤘다. 이렇게요. 이런 식으로 똑같은 사실을 갖고 서로 다른 두 가지 방식으로 말하는 거지요. 어느 쪽에서 보느냐에 따라 우리는 자기의 편견을 보여주는 겁니다. 저는 우리의 편견을 역사에 대한 인도적 관점이라는 방향으로 두는 게 좋다고 믿습니다.

하워드 진은, 콜럼버스는 잔인했지만 아메리카를 발견했고 위대한 뱃사람이었다고 말하지 않고, 위대한 뱃사람이었지만 대량학살을 저질렀다고 말한다. 이걸 하워드 진은 역사에 대한 인도적 관점이라고 말한다. 가라타니 고진이 칸트의 물자체는 어떤 '윤리적인' 것을 말한다고 한 것처럼 역사에서도 어떤 윤리적인 것이 절대명령으로 주어져야 한다.

콜럼버스가 문명을 아메리카에 전파했기 때문에 콜럼버스의 모든 죄악은 무죄다. 그래서 콜럼버스 데이는 축제가 된다. 콜럼버스가 가져온 문명이 어떤 것인지 원래 살고 있던 인디언들은 어떤 삶의 방식을 살고 있었는지 다음 글을 보자.[2]

■

1) 하워드 진 『달리는 기차 위에 중립은 없다』. 299쪽.
2) 데릭 젠슨 『거짓된 진실』. 251쪽.

중국인이 최초로 북미 대륙에 도착한 것은 크리스토퍼 콜럼버스보다 한참 전이었다. 그리고 중국으로 돌아가서는 그 낯선 땅에 대해 이야기했다. "무기나 갑옷이 없고 전쟁도 하지 않는 사람들" 벽이 없는 마을에 대해 이야기했다. 평화로운 그들에게는 벽이 필요 없기 때문이라고 설명했다. 더 신기한 것은 이곳 여자들은 결혼 상대를 선택할 수 있다는 점이었다. "여자가 구혼자를 받아들이지 않으면 그를 보내버리고 여자가 마음에 들어 하면 결혼이 성사된다." 그러나 무엇보다도 중국인들이 가장 신기하게 여긴 것은 이곳이 세금이 없는 나라라는 점이다.

데릭 젠슨의 글은 문명과 비문명, 문명과 야만을 극적으로 보여준다. 물론 문명을 전쟁, 무기, 여성억압, 국가부담 들로 말한다면 말이다. 사실 인디언문명은 비서구문명의 특징을 잘 보여주는 것이다. 서구문명이 현대 지금 이 사회에서 승자인 듯 보이지만 그게 다일까? 보름달이 다 차서 기울기 시작하듯 비서구문명적인 것들이 꿈틀되고 있지 않은가? 폭력과 지배로부터 점차 자유로와지는 … .

우리는 문명을 개시한 그리스신화 속의 이들 폭력집단들의 정신적 후손이다. 헤라클레스는 12과업을 수행하면서 지구의 서쪽 끝까지 그리고 동쪽 끝까지 다녀왔다. 이 헤라클레스 못지않은 근대의 영웅으로는 콜럼버스, 피사로와 코르테스가 있다. 이들 역시 양가적 영웅이다. 미국이나 멕시코와 브라질, 캐나다, 볼리비아 들 대부분의 아메리카의 후손들은 자신들을 존재하게 한 이들 3명의 영웅들에 대해 엄청난 심리적 딜레마를 겪을 수 있다. 바로 이들이 자신들의 아버지인데 최고 악덕의 아버지이다. 아메리카 곳곳은 이들의 영웅적 위업에 의해 죽어간 유골들이 묻혀있을 것이고 이들의 땅을 빼앗아서 자신들이 살고 있다. 오이디푸스 구조는 이들 아버지들에게 열등감을 느끼는 아들이 죽은 아버지의 명령대로 복종하며 살아가는 것이다. 이제 그 오이디푸스 구조는 깨어지고 있다.

개인의 미안함이나 시민단체의 사과 방식만이 아니라 다른 식으로도 표현된다. 1492년 10월 14일 콜럼버스가 아메리카에 도착한 날을 기념하여 미국에서는 매년 10월 14일은 콜럼버스 데이로 축제가 열린다. 이날을 전후로 자본은 자신의 재고 물건을 팔기 위해 엄청난 세일을 한다. 우리시대 축제는 항상 소비의 욕망과 결합된다. 최근 미국인들의 콜럼버스 데이에 대한 생각은 점차 변화하고 있다. 아니, 콜럼버스라는 사람이 대변하는 도전, 탐험의 이야기가 왜곡되어 있다는 것이다. 유럽 제국주의적 침략의 대표적인 인물이, 아메리카 대륙의 영웅이 된다는 것을 다시 평가해야 한다는 것이다. 그래서 현재 많은 진보성향의 사람들이 콜럼버스에 대한 역사적인 평가에 불만을 가지고 끊임없이 콜럼버스 데이가 다가오면 이 축제에 대해 의문을 제기한다. 실제로 미국에서는 90년대 하워드 진의 『미국 민중사』가 나온 후 대규모의 시위가 있었고, 신대륙 발견 500주년 기념일에는 항의시위가 일어나기도 했다. 여전히 역사책 속에서, 심지어 우리의 역사책에서조차 콜럼버스는 영웅으로 기록되고 있지만, 21세기의 젊은 세대들은 SNS 들을 통해 이 상황을 시니컬하게나마 비판하고 있다고 한다.

현대의 사람들의 인식구조가 조금씩 변화하고 있기는 하다. 하워드 진이 '잔인했지만 훌륭했다'를 '훌륭했지만 잔인했다'로 바꾸어 역사를 기록하듯이. 흑인노예를 팔아 가장 많은 부를 챙겼던 시대는 삼각무역의 시대였다. 영국산의 조잡한 장신구와 의류 들을 아프리카에 팔고 아프리카의 노예들을 아메리카에 팔고 아메리카에서 면화와 설탕을 영국 및 유럽대륙에 판다는 것이다. 말이 무역이지 해적질과 약탈이 기본이다. 삼각무역을 개척한 이는 존 호킨스John Hawkins인데 그는 해적질, 군인, 선장 들 바다와 관련된 것은 안해본 것이 없는 사람이었다. 그는 1562년에는 카리브 해에서 포르투갈의 노예선을 습격해 흑인 노예 301명을 빼앗아 서인도제도 연안에 있는 스페인 지주들에게 팔아넘기면서 노예무역을 본격적으로 개시하였다.

존 호킨스 사후 거의 400년 후인 2006년 6월 20일 그의 후손인 앤드류 호킨스가 서부 아프리카에 있는 감비아에서 그 나라 부통령과 거의 25,000여 명의 국민이 지켜보는 가운데 쇠사슬로 자신을 감은 채 무릎을 꿇고 흑인들에게 사죄했다.[3] 그의 선조인 존 호킨스가 수만 명의 사람들을 납치하여 누울 수 없을 정도의 선실에 짐처럼 포개어 아메리카로 수송하였고 거기서 살아남은 수천 명의 남자와 여자, 아이들을 소처럼 팔았던 것에 대한 사죄였다. 호킨즈 씨의 사과는 유럽과 아프리카 사이에 있었던 노예매매에 대한 화해를 목적으로 하는 자선 프로젝트 '생명선 탐사대'Lifeline Expedition에 의해 주관되어 서아프리카를 방문하면서 이루어졌다.

호킨스씨는 다음과 같이 말했다.

> 저는 가족을 대표하여 사과합니다. 저는 끌려간 어른과 아이들을 위해 사과합니다. 저는 죄송하다고 말하는 것이 단순하고 작은 행동이라는 것을 알고 있습니다. 그러나 노예매매를 개시했던 사람들은 한줌의 사람들로서 그들 행위의 파문은 아프리카 대륙 전역에 걸쳐 사악한 결과를 창출했습니다. … 여러분은 노예매매가 남긴 상처가 얼마나 깊은 것인지를 알고 있습니다. 노예 매매상과 관련된 가족의 일원으로서, 그들의 행위의 영향을 보는 것은 참으로 힘든 일이었습니다. 이 소수의 사람들이 이제는 선한 행위의 시발점이 되는 것입니다.

호킨스가 말을 마치자, 감비아의 아이사투 은지에-세이디Isatou Njie Saidy 부대통령은 앞으로 나와 그 사과를 받아들이고 상징적인 사슬을 풀어주었다고 한다. 이 행사는 흑인 미국인들의 기원을 다룬, 알렉스 헤일리의 베스트셀러 소설, 『뿌리』Roots와 관련한 '뿌리 축제'Roots Festival의 일부로 기획

---

[3] *The Independent.* 22 June 2006. By Terry Kirby, Chief Reporter.

된 것이었다. 또한 생명선탐사대 팀원들은 소설 『뿌리』의 주인공 쿤타 킨테의 고향으로 알려진 주푸레의 마을에서 사슬과 족쇄를 차고 '화해의 행진'을 했다고 한다. 이 프로젝트는 2000년 시작된 7년간의 화해 프로젝트의 일환이다. 그들의 목표는 노예제도, 인종주의를 반대하고, 화해 교육과 공정한 무역을 촉진하기 위한 것이라고 했다.

이 기사에 대한 댓글 가운데 인상적인 것을 소개하겠다. 라엘의 이름으로 댓글을 달았다. "사과만으로 충분치 않다. 그것은 단지 쉬운 말 뿐이고 그들은 노예 매매의 이익으로 지은 건설한 성(城)들로 돌아간다. 노예상 가문의 후손들은 조상이 노예였던 아프리카인들에게 그들의 모든 재산을 양도하도록 강제되어야 한다. 이 재산은 그들의 범죄로 창출된 것이었기 때문이다. 마약 왕들은 그들의 재산을 몰수당하는데, 노예상들의 후손들은 왜 그렇지 않은가?" 데릭 젠슨 역시 이와 비슷한 주장을 한다. 데릭 젠슨은 『거짓된 진실』에서 땅을 빼앗고 가옥을 불태우고 선조들을 죽인 백인들의 후손이 인디언들에게 미안한 감정을 지니고 사과를 했으나 땅을 돌려주지 않았다는 얘기를 하고 있다.

2006년에 브라운대학에서 한 보고서가 나왔다. 브라운대학이 있는 로드아일랜드는 대학이 성립되던 18세기 중엽 당시 대서양 횡단 노예무역의 북부 허브였다고 한다.[4] 천 번 이상의 항해가 이루어졌고 그 과정에서 십만 명 이상의 아프리카인들을 노예로 실어 날랐던 허브였다. 노예문제는 남부만의 문제가 아니었다. 노예무역 뿐 아니라 노예를 고용한 산업으로부터 이익을 얻은 돈으로 학교가 유지되었다고 하였다.

라세 할스트롬 감독의 영화 <쉬핑 뉴스>Shipping News는 선조들의 폭력으로 얼룩진 삶의 역사가 자신에게 깊게 드리운 어두움을 만나고 그 상처를 치유해나가는 과정을 그리고 있다. 북부 뉴요커인 쿼엘은 강압적이고

■
　4) http://www.nytimes.com/2006/10/23/opinion/23mon3.html

폭력적인 아버지로부터 깊은 상처를 받고 무기력하고 패배적인 인물로 성장하였다. 퀴엘은 강압적이고 폭력적으로 수영을 가르치는 아버지에 대한 트라우마가 있다. 아버지는 퀴엘을 물에 그냥 던져 놓고 수영을 가르쳤다. 퀴엘이 물 속으로 가라앉으며 살려달라고 허우적거리면 아버지는 엄살이라고 더 혼내고 겨우 얼굴을 내밀면 다시 밀어 넣는다. 견디기 힘든 시련을 겪으면 누구나 극복하여 더 강한 사람이 될까 그렇지 않다. 이기고 올라오는 인간과 패배해 무너져버리는 인간이 있다. 이기고 올라오는 인간은 보다 폭력적인 인간으로 변하고 패배해 무너져버리는 인간은 더욱 좌절하고 절망한다. 퀴엘은 후자의 유형이다. 그는 더 좌절하고 무기력하게 성장한다. 그렇다고 그렇게 강압적으로 이기길 재촉했던 아버지의 인생이 이겼나 하면 그것은 더더욱 아니다. 퀴엘은 여자도 만나지도 못하고 연애도 결혼도 없이 혼자 사는 와중에 우연히 맞닥뜨린 여자랑 살게 된다. 섹시하지만 냉혹하고 이기적인 아내 페틀 블랑쉬는 온갖 폭력을 휘두르지만 퀴엘은 속수무책 그냥 매달리기만 한다. 신문사선 윤전기 기계를 다루는 일을 맡고 있지만 그냥 기계를 돌릴 뿐이다. 자신에게 주어진 것 외엔 할 줄 아는 것도 할 수 있는 자신감도 없이 그렇게 철저히 수동적으로 길들여져 있다.

그러던 어느 날 아내 페틀은 퀴엘이 지겹다며 딸 버니를 불법입양기관에 6천 달러에 팔아넘기고 다른 남자와 도망가다가 자동차 사고로 죽게 된다. 어쩔 줄 모르며 황망하게 있는 퀴엘에게 고모 아그니스가 나타난다. 아버지의 죽음과 함께 찾아온 고모는 퀴엘과 그의 딸 버니와 함께 50년 전에 그들이 떠나온 고향 뉴펀들랜드로 가게 된다. 뉴펀들랜드에는 퀴엘가의 신비스런 비밀의 역사가 어른거린다. 어느 날 퀴엘은 조상의 이야기를 듣게 된다. 예전 퀴엘 가 사람들은 해적들이다. 여느 해적들처럼 배를 타고 나가 싸움을 벌이고 약탈하는 것이 아니다. 훨씬 더 간특하다. 퀴엘 곶이라 이름붙인 언덕에 돌무더기를 쌓아놓고 그 위에 불을 피워서, 즉 등대를 설치해서 그 불을 보고 찾아오는 배들을 유인해서 그 배를 좌초시킨

다음에 사람들을 죽이고 물건을 약탈해서 살아간다. 언젠가는 좌초된 배에서 살아남은 사람을 산채로 나무에 못 박고는 코를 베어서 벌레들이 그것을 뜯어먹게 했다. 그 일로 퀴엘 가의 사람들은 그 마을에서 쫓겨나서 살 수 없게 된다. 그러자 선조들은 겨울에 얼음이 얼었을 때 육지와 빙하를 이용하여 지금 살고 있는 마을 언덕 위로 그 집을 끌고 와 살게 되었다.

이런 선조들의 폭력성은 퀴엘의 아버지에게 그대로 나타났던 것이다. 그는 아들에게 강압적으로 수영교육을 시키는 걸 너머 그 당시 12살인 여동생을 성폭행하여 임신시켰다. 폭력의 외부대상이 상실하자 그 폭력이 내부화된 것이다. 오빠에게 성폭행 당한 고모는 힘들게 지내다 나이 들어 오빠인, 퀴엘의 아버지를 살해하면서 그런 악몽 같은 삶에서 벗어난다. 그리고 당당하게 주변을 돌아보며 무기력한 삶 속에서 허우적거리는 조카 퀴엘을 도와주게 된다. 고모는 폭력을 당한 자이고 퀴엘 역시 무기력한 삶 속에서 폭력적인 바람둥이 아내에게 폭력을 당하는 자이고 아내에게 버림받은 자다.

이런 트라우마 속에서 차츰 퀴엘은 깨어나기 시작한다. 지방신문 기자가 되어 <쉬핑 뉴스>에 기사를 쓴다. 유조선에서 기름이 유출된 사건이 생기자 유조선 선주에게 우호적인 기사를 쓰라는 압력을 받지만 이겨낸다. 그는 "황금알을 낳는 거위의 배를 갈랐을 때 나오는 시커먼 피 같은 기름으로 바다가 죽어가고 있다"라는 기사를 쓰게 되면서 어떤 삶의 의미를 찾게 된다. 그 와중에 자신 없어 하면서 다가가지 못하던 그 마을의 여인과도 평화로운 관계를 맺게 되면서 트라우마에서 벗어나게 된다.

이 영화는 선조의 폭력에 대한 속죄를 넘어 더 나아간다. 앞서 존 호킨스의 후손 앤드류 호킨스가 사죄 의식^{ceremony}을 거행하고 그 의식을 주최한 '생명선탐사대'에서 약탈적이 아닌 새로운 공정무역을 모색한다고 하는 것과는 좀 다르다. 일단 퀴엘과 고모는 폭력으로 일구어온 선조의 재산을 거부한다. 선조들이 약탈로 지어진 집을 언덕 위로 끌고 와서 살았는데 쿼엘은 그 집이 약탈물로 구성되고 지어진 것이라 하여(고모가 앉은 안락의자를 비롯하여) 그 집을 떠나자고 한다. 저주가 서린 집이다. 고모와 조수는 시내 가게에서 자고 딸 버니와 쿼엘은 신문사 사장 아들의 집으로 이사한다. 그러던 중 간밤 폭풍우로 집은 날아가 버린다. 오랜 폭력의 기억의 뿌리를 제거하듯이 약탈로 이루어진 유산은 밤새 날아가 버린다. 그것과 함께 쿼엘에게 있던 억압적인 정신적 유산도 날아가 버린다.

쿼엘은 전사적 영웅도 아니고 그렇다고 정의로운 지사형 투사도 아니고 능력이 뛰어난 엘리트도 아니다. 2000년대 들어 부쩍 재난 영화가 많아졌다. 재난영화는 한결같이 그 재난을 이겨낼 수 있는 초인적인 영웅이 등장하여 재난으로부터 인류를 구한다. 거기에 가족의 감동적인 서사가 개입하면 금상첨화이다. 2015년 영화 <매드맥스: 분노의 도로>는 기존의 영웅이 모두 남성이었던데 비해 여성 퓨리오사가 영웅으로 등장한다. 이 영화는 여성해방서사로도 읽힐 수 있는데 대지에 대한 억압, 생명에 대한 억압, 여성에 대한 억압이 모두 하나라는 걸 보여주고 그걸 풀기 위해서 여성들이 나서야 함을 보여준다.

그런데 여성 지도자가 등장한다하더라도 여성 지도자는 훌륭한 체격과 강인한 정신, 탁월한 전투능력을 갖춘 엘리트이다. 그 이유는 일단 남성중심의 억압자들과 그들의 워보이들warboys에 맞서 전투를 해야 할 뿐 아니라 이미 대지가 죽어 있어 식량의 확보나 물의 확보가 매우 어렵기 때문에 악전고투를 이겨내야 할 강인한 지도자가 필요했기 때문이라고 한다. 여기서 드는 의문은 악조건이 영웅을 필요로 한다면 합의된 영웅지도자라 볼 수 있는데, 거꾸로 그런 악조건을 이용해 여러 사람들의 부와 생명과 대지를 강탈하여 자신의 부와 지위를 특권화한 자들을 영웅으로 볼 수 있는가이다. 우리는 어떤 영웅을 기다리고 맞이해야 하나?

2. 미래 감수성, 다시 쓰다

영웅전사의
부메랑이 멈춘 곳

현대의 문명은 평화로운 신석기 문화가 파괴되고 청동기 시대 이후부터 차츰 등장하다가 철기 시대에 전면화된 국가의 수립, 정복전쟁, 남성 가부장과 남성전사들, 이들이 이끈 문명의 후손이다. 이 격변은 여러 번 있었으나 자연재앙과 더불어 대규모 난민사태와 그리고 전쟁으로 점철되었다. 엄청난 파괴와 대대적 재앙을 피하기 위해 강인한 지도력을 요구했고 강력한 남성 사제와 전사들의 인솔 하에 전쟁의 남성신과 함께 이동했다고 한다. 이 격변들은 각 민족의 신화와 종교의 경전에 기록되어 있다.

21세기 들어 인류가 기원전 4천년 이후 대이동기와 비슷한, 아니면 핵전쟁과 같은 더 참담한 수준의 재앙의 위기가 닥칠 수도 있다는 것들이 여러 곳에서 경고되고 있는데 그러면 우리는 우리를 구해줄 보다 더 강력하고 보다 더 무자비한 지도자를 기다려야 하는 것이 아닌가? 헤라클레스 같이 비록 가정적으로 폭력적이고 주변 사람들에게도 비정하지만 다른 적들에 맞설 수 있는, 힘으로 만능이고 전략에 능하며, 더구나 오랫동안 체계적으로 군사적 훈련을 받아왔으며 오랜 전투경험이 있는 자를 지도자로 모셔야 되지 않겠는가?

그래서 요즘 이야기에 나오는 영웅들은 대개 용병이었거나 고도로 첩보 훈련을 받은 자들 가운데서 나온다.[1] 일당백의 이들 영웅들이 아니고 그 복잡하고 전문화된 세계에 어떻게 일반인인 평범한 사람들이 세상을 구하겠는가? 맷 데이먼이 주연으로 나오는 <본> 시리즈나 톰 크루즈가 나

■

[1] <아이언 맨>이나 <다크나이트> 시리즈에 나오는 최첨단 기술로 무장한 수퍼리치의 경우는 제외한다.

오는 <마이너리티 리포트>에서도 첩보조직 내에서 첨단 훈련을 받은 자들이 영웅으로 나온다. 물론 전문 킬러 경력도 가능하다. 대개는 최고의 수장이 자신의 권력을 유지 혹은 확대하기 위하여 이들을 희생양으로 삼으려 할 때다. 그들은 자각을 통하여 최고의 수장과 맞장을 뜬다. 그런데 그 다음은 어떤가? '결혼하여 행복하게 살았답니다'라는 해피엔딩이 결혼 이후의 삶을 이야기하지 않듯이 역시 이런 영웅물에서도 최고의 수장만 제거되고 그런 조직과 시스템은 건재하다. 오히려 불량품을 제거했기 때문에 더욱 조직과 시스템은 잘 돌아간다.

용병이 영웅으로 거듭나는 걸 보자. 다카노 가즈아키가 쓴 소설 『제노사이드』에서 한 과학자가 인류종말을 야기할 5가지 가능성을 모은 '하이즈먼 리포트'를 작성한다. 핵전쟁, 바이러스 들과 함께 마지막으로 제시된 가능성은 바로 신인류의 탄생이다. 훨씬 진화한 신인류가 탄생하면, 환경을 더럽히고 학살을 자행하는 열등한 현재의 인류는 그들에 의해 말살될 것이라는 것이다. 그리고 내전 중인 콩고의 정글 속 한 부족 사이에서 드디어 진화한 인간이 태어난다. 이 아이를 죽이라는 임무에 동원된, 이라크에 파견되었던 민병용병인 예거가 주인공이다.

하지만 예거는 진화한 인간 '아키리'를 제거하기 위해 내전 중인 콩고 밀림으로 파견됐으나 임무 완료 후 자신들 역시 살해될 계획임을 알게 된다. 그 후 그는 오히려 '아키리'와 한 팀이 되어 정글을 탈출하려는 4명의 용병들과 함께 한다. 예거의 이야기와, 죽은 아버지로부터 폐경증이라는 불치병의 치료제 개발을 부탁받아 연구에 착수한 후 알 수 없는 여성과 경찰에 쫓기기 시작하는 일본의 약학과 대학원생의 이야기가 교차된다. 여기서 콩고의 내전과 온갖 제노사이드적 상황 속에서 살아남게 되는, 위기를 이겨내는 것은 군사훈련을 받고 살인에 능하며 고도의 전략을 짤 줄 아는 용병의 대표격인 예거의 능력과 그의 인간성이다. 여기서 그의 깨달음이란 것도 자기가 제거된다는 것에서 나온다. 사적인 억압에 대한 항거와 공적인 정의감의 결합이다.

그런데 각성한 영웅이 독재자로 변하는 경우는 많다. 앞에서 설명한 것처럼, 끌라스트르의 『폭력의 고고학』에서 보여지듯이 인디언 부족에서는 전쟁 시의 지도자와 평화 시의 지도자가 따로 있다. 전쟁의 지도자는 전쟁을 수행할 능력이 뛰어나기 때문에 공동체로부터 전쟁에 관해서만 권한이 주어진다. 전쟁이 끝나고 평화가 오면 그의 역할 역시 끝나고 그는 공동체의 평범한 구성원이 될 뿐이다. 예거의 변신이 단지 자기가 잘 살아남기 위한 것에 멈춘다면, 그리고 뒷간에 갈 때의 마음과 뒷간에서 나올 때의 마음이 다르듯이, 생존하여 한 숨을 돌린 후 자신이 기여한 공을 생각하고 그 몫을 요구하면 사정은 달라진다. 그가 새로운 지배자가 될 수도 있다.

헤라클레스를 현대의 이런 영웅들로 그리면 어떤 작품이 나올까? 헤라클레스가 용병으로서 어떤 권세가에 의해 자신이 이용되었다는 것, 헤라클레스 식 '덕성의 길'이란 것은 끝이 없다는 것, 마음의 평화뿐만 아니라 스스로도 그 속에서 파멸된다는 것을 깨닫는 것이다. 그 깨달음이 있기까지 영웅이 파괴한 재앙은 엄청나다. 2014년에 제작된 영화 <허큘리스>는 용병 예거와 마찬가지로 허큘리스가 깨어나는 전형적인 도식을 보여준다. 하지만 영화에서 헤라클레스는 자기 내면의 균열을 일으키고 끝없는 영웅의 길에 염증을 내기 시작한다.

<분노의 질주: 더 익스트림> 시리즈에서 덩치가 크고 무술도 뛰어난, 더구나 착한 경찰로 나오는 드웨인 존슨이 연기했다. 허큘리스는 헤라클레스의 영어식 발음이다. 신성한 영웅이자 반신(데미갓)이긴 하지만, 막강한 힘과 용기, 재치, 냉정함, 합리성의 소유자로 현실적인 인간 존재로 묘사된다. 영화에서 허큘리스가 행한 네메아의 사자 퇴치, 레르나의 독사 히드라 퇴치, 크레타의 황소 생포, 하데스의 수문장 케르베로스 생포 들의 12과업들 신화적이고 판타지 같은 것들은 그저 용병 팀이 지어낸 과장된 무용담

이다. 물론 허큘리스는 부풀려도 될 정도로 막강하긴 하다. 허큘리스의 조카 이올라스가 이야기꾼으로 그의 무용담을 과장, 변형하여 퍼뜨리는 데 홍보부장이다. 그래야 신의 아들로 믿어지고 군사적 과제를 맡기러 오는 고객들이 많아지니까.

아테네 저자 거리에서 고아로 자란 허큘리스는 군대가 집이라 할 정도로 전쟁에서 잔뼈가 굳었다. 허큘리스가 점점 힘이 세어지자 그리스의 왕들은 위험한 일감을 주기 시작했고 그 일감을 능숙하게 처리해나가는 과정에서 많은 사람들이 모였다. 신화에서는 헤라클레스 영웅 혼자에게만 초점을 맞추고 그가 모든 일을 거의 다하는 것으로 그리고 있지만, 이 영화는 5명이 항상 팀으로 움직인다. 영화 시작 초반에 이들은 해적 20명을 잡아 두당 2골드씩 받고 넘긴다. 상금도 받고 약탈도 하여 잔치를 벌이던 중 동료와 나누는 대화를 보자. 처음부터 허큘리스는 무언가 지쳐있고 용병을 그만두고자 꿈꾸는 용병이다.

에우톨뤼스:

돈을 모아 우리가 모셨던 왕처럼 살자.

허클리스:

아니면 평범하게 살든가.

에우톨뤼스:

야만인 땅에 미련을 못 버린 거여.

허큘리스:

에게 해를 넘어 흑해해변에 있지. 거기서 남은 생을 살 거야.

에우톨뤼스:

티데우스는?

허큘리스:

문명사회는 개랑 나에게는 안 맞아.

허큘리스는 전쟁이 일상화된 그리스가 아닌 사회로 가고 싶다. 그러던 중 트라키아 코티스 왕의 딸이 반란군을 진압해야 할 과제를 가지고 허큘리스를 찾아온다. 영광이 아니라 금을 위해 싸우겠다고 한다. 트라키아의 왕 코티스는 "대의를 위해 죽는다면 천국에 가서 영웅들과 함께 할 것이다"라며 백성들의 전쟁참여를 독려한다. 하지만 허큘리스는 코티스 왕의 군사들(백성을 차출한)에게 "전쟁에서 죽이는 것보다 더 중요한 건 생존이다. … 살아서 집과 농장으로 돌아가야 한다"고 말한다.

허큘리스는 한 번씩 괴로워한다. 자신이 아내와 아이 셋을 살해한 것에 대한 괴로움으로 환청과 환각에 시달린다. 과거 승리를 거둔 후 에우뤼스테우스의 궁전으로 돌아갔을 때 백성들의 함성이 울려 퍼졌다. "허큘리스 !! 허큘리스 !!". 에우뤼스테우스는 반갑게 맞이했다. 잔치가 벌어지고 술판이 벌어졌다. 깨어나 보니 자신은 두 손과 온 몸에 피를 묻힌 채 쓰러져 있고 아내와 아이는 온 몸에 피를 흘리며 상처가 찢긴 채 곳곳에 죽어 있다. 에우뤼스테우스가 말했다. "가족을 죽인 대가로 목을 쳐야 하나 고통 속에서 세상을 떠돌고 있는 사랑하는 가족을 죽인 죄책감에 혼자 떠돈다고 알려지도록 말이야. 위대한 허큘리스 손에 묻은 순결한 피가 영원하길 …. 나가라 ! 이 괴물아!" 그렇게 쫓겨났다.

그런데 순간순간 머리를 때리며 덮치는 것이 있다. 트라키아에서 1차 전투에 패한 후 막사에서 공주의 치료를 받다 나간 바깥에는 시체들이 더미 째로 쌓여있다. 그 순간 시체들 속에 보이는 아내와 아이들의 주검 사이로 무서운 삼두견 케르베로스가 자신에게 맹렬히 덮쳐온다. 아찔하니 정신을 차리고 보니 허공에 대고 창질을 하고 있었다. 그러는 것이 한 두 번이 아니다. 꿈속이든 몽상이든 환상이든 항상 그 거칠고 무서운 삼두견이 덮친다. 연장자인 예언자가 말한다. "그게 뭘까? 널 괴롭히는 그 괴수를 만나야 평화를 찾을 수 있어. 자네가 아무리 도망치고 도망쳐도 그 괴수는 자넬 쫓아올 걸세." 동료인 스키타이의 여전사 아탈란타는 허큘리스를 감싼다. "허큘리스는 전사요. 전사는 어떤 것에 시달리는데. 우리는 그걸 피의 분노라고 해요. 이 분노가 그를 괴롭혀도 난 그런 세계에서 그를 지키자고 맹세했어요."

허큘리스가 개발한 최첨단의 갑옷과 무기, 그리고 그의 합리적인 작전과 체계적이고 효율적인 군사훈련을 통해서 트라키아는 승리하고 반란군 레수스 일당은 포로로 잡힌다. 허큘리스에게 잡혀 가던 레수스가 말한다. "당신이 폭군을 도왔소" "아니 당신이 더 많은 마을을 잿더미로 만들었어."

B급 영화로 보기에는 주제의식이
아주 좋다.

"아니 그런 적 없어. 잘 생각해보시오. 코티스가 존경을 받는다면 왜 용병을 써서 더러운 일을 시켰겠소. 당신은 나쁜 편에서 싸운 거요." 허큘리스는 충격을 받는다. 코티스 왕의 제국에의 욕망이 허큘리스를 황금으로 산 것이다. 그 후 허큘리스는 마음이 혼란스러워지며 자기가 제국의 욕망을 가진 자에 의해 이용이 되어 무고한 수많은 사람들의 피를 흘리게 한 것에 대해 통탄한다. 금을 보상으로 받고 떠나려다가 돌아와 코티스 왕을 공격하나 동료들은 감옥에 갇히고 그는 쇠사슬형에 처해진다. 코티스와 그리스를 공동 통치하기로 했다면서 에우뤼스테우스가 나타난다. 그때 으르렁거리며 굶주린 거친 늑대 3마리를 병사들이 데려온다. 그때 허큘리스는 깨닫는다.

허큘리스:

> 케르베로스는 내 생각 속에서만 존재하구나. 그날 밤에 늑대를 … 날
> 취하게 하고… 그날 밤에 내 가족을 죽였구나!

에우뤼스테우스:

신하들이 자네 애들이 어떻게 비명을 질렀는지 알려줬지. 늑대가 애들의 뼈를 물어뜯을 때 말이야. 송곳니가 자네 딸의 피부를 물어뜯을 때 말이야. 백성이 자네 이름을 나보다 더 크게 외칠 때, 그들은 자넬 신으로 생각했어. 그들은 자네가 언제 왕이 되나 바랬겠지.

허큘리스:

난 아무 것도 원하지 않았어.

에우뤼스테우스:

그래! 야망이 없는 게 바로 너의 죄야! 난 야망을 가진 자를 잘 알아. 돈으로 살 수 있었지! 하지만 어떤 이는 돈으로 살 수 없어. 자넬 죽였다면 아테네에서 난리가 났을 거야. 그러니 자네의 명성을 망칠 수밖에.

허큘리스는 아내와 아이의 이름을 부르며 절규한다. 분노와 절망, 아니면 어떤 생명의 약동으로 그는 온 힘을 다해 말뚝에 박힌 쇠사슬을 끌어당기며 기적 같은 힘을 일으키고 마침내 거대한 헤라 신상을 무너뜨리며 에우뤼스테우스와 코키스 일당을 처단한다.

사실은 알 수 없다. 고대의 신화가 그리는 헤라클레스와 21세기 초반 영화가 그리는 '허큘리스', 그 어느 게 사실인지는 알 수 없다. 다수가 간절히 원하는 것이 진실이다. 거의 기원전 15세기경의 실존 인물로 여겨지는 헤라클레스의 자리는 신화에 있다. 기원전 8세기 이후 기원후 2세기까지 약 천년의 세월동안 헤라클레스는 영웅이 가질 수 있는 모든 것으로 그려졌다. 전투력, 용맹, 합리성과 재치, 지도력 그리고 심지어 광기와 전쟁신경증까지.

그리스신화에서 헤라클레스는 평생 에우뤼스테우스의 가신이었다. 그는 그것을 벗어날 수 없었다. 가족 살해에 대한 업보이자 신이 될 수 없는 서자이고 왕이 될 수 없는 사생아였기 때문에. 그는 야망을 가질 수 없다. 그에게 혹독하게 주어지는 과제는 끝이 없다. 죽음을 걸어야 과제를 마칠 수 있다. 그가 욕망한 것은 거친 전쟁터가 아니라 영화 속의 허큘리스처럼 평범한 남편과 아버지가 되고 싶었는지도 모른다.

재닛 윈터슨의 말을 빌어보자. 헤라클레스가 아틀라스에게 내뱉는 말 속에 그의 이런 심정이 묻어난다.[2]

> 나는 젊은 시절에 좀 허풍선이였어. 닥치는 대로 죽였고, 달아나면 뒤쫓아 잡았고 나머지는 먹어버렸지. 하여간 헤라는 나를 미치게 하기로 결심했고, 나는 미쳐있는 동안 내 자식 여섯 명을 베어버렸어. 후회하고 있네. 이름도 모르는 사람들로 가득 찬 천막 하나도 날려 버렸지. 바람직한 행동은 아니었어. … 델피의 무녀는 나더러 에우뤼스테우스의 하인이 되라고 명령했어. 그래. 자지도 제대로 안 서는데다, 머리라고는 눈꼽 만치도 없고, 포도주에 시큼하게 절어 있는 에우뤼스테우스 말이야. 좆값이라고, 이해하겠지? 십이 년 동안 나는 그가 하라는 것은 뭐든 해야 해. 그가 약하고 내가 강하다는 건 문제가 안 되네. 내가 침만 뱉어도 녀석을 죽일 수 있다는 것도 문제가 안 돼. 그는 내 주인이야. 그의 영광을 드높이기 위해 나는 이미 네메아의 사자를 죽였고 ….

여기서 느끼는 것은, 그리스신화에서도 비슷한 얘기지만, 공고한 문명 사회의 엘리트들의 네트워크가 있고 그 네트워크에 들어갈 수 있는 것은 신족이거나 특출한 혈통의 장자이거나 해야 된다는 것이다. 헤라클레스가 그 아무리 뛰어나고 죽음을 불사하는 용기를 가져도 그건 불가능하다. 데이네이라와의 사랑, 그것은 안주하고픈 편안하게 함께 늘어가고픈 욕망이다. 영웅은 죽기 전까지는 안주할 수 없다.

죽어서 신이 된다는 것은 헤라클레스가 사적인 야망을 가지고 반란을 일으키거나 무고한 백성의 편에 서서 의적이 되거나 그러지 않고 자신의

2) 재닛 윈터슨. 『무게』. 46쪽.

몸을 갈아서 멸사봉공한 그 덕성 때문이다. 그가 한 살인, 강간, 약탈 그 모든 악행은 최고 지배자의 권력을 강화하는 한 덕성으로 포장된다. 최고의 지배 권력은 공공성을 필요로 하지 않고 사적 야망이 곧 공적인 것이 되지만, 가신들은 야망을 가지지 않고 멸사봉공 정신으로 주인을 섬겨야 한다. 그가 고난의 행군을 하여 덕성을 완성해야 한다. 소수의 사적 거대 권력에 멸사봉공하는 덕성을. 그런 자를 우리는 영웅이라 부르고 숭배하였다.

영웅을 기다린다는 것은 어떤 것일까? 오지 않을 '고도'^{Godot}를 기다리는 것이다. 자신의 억압을 욕망하는 우리의 마음이란 바로 이런 영웅을 기다리는 것에 있다. 아이러니하게도 경쟁에서 이겨 보다 풍요롭게 보다 잘 살려는, 소수자가 되기보다, 다수자가 되고자 하는 우리의 마음이 우리의 억압을 욕망한다.

헐리우드 영웅 환타지에 열광하지만 바로 식어버린다. 다음 영웅이 나타나기 때문에 또 열기는 이어진다. 슈퍼맨에서 배트맨, 스파이더맨으로 영웅열전이 이어진다. 첨단과학을 배경으로 한 <터미네이터>의 아놀드 슈왈츠네거, <아마겟돈>의 브루스 윌리스, <인터스텔라>의 메튜 멕커너히 같은 영웅들은 현대의 헤라클레스들이다. 시대와 대비해본다면 신화 속의 헤라클레스는 이들 모두를 합친 것보다 훨씬 더 뛰어난 영웅이다. 이들 영화 속 영웅에다가 반드시 더해야 할 것은 학계의 영웅들이다. 천만 명을 먹여 살릴 거라는 황우석의 유전공학, 그 유전자 공학이 줄 불로장생의 미래, AI가 줄 무노동의 미래, 우주과학이 줄 우주 식민지의 미래 들이다. 이런 영웅은 헤라클레스의 신화에서 보다시피 항상 양가적이다. 아니 플러스와 마이너스를 따져보면 우리에게 해롭다. 하지만 우리는 아직 이런 영웅을 꿈꾼다. 이런 영웅을 꿈꾼다는 것은 현실은 남루하지만 왕자님을 기다리는 신데렐라 콤플렉스와 무엇이 다른가? 영웅이 나타나 해결해줄 것이란 기대이다. 그 대가로 잘 먹고 잘살게만 해준다고 한다면, 그 말을 믿고 우리의 자유를 영웅에게 헌납할 수 있지 않겠는가.

전장에서 돌아온 전사에겐 항상 피의 분노와 피의 냄새가 있다. 람보에게 볼 수 있듯이 그 분노는 자신에게 돌아와 자살을 하거나 광기에 빠지기도 하지만 공동체를 적으로 돌릴 수도 있다. 그것은 첩보의 영웅들에게도 마찬가지가 아닐까. 그 하나의 온전한 일반인으로 돌아오기엔 튼튼한 공동체가 필요하다. 그를 품어줄 뿐 아니라 그를 제어할 수도 있는 튼튼한 공동체 말이다. 그런데 공동체가 전사의 피를 통해서 이득을 얻었다면 어떻게 되는가? 전쟁은 어떤 이득을 얻으려고 벌인다. 그것이 약탈이든 영토확장이든 노예사냥이든 여자사냥이든 명예회복이든 복수든 말이다. 영웅전사들 덕에 전리품도 생기고 식민할 영토도 생기고 이웃나라 사람들 위에 군림할 위세도 생기게 된다면 당연히 전사들은 당연히 자신의 몫을 요구한다. 전장에서의 영웅이 그 살해의 대가로 공동체가 부유해졌다면 자신의 공동체에서 특권을 요구하지 않겠는가? 그래서 전쟁을 통하여 부를 일군 나라일수록 영웅숭배 역시 강력할 수밖에 없다. 헐리우드 영화가 영웅들의 이야기이가 태반인 이유도 그렇지 않겠는가?

그런데 또 다르게 볼 수도 있다. 애초 전쟁이란 것이 소수의 엘리트들이 지배 권력을 얻기 위해 벌인 것이고 그것으로 일시적으로 부유함이 주어져도 결국 엘리트의 자기정치에 불과하다면 말이다. 국민적 합의 없는 전쟁이 극소수의 군사엘리트에 의해 주어졌을 때 국민들이 선택할 여지는 많이 없다. 거기서 돈을 벌어들이는 사람들은 이 군사엘리트와의 관계 속에서만 가능한 일이다. 참전용사나 국민들은 대개 배제된다. 전쟁이 많을수록 국민의 자유는 제한되며 전쟁을 통해 얻어 들인 부라는 것도 전쟁비용을 제한다면, 그리고 그 속에서 부를 확장, 증식시킨 소수 군산복합체 및 관련자들을 제외한다면 과연 이득이 있을까 싶다. 이들의 삶은 외부로 침략하는 전쟁이 일어나지 않아도 비슷한 삶을 살거나 아니면 사회가 다른 방식으로 조직되어 실제로 국민 대다수가 느끼는 행복이 더 클 수도 있다.

2017년 8월에 광주항쟁과 베트남전을 연결시키는 미국 국방부 비밀보고서가 열렸다.[3] 베트남전은 인간이 상상할 수 있는 온갖 만행과 인간이 저지를 수 있는 모든 잔혹행위가 벌어진 인류 최악의 전쟁이다. 민간인 학살과 민간인 구역에 대한 대량 폭격, 적과 적으로 간주된 자에 대한 고문을 포함한 갖가지 잔혹행위가 일상적으로 벌어졌다. 전두환 및 신군부는 광주항쟁을 왜 그렇게 잔인하게 진압했을까? 베트남전에 참전한 경험이 가장 나쁜 형태로 발현된 것이 전두환 들 신군부에 의해 자행된 광주학살이다. 다음은 광주관련 美 비밀문서 해제한 팀 셔록 탐사보도 기자 인터뷰에서 관련 내용이다.[4]

▶ 전두환 신군부의 베트남 참전 경험이 광주에서의 잔인한 진압에 영향을 미쳤다는 CIA 비밀문서에 대해 어떻게 생각하는지?
= 베트남 참전 경험이 광주 진압에 영향을 미쳤다는 건 자명하다. 한국군은 베트남에서도 매우 잔인했다. 병사들이야 시키는 대로 했겠지만, 지휘관의 경우는 다르다. 베트남전 당시 전두환은 고위 장교였을 것이고, 그들이 하는 일은 베트남 공산당으로 추정되는 자를 색출해 내는 것이었다. 베트남 사람을 적으로 취급했을 것이다.
이런 경험은 광주시민을 취급하는데도 영향을 미쳤다. (전두환 신군부는) 광주시민을 적군처럼, 베트남 빨갱이처럼 취급했다. 마치 진짜 한국국민이 아닌 것처럼 … 5.18 전에도 79년부터 시위가 엄청나게 많았지만 광주처럼은 안 했다. 경찰도 꽤 가혹했지만 적어도 대검으로 찌르거나 총을 쏘지는 않았다. 베트남 참전 경험이 있는 지휘관들은

3) 이태경. "전두환은 광주를 제2의 베트남으로 만들려했나? "허핑턴포스트. 2017. 08. 22.
4) "팀 셔록. '美의 5.18 공수부대 용인 … 역겨웠다'." 노컷뉴스. 2017. 08. 23.

병사들에게 광주시민과 전라도민은 언제나 정부에 적대적이고, 그 속에는 빨갱이들이 침투해 있을 것이니까 광주시민들은 그냥 빨갱이라고 걱정하지 말라고 했을 것이다. 그게 그들(신군부)의 태도였다.

이 인터뷰가 아니더라도 그 전부터 광주민중항쟁을 가혹하게 진압한 것이 베트남전의 경험에서 나온 것이 아닌가라는 말과 글들이 있었다. 당시 국군이 자행한 이해할 수 없는 야만행위의 실마리가 풀렸다. 외적을 물리치기 위해 세금으로 운영되는 자국민의 군대가 평화적 시위를 벌이는 그 세금 납세자인 국민을 대상으로 외적보다 더 잔인하게 진압하다니!! 더구나 1980년 5·18 직후에 공군에 광주를 향한 출격 대비 명령이 내려져 전폭기에 공대지폭탄을 장착하고 대기를 했다는 당시 전투기 조종사의 충격적 증언까지.

베트남전은 당연히 피해자들에게 지울 수 없는 상처를 남겼지만, 가해자들에게도 깊은 흔적을 남겼다고 볼 수 있다. 가해자들은 자신의 군사적 능력을 과신한다. M16뿐 아니라 기관총, 탱크, 아파치 헬기로 중무장할 수 있는 데 그 능력은 신적 능력에 버금가는 것이다. 아스팔트나 시멘트 포장도로라 돌멩이조차 제대로 없는 학생들과 일반 시민들이 구호를 외치며 자기들을 물러나라니. 이들은 전쟁 상황으로 몰고 갈수록 폭력은 합법화되고 자신들의 계급은 올라간다. 그래서 영웅들은 전쟁을 해야 출세를 하므로 전쟁을 좋아한다.

이들 영웅들의 공감능력은 매우 떨어진다. 광주시민을 베트콩으로 보고 이데올로기적으로 이들을 빨갱이라 진단한다는 것 자체가 공감의 결여를 의미한다. 나아가 빨갱이 공포 마케팅으로 다른 사람의 공감능력도 발휘하지 못하게 한다. 그리하여 공감능력이 부족해서 다른 사람에게 더 많은 고통을 가할 수 있다. 그들은 여성과 어린이를 죽이고 도시 전체를 파괴하여 폐허로 만드는 것이 더 이상 문제라고 생각하지 않았다. 권력과 부, 명예를 향한 욕망은 그들을 다른 사람의 재산을 차지하고 싶은 욕망으로 채웠고, 공감이 없다는 것은 이러한 욕망에 봉사하기 위해 전쟁터에서의 고문이나 살인을 가능하게 했다. 다른 인간들은 단순히 "그들의 욕망을 달성하는데 장애물이 되거나 아니면 노예나 첩과 같이 실용적인 가치만 있는 일차적 물체가 되었다"고 할 수 있다.[5]

전쟁은 사람만 죽이는 것이 아니다. 풀도 나무도 꽃도 땅도 하늘도 새들도 가축들도 모두 죽인다. 그것들은 생명을 지니지 아니한 것이다. 다만 이들이 죽을 때 내는 비명이나 근육의 꿈틀거림은 어떤 생명의 전율을 주며 죽이는 것에의 쾌감을 느끼게 한다. "전쟁은 권태와 무목적성의 공포가 가까이 오지 못하게 하기 위한 일종의 오락 내지 운동"으로까지 나아가고 그리하여 그 파괴적 미학은 "인간이 살아있음을 느끼게 만드는 하나의 방법"으로도 중요해졌다. 공감이 사라진 자리에 전쟁은 오락이 되었다. 컴퓨터 게임이 되었다.

들뢰즈의 소수-되기 너머
애니미즘, 흙, 여자로

영화 <더 로드>는 공감이 사라진, 지구의 마지막 모습처럼 그려진다. 남아있는 사람들은 사람사냥으로 먹고 산다. 모든 문명과 환경이 파괴된 지구의 미래를 보여주는 영화다. 지금까지 영화는 대개 악인이 나타나 엄청난 규모로 파괴한다. 그러면 그 파괴된 상황에서 영웅이 나타나 그 악인을 물리친다. 그런데 이 영화는 그냥 파괴된 이후의 상황만 보여준다. 누가 파괴했는지 모른다. 황폐한 대지, 꽃은커녕 나무도 풀도 대지도 잿빛이다. 지구는 죽음의 땅이 되어 버렸고, 대부분의 사람 역시 그러하다. 영화에서 그 이유는 밝히지 않는다. 다만 내내 어두운 하늘과 비, 흔들리는 땅

---

5) 스티브 테일러. 『자아폭발』. 234쪽.

들로 핵전쟁과 자연재해에 의한 것임을 직감할 수 있다. 사람들이 입은 옷도 오래 세탁하지 못하고 낡아서 이미 빛바랜 회색빛일 뿐이다.

고도로 군사훈련 받은 자들도, 사막이나 오지, 정글에서 생존기술을 전수받은 특전사 출신도 없다. 이들은 어떤 전시 상황과 유사한 상황이 발생할 때 공감능력을 제거하도록 훈련된 사람들이다. 하지만 꼭 그렇게 훈련되지 않은 사람들도 이제 먹기 살기 위해 서슴없이 사람사냥에 나선다. 아주 평범한 서민적인 아버지와 아들이 주인공이다. 여기서 제시되는 것은 아버지와 아들 간의 사랑이다. 그 부자지간의 공감만이 움직인다. 아버지는 아들을 위해 모든 것을 내어준다. 추위와 배고픔, 희망 없는 길에서의 회한 따위는 그에게 사치일 뿐이다. 하루를 위해 필요한 잠자리와 음식은 늘 고통이지만 품에 잠든 아들의 숨소리가 그를 위로한다. 세상에 아들을 내보내기 위하여 아버지는 아들과 끝없이 대화하고 강해지기를 주문한다. 마음씨 여린 아들은 아버지의 이런 사랑이 때때로 의심 많고 이기적인 사람으로 비춰지기도 한다.

이들이 맞닥뜨리는 경악스런 상황은 사람사냥으로 몰려다니는 한 무리의 갱들이나, 혹은 사람을 지하 우리에 가두어 한 명씩 도축하여 먹고 사는 가족이다. 폐허가 된 대지에서 만나는 이들은 더 이상 반가움의 대상이 아니다. 살기 위해 사람을 먹는 사람들, 사람만은 먹지 않지만 이기심만은 어쩔 수 없는 인간. 사람은 서로 기대는 존재가 아닌 경계와 공포다. 아버지는 아들에게 가슴 속의 마지막 불씨를 반드시 간직해야 한다고 다짐시킨다. 그것은 사람만은 먹지 말아야 된다는 것이다. 결국 아버지는 죽고 아들은 어떤 평범한 가족에게 받아들여지면서 영화는 끝난다.

사람을 먹어서라도 생존한 강인하고 냉혹한 사람이 살아남아 다시 지구의 생명을 이어갈까? 유발 하라리가 『사피엔스』에서 그리는 대로 정말 인류는 본성 자체가 냉혹하고 잔인한 종일까? 결국 기독교가 그리는 묵시록처럼 심판의 날을 맞이할까? 사람이 사람만은 먹지 말아야 한다는 불씨는 인간 종이 가지는 최후의 공감이다. 아니면 인간은 불씨처럼 꺼져가는 공감을 다시 지펴서 공동체를 다시 만들어낼까?

세월 호의 304명이 수장되는 동안 우리는 공감이 누구에게는 사라졌고 누구에는 남아있는지 지도를 그릴 수 있게 되었다. 한편으로 목숨을 보상금으로 생각하는 관료나 정치가, 그리고 수많은 사람들이 있다. 다른 한편으로는 목숨의 진실을 밝히고자 하는 수많은 사람들이 있다. 진실을 밝히려는 것은 수장되는 모습을 지켜보면서 절규하며 좌절하고 통곡하는 어머니들이다. 왜 죽었냐는 거다. 나의 생명과 같은 자식들, 나의 목에 칼날이 들어와 있는 듯하고 내 몸이 깊은 바다에 갇힌 듯 서늘하다. 가장 큰 공감을 가진 것은 어머니와 자식이다. 평범한 어머니들이, 그리고 아버지들의 훼손되지 않은 공감력이 세상을 바꾸었다.

공감적 상상력은 위안부 할머니의 소녀상에서 다시 나타난다. 소녀가 어찌 일본 제국주의의 국가권력에 밟혀 스러졌나? 평범한 소녀였던 할머니가 살아서 증언한다. 영웅은 짓밟힌 자가 아니라 항상 짓밟은 자였는데 위안부로 끌려갔던 소녀들이, 자식을 잃은 어머니들이 영웅보다 더 큰 힘으로, 지구의 자전축을 울릴 정도로 세상을 바꾸고 있다. 동상으로 세워지는 자는 항상 권력자이거나 전쟁영웅이었다. 어찌 순결을 잃고 짓밟힌 자가 동상으로 세워지는가. 권세를 가진 자들은 그걸 이해할 수 없단다. 자기들의 동상이 세워지고 자기들의 이야기가 신문에 나고 방송을 타야 하는데 말이다. 그동안 악은 평범하지 않았고 자신들을 비범한 자로 내세웠다. 하지만 이제 평범한 사람들이 평범함으로 세상을 바꾸고자 한다. 영웅숭배의 베일을 벗어던지고 스스로 함께 일어선다.

공감은 무엇인가? 자기보다 어려운 상황에 빠진 사람에 대한 연민만이 아니다. 자기와 같은 사람들, 그리고 살 처분되는 닭들, 베어지는 나무들, 비닐 고리에 허리가 크지 못한 거북이, 뱃속에 잘디 잔 플라스틱 조각들로 채워진 물고기, 녹조 라떼의 낙동강 … 이 모든 것이 연민과 공감의 대상이자 주체이다.

지금처럼 공감이 학문적 주제로, 사상적 화두가 된 적이 없다. 그만큼 공감은 실낱만큼이라도 남아있는가? 강자에 대한 공감이 영웅숭배와 권위주의적 심리구조라면 약자에 대한 공감은 소수되기이다. 사실 들뢰즈와 가타리가 사상적 화두로 소수되기를 대안으로 제시하지 않더라도 모두 알고 있다. 인간이 더 이상의 자연파괴, 인간파괴를 멈추기 위해서는 소수되기의 감성이 필요하다는 것을. 소수되기는 이때까지 다수자^{majority}로 여겨져왔던 백인, 중산층, 서구, 남성, 어른, 인간 들의 가치를 갖고자 하는 것이 아니라 사회의 소수자^{minority}라 할 수 있는 유색인, 가난한 사람, 비서구, 여성, 아이, 동물, 나무, 꽃 들의 가치를 가져야 된다는 것이다.

들뢰즈와 가타리가 소수되기를 혁명적 방안으로 제시한 지점이 바로 여기 있다. 니체의 철학에 큰 영향을 받은 들뢰즈는 끊임없는 삶의 생성의 문제들을 자신의 철학적 화두로 삼았는데, 그 중에서 '되기'도 이 생성의 차원에서 이야기되는 개념이다. 소수되기에는 소수적인 것에 감응할 줄 아는 능력이 필요한데, 감응이란 특정한 정서나 감정들의 이행상태로서 대상과 자신의 감정을 공유할 수 있는 독특한 체험방식이다. 스피노자는 『에티카』에서 이 능력을 능동적 변용력 또는 기쁨의 변용력으로 불렀다. 대상 세계와 감응할 줄 아는 인간의 능력은 세계를 변화시킬 수 있는 능동적 능력이고 공감의 기쁨을 느끼게 해주는 힘인 것이다. 자신은 소수자이면서 끊임없이 다수자와 동일화하려는 욕망을 벗어나야 한다.

여성이 남성의 입장에서 사고하고 유색인이 백인과 동일시하고 비서구인들이 서구의 가치와 신화를 자신의 것으로 받아들이고 … 이런 것들이 다수되기라는 동일화 욕망이다. 따라서 소수되기는 다수되기라는 동일화 욕망에서 탈주하는 것이다. 그러나 모든 인간이 다수되기를 욕망하는 사회에서 소수되기를 욕망한다는 것은 얼마나 어려운 일인가? 또한 소

〈그랑 블루〉의 한 장면. 집이 바다고 바다가 집이 되는 장면.

수가 되어서 우리는 무엇을 욕망하고 어떻게 해야 할 것인가? 들뢰즈-가타리의 주장처럼 분열증적이어야만 소수-되기가 가능한가? 그렇다면 분열증적 소수-되기의 문제는 무엇인가?

돌고래와 감응하는 <그랑블루> 영화는 분열증적 소수-되기의 예를 보여준다.[6] 주인공 자크는 아버지가 잠수사고로 죽은 뒤 바다와 돌고래를 가족으로 여기며 외롭게 성장한다. 단 하나의 친구인 엔조와 둘은 잠수 실력을 겨루며 우정을 다져간다. 어른이 될 무렵, 도시로 나갔던 엔조가 잠수 챔피언이 되어 돌아왔고 둘은 함께 잠수한다. 하지만 자크가 챔피언 엔조의 기록을 깨자, 엔조는 최고가 되어야 한다는 강박관념에서 점점 더 깊은 곳으로 잠수를 시도하다 결국 인간의 한계를 넘지 못하고 죽게 된다. 또한 자크 역시, 어느 날 밤, 돌고래를 따라 바다 깊이 심연 속으로 끝없이 들어간다. 여기서 자크는 동물-되기 즉 돌고래-되기이다. 그는 가족사진 대신 돌고래 사진을 품고 다니며, 바다 속에 들어가면 심장박동이 느려지고 산소가 뇌로만 집중되는, 영혼만이 아니라 몸까지 돌고래가 된다. 이진경에 따르면, 그는 잠수하면서 돌고래가 되고, 돌고래의 분자적 감응과 특질을

■

6) 이진경의 "거대한 블루의 추억: 돌고래-되기 혹은 동물-되기." 강좌후기 참조

생산한다. 그래서 육지에서보다 바다에서 보다 자유로웠으며, 인간보다 돌고래와 감응하고 교감한다.

그런데 이 소수되기를 좀 더 보자. 자크는 엔조가 죽자 집에서 침대에 누워 바다에 질식한다. 분열증적인 상황이다. 바다가 집이고 집이 바다가 된다. 횡단한다. 코피를 흘리며 실신한 자크를 연인이 침대에서 일으켜 세우고 곧 이어 의사가 달려온다. 하지만 자크는 임신한 연인이 눈물로 잡지만 뿌리치고 바다로 내려간다. 바다 깊숙이 내려간 자크는 연인이 잡고 있는 줄을 놓으며 돌고래가 부르는 듯한 소리를 따라 심연으로 사라진다. 돌고래와 인간의 경계가 무너지고 자크는 돌고래가 되는가? 왜 자크는 연인의 임신 소식에 기뻐하지 않는가? 왜 연인의 임신 소식에 생명의 약동을 느끼지 않는가? 바다 앞에만 서면 커지는 자크의 우울증은 인간에 대한 애착이 없다. 아버지마저 바다에 빼앗긴 어린 시절부터 애정을 주어야 할 사람이 없었다. 그는 고독 속에서 바다를 정복하는 데 기계적으로 대응한다. 얼음을 뚫고 그는 남아메리카의 해저탐사를 하면서 인간의 한계를 정복하는 듯 보여진다. 다국적 대자본연구소의 일당을 받고서.

이것은 소수되기가 아니다. 또 하나의 '헤라클레스의 덕성의 길'이 아닐까? 자크는 연인의 임신소식에 가정을 꾸리고 일상인으로 살아야 한다는 것이 매혹적이지 않다. 자크는 경계를 넘어가버렸다. 신기록을 꿈꾸는 엔조만큼이나 자크가 선택한 것은 인간이 지킬 수 있는 선을 넘어 또 다른 전설이 되고 신화가 되고 바다의 영웅이 되고자 한 것은 아닐까? 의도이든 의도가 아니든 말이다. 장 마크 바가 분한 자크 마욜^{Jacques} ^{Mayol(1927~2001)}은 실존 인물로, 17살 때부터 해저에 도전했고, 1983년 56세의 나이로 수심 105m 까지 잠수한 기록을 세운 무산소 잠수 대회 신기록 보유자로서 해저 탐사 연구에도 크게 기여했다고 한다. 깊은 바다, 심연마저도 인간의 발자국, 아니 인간의 숨결이 닿아야 하나? 그대로 두라.

경계를 넘는 자를 프론티어라 한다. 개척정신이다. 알지 못하는 땅, 미개의 땅을 문명화시키고 새로운 길을 만드는 것이다. 17~18세기 프론티어는 인디언을 쫓아내고 원시적 숲을 개척하는 백인들이다. 그 매개자가 아메리칸 아담American Adam이다. 그는 가죽각반을 차고 탐욕스런 백인 이주자 사회를 피해 달아나지만, 그가 인디언 사회로 도망갈수록 백인 이주민들의 길을 열어주는 아이러니가 발생한다. 아메리칸 아담처럼 자크는 바다의 아담이다. 자크가 감응하고자 바다 깊이 들어갈수록 인간들의 도전에 길을 열어준다. 헤라클레스식 덕성의 길이 아닌가? 최고가 된다는 것만큼이나 경계를 벗어나지 마라.

들뢰즈와 가타리의 소수-되기는 고독한 개인주의자가 자기 한계를 실험하고 경계를 넘나드는 것이라면 나는 들뢰즈와 가타리에 가담하지 않는다. 경계를 넘나드는 것은 그들의 분열증적 분석이다. 나에게 소수-되기는 애니미즘이다. 애니미즘은 만물과 공감한다. 애니미즘은 모두 아니마를 가지고 있다. 아니마는 영혼이며 정령이며 무의식이며 언어다. 인간은 오랫동안 비인간과 말을 주고받았다. 강도, 바다도, 나무도, 동물도, 아이도, 여자도, 바위도, 흙도 모두 영혼을 가지고 있으며 정령이며 언어를 할 줄 안다. 이들과 때로는 다투고 미워하기도 하지만 기본적으로 친구이고 하나다. 그런데 프로이트는 이 아니마를 이성의 언어로 지배하고자 했다. 그리하여 프로이트는 "어두움으로 비유되는 무의식이나 감성, 육감 따위를 이성의 감독 아래 둠으로써 자연과의 교감능력을 상실"하게 한 프론티어라 볼 수 있다.[7]

야마오 산세이는 『애니미즘이라는 희망』에서 말한다.[8] 우리는 작은 신들을 만나야 한다고 그 신은 남성지배 집단이 제도화시킨 종교의 신God이 아니다. 그는 인류가 살아가는 기본은 흙에 있다는 사실, 즉 흙이야말

■

7) 김영종. 『너희들의 유토피아』. 38쪽.
8) 야마오 산세이. 『애니미즘이라는 희망』. 25, 28쪽.

로 신 중의 신^{the god of gods}이라고. 그는 "흙은 무한의 도량, 시는 그 곳에 정좌한다"고 한다. 그것은 이론이 아니고 윤리도 아니고 원리도 아니고 깊고 깊은 기쁨의 한 형태라고. 흙 위에 있다는 것 자체가 본래의 기쁨을 우리에게 가져다준다는 자연스러운 사실이라고.

융에게 아니마는 남성 속의 여성성이다. 그래, 애니미즘은 여성성이다. 여성은 생명의 근원이다. 우리에게 생명의 근원은 무엇인가? 우리는 육상동물로써 하늘이 아니라 대지의 자식이다. 인류는 막대한 비용과 시간을 들여서 우주 공간에 또 하나의 지구를 만들려고 한다. 얼마나 어리석은가 여기 있는 지구를 황폐화시키면서 말이다. 영화 <인터스텔라>를 봐라. 옥수수 농장이 황폐해져서 대지는 메마르고 가뭄에 땅이 마르고 대지가 타들어간다. 황량한 열기의 바람만 분다. 그 원인은 옥수수 단작농업의 결과이다. 그런데 주인공은 정신병자처럼 하늘에 매달린다. 그가 우주로 가서 하는 짓이 무엇인가? 여러 차원을 헤맨 끝에 자기 딸보다 젊은 남자로 돌아오는 것이다. <인터스텔라>는 『일리아스』 이래 서구 백인 중산층 남자들의 영원불멸에 대한 강박증이 변형된 것이다.

여기서 사라 러딕^{Sara Ruddick}의 모성적 사유를 불러와보자. 나무나 꽃이든, 바위나 광물이든, 생명체이든 무기물이든, 자연을 애니미즘적으로 보고 이들이 모두 생명의 그물망으로 상호 연관되어 있다고 보는 것만으로 기울어진 비대칭성을 회복하고 공존과 평화가 가능할까. 브루노 라투르를 불러와 사물의회를 소집하면 인간과 비인간의 민주주의가 이루어질까. 사라 러딕의 모성적 사유는 여성이 자궁으로 출산을 하는 생물학적 행위에서 바로 연결되는 것은 아니다. 만약 모성적 사유를 생물학적 행위의 결과로만 본다면 1/n이 행하는 역할밖에 할 수 없을 것이다. 출산자-어머니는 양육자-어머니와 분리된다. 출산자-어머니는 사회경제적 압박을 심하게 받으면, 궁지에 몰린 쥐가 자기 새끼를 무는 것처럼, 한 번씩 신문에 나는 친모 학대에 관한 기사에서처럼, 아이를 버리고 학대하고 방치할 수도 있다. 출산자-어머니를 사회적으로 보호해야 하는 것만큼이나 양육과정은 출산자-어머니의 문제가 아니라 사회공동의 보편적인 문제가 되어야 한다.

따라서 양육자로서의 사유인 모성적 사유는 사회적 관계에 대한 사유이다. 영웅숭배적 문명은 자신보다 약한 타자(타민족이든, 여성이든, 아이이든, 더 낮은 계급의 남성이든)를 폭력과 착취의 합법적인 표적으로 삼는다. 사라 러딕은 이런 폭력과 착취의 행위는 전쟁행위로 본다. 어머니는 아이와의 관계에서 가용한 자원과 경험, 힘의 차이가 엄청나게 있지만 일방적 지배와 피지배의 관계를 형성하지 않는다. 그건 모성적 사유의 덕분이다. 불평등한 관계에서 발생하는 폭력과 착취를 당연하게 여기지 않으려는 것이 바로 모성적 사유인 것이다.

사라 러딕은 말한다.[9]

> 평화를 유지하기 위해 평화를 중재하는 어머니는, 아이들과 성인들이 함께 살 수 있도록 … 이득과 특권을 분배하며, 불평을 경청하며, 성인과 어린이의 나이 차이에서 오는 불가피한 권력과 보상의 차이를 설명한다. 더 힘세고 나이 많은 어린이가 작고 무력한 아이로부터 물건을 뺏는 것을 내버려두지 않는 어머니는 … 아이들이 횡포와 탈취의 일시적인 즐거움보다는 정의를 선호할 수 있게 되기를 바란다는 것이다.

대개 신화는 이 모성적 사유가 패배하고 애니미즘이 쇠퇴하면서 호모 네칸스의 문화가 지배적인 문화로 되는 걸 기록하고 있다. 다음에는 여러 신화들을 통해서 인류 보편의 정서인 애니미즘이, 대지와 생명에 토대를 둔 모성적 사유라 할 수 있는 채집가/양육자 패러다임이 어떻게 수렵가/살해자 양식에 의해 밀려나는가를, 그리하여 고대그리스에서, '살해하는 인간' 호모 네칸스 문화가 사회체제의 지배양식이 되어가는 과정을 보기로 한다.

■

9) 『모성적 사유』. 276쪽.

애니미즘, 흙, 여성성, 모성적 사유는 영웅숭배에 의해 억압된 것이다. 억압된 것의 귀환을 꿈꾸자. 그것이 오래된 미래이다.

2부

그리스 신화와 호모 네칸스

1장. 애니미즘에서 호모 네칸스로:

헤라클레스, 죽임의 신화

Ruliweb에 오른 어느 잡담

헤라클레스 = 태어나자마자 신이 보낸 뱀들을 목졸라 죽이고 신들을 협박하고 여자를 걸고 강의 신과 싸워서 이기고 아마존의 여전사 50명을 하루아침에 임신시키고 창과 칼이 안 듣는 사자를 때려잡고 히드라를 때려잡고 켈베로스를 때려잡고 괴물 사자를 때려잡고 괴물 멧돼지를 때려잡고 친구 마누라 데리러온 죽음의 신 두들겨 패서 쫓아버리고 하늘을 들어 올리고 마지막엔 신들도 못잡는 괴수들을 혼자서 때려잡음 이 깡패왕 때문에 후배 영웅들이 잡고 다닐 괴물이 없어서 도적들이나 때려잡음 주로 테세우스가 …

1. 애니미즘에서 불모와 사막의 신화로

인류의 삶의 모습을 2가지로 나눈다면 자연 속에 사는 인간과 사막 속에 사는 인간이다. 곧 서식처가 자연이냐 사막이냐이다. 수풀 울창한 자연 속에 사는 인간들은 벌거벗고도 다친 데 없이, 긁힌 데 없이 숲 속을 잘 다니며 산다. 우리는 이런 숲 속에 들어가면 긴 팔 웃옷, 목도리, 모자, 장갑, 발목 신발과 양말 온갖 장비를 갖추고도 무언가 무섭다. 살아있는 모든 것들이 공격할 수도 있다는 생각에 몸부터 움츠러든다. 숲속 어딘가에 늑대나 포식자 야생동물들이, 나무나 풀 속에는 독거미나 다양한 독충들이 심지어 바닥에는 뱀들을, 하늘엔 말벌이나 땅벌 들을 조심해야 한다. 모든 생명들과 적대적 경계에 들어가서야, 그리고 그 경계에 대한 준비를 하고서야 숲속에 들어갈 엄두를 낸다.

반면 사막을 보자. 사막하면 뿌연 황사에 저마다 두르고 나온 수건이며 두건을 얼굴에 두르고 말 타고 사막을 가르는, 북부 사하라 사막의 베두인 족을 생각한다. 그런데 이건 엄밀한 의미에서 사막이 아니라 자연이다. 우리가 사막에 들어가려면 역시 숲속에 들어가려는 것처럼 온갖 무장을 하고 목숨을 걸어야 한다. 베두인 족은 몇천 년에 걸쳐서 사막에 적응하며 잘 살아오고 있다. 자본주의의 침략이 대대적으로 시작되기 전까지는 말이다.

그러면 여기서 사막이란 말은 무슨 의미일까. 단지 건조한 모래벌판의 광대한 지역이란 의미가 아니라 불모화된 지역이다. 뉴욕, 도쿄, 서울을 보자. 고층빌딩과 아스팔트, 흙은 보이지 않는다. 살아 움직이는 것은 인간과 기계뿐이다. 수많은 인간들과 버스, 자동차, 비행기, 자전거 들. 거대도시 이외의 지역에 농경지와 임야가 군데군데 남아있지만 이것은 현대문명

"인더스 문명 멸망과 기후변화 교훈." *The Science Times*. 2018. 11. 14. 히라파 인들이 일군 인더스 문명은 정교한 도시를 건설하고, 고대 로마보다 앞서 하수도 시스템을 발명했으며, 메소포타미아 지역민들과 장거리 교역을 했다. 그러나 이들은 기원전 1800년 경 자신들의 도시를 버리고 히말라야 산 기슭의 작은 마을들로 옮겨갔다. 그 쇠락의 이유가 기후변화임이 밝혀지고 있다.

을 끌고 가는 동력이 아니다. 유기체로서 살아가기 위해 음식과 공기, 물을 제공받기 위해 필요한 최소한의 보급지일 뿐이다. 아프리카를 보자. 아프리카의 가장 흔한 풍경은 쓰레기 매립지 위에서 노는 아이들, 난민촌의 천막 풍경들, 전쟁터의 소식들 여기서도 살아 움직이는 것은 사람과 기계이다. 헐벗은 아이들과 젖먹이는 엄마들, 아니면 군복 입은 남자들. 그리고 살아 움직이는 총, 기관포, 그리고 탱크 들이다.

신화는 반드시 두 개의 신화로 나뉘어야 한다. 문명의 신화를 생각해보자. 일단 그 신화를 발생시킨 곳을 생각해보자. 메소포타미아, 이집트, 그리스 아테네, 로마 들의 풍경을 보자. 대부분 모래벌판이거나 잡초가 드문드문 난 아주 황폐한 곳이다. 페르시아 문명이 있었던 이란, 바빌로니아, 아시리아 문명이 자리 잡았던 이라크, 인더스 문명의 모헨조다로 들뿐만 아니라 그리스 역시 나무나 풀이 거의 없다. 로마 유적지도 상황은 비슷하다. 반면 비문명의 신화를 생각하면 짙은 숲에서 벌거벗고 사는 원주민을 생각하게 된다. 분명 헤라클레스 신화는 문명의 신화이지 비문명의 신화는 아니다.

비문명의 신화와 문명의 신화로. 비문명의 신화가 숲의 신화라면, 문명의 신화는 사막의 신화이다. 물론 이행기의 신화도 있을 수 있고 문명의 신화에 잔존해있는 비문명의 흔적이나 비문명에 침투해 들어온 문명의 흔적들이 있을 수 있지만. 우리는 대개 문명과 비문명을 발전이냐 비발전이냐의 문제로 본다. 발전이라는 것은 진보의 수사로 비문명을 거쳐 문명으로 간다는 것을 역사의 필연성으로 보고 사회진화론의 큰 패러다임 속에 위치지우기도 한다. 그러면 문명은 발전된 것이고 진보의 것이고 역사의 것인 반면 비문명은 야만의, 후진의, 선사시대의 것이 되어 낡고 낙후된 것으로 본다.

숲이 사라지고 사막화하는 것이 진보이고 발전인가? 미국 헐리우드에서 나오는 영화의 대부분은 사막의 신화들이다. <터미네이터>를 비롯하여 <인터 스텔라>와 같은 미래와 SF영화는 물론이고 <악마는 프라다를 입는다>와 같은 영화들도 마찬가지다. 여기는 인간이 만든 것, 인간이 지배하는 것 이외의 것은 거의 등장하지 않는다. 그리고 만드는 과정보다 순식간에 파괴되는 걸 더 많이 보여준다. 만드는 과정은 아주 지루하지만 파괴되는 것은 순간적이고 어떤 쾌감을 불러온다.

비문명의 신화는 낡고 낙후적인 것으로 여겨지더라도 인류 유년 시대의 신화인 것만은 아니다. 그것은 깊은 강 깊은 바다를 버텨내는 깊은 바닥이다. 그 바닥이 없다면 물이 말라버리듯이 문명의 신화도 자신을 버틸 힘이 없다. 인류 유년기의 신화는 시적 상상력이 풍부하다. 반면 문명 신화에서 대표적이라 할 수 있는 길가메시 신화, 제우스와 헤라클레스의 그리스신화는 남근-로고스적이다. 남근을 가부장제로, 로고스는 문명으로 대체하여 설명할 수 있으니까. 가부장제 문명의 신화라는 말이다. 여기서 신화라는 의미는 현대 사회의 기원이 된다는 점뿐이다.

폴 셰퍼드^{Paul Shepard}는 『자연과 광기』에서 말한다. 자신이 책을 쓰게 된 가장 근본적인 질문을 '왜 인간은 자신의 서식처를 지속적으로 파괴시키는가?'라고 한다. 인간을 제외한 살아있는 것들은 모두 죽임을 당하거나 배제된다. 그 결과가 지금 문명의 사막화이다. 문명은 왜 서식처를 파괴하여 사막화를 지향하는가? 그는 이런 그들의 생각이 사막으로부터 왔기 때문이라고 한다. 사막은 서구 사상의 고향이라는 것이다.[1]

> 인간의 삶에는 적대적인 것 같지만 사막은 - 게자리와 염소자리의 열대 지역에 걸쳐있는 거대한 건조지대 - 서구 문명의 고향이다. 세 개의 대륙이 결합하는 아시아, 아프리카, 유럽의 아열대 건조지대의 샘과 강을 따라서 역사가 시작했다 - 모래의 사막 본토에서가 아니라 그 주변에서. 이들 사막 주변지대들은 사막 서식지 중심은 아니고 생태학적인 이행대 (ecotones)[2]이다. 이 이행대에서는 주변의 사막 평원이나 고원지대의 돌산, 다소 습한 능선에 있는 초지대, 사바나였던 지역들, 산악지형의 섬에 있는 상록 숲, 오아시스와 강 주변의 초록공원과 습지대, 그리고 기후변화와 인간 남용의 결과로 황폐한 바위지대로 퇴화하는 모든 그런 생명이 활발하지 못한 버려진 지역들에 있는 여분의 관목 공동체를 포함한다.

사실 이들 사막의 주변 건조지대에서부터 문명이 시작된 것은 분명하다. 그런데 유프라테스 강과 티그리스 강 유역이 예전에는 삼림이 울창했던 곳이라는 설도 있고 특히 길가메시 신화에 나오는 자그레브 산맥에는 산신 훔바바가 사는 아주 울창한 숲이 있다. 길가메시는 그의 조력자 엔키두와 함께 그 숲의 신을 굴복시키고 삼림을 베어낸다. 침대를 만들고 집을 짓고 땔감을 하는 정도를 넘어서서 태양신의 거대한 신전을 짓기 위해 무차별적으로 숲을 도륙한다. 이런 걸 보면 문명은 사막의 주변부에서 시작

■

[1] Paul Shepard. *Nature and Madness*. 48쪽.
[2] 삼림과 초원, 해양과 육상군집 들 2가지 이상의 이질적 군집이 접하는 부문. 인접한 군집구성종(群集構成種)이 섞이거나 경쟁관계에 있기 때문에 형성된다.

한 것이기도 하지만 배경으로는 반드시 울창한 삼림을 필요로 하기 때문에 셰퍼드가 말하는 '생태학적 이행대'임은 분명하다. 하지만 문명의 성격상 그 숲조차도 황폐해질 수밖에 없는 생리가 존재함을 알 수 있다.

문명의 신화는 사막의 신화인 동시에 '역사'라 이름붙일 수 있다. 그 이전의 신화를 거부하는 반신화적 신화가 역사라 할 수 있다. 역사 역시 신화와 비슷한 역할을 하는데 '기원을 설명하고 행위의 모범적인 모델을 수립하고 특정한 집단의 관습을 제공하는 과거의 이야기'이기 때문이다. 셰퍼드는 "문화의 이러한 불모성을 이해하기 위해 우리는, 심지어 과거의 기록을 사용할 때조차도, 역사의 발명에서부터 시작해야 한다. 왜냐하면 역사라는 개념은 그 중심 주제가 서식시의 거부라는 서구적 발명품 그 자체이기 때문"이다.[3]

문명의 불모를 이해하기 위해서 인류의 과거를 기록해온 역사를 보면 더욱 알 수 있다. 역사는 서구문명의 발명품으로 전쟁에 관한 기록이며 인간을 서로 죽이는 것이며 자신의 생태계 즉 서식처 파괴에 대한 기록이다. 셰퍼드는 그리스적 사유는 다만 특별한 옷을 걸치고 있을 뿐인 사막의 사상일 뿐이라고. 그 기원이 되는 것은 그리스신화와 그 그리스신화의 정수인 헤라클레스 신화라 할 수 있다. 그것은 파괴와 죽임의 신화이다. 룰리웹Ruliweb의 잡담처럼. 이처럼 서식지를 파괴하여 사막으로 만들어가는 문명의 대표적인 영웅이 헤라클레스이다.

■
[3] Paul Shepard. 같은 책. 54, 47쪽.

애니미즘:
억압된 것의 회키

이 장에서는 인류 유년기의 시적 상상력과 공존의 관습이 어떻게 파괴와 죽임의 신화로 이행되었는지를 살펴보기로 한다. 인류 유년기의 신화는 기본적으로 애니미즘으로 여겨진다. 유년기는 미성숙한 어른이라고 여기듯 애니미즘은 유일신으로 진화해나가는 인류 종교의 미성숙한 버전으로 대개 여겨진다. 하지만 인류는 몇 십만 년에 걸쳐서 애니미즘적 단계에 살았고 유일신 사상으로 서구문명이 압도하기 시작한 것은 성경이라 불리는 바이블이 창세기라고 선포한 약 6천 년 전, 즉 기원전 4000년경에 불과하다. 『원시적인 것을 찾아서』에서 서문을 쓴 에릭 울프Eric Woolf는 저자인 스탠리 다이아몬드에게 '원시적인 것은 하나의 역사적 단계이자 동시에 인간 존재의 실존적 양상'이라고 했듯이 이것을 바꾸어 보면 '애니미즘은 하나의 역사적 단계이자 인간 존재 자체의 실존적 양상'이라 할 수 있다. 즉 애니미즘은 하나의 원시적 종교가 아니고 인간의 본질적인 존재방식이라 할 수 있다. 유럽인들의 세계종교 목록에서도 "현대의 토착 종교인들을 애니미스트라고 동일시하는 일이 흔히 있을 정도로 유행하였다. 예를 들어 최근의 기독교 선교 지침서에는 전 세계 인구의 40%가 애니미즘을 믿는다고 나와 있다."고 한다4). 내가 보기에는 생명체로서 인간은 다른 생명체에 대해 기본적으로 동조화현상이 있기 때문에 사실 거의 대부분의 인간들은 애니미스트라고 본다. 다만 현재의 이익과 이데올로기 때문에 애써 외면하고 있을 뿐이다.

19세기 말 20세기 초에 진화론적으로 인류문화의 기원을 설명하려는 과정에서 애니미즘 논의가 이루어졌다. 그때 대표적인 것이 E. B. 타일러의 애니미즘이다. 그것은 '타자의 문화를 애니미즘으로 규정하고 그 속에서

---

4) David Chidester. "Animism." In Bron Taylor (ed.). *Encyclopedia of Religion and Nature*. 78쪽.

원시적이고 열등하며 오류를 지니고 유치하다'라고 읽는 근대적 독법이었다. 이러한 근대적 독법은 20세기 후반으로 올수록 포스트모더니즘과 더불어 생태주의적 맥락에서 읽는 것으로 탈근대적 애니미즘 독법으로 차츰 바꿔어가고 있다. '병든 지구를 되살리기 위해, 만물에 신성이 있다는 믿음을 회복할 필요가 있다'는 막연한 생각에서 심층생태학, 에코페미니즘 같은 학문적 경향으로 발전하기도 한다.

타이의 신성한 반얀 나무
https://www.pattayaunlimited.com/sacred-banyan-tree-in-jomtien/

애니미즘에 대한 이러한 상반된 독법은 프로이트의 "억압된 것의 회귀"를 연상시킨다. 프로이트는 억압이 쌓이는 곳을 '무의식'이라 하였고 그것을 정신분석학으로 체계화했다. 그 예로, 자연과학으로는 설명할 수 없는 '꿈의 의미'를 추적하여 "꿈은 억압된 소원의 성취"라는 결론 이끌어 내었다. 임상적으로 보면 히스테리를 일으킨 사건을 다시 불러내면 증상이 치유된다고 하였다. 이것은 마르크스의 이론에도 해당된다. 그는 인류 역사의 최초의 단계를 원시공산제로 설정하고 그것을 사회주의 혁명과 공산주의 사상의 기원으로 잡았다. 인류의 원시공산제적 평등사회는 인류의 기본적인 실존양상이지만 문명이 오래 억압해온 것이기 때문에 그 억압된 것이 회귀할 수밖에 없다는 것이다.

그동안 애니미즘은 원시적이고 유치한 것이며 비과학적인 것이라 억압받아왔다. 이제 억압된 것의 회귀로서, 그리고 인류 문명의 위기에 대한 새로운 대안으로 나서고 있다. 그것 역시 '오래된 미래'이다. 아니마^{anima}라는 라틴어의 의미는 생명이나 정령, 혹은 영혼이다. 자연만물에는 아니마가 깃들어 있다, 정령 혹은 영혼이 깃들어 있다는 사고방식이 곧 애니미즘이다. 종교사적으로 이해하자면 애니미즘은 샤머니즘보다 전 단계에 해당된다고 할 수 있지만 애니미즘은 인간의 원초적 심상이다. 삼라만상에는 아니마가 깃들어 있다고 믿는 사고방식이 바로 애니미즘이다.

칼 융은 아니마를 자신의 학문의 가장 기본적인 개념으로 사용한다. 그에게 아니마는 "남성의 잠재의식 속에 깃들어있는 여성적인 것에 대한 동경의 원리"를 말한다. 이것을 스탠리 다이아몬드의 말을 원용한다면, 문명은 여성적인 것에 대해 남성적인 것의 승리라고도 볼 수도 있지만, 여성적인 것은 인류 문명의 가장 기본이 되는 것이다. 이 기본적인 것을 무시할 때, 그 무시는 자연과 대지에 대한 무시와 배제, 여성적인 것과 아이, 나아가 소수자에 대한 무시와 배제라 할 수 있다. 인간 실존의 위기를 넘어 인간 실존 자체가 붕괴될 수도 있다.

그래서 문명의 신화와 비문명의 신화를 가르는 기준은 우선 자연을 대하는 태도라 할 수 있다. 산이나 들, 바위, 나무, 호랑이, 사슴벌레 들에게도 영이 깃들어있는가 심지어 강물이나 바람에도 태양, 달, 번개도 살아있으며 영령이 깃들어 있는가 하는 것이다. 사람과 마찬가지로. 사람이나 산, 나무, 강물 크게 다르지 않고 모두 존재할 가치와 권리, 의무 들 모두 있다고 본다. 그래서 신화의 내용을 들으면 그 신화가 문명의 것인지, 비문명의 것인지 알게 된다.

구도자이자 시인이며 농부로 살다간 야마오 산세이가 쓴 『애니미즘이라는 희망』에는 야쿠시마에 있는 7200년 된 삼나무가 나온다. 그의 시 '성스러운 노인'을 보자.[5]

> 야쿠시마 산 속에 한 성스러운 노인이 서 있다.
> 그 나이 어림잡아 7천 2백 년이라네.
> 딱딱한 껍질에 손을 대면
> 멀고 깊은 신성한 기운이 스며든다.
> 성스러운 노인
> 당신은 이 지상에 삶을 부여받은 이래 단 한마디도 하지 않고
> 단 한 발짝도 내딛지 않고 그곳에 서 있다
> 그것은 고행신 시바의 천년지복의 명상과 닮았지만
> 고행과도 지복과도 무관한 존재로 거기 서 있다.

나무에서 신을 느끼기는 어렵지 않다. 역시 나무에서 인간을 느끼기도 어렵지 않다. 이 시에서 삼나무는 나무가 아니라 아주 아주 오래 살은 어른이다. 신보다도 더 오래 살았다. 고행신 시바의 천년의 명상도 넘어선다. 그것은 어쩌면 애니미즘이란 말로도 표현하기 어려운지도 모른다. 경주 남산의 삼릉 소나무 숲에 들어가 있노라면 키가 훌쩍 큰 노인들이 나를 굽어서 내려 보고 있는 듯한 느낌이다. 특히 경주 월성 입구에 있는 계림을 가보라. 오래된 참나무들에게서 어떤 신령스러움을 느낀다. 밤이 되면 나무들이 돌아다니고 앉기도 하고 만나서 이야기도 할 듯하다. 낮이 되면 다시 점잖게 그 자리에서 체면을 차리는 나무들이다.

애니미즘에 대해서 좀 더 많이 살펴볼 필요가 있다. 단지 만물에 영성이 있다는 믿음으로만 보기에는 협소하다. 만물이 살아있을뿐더러 서로 관계를 맺으며 거대한 우주의 생명세계를 만들어간다. 죽음과 생명이 서로

■
[5] 43쪽.

야쿠시마 7200년 수령의 삼나무.
미야자키 하야오의 애니메이션 〈원령공주〉의 배경이다.

관계를 맺고 있어 죽음은 생명의 이면이고 생명은 죽음의 또 다른 이름이다. 수많은 원시부족민과 근대인의 문화와 사유방식에서 근본적으로 차이가 나는 것은 살아있는 것과 살아있지 않은 것의 경계 설정의 문제이다. 강은 살아있는가 죽었는가. 돌은 살아있는가 죽었는가. 번개는 살아있는 것인가 살아있지 않은 것인가. 우리는 강이 생명체라 생각하지는 않지만 강이 '죽었다', 강이 '살아있다'라는 말을 흔히 쓴다. 그러면 강은 삶과 죽음의 순환을 하는 존재이다. 4대강 개발로 강이 죽어가자 강에 사는 수많은 물고기와 수초, 이끼들이 죽어가고 큰빗이끼벌레들이 창궐한다.

큰빗이끼벌레는 뭉클한 무척추동물인 태형동물로 유충은 1mm에 불과하나 큰 것은 2m까지 자랄 수 있다. 강원도 환경연구소 최재석 교수는 "태형동물의 집단서식이 물고기의 폐사와 식수원 오염, 생태계 훼손과 긴밀한 연관 관계가 있다는 사실이 확인됐다"면서 "태형동물이 분비하는 독성물질이 식수원에 다량으로 유입될 경우 향후 사회적 문제가 될 우려가 높다"고 하였다.[6] 강이 죽어가는 것이다. 아직 죽지는 않았으나 동맥경화같이 흐름이 막혀 정상적인 생명체를 키우는 모태로서의 기능을 상실하고 있다. 여성의 몸에서 자궁은 모태이다. 모태는 살아있는 것인가 죽어있는 것인가. 모태가 병들면 새로운 생명체가 태어나기 어렵거나 태어나더라도 병든 채 태어난다.

애니미즘은 '살아있음'의 역동적 감수성이면서 '관계적 존재론'으로 설명된다.[7] 생명이 무엇인가? 살아있다는 것이 무엇인가 '살아있음'에 대해 인류학자 팀 인골드Tim Ingold의 얘기를 들어보자. 이론적이든 현지조사든 여러 연구들을 보면, 한 사회 혹은 한 문화 속에서도 무엇이 살아있고 무엇이 살아있지 않은지에 대해서 사람들의 생각이 종종 서로 다르다. 서로 생각이 일치할 때조차 그 이유는 매우 다르다고 한다. 살아있는 것들과 살아있지 않은 것들의 범주를 구별하는 보편적인 기준은 잘 나타나지 않는다. 왜 그럴까? 그 까닭은 많은 사람들에게 생명은 사물의 속성이 전혀 아니기 때문이다. 즉 생명은 이미 존재하는 어떤 객체들의 속성이 아니라, 오히려 세계의 끊임없는 발생 혹은 존재로 되어감coming-into-being의 바로 그 과정 속에 내재하는 것이다.[8] 인골드는 살아있는 것과 살아있지 않음에 대해 타일러가 발견한 '차이'는 세계에 대한 믿음의 방식에서의 차이라기보다는 세계 속에서 존재하는 방식의 차이라고 보고, 이를 '애니믹한animic 존

<hr>

6) JTBC. 2014. 07. 07.

7) 유기쁨. 「애니미즘의 생태주의적 재조명」. 254쪽.

8) Tim Ingold. "Rethinking the Animate, Re-Animating Thought." 9~10쪽.

재론'으로 지칭한다. 여기서 존재들은 이미 만들어진 세계를 가로질러 가도록 스스로를 몰아대는 것이 아니라 오히려 형성중인 세계를 통과하면서 생성된다. 살아있음, 즉 생명이란 역동적인 것이다.

다음은 '살아있음'과 환경을 보자. '나'라는 유기체와 나를 둘러싼 '환경'과의 관계이다. 현대로 올수록 우리는 우리를 둘러싸는 "유기체를 배제한 채, 환경을 마치 이용가능한 사물들로 가득 찬 일종의 컨테이너 박스"처럼 여긴다.[9] 아파트를 예로 든다면 가장 타당한 경우다. 네모난 아파트라는 컨테이너 박스, 나아가 아파트 단지, 더 나아가 신도시에는 인간이 허용한 값비싼 조경수들을 제외하고는 모든 비인간 유기체 생물은 배제된다. 그동안 우리 주변의 살아있는 유기체들은 모두 정복 지배대상이 되어 형질이 변경된 채 단순한 대상이자 물건으로 존재하게 된다.

이러한 환경에 대한 바탕에는 근대적 공간관이 있다. 근대적인 사유체계는 시간과 공간을 분리하고 표준화하며 세계를 정밀기계로서 바라보았고, 공간의 의미를 박탈하고 시간적 속도에 가치를 부여하였다. 공간(空間)은 그야말로 장소성을 상실하고 텅 빈 것이 되었다. 채워야만 하거나 비우거나 해야 할 곳이고 그 공간에 사람들이나 생물체들이 살아온 다양한 내력이나 공존의 갈등이나 조화들이 새겨있어 함께 꾸려온 것들의 장소란 생각이 사라진 것이다. 그래서 대한민국은 2010년대에, 물론 그 시작은 1960년대 박정희 식 경제개발 때부터 본격 시작된 것이지만, 몇 백 년 이루어온 마을도 3년이면 모두 깔아뭉개고 새로이 고층아파트를 올릴 수 있다. 마을이라는 공동의 기억과 공동의 흔적을 간직한 온갖 유기체들의 장소를 경제적 이익을 산출하는 표준화된, 예를 들어 '평당 천만 원의 균질화된 공간'으로 생각하기 때문이다. 여기서 어떤 인간은 돈을 벌고, 어떤 인간은 쫓겨나기도 하지만, 비인간 생명체인 나무, 꽃, 이끼, 담장이, 곤충들, 땅 속의 뭇 생명들은 경천동지의 재앙을 만나 모두 죽임을 당한다.

■

9) 유기쁨. 같은 논문. 251쪽.

그러나 비근대적, 비서구적인 토착적 애니미스트들은 환경을 이미 형성되어 있는 죽은 공간으로 여기지 않는다. 앞에서 예로 든 강과 마찬가지로 환경 역시 끊임없는 흐름 속에 있으며 생명의 모태기능을 수행한다. 모태가 죽는다면 생명도 없다. 모태 속의 태아가 끊임없이 모태가 제공하는 물과 영양으로 자라나듯이 환경 역시 생명의 모태라고 생각한다. 그래서 환경이 주는 것을 받아들이고, 교감하면서, 반응한다. 이것을 환경이 주는 행위 유발성^{affordance}이라고 한다. 생태심리학의 연구에 따르면, 모든 환경은 그 속의 유기체에게 일종의 행위 유발성을 제공하며, 유기체는 공감각적으로 그것을 지각한다. 즉, 하나의 대상이나 사건을 지각한다는 것은 환경이 제공하는 것을 지각하는 것이다.[10] 우리가 하루 종일 해가 들지 않는 반지하방에서 맨날 생활한다고 해보자. 우리가 정상적인 육체적 정신적 상태를 유지할까 아닐까. 3부 2장에서 예로 든, 롯데백화점 옥상의 사슴을 생각해보자. 사슴은 작고 좁은 시멘트 우리, 수많은 사람들의 눈길과 짓궂은 아이들의 장난 들에 정상적인 상태가 아니다. 계속 머리를 돌리거나 자신의 똥오줌을 먹거나 제정신이 아니다.

이런 문제들은 단지 주관적이거나 정신적인 것이 아니다. 반지하 감옥이나 작고 좁은 시멘트 우리라는 환경이 주는 행위유발성은 어떤 면에서 객관적, 실제적, 물리적이지만, 엄밀히 볼 때, 또 그것도 아니다. 그것은 근대적인 의미의 "주관-객관의 이분법을 가로지르는 것"이다.[11] 즉 환경과 유기체의 상호작용인 것이다. 이런 사유방식이 토착 애니미즘에 잘 녹아있다. 이러한 사유체계에서는 인간이든 비인간 생물이든 아니면 비인간 비생물이든 모든 종류의 존재들은 끊임없이 그리고 호혜적으로 서로 존재하게 만드는 전체 관계들의 장 속에 있다. 그리고 그 장은 역동적이고 변형적인

■

10) Tim Ingold. "Culture, Perception and Cognition." *The Perception of the Environment: Essays in livelihood, dwelling and skill.* 166쪽.

11) James J. Gibson. *The Ecological Approach to Visual Perception.* 129쪽.

잠재력으로 행위 유발성을 제공하며 존재들은 거기에 민감하게 반응한다
는 것이다. 인골드의 말처럼, 그들에게서 생명세계의 생명성^{animacy}은 어떤
실체에게 영혼을, 혹은 물질에게 행위주체를 주입한 결과가 아니라, 오히
려 그것들의 분화보다 존재론적으로 우선하는 것이다.[12) 생명은 계속되는
창조의 시간적인 과정이기 때문이다.[13)

　　카렌 암스트롱은 『신화와 역사』에서 자연이나 사물 개체 이전의 신
성함에서 출발한다. 신화의 기원이다. 이런 신화는 정말 인류 유년기의 시
적 상상력에 기반을 하고 있고 오래된 미래이다. 그는 인간이 나무나 돌,
달에 대해 어떻게 성스러움을 느끼고 어떻게 생각했는지 말한다. 나무는
스스로 재생하는 능력을 지니고 인간에게는 주어지지 않는 기적적인 생명
력을 담고 있으며 달 역시 신성한 재생능력을 가지고 있어 기울고 차고를
반복하면서 엄격한 법칙성 역시 가지고 있다. 움직이지 않는 돌 역시 신성
함이 드러난다.[14)

　　인류의 초기 신화에서는 돌이라는 만질 수 있는 세계 너머 '다른
　　어떤 것'을 담고 있는 실재를 보도록 가르쳤다. 신성한 것과 세속적
　　인 것 사이에 그 어떤 형이상학적 심연도 없다고 여겼다. 당시의 사
　　람들은 돌을 보아도, 움직일 수 없고 미래도 없는 돌을 본 것이 아
　　니다. 그들에게 돌은 힘과 영속성, 견고함을 담은 무엇이었고 인간
　　의 나약함과는 상반되는 확고한 존재방식을 표방하고 있었다. 타성
　　(他性)이라는 속성 자체가 그 돌을 신성하게 만든 것이다. 고대 세
　　계에서 돌은 흔한 하이에로파니였다.

---

12) Tim Ingold. "Rethinking the Animate, Re-Animating Thought." 10쪽.
13) Tim Ingold. "Totemism, Animism and the Depiction of Animals." 166쪽.
14) 카렌 암스트롱. 『신화와 역사』. 24쪽.

그렇다고 해서 나무나 돌 자체가 숭배의 대상은 아니다. 어떤 숨겨진 힘을 드러내주기 때문에 존경받았던 것이고 사람들은 이 숨겨진 힘이 모든 자연에서 강력히 발휘되어 어떤 실재를 가늠하였다. 카렌 암스트롱은 『축의 시대』 머리말에서 사람들은 보통 성스러움을 주위 세계나 자기 내부에 내재하는 것으로 경험했으며 이 모두가 만물의 존재를 유지하는 대단히 중요한 우주 질서에 종속되어 있었다고 한다.15) 심지어 신들도 이 질서에 복종해야 했다는 것이다. 따라서 신들은 인간과 협력하여 우주의 신성한 에너지를 보존했다. 이 에너지들을 갱신하지 않으면 세계는 다시 최초의 공허로 빠져들 수도 있었다고 말한다. 이처럼 돌이나 나무 너머에 있는 신성함의 실재는 인간에게도 마찬가지다. 그러면 나무나 동물과 인간은 모두 동등한 존재가 된다.

'살아있음'의 역동적 감수성은 관계적 존재론을 만나 비로소 온전한 애니미즘이 된다. 여기서 우리가 평소에 애니미즘에 대한 잘못된, 혹은 부족한 인식의 문제가 드러난다. 우리는 애니미즘을 흔히 "환경 속의 사물들이 살아있다고 상상하면서 그것들에게 일종의 '생명성animacy'이란 자질을 투사한다"고 생각한다. 이러한 생각은 '살아있음'의 역동성에도 미치지 못하고 더구나 관계적 존재론에도 미치지 못한다. 그러면 왜 이런 생각을 하게 되었을까. 내가 보기엔 살아있음의 총체성이나 관계적 존재론은 여신 시대의 사유방식이다. 신석기 시대 초기까지 여신들의 시대에서는 개체들의 생명성도 존재하지만 총체적 관계적 존재론이 지배했고 삶과 죽음은 재생의 순환 속에서 함께 하는 것이었다. 그러다가 청동기 시대인지 문명의 어느 시점에 들어서 인간끼리 서로 죽이는 남성전사의 시대로 넘어가면서 삶과 죽음은 분명한 경계를 지니게 된다.

■
15) 카렌 암스트롱. 『축의 시대』. 8쪽.

'축의 시대'에 오래 천착한 종교학자 카렌 암스트롱이 보는 애니미즘 역시 총체적 관계적 존재론에는 미치지 못한다. '축의 시대'는 인간들끼리 전쟁하고 각축하는 전사들의 전성기였다. 이런 전사들이 씨족 공동체를 뚫고 개별화individuation되는 과정에서 역시 총체적 우주와 대지의 존재에서 개별 존재들이 분리되어 나온다. 개별 존재들의 생명성이 중시되는 과정인 것이다. 수렵사냥꾼들이 동물 개체와 마주치고 동물 개체를 죽음으로 몰고 가야만 그들은 자신의 임무를 한다. 그러므로 수렵전사들이 공동체로부터 분리되듯이 동물은 신성함에서 하나의 피 흘리는 개체로서 대상으로서 사물로서 다가온다.

여신시대의 총체적 관계적 존재론은 더듬어 쓰기엔 너무 광대하다. 이 글에서는 수렵하는 남성들이 동물을 사냥하는 호모 네칸스에서 전쟁을 통해 인류 동종 살해에 전면으로 나서는 호전적 전사문화로 넘어가는 과정을 고찰하기로 한다.

2. 공존의 신화에서 호모 네칸스의 신화로

　　인간은 먹어야 산다. 동물과 동등한 존재가 아니라고 주장해도 인간
이 자연계의 먹이사슬에서 자유롭지 않다. 인간이 하나의 동물로서 생존을
동물이나 식물에 의탁하지 않을 수 없다. '식사(食事)는 장사(葬事)다'라는
말이 있다. 즉 먹는 행위는 누군가를 죽여서 장례를 지내는 행위이다. 우
리는 밥을 먹을 때 밥을 마련해준 사람에 대해 감사의 인사를 한다. 식당
에서 밥값을 내는 사람이든 초대받았을 때 식사를 마련한 여주인이든 아
니면 밥을 준비한 어머니이든 먼저 감사의 인사를 하고 먹는다. 기독교에
서 하나님에 대해 감사의 인사를 하는 것, 어쩌면 그것도 우리의 식탁을
위해 죽어가는 모든 것들을 하나님으로 통칭하였는지 모른다. 포이어바흐
가 『기독교의 본질』에서 하나님이란 인간 모두를 통칭하는 것이라 하였다
면, 나는 식탁에서 기독교식으로 하나님에 대한 감사나, 식사를 마련해준
어머니나 사람에 대한 감사의 인사는 이들 우리의 식탁에 오르는 산짐승
이든 물짐승이든 풀이든 곡식이든 뭇 생명들에게 바치는 애도의 행위이자
감사의 인사라고 생각한다.

　　그러나 더 큰 문제점은 상반되는 감정이었다. 인류학자들은 현대의
토착민들이 동물이나 새를 종종 '사람들'이라고 부르며 신들과 같은 지위
의 존재로 칭하는 것을 발견했다.[1] 그들은 사람이 동물이 되는 이야기, 또
는 그 반대의 이야기를 하곤 한다. "동물을 죽이는 것은 친구를 죽이는 것
이다. 그래서 토착민들은 성공적인 사냥 뒤에 죄의식을 느끼곤 한다. 사냥
이 신성한 활동이고 몹시 심한 불안을 불러일으키기 때문에 사람들은 사
냥에 의식의 엄숙함을 부여하고 온갖 의례와 금기로 사냥을 포장"한다. 원

■
1) 카렌 암스트롱. 같은 책. 36쪽.

정을 떠나기 전, 사냥꾼은 성관계를 멀리해야 하는 들 정화의식을 거친 상태여야 한다.

동등하다는 생각에서 대칭성의 사고가 발달했다고 나카자와 신이치는 말한다. 사냥꾼들은 자신이 동물들에 가하는 잔혹한 행위에 대해서 실존적인 고민을 하게 되었다. 사냥을 한다는 것은 죽인다는 것이다. 인간이 포유류를 사냥할 때 얼굴을 보고 한다. 이들의 몸과 표정은 사람과 비슷했다. 포유류 역시 인간의 얼굴을 본다. 둘이 눈이 마주친다. 사냥꾼들은 동물들이 두려워하고 있음을 알 수 있었고 공포 섞인 비명을 들으며 동질감을 느꼈다. 공포의 얼굴이든 절박함의 얼굴이든 둘은 짧게 서로의 감정을 주고받는다. 서로 교차감정을 느낀다. 동물의 피도 사람의 피처럼 흘렀다. 그런 상황에서 상대방을 죽여야 된다는 것은 몹시 괴롭다.

의식과 감정을 지닌 비인간:
물까치, 너구리, 침팬지,
… 특히 코끼리

이러한 괴로움을 덜기 위해 한편으로 인간들은 동물들을 괴물로 타자화하고 그들에게서 영혼과 감정을 박탈해버린다. 정말 인간이 만물의 영장이고 다른 동물들은 생각도 하지 않고 감정도 없으며 오로지 본능으로만 살아갈까? 대개 사람들은 개나 원숭이 같은 경우는 일반적으로 지능지수가 어느 정도 있고 얼굴 인식도 하는 걸로 알고 있다. 2005년 양, 돼지, 닭들 가축들도 인지 능력이 높다고 영국의 과학자들이 주장하고 있다고 미국 ABC방송 인터넷 판이 보도했다.[2] 영국 케임브리지에 있는 베이브러엄 연구소의 연구팀은 양을 대상으로 비디오 화면을 통해 인간의 얼굴을 제대로 인식하면 상을 주는 실험을 한 결과, 이 양이 50점 만점을 받았다고

[2] http://www.khanews.com/medigate/view.html? idxno=8022

말했다. 실험으로 이 정도로 인식한다고 한다면 일정한 시간 동안 함께 지내면 실제로 거의 알아본다고 볼 수 있다. 새들도 자신들에게 해코지한 사람들이나 동물들에 대해 분명 기억하고 있다.

풀꽃세상 최성각의 「애도하는 물까치 가족」을 보면, 물까치 가족이 자신의 식구를 죽인 고양이에 대해 기억하고 공격하려고 하는 걸 볼 수 있다. 물까치가 여러 마리 날아와 고양이의 밥을 훔쳐 먹곤 했다. 두 달쯤 흐르는 동안 고양이 일점이는 그런 물까치들을 가만히 바라보는 눈치였는데

> 기어이 사고가 났단다. 어제 아침이었는데, 동이 트자 창 밖에서 물까치들이 너무나 요란하게 울부짖는 것이야 이건 다른 때의 평화로운 소리가 아니었어. … 그런데 그날 아침 물까치들 스무 마리 가량이 창밖 잣나무 아래에서 낸 소리들은 앙칼지고 처절한 울부짖음이었단다. 얼른 '스리빠'를 끌고 나가보니, 아뿔싸, 잣나무 아래에 물까치 한 마리가 죽어있었고, 저만치 벽돌더미 위에는 '일점이'가 시침을 떼고 앉아 있었단다. 수십 마리의 물까치들은 죽은 물까치 한 마리 위의 허공을 선회하면서 거칠게 울부짖고 있었는데, 아 그것은 너무나 놀라운 광경이었단다. …
> 더 놀라운 일은 잠시 뒤에 일어났단다. 개울로 슬그머니 자리를 피한 일점이를 향해 수십 마리의 물까치들이 일제히 공격을 하기 시작했단다.[3]

이어서 최성각은 그러는 동안 자기는 할 일이 없었다고 한다. 물까치들의 슬픔과 애도, 고양이에 대한 격렬한 분노가 가라앉아 숲이 다시 본래의 고요를 찾을 때까지에는 아주 한참의 시간이 걸렸다고 한다. 그리고 덧붙이는 말이 어쩌면 고양이 일점이가 밥통 때문에 그러는 것이 아닐 수도

■
3) 『고래가 그랬어』. 2016년 7월호.

있단다. 왜냐하면 사고 나기 얼마 전에 밭 한 가운데에 일점이가 앉아 있었는데 일점이 머리 위로 물까치 여러 마리가 번갈아 잡힐 듯 말 듯 가까이 날면서 일점이를 놀렸다는 것이다.

동물들도 학습을 통해서 배우고 나름의 문화를 일구고 산다. 어느날 우연히 EBS 다큐프라임 '생존'에서 야생너구리가 생존하는 모습들을 보게 되었다. 너구리 아이들이 이제 커서 자기가 먹이를 스스로 마련할 때가 되었을 때 뱀을 잡는 모습을 보여준 것이다. 막내 너구리가 뱀을 입으로 물려고 하자 뱀이 결사적으로 방어를 하니 어찌할 줄 몰라 하며 시도와 도망을 되풀이하는데 형 너구리가 와서 그 뱀을 가로채서 여러 번의 시도 끝에 잡아먹는다. 그러자 막내 너구리는 완전 먹이를 형에게 뺏기게 되자 화가 나서 수풀이나 주변에 분풀이를 하는데 그러다가 뱀과 굵기와 길이뿐 아니라 색깔까지 비슷한, 하지만 안전한 나뭇가지를 발견하게 된다. 그리고는 나뭇가지를 물었다 놓았다를 반복하면서 형 너구리가 뱀을 포획하는 장면 그대로 연습하는 광경을 보게 되었다. 팔리 모왓^{Farley Mowat}의 『울지 않는 늑대』를 보면, 이 책은 매우 감동 깊게 읽은 책인데, 늑대 아빠가 아이들을 데리고 산언덕에 가서 산 아래로 지나가는 순록 떼를 함께 지켜본다. 그러다가 아빠늑대는 아주 적절한 순간이 오면 재빠르게 덮쳐 순록을 사냥한다. 빠르게 달리는 튼튼한 순록의 뒷다리에, 그리고 집단적 이동으로 무리들에게 짓밟힐 수도 있는, 목숨을 건 사냥의 순간을 아이들에게 보여줌으로써 교육을 시키는 것이다. 그리고 늑대가족에게 멀리서 손님이 오는데 아빠늑대가 마중을 한참 가서 모시고 온다. 아마 장인장모가 찾아오나 보다. 그리고 며칠을 머물고 떠날 때 역시 멀리까지 배웅한다. 동물들이 지능이 있고 감정이 있고 자식의 미래를 생각하고 서로 가족끼리 연락하고 사는 모습을 본다.

제인 구달은 슬픔으로 죽은 침팬지의 사례를 다섯 보고하고 있다. 모두 5살 이하의 원숭이로 어미가 죽었을 때 그러한 일이 있었다고 한다.[4]

암컷 침팬지인 플로는 고령으로 냇가에서 죽었다. 아들인 플린트는 어미의 사체 곁에 머문 채 엄마의 팔 중 하나를 붙잡고는 팔로 엄마를 일으켜 세우려고 했다. 아들은 밤새 어미 곁에서 잠을 잤으며, 아침에는 우울증의 징후를 보였다. 다음 며칠 동안 어디를 쏘다니든 항상 어미 사체 곁으로 돌아와 구더기를 없애버리려고 했다. 마침내 구더기가 자기를 공격하기 시작하자 돌아오기를 멈췄지만 약 45미터 떨어진 곳에 머문 채 움직이려고 들지 않았다. 열흘 정도가 지나자 그의 체중은 약 1/3로 줄었다. 마침내 땅에 묻기 위해 어미 사체를 옮기자 그는 어미가 묻힌 곳 가까이 있는 바위 위에 앉아 있다가 죽었다. 검사해보니 아무런 죽음의 원인도 찾을 수 없다. 영장류연구자인 제인 구달은 죽음의 주요 원인은 슬픔이라고 결론을 내렸다. "그의 세계 전체는 플로를 중심으로 돌았다. 어미가 떠나자 삶은 공허하고 무의미한 것이 되었다."

자연 속에서 함께 살아가는 것들로 비인간 존재를 본다면 이들의 감정, 사랑, 지능, 유대감 들 인간이 갖고 있는 그 모든 것들이 어떤 것은 좀 더 진하게 어떤 것은 좀 더 연하게 표현됨을 알 수 있을 것이다.[5]

코끼리에 대해 로마 시대로 올라가보자. 마샤 누스바움에 따르면, 기원전 55년, 로마의 지도자 폼페이우스는 인간과 코끼리들 간의 싸움을 개최했다. 원형경기장에 둘러싸인 코끼리들은 도저히 벗어날 희망이 없음을 감지했다. 플리니우스에 따르면, 그러자 그들은 "군중 속으로 들어가 형언할 수 없는 몸짓으로 군중의 연민을 사고 일종의 애가로 자신들의 곤경을 애통해했다." 이들의 곤경에 마음에 짠해져 연민을 느끼고 분노하게 된 군중은 자리에서 일어나 폼페이우

■

4) Jane Goodal. 165쪽.
5) Pliny. *Nat. Hist.* 8. 7. 20~21. Cicero. *Ad Fam.* 7. 1. 3. 마샤 누스바움의 『감정의 격동』 1권 『욕망과 인정』 177쪽. 재인용.

스에게 욕설을 퍼부었다. – 키케로에 따르면, 코끼리들이 인간이라는 종과 어떤 공통적인 관계를 갖고 있다고 느꼈기 때문이다.

이것이 가능한 이유는 여러 가지 있겠지만 우선 코끼리는 언어를 사용한다. 코를 이용해 소리를 내어 대화한다. 주로 인간이 들을 수 없는 초저주파를 이용하기 때문에 사람의 눈앞에서 대화하는데도 모르는 경우가 많다. 코끼리가 대화중일 때는 귀를 펄럭거리고 있기 때문에 구별이 가능하다. 현재까지 약 70여개의 단어를 찾아냈다. 심지어 동료 코끼리가 불렀을 때 "새끼를 돌봐야 해서 그쪽으로 갈 수 없어"라고 대답할 수 있을 정도로 상당한 수준까지 대화가 가능하다. 원형 경기장에서 언어를 통해 단결했기 때문에 가능한 일이다. 감정적인 교류도 물론 가능하다.

코끼리가 자기감정을 어떻게 드러내고 그 감정에 따라 어떻게 행동하는 지에 대해서는 좀 많이 알려져 있다. 태국은 코끼리 관광이 유명하다. 그만큼 코끼리에 관한 일화가 많다. 태국의 한 아기 코끼리가 자신을 돌봐주는 사육사를 구하기 위해 겁 없이 물속으로 뛰어드는 영상이 각종 매체에 공개되었다. 영국의 데일리메일에 따르면, 태국의 한 코끼리 보호구역에 살고 있는 아기 코끼리 캄라[Kham Lha]는 평소 자신을 돌봐주는 사육사 대릭이 장난으로 공원에 있는 호수에 빠지는 시늉을 하자 황급히 물속으로 뛰어 들어갔다고 한다. 평소 대릭을 잘 따르고 좋아하던 캄 라는 자신의 주인이 무사한 것을 확인하고 코와 다리로 그를 안아준다. 자신을 구하기 위해 달려와 준 캄 라의 행동에 감동받은 대릭은 "우리가 동물을 소중하게 대하면 동물들도 보답할 줄 안다"며 "앞으로 캄 라가 건강하게 자라도록 더 잘 보살피겠다"고 전했다.[6]

서커스단이나 동물 공연을 하는 동물원 들에서 정신적, 신체적 학대를 받아 인간과의 생활에 지장이 되는 문제행동을 일으키거나 병이 들어

---

[6] http://www.koreatimes.co.kr/www/news/world/kr/182_216275.html

서커스 공연의 코끼리들 https://blog.daum.net/minibabo/15680619

더 이상 돈벌이에 사용될 수 없는 상태가 되어 전문 보호소에 온 코끼리
들에 대해 이야기해보자.7) 이들은 하루 종일 벽만 보고 서있거나 머리를
계속 돌리기도 하고 다리를 끊임없이 흔들기도 하고, 심지어 조련사나 사
육사를 코로 쳐서 중상을 입히거나 죽이며 심지어 발로 밟아 죽이기도 한
다. 앞의 행동들은 롯데 백화점 옥상의 사슴과 비슷하지만, 덩치도 크고
힘도 세기 때문에 분노하면 사슴과 달리 사람을 죽이기도 하는 것이다. 책
에서는 이런 문제행동을 아우슈비츠 수용소의 수용인들과 그 수용소에서
일을 했던 사람들이 보인 정신적 문제와 비교해 풀어가는 데 이것은 놀랄
정도로 코끼리의 이상행동과 닮았다고 본다. 이들을 코끼리라 하지 않고
그냥 이들의 행동만을 정신과의사에게 말하면 모두 외상 후 스트레스 장
애(PTSD)라고 한단다. 좁은 우리에 갇혀서 엄청난 학대와 잔혹한 체벌 들
로 인한 트라우마가 너무 심하기 때문이다.

■

7) G. A. 브래드쇼 『코끼리가 아프다』. 참조.

더구나 국립공원의 야생코끼리들도 코뿔소를 들이받고 죽이기도 하는데 이들의 행동은 어른들과 함께 생활하면서 배워야 할 것을 제대로 배우지 못해 버릇이 아주 망나니가 되었기 때문이라고 한다. 국립공원 내 코끼리의 개체 수가 너무 불어나자 국립공원 내 생태계의 균형을 염려하여 국립공원 측에서 어른 코끼리들을 많이 살해하게 되었다. 그러자 아기 코끼리들이 어른 코끼리들과 함께 생활하면서 받게 될 교육이나 훈계를 제대로 못 받았기 때문이라고 한다. 우리가 보기에 동물들이 그냥 떼를 지어 임의로 다니는 것 같지만 그 안에 지혜의 전달, 생활관습의 전수, 코끼리로서 지켜야 할 규범들이 다 들어있다. 오히려 지금처럼 무작위로 늘어나는 인구수를 볼 때나, 돈과 권력을 위해 지구 전체의 생태계를 파괴하는 인간들이 조상으로부터의 지혜나 관습을 무시하고 제멋대로 행동하는 것이라 할 수 있다.

지구에 사는 생물들의 질서인 생태계에서 임의로 이탈하여 왕초노릇을 하는 인간들은 어떤 마음에서 그렇게 할까. 이에 대해『사피엔스』의 저자 유발 하라리는 그동안 무관심했다고 다음과 같이 정리한다.[8]

> 대서양 노예무역이 아프리카인을 향한 증오의 결과가 아니었던 것처럼 현대의 동물산업도 악의를 기반으로 출발한 것이 아니었다. 이번에도 그 연료는 무관심이다. 달걀과 우유와 고기를 생산하고 소비하는 대부분의 사람들은 짬을 내어 자기가 살이나 그 산물을 먹고 있는 닭과 암소, 돼지를 생각하는 일이 드물다. 실제로 생각해본 사람들은 종종 그런 동물은 실제로 기계와 다를 것이 거의 없어 감정이나 느낌이 없고 고통을 느낄 능력도 없다고 주장한다. 하지만 얄궂게도 우리의 우유 기계나 달걀 기계를 빚어내는 바로 그 과학 분야는 최근 포유류와 조류가 복잡한 감각과 감정적 기질을 지녔다는 점은 의심의 여지가 없는 것을 증명해냈다. 육체적 통증을 느끼는

---

8) 유발 하라리. 『사피엔스』. 486쪽.

것은 물론, 정서적 고통도 느낀다는 것이다.

내가 싫어하는 유발 하라리는 증오와 악의를 먼저 말한다. 하라리가 보기에 증오가 있는 사람이 상대방을 제압해서 노예로 삼는데 무관심한데도 노예로 삼았단다, 그리고 악의가 있는 사람이 동물을 해코지할 목적으로 그들을 가두어 잡아먹고 알을 빼앗는 것인데 무관심한 사람들이 공장식 축산을 했단다. 희한한 논리이다. 국가의 비호아래 자본이나 국가가 저지른 납치, 인신매매, 인신구속, 강제노동, 살인 들과 노예무역 범죄를 무관심해서 했다는 둥, 마찬가지로 자본과 과학기술과 발명품, 국가의 체계적 지원이 만나 조직적으로 만든 대규모 도살상과 산업식 축산농장이 무관심에서 출발했다니.

증오와 악의는 개체와 개체 간의 공존이든 갈등이든 오랜 동거에서 나오는 사적인 감정들이다. 이런 사적 감정을 개입시켜 본질을 흐리려는 나쁜 의도도 있지만, 사실 하라리가 말하고자 하는 진짜 의도는 우리와 같은 평범한 사람들에게 비도덕적 책임을 떠넘기는데 목적이 있다. 우리 같은 평범한 사람들이 들고 일어나 노예제와 같은 비인간적 제도와 행위들에 대해 반대하고 가축 사육장의 처참한 환경에 대해 분노해야 하는데 그냥 노예를 부리고 달걀을 먹고 햄버거를 먹었다는 것이다. 이건 서구 자본주의 문명에게 도덕적 면죄부를 주고자 하는 것이다. 하나하나 해체하여 개인들에게 책임을 넘긴다.

어쨌든, 하라리가 의도하는 걸 조금 더 적어보자. 우리 평범한 사람 역시 책임이 없는 것은 아니니까. 알려고 하면 충분히 알 수 있었지만 그런 것에 대해 생각하지 않았기 때문에 알지 못했다. 설사 알려고 했다고 하더라도 동물들은 감정이나 감성이 없기 때문에 마구 죽여도 된다고 생각했기 때문에 이제까지는 죄가 없다. 하지만 이제 과학은 동물들이 감정이나 의식이 있다고 밝히고 있으니 좋게 말해서 그 참혹함을 좀 줄여보자는 것이다.

인간이 동물에 대해 가지는 심리적 태도는 이들 포유류가 애완용인지 식용인지 아니면 야생의 존재인지에 따라 달라진다.[9] 영국 케임브리지 베어브러험 연구소 신경학자 키스 켄드릭은 사람들이 개나 원숭이에 대해서는 당연히 여기면서도 양처럼 "먹을 것"으로 인식되는 가축들의 지능에 대해서는 생각지 않기 때문에 "아무도 (이 얘기를) 믿으려 하지 않는다"고 말했다. 브리스틀 대학의 존 웹스터 교수에 따르면 '햄릿'이라는 이름의 돼지는 '컴퓨터 귀재'다. 이 돼지는 침팬지용으로 제작된 조작용 손잡이를 사용해 모니터에서 커서를 정해진 파란 부분 안으로 움직일 수 있다. 닭이 닭장의 자동 온도조절 장치를 조작하는 법을 배울 수 있고 소가 놀라운 내면세계를 가지고 있다는 연구결과도 나왔다. 케임브리지 대학의 도널드 브룸 교수는 소들이 평생의 우정을 형성할 수 있으며 최근 연구에서는 소들이 새로운 것을 배울 때 "유레카, 문제 해결 방법을 알아냈다"고 말하는 것 같은" 흥분을 보인다는 결과도 나왔다고 말했다. 영국에서 농장을 경영하는 존 레드모어는 가축의 지능이 높다고 해도 육식을 하는 것은 인간의 자연스러운 모습이지만 동물들에게 인지 능력이 있으므로 목장의 가축들을 동정심을 가지고 돌봐야 한다고 주장했다고 ABC방송은 덧붙였다.

최근 새들에게도 지능이 있다는 연구를 하여 네이쳐^{Nature} 지에 실렸다는 보도를 본 적이 있다. 새들의 뇌를 쪼개서 신경생리학적으로 연구하기 위해 수많은 새들을 죽이고 약물로 마취하고 수백억의 돈을 들여서 난리를 쳐서 겨우 알아냈단다. 옛날 사람들은 그런 난리법석을 치지 않더라도 모두 새들이 우리와 같이 기쁘면 노래하고 슬프면 울고 서로 사랑하며 둥지를 짓고 적을 물리치기 위해 경계를 하고 … 그 모든 것을 안다. 현대과학이란 그냥 아는 것, 가르쳐주지 않아도 다 알고 있는 것을 전면적으로 부정하고는 돈을 쳐들이고 시간과 노력을 들여서 실험실에서 수없이 새들을 죽여야만 알게 된다.

9) "영국 과학자들 "가축 인지능력 높다." 한겨레. 2005. 05. 23.

그 오랜 과학의 발달로 이제 경우 알게 된 것을 예전에는 다 알고 있었다. 날마다 식탁에 오르는 쇠고기 닭고기 돼지고기 이들은 공장용 축산을 통해서 대량으로 길러진 것이다. 우리는 해체되어 생명이 아닌 부위별로 포장된 것을 시장에 가서 사올 뿐이다. 닭들이 A4용지 보다 좀 작은 크기만한 닭장에서 태어난 지 3개월 만에 도살되고 돼지 역시 겨우 몸을 움직일 수 있는 공간에서 그 자리에서 오줌 누고 똥 누고 그 자리에서 자고 그 자리에서 먹고 … 황윤 감독은 <잡식가족의 딜레마>에서 지하 돼지농장의 처참한 모습을 보고 "그날 지옥을 보았다"고 한다. 그 이후 그는 고기를 보면 토한단다.

이건 아니다. 증오와 악의는 아니더라도 극소수의 권력과 탐욕을 위해서 철학이 형성된다. 중세에는 성직자와 왕을 위해서 신의 철학은 신의 존재증명에 동원되었다. 근대 이후 철학은 자연이 순수물질이며 순수형식이라는 데 전념했다. 그러자 과학자들은 실험실에서 자연에 생명을 빼앗고 낱낱이 해부하여 순수물질로 만들었다.

데카르트의 이원론에 의해서 영혼이 육체와 분리되듯이 인간 이외의 동물들은 육체라는 물질만 있을 뿐 영혼이 없기 때문에 고통도 기쁨도 못 느낀다고 보았다. 수전 그리핀Susan Griffin은 "의식은 자연의 필수 불가결한 구성 요소이다. 그러나 우리는 이점을 제대로 이해하지 못하고 있다. 우리는 자연으로부터 영혼을 탈취해왔다. 혹은 그렇게 믿고 있다. 왜냐하면 자연 속에 깃들어있는 영혼을 빼앗는 것은 불가능하기 때문"이라고 한다.[10] 서구문명에 의하여 우리에게 주입된 것은 오직 인간만이 영혼을 갖고 있는 존재라는 것이다. 『명상록』에서 데카르트는 해면과 조개에도 영혼이 있다는 것을 증명해보고자 했으나 결국 동물에게는 영혼이 없다는 결론에 도달하게 되었다고 고백하였다.

■

10) 수전 그리핀 「굽어진 길」. 『다시 꾸며보는 세상』. 145쪽.

비문명의 신화:
공존과 대칭의 신화

　비문명의 사회는 이 모든 것을 알았다. 문명의 사회에 살고 있는 우리도 사실은 다 안다. 하지만 모른다고 가정한다. 그래야 살기 편하다. 내가 축산업자이거나 도살자가 아니라하더라도 매일 고기를 먹으며 죄의식을 갖고 살 수는 없을 것이다. 단순히 직접 죽여 직접 먹는 행위는 가장 바람직한 것이다. 동물들이 자신들이 먹기 위해 사냥을 하듯. 가족의 구성원 한 명이 사냥해서 그 가족들이 먹는다고 해도 바람직한 것이다. 그것은 들판에서 사자가 얼룩말을 사냥하는 것과 같다. 얼룩말을 사냥하는 사자를 잔인하다고 보게 TV가 가르친다. 피를 흘리며 죽이는 행위는 잔인하다. 이렇게 주입을 받으면 탈레반이 영국인 기자의 목을 참수하는 행위는 잔인하지만 미군이 폭격기로 초등학교와 병원을 폭파시키고 수십 명의 아이와 환자를 죽이는 것은 의도하지 않은, 간접적으로 일어나는 전쟁의 부수적 효과일 뿐이다.

　자신이나 자신의 가족을 위해 직접 동물을 죽인다면 미안한 마음을 가진, 어떤 경건한 행위가 될 것이다. 그게 아니라면, 돈을 벌기 위해, 명예를 위해, 경쟁심을 충족시키기 위해 죽이기 위해서는 어떤 허구가 필요하다. 신이 인간을 최고의 존재로 만들어 다른 동물을 지배하도록 허용했다든지, 동물들은 감각이나 감정이 없기 때문에 동물을 죽이는 행위는 돌을 망치로 깨뜨리는 것과 별로 다름이 없기 때문에 죽일 때 죄책감을 느낄 필요가 없다든지.

　마치 사자가 얼룩말을 잡아먹듯이 비록 내가 먹기 위해 죽이는 것이라 하더라도, 신화는, 아주 옛날 비문명의 원시사회에서부터 인간의 이런 실존적인 문제를 해결하기 위해, 존재하기 시작했다고 할 수 있다. 카렌 암스트롱은 『신화의 역사』에서 "신화가 크게 꽃피기 시작한 때는 호모사피엔스가 호모 네칸스, 즉 '죽이는 사람'이 된 시기이다. 이들은 거친 세상 속의 생존 조건과 매우 힘겹게 타협한 사람들이다. 신화는 종종 깊은 불안 으로부터 오기도 한다. 이 불안은 근본적으로 실질적인 문제에 관한 것으로, 순전히 논리적인 논증으로써는 잠재울 수 없는 것"이다.[11]

이 불안을 없애기 위해 신화가 나왔다. 그러면 신화는 인간처럼 생각 이 있고 감정이 있는 포유류를 죽이는 것을 어떻게 사유했을까. 나카자와 신이치는 『곰에서 왕으로』에서 곰을 죽이는 행위를 신화적 사고의 눈으로 보자고 한다.[12] 현실의 눈에는 인간이 곰을 죽이는 광경에 지나지 않지만 신화적 사고의 눈으로 보면, 곰이 털가죽으로 만든 외투를 벗고 순수한 영 혼으로 돌아가는 중대한 전환의 순간으로 이해된다고 한다. 그들 앞에 남 겨진 곰의 몸은 인간에 대한 소중한 선물인 셈이므로 정성스럽게 세심한 주의를 기울여 다루어야 하며 특히 해체를 할 때 잘못해서 뼈나 힘줄에 상처를 입혀서는 안 된다.

육체로부터 분리된 곰의 영혼은 동물의 정령이 집합하는 장소로 돌아 가려고 하는데, 그들을 제대로 돌려보내는 것은 인간만이 할 수 있는 일이 다. 말하자면 곰은 '횡사'한 셈이므로, 난폭해진 영혼을 진정시켜서 돌려보 내기 위해 인간은 진심을 담아 영혼에게 말을 건다. "당신의 두개골을 이 렇게 예쁘게 장식해주었어요. 당신은 무척 아름다워요. 당당하게 가슴을 펴고 곰의 영혼이 사는 마을로 돌아가세요. 그리고 인간세계에 있을 때 손 님으로서 얼마나 훌륭하게 대접을 받았는지 다른 곰의 영혼에게 이야기해 주세요. 그렇게 하면 당신 친구들이 기꺼이 다시 손님으로 와 줄 테니까 요."라고.

■
11) 카렌 암스트롱. 『신화와 역사』. 38쪽.
12) 나카자와 신이치. 『곰에서 왕으로』. 112쪽.

나카자와 신이치는 곰 사냥이라는 행위 전체가 현실의 행위 레벨과 '시적인 층'과의 합주로 연주되고 있다는 걸 알려준다. 현실에 일어나고 있는 것은 그저 단순한 곰 살해에 불과하지만, 대칭성 사회의 사람들은 세계의 전체성 안으로 끌어들여서 곰 살해의 의미를 이해하고자 했던 것이다. 그는 이어 에콜로지(생태학)와는 다른 신화적 사고에서의 '전체성'에 대해 말한다. 에콜로지는 인간은 인간, 곰은 곰, 그 위에서 모두 모여 서로 공생하고 있다는 의미의 '전체성'이지만, 대칭성 사회의 사람들은 인간과 곰(을 비롯한 모든 동물들)이 서로의 존재를 유동적으로 왕래할 수 있는 유동적인 생명의 레벨까지 내려가서 거기서 '전체성'을 사고하고자 하기 때문이다.

나카자와 신이치는 이처럼 동물과 인간이 서로의 존재를 유동적으로 왕래할 수 있는 유동적 생명의 레벨의 전형적인 예를 염소사냥꾼의 신화를 빌어 설명한다.[13] 그는 비문명의 사회인 '대칭성의 사회'에 대해 말하고 있다. 이들은 신화적인 사고를 이용해서 이 어려운 실존의 문제를 해결하려 했는데 이 이야기는 북아메리카 북서해안과 내륙지방 고원에 사는 톰슨 인디언 사이에 전해 내려온다.

> 어느 마을에서 막내아들이 사냥 훈련을 받고 있던 중이었는데, 다른 사람들이 허탕을 친 반면 그는 염소 한 마리를 사냥했다. 막내아들은 야생 염소의 가죽을 벗기고 고기를 자르는 동안 정해진 규율에 따라 기도를 드리는 등 야생 염소의 몸을 매우 극진히 다루었다. 작업을 마쳤을 때, 눈앞에 하얀 피부의 아름다운 여자가 나타나 자기 집에 같이 가자고 그를 유혹했다. 막내아들은 훈련 중이므로 여자의 유혹을 거절했지만, 뛰어난 사냥꾼이 되기 위한 지식을 얻을 수 있다는 말에 끌려 그녀를 따라갔다. 그가 간 곳은 커다란 동굴이었고 그곳은 야생 염소들이 거처하는 곳이었다. 여자가 말했다. "이제부터 나는 당신의 아내예요. 여기는 야생 염소들의 동굴이며, … 낮과 밤

13) 나카자와 신이치. 같은 책. 46~47쪽.

염소사냥꾼, 염소가죽을 덮어쓰고 있다.
https://blog.naver.com/cafe_planet/221091717880

이 네 번 바뀌었을 때, 아내가 그의 활과 화살을 내주며 작별인사를 했다. "자, 당신의 활과 화살이 여기 있어요. 당신은 이제 훌륭한 사냥꾼이에요. 당신은 야생 염소가 사람이라는 걸 잘 알고 있어요. 그러니까 야생 염소를 죽이거든 사체를 다룰 때 경의를 표해야만 해요. 당신은 모든 암염소와 관계를 가졌으므로, 암염소들은 당신의 아내이며 당신의 아이를 낳을 거예요. 그러니까 이제 암염소와 새끼 염소는 절대 쏴서는 안 돼요. 새끼 염소는 당신의 자손인 셈이니까. 처남에 해당하는 숫염소만 쏘세요. 그들을 죽이더라도 미안한 마음을 가질 필요는 없어요. 왜냐하면 정말로 죽이는 것이 아니라 단지 집으로 돌아가는 것일 뿐이니까. 고기와 털가죽은 당신이 가져가지만, 진정한 그들 자신은 집으로 돌아가는 셈이지요." 말을 마친 여자는 고기 꾸러미를 등에 얹어주고 헤어졌다.

이 신화는 젊은이가 훌륭한 사냥꾼이 되기 위해 갖추어야 할 규율의 '기원'에 대한 것이다. 사냥꾼에게는 '기술' 뿐만 아니라 '윤리'에 대한 소양도 갖추어야 했다. 그 윤리는 무엇인가. 데릭 젠슨이 『문명의 엔드게임』

에서 맨날 읊조리는 말, 우리가 맛있게 연어를 먹는다면, 그리고 앞으로 계속 먹으려고 한다면, 우리가 연어에게 할 수 있는 최대의 예의는 연어의 공동체의 존속을 보장하는 것이라고 한다. 염소 사냥도 그러하다. 필요한 양 만큼의 사냥만 할 뿐이지 내기나 경쟁심리, 탐욕, 질투, 화풀이 들로 사냥하지는 않을 것이다.

앞에서 유발 하라리는 인간의 무관심을 문명의 불쏘시개로 본다. 번역에 따라 무관심은 냉담으로 옮길 수 있다. 인간의 냉담함은 곧 '기술'에 관한 것이지 '윤리'에 관한 것이 아니다. 데릭 젠슨은 인간이 연어를 먹는다는 것과 약탈한다는 것이 어떻게 다른 지 다음과 같이 설명한다.[14]

> "이 말은 약탈(predation)이 나쁘다는 의미인가요?"
> "어째서요?"
> "왜가리가 올챙이를 잡아먹으면, 우린 올챙이가 정서적으로 건강한 개구리로 성장하지 못할 거라고 확실하게 말할 수 있어요. 아예 올챙이는 절대로 개구리가 못 될 테니까."
> "난 우리가 인간보다 큰 공동체에 참여하는 게 무슨 의미인지에 관해 아무런 개념도 갖고 있지 못하다고 생각해요. 얼마 전 스포캔에서 라디오 인터뷰를 가진 적이 있어요. 그때 인터뷰 진행자가 정복 이전의 인디언들도 문명인들 못지않게 연어를 착취했다고 말하더군요. 이에 대해 첫째, 그렇다면 전에는 연어가 왜 그처럼 많았고 지금은 왜 이렇게 줄었는가? 뭔가 분명히 달라진 게 있다. 둘째, 인디언들은 연어를 먹었지 연어를 착취한 것이 아니다. 무엇이 다르냐고 묻더군 나는 인디언들은 연어와 유대를 맺고 고기를 먹는 대신 연어를 존중했다고 대답했어요."
> "난 그 대답을 하고 나서 찜찜했어요. 말 자체는 옳더라도 사실상 거짓일 여지가 많거든. 약탈자와 먹잇감 사이에는 또 다른 필요조건도 있겠지만 난 모르겠고 그런데 내가 그날 저녁에 코요테나무로

14) 데릭 젠슨. 『문명의 엔드게임』. 153~155쪽.

산책하러 갔어요."

...

"나는 계속 이런 질문들을 떠올렸어요. 약탈자와 먹잇감 간에는 어떤 유대가 있는가? 그들이 관계를 맺는 조건은 무엇인가? 먹는 자가 어떻게 먹힌 자의 영령에게 존경을 나타낸다는 것일까?"

"그래서요."

"그 코요테나무가 내게 답을 알려줬어요." ··· "사람이 누군가를 잡아먹으면 먹힌 자의 공동체의 생존-그리고 존엄성-에 책임을 지게 된다는 거예요. 나는 연어를 먹을 때 연어가 계속 나와서 우리가 먹을 수 있도록 해야겠다고 연어가 사는 강을 잘 유지해야겠다고 다짐해요. 나무를 벨 때도 내가 속한 보다 큰 공동체에 똑같은 다짐을 합니다. 쇠고기를 먹을 때는 공장형 축사를 없애야겠다고 다짐하고

앞에서 예로 든 염소사냥꾼의 이야기에서도 마찬가지다. 염소를 계속 먹을 수 있으려면 염소의 공동체를 지켜주기 위해 어떤 규율을 지켜야 하는 것이다. 암염소와 새끼염소를 절대 쏴서는 안 된다는 것이다. 그런데 염소를 타자화하고 냉담하게 대상화한다면 이 윤리는 지켜질 수 없다. 여기에 근본적인 철학이 개입한다. 이들 인디언들의 사유체계에서는 인간과 동물 사이에 본질적인 차이는 존재하지 않는다고 여겼으며 동물은 마음만 먹으면 간단히 인간이 될 수 있으며, 인간 역시 동물로 변신이 가능하다고 여겼던 것이다.

나아가 야생 염소와 인간 사이에 결혼이 이루어진다. 나카자와 신이치에 따르면, 아내가 된 야생 염소=여성은 인간에게 숫염소만 사냥해야 하는 이유를 가르쳐 주고 다시 야생 염소의 사회로 돌아간다. 야생 염소 사회는 인간 사회에 '빚'을 진 셈이다. 신화적 사고에 의하면, 야생 염소들은 그 빚을 갚기 위해서 인간에게 자신들의 고기와 털가죽을 보내온다는 거다. 인간이 야생 염소와 같은 동물을 잡아도 되는 이유는 야생 염소가 인간에게 고기와 털가죽을 선물해준다는 데 있다. 게다가 고기와 털가죽을

얻기 위해 동물을 죽이는 것처럼 보이지만, 실제로는 고기나 털가죽을 벗어버림으로써 혼령이 본래 살던 곳으로 돌아가는 것에 불과하다는 것이다.

여기는 선물에 대한 관념이 깔려 있다. 선물은 호혜성의 산물이다. 인간과 동물의 이러한 호혜적 관계는 인간과 인간 사이의 호혜적 관계를 전제한다. 하지만 인간이 동물을 냉혹하게 죽이고 잔인하게 학대하며 동물을 사육한다면 그런 인간 사회에는 그런 동물처럼 대우받는 인간들이 존재하기 마련이다. 동물을 가축화하기 시작하면서 인간노예가 시작되었는지 거꾸로인지는 알 수 없지만 거의 비슷한 시기에 같이 시작되었다 할 수 있다. 그런데 인간과 동물의 공존에서 대칭성이 조금씩 깨어진다. 동물과 인간의 대칭성을 깨뜨리는 계기는 사냥기술의 발달이다. 침팬지와 창과 활을 든 인간, 누가 유리하겠는가? 사냥기술의 발달에는 언어와 기술(도구 또는 무기)의 발달이 결정적이다.

'무기'가 인간과 동물의 대칭성을 깨뜨리는 결정적인 계기가 되었다는 것을 보기 전에 언어의 문제를 지적하는 유발 하라리의 주장을 보자.[15] 유발 하라리는 문명이나 자본주의와 같은 어떤 인류의 산물이 인류를 궁지로 몰아넣는다고 보기보다는 인류 자체가 본질적으로 영리하고 잔혹하며 그리하여 자기지배 나아가 자기파멸적이라 본다. 그가 현생 인류가 동물과의 관계에서 대칭성을 깨뜨리는 결정적인 계기는 인간의 언어로 본다. 인간은 언어가 있기 때문에 픽션(허구)를 만들어낼 수 있다. 공통의 신, 공통의 신화적 조상이나 토템 동물에게 호소함으로써 낯선 사람들에게도 호소함으로써 신뢰를 쌓을 수 있다고 한다. 그래서 작은 무리가 아니라 큰 무리를 이룰 수 있고 큰 무리 내부의 의사소통을 원활하게 하여 대규모 사냥이 가능하다는 것이다. "네안데르탈인은 보통 혼자 아니면 작은 집단으로 사냥했다. 이와 달리 사피엔스는 수십 명이 협력하는 사냥기술을 개발"했다. 심지어 각기 다른 무리가 연합해서 사냥하기도 했을 것이다. 특별히

■
15) 유발 하라리. 『사피엔스』. 64~65쪽.

효과적인 사냥기술 가운데 하나는 야생마 같은 동물 떼 전체를 에워싸고 좁은 협곡으로 추적해서 몰아넣는 것이다. 이렇게 몰아넣으면 대량으로 죽이기가 쉽다.

모든 것이 계획대로 된다면, 이들 무리는 어느 오후에 한나절 협력을 통해 몇 톤에 이르는 고기와 지방과 동물 가죽을 얻을 수 있었을 것이다. 이렇게 해서 만들어진 부는 대대적인 선물잔치로 소비해버릴 수도 있고 말리고 연기에 그을리거나 극지방의 경우 얼려서 나중에 쓸 수도 있었다. 이에 대한 예로 고고학자들이 발견한, 이런 방식으로 해마다 동물 무리 전체가 도살된 유적지들을 든다. 그 가운데 울타리와 장애물을 설치해서 인공적인 함정과 도살장을 만든 유적지도 있었다고 한다.

들소를 절벽으로 몰아가는 인디언식 사냥술 https://www.istockphoto.com/kr/

이와 같은 풍경이 조지프 켐벨의 『원시신화』에서 조지 버드 그린넬의 묘사에 그대로 등장한다. 그린넬은 1870년대 초 '서부 황야'에서 실제로 행해지던 들소 사냥과 들소 몰이에 직접 참여한 경험이 있다. 몬타나 주 블랙풋 족의 삶은 거대한 들소 떼의 출몰과 긴밀하게 관련되어 있다.[16]

들소를 피스쿤(들소를 잡는 함정)으로 몰기 전날 밤, 인-이스-킴(들소 바위)을 소유하고 있는 주술사는 자신의 담배 쌈을 펼쳐놓고 사냥의 성공을 위하여 태양에게 기도하였다. 다음날 아침이 되자 그는 들소를 유인하는 역할을 하기 위해 집을 나서면서 아내들에게는 자신이 돌아올 때까지 집을 떠나거나 집 밖을 보아서는 안 되고 향기로운 풀을 계속 태우면서 자신의 성공과 안전을 위하여 태양에게 기도해줄 것을 부탁 … 그는 먹고 마시지도 않고 평원으로 나갔고 마을 사람들도 그를 따라 나섰으며 V자 형의 바위 숲 뒤에 몸을 숨겼다. 주술사는 들소의 머리로 만든 두건을 쓰고 들소의 가죽으로 만든 옷을 입은 뒤 들소들이 모여 있는 곳으로 출발하였다. 마침내 들소떼가 그를 보자 그는 바위 숲의 입구로 서서히 걸어갔다. 여느 때처럼 들소들이 따라왔고 그는 속도를 내었다. 들소들이 더 빨리 따라오자 그도 속도를 더 내었다. 마침내 들소들이 바위 숲 입구를 지나 그 안으로 완전히 들어오자 들소들이 지나간 바위 숲 뒤에 숨어있던 사람들이 일시에 일어섰다. 그리고 소리를 지르면서 무릎 덮개를 일제히 흔들었다. 제일 뒤에 처져 있던 들소는 이 광경을 보고 무서워서 자신들의 동료들이 있는 곳으로 뛰어갔다. 그러자 곧 들소 떼 전체가 전속력으로 절벽 쪽으로 달려갔다. 사실 그 바위 더미는 들소들을 절벽으로 유도하는 장치였고 그 절벽 밑에는 울타리가 쳐져 있었다. 거기로 달려간 들소들은 대부분 뒤에서 달려오는 무리에 의해서 떠밀려 떨어졌고 그 무리의 맨 뒤에 있던 들소들도 아무 영문도 모른 채 그 절벽 밑으로 뛰어들었다. 대부분의 들소는 떨어지자마자 죽었으며 다리나 등만 부러지는 경우도 있었다. 심지어는 전혀 다치지 않은 들소도 있었다. 그러나 살아남은 들소들도 울타리 때문에 도망칠 수 없었고 결국 인디언의 화살에 의해 곧바로 목숨을 잃었다.

들소를 이 절벽 밑으로 몰아넣는 또 다른 방법이 있었다고 한다. 들소의 호기심을 유발하는데 능숙한 사람이 아무런 위장도 하지 않고 들

16) Grinnel. *Blackfoot Lodge Tales*. 229~230쪽. 조지프 켐벨. 『원시신화』. 324~325쪽 재인용.

소 떼 앞으로 간다. 그는 그 앞에서 숨었다가 나타났다가 하면서 계속 주변을 돌며 곡예를 부린다. 그러면 들소 떼는 그를 따라오게 되는데, 그때 그들을 절벽으로 유인하는 것은 쉬운 일이다.

이 신화는 언어와 협동능력으로 대량사냥을 할 수 있는 인간이 호모 네칸스로서 실력을 보여주는 신화이다. 주술사는 냉혹하고 영리한 지도자로서 사냥의 능력치를 최고로 끌어올려준다.

춤과 노래로 들소사냥과 들소 육식을 신성한 의례로 만든 블랙풋 족의 신화를 좀 더 보기로 하자.[17]. 들소 춤의 전설이 나오는 데 가장 신성한 대상은 들소의 머리와 가죽이다. 앞에 나오는 유발 하라리의 말대로, 언어를 통해 인간이 큰 무리를 이루고 협업으로 집단 사냥이 가능하게 되었으나, 동물 역시 자신들의 생존기술을 통하여 인간에게 저항하게 된다는 블랙풋 족의 신화를 보자. 이 신화는 대량 사냥이 낳은 들소의 멸종위기에 대하여 경고하고 있다고 할 수 있다.

옛날에 어떤 이유 때문인지 사냥꾼들이 동물을 절벽 밑으로 유인할 수 없게 되어 굶어 죽을 지경이 되었다. 낭떠러지로 몰린 동물들이 밑으로 떨어지지 않고 좌우를 살펴 안전하게 계곡을 건넜던 것이다. 어느 날 젊은 여자가 물을 길러 나갔다 평원에서 풀을 뜯는 들소 떼를 보고 소리쳤다. "오! 그대들이 저 낭떠러지 밑으로 뛰어 내린다면 나는 그대들의 동료와 결혼할 것이다." 그런데 무슨 조화인지 소들이 낭떠러지로 가서 뛰어 내리는 것이 아닌가! 그때 커다란 황소 한 마리가 울타리를 부수고 달려와 "이리 오시오, 들소들이 뛰어 내린다면 우리 가운데 하나와 결혼하겠다고 말하지 않았소!" 황소는 그녀를 데리고 떠났다. 덕분에 마을 사람들은 들소를 잡아먹을 수 있게 되었다. 그렇지만 그 젊은 여자 생각이 났다. 그녀의 아버지가 활을 들고 딸을 찾으러 나섰다. 어느 날 들소들이 물을 먹고

17) 조지프 켐벨. 같은 책. 325~328쪽.

눕고 뒹구는 들소의 못에 이르렀다. 못가에 앉았는데 까치 한 마리가 날아와 옆에 앉았는데, 까치에게 하소연 했다. "나를 좀 도와다오, 하늘을 날아다니다가 그녀를 찾거든 너의 아버지가 못 가에서 너를 가다린다고 전해 주렴!" 까치는 들소 떼가 있는 곳으로 날아가 젊은 여자에게 그 말을 전했다. 황소 남편이 옆에서 잠을 자다 깨어나 아내에게 물을 좀 떠다 달라고 했고, 그녀는 남편의 머리에서 뿔을 뽑아서 못으로 가 물을 떠온다. 못에서 아버지를 만나 남편이 잠들 때까지 기다리라고 당부한다. 물을 마신 황소 남편은 사람의 기척을 알아채고 크게 울부짖으며 동료들과 함께 못으로 달려가 그녀의 아버지를 짓밟고 짓이겨 없애 버리자 딸이 통곡한다. 황소 남편은 불쌍히 여긴다. "아하 아버지 때문에 슬퍼하는구료. 그렇지만 우리 기분이 어떤지 당신도 알고 있지 않소 우리의 아버지와 어머니, 동료들이 바위 울타리 안으로 걸려 당신들 손에 얼마나 많이 살해당했는지 알지 않소 그렇지만 나는 당신을 불쌍히 여겨 한 번의 기회를 주겠소. 만일 당신의 아버지를 다시 살릴 수 있다면 그때는 아버지와 함께 마을로 돌아가도 좋소." 그녀는 까치에게 가서 도움을 청한다. "나를 도와다오. 짓이겨진 진흙 바닥에서 아버지의 살점이라도 찾아다오." 까치는 못으로 날아가 진흙을 파헤치며 샅샅이 뒤져 흰색의 등뼈 같은 어떤 조각을 가지고 그녀에게 돌아왔다. 딸은 아버지의 뼈 조각을 땅에 놓고 자신의 옷으로 덮었다. 그리고는 노래를 불렀다. 옷을 치우니 그곳에 아버지의 시신이 놓여 있었다. 다시 몸을 덮고 노래를 부르고 다시 옷을 치우니 아버지가 숨을 쉬고 있었다. 그리고는 벌떡 일어났다. 황소들은 놀랐고 까치들은 기뻐서 소리를 질렀다. 황소 남편은 자신의 동료들에게 "우리가 짓밟힌 자가 다시 살아났다. 그의 성스러운 힘은 놀랍다"고 말했다. 그리고 아내에게 말했다. "이제 당신은 아버지와 함께 떠나가도 좋소. 그전에 우리의 춤과 노래를 가르쳐주겠소. 당신들은 배운 것을 절대 잊지 마시오." 이 춤과 노래는 식용으로 살해된 들소들을 다시 살아나게 하는 주술적 수단이었다. 거기 있던 모든 황소들이 춤을 추기 시작하였다. 거대한 짐승의 춤에 걸맞게 노래는 느리고 장중하였으며 몸

동작도 육중하고 신중하였다. 춤이 끝나자 황소가 여자에게 말했다. "이제 당신의 고향으로 돌아가시오. 그렇지만 오늘 본 것을 잊지 마시오. 그리고 이 춤과 노래를 당신의 고향사람들에게 가르쳐주시오. 이 의례의 성스러운 대상은 황소 머리와 들소 가죽이오. 따라서 이 춤을 출 때에는 누구나 이 황소 머리와 들소 가죽을 입어야 하오."

아버지와 딸은 마을로 돌아왔다. 부족 사람들은 그들을 환영하고 회의를 소집하였다. 딸의 아버지는 그동안 일어난 일을 자세히 설명하였다. 이 회의에서 젊은이들이 선발되었고 딸의 아버지가 그들에게 황소의 춤과 노래를 전수하였다.[18]

이 신화 역시 염소사냥꾼의 신화와 유사하다. 다른 점은 염소사냥꾼은 사냥꾼 개개인의 사냥 윤리를 말한다면 여기서는 인간의 언어와 이성이 좀 과도한 대량 사냥으로 나아가 특정한 종을 대상으로 할 때 그 종의 절멸을 가져올 수도 있다는 것에 대한 경고의 메시지라 할 수 있다. 대량 사냥으로 들소가 희귀해지자 새로이 들소와 인간이 협약을 맺는다. 데릭 젠슨이 한 말 생각나지 않는가. 연어를 먹으면서 우리가 연어에 할 수 있는 최대한의 존중은 연어 공동체의 지속을 보장하는 거라고. 주술사가 들소의 가죽을 덮어쓰고 황소의 머리에 경배를 드린다. 그리고 들소의 춤과 노래를 통해서 인간이 들소를 잡아서 먹는 행위는 신성하고 경건한 행위이므로 들소에게 예를 갖추어 어쩌면 부탁하는 것이다. 그리고 들소의 살은 먹되 들소의 머리와 가죽은 훼손시키지 않음으로써 들소의 영혼은 죽지 않는다. 들소의 영혼이 죽지 않는다는 말은 일종의 전일성holism으로 들

■
18) 켐벨은 이것이 바로 이-쿤-우-카-차(모든 친구들)라고 불리는 블랙풋족 인디언의 남성 결사 조직이 처음 나타나게 된 경위이며, 이 조직의 역할은 의례생활을 관리하고 공동체의 안전을 수호하는 것이라고 하였다. 철도가 대평원을 관통하면서 들소들이 사라지고 나이든 사냥꾼들이 농업과 여타의 노동분야로 진출하기 전까지 이 조직은 오랫동안 강력한 힘을 발휘하였다고 한다. 328쪽.

미군에 의해 살해된, 1892년 산업 가공을 위한 들소의 두개골. 유발 하라리처럼 산업용 사냥과 인디언의 들소무리 사냥을 동일한 맥락으로 볼 수는 없다. 출처: Wikipedia.

소라는 거대한 전체가 있어 그 속의 극히 일부 들소 몇 마리가 인간에게 바쳐진다 해도 들소라는 전일성은 손상되지 않는다. 즉 들소라는 종 자체가 살아있음을 의미한다. 그래서 들소의 사냥은 재미로, 혹은 저장고에 쌓기 위해서 아니면 은행 잔고를 위해서 일어나서는 안 된다. 꼭 필요한 음식으로서만 사냥하라는 것이다. 그러면 들소의 영혼은 영원히 살아있고 들소와의 공존은 계속된다는 것이다.

하지만 현대사회의 도축장은 주술사마저 사라진 냉혹한 도살장이다. 우리 시대 시카고 도살장에서 일어나는, 홀로코스트보다 더 잔혹한 도축의 실상은 생태계에서 인간이 하고 있는 짓이 무엇이며 동물홀로코스트와 인간홀로코스트의 거리가 아주 가까이 있음을 보여준다. 아우슈비츠 수용소가 시카고 도살장으로부터 암시를 받았다고까지 한다.

우리 시대 잔혹한 도축의 실상은 동물살해를 신성한 행위로 보아 행하던 의례가 사라졌음을 보여준다. 예전 누군가 꼭 해야 함에도 불구하고 백정을 천시하고 한 곳으로 몰아서 살게 한 반쪽의 이유라 할 수 있다.[19] 백정은 소잡이, 돼지잡이를 말하는데 이들의 동물살해 행위가 공동체에서 필요하기는 하지만 보람 있게 할 수 있는 일이 아님을 말한다. 누군가의 생명을 끊어버리는 일을 높이 산다면 살생이 너무나 흔해질까 하는 두려움의 발로일 수도 있다. 반대로도 생각할 수 있다. 주술사처럼 백정의 일을 아주 신성시하여 의례화한다면 소잡이, 돼지잡이는 경건하게 이루어진다. 지금도 민간에서 소 추렴하거나 돼지 추렴하는 날에는 간소지만 약간의 제의를 행하는 걸로 알고 있다. 지금 시카고 도축장에 일어나는 대량살생, 컨베이어 시스템으로 기계화된 살생메커니즘, 열악한 최악의 노동조건, 도축장 노동자들의 100% 이직률, 일 년에 20만 명에 이르는 식중독 사고 들은 일어나지 않을 것이다. 돈 앞에 신성함은 사라지고 글로벌한 시대 육식의 세계화로 동물 홀로코스트는 일상화되고 있다.[20]

생물종의 대량절멸과 인간 종의 위기에 우린 어떤 주술사가 필요한가. 영리하고 냉혹한 주술사인가, 아니면 한계를 알고 제한을 하는, 공감과 공존의 가치를 지닌 주술사인가.

■

19) 가장 신성한 일을 두려워하여 격리시키다보니 그 일에 대한 가치 저하가 일어나면서 그 일을 담당하는 사람도 가치 저하가 되는, 역사의 아이러니가 일어난다.

20) 어느 댓글: 『도살장』이란 책 얼마 전에 구입했죠. 고통 속에서 죽어간 동물의 살점 … 한과 고통이 어린 그 살점들을 먹어서 인간들에게 과연 유익한 게 무엇일까요? 이 지구상의 70%의 곡물이 가축의 사육에 쓰이고 있답니다. 이 시간에도 기아로 죽어가는 수억의 아프리카 인들이 있는데 말이죠. 가축을 사육하느라 쓰이는 물도 환경오염과 지하수오염의 주범이랍니다. 저는 한 달 전부터 육식을 끊었습니다. 바다에서 나는 물고기만으로도 단백질 섭취는 충분하리라 믿어요. 성인이 하루에 필요한 단백질은 70g이면 충분하답니다. 달걀하나가 50g입니다. 일 년에 닭10마리 먹을 것 다섯 마리라도 줄이고 돼지 1마리 먹을 것 반마리라도 줄인다면 어떨까 하는 생각이 듭니다.

칼을 든
호모 네칸스 신화

　헤라클레스가 사자를 사냥한 후 그 가죽을 벗겨 덮어쓰고 다니곤 했다는 그 모습은 이런 신화와 어느 정도 기원에서의 유사성이 있다. 하지만 그리스신화는 다른 길로 나아간다. 헤라클레스의 12과업 중 가장 첫 번째 과제가 네메아의 사자를 죽이는 것이다. 이 사자를 죽인 후 사자 가죽을 걸치는 것은 사자의 부활을 바라고 그 혼을 살리고자 하는 행위가 아니다. 오히려 혼이 빠진 사자의 야만성, 아니면 사자의 맹수로서의 능력치만 가지고자 하는 것이다. 헤라클레스 신화에 가면 동물과 인간의 대칭성은 이미 파괴되어 있다고 볼 수 있다.

　도시문명이 일어나면서, 의례로 가까스로 회복한 대칭성마저 깨어지는 사건들이 일어난다. 그것은 무기와 기술의 발전이다. 미토스와 로고스, 즉 신화와 이성이 서로 분리되어간다. 암스트롱은 "인간은 사냥을 할 때, 신체적 단점을 보충하기 위해 대단히 큰 두뇌에 잠재된 이성적 능력을 개발했다. 인간은 무기를 발명했고 최대의 효율을 위해 사회를 구성하는 법 그리고 여럿이 무리가 되어 협동하는 법을 배웠다. 이토록 일찍이 호모사피엔스는 그리스인들이 나중에 로고스라고 부르게 될, 사람이 세상 속에서 성공적으로 제 구실을 할 수 있게끔 도와주는 논리적이고 실제적이며 과학적인 사유방식을 발전시키고 있었던 것"이다.[21]

　스탠리 큐브릭 감독의 영화 <2001 스페이스 오디세이>에서 잘 묘사하듯이 인간이 어느 날 먹던 매머드나 코뿔소의 정강이뼈를 들기 시작했을 때 그것이 곤봉이 되고 칼이 된다. 그러면 인간과 동물 사이에 대칭성은 깨어지고 힘의 불균형은 갈수록 벌어진다.

■
[21] 카렌 암스트롱. 같은 책. 37~38쪽.

영화에서는 곤봉이나 칼을 생략한 채 유인원이 던진 정강이뼈가 하늘로 높이 솟구치더니 바로 목성탐사선 디스커버리 호로 변하는 장면이 연출된다. 위대한 생략이다. 1막인 '인류의 여명'에서는 인간의 오랜 조상 같아 보이는 유인원들이 나온다. 이들은 풀 한 포기조차 제대로 없는 황야에서 표범 들과 같은 포식자에 시달리면서 무언가 주워 먹고 산다. 어느 날 그들은 물웅덩이를 좀 더 힘센 유인원 무리들에게 빼앗기고 공포스러운 밤을 보낸다. 다음날 여명이 밝아오고 그들은 동굴 앞에 나타난 검은색 네모 돌기둥, 모노리스monolith을 발견한다. 당황한 그들은 모노리스를 맴돌며 소리를 지르고 쓰다듬고 물러나기를 되풀이 하던 중 난생 처음으로 하늘을 쳐다본다.

여기서 모노리스가 무엇일까를 두고 의견이 분분하다. 큐브릭 감독은 영화를 끌고 가는 그냥 하나의 이미지라고 한다. 단조로운 모노리스가 무엇일까? 인류에게 처음으로 호기심과 궁금증이 생긴다. 그 궁금증을 풀고자 하는 과정에서 이성이 자리를 잡는다. 그때 태양이 모노리스를 환하게 비춘다. 태양, 그것은 밝음이다. 계몽은 영어로 enlightenment로 즉, 어두움을 밝게 하는 것, 빛을 주는 것이다. 직접 잡아먹었는지 아니면 포식자가 먹다가 버린 것인지 모르지만 버려진 뼈들에서 먹이를 찾다가 우연히 잡은 하나의 뼈가 우연히 다른 뼈들을 내리치자 다른 뼈들이 부수어져버리는 사건이 생긴다. 이것은 정말 사건이다. 이 사건이 나중에 하늘로 우주선을 쏘아 올리는 인류의 과학적 여정에 디딤돌이기 때문이다.

사실 이 유인원의 모습은 경이롭다기보다는 공포스럽다. 그 공포의 정체는 동종의 무리들에 대한 폭력이다. 물을 두고 영역 싸움을 벌이던 두 패거리 중 뼈를 몽둥이처럼 쓰게 된 한 패거리가 이긴다. 뼈로 된 몽둥이를 처음 사용하는 장면에서 그들은 자신의 웅덩이를 차지했던 다른 유인원을 살해한다. 유인원이 인간으로 거듭난 동시에 동족을 의지적으로 살해하는 희귀한 종이 된다. 전쟁하는, 동종 살해의 동물이다. 짐승과 인간의

〈2001 스페이스 오디세이〉의 한 장면. 죽은 자의 뼈를 몽둥이처럼 쓰면서
싸움을 벌이다가 하늘로 던져버리는데 우주선으로 변하기 직전의 모습.

차이는 보다 고도한 도구 사용에 의해 비대칭적 관계가 발생한다. 사실 영
화는 이 장면을 강조하지 않고 넘어간다. 우주로 가는 인간이 최후의 승자
가 되기까지 비인간 생물체를 얼마나 죽여 지구를 황폐화시켰는지, 인간과
의 전쟁에서 얼마나 죽이고 그들을 내쫓았는지는 생략한다. 인간은 바로
우주로 간다. 인간들끼리의 전쟁은 은폐되고 우주는 기계와 인간의 전쟁이
벌어진다. 우리는 인류의 대표인 그들을 지지해야 할 것을 요구받는다. 기
계를 지지할 수는 없지 않은가라고.

특히나 스탠리 큐브릭 감독이 이 인류의 기원이라 할 수 있는 유인원
들의 삶을 그린 배경은 황량한 곳이다. 열사의 사막은 아니지만 거의 풀도
없고 먹이도 없는 황폐한 땅이다. 대지는 풍요롭지 아니하다. 과연 몇 천
년 전 혹은 몇 만 년 전의 지구가 그런 황폐한 곳이었을까? 그건 알 수 없
지만 큐브릭의 상상력은 폴 셰퍼드의 말대로 사막에 기원을 둔 사막의 사
상이다. 과거는 나무에서 따먹을 과일도 없고 그늘과 잠자리를 제공할 나
무도 없다. 먹을 거 없는 곳에서 거지 떼처럼 지저분하다. 기껏 웅덩이를
두고 싸우는 유인원들의 모습이나 그 모습 속에서 인류의 조상을 그리고
있고 대지의 풍요를 바랄 수가 없다. 지금 20세기 후반의 문명사회가 하늘

로 비약하는 것은 인류사의 가장 멋진 풍경이라고. 이제 대지를 버리라고 이처럼 멋진 세뇌가 있겠는가.

범고래 신화는 이런 비대칭적 관계를 말하고 있다. 아무르 강 주변에 사는 사람들의 <우리치 신화>를 보자. 이것은 범고래 여자와 인간의 결혼에 대한 이야기다.[22]

옛날 어느 해안에 두 형제가 살고 있었다. 서로 사이가 나빠, 형은 동생을 싫어했다. 어느 날 형은 동생에게 섬으로 사라나 초(草)를 캐러 가자고 제안을 했다. 그러나 형은 그 무인도에 동생을 버려두고 혼자서 돌아와 버렸다. 동생은 홀로 남아 통곡을 했다. 밤이 되어 그는 꿈을 꾸었다. 누군가가 옆에 있는 집으로 그를 불러들였다. 잠에서 깬 그는 꿈속의 목소리가 들려온 방향으로 걷기 시작했다. 그 집에 도착해서 들어가 보니 한 여자가 있었다. 그는 여자의 위로를 받았다. 두 사람은 부부처럼 지내기 시작했다.

아내는 매일 밤 어디론가 외출을 했다. 놀러 가는 것일 뿐이니까 그 동안 집 밖으로 나가서는 안 된다고 그에게 일러두었다. 돌아 올 때는 아내의 손에 새로운 물고기가 들려 있었다. 남편은 아내에게 어떤 놀이를 하러 가느냐고 물었다. 아내는 단지 '어부놀이'를 하는 것뿐이며, 그들이 잡은 고기를 갖고 온다고 했다. 혹시라도 남편이 그 놀이를 보게 되면 그들의 일을 망치게 되니깐 절대로 와서는 안 된다고 하는 것이었다. 참다못한 남편은 어느 날 밤 아내의 뒤를 밟아 해안으로 간다. 해안에는 많은 젊은이들이 검(로호)를 갖고 장난을 치며 짐승을 죽이고 있었다. 그 무리에 아내도 있었다. 남편이 보고 있는 걸 눈치 채자 모두 물속으로 몸을 감추어 범고래가 되었다.

잠시 후에 아내가 말했다. '물의 사람'들이 화가 나 있다는 것이었

22) Zolotalef. 1939년. 오기와라 신코 「북방 제민족의 세계관」. 나카자와 신이치의 『곰에서 왕으로』에서 재인용. 122~124쪽.

다. 그리고 자신들이 하고 있는 짐승 살해를 그가 망쳤으며, 그렇게 해서 그 사람들을 적으로 만들고 말았다는 것이었다. '근해의 사람들'이라고 불리는 범고래 인간들이 남편의 행동에 화가 나서 재판에 불러내려 하고 있다는 걸 아내가 남편에게 알렸다. 어쩌면 '근해의 사람들'이 당신을 죽일지도 모른다고 아내가 말하자, 남편은 울음을 터뜨리며 도와달라고 애원했다. 아내는 이렇게 지시했다. "섬의 후미진 곳으로 가면 그곳에 바다 속에서 솟아오른 듯한 돌탑이 있을 거예요. 거기에 머리를 집어넣어 우리 아버지가 있는 곳으로 내려가도록 하세요. 아버지는 '원해의 사람들'의 수장이니까 뭔가 좋은 방법을 가르쳐줄 거예요."

남편이 장인의 집에 도착해 사정을 이야기하자, 장인은 그에게 책 한 권을 주며 이렇게 말했다. "그놈들은 인정을 베풀 줄도 용서할 줄도 모르니까 틀림없이 자네를 죽이려고 할 거네. 그때는 이 「신의 책(에렌테)」을 그들에게 보이면서 목숨을 부지하고 싶다고 말하게. 모두 모인 곳에서 이것을 건네주고, 자네는 곧바로 도망쳐야 하네."

'근해의 사람들'의 재판은 예상대로 엄격했다. 최후의 진술을 할 기회를 얻은 남편은 장인이 가르쳐준 대로 애원하며 자신의 목숨을 대신해서 「신의 책」을 건네주고 재빨리 밖으로 나갔다. 그들이 책을 펴자 불이 타오르기 시작해, '근해의 사람들' 전원이 죽고 말았다.

범고래로 상징되는 근해의 사람들은 17세기 일본도(범고래의 날)를 수입하게 됨으로써 자연의 법을 어기고 동물 사냥을 즐기고 동물을 존중할 줄 모르는 일이 벌어지면서 재앙을 받게 된다는 상징을 담고 있다. 헤시오도스가 청동의 시대부터 사람들이 농사일은 싫어하면서 싸움질이나 하고 죽이는 일에 능숙하였음을 한탄하였던 것과 비슷하다. 첨단기술은 자신들이 독점하고 다른 사람들이 알거나 습득하지 못하게 비밀로 해야 한다. 그런데 여기 이 '남편'이 그것을 몰래 보게 되자 자신들의 기술(칼)에 대한 정보가 새어나갔다고 보고 그 장본인을 죽이려고 한다.

그런데 이 신화는 매우 유토피아적이다. 칼을 쓰는 '근해의 사람들'이 '원해의 사람들'의 수장이 준 부적에 의해 죽는다는 것은 칼이나 무기를 쓰는 것은 정직한 것이 되지 못하는 하나의 속임수이며 그것은 짐승이라는 타자를 죽이는 것을 넘어 스스로에게도 위험한 것이라는 몹시 교훈적인 이야기이기 때문이고, 또한 이미 깨어진 대칭성은 회복 불가능하게 달음질쳐 와서 다시 되돌릴 수 없기 때문이다.

칼 같이 효율성이 큰 도구가 개발된 것은 18세기 산업혁명 시대에 증기기관이나 방직기가 발명된 것과 같은 사건이다. 지금 시대와 비교하면 AI기술의 등장에 비견될 수 있다. 그 당시 기술을 최첨단으로 발전시킨(혹은 수입한) '근해의 사람들'로 불리는 범고래 인간들이 '원해의 사람들'의 부적에 의해 몰살되었다는 이 사건은 시사하는 바가 크다. 칼을 가진 사람들이 월등하게 사냥능력이 뛰어날 것이고 그들이 자연의 부를 독점할 가능성이 높고 그들이 다른 사람들을 굴종시킬 위험도 높다. 마치 그것은 다음과 같은 비슷한 파장을 불러일으킨다.[23]

> 증기기관 하나가 때로는 1000명의 사람을 실업자로 만들고, 모든 노동자에게 나누어질 이익을 한 사람의 수중에 넘긴다. 기계가 새롭게 개선될 때마다 숱한 가정의 빵이 강탈된다. 증기기관이 하나 만들어질 때마다 거지들의 숫자가 늘어난다. 머지않아 모든 돈이 수천 가문의 수중에 들어가고, 나머지 사람들은 그들에게 잘 보이려고 애걸하게 되는 사태를 예상할 수도 있다.

기술의 개발은 구성원에게 고루 이익이 퍼지기보다 그런 기술을 가장 필요로 해서 개발시킨 부유한 자들의 이익으로 대부분 흡수된다. 시간이 흐를수록 많이 가진 자들의 이윤율이 저하되는 경향이 나타나기 때문에

---

23) 페이터 리트베르헨 『유럽 문화사 - 하』. 286쪽.

이런 경향을 역전시키기 위한 비책이 바로 기술개발이라 생각한다. 문화영웅인 헤라클레스의 12위업 가운데 5번째 과업인 아우게이아스의 외양간을 치우는 일을 예로 잠시 들어보자.

아우게이아스는 엘리스의 왕으로 3,000마리의 소를 갖고 있었다. 그런데 문제가 심각했다. 30년 동안 한 번도 오물을 청소하지 않아서 악취가 코를 찔렀다. 헤라클레스는 외양간 벽을 두 군데 뚫더니 알페이오스 Alpheios 강과 피네이오스Pineios 강을 끌어다가 통과시켜 단숨에 외양간의 오물을 말끔히 씻어내 버렸다.

활을 쏘는 헤라클레스. 에밀 앙투안 부르델Emil Antoine Bourdelle, 1861~1929. 1910년 국립미술협회전에 출품된 이 조각은 그리스신화의 영웅 헤라클레스가 스팀팔로스 호의 괴물새를 겨냥하여 이제 막 화살을 쏘려는 긴장된 순간을 포착했다.

헤라클레스의 이러한 위업은 물길을 돌리고 댐을 쌓는 엄청난 토목공사와 설비가 들어가야 되는 작업이다. 그 당시의 최첨단 기술이 모두 동원되었으리라. 하지만 이득을 보는 것은 아우게이아스와 그 일가뿐이다. 나머지는 아닌 날벼락으로 오염된 물로 마을이 침수되거나 깨끗한 강물이 말라버리는 일이 생겨난다. 농사든 식수든 생활용수이든 온통 비상이 걸렸을 것이고 이것은 단시간에 해결될 문제가 아니어서 보상도 제대로 못 받고 고향을 농토를 떠나야 했을 것이다. 첨단기술이란 이와 같다.

첨단기술로서 무기나 살상도구에 대해서 생각해보자. 헤라클레스 신화는 염소사냥꾼의 신화보다는 이 범고래신화에 훨씬 더 가까울 뿐 아니라 이를 훨씬 능가하고 있다. 헤라클레스는 그 유명한 곤봉이 있고 '헤라클레스의 활'이라 일컬어지는 최첨단 무기가 한 몸이듯 장착된 사나이다. 가장 첨단의 무기로 무장한 최고의 킬러라는 말이다. 칼보다 활이 더 사람이나 동물을 죽이는 데 효율적인 것은 '거리^{distance}의 냉담' 즉 '거리의 로고스'이다. 거리를 둘수록 냉담하다는 것이다. 거리가 멀어질수록 살해의 행위는 보다 신속하고 정확하며 대량으로 일어난다. 요즘 전쟁의 책임자는 그 살해의 무기의 현장에서 가장 멀리 있는 자이다. 이명박 정부 때 북에서 미사일을 시험 발사하거나 전쟁의 위협을 강조할 때 대통령을 비롯한 국정원장, 참모총장, 이들 가장 권력의 수뇌부가 먼저 하는 것은 항공잠바를 입고 청와대 지하 벙크로 들어가는 것이다. 우리나라에서 가장 안전한 곳으로 가서, 자기들만 가장 안전한 곳으로 가서 지도를 가지고 작전지시를 내리는 전쟁을 하자는 것이다. 도시는 하나의 면적이고 마을은 하나의 점이다. 그곳에 사는 사람이나 나무 풀 짐승들은 보이지 않고 집도 학교도 병원도 서점도 보이지 않는다. 전쟁은 숭고한 행위이다. 그들의 표정과 자세는 장엄하고 웅장하기조차 하다. 칸트는 숭고함의 특징에 대해서 말했다. 자신의 안전이 담보될 때 광포한 자연의 파괴적이고 압도하는 힘에 대해 인간이 느끼는 감정이라고 말이다. 그런데 칸트의 숭고함은 전쟁에도 그대로 적용된다. 자신이 고통을 당하거나 죽음의 위협을 느끼지 않을 때 삶과 죽음의 경계를 오가는 전쟁터는 숭고한 것이다. 그래서 칸트의 숭고함은 파렴치한 것이기도 하다.

유태인 총 실무책임자였던 아이히만을 진정으로 동요하게 만든 일은 수백만 명의 사람들을 죽음으로 몰고 갔다는 비난이 아니라 자기가 유대인 소년을 때려죽인 적이 있었다는 한 증인의 비난이었다.[24] 재판 기간 동안 그는 증인이 친위대 대원에 의해 자행된 잔인하고 잔혹한 일을 증언하면 예외 없이 진지한 분노를 폭발했다. 이것은 스티븐 핑커$^{Steven\ Pinker}$의 『우리 본능의 선한 천사』에서 나오는 "한 명의 죽음은 비극적이지만 100만

■
  24) 한나 아렌트 『예루살렘의 아이히만』. 179쪽.

의 죽음은 통계란 사실이다"와 같은 맥락이다. 더욱 섬뜩한 것은 아우슈비츠 죽음의 수용소에서 살상수단들을 손으로 조작한 사람들은 수감자들과 희생자들이었다고 한다. 이에 대해 한나 아렌트^{Hannah Arendt}는 "일반적으로 살상도구를 자신의 손으로 사용한 사람으로부터 멀리 떨어져 있을수록 책임의 정도는 증가한다"고 한다.[25]

'거리의 로고스'는 죽이는 자가 하나의 동물로서 갖게 되는 본능으로서의 연민을 느끼지 못하고, 몸에 닿는 죽는 자의 생명의 전율을 느끼지 못하게 한다. 칼로 찌를 때는 칼을 잡은 자의 손과 팔목으로 상대방의 생명의 전율 뿐 아니라 생명의 미세한 진동이 그대로 전달되어 온몸에 소름이 끼친다. 물론 이러한 소름끼침을 방지하기 위해 냉담성을 기르는 훈련을 한다. 계속 반복하여 죽임으로써 감각을 무디게 할 뿐 아니라 그 죽이는 행위에 대해 계속 보상을 하면 소름에 대해 무감각해지고 오히려 즐겁게 죽일 수 있다. 가까울수록 감정이 개입하여 연민이나 공감력이 배가된다. 우리나라 현대의 귀족들은 가난한 사람들과는 멀리 떨어진 채 차츰 성을 쌓거나 높은 하늘에 자신의 진지를 구축하고 싶어 한다. 가난한 사람들은 성 밖에 살거나 지상에 산다. 롯데 캐슬(城)이나 두산 제니스(하늘의 궁전), 현대의 하이페리온(태양신), 삼성의 타워 팰리스(우뚝 솟은 궁전) … 요즘은 다시 시티로 내려왔다. 도시로 올수록 고층에 살수록 수입이 많을수록 학벌이 높을수록 냉담해진다. 과학자가 아니더라도 학자들에겐 추상성, 즉 냉담함이란 가장 중요한 덕목이듯이.

고대그리스 아테네에서의 철학의 발생과 발전에 대해서 철학자 박홍규가 한 말이 있다. 아테네의 시민들이 사흘에 이틀 꼴로 전쟁에 나가 2m 긴 창으로 싸우다 결국은 서로 뒤엉켜 30cm 단도로 싸우다보면 공포와 불안에 범벅된 채 제대로 찌르지 못하고 하지만 마구 찌르다보면 피 튀기는 살육을 경험하게 되면, 현실을 초월하고픈 욕망들이 무시로 일어나고 결국

■
25) 같은 책. 342쪽.

현실을 초월한 이데아의 세계를 진짜 세계로 설정하게 된다는 것이다. 플라톤의 철학은 전쟁의 산물이라는 것이다.[26)

그래서 활을 다루는 신들은 냉혹하다. 아폴론과 아르테미스는 활의 신이며 명사수이다. 그들이 자신의 어머니 레토에게 자식자랑을 한 니오베의 딸 아들 각각 7명씩 모두 14명을 하나하나 정확히 맞춰 죽인다. 니오베가 눈물로 호소하며 마지막으로 딸 하나라도 살려달라고 하지만 그럴 생각은 전혀 없다. 일반적으로 흔히 말해지는 이 신화 이야기에 대한 교훈은 인간의 오만을 경계하라는 것이다. 그 시대 여성들이 사회적으로 배제되고 항상 강간에 대한 위험과 삶에서의 겁박을 당하는 상황에서 자식들을 낳음으로써 비로소 실존의 위기에서 조금 벗어나는, 여성의 유일한 자랑거리를 좀 드러냈다고 참혹하게 죽여 버리는 행위에 대해 그리스신화는 당당하게 기록하고 있다.

냉철한 이성의 신 아폴론이 누이 아르테미스의 연인 오리온을 죽이는 과정을 보자. 그것도 아르테미스의 손으로 오리온을 죽이게 한다. 오리온은 잘생긴 거인으로 힘이 센 사냥꾼이며 바다의 신 포세이돈의 아들이다. 오리온은 키오스의 왕 오에노피온의 딸인 메로페Merope를 사랑하여 결혼하려 하지만 왕이 결혼을 승낙하지 않자 강제로 메로페를 차지하려고 한다. 이에 왕은 술의 신 디오니소스의 도움으로 오리온을 깊이 잠들게 하고 그의 눈을 멀게 한다. 오리온은 외눈박이 거인인 키클롭스의 망치소리를 길잡이 삼아 불의 신이자 대장장이의 신인 헤파이스토스가 사는 렘노스 섬으로 가자, 오리온을 불쌍히 여긴 헤파이스토스는 키클롭스를 시켜 그를 아폴론에게 데려다 준다. 아폴론은 태양의 광선으로 그의 시력을 되찾게 해주고 그때부터 오리온은 달의 여신 아르테미스와 함께 사냥을 하며 같이 지낸다. 아르테미스는 철저한 독신주의자로 가죽각반을 두르고 활로 사냥을 하며 숲속을 누비는 처녀신이다. 그런데 남자에게 냉담하고 오로지

■

26) 박홍규, 『형이상학 강의2』, 184쪽.

독신을 주장하던 아르테미스가 그냥 오리온을 사랑하게 된다. 함께 같이 지내다보니 정이 들어 사랑으로 발전한 것이다. 그러자 아폴론은 이에 질투를 느끼고 전갈 한 마리를 보내 그를 해치려 한다. 오리온은 전갈을 피해 바다로 도망을 갔다. 그러자 이번에 아폴론은 아르테미스를 부추긴다. 너가 정말 활을 잘 쏘느냐고 활을 그냥 폼으로 가지고 다니는 게 아니냐고. 발끈하는 누이에게 그러면 저 바다 멀리 보이는 검은 물체를 쏘아 맞춘다면 실력을 인정하겠다고 한다. 그것이 오리온인지 몰랐던 아르테미스는 자신의 실력을 아폴론에게 인정받기 위해 그 검은 물체를 향하여 화살을 날려 정확하게 맞춘다.

헤라클레스 신화는 구석기 시대 신화에서 출발한다고 할 수 있다. 기본적으로 수렵가에서 시작한다.[27] 헤라클레스는 원시인처럼 동물의 가죽을 입기도 하고 몽둥이를 들고 다닌다. 그는 동물을 잘 다루는 걸로 유명한 샤먼이기도 하다. 헤라클레스 신화는 범고래 신화보다 훨씬 더 발전된(무기의 발전으로 본다면 정말 장난 아니다) 신화이다. 자연이나 인간을 성스럽게 대하는 어떤 '저어함'이 전혀 없는, 거칠 것 없는 영웅의 이야기를 보자.

헤시오도스의 위작으로 보는 『여인들의 목록』에서 나오는 장면들이다. 『신들의 계보』에 이어 '영웅들의 계보' 서사시라 할 수 있는 이 책은 『여인들의 목록』이라는 이름으로 알려지거나 아니면 각각의 단락이 시작되는 판박이문구를 따서 『에호이엔』이라고 불렸다. 헤르만 프랭켈Hermann F. Fränkel의 『초기 희랍의 문학과 철학』에 나오는 자료를 가지고 보자.[28] 이

■

27) Walter Burkert. *Homo Necans: The Anthropology of Ancient Greek Sacrificial Ritual and Myth.* 94~95쪽.

28) 헤르만 프랭켈. 『초기 희랍의 문학과 철학』. 200~204쪽. 헤르만 프랭켈의 이 책은 브루노 스넬의 『정신의 발견』. 베르너 예거의 『파이데이아』와 더불어 20세기 서양고전문헌학 연구를 대표하는 3대 연구서 중 하나로 일컬어진다.

단편은 「헤라클레스의 방패」라 불린다.

(헤시오도스라고 이름을 쓰는) 작가는 우선, 『신들의 계보』와는 확연히 구분되는, 쉽고 상투적인 언어로 헤라클레스의 어머니 알크메네를 생김새나 마음가짐에서 어떤 여인들보다 탁월하다고 묘사한 다음 헤라클레스가 "신들과 인간들을 위해 재앙을 물리칠 자"로 태어났다고 한다. 그리고 아폴론과 아테나 여신의 후견을 받았다고 짤막하게 언급한 다음, 대부분의 이야기는 '전쟁에는 전쟁으로'라는 주제로 잔인하고 냉혹한 전쟁의 세계를 그리고 있다. 위대한 전사로서 인간과 신들을 위해 평화와 안전을 쟁취하고자 싸우는 헤라클레스가 물리치는 이야기는 일종의 액자 형식을 취하고 있는데 이 액자 이야기 안에는 전쟁과 살인의 온갖 끔찍한 일들이 서술되어 있다.

프랭켈에 따르면, 이 서사시는 영웅의 위대한 승리와 위업에 대한 보고라기보다 영웅이 얼마나 무시무시하며 그의 무장은 사람들에게 공포와 전율을 불러일으킬 정도로 얼마나 끔찍한가를 묘사하는 데 몰두한다. 무기는 엄청난 파괴력을 가지고 목전의 전투에서 엄청난 힘을 발휘한다. 우선 헤라클레스의 화살에 대한 묘사를 보자.[29]

> 헤라클레스의 화살통
> 그 안에는 화살이 가득 들어 있었다.
> 소리없는 죽음의 전령, 전율을 불러오는 화살이.
> 화살의 끝에는 죽음이 있어 눈물이 뚝뚝 들었고
> 중간은 매끈하고 길쭉한 편이었고, 뒤쪽은
> 독수리의 붉게 타는 깃털로 가려져 있었다.
>
> (130~135행)

■
[29] 다음 두 인용문은 프랭켈의 책에 나오는 『에호이엔』의 행을 적었다.

이 당시의 화살은 람보가 찬 기관소총보다도 더 위력을 가진 최첨단 무기였을 것이다. 그것은 죽음의 전령이다. 화살이 힘차게 도약하고 매끄럽게 날아서 독수리가 하늘에서 급강하여 낚아채듯이 끔찍한 죽음을 가져와야 한다.

헤라클레스가 싸움을 벌일 때는 방패에 그려진 뱀들이 이빨을 드러내고 으르렁거리는 소리가 들린다고 생각할 정도로 놀라운 생동감이 넘친다. 전체적 묘사는 기괴하며 무절제하다. 희랍적인 것을 상징하는 균형과 절제는 찾아볼 수 없다. 시인은 무서운 것들을 즐겨 등장시키며 추하고 저열한 것들을 늘어놓는 데 조금도

헤라클레스의 방패 출처: Wikimedia

주저하지 않는다. 방패에 새겨진 죽음의 여신인 케레스에 대한 묘사를 보자.

> 거무스름한 죽음의 여신들 케레스가 하얀 이를 갈며
> 사납고 무시무시한 눈초리로 피로 얼룩져
> 쓰러진 자들을 두고 서로 다투고 있었으니, 그들은 모두
> 검은 피를 마시길 열망했던 것이다. 누구든지 방금 부상당하여
> 누워있거나 쓰러지는 것을 보자마자 그들 중 하나가
> 큰 발톱으로 그를 움켜잡았고 그러면 그의 혼백은
> 소름끼치며 타르타로스로 내려갔다. 그들은 사람의 피를
> 실컷 마시고 나면 죽은 자는 뒤로 던져버리고
> 다시 혼돈과 전쟁의 노고 속으로 뛰어들었다.

(249행 이하)

뒤이어 등장하는 무서운 형상, '죽음의 안개'에서는 더 이상 전쟁터가 아니라 죽은 자들의 집에서 일어나는 장면이다. 전쟁터에서 죽음을 맞이했다는 소식이 가족에게 전해지면 가족들의 눈앞에는 칠흑 같은 어둠이 찾아온다. 그들은 더 이상 먹지도 못하고 통곡하고 얼굴을 손톱으로 긁어 피를 내며 흙먼지를 뒤집어쓴다.

> 죽음의 안개가 도사리고 있다. 비참하고 끔찍하고
> 창백하고 마르고 굶주림에 오그라들고
> 무릎은 부은 채, 그것의 손에는 손톱들이 길게 나 있었고
> 코에서는 콧물이 흘러내렸으며 볼에서는
> 피가 땅으로 뚝뚝 떨어졌다. 그것은 섬뜩하게 비죽거리며
> 서 있었고 어깨에는 많은 먼지가 눈물과 범벅이 되어 있었다.
>
> (260행 이하)

프랭켈은 고야의 그림을 연상시키는 혐오스러운 장면이라고 한다. 전쟁의 처참함을 묘사하고 있지만 동시에 이를 통해 바로 저 무시무시한 방패를 들고 다니는 헤라클레스는 전쟁을 종식시킬 수 있는 인물로 추앙받는다.

무장에 대한 묘사는 방패묘사에서 절정을 이루는데, 길이는 180행이나 되어 시 전체의 1/3 차지한다. 그래서 「헤라클레스의 방패」라 불린다. 영화 <트로이>에 나오는 근육질의 야만적인 그리스 전사를 생각해보라. 만약 시에 나오는 장면을 영화 속의 파노라마 장면으로 생각한다면 그보다 훨씬 더 잔혹하고 무시무시한 장면들이다.

헤라클레스의 방패에 이런 무시무시하고 잔혹한 장면만 새겨져 있는 것은 아니다. 서로 대조되는 두 개의 그림이 삽화처럼 첨가되어 있는데 이는 상고기적 사고방식에 따라 양극단을 제시함으로써 전쟁의 본질을 보다 뚜렷하게 보여주기 위한 것이다. 전쟁을 겪고 있는 도시에 이어, 축제를

벌이고 노동하고 운동하고 놀이를 즐기며 평화의 축복을 누리고 있는 도시가 그려진다. 전쟁을 하는 것은 축제와 놀이와 평화를 위해서이며 축제와 놀이, 평화를 지키기 위해선 전쟁을 해야 한다?쯤 될 거다.

생명에 마비된
문명의 이중화 전략

이 양극단의 두 장면이 동시에 가능할까? 야누스적 욕망의 두 얼굴이다. 내부에는 온화한 미소를, 외부에는 살인마의 모습으로 말이다. 아우슈비츠 수용소의 풍경이 이러지 않았을까? 한쪽에는 처참하게 죽어가고 몇십 미터 떨어진 독일군 막사에서는 운동하고 놀이를 즐기며 평화를 축복하지 않았을까, 난징대학살에서도 비슷한 풍경을 볼 수 있었을 것이다. 중국인에 대한 무차별의 학살과 학살의 피로를 풀기 위해 밤에 벌이는 일본인의 만찬 말이다.

영화 <책 읽어주는 남자>The Reader에 나오는 여자주인공 한나는 순진하고 정직한 여인으로 묘사되나 사실 이런 야누스적인 모습과 그리 다르지 않다. 정확히 야누스적인 그런 모습이다. 한나는, 예를 들어, 20명이 빼곡하게 들어가도 비좁은 방에 30명을 수용하라는 명령에 따르기 위해서는 10명을 골라내서 아우슈비츠로 보내야 한다. 그런데 한나는 유독 어린 소녀를 밤에 불러 숨겨놓았던 먹을 것도 주고 예뻐하며 책을 읽게 시켰다고 한다. 한나가 생명에 대해, 어린 생명에 대해 무의식적으로 자신도 모르게 사랑이 나왔을 수도 있다. 하지만 다음날엔 가스실에 보낸다. 그리고 유태인을 이송하는 과정에서 어느 시골 성당에 묵게 되었는데 성당에 불이 났다. 불 때문에 유태인들이 이리저리 흩어지는 것을 막기 위해 문을 밖에서 모두 잠가버려 그 속에 있던 대부분의 사람들이 불에 타서 죽게 되었다. 생명보다 통제가 중요하고 공감과 연민보다는 명령을 지키는 미덕이 더 중요하다. 나아가 유태인들이 이리저리 흩어져 도망을 가버렸을 때 받게 될 가혹한 처벌도 두려워했을 수도 있다.

한나는 감옥에서 남자주인공이 보내준 '책 읽은 것을 기록한' 녹음 테이프와 책 내용을 한 자 한 자 대조해가면서 글을 깨치지만 자신이 무엇을 잘못했는지는 끝내 깨닫지 못한다. 자신은 정직하게 주어진 일을 했다고 생각하지만, 한나는 출옥하기 직전 자살을 한다. 무언지 알 수는 없지만, 그렇다고 무언지 모를 수도 없는 어떤 상태에서 자살하지 않았을까?

히로시마와 나가사키 원폭 생존자를 상담했던 정신과 의사 로버트 제이 리프턴Robert Jay Lifton은 일상생활에서 보이는 정신의 분열적 현상을 이중화doubling라는 용어로 불렀다. 우리가 집이라고 생각하면 테라스가 있고 정원이 있는 멋진 집을 떠올리지만 실제로 들어가는 것은 초라하고 남루한 집들이 대부분이듯이 말이다. 리프턴은 나치 강제수용소 간수나 친위대 고위 장교들 가운데 가정적이고 온화하며 훌륭한 사람들이 많았다고 했다. 이것 역시 이중화이론으로 자아 내부의 분열로 나치적인 일을 수행하는 자아를 감당하기 어려워 그에 대한 방어기제로 새로운 제2의 자아구조를 만든다는 것이다. 이것은 어쩌면 한나 아렌트의 아이히만에게도 해당될 수도 있다. 아이히만은 아주 평범한 가정적인 남자이지만 거대한 악을 저지르는 데 소홀함이 없었다. 거꾸로 그는 아주 엄청난 살인기획과 살인 명령을 내렸지만, 끝까지 아내를 사랑한 평범한 남자였다는 것이다. 물론 이것은 '잔혹했지만 위대한' 콜럼버스로 보는 시각과 유사하기도 하다.

수전 그리핀은 이 문제- 공적 생활의 폭력성과 사적 생활에서의 평화 공존 -가 과연 사실인지를 실증적으로 풀려고 했다. 『돌들의 합창: 전쟁과 사생활』A Chorus fo Stones에서 그리핀은 전쟁과 관련하여 역사적으로 주요한 인물들의 공적 행위와 평범한 개인으로서의 삶을 대비시킨다. 하인리히 히믈러는 나치 친위대의 수장으로서 강제수용소의 수용자들을 동원하여 V2 로켓을 생산하고 감독했다. 그리핀은 히믈러의 자아를 형성했던 어린 시절의 여러 순간들을 조명한다. 그리고 '히로시마에 원자폭탄을 투하'하는 공적 임무를 수행했던 조종사 폴 티비츠^{Paul Tibbitts}의 결혼생활에 드러난 갈등도 보여준다. 이런 예를 통해 그리핀은 그들의 공적 생활의 폭력성에도 불구하고 그들이 사적 생활을 어느 정도 유지하기 위해서 '부인'^{denial}과 '비밀', '억압의 시스템'이 가동되어야 하고 그것 역시 전쟁에서 아주 중요하고 결정적인 이면임을 드러낸다.

그리핀에 따르면, 독일 강제수용소에서의 공포와 죽음, 히로시마와 나가사키의 핵폭탄 투하, 그리고 핵무기 개발에 드러난 의도하지 않은 엄청난 악들, 그리고 걸프전에서의 예상 밖의 최첨단전쟁 들 이러한 거대한 국가적 공적 사건들이 가정생활을 붕괴시키는 알코올 중독, 자살, 우울증과 산산이 부서진 정신들과 매우 밀접한 관련이 있다고 한다. 이것들은 여성들과 가족들의 삶을 망가뜨리는 것이다. 우선 이런 공적 업무를 수행한 사람들은 '나는 모른다', '그런 적 없다'라고 철저히 '부인'으로 일관한다. 걸프전의 최첨단 전쟁이 가능했던 것도 정부 관련인사들이 모두 부인하면서 만들어낸 비극이라고 그리핀은 본다. 최첨단이라 하면 발전 발달이라 생각해서 좋은 어감으로 생각하는데 최첨단이란 살생률을 고도로 높인 전쟁기술이라는 것이다. 그들의 전략은 회피와 부인, 거짓말을 한다. 그 과정에서 대부분의 사람들은 알코올 중독, 자살, 우울증 같은 것을 겪고 사적 생활에서 망가진다. 그러지 않는 사람은 대부분 사이코패스들이다.

그 다음에 이들은 공적 생활에 철저히 사적 생활을 복속시킨다. 히믈러는 자신이 아리안 족의 이상적 여성상이라 생각하고 있던 푸른 눈의 금발 여성을 호텔 로비에서 만나 사랑하여 결혼했지만 딸 하나만 남기고 곧 별거에 들어간다. 그가 군사적 이상주의에 빠져 있었기 때문이다. 히틀러가 1942년 "내가 란츠베르크 감옥에서 나왔을 때, 친위대는 서로 반목하는 여러 개의 파벌로 나뉘어 있었다. 당시 나는 소규모라 할지라도 응집된 하나의 근위대… 무조건 충성하고 심지어는 자신의 형제에게도 총을 겨눌 수 있는 그런 근위대가 필요했다"라고 말한 바 있다. 자신의 형제에게도 총을 겨눌 수 있는 그런 친위대원들이나 열성 당원들이 가정에서의 조화와 배려, 양보와 같은 평화로운 삶을 살 수 있겠는가.

그런데 그리핀은 공적 생활과 사적 생활의 분리는 현대에 나타난 병리가 아니라 서양문명의 정신사에 지속적으로 존재했던 관습이라고 본다. 역사는 공적 사건들만의 기록이고 그 공적 사건의 파괴성에서 여성사 및 가족사는 사적 영역으로 배제되었기 때문이라는 것이다. 하지만 사적 영역을 가지지 않은 공적 영역은 없다. 공적 영역에서의 은폐와 부인, 거짓말이 사적 영역의 배제에서 필연적으로 나오는 것이라고 본다. 사적 개인이 한 일은 없다. 공적 사건에서 하나의 부품이었을 뿐이라는 강변이다. 그리핀은 사적 고통과 공적 비극 사이에 분명한 상호작용을 통하여, 전쟁과 젠더의 본질을 근본적으로 다시 볼 것을 제안한다.

이런 점에서 리프턴의 '자아의 이중화' 이론은 가해자의 사생활을 화목한 것으로 보았기 때문에 일면적 진실의 관찰이라 할 수 있다.[30] 야누스적 존재가 가능하다는 것이다. 하지만 야누스적 존재는 사이코패스들에게 있어서만 가능하다. 사실 영웅들은 거의 사이코패스적 특징을 가지고 있다. 사이코패스적 특징이 없이 영웅이 될 수 있겠는가? 헤라클레스를 현대적 병리학의 입장에서 사이코패스 진단표를 활용해서 진단하고 논문으로 쓴 적도 있다.[31]

■

30) 어쩌면 우리 평범한 사람들의 일상생활은 리프턴의 마비에 해당될 수도 있겠다. '우리는 숲을 죽이는 것이 아니라 휴지를 만들고 있다'거나 '아프리카 원주민 약탈이 아니라 경제 성장을 위해서다'는 그런 얘기에 마음이 편하니까.

31) 김봉률. 「헤라클레스와 문명의 병리학: 신화에 나타난 사이코패스 증상과 진단」. "로버트 헤어의 진단법에 따라 2점을 줄 수 있는 문항은 16개이다. 헤어의 진단법에 따라 미국 사이코패시의 기준이 30점이라 할 때 이미 32점으로 초과하고 있음을 알 수 있다. 이 점수 역시 헤라의 광기에 의한 여러 살인행각은 제외한 것이다."(28쪽) 이 논문 심사위원들의 반응은 흥미롭다. 한 명은 나의 논문에 매우 분노했고 나머지 두 명은 영웅을 사이코패스진단법으로 측정한 것에 대해 일

헤라클레스의 방패에 새겨진 두 모습- 한쪽으론 참혹한 전쟁이, 다른 한쪽에는 축제를 벌이고 노동하고 운동하고 놀이를 즐기며 축복받는 모습 -은 아랍의 자살 테러자들이나 중세 이후 아랍의 어사신들을 마약이나 몰약 들로 죽은 후의 천국에 대해 세뇌시켰던 것과 유사하고 영화 <매드맥스 - 분노의 도로>에 나오는 워보이들war boys의 모습과 유사하다.

　이것들은 남자들 내의 엄청난 불평등과 내부 폭력, 박탈감 들을 연료로 하여 그 에너지 분출의 방향을 '여성과 약자에 대한 폭력'으로 돌리게 하는 기제이다. 여성과 약자에 대한 폭력은 자신의 지배력을 확인하고 남자로서 수렵사냥본능을 충족시켜주는 기제이다. 하지만 사실은 이와 달리 남자들 역시 고통과 광기에 내몰린다.

■
　리가 있다고 판단했다.

3. 문명의 수렵가/살해자 기원과
고대그리스 문명의 여명

문명의 수렵가/살해자

기원에 대해

　　레너드 쉴레인Leonard Shlain의 『알파벳과 여신』은 획기적이었다. 알파벳 문화가 여신의 몰락을 가져왔다고 한다. 인류의 최고의 영광이라 할 언어, 그것도 알파벳이 여신의 몰락과 남신의 등장, 그 결과 폭력적이고 지배적인 사회를 초래하였다고 했다. 쉴레인은 지중해의 유적지를 여행하면서, 거의 모든 그리스 유적지에서, 이 성지가 원래는 여신에게 바쳐졌던 것이라는 걸 알았다. 특히 크레타의 크노소스 궁전의 유적들에서는 미노아 여신문명에 압도되었다. 그리하여 그가 묻는다. "어떠한 문화적 변동에 의해 서구의 종교 지도자들 모두가 여신 숭배를 부정하게 되었을까?"라고[1] 그리하여 가부장제가 수립되고 남신과 남자영웅이 숭배되고, 여성들은 길고 긴 억압의 역사 속으로 들어갔는가라고 그에게 정답은 물론 알파벳이지만, 인류의 본질적인 두 존재양식이라 할 수 있는 수렵가/살해자 패러다임과 채집가/양육가 패러다임에서 수렵가/살해자 패러다임이 승리했기 때문이라고 본다.

　　인간 본성으로 수렵가/살해자 패러다임과 채집가/양육자 패러다임에 대해 서술해보자. 쉴레인에 따르면, 두 발로 걸을 수 있는 능력은 두 손을 자유롭게 만들었고 이로써 겨우 100만년이라는 짧은 기간 동안 원시 인류는 사냥감에 불과한 채식주의자에서 썩은 시체의 겁먹은 포식자로, 다시

■

　[1] 쉴레인 『알파벳과 여신』. 8쪽.

머뭇거리는 수렵가에서 숙련된 살해자로 변화해갈 수 있었다.[2] 수렵은 잔인성으로 물든 '차가운 피'를 요구했다. 양육은 온정과 함께 정서적 관대함, 즉 '따뜻한 피'를 필요로 했다. 인간 존재 양식으로써 이 두 패러다임은 한 사회에 섞여 있지만 어느 존재양식이 우세하냐에 따라 그 사회의 성격이 정해진다. 수렵가/살해자 패러다임이 사회전반의 주된 동기가 될 때 약탈과 폭력의 행위가 명예가 되는 약육강식의 사회가 된다. 기원전 4000년경, 지금으로부터 약 6000년 전부터 정복과 약탈, 전쟁의 세계사가 본격화된다. 세계사 시간에 배우는 것이 모두 전쟁을 통한 흥망성쇠가 아니던가.

프로이트는 양차 세계대전 와중에 묻는다. 인간 존재의 본질인 리비도는 기본적으로 에로스인데 어찌 사람들은 이렇게 서로, 그것도 온갖 이성의 힘을 다하여, 죽이고 죽고 하는가라고 리안 아이슬러 역시 비슷한 질문에서 출발한다. 아이슬러는 오스트리아의 유대인 가정에서 태어났다. 2차 대전 때는 나치 정권을 피해서 쿠바로 이주하고 14살 때부터 미국에서 생활했다. 어린 시절에 나치 정권이 유대인을 학살하는 장면을 보았고 자신과 가족들 역시 큰 위협 속에서 불안과 공포의 시절을 보냈다. 어린 시절의 경험을 통해 아이슬러는 '왜 인간은 저토록 잔인한 걸까? 왜 평화보다 전쟁을 더 좋아하는 걸까?'라는 질문을 해결하기 위해서 자신의 모든 열정을 바쳤다. 그리고 그 산물이 바로 『성배와 칼』이다.

프로이트가 공격성과 파괴성, 즉 타나토스(죽음)도 인간 본성의 한 축이라고 한 것은 수렵가/살해자 패러다임이 인류의 원래 본성이라고 한 셈이다. 이에 비해 리안 아이슬러는 칼의 힘을 이상화하는 사회체제의 문제라고 보았다. 수천 년 동안 인간은 전쟁을 치렀고 칼은 남성의 상징이었다. 문제는 인류의 절반인 남성이 아니다. 진정한 남성다움을 폭력성과 지배력으로 동일시하도록 이상화하는 사회체제의 문제인 것이다. 칼은 발전을 거

---

2) 같은 책. 28쪽.

듭해서 메가톤급 핵무기가 되었다. 지구를 몇 번 파괴하고도 남을 핵폭탄의 위기에서 평화와 공존의 정신이 필요하다. 아이슬러는 그것이 바로 성배라고 하였다. 칼은 '지배사회'를 성배는 '협력사회'를 상징했다. 쉴레인의 패러다임으로 보면, 현대사회는 수렵가/살해자 패러다임이 승리한 것이다.

잔혹하고 폭력적인 것에 대한 예찬이 나오게 되는 문화적 저변을 형성해오는 흐름을 알기 위해서, 역사를 구석기 시대로까지 거슬러 올라가보자. 구석기 시대는 여러 무늬의 카페트였을 것이다. 세월이 흘러 많은 시간이 지나 헤라클레스를 불멸의 영웅으로 신으로 승화시킨 신화를 만나게 되면 우리는 구석기 시대 카페트의 여러 무늬 가운데 어떤 특정의 무늬가 지속적으로, 물론 우여곡절은 어디나 있기 마련이지만, 확대되고 확장되어 그것이 중심인 것처럼 되었을 것이다. 지금 그 무늬를 중심적인 것이라 해서 그 옛날 그 시대에 그것이 중심이었던 것은 아니다. 구석기 시대 무늬 가운데 이것은 사냥꾼의 이야기이다.

우선 구석기 시대 사냥꾼의 이야기를 통해서 수렵가/살해자 패러다임으로 인간의 본성을 살펴보기로 하자. 인간이 채집만 하다 사냥으로 이행한 것은 "인간과 다른 영장류 사이에서 가장 결정적인 생태학적인 변화의 하나이다. 인간은 실제로 '사냥하는 원숭이'로서 정의될 수 있다".3) 발터 부르케르트Walter Burkert는 이 말을 통해 구석기 시대는 사냥꾼의 시대이며 구석기 시대가 인간 역사의 가장 커다란 부분을 구성한다고 할 때 인간 역사의 핵심은 논쟁 불가능한 사실로서 사냥꾼의 존재라는 것이다. 그리고 이 시대에 인간의 생물학적 진화가 완성되었고 한다. 이 말은 구석기 시대 이후 인간의 본성은 변하지 않았다는 말이다. 신석기 시대에 농업이 발명되고 평화로운 공동체였다는 대다수의 주장에 대해서는 그건 돌연변이에 불과한 것이라 볼 수도 있다. 농업의 시기는 기껏해야 만년으로 물 한 양

■
3) Walter Burkert. *Homo Necans.* 17쪽.

동이에 떨어진 물 한 방울에 불과하기 때문이다. 따라서 부르케르트는 "포식동물의 행동으로부터 끌어낼 수 있는, 인간이 되어가는 과정에서 얻게 된 특징들로 인간의 공포스러운 폭력을 이해할 수 있다"고 한다.

부르케르트의 이러한 주장은 우리가 흔히 생각하는 야만인 및 원시인에 대한 이미지와 매우 유사하다. 인류 초기의 원시인에 대한 일반적인 가설은, 엄청난 괴력으로 공격적인 행동을 하며 입엔 게거품을 물고 몽둥이로 머리통을 갈겨버리는 털북숭이 야만인이다. 아니면 시베리아의 대형 동물 매머드를 사냥하는, 불붙은 몽둥이를 들고 고함을 지르며 무리지어서 힘을 합해 끝내 쓰러뜨리고 마는 구석기 시대의 사냥꾼 말이다. 후자의 이미지는 유발 하라리의 원시인의 모습에 가깝다. 그에게 원시인은 언어와 상상력의 도움으로 협력하면서 집단사냥기술을 발달시켜 대형동물들을 거의 모두 멸종시키기에 이른다. 이런 입장에선 사냥꾼, 즉 수렵가/살해자 패러다임이 구석기 시대 이미 인류의 존재양식으로 깊이 뿌리내렸다고 본다.

하지만 구석기 시대의 인류를 이런 '야만인들'이라는 신화로 그리는 것은 정확하지 않다는 주장들이 대세다. 제레미 다이아몬드를 비롯하여 스티브 테일러, 멀린 스톤Merlin Stone, 마리아 김부타스, 리안 아이슬러, 앤 베어링Anne Baring 들 부지기수이다. 인류라는 종의 전체 역사를 보면, 전쟁은 결코 '인간성과 같이 오래된' 것이 아니라 실제로는 상대적으로 최근에 일어난 역사적 발전의 결과이다.[4] 지난 수십 년간 이루어진 고고학이나 인류학적 증거를 보았을 때 원시적 인류들 사이에 집단 간의 공격, 즉 전쟁이라고 이름붙일 만한 것은 없었으며, 심지어 '개인 간의' 공격도 없었다. 더구나 전쟁의 흔적이 전혀 없다. 예를 들면, 1999년에 세계의 각기 다른 3곳에서 고고학적인 발굴이 실시되었지만 후기 구석기시대(기원전 4만 년에서 기원전 1만 년)에 걸쳐서 전쟁의 흔적은 전혀 나타나지 않았다. 다량의 도

■
4) 스티븐 테일러. 같은 책. 23쪽.

구와 도기 들이 포함된 많은 인공 물품들이 발견되었지만 무기는 전혀 없었던 것이다.

집단과 집단의 대립과 투쟁, 아니 한 집단이 다른 한 집단을 공격하고 약탈하는 그런 방식의 전쟁은 최근에 발생한 것으로서 단지 기원전 4000년경에 시작되었다고 본다.[5] 구석기 시대 인류는 안정감을 가지고 생활에 만족감을 느끼며 살았다고 한다. 영국의 인류학자 콜린 턴불은 1950년대에 중앙아프리카에서 피그미족과 3년을 살았다. 그는 피그미족이 놀라울 정도로 근심 걱정 없고 쾌활한 사람들이며, '문명화된'사람들이 앓는 정신질환이 없었다고 특징지었다.[6]

이렇게 볼 때 원시시대 인류를 현대 인류보다 호전적이고 공격적인 종으로 그리는 것은 옳지 않다. 부르케르트나 유발 하라리의 관점은 인류의 본성을 호전적이고 파괴적으로 그린다는 점에서 어느 정도 일치한다. 농업 이전에 여성 중심의 채취, 채집 활동이 역사적으로 지닌 역할은 도외시하거나 축소하여 인류의 모습을 사냥하는 인간으로, 즉 다른 종을 살해, 지배하는 포식동물로 그리기 때문이다. 유발 하라리는 지구의 왕자가 된 서구문명을 사피엔스 종의 대표자로 보고 따라서 서구문명사는 곧 인류사가 된다는 관점을 가지고 있다. 구석기 시대 인류에 대해서는 평화 혹은 전쟁 들 해석에서 다양성은 있지만, 그리고 호전적 본능보다는 언어와 협력 들 뛰어난 능력 탓에 두기 하지만, 결국은 인류의 약탈성과 잔혹성을 사피엔스의 핵심으로 놓는다. 특히 부르케르트는 지금 승리한 듯이 보이는 서구문명의 기원을 거슬러, 거슬러 올라가면 최초의 흐름, 그것은 남성들의 사냥이자 그 사냥을 가능하게 한 남성공동체이며 그것은 곧 국가의 기원이 된다는 것이다.

■
5) 같은 책. 24쪽.
6) 같은 책. 33쪽.

하지만 역사를 볼 때, 역사란 학문의 규정이 그러하긴 하지만, 기록이나 남아있는 유물로만 보는 것은 매우 문제가 있다. 인류사 전체에서 인류가 살아온 내력을 추측하기는 그리 어렵지 않다. 강물이나 호수에 태풍이 불고 나뭇가지가 부서지고 강물이 출렁이더라도 강물 그 깊은 바닥은 고요하고 천년, 만년의 신비를 그대로 간직하기 때문이다. 이 깊은 바닥이 바로 인간과 대지와 우주의 이야기이다. 인간은 잡식동물로 농업이전에도 채집 채취 중심의 경제활동을 통해 육식보다는 채식 위주의 식단을 꾸려왔다. 수만 년에 해당되는 구석기 시대에 인류 집단에 주요 영양분을 공급한 것은 먹을 수 있는 뿌리, 식물, 유충을 얻기 위해 땅을 파고 과일과 견과류를 수집하고 도마뱀과 토끼 같이 작은 동물들을 사냥했던 여성이었다.[7] 남성들이 집을 떠나 오랜 시간 노력했지만 그들이 사냥을 통해 마련한 고기는 충분히 공급되지 않았던 것이다.

오늘날의 수렵-채집 부족들 중에 여성의 식량 공급 활동은 그들 집단의 일일 식량의 75~85 퍼센트를 댄다. 수 천 년의 식량 채집 세월 동안 여성의 약초와 식물에 대한 예리한 지식은 시행착오와 시술 경험을 통해 의료 치료의 기술로 발전되었다. 여성이 산재한 씨앗들과 식물성장 간의 관계를 관찰함에 따라 여성의 식량 채집은 농업으로 발전해갔다. 세대를 거쳐 씨앗 경작, 베서 접붙이고(cutting and grafting) 곡물을 저장하는 실험에 기초한 이러한 여성의 발명은 만 년 전 경에 광대한 신석기 혁명을 불러왔다.

여성들의 채집활동이 의술이나 농업으로, 여성들의 주요한 연장이었던 뒤지개가 생산과 평화의 기술인 농기구로, 도자기, 직조, 가죽 무두질 기구로 주로 발전하였다. 실질적으로 여성은 문화 창조자였다. 유발 하라

---

[7] Evelyn Reed. "The Myth of Women's inferiority, and Women's Evolution." *Problems of Women's Liberation.* 22~41쪽.
The Great Cosmic Mother. by Monica Sjoo & Babara Mor. 33~34쪽. 재인용.

리도 인정한다. 그 당시 사피엔스는 대부분의 영양과 칼로리 뿐 아니라 부싯돌이나 나무, 대나무 같은 원자재도 채집으로 구했다고 한다.

구석기와 신석기 시대의 여신 조상(彫像)들. 이 조상들은 단지 장식용이 아니라 뒤지개이고 끌개이고 껴묻거리용이었다고 한다.
https://www.pinterest.co.kr/pin/672162313112628331/?d=t&mt=signup

1958년에 제임스 멜라트James Mellaart는 전쟁의 흔적도 무기도 불평등도 없는 차탈휘위크의 유적을 발굴함으로써 고고학의 새로운 역사를 썼다.[8]

■

8) *Earliest Civilization of the Near East, Neolithic of the Near East* 들의 저서가 있다.

이에 감명 받는 많은 사람들이 인류 초기의 역사가 여성이 존중받는 평화로운 세계였으며 뛰어난 문화예술을 창조한 황금시대였음을 뒤를 이어 밝혀내었다.

아이슬러도 그러하다. 아이슬러는 신석기 시대는 여신의 시대로 사치스런 족장의 무덤도 없으며 영웅정복자나 사슬에 묶인 노예를 묘사한 증거도 없음을 밝힌다.[9] 신석기 예술이 보여주는 세계관은 이러하다.

> 정복하거나 약탈하고 노략질하기 위해서가 아니라 지구를 가꾸고 물질적, 영적 자원을 공급함으로써 만족스런 삶을 추구한다. 전체적으로 신석기 예술은 우주를 지배하는 신비로운 힘의 주된 기능이 복종을 강요하고 처벌하고 파괴하는 것이 아니라 생산하고 축배를 들고 접대하는 것이라는 세계관을 담고 있다.

구석기 시대에 이어 신석기 시대에서도 평화는 계속된다. 아이슬러가 말하는 이러한 신석기 시대의 특징은 크레타 예술에 가장 잘 나타나 있는데 나중에 다루기로 한다. 우리의 주제인 인간 본성의 패러다임에 대해 서술을 집중하기 위해서다.

여신을 숭배하던 신석기 시대의 이러한 평화가 본격적으로 깨어지기 시작한 것은 기원전 5000~4000년경으로 보고 있다. 이 평화가 깨어지는 것에 대한 이유와 원인에 대해서 다양한 해석이 존재한다.[10] 하지만 우리의 논의에서 필요한 것은 부르케르트가 말한 사냥꾼, 즉 수렵가/살해자의 패러다임이 이후 사회의 주된 동력이 된다는 데 있다. 우리는 대개 청동기

---

9) 리안 아이슬러. 『성배와 칼』. 61, 66쪽.

10) 김부타스는 쿠르간 족의 1차 대이동에 따라 이루어졌다고 본다. "The First Wave of Eyrasian Steppe Pastralists into Copper Age Europe." 277쪽. 쿠르간 족에 대해서는 아직 완전한 합의를 보고 있지 못하다. 하지만 대체로 인도유럽어 족 혹은 아리안 어족 집단으로 보는데 니체와 히틀러는 이 종족을 유일한 순수 유럽 혈통으로 이상화했다(아이슬러 110쪽 참조).

시대에 이어 철기 시대에 가면 청동기와 철기를 무기로 만들어 무장한 이들에 의해 전쟁이 일어났고 약탈과 정복이 세계사의 중심무대로 들어온다고 배웠다.

고고학적 증거로 볼 때 신석기인들이 야금술을 알지 못한 것은 아니다. 그들은 종교의례용 도구나 보석, 작은 조각상 뿐 아니라 도끼나 호미, 송곳, 낚시 바늘 들에 철기를 사용하였다. 고대 유럽에 원래 살던 사람들이 훨씬 더 발전된 문화를 향유하고 있었지만 그들은 무기로 만들어 침략하거나 살상용으로 도구를 제작하는 그런 종족이 아니었다. 침략자들은 무식하고 무지한 반문명적 야만인으로서 야금술도 이들에게 배웠다. 그런데 나무를 자르는 구리 도끼가 어찌하여 사람의 목을 자르는 무기가 되었는가?[11]

부르케르트는 사냥꾼의 시대에 무기의 사용이 가장 중요하다고 하였다[12]. 그것이 없다면 인간은 실제로 동물에게 위협이 되지 못하기 때문이다. 이미 구석기 시대 이전부터 사냥꾼은 무기를 사용하였다고 본다. 멀리서 효과적인 가장 최초의 무기는 불에 의해 단단해진 나무로 만든 창이었다. 이것은 불의 사용을 전제한다. 보다 일찍이 뼈가 곤봉으로 사용되었다. 인간의 직립자세는 무기의 사용을 용이하게 했다. 그리고 무기는 숭배받기 시작했다. 앞서 범고래의 전설에서 칼을 숭배하는 종족이 유토피아적으로 사라지는 걸 그렸지만 현실은 그리 돌아가지 않았다.

이런 걸 볼 때, 청동이나 철 제련 기술의 발달은 무기 발달에 필요조건이지 충분조건은 아니었다. 가장 중요한 것은 어떠한 사회체제인가에 따라 달리 나타난다. 김부타스는 이탈리아와 스위스의 정상에 있는 바위그림에서 여신의 머리 대신에 태양이나 수사슴 뿔이 그려져 있고 팔 대신에

---

11) 같은 책. 114쪽.
12) 부르케르트, 같은 책. 17쪽.

긴 자루가 달린 미늘창이나 도끼가 그려져 있으며 단도들도 여러 개 등장하고 있다고 했다.[13] 헤로도토스는 단도의 신인 아케나케[Akenakes]를 신성시하여 희생제물을 바치는 스키타이 인들에 대해 쓰고 있다. 날카로운 칼이 상징하는 치명적인 힘을 숭배하게 되면서 재산을 약탈하고 파괴하고 죽이거나 노예로 삼는 일 역시 명예로운 일이 되었다.

다시 쉴레인의 『알파벳과 여신』을 불러와 보자. 남녀의 역할 차이가 지각방식을 다르게 만들고 신경계를 재편하여버렸다.

> 수렵가는 먹이에 집중했을 때 목표의 단일성을 유지해야 했고 어머니는 그녀 주위에서 진행되는 모든 상황을 폭넓게 의식하고 있어야 했다. 음식물을 찾는 동안에도 그녀는 아기를 왼팔로 감싸안은 채, 그녀의 시야와 인지의 영역 내에서 놀고 있는 그녀의 다른 아이들을 끊임없이 지켜보아야만 했다. … 그러지 않으면 대개 자식들의 죽음이나 심각한 상해를 의미했기 때문이다.[14]

> 더 커진 두뇌는 더 긴 유년 시대를 요구했다. … 먹이를 주고, 안아 나르고, 또 자식들의 체온을 지켜주는 데 열중하는 동안, 암컷 원시 인류는 모든 동물 종 가운데 최초로 분만 후의 기간 동안 스스로를 돌볼 겨를이 없는 어머니가 되었다. 암컷은 도움을 필요로 했다. 음식의 공유는 원시 인류계의 뚜렷한 특징으로 진화했고, 부수적 특성, 즉 이타주의, 관대함, 협력 또한 강화되었다.[15]

이런 지각방식과 신경계의 차이는 좌뇌와 우뇌의 비대칭성과 이원화를 가져왔다고 쉴레인은 말한다. 남자들에게 발달한 좌뇌는 행위, 언어, 추상화와 더불어 계산능력에서 탁월하며 따라서 기술개발과 과학 발전, 개인

■

13) 김부타스, 같은 책, 202쪽
14) 쉴레인, 같은 책, 37쪽.
15) 같은 책, 29쪽.

경쟁에 유리한 반면, 여자들에게 발달된 우뇌는 비언어적이며 심미적이며 감정에 진실된, 존재와 이미지, 전체론적 시각, 그리고 협력 들과 관련이 있다.

쉴레인은 여성적 원리에서 남성적 원리로의 변화, 즉 양육자인 어머니에서 권력지배를 꿈꾸는 남자 가부장제로의 변화는 좌뇌의 핵심기능인 고도의 추상적 능력의 결과인 알파벳 문자문화의 보이지 않는 대가로 보고 있다. 그건 철저히 좌뇌적인 것으로 수렵가/살해자의 패러다임에 잘 맞아 떨어지는 것이었다. 앞서 부르케르트가 언급한 '인간의 공포스러운 폭력' 역시 합리적 이성이라는 로고스를 만나야만 가능하다. 인간은 추위나 위협으로부터 피부를 보호해줄 털도 없고 체구도 그리 크지 못하다. 부르케르트 역시 인간이 순전히 기술과 제도라는 대걸작, 말하자면 자신의 문화로 자신의 결점을 보완해야만 한다고 한다.

단도를 숭배하고 번개를 든 강력한 남신을 숭배하는 문화가 전면화된 것은 알파벳에 기인한다고 볼 수도 있겠다. 역사 이래 남성에 의한 문자 독점이 수 천 년 동안 이어진 것은 이것을 반영한다고 볼 수 있다. 이제 남성들의 사냥 도구는 일부 생산에 적용되기도 하였지만 살상용 무기로 발전하였다. 불은 따뜻한 잠자리, 음식 만들기, 도자기 굽기 들로 사용된 만큼이나 사냥과 전쟁의 도구가 되었다. 신석기 후기가 오면 이처럼 인류의 지성과 기술은 양면성을 띠며 생산과 파괴 두 곳에 모두 작동하였다.

거의 대부분의 종들은 외부로 공격성을 가지다가도 내부적으로는 본능적으로 그것을 억제하는 기능이 있다. 하지만 인간은 그런 기능이 제대로 작동하지 않고 동종끼리의 싸움에 몰두한다. 콘라트 로렌츠는 이것을 기능오차라고 하였다. 이러한 사피엔스의 자기파괴성에 대해 유발 하라리는, "인간은 너무나 빨리 정점에 올랐기 때문에 생태계가 그에 맞춰 적응할 시간이 없었다. 게다가 인간 자신도 적응에 실패했다."고 한다.[16]. 그는 이를 진화상의 오차라고 본다.

수렵가/살해자 패러다임과 채집가/양육가 패러다임은 현대 자본주의 문화에도 계속 살아있다. 소스타인 베블런^{Thorstein Bunde Veblen}은 『유한계급론』에서 전자를 유한계급의 특징으로 보고 후자를 생산자의 특징으로 보고 있다. 유한계급의 특징은 노동의 면제와 과시적 소비에 있다. 대표적인 유한계급들은 상류계급으로서 정치나 전쟁, 종교의식 및 스포츠 들의 일을 맡고 있다. 농사를 짓거나 물고기를 잡고 가죽을 무두질하는 들 물질적 수단을 생산하는 노동과는 본질적으로 다르다. 사냥을 하더라도 밥벌이로 하는 게 아니다. 하지만 전쟁은 돈을 받는 용병은 아니고 전쟁에 참여해서 정치적 몫을 가져온다.

베블런에 따르면, 유한계급의 제도는 원시 미개사회에서 야만시대에 이르는 과도기에 나타났다. 좀 더 정확히 말하면, 평화적 생활습관에서 철저한 호전적 생활습관에 이르는 과도기에 점진적으로 나타난다.[17] 채집가/양육가 패러다임에서 수렵가/살해자 패러다임이 정착하는 시기이다. 이때는 정복전쟁과 약탈을 통해서 지배계급이 된다. 베블런은 유한계급이 하나의 제도로서, 일관되게 약탈이나 전쟁이 명예로운 일이 되는 사회체제가 나타나기 위해서는 다음과 같은 두 가지 조건이 필요하다고 본다.[18]

> 첫째, 그 공동체는 약탈적 생활습관(전쟁이나 커다란 짐승이나 새의 수렵, 또는 이 양자를 겸한 것)을 가져야만 한다.
> 둘째, 그 공동체의 상당수가 일상노동에서 면제될 수 있도록 생활자료를 충분히 구할 수 있어야만 된다.

위와 같은 두 가지 조건만으론 부족하고 그 조건 자체를 가능하게 하는 조건을 베블런은 덧붙인다. 첫째 조건에서는 이들 호전적 유한적 남성

---

16) 유발 하라리, 『사피엔스』, 31쪽.
17) 베블런, 『유한계급론』, 41쪽.
18) 같은 책, 41쪽.

들은 생활습관 자체가 약탈적이어야 한다. 타 집단 뿐 아니라 일상생활에서 상대방을 폭력이나 술책으로 해를 입히는 일에 익숙해야 한다. 두 번째 조건에서는 직업이나 노동에서의 차별이 이루어져야 한다. 즉 가치 있는 직업과 가치 없는 직업을 구별하고, 가치 있는 직업은 전쟁이나 스포츠, 사냥 들에서의 공훈으로 분류될 수 있는 것들이고 가치 없는 직업은 공훈의 성질이 거의 없는 일상생활에 관한 것이다.

동물을 수렵 사냥하는 사냥꾼이 인간을 사냥하고 살해하게 되면서 최고의 명예를 얻고 그에 따라 사용된 무기 역시 최고의 첨단기술로 제작되며 신비한 가치를 얻는다. 살육자의 가치가 높아지는 만큼 생산하고 양육하는 여성의 가치는 급격히 하락한다. 구석기 시대 이래 필요에 따라 이루어졌던 남녀의 역할분업은 신석기 시대의 종말과 함께 지배와 피지배적 관계에 들어간다. 약탈된 재물들이 소유물로 되듯이 여성들 역시 전리품으로 분배된다. 『일리아스』에서 남성 전사들은 전리품인 여자를 두고 싸우고, 여자들은 빼앗기기도 하고 빼앗기도 하는 전리품에 불과한 존재가 된다.

베블런은 인류 역사상 평화적인 사회가 호전적 침략적 사회로 이행하는 과정에 인종학적 근거를 제시한다. 머리통이 큰 금발의 종족(長頭[19] 블론드 형)이 단두브루넷 형이나 지중해 형보다 훨씬 약탈적이고 난폭한 성질을 가지고 있다고 본다. 장두블론드 형은 푸른 눈과 금발을 가진 인도유럽어족의 한 종족으로 보고 있다. 현재 서구 주류 문화의 원형을 일군 종족이라 볼 수 있다. 이들 문화의 뚜렷한 특징은 "계급과 개인 사이의 끊임없는 경쟁과 대립"이다.[20] 이런 경쟁과 대립, 약탈에 익숙하지 않은 민족들

■

19) 머리 모양의 하나로, 두장폭 지수(頭長幅指數)가 길이 100에 폭이 76 미만의 머리

20) 베블런 같은 책. 196쪽.

은 도태되거나 배제된다. 아메리카 인디언들의 민족적 도태는 이들의 침략과 정복의 결과이다.

20세기 말에 등장한 신자유주의는 이런 호전적 민족의 후예로서 금융을 통한 약탈을 무한한 자유의 이름으로 허용한다. 이들은 일상노동에 종사하지 않고 금융을 투기판으로 만들어 금전적 부를 약탈한다. 이런 투기와 게임의 룰을 모르거나 익숙하지 않은, 남의 것이라곤 한 번도 약탈한 적 없는 성실하고 정직한 사람들도 부추김을 받아 투기판에 뛰어들었다가 금융위기에 집도 잃고 자산도 잃어버리고 빈민이나 노숙자로 전락한다. 베블런은 현대 자본주의 사회에서 선의나 공정, 융화라는 성품을 가지고 있는 것은 이런 경쟁사회에서 도움이 되지 못하며 양심의 가책이나 동정심, 정직, 생명의 존중 들에 대해 생각하지 않고 가치를 부여하지 않은 자들이 바로 자본주의 금전문화에서 성공하는 자들이라고 말한다.[21]

결론적으로 베블런은 장두블론드 형의 유럽인들이 현대 자본주의 사회 문화에서 그 지배적 영향력과 지위를 차지하게 된 것은 약탈적 인종의 특성을 상당히 많이 갖고 있기 때문이라고 지적한다. 따라서 다음 장에서는 우리가 예찬해마지 않는 고대그리스 문명 자체가 본질적으로 약탈적이고 호전적인 사회임을 보여주고자 한다. 고대그리스가 평화적이고 비침략적 사회였다면 그리스신화와 같은 그런 불공정하고 양심의 가책이 없으며 동정심이라곤 티끌만큼도 없는 그런 신들의 드라마는 태어나지 않았을 것이다. 잔인하고 이기적이며 족벌을 이루어 살아가는 자들이 그 사회의 권력과 명예를 가진다면 그들의 신 역시 잔인하고 이기적이며 족벌체제로 신의 계보가 씌어지기 마련이다.

■
21) 같은 책. 196쪽.

정복과 약탈,
고대그리스 문명의 여명

고대그리스 문명은 채집가/양육자 패러다임의 평화적이고 문화적인 문명이 수렵가/살해자 패러다임의 호전적이고 공격적인 문화로 대체되는 전형적인 과정을 보여준다. 대체로 미케네문명을 출발점으로 하여 그리스 문명의 기원을 말하지만 그 이전의 에게 문명에 대해서 이야기하지 않고 서는 그리스신화 조차 설명할 수 없다. 그리스신화에 왜 그리 많은 여신들이 나오는지, 그리고 그 여신들은 모두 이름을 가지고 있는지 말이다. 앞서 얘기했듯이 BC 5세기~4세기에, 특히 가장 민주주의가 꽃피었다고 찬양하는 페리클레스 시대에 나오는 여자들의 이름은 3명뿐이었다.[22]

에게 문명은 크레타 섬을 중심으로 기원전 3000년경부터 1,200년 경 사이에 번성했던 최초의 고대 유럽의 문명으로 미노아 문명이라고도 한다.[23] 이 크레타 문명은 신석기 문명과 청동기 시대에 걸쳐있다. 크레타인들은 구리와 주석을 합쳐서 청동을 만들었는데 그 기술이 뛰어나 아주 단단하고 독특한 푸른색의 청동제품을 만들었다. 우린 세계사 시간에 대체로 청동기문화는 전사 영웅들의 시대라 알고 있다. 헤시오도스 역시 銅의 시대 전사들의 잔혹함과 파렴치함 들에 대해서 설파했듯이 금속은 직관적으로 곧 무기로 제작된다고 생각하게 되었다. 하지만 단단한 칼이나 갑옷, 방패가 아니라 그들이 만든 것은 장신구, 술잔, 식기 들이었고 가장 많이

■

22) 그 3명의 여자이름은 한명은 페리클레스의 헤타이라(정부)인 아스파시아, 소크라테스의 아내 크산티페, 마지막으로 이혼소송을 제기했다 법정에서 알키비아데스에 의해 끌려가서 얼마 안 있어 죽은 그의 아내 히파레테이다.

23) 크레타를 중심으로 한 에게 문명에 대해서 많은 연구가 있고 대중서적에서도 인용 없이 서술될 정도로 어느 정도 그 실체가 밝혀져 있다. 객관적이고 공식적인 연구에 대해서 알고 싶다면, 다트머스 대학의 사이트 "Aegean Prehistoric Archaeology"를 참조하기 바란다. https://sites.dartmouth.edu/aegean-prehistory/

발견되는 쌍날 도끼는 전투용이라기보다 여신의 권위를 상징하는 것으로 신성함의 상징이라 종교 의례용으로 보인다.

BC 2000년 경에 그리스 반도에 최초로 나타난 인도유럽어족의 아카이아인들은 자신들을 압도하는 우아하고 예술적이면서도 강력하고 부유한 에게 문명을 만나고는 숨죽여 살았다. 그들은 칼과 창으로 무장했지만 헐벗은 방랑하는 전사무리들에 불과했다. 그들은 에게 문명에 압도되어 결혼을 통해서 때론 동화되기도 하고, 다른 한편으로는 따로 촌락을 이루어 남루하게 살기도 했다.

크레타 문명은 기원전 2000년에 가장 번성했고 기원전 1450년경에 자연재해와 침략으로 급속하게 몰락하다가 역사의 무대에서 사라졌다. 크레타 문명이 몰락하게 된 원인은 크게 2가지가 중첩된다고 볼 수 있다. 기원전 1450년경에 크레타 섬에서 100km 떨어진 티라 섬에서 엄청난 화산폭발이 있었다는 기록이 있다. 화산재가 이집트에까지 영향을 미쳤다고 하는데 이 폭발로 일어난 거대한 해일과 지진이 크레타를 덮쳤으며 그리하여 문명이 붕괴될 정도로 크레타가 쇠락하였다고 본다. 그 와중에 숨죽여 살던 아카이아인들이 1450년경에 크노소스 궁전에 불을 지르며 반란을 일으켰고 그리하여 크레타는 몰락하고 이 아카이아인들이 그리스 본토에서 티린스, 필로스와 미케네 왕국을 건설하면서 미케네 문명이 성립되었다.

원래 그리스 본토는 기후와 토양이 매우 좋지 않다. 척박한 땅에서 곡식은 제대로 되지 않고 건조하고 돌이 많은 땅에서 잘 자라는 올리브나무, 무화과나무, 포도나무를 주로 재배하였기 때문에 항상 식량이 부족했다. 그래서 올리브나무에서 나온 기름과 포도에서 짜낸 포도주를 가지고 일찍 상업과 무역을 시작했다. 이웃 아시아 땅에서 만든 옷감이나 흑해 북쪽에서 밀과 보리를 교환해오려면 바다를 건너야 했기 때문에 아카이아인들이 오기 전부터 일찍 상업이 발달하고 항해술이 뛰어났다. 또한 도자기 기술도 뛰어났는데 올리브유와 포도주를 가죽부대에 담기에 애로가 있어

일찍이 다양한 토기와 함께
채색 도자기를 발전시켰다.
아카이아인들은 그렇게 에
게 인들로부터 선박 기술도
배우고 도자기 기술도 배우
고, 올리브와 포도 농사도
배웠다. 이런 물질적인 것
만 아니다. "에게 인들의
신과 신화, 기술을 전수 받
아 자신의 역사를 시작"한

크레타 문명 시대의 지도 출처: 다음백과

다. 심지어 "그리스의 시편들을 가득 채운 주제들도 크레타에게" 배웠다.[24]

미케네 문명을 세운 그리스인들의 선조인 아카이아인들이 이렇게 많은 것을 물려준 크레타 인을 비롯한 에게 인들에게 고마워한 건 아니다. 오히려 그들을 무참히 살해하고 철저히 크레타 문명을 훼손시켰다. 그것은 크레타 문명의 정신, 즉 채집가/양육자 패러다임으로 볼 수 있는 여성적인 원리에 의해 규제되는 평화로운 공존의 정신을 철저히 파괴하고 최고의 남자가 권력을 가지는 지배사회를 꿈꾸었기 때문이다.

크레타 문명은 비교적 성에 대해 자연스러웠다. 크레타 인들은 자유롭고 균형 잡힌 성적 생활을 즐김으로써 공격성을 감소시키고 우회시켰다.[25] 빌헬름 라이히가 말하듯이 성본능이 억압됨으로써 공격성으로 나아가는 일은 없었다. 리안 아이슬러는 크레타에서 여성이 존중받으며 여성원리가 어떻게 관철되고 있는지 다음과 같이 말한다.[26]

24) 앙드레 보나르, 『그리스인 이야기』 1권 27~28쪽.

25) Jacqutta Hawkes. *Dawn of the Gods: Minoan and Mycenaean Origins of Greece*, 156쪽.

26) 리안 아이슬러. 『성배와 칼』. 97, 107~108쪽. 1900년 초반에 크레타 문명을 발

크레타 사회에서 권력은 물리적인 힘을 휘두르거나 위협을 가해 공포 분위기를 조성하여 남성지배자인 엘리트에게 복종을 강요하기보다는 모성의 책임감과 동일시되는 점이 많다는 사실을 말해준다.

건축술이 발달하고 양탄자, 가구 그 밖에 집안 물건들을 만들고 도시계획이 진행되면서 주거양식도 획기적으로 진보했다. 또한 의복은 가죽과 털로 엮어 입던 시대를 뒤로 하고 직물 기술과 바느질 기술이 개발되면서 다양해졌다.

가계는 어머니를 중심으로 이어졌으리라는 것이 대세다. 나이든 여자나 씨족 우두머리는 과실을 수확하고 분배하는 일을 감독했다. … 여성과 남성 모두 - 차탈휘위크에서처럼 다른 인종끼리도 - 공동이익을 위해 협력하며 살았다.

여성중심 사회였고 신도 여성으로 표현되었다.
나아가 여성적인 성배 혹은 삶의 원천을 상징하는 자연의 생식력, 양육하고 창조하는 힘이 - 파괴하는 힘이 아니라 - 가장 가치 있게 여겨지는 사회였다.

이처럼 에게 인들은 권력은 어머니가 가정을 돌보고 꾸리듯이 책임의 문제였고 여성들이 남성을 억압하는 것이 아니라 남녀가 협력하며 살았다. 사라 러딕의 모성적 사유가 사회적 관계 속에서 관철되는 그런 사회였다.

미케네 문명이 크레타 문명과 어떻게 얼마나 다른지 살펴보자. 에게 인들은 전쟁을 좋아하지 않는 민족으로 그들의 유적지 그 어디를 둘러보아도 성곽이 발견되지 않는다. 이에 비해 그리스인들은 전쟁을 좋아한다.

■

굴하기 시작한 영국인 아서 에번스는 크레타에서 여성들의 사회적, 종교적, 정치적 지위가 높았다는 사실에 충격을 받았다. 하지만 그건 가십거리나 잡담으로 밖에 표현할 수 없었을 것이라고 한다.

이들은 앞선 문명을 일궈낸 에게 인들과는 수준이 달랐다. 그들이 할 줄 아는 거라곤 도적질 밖에 없었고 궁전과 묘실은 훔쳐온 금들로 넘쳐났다고 한다.[27]

또한 그리스인들은 에게 문명의 높은 수준을 바로 이어 받지는 못했다. 에게 인의 배는 멀리 시칠리아까지 항해했지만 그리스의 배는 에게 해를 넘어본 적이 없었다. 에게 해 연안에서 이 섬 저 섬으로 옮겨 다니면서 도적질을 일삼았다. 그리스인에게 바다는 교역의 장이 아니라 범죄의 거점이었다. 가끔 미케네의 군주들은 용병을 사모아서 이집트나 소아시아로 원정을 떠났다. 우선 왕족의 묘를 파고 갖가지 보석과 금박을 입힌 잔들 심지어 죽은 사람의 얼굴에 씌운 가면에서 금을 빼오고 이름난 예술 작품에서도 금을 털어왔다. 이러한 도적질이 대규모로 벌어진 것이 바로 트로이 전쟁이었다는 것이다.[28]

그들의 벽화를 보면 확연한 차이를 느낄 수 있다. 그리스인들은 주로 전쟁 장면을 즐겨 그리고, 창이나 방패 들 각종 무기와 투구, 갑옷 들이 껴묻거리인 걸로 보아 그들의 관념이 전쟁을 떠나서는 결코 존재할 수 없는 민족임을 보여준다. 특히 동물에 대해 그릴 때도 인간을 중점적으로 그리고, 동물을 제대로 표현하지 않거나 아니면 공격대상인 사냥물로서만 묘사하고, 함께 놀이하거나 자연스런 공존의 풍경은 그리지 아니하였다.

---

27) 앙드레 보나르, 『그리스인 이야기』. 1권 28쪽.

28) 같은 책. 28쪽.

29) "가짜 백합왕자"라는 기사를 보면, 백합왕자는 완전히 에번스 경이 날조한 거라고 한다. 왼쪽 그림은 발굴 직후의 상황이고, 오른쪽 그림은 에번스 경의 의뢰를 받은 화가 에밀 질리에롱Emile Gilliéron의 상상력의 산물이다. 머리 장식은 다른 데서 발견된 파편을 갖다 붙인 것이며, 배경의 백합은 완전히 새로 그린 것이라고 한다. 그럼에도 불구하고 원본 그림에서 느껴지는 것은 무장을 한 전사나 근육질의 쇠몽둥이를 든 불한당 같은 영웅의 그림은 아니다.

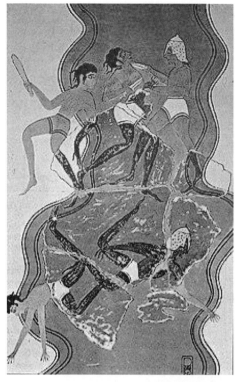

필로스에 있는 네스토르 궁
전의 전투 장면. 미케네 문명
의 그림은 기본적으로 남성
의 전투장면을 즐겨 그림을
알 수 있다. 원래의 프레스코
화는 BC 1300년 경. Piet
de Jong의 수채화 재구성.
그리스 메세니아 코라 고고
학 박물관.
출처: Wikimedia commons.

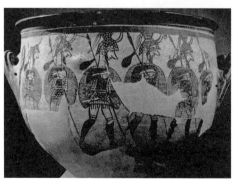

전투를 위해 출발하는 기갑
병들의 행렬이 그려진 대형
희석용 동이krater, 미케네
아크로폴리스, BC 12세기
(3402016857).
출처: Wikimedia commons.

https://plants-in-garden-history.com/archives/5910 참조

기원전 1350년경 필로스의 프레스코화에 있는 두 명의 미케네 전차 전사.
출처: Wikipedia.

티린스에서 미케네 여인 2명을 실은 마차의 프레스코 벽화. 크레타에서 발굴된 "파리지엔느"와 비교했을 때. 그림의 양식이나 스타일을 그대로 모방하고 있음을 알 수 있다. 출처: Wikimedia.

▲ 크레타의 유명한 벽화 "백합왕자". 왼쪽은 크레타에서 에번스가 발굴하던 당시의 모습이고, 오른쪽은 부분적으로 남아있는 걸로 유추하여 나머지를 그린 것이다.29)

▲ 크노소스 궁의 벽면에 그려진 여인들. 귀족이나 여사제를 그린 듯하지만 별칭이 파리지엔느라 불릴 정도로 세련됐다. 소실된 몸체의 일부와 얼굴 부분을 많이 복원했다. 헤라클레이온 고고학 박물관 소장

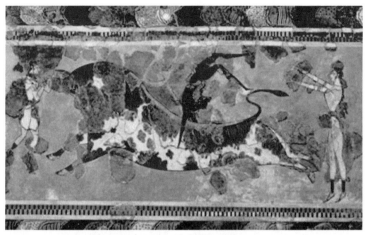

크노소스 궁전 투우 벽화

　미노아 예술의 대표적인 사례는 궁전의 프레스코 화이다. 궁전의 벽
화에 그려진 '황소와 싸우는 투우사' 프레스코 화에는 양 옆에 서 있는 두
명의 여인과 황소 들에서 곡예를 하는 유색 청년의 모습이 인상적이다. 크
레타 섬 출신인『희랍인 조르바』의 작가 니코스 카잔차키스는『영혼이 있
는 자서전』에서 "크레타의 투우는 스페인의 투우처럼 야만적이지 않았어
요. 그곳에서는 소를 죽이고 말의 배가 터진다는 얘기를 들었습니다. 여기
에서는 투우란 피를 흘리지 않는 경기였어요. 인간과 소가 같이 놀았죠.
투우사가 소의 뿔을 잡으면 소는 화가 나서 머리로 치받고, 그러면 투우사
는 추진력을 얻어 유연하게 재주를 넘어서 소의 잔등에 떨어져요. 그런 다
음에 그는 두 번째로 재주를 넘어 소의 꼬리 쪽으로 떨어지고, 그러면 기
다리던 젊은 아가씨가 그를 안아 줍니다."30) 이처럼 예술에서도 전쟁을 찬
미하거나 살인과 폭력, 경쟁을 두드러지게 표현하는 것은 없다.

　4,000년이라는 세월이 흐른 후에 발굴되었기는 하지만 미노아 해양
문명의 핵심인 크노소스 궁전은 현재 남아 있는 것들만 봐도 그 크기와

■

30) 니코스 카잔차스키.『영혼의 자서전』. 198쪽.

웅장함을 상상하기 충분하다. 크노소스 궁전을 보면, 각각의 쓰임새에 따라 구조가 잘 짜여 있는데, 왕실과 접견실, 창고와 주방, 각종 물건을 만들던 공작소와 예배를 드리는 성소까지 1,500개가 넘는 작은 방들이 꼬부라진 복도와 계단으로 서로 얽히고설켜 굉장히 복잡한 구조를 가지고 있다. 이 모습에서 크노소스 궁전이 미로와 같아 라비린토스의 유래가 된다. 특이한 것은 방의 크기가 거의 일정하게 작아서 특별한 한 명의 권력자의 거처를 중심으로 배치된 것은 아니라고 한다.

이에 비해 인류 예술의 극치라 주장하는 파르테논 신전을 한번 보자. 신전 외벽을 아름답게 장식한 조각으로는 박공벽의 조각 이외에 프리즈를 장식한 메토프^{metope}의 조각들이 있다. 메토프는 도리아식 신전에서 볼 수 있는 특유의 장식으로 트리글리프 사이에 끼어 있는 사각형 공간을 말한다. 파르테논 신전의 동쪽 메토프에는 '신과 거인들의 싸움', 서쪽 메토프에는 '아테네인과 아마조네스의 싸움', 남쪽 메토프에는 '인간과 켄타우로스의 싸움', 북쪽 메토프에는 '트로이전쟁'과 같이, 메토프들에는 주제를 담은 부조들이 새겨졌다. 크레타의 유적에서 보는 것과 달리 파르테논의 네 면의 메토프에 새겨진 것들이 모두 전쟁에 관한 것이다. 제우스와 티탄 신족의 전쟁, (켄타우로스는 당시 페르시아를 일컬었다고 여겨지는데) 페르시아와의 전쟁, (아마조네스) 여성들과의 전쟁, 마지막으로 트로이전쟁이다. 베이징 국립박물관 거대한 로비에 사회주의 정권이 어떤 투쟁을 통해서 만들어졌는지 실물보다 더 큰 크기의 부조로 선포하듯이.

그리스 문명의 수렵가/살해자 패러다임의 전면화는 아테네 민주주의에까지도 이어진다. 그리스 문명을 가장 찬란하게 꽃피웠다고 여겨지는 아테네 역시 전쟁으로 날을 새고 밤을 새는 나라였다. 그들은 동맹국이라는 이름으로 약탈을 자행하고 같은 민족이라도 중립을 지킨다는 이유로 멜로스 섬에 쳐들어가 남자들은 모두 죽이고 여자들은 노예로 삼고 아테네의 가난한 시민들을 식민화시켰다.[31]

에게 인들이 배를 타고 항해를 하고 상업과 무역을 한다고 할 때 약탈을 하고 해적질을 하지 않았다는 것에 대부분 의아해한다. 현대 우리의 문명사적 감수성으로는 이해할 수 없는 일이다. 사실 인류의 두 존재방식인 수렵가/살해자 패러다임과 채집가/양육자 패러다임이 두부모처럼 나눠지는 건 아니다. 인간 존재란 잡식동물로서 필연적으로 생명을 죽여야만 생존을 유지하기 때문에 인간 본성에는 이 두 패러다임이 당연히 섞여있기 마련이다. 크레타 인들의 해군력은 막강했고 테세우스 이야기에서 보이듯이 아테네가 조공을 바칠 정도로 강성했다. 무기 자체가 없거나 전쟁을 전혀 하지 않았다는 건 아니다. 하지만 그들은 남들이 열심히 일해서 모은 것을 약탈로 뺏어오거나 전쟁을 통해서 땅을 정복하고 식민화하지 않았다.

그래도 미케네 문명은 크레타 문명의 초석 위에서 세워졌고 크레타 문명의 정신과 삶의 방식의 흔적을 많이 가졌다고 볼 수 있다. 하지만 이런 미케네 문명도 긴 칼을 찬, 헤라클레스의 후손으로 여겨지는 도리아인들의 침략에 의해 기원전 12세기 말 경에 몰락하고 400여년의 암흑시대로 들어간다. 아카이아 인들의 침략 이후 이런 약탈적이고 호전적 체제에 적응하지 못한 많은 크레타 인들은 저항하여 죽음을 당하거나 깊은 산악지대로 들어가 고립적으로 살았지만 점차 그들도 사라지고, 고대그리스는 아카이아인, 이오니아인, 그리고 도리스인으로 구성된 인도유럽어족의 나라 헬라스가 되었다.

투키디데스는 『펠로폰네소스 전쟁사』에서 자신들의 선조 헬라스에 대해 말한다.[32]

요컨대 연안이나 섬에 거주하고 있던 옛 헬라스 인이나 이어(異語)족이 배로 서로 왕래를 활발하게 하게 되자, 자기 이익이나 피보호자의 부양

■

31) 김봉률, 『어두운 그리스』. 290쪽. 참조
32) 투키디데스 『펠로폰네소스 전쟁사』. 1.5.

을 위해 영향력이 강한 자가 지도자가 되어 해적으로 돌변해 방벽이 없는 도시나 취락을 침입해 약탈하고, 이것을 주된 생활의 수입원으로 삼았던 것이다. 게다가 그들은 이러한 약탈행위를 부끄러워하기는커녕 오히려 일종의 명예심마저 느끼고 있었다.

투키디데스는 자신들의 선조 헬라스들의 본성자체가 전쟁을 즐기고 약탈적이며 그걸 명예로 아는 그런 종족임을 확실하게 고백하고 있다.

이처럼 해적으로 돌변하고 그들이 정착하면서 일군 문화 역시 무역과 해적과 전쟁의 문화다. 그들이 그렇게 된 데에는 어로작업이나 농경생활에 비해 해적이나 무역 들이 부를 쌓기에 가장 효율적이기 때문이다. 약탈이 합리적 경제의 기원이 된다. 오뒷세우스는 돼지치기에게 다음과 같이 말한다. 『오뒷세이아』에서 자신은 사람 죽이는 거 좋아하고 전쟁에 필요한 배와 무기 갈무리하는 게 즐거운 일이라고

> 내 당당한 마음은 죽음을 전혀 예감하지 못했고/
> 나는 월등히 맨 먼저 뛰어나가 적군 중에서/
> 나보다 걸음이 빠르지 못한 자를 창으로 죽이곤 했소.
> 전쟁에서 나는 그런 사람이었소. 나는 들일이나
> 빼어난 자식들을 양육하는 살림살이는 좋아하지 않았소.
> 그 대신 나는 언제나 노를 갖춘 배와 전쟁과 반들반들 닦은
> 창과 화살을 좋아했는데, 이것들은 다른 사람들에게는
> 섬뜩하기만 한 참혹한 것이지요. 그러나 나는 신들께서
> 내 마음 속에 넣어주신 바로 그런 것들을 사랑했소.
> 좋아하는 일은 사람마다 다르게 마련이니까요.
>
> (제14권 219~228행)

오뒷세우스의 위와 같은 말에서 전사로서의 자부심을 느낄 수 있다. 사람을 죽이는 일은 나의 월등한 능력에서 비롯되는 것이고 그건 신이 부

여해준 것이다. 이로 볼 때 오뒷세우스는 수렵가/살해자 패러다임과 베블런이 『유한계급론』에서 말한 장두블론드형의 전형이다.

제6권에서 오뒷세우스는 파이아케스 족이 사는 섬에 표류했다. 나우시카 공주는 자기네 나라 사람들은 "활과 화살통에는 전혀 관심이 없다. 돛대와 노와 그것을 타고 자랑스럽게 잿빛 바다를 건너는 균형잡힌 배들에 관심"이 있을 뿐이라고 말한다.[33] 파이아케스 족이 사는 풍요롭고 평화로운 나라 스케리아는 전쟁의 혼란 속에서 전사들이 그려보던 평화의 나라였을까. 오뒷세우스가 이 나라에서 많은 환대를 받고 고향으로 돌아갔지만 그는 고향 이타카의 씨족 공동체를 파괴하고 자기중심의 지배사회로 나아갔다.

그리스신화가 우주와 세상의 기원을 이야기하기 시작할 때 왜 신들의 전쟁에서부터 시작하는 지 충분히 이해가 된다. 왜 번개를 들거나 삼지창을 든 남신들과 괴력의 남자영웅들이 득세하는지 충분히 이해가 된다. 대다수 여신들은 지위가 강등되어 독자적 신성의 존재가 되지 못하고 이들 남신과 영웅들의 아내나 첩으로, 후견인으로서 보조역할만 부여받았는지 이제 충분히 이해하게 된다.

먼저 지배자가 된 야만인들은 미토스를 장악해야 했다. 쉴레인이 알파벳의 등장에서 여신의 몰락을 읽었는데 이건 좌뇌와 우뇌의 전쟁만은 아니다. 알파벳은 쉬운 입말로 이들 야만인들의 노략질과 살해를 명예의 이름으로 찬양하였다. 일리움을 위한 노래, 『일리아스』는 그렇게 탄생하였고, 오뒷세우스의 영광을 노래하는 『오뒷세이아』도 그렇게 탄생하였고 헤시오도스의 『신의 계보』 역시 그렇게 탄생했다. 부분적으로나마 전쟁의 참상을 고발하고 여성의 운명을 슬퍼하는 글들이 나오게 된 것은 기원전 5세기 아테네가 펠로폰네소스 전쟁에서 고전하다 패색이 짙게 되면서였다.

■
33) 호메로스 『오뒷세이아』. 제6권 320~312행.

고대그리스 문명의 태동기에 대한 이야기가 현대 우리 '문명' 보편의 성격과 일치한다. 칼과 활 대신 자본이 무기로 바뀐 것만 다르다. 수많은 고고학적 발굴과 엄청난 연구로 우리의 문명이 시작하기 전에 평화롭고 평등하며 나름 풍요로운 사회가 있었다는 걸 알게 되었다는 것과 우리 문명에 대해 비판하면서 다시 평화롭고 평등한 세계로 돌아가기 위해 노력해야 한다는 것은 대개 연결이 잘 안 된다. 아이슬러나 김부타스, 멜라트, 그리고 쉴레인 들의 저술을 제외하고는 대다수 연구자들이나 저술가들은 고대그리스인들이 일군 문명의 시원이 얼마나 호전적이고 약탈적이었는가를 잠깐 폭로하는듯하다가 태도를 바꾸어 그리스문명을 찬미하는 방향으로 급회전하여 버린다.

앙드레 보나르는 긴 칼을 찬 도리스인들이 폭풍처럼 밀고 내려와 약탈과 학살을 함으로써 새로운 시대가 열리게 되었다고 본다. "이제 그리스는 오로지 그리스 민족만의 땅이 되었다. 진정한 의미의 그리스 역사가 시작된 것이다. 기원전 11세기, 10세기, 9세기의 어두운 밤에 그리스가 태어났다. 그리고 날은 차츰 밝아오고 있었다."고[34] 그리고 그는 묻는다. 그럼, 잔인하기 그지없는 그리스 원시인들이 만들어낸 이 문명의 정체는 무엇일까?

보나르에게 문명은 "새로운 방법을 개발해서 생산력이 늘어난 상태를 의미"한다. 자연의 법칙으로부터 자유로워지고 사람들은 그 문명 덕에 목숨을 보전한다. 원시인들은 그저 자연의 법칙에 순응하면서 살다 갈 뿐이지만, 문명화된 인간은 자연의 법칙을 깨달아 알고 자연에 대해 반격을 가할 수 있다는 것이다. 이런 문명관, 보나르에게만 해당되는 것은 아니지만, 덕택에 그리스는 도시를 세우기 위해 빽빽하던 나무를 베어 숲은 사라지고 기원전 5세기에 이미 우리가 보는 풍경, 아크로폴리스 위의 나무 몇 그

[34] 앙드레 보나르. 같은 책. 31쪽.

루만 남기고 아테네 도시는 태양과 돌무더기에만 둘러싸인 황량한 풍경을 연출한다. 문명은 자신의 서식지를 파괴하여 사막을 향해 나아간다.

문명은 '대외적으로는 정복에서, 대내적으로는 억압'에서 기원한다. 기원전 1125년 경 헤라클레스 왕가의 귀환이라는 도리아인의 침략은 대외적 정복과 대내적 억압을 문명으로 개시한다. 헤라클레스 왕가의 귀환을 기점으로 그 이전의 이야기는 신화가 되고 그 이후의 이야기는 역사가 되는 걸로 보아 문명이 발흥한 것이다. 이에 머무르지 않고 문명은 발전에 속도를 내고 문명을 누리고 지지하는 자들은 자신의 문명을 전 인류의 진보로서 강요한다.

4. 고대그리스 희생제의의 폭력성

서구문명이 수렵가/살해자 본능을 전면에 내세우기까지 이를 억제하는 다양한 본능(양심이라기보다)이 있었다. 서구문명을 이끌어 온 과정이 외부적으로는 전쟁이고 내부적으로는 노예화라면, 20세기 들어 서구문명은 자신의 최고 지위에 대한 불안으로 신경증에 걸리고 그 밑에 가장 근저에는 죄의식이 있다. 그래서 사피엔스로 대표되는 서구문명은 기억을 억압하고 과거를 억압한다. 앞서 카렌 암스트롱의 말을 빌려 서술했듯이, 역시 현재 존재하고 있는, 민속학적 연구가 가능한 사냥 사회에서는 사냥꾼들은 살해된 동물과 관련해 분명한 죄의식의 감정을 표현한다고 말해진다.[1] 그래서 인간은 사냥감에게 용서를 빌고 배상하기 위해 의례를 만들었다고 한다. 의례의 최초의 모습은 식인행위였거나 희생제의였다. 앞에서 설명했듯이 문명 이전의 신화에서의 의례는 자연의 선물에 감사하여 그 선물을 되돌려주는 방식에 대한 고민에서 출발했다. 인신공양이 대표적인 예이다. 그들이 인간에게 주듯이 인간 역시 그들에게 주어야 호혜적 평등과 대칭성이 이루어진다는 생각 말이다.

하지만 고대그리스로 들어가면 희생제의를 통해 수렵가/살해자 본능이 억제되는 것이 아니라 더 강화된다. 고대그리스의 희생제의는 문명신화 속에서 이루어지는 것으로 제물로 바쳐지는 동물 종에 대한 선물이나 영혼에 대한 위로와는 다르다. 고대그리스에서의 희생제의는 전쟁과의 관계에서 이루어지는 것이 기본이다. 의례는 그 이전의 속죄의 행위를 부분적으로 간직하기도 하지만, 안전한 동물살해를 위험한 인간사냥으로 재생산

■

[1] Burkert. *Homo Necans*. 16쪽.

하는 기제로 작동하기도 한다. 그 이전 시대의 희생제의의 목적은 사라지고 없다.

희생제의는 '희생'과 '제의'로 이루어진 말이다. 희생이라는 영어 sacrifice는 라틴어 sacer와 facere의 결합에서 유래한다. sacer는 축복이나 성스러운 뜻이 있고 facere는 make의 뜻을 가진다. '성스럽게 하다'는 뜻이다. 최소한 초월적이든 초월적이지 아니하든 인간이 회피하거나 저항할 수 없는 강력한 힘에 대한 숭배이다. 그런데 어떤 힘으로서의 신에 대해서 인간은 바로 그것을 대면할 수 없기 때문에 대부분 종교 안에서는 성스러운 힘을 완화시켜 인간에게 전달하기 위한 복잡한 완충장치가 내장되어 있다. 여기서 하나의 매개이자 완충장치로서 희생제물의 역할이 끼어든다.

동물-희생은 고대 세계에서 도처에서 이루어지고 있는 현실이었다. 부르케르트에 따르면, 그리스 희생제의의 한 가지 특징은 현대 역사가들에게 하나의 문제를 제시한다. 그것은 불-제단과 피-의례의 결합, 즉 태우는 것과 먹는 것과의 결합의 문제이다.[2] 기도와 노래가 있은 후 황소는 살해되고 심장은 즉시 태워지고 가죽과 왼쪽 어깨 힘줄은 팀파논(악기) 줄을 만들기 위해 제거되고 따로 보관된다. 다시 헌주를 바치고 공여물을 드린 다음 사제는 제물의 잘린 머리 쪽으로 무릎을 구부려 말한다. "이 행위는 모든 신들에 의해 행해졌습니다. 제가 그것을 한 것은 아닙니다." 그리고 (좀 더 오래된 판본에서는) 적어도 제사장이 그 고기를 먹는 것은 금지되었다고 전한다.

이와 달리 살해자, 태우는 자, 먹는 자가 일치하는 그리스 식 희생제의는 차츰 성스러운 것과는 거리가 멀어진다. 처음에 희생제의는 '성스러움' 자체 일 수 있다. 희생제의는 인간과 자연이 호혜적인 관계일 때는 자연에 대한 감사의 마음을 전달한다. 우리가 자연으로부터 얻기만 하고 수

2) Burkert. 같은 책. 9쪽.

많은 동물을 죽인 것에 대한 죄의식과 불안감에서 우리가 되돌려주는 하나의 의례라 할 수 있다. 하지만 희생제의는 차츰 그 성격이 달라진다. 자연이 준 사냥감이 아니라 인간이 기른 가축으로서의 소, 돼지 들은 더 이상 신성하지도 않다. 자기가 기른 동물 자기가 마음대로 할 여유가 생긴 것이다. 생명에의 경외감은 사라졌다.

여기서 그리스 희생제의의 두 가지 특징을 보겠다. 하나는 잔치를 벌이는 목적이 신에게 드리는 희생제의의 목적을 초과하는 것이다. 신이 얻는 것은 뼈와 지방 그리고 담즙과 방광뿐이다. 여기서 고기파티를 벌이는 축제가 가능하게 된다.[3] 그리스 희생제의의 두 번째 특징은 '피−희생'blood−sacrifice이다. 피의 '행위'는 생명의 영속성을 위해 필요한 것인데, 그것은 마치 새로운 생명으로 다시 태어나기 위해 필연적으로 있어야 되는 것이다. 급습을 당한 희생용 소에게서 솟구쳐 오르는 피로 제단을 적시고 온통 주변은 피 칠갑을 한다.[4]

앞서 언급한 것처럼 내장을 드러낸 제물의 모습은 상처입고 내장이 벌어진 채 죽어가는 전사의 모습이다. 죽이는 자, 호모 네칸스로서의 모습이 노골적으로 드러난다. 그리스 시대 희생제의는 자연에 드리는 성스러움의 의식이라기보다 죄가 없는 깨끗한 제물의 피로 전투를 통해 묻은 나쁜 피를 정화한다는 의도가 강하다. 그리고 깨끗한 피가 잘 솟구치고 온통 피

---

3) 기독교식 번제는 이와 많이 다르다. 가죽을 빼고는 모두 다 태워버린다. 인간이 먹을 것은 없다. 먼저 희생양을 죽여 피를 받는다. 피를 제단에 뿌리고 그리고 가죽을 벗겨내서 살의 각을 다 뜨고 내장을 끄집어내서 내장을 다 깨끗하게 씻은 다음에 제단 위에 올린다. 그리곤 살도 태우고 그리고 내장도 다 송두리째 태우고 허리부분의 기름이라든지, 내장 사이에 낀 기름 같은 기름들마저 모조리 태운다. 제사장이 속죄제나 속건제 같은 제의에서는 일부 고기를 먹기도 하지만 번제에서는 가죽을 빼고 모두 태워버린다. 신이 모두 가져간다.

4) 트로이를 침략하러 함선으로 이루어진 대규모 원정대가 떠나는 날 세찬 비바람으로 깃대가 부러지고 돛대가 찢어지자 아가멤논이 자신의 딸 이피게니아를 제물로 바친다. 노란 샤프란 옷을 입은 이피게니아의 빨간 피가 솟구쳐 함선을 적신다.

범벅이 될수록 나쁜 피는 더욱 정화된다고 한다. 하지만 폭력을 폭력으로 정화한다는 것이 오히려 외부로 향한 전사의 폭력을 공동체 내부로 향하게 되는 계기로 작동하기도 한다. 앞서 보았듯이 헤라클레스가 자신이 전쟁터에서 흩뿌린 살인의 피를 정화하기 위해 정화제의를 드리던 중 제물의 솟구친 피가 사방으로 튀면서 광기가 발동하여 자신의 아들 모습이 마치 자신이 죽인 그 나라의 수장의 아들들과 오버랩되면서 그들이 자신에게 복수하려 한다는 환각에 빠지면서 자식들과 아내를 살해한 경우이다.

부르케르트는 이것을 '짜라투스트라의 저주'로 표현한다. 살해와 육식, 약탈에 따르는 저주를 '짜라투스트라의 저주'라 불렀던 것 같다. 기원전 6세기 말경 조로아스터교의 창시자인 조로아스터가 살던 지역은 아직 도시화가 이루어지지 않았으며 대체적으로 양을 치고 여타 가축을 기르고 있었는데 유목민들이 자주 침략해 와서 약탈하곤 했다. 짜라투스트라는 이들을 침략적인 질서 파괴자로 보고 '악마'Lie의 추종자들이라고 불렀다고 한다. 피를 강하게 뿌리며 소를 살해하는 모든 사람들에게 그 저주가 적용된다고 생각되었다. 하지만 그리스에서 피의 향연이 실제로 금지되지는 않았던 것 같다.

피타고라스 학파들과 오르페우스 파들은 영혼을 가진 모든 동물의 생명을 살려줄 것을 요구했다. 그리고 엠페도클레스도 전통적인 희생제의 때의 식사가 갖는 카니발적 광기를 공격하는데 가장 맹렬했다. 피타고라스 학파는 윤회를 주장하며 희생제의와 육식에 반대하였다. 피타고라스는 '내가 잡아먹으려는 저 돼지가 나의 할머니가 돌아가셔서 환생한 것일 수도 있는데 어떻게 잡아먹겠는 가'라고 하였다. 육식에 대한 반대의 철학적 근거는 피타고라스 학파의 근본주장인 '만물의 근원은 수(數)'라는 데서 나왔다. 수의 조화가 다양한 우주 만물을 만들어내고 이를 유지시키는 법칙이 되듯이, 1~10까지의 각각의 숫자는 독특한 힘을 가지고 있다고 생각하였고 윤회설 또한 이러한 수 이론에서 비롯되었다. '동물의 살생금지'에는 인간의 영혼이 완전하게 정화될 때까지 일정한 수학적 주기를 가지고 다른 생물로 형체를 바꾸며 다시 태어난다는 사상이다. 이러한 사상을 가진 피타고라스 학파에서 거대한 육식 바비큐 파티로 변질되어가는 희생제의에 대해 반대하는 것은 당연하다고 할 수 있다.

파르테논 신전의 프리즈 부조상. 헤카톰베 장면. https://downunderpharaoh.patte rnbyetsy.com/listing/643364689/greek-art-parthenon-frieze-relief

고대그리스 아테네에서 희생제의는 다른 여러 지역에서 그러하듯 인신공양이 피의 동물희생으로 바뀌었는데 그 규모가 매우 컸다. 원래 제사를 성대하게 지내는 것이 돌아가신 부모님께 지극한 효를 보이는 것이라 여겨지듯 희생제의 역시 그러했다. 100마리 소를 바친다는 헤카톰베 hecatombe라는 단어가 있을 정도로 성대하였다. 호메로스 시절에만 하더라도 지방질에 싸여있는 다리와 내장 가운데 어떤 부분을 태우고 희생물의 나머지 부분은 축제용 음식으로 먹는 게 일반적인 관행이었다. 신들은 희생물을 태우면서 피어나는 고기 연기에 주로 기뻐하였고 희생물의 수가 크면 클수록 더 많이 신들이 기뻐한다고 생각하였다. 따라서 한 번에 백 마리 소를 희생양으로 제공하는 것($\dot\varepsilon\kappa\alpha\tau\acute{o}\mu\beta\eta$)이 드문 일은 아니었다. 『오뒷세이아』에 나오는 헤카톰베를 보자.

> 그때 그들은 넬레우스가 튼튼하게 지은 도시 퓔로스에 닿았다.
> 마침 바닷가에서 그곳 백성들이 새까만 황소들을 잡아
> 대지를 흔드는 검푸른 머리의 신에게 제물을 바치고 있었다.
> 그곳에는 아홉 줄의 좌석이 있었는데 각 줄마다 오백 명씩
> 앉아있고 각 줄마다 황소 아홉 마리씩 준비되어 있었다.
> 이들이 마침 내장을 맛보고 나서 넓적다리뼈들을 제단 위에서
> 신께 태워드리고 있을 때, 텔레마코스 일행이 막 도착하여
> 균형 잡힌 배의 돛을 걷어 올린 다음 배를 정박시키고 내렸다.
>
> (제3권 4~11행)

오뒷세우스의 아들 텔라마코스가 퓔로스에 도착했을 때 포세이돈(검푸른 머리의 신)께 막 희생제의를 드리고 있었다. 각각의 줄마다 5백명이니 9줄이면 4500명의 사람들이 모였다. 55명 당 한 마리의 소가 배당된다. 제의가 끝나면 살을 잘게 썰어서 쇠꼬챙이에 꾸어 꼬지 바비큐를 해서 나눠먹는다. 물론 헤카톰베가 언제나 문자 그대로 백 마리 소를 의미하는 것은 아니고 일반적으로 성대한 희생제의를 의미하는 말이긴 하지만 말이다. 여기서는 각 줄마다 황소 아홉 마리이니 총 81마리의 황소를 바친다. 백 마리 소!! 지금도 소 백 마리는 엄청 비싸다. 2017년 1월 검색에서 유기농 한우가 1천8백만 원, 일반 한우가 천만 원 한다고 하니 일반 한우로 치면 10억의 돈이다. 하지만 그 당시 소 한 마리 값은 어마어마하다. 알파벳 a 가 소의 머리를 형상화한 것이라 하듯이 소만큼 으뜸 재산인 것은 없다.

오뒷세우스가 유모 에우리클레이아를 20마리 소에 버금가는 값을 주고 사왔다고 하지만 다른 문헌에서는 일반적으로 노예와 소 한 마리를 교환하지 않았다고 한다.[5] 소 값이 노예 한 명의 값보다 크다는 것이다. 그 당시 노예를 비정규직 최저임금노동자로 보아 지금의 최저임금으로 계산

하면 2017년 최저임금 6470원×8시간×25일×12달=천5백5십만 원이다. 그러면 소 한 마리 값은 최소 천6백만 원이고 100마리면 16억이다. 그 당시 경제규모와 인구수를 비교하면, 그 시대의 희생제의가 아무리 중요하다고 하더라도 상당히 부담스러울 수밖에 없다. 이러한 희생제의는 인간들을 즐겁게 하는 것이라기보다는 신들에게 즐거운 것이다. 인간들은 신들에게 고기를 증여한 것이기 때문이다. 따라서 아테네에서 그러한 희생제의에 대한 불만들이 최고조로 올랐다고 한다.

영웅시대에는 대개 왕자들이 백성들의 최고 사제로서 희생물을 죽였으나 나중에는 사제들이 직접 했다. 올림포스 산의 신들에게 희생물을 바쳤을 때 그 동물의 머리는 하늘 위로 끌어올렸고 그보다 낮은 신들에게, 혹은 영웅에게, 죽은 자들에게 바칠 때는 머리를 아래로 향하게 했다. 살코기를 제단 위에서 굽는 동안 포도주와 향료를 뿌렸다.[6] 그리고 기도하는 사람들과 음악이 연주되면서 장엄미를 고조시켰다. 희생제의 때 사용되는 소의 숫자가 기록되었으나 많이 유실되었는데 소가 거의 250마리까지 도살되었다고 한다. 생각해보라. 250마리의 소가 단말마적 비명을 지르고 살해되고 그 피가 솟구쳐 사방팔방으로 튄다. 희생제의 초기에는 피를 많이 묻힐수록 신성에 더 가까이 다가간다고 생각했다. 건장한 남자들은 온몸에 피를 묻힌 채 달려들어 소의 살을 저미고 내장을 발라내어 구워먹는다. 술은 필수 품목이었을 것이다. 앞에서 말했듯이 죽이는 자, 제사 드리는 자와 먹는 자는 일치하지 않았으나 차츰, 그리고 그리스에서 특히, 그 경계가 사라져갔다. 신성스러움을 간직하기 위해 희생제의된 소는 다른 지역에선 먹지 않고 그냥 구경하는 사람에게 주어버리거나 그냥 땅에 묻어버리기도 했다.

■

5) David M. Schaps. *The Invention of Coinage and the Monetization of Ancient Greece.* 70쪽.

6) 『일리아스』 제1권. 264행. 제11권. 774행 들

"아폴론과 퓌톤" (1636~1638) 코르넬리스 드 보스Cornelis de Vos 작.
출처: wikimedia.

　　신전에서의 신성한 희생제의가 실제로 아테네에서 어떻게 변질되었는
지는 카렌 암스트롱이 『축의 시대』에서 말하고 있다. 그것을 단적으로 보
여주는 것은 델포이 신전에서 아킬레우스의 아들 네오프톨레모스가 살해
된 사건이다. 기원전 8세기 중반에 건립된, 그리스 중부의 파르나소스 산
남쪽 기슭에 있는 성소 델포이는 원래 가이아의 자식인 커다란 뱀 퓌톤의
거처였다. 그는 대지의 모신인 가이아가 남자 없이 낳은 자식이며, 대홍수
이후에 진흙에서 기어 나왔다고 한다. 대지의 여신 가이아는 자신이 지배
하고 있던 성지 퓌토(델포이의 옛 이름)를 퓌톤에게 이양해주며 그가 사람
들에게 예언을 내릴 것을 허락했다. 아폴론은 제우스의 힘을 빌어 이 퓌톤
을 활을 쏘아 죽였다. 퓌톤의 시체는 아폴론의 손에 의해 껍질이 벗겨지고
불태워졌다. 그리고 그 재는 돌로 된 관에 넣어져 신탁소 안쪽에 있는 세
계의 중심을 가리키는 돌 옴팔로스 밑에 묻혔다. 여기서도 대지 즉 흙의
자식이 하늘 신 제우스의 아들 아폴론에 의해 패배하는 모습이다.

아폴론은 퓌토를 델포이라는 이름으로 바꿔 자신이 신탁소의 지배자임을 선언하고, 퓌톤의 껍질을 덮은 세발솥을 통해 예언을 내렸다. 또한 가이아의 대변자였던 퓌톤[7]을 죽인 일로 인해 가이아의 미움을 사지 않도록 아폴론은 8년마다 퓌톤의 죽음을 애도하는 퓌티아 제전을 열어 가이아와 퓌톤에게 바치는 희생제의와 함께 제전으로서 경기를 열었다. 아폴론은 음악과 시와 이성의 신으로서 화려하고 유쾌했으며 트로이전쟁의 승리 결과 그리스는 아폴론적 분위기로 지중해 지역을 감싸는 듯 했다. 그러나 카렌 암스트롱은 신전에서 일어난 아킬레우스의 아들 네오프톨레모스의 살해 사건과 그에 대한 비극적인 기억으로 유쾌함은 상쇄되었다고 한다.[8]

핀다로스는 『네메아 송가』에서, 네오프톨레모스가 신성한 화로(爐) 옆에서 희생으로 쓰는 고기를 놓고 말다툼을 벌이던 신전 하인들의 손에 난도질당해 죽었다고 한다.[9] 전쟁이 끝난 후 네오프톨레모스는 아폴론에게 배상을 요구하려고 델포이를 찾아왔던 것이다. 아버지의 죽음이 아폴론 때문이라고 생각했던 것이다. 파리스가 아킬레우스를 향해 활시위를 당겼는데 아폴론이 화살의 방향을 조정해 발뒤꿈치를 관통시켰기 때문이다.

그는 신전 현관 밑에 죽었다. 델포이의 희생제의는 그의 죽음의 폭력성을 반영한다. 제물이 죽임을 당하는 동안 지역 사람들은 손에

■

7) Python이라 불리는 이유는 그 주검이 땅에서 썩어 없어졌기(pythein) 때문이다.

8) 네오프톨레모스의 죽음에 대해 또다른 신화가 전해진다. 네오프톨레모스와 결혼한 헤르미온느 때문에 오레스테스가 델포이 신전에서 죽었다고도 한다. 원래 헤르미온느는 오레스테스와 약혼한 사이였는데 오레스테스 집안에서 사단이 나서 네오프톨레모스에게 시집을 갔다. 어머니인 클뤼타임네스트라가 아버지 아가멤논을 죽인 사건 때문이다. 그 후 헤르미온느와 네오프톨레모스 사이에 아이가 없고 사이가 좋지 않았는데 오레스테스가 네오프톨레모스를 죽이고 헤르미온느와 결혼하게 된다. 아폴론이 오레스테스의 가장 막강한 후원자였기 때문에 어찌되었든 네오프톨레모스의 죽음은 아폴론과 관계가 있다.

9) 심지어 다른 신화에서는 아폴론이 네오프톨레모스를 직접 죽였다고도 한다.

칼을 들고 제물을 둘러싼다. 동물이 죽자마자 사람들은 야만적으로 달려들어 고기를 최대한 많이 베어간다. 그래서 사제에게는 아무것도 남지 않는 경우도 많다.[10]

이러한 묘사는 델포이 신전에서 벌인 희생제의가 사실상 신성은 사라지고 바비큐 파티 그 이하도 그 이상도 아님을 보여준다. 카렌 암스트롱은 이러한 희생제의의 폭력성이 폴리스의 문명화된 가치를 침해하며 "질서와 절제의 신 아폴론을 섬기는 빛나는 믿음의 불길한 대위법적인 역할"을 한다고 한다.[11]

헥토르의 아들 아스티아낙스로 헥토르의 아버지 프리아모스 왕을 살해하는 네오프톨레모스. 사이코패스를 능가한다. 그런 자에게 헥토르의 아내 안드로마케가 첩이자 하녀로 배정된다.

암스트롱의 '불길한 대위법'이란 말은 시사하는 바가 크다. 희생제의의 야만성과 질서와 절제의 신 아폴론의 불길한 짝이 뒤에서 언급될 엘리아스의 '문명화과정'의 세련됨과 '문명의 폭력성'의 짝과 겹쳐진다. 신성함이나 성스러움 즉 관계에서의 경건함은 대칭성이 확보될 때 나온다. 인간이 비인간 존재에 대해 자연 속에서 동등한 존재로 볼 때 비인간 존재는

10) 임철규. 『그리스 비극』. 371, 566쪽.
11) 카렌 암스트롱. 『축의 시대』. 187쪽.

우리와 함께 살아갈 경건한 존재이다. 남편과 아내와의 관계도 서로 대칭적 긴장과 힘의 균형이 있을 때 아내는 남편을 두려워하고 남편은 아내를 경외한다. 정치가와 민중의 관계도 마찬가지다. 민중의 힘이 정치가의 권력에 못지않을 때 정치가는 민중을 두려워하는 것과 비슷하다. 고대그리스에서 보여지는 이러한 희생제의의 야만성은 인간과 비인간 존재와의 대칭성이 깨어지고 비인간 존재인 동물은 영혼을 잃고 그 삶이 노예가축이 되었으며 단지 물질에 불과한 살코기로, 먹이로 전락하였음을 의미한다.

씨족이나 공동체적 윤리가 아직 존재한다면 탐욕을 제어하는 기능도 남아있을 것이다. 하지만 이 시기는 남자와 여자의 관계가 절대적으로 기울어진 가부장제가 수립되고 가족에서 남자 가장만이 자유와 대표권을 가지기 시작했던 시기였다. 또한 남자 가장이라 하더라도 대토지 사유지를 가진 귀족들이나 부자들과 달리 그들은 아주 가난했다. 이들에게 탈출구는 전쟁을 통한 전리품의 획득이 아니면 정복한 땅에 식민이 되는 길이었다. 제우스가 신들의 전쟁을 통해 1인자로 등극했고 1인자의 위치에 만족하며 여자들을 희롱하며 세월을 보냈다면, 제우스의 적자인 아폴론은 이런 비대칭적 기울어진 불평등의 창조를 위해 가부장제 수립에 열성적이었으며 언제나 힘이 센 귀족의 후견자로서의 역할을 자임했다.

아폴론은 앞서 말한 모권의 상징이라 할 가이아, 즉 대지의 딸인 퓌톤을 살해하였고 오레스테스가 어머니를 살해하도록 신탁을 내리고 끝까지 부추겼으며 그 모친 살해죄를 무죄로 하여 방면한 것은 가부장제 수립을 공식 선포한 셈이다. 아이스퀼로스의 오레스테이아 3부작 가운데 마지막 작품인 「자비로운 여신들」에서 아폴론은 오레스테스를 철저하게 옹호한다.[12]

---

12) 아이스퀼로스 『아이스퀼로스 비극 전집』.

코로스장:

> 더러운 살인자여, 아니라면 어째서 그녀가 너를 자궁 안에 서 길렀겠느냐? 어머니의 더 없이 소중한 피마저 부인하는 게냐?

오레스테스:

> (아폴론에게) 이제 그대가 증언해 주십시오. 제가 어머니를 살해한 것이 정당한지 그대가 저를 위해 밝혀주십시오. 아폴론 신이시여! 저는 행위 자체를 부인하려는 것이 아니옵니다. 하지만 그 유혈 행위가 그대의 마음에 옳다고 생각되는지 아닌지 결정해 주십시오. 내가 저 분들께 말씀드릴 수 있도록. (607~613행)

아폴론:

> 그에 대해서도 답변하겠소. 그대는 내 말이 얼마나 옳은지 들어보시오. 이른바 어머니는 제 자식의 생산자가 아니라, 새로 뿌려진 태아의 양육자에 불과하오. 수태시키는 자가 진정한 생산자이고, 어머니는 마치 주인이 손님에게 하듯 그의 씨를, 신이 막지 않는 한 지켜주는 것이오. (657~660행)

아폴론은 자신의 말에 대한 근거로 아테나 여신을 든다. 아테나 여신은 어머니 없이 아버지 제우스의 머리에서 혼자 태어났다는 것이다. 이렇게 말하면서 아폴론은 배심원들에게 현명한 판단을 내려줄 것을 요청한다.

델포이 신전은 아폴론이 주관하는 신전이다. 델포이 신전은 그리스가 지중해 지역을 식민화하는 제국주의의 첨병기지라 볼 수 있다. 기원전 8세기 중반부터 식민지 개척의 열풍이 불었다. 그들은 아폴론 신을 경배하며 델포이에 와서 어디로 식민지를 개척해서 나갈 지를 여사제 퓌티아에게 물었다.[13] 그리하여 에게 해 주변 여러 곳에 그리스 식민지들이 건설되었다.

■

13) Walter Burkert. *Greek Religion: Archaic and Classical.* 116쪽.

밝음이 어두움을 정복하고 불멸하는 신들이 썩어가는 필멸의 존재를 지배하는 이런 아폴론적 교리는 그리스를 밝은 문명의 중심으로 보고 주변을 어두운 야만으로 보아 그 정복을 항상 정당화하였다. 또한 생명과 죽음이 순환하는 대지를 경시하고, 약탈과 살육을 위해 하늘 너머로 떠나는 전사들의 세계를 숭배하게 하였다. 나치시대의 신화학자 로젠베르크의 주장도 이런 '밝은 그리스'의 후예로서의 아리안 족의

옴팔로스. 그리스 델피박물관

역사적 사명과 영웅성을 깊이 각인시켰다.[14] 퓌톤을 죽여서 그 시체를 묻은 곳은 신전 안쪽에 있는 '우주의 배꼽'이라 하는 옴팔로스 밑이다. 이 옴팔로스는 크로노스가 삼켰다가 뱉은 돌이라 하기도 하지만 그리스 인들은 이 돌이 묻힌 이 델포이 신전을 세계의 중심이라 하였다. 요즈음은 '어디를 가든지 나 자신이 중심'이라는 생각을 옴팔로스 증후군이라 한다. 이렇게 그리스 문명은 세계의 중심으로 자처하고 고대 아테네로 응축되었다.

■
14) 필자는 이에 『어두운 그리스』를 썼다.

2장. 호메로스, 전쟁과 인신공희

호메로스의 『일리아스』에는 희생제의를 드리는 장면이 많다. 여기서 드리는 희생제의는 기근이나 전염병 같은 자연과의 관계에서 재앙을 누그러뜨리기 위해 드리는 것보다는 주로 전쟁을 전후로 하여 신에게 승리를 기원하며 이루어진다. 전쟁에 관한 희생제의는 두 층위를 지닌다. 하나는 『일리아스』 곳곳에서 나오는, 전쟁을 전후해서 드리는 희생제의에 관한 분석이고, 다른 하나는 실제 벌어지고 있는 전투의 장면들이 흡사 희생제의의 과정이라 할 수 있는, 전쟁으로서의 희생제의, 적의 전사를 죽여 신에게 바치는 인신공희(人身供犧)human sacrifice이다.

원래 희생제의의 본질이나 기원은 어디서부터 유래할까? 크게는 에드워드 타일러Edward Tylor의 '예물 이론'과 윌리엄 로버트슨 스미스Robertson Smith의 '친교 이론', 제임스E. O. James의 '생명-속량 이론' 들이 있다. 예물 이론에서 희생제의는 신의 호의를 바라고 신에게 예물을 바치는 것이고, 친교이론에서는 신과의 친교를 위해서 제물을 바치고 그 제물을 신과 함께 나눠 먹는 것이고, 생명-속량 이론에서 희생제의는 생명을 바침으로써 죄를 용서받고 생명을 되살리고자 하는 것이다.

다만 이론은 기원에 대한 천착에 가깝기 때문에 하나의 이상이고 실제는 시간이 지나감에 따라 기원에서 점차 그 목적이 멀어지기 때문에 일정하게 변질될 수밖에 없다. 신에 대한 예물은 신에 바치는 뇌물로 변질되거나 신과의 친교로서의 희생제의는 단순 바비큐 파티로 타락한다. 희생제의가 차츰 그 기원의 목적을 초과하게 된다. 그 가운데 기원의 목적을 가장 초과하는 것이 신에게 인간을 제물로 바치는 '인신공희로서의 전쟁'이다.

전쟁이 하나의 희생제의로 은유되면, 『일리아스』는 전쟁터에서의 살해murder를 신을 위한 죽임killing으로 바꾸는 전쟁 이데올로기 역할을 한다. 고대그리스인들은 『일리아스』를 암송하고 그 가르침에 따라 신의 영광과 불멸의 명예를 얻기 위해 기꺼이 적군이나 살해 명령이 떨어진 자들을 죽이고자 하였다.

1. 호메로스시대 희생제의의 변화

'생명-속량'에서

전쟁으로서의 희생제의로

호메로스시대의 희생제의는 희생제의의 본질을 간직하고 있지만 형식만 그럴 뿐 그 내용은 많이 변질되었다. 살아있는 것을 죽여 바치는 희생제의는 삶과 죽음의 문제, 즉 생명과 관련 있다. 아주 오랜 옛날 먹고 먹히는 생태계와 죽고 살아나는 생명의 순환은 그 자체가 하나로 연결된 우주의 원리라 할 수 있다. 이 우주의 원리는 제임스 프레이저가 말하는 생명의 에너지 같은 것이다. 프레이저는 "모든 사람이 자신의 가슴에서 갖게 되는 생명의 느낌은 … 자기 자신의 감각으로부터 분명하게 나온 것으로 그것은 생명을 파괴할 수 없는 종류의 에너지"로 인식한다.[1] 생명은 하나의 형태에서 사라져도 반드시 다른 형태로 다시 나타나는데 대개는 우리의 감각으로는 인식되지 않다하더라도 그것들은 실재한다고 본다. 이것은 생명의 합일이자 전일성이다.

그런데 생명은 다른 생명을 먹어야만 살 수 있다. 한 생명의 죽음은 다른 생명의 에너지가 된다. "인간에게 최대의 문제는 식량을 구해야 하는 필요성 때문에 어떻게 하면 이 합일을 '깨뜨리지' 않을까 하는 것"이라는 앤 베어링과 줄스 캐쉬포드의 말처럼[2] 우리의 일상생활 자체가 어쩌면 이 합일을 깨뜨리며 전일성을 훼손하는 것일 수도 있다.

에릭 노이만Eric Neumann의 얘기도 빌려보자.[3]

■

[1] James Frazer. *The Golden Bough: A Study in Magic and Religion*. 296쪽.

[2] Ann Baring and Jules Cashford. *The Myth of the Goddess: Evolution of an Image*. 160쪽.

생명의 합일은 정신적 기원의 상황에서 중심적인 현상이기 때문에 이 합일을 모두 교란시키는 것 - 나무를 쓰러뜨리고, 동물을 먹거나 죽이는 것 들들 -은 공헌물의 제공, 즉 희생물로 보상해야만 했다. 초기 인간에게 모든 성장과 발전은 인간의 희생과 의례에 의존했다. 인간이 세계와 다른 인간집단과 맺는 생명의 유대는 전체로서의 자연에 투사되었기 때문이다.

결국 희생제의는 인간이 보기에 생명과 죽음의 순환이라는 우주원리가 막힘없이 잘 돌아가도록, '인간이 식량을 얻기 위한 죽임'을 통해 잃어버리고 막힌 것들이 마법적으로 회복되기를 바라는 의도에서 발생했다고 볼 수 있다. 그리하여 죽은 것들이 다시 재생되어 우리가 굶주리지 않고 풍요롭고자 하는 바람의 투영이라 할 수 있다. 이러한 논리가 생명-속량 이론의 원형이다.

이런 바람에서 신에게 드리는 공헌물로서 희생제물은 크게 인간과 비인간으로 나뉠 수 있다. 인간을 바치는 인신공희에는 노예나 포로, 죄수뿐 아니라 권력자의 자녀나 중요한 인물들이 될 수도 있다. 아가멤논이 트로이 원정 나갈 때 자신의 딸, 즉 미케네 왕국의 공주를 바친 걸 예로 들 수도 있다. 반면 비인간 공희로는 소나 양, 말과 같은 재산 가치가 높은 동물들이 주로 사용되었다.

신석기 시대에 주요한 희생물은 인간이었다[4]. 지금 시대에서 판단하면 인신공희는 매우 비윤리적이라 할 수도 있지만, 카렌 암스트롱은 신석기 시대에 인간을 제물로 바치는 의식의 중심에는 자연에게 '주는 것 없이 받기를 기대해서는 안 된다는 믿음'이 있고 그래서 인간이 자연으로부터

<hr>

[3] Erich Neumann. *The Origins and History of Consciousness*. 279쪽.
[4] Campbell. 『원시 신화』. 136쪽.

받기 위해서는 무언가를 돌려주어야 한다고 생각했기 때문이라고 한다.[5] 흔히 인신공희에 대한 끔찍한 상상과 달리, 오히려 신석기 시대의 인신공희는 평화를 보장하는 역설을 가져온다. 현대의 교통사고가 개죽음이라면 그 당시 인신공희로 바쳐지는 건 성스러운 의미 있는 죽음이었다고 캠벨은 말한다. 그 역설은 현실에 대한 전체론적 관점에서 기인한다. 자신의 공동체에서의 전일성이 중요했기 때문이다. 그리고 그 당시의 신성함이란 자연계 너머에 있는 형이상학적 실재가 아니었다. 신성한 대지와 작물들 속에서 신을 만날 수 있었으며 신과 인간, 동물과 식물은 서로 대립하지 않고 공존하였기 때문이다. 『여신의 언어』The Language of the Goddess를 쓴 마리아 김부타스나 차탈휘위크Catalhuyuk을 발굴한 고고학자 제임스 멜라트 들은 차탈휘위크나 크레타와 같은 후기 신석기시대 여신 중심의 문화가 대체로 평화적이었다는 데 일치를 본다.

그런데 신석기 시대가 끝나가고 청동기 시대가 다가오면서 삶과 죽음을 바라보는 관점이 달라지면서 희생제의에 대한 관념이나 성격도 달라진다. 기원전 2000년대의 시대가 오면서 잦은 침략과 대량학살로 인해 삶과 죽음의 순환은 서서히 깨어진다. 죽음은 삶으로 돌아가는 하나의 자연스런 계기가 아니라, 이제 급작스런 습격에 의해, 그리고 칼이나 창으로 언제 당할지도 모르는 공포스러운 것이다. 그래서 이제는 자연이 주는 공포가 아니라 인간이 주는 공포가 지배적이다. 전쟁이라는 인간적 행위가 깊이 개입하게 된 것이다.

호메로스시대의 인간에게 선물(식량)을 주는 것은 더 이상 자연이 아니다. 자연 속에서 직접 사냥을 통해서 얻는 부는 지극히 미미하다. 사냥은 하나의 여흥에 불과할 수도 있다. 더 중요한 것은 다른 공동체가 자연으로부터 일군 부를 약탈하는 전쟁이다. 자연이 선물을 줄 때는 동물을 바쳤지만, 전쟁이 선물을 줄 때는 영웅을 바쳐야 한다. 그래서 동물을 바치

---

5) 카렌 암스트롱. 『신화와 역사』. 50쪽.

는 의식과 영웅숭배의식이 시기적으로 일치한다. 이런 상황에서 희생제의는 신성과의 관계가 아니라 인간집단의 대결과 갈등 속에 놓이게 된다.

앤 베어링과 줄스 캐쉬포드는 인신공희의 고졸기 관념이 "인신공희로서의 전쟁"이라고 말한다.[6] 고졸기[7]는 청동기 시대와 철기 시대라 볼 수 있다. 이 시대는 전쟁이 역사의 주요 동력이 되었으며, 희생제의 역시 전쟁과 불가분의 관계를 가지게 된다. 평화로웠던 신석기 시대의 희생제의 관념이 청동기 시대 전사들의 문화에서 변질되었다. 신석기 시대의 의례가 삶과 죽음의 순환을 도와주고 공동체의 풍요를 확보하려는 노력이었다면, 청동기 시대에는 타 공동체로부터 죽음을 피하는 방법으로서 전쟁이라는 희생관념이 나오게 된다.

이러한 희생관념에서 보면, 전쟁은 인신제물을 확보하려는 소극적 행위이지만, 차츰 전쟁을 보다 중심에 두고 전쟁 행위 그 자체를 고귀하고 신성한 것으로 보는 관념이 발달하게 된다. 전쟁의 목적이 사실상 약탈과 정복이라 하더라도 신을 위한 전쟁으로 명령되고 신에게 드리는 희생제의로 포장된다.

'신에 대한 예물'에서
'신과의 거래와 교환'으로의 희생제의로

에드워드 타일러는 자신의 주저 『원시문화』Primitive Culture 2권에서 희생제의를 신에게 드리는 예물로 보고 있다. 신을 인간처럼 여기는 신인동형론적 관념에서 비롯되어 높은 인간에게 예물을 드리듯 신에게도 그 호의를 바라고 예물을 드린다는 것이다.[8]

■

[6] Anne Bearing and Jules Cashford 167쪽.

[7] 고대그리스에서 고졸기the archaic는 고전기the classic period에 앞서는 것으로 기원전 12세기의 도리아 인의 침입으로부터 기원전 5세기 경에 이르는 기간이다.

희생제의는 문화의 초기 시대에서부터 그 기원을 갖는데 기도와 마찬가지로 애니미즘적 기획 속에 그 위치를 차지한다. 기도가 마치 신을 인간으로 보아 신성에 대해 요청하듯이 희생제의 역시 신을 하나의 인간으로 여기고 그에게 바치는 하나의 예물이다. … 자신의 족장 앞에서 그의 발 아래 예물을 놓고 겸손하게 청원을 하며 절을 하는 탄원자는 희생제의나 기도에서 신인동형론적 모델과 기원을 보여준다.

여기서 신에게 드리는 예물이란 호의를 얻어내기 위한 것뿐만 아니라 분노를 제거하기 위해서도 사용되었다. 『일리아스』에서 크뤼세스는 자신이 바친 희생제의에 호의로서 답하기를 바라고 아킬레우스는 신의 분노를 제거하기 위해 희생제의를 드릴 것을 주장한다.

『일리아스』의 시작은 아킬레우스의 분노로 시작한다. 그래서 분노한 아킬레우스는 참전을 거부한다. 분노하여 참전을 거부하게 된 가장 큰 원인은 그리스 군의 총사령관인 아가멤논과의 반목이다. 그 반목의 내용은 여자 전리품을 둘러싼 분배 갈등이다. 인류 최고의 고전은 전리품인 여자를 두고 벌이는 다툼으로 시작하지만 물론 여자의 처지나 운명에는 관심이 없다. 여자로서 슬프다. 전쟁하는 와중에 이들은 트로이 성 주변의 여러 지역을 수시로 공격하여 약탈하고 식량을 조달하였으며 여자들을 납치해서 자신들의 성 노리개로 삼았다. 당시에 젊은 여자들은 정복자가 마음대로 가져올 수 있는 전리품이었다. 아가멤논은 자신이 총애하는 크리세이스를 그의 아버지에게 돌려주어야 했기 때문에 아킬레우스에게 분배되었던 브리세이스를 빼앗은 것이다. 그 당시 그리스 인들은 전쟁터에서 전리

---

8) Edward Tylor. *Primitive Culture Researches Into the Development of Mythology, Philosophy, Religion, Art, and Custom.* 35쪽.

품 배분의 문제를 명예의 가장 큰 부분으로 생각했기 때문에 아킬레우스는 자신의 명예가 무참히 짓밟혔다고 생각하였다.

아폴론의 신관이었던, 크리세이스의 아버지 크뤼세스는 아가멤논에게 몸값을 가져가서 돌려달라고 했으나 아가멤논은 돌려주기를 거부했다. 이에 크뤼세스가 아폴론에게 기도드린다. 신에게 호의를 빌기 위해 예물로써 희생제의를 드렸고 그에 대해 신은 응당 답을 해야 한다는 생각이 지배적이다.

> 크뤼세와 신성한 킬라를 지켜주시고 테네도스를 강력히
> 다스리는 은궁의 신이시여! 내 기도를 들어주소서.
> 오오, 스민테우스여! 내 일찍이 그대를 위하여 마음에 드는
> 신전을 지어드렸거나 황소와 염소의 기름진 넓적 다리뼈들을
> 태워드린 적이 있다면 내 소원을 이루어주시어 그대의 화살로
> 다나오스 백성들이 내 눈물 값을 치르게 하소서.
>
> (제1권 37~42행)

크뤼세스의 기도는 자신이 스민테우스[9)]에게 신전을 지어드린 것에 대해, 그리고 그동안 바쳤던 희생물에 대해 그에 걸맞은 아폴론 신의 응답을 요구하고 있다. 이 장면은 '신과의 교환이나 거래'에 관한 것이다. 이 교환에서는 제물의 크기가 클수록, 신전에 들인 돈이 많을수록 신은 거기에 걸맞는 보상을 한다고 믿는다. 신과의 등가거래에 대한 관념인 것이다.

이 기도를 듣고 아폴론은 대노하여 활과 화살 통을 어깨에 메고 올림포스 꼭대기로 가서 처음에는 노새들과 날랜 개들을, 그리고 차츰 사람들을 향해 화살을 쏜다. 그리하여 시신들을 불태우는 장작더미가 쉼 없이 타

---

9) Σμινθεύς(스민테우스)는 쥐의 신이며 아폴론신의 여러 별칭 중의 하나이다. 아폴론신은 의술의 신이기도 하지만, 전염병을 일으키는 신이기도 하다. 고대그리스인들은 전염병의 발병은 쥐와 관련이 있다고 보았다. 코로나19도 박쥐와 관련이 있다.

오른다. 이에 놀란 그리스 군의 진영이 회의를 소집하는데 이때 아킬레우스는 예언자나 사제, 해몽가를 불러 신의 노여움을 알아내고 희생제의를 지내자고 말한다.

> … 아마 포이보스 아폴론이 노여워하시는 까닭이 무엇인지 서약 때문에 화가 나셨는지 아니면 헤카톰베 때문인지 말해줄 것이오. 새끼 양들이나 흠잡을 데 없는 염소들을 태워드리는 구수한 냄새를 맡으시고는 신이 혹시 우리를 파멸에서 구해주실지 모르니 말이오.
>
> (제1권 64~67행)

아킬레우스는 아폴론의 진노를 가라앉히기 위해서는 제물을 올려야 된다고 한다. 특히 아킬레우스는 신이 구수한 냄새를 좋아한다고 하는데 이것 역시 신을 인간처럼 생각하는 신인동형론적 생각이다. 이런 생각에서 번제가 발달하게 된다. 번제는 희생제물을 죽여서 태우는 것이다. 그런데 호메로스에 나타난 이러한 희생제의는 '신에 대한 예물'을 넘어 '신과의 거래'라는 관념이 이미 발달하였음을 보여준다. 해양도시가 대다수인 그리스의 도시국가에서는 자연 상업이 발달하게 되고 상업에서의 등가교환의 영향을 받아 신과 인간의 거래에서도 등가교환적인 관념이 지배적이다.

'신과의 거래' 관념은 이반 스트렌스키^{Ivan Strenski}가 보기에는 타락한 숭배관념으로 희생제의의 후기 형태라 할 수 있다. 그는 '신과의 거래'는 일종의 우주에 바치는 뇌물이라고 한다. 이어 스트렌스키는 스미스의 말을 빌어 사람들이 신에 대해 차츰 냉소적으로 생각하면서 신을 매수할 수 있다는 생각도 하게 되었음을 지적한다.[10] 그래서 아군의 군사들을 보호하고 더 많은 전리품을 얻고자 할수록 신에 바치는 예물, 즉 신에 대한 뇌물은 커진다. 그리하여 그리스에서 등장하는 희생제의 용어가 헤카톰베이다. 헤카톰베는 신에게 100마리나 되는 황소를 바치는 희생제의를 일컫는다.[11]

---

[10] Ivan Strenski. *Understanding Theories of Religion: An Introduction.* 61쪽.

친교에서 잔치로의
희생제의

친교 이론은 신과의 소통, 나아가 신과의 영적 교류를 하고자 하는 인간의 바람에서 희생제의가 나왔다는 것이다. 그런데 친교 이론은 여기서 멈추지 않는다. 스미스는 『셈족의 종교에 대한 강의』에서 다음과 같이 말한다.[12]

> 사람들이 신을 만날 때 그리고 그들이 함께 먹고 즐길 때마다 그들은 신도 무리의 일원이기를 바란다. 이러한 관점은 숭배자들의 관습적 기질이 신에 대한 믿음이 즐겁고 죄의식으로 고통 받지 아니하며 그들과 그들이 숭배하는 신들이 서로를 완벽하게 이해하고 쉽게 깨어지지 않는 유대에 의해 결합되어 있는 좋은 친구라는 확고한 확신에 바탕을 둔 종교에 대한 설명으로는 타당하다.

제물을 바치는 목적은 신과의 영적 교류를 나누는 행동을 할 때, 희생물을 바치는 것에서 더 나아가 신도 그 희생물을 함께 먹음으로써, 신이 제사 드리는 자들 속에 들어와, 친족이 되어 친교관계에 들어가게 하려는 것에 목적이 있다. 음식을 먹는데 신이 참여한다는 것은 원시인들을 둘러싸고 있는 초자연적인 위험으로부터 그 예배자들을 지켜주는 그 신과 그 예배자가 특별한 친교의 관계에 들어가는 조건이었다. 이것은 숭배하는 동물을 먹음으로써 동물의 정령이 자신에게 들어와 동물과 영적인 교류를 하고자 했던 토테미즘에서 유래했다고 볼 수도 있다.

■

11) 100마리 소를 바치는 걸 말하지만 실제로는 12마리까지 헤카톰베에 넣어주기도 했다고 한다(John Peter 5). 이미 호메로스시절부터 그리스는 등가교환이라는 근대적 상업의 발달 뿐 아니라 외양과 실제가 어긋남이라는 또 다른 상업적 특징이 깊이 배어 있었던 것 같다.

12) William Robertson Smith. *Lectures on the Religion of the Semites.* 255쪽.

하지만 호메로스시대의 희생제의는 빠른 속도로 세속화된다. 신과 인간은 희생제물을 함께 먹는데 어떻게 나눠먹을까? 신들은 뼈와 비계 덩어리를 먹고 인간들은 살코기와 내장을 먹는다. 인간들은 뼈를 비계덩어리로 싸서 태운다. 그러면 구수한 냄새와 연기가 하늘로 올라간다. 이처럼 인간에게 유리한 희생제물의 분배는 어떻게 생겨났을까? 이런 희생제의의 세속화 과정에 프로메테우스의 대속(代贖)이 나타난다. 프로메테우스가 불을 훔쳐 인간에게 가져다주었듯이 희생제물의 분배에서 신을 속이고 인간에게 풍부한 육고기를 배당하였던 것이다.[13]

앞서 설명한, 부르케르트가 복원한 희생제의 후의 모습은 프로메테우스 신화의 내용과 거의 유사하다. 제우스는 신들과의 전쟁을 끝내고 이제 신과 인간의 자리를 뚜렷이 구별해야겠다고 생각했다. 신과 인간에게 운명을 결정하여 나누어 주기 위해 제우스는 프로메테우스를 불렀다. 프로메테우스는 신과 인간의 지위를 분할하기 위해 커다란 황소 한 마리를 끌고 왔다. 그는 소를 잡아 먼저 가죽을 벗기고 뼈에서 살을 떼어냈다. 그리고 한 쪽은 그 뼈를 모아 먹음직하고 희고 얇은 비계로 덮었고, 또 한쪽은 먹을 만한 고기와 내장들을 모아 먹지 못하는 소의 가죽으로 씌워놓았다. 그리고는 프로메테우스는 제우스에게 둘 중 하나를 고르라고 했다. 이때 제우스가 비계가 덮인 뼈를 골랐다.[14] 사실 뼈는 먹을 수 없으나 썩지 않고

■

13) 헤시오도스, 『노동과 나날』, 535~560행.

14) 제우스가 속았다는 설과 속이려는 것을 알아차렸지만 프로메테우스와 인간을 벌할 생각으로 모른 체하고 비계 덮인 뼈를 골랐다는 두 가지 설이 있다. 헤시오도스는 후자의 생각이다. 어쨌든 인간은 고기와 내장을 먹게 되었고 제우스는 실속 없이 먹을 게 없는 뼈를 태운 냄새만 하늘에서 맡게 되었다. 인간이 맛난 고기를 먹을 수 있게 된 대신에 프로메테우스는 제우스의 벌을 받게 된다. 이걸 프로메테우스의 속임수와 제우스의 응징과 같은 장치로 신화를 만들어내는 것은 그리스 신화에 특유한 사유방식이다. 인간이 고기와 내장이라는 영양분이 많은 것을 택하고, 먹을 수 없는 것을 자연에 돌려주는 비대칭적인 상황에서 어떤 죄책감을 느끼고 프로메테우스라는 신이 인간을 위하여 제우스에게 대속하는 상황이라 볼

영원한 것이며, 고기는 금방 고약한 냄새가 나며 썩는 것이다. 그래서 하늘에 있는 제우스를 비롯한 신들은 짐승의 생명력을 가져 다시 지상으로 그 생명을 돌려보낼 수 있게 되고 인간들은 죽은 짐승의 고기를 먹어 부활할 수는 없으나 육신의 일상적 재생이 가능하게 되었다고 볼 수 있다.

『일리아스』에서는 스미스의 친교이론이 적용되는 장면들이 많이 나온다. 대표적인 장면은 아폴론 신전의 사제 크뤼세스가 딸 크리세이스를 돌려받은 기쁨에서 드리는 희생제의이다.

> … 그들은 먼저 제물들의 머리를
> 뒤로 젖히고는 제물들을 잡아 껍질을 벗기고 넓적다리들에서
> 살코기를 발라낸 다음 넓적다리뼈들을 두 겹의 기름 조각으로 싸고
> 그 위에 다시 날고기를 얹었다.
> ……
> 그의 곁에는 젊은이들이 손에 오지창을 들고 서 있었다.
> 이윽고 넓적다리뼈들이 다 타자 그들은 내장을 맛보고 나서
> 나머지는 잘게 썰어 꼬챙이에 꿰어서는
> 정성들여 구운 뒤 모두 불에서 내렸다.
> 그리하여 일이 끝나자 그들은 음식을 차려 먹었는데
> 공평한 식사에 마음에 부족한 것이 아무것도 없었다.
>
> (제1권 458~468행)

차츰 신들이 그 냄새와 연기를 마음껏 흡입하고 만족했다는 표현은 사라지고 제의절차의 일부로서 아주 간단한 번제만 남게 된다. 위에 기술된 희생제의는 약간의 신성한 절차가 있긴 하지만 거의 즐거운 바비큐 파티라 할 수 있다. 이번 희생제의가 크뤼세스가 크리세이스를 돌려받은 기쁨에서 드린 제의이긴 하지만 다른 장면에서도 크게 다르지 않다. 제물을

■
수도 있다. 프로메테우스는 코카서스 산의 바위에 사슬로 묶여 독수리가 간을 쪼아 먹는 형벌을 받게 되었다고 한다.

저며서 구워 오지창으로 구워먹고 포도주를 마신다. 고기를 함께 먹고 포도주를 마심으로써 유대감이 강화되고 잔치를 열어준 자신의 공동체에 대한 감사의 마음이 증폭된다. 리처드 시퍼드^{Richard Seaford}의 설명 가운데 '공동체의 응집성'이 더 중요한 목적이 될 수 있는 것이다.[15] 그래서 스미스의 친교이론은 공동만찬 이론으로 보기도 한다. 이 공동만찬은 기독교에 가서 성찬 개념이 된다.

실제로 호메로스의 서사시에서 기술된 희생제의는 제의 자체보다는 제의 이후 희생물을 어떻게 처리하느냐가 더 중요하다. 부르케르트는 희생물의 처리과정에서 희생제의가 조금씩 변질되기 시작한다고 본다. 그에 따르면, 희생제의를 주도한 사람들이 제단에 있는 불로 내장들을 재빨리 구워서 먹어치우고, 이들이 함께 고기를 먹으면서 제의 초기의 어떤 엄숙함과 공포 분위기는 즐거움으로 바뀐다.

> 이윽고 먹고 마시는 욕망이 충족되었을 때 젊은이들이
> 희석용 동이마다 술을 가득 담아 와서는 먼저 술잔에
> 조금 부어 헌주하게 한 다음 빙 돌아가며 각자에게 제 몫을
> 따라주었다. 그리하여 아카이오이족의 젊은이들이
> 온종일 아름다운 찬가를 부르며 노래로 멀리 쏘는 신의
> 마음을 달래, 신도 듣고 마음속으로 기뻐했다.
>
> (제1권 469~474행)

이러한 희생제의의 풍경은 단지 신에 대한 경배의 행위로서의 희생제의를 넘어 함께 먹고 마시며 노래하는 것이다.

이것은 프리드리히 니체가 『비극의 탄생』에서 말하는 '그리스적 명랑성'이라 할 수 있다. 비록 내일 전투에 나가 죽음을 당할 수도 있다. 그동

■
15) Richard Seaford, *Reciprocity and Ritual: Homer and Tragedy in the developing city-police.* 44쪽.

안 동지와 적의 죽음을 숱하게 보아오지 않았는가? 피범벅이 되고 나의 사지가 고통스레 잘리거나 찢어질 수도 있다. 어쩔 수 없는 운명이라면 즐겁게 받아들이자. 삶과 죽음의 경계에서 깊은 심연을 보았다고 해서 음울, 불쾌, 공포, 죄의식 들로 지금의 삶을 날리지 말자.

　　즐거운 잔치로서의 그리스적 희생제의는 타락하여 세속화 과정에 있다. 이것은 무엇보다 경외감의 상실이다. 원시사회의 신성과 달리 그리스 신화나 서사시에서 보이는 신들은 차츰 경외감의 존재에서 멀어진다. 경외감은 웬델 베리의 말 대로 '자아를 포기하는 것'이고,16) 신성과의 합일을 통해서 보다 고양된 존재로서 재탄생하게 하는 것이다. 하지만 이 잔치로서의 희생제의에서 보듯이 신이나 자연의 정령에 대한 경외감은 사라지고 단지 희생물은 고소한 냄새를 풍기는 맛있는 살코기로서 존재할 뿐이다. 곧 전투에 투입될 전사들에게 에너지를 충전시키고 사기를 고양시키기 위한 방법이 된다. 호메로스는 마치 장기판의 말처럼 전사들의 운명은 제우스에게 맡기고 있지만, 어찌하였든 피 흘리고 목숨 잃는 전투의 고역은 전사 개인이 하는 것이다.

■
16) 웬델 베리. 『삶은 기적이다 - 현대 미신에 대한 반박』. 49쪽.

2. 희생제의의 절차와 인신공희로서의 전쟁

희생제의의 절차:

평화적 동의와 부활의 의도

고졸기의 희생제의, 즉 호메로스시대의 희생제의는 전쟁과 불가분의 관계 속에서 출발한다. 인간 희생제의로서 전쟁을 보기 전에 고졸기에 이루어진 희생제의의 절차와 과정을 통해 희생제의가 맺는 전쟁과의 관계를 보자. 『일리아스』에서는 수시로 희생제의가 일어난다. 이 희생제의는 전사들이 전쟁에서의 승리를 바라고 신들의 호의를 끌어내기 위해 드리는 것이다. 전쟁이 일상화된 지역에서 의례의 목적은 전쟁에 대한 공포의 극복에 맞추어진다. 따라서 희생제의 절차의 핵심은 두려움에 대한 극복, 즉 예측하지 못하는 폭력에 대한 통제에 있게 된다.

시퍼드는 그리스 희생제의의 특징을 3가지로 요약한다.[1] 첫째, 전쟁과 같은 위험한 활동을 시작하거나 종결짓는데 이루어진다. 희생제의에서 이루어지는 폭력은 통제되고 익숙한 폭력이다. 반면 전쟁터에서 일어나는 폭력은 불확실하기 때문에 통제된 희생제의를 통해서 신의 호의를 빌어 전쟁터를 간접적으로나마 통제하고자 한다.

두 번째, 희생제의는 미메시스^{Mimesis}의 차원 뿐 아니라 실제적인 실천의 차원에서 질서의 문제를 제기한다. 시퍼드가 보기에, 희생제의에서 질서와 체계를 잘 세우려는 충동은, 한편으로는 가축으로 잘 길들여진 동물을 죽이는 행위를 통해, 다른 한편으로는 통제되지 않는 실제의 전투를 조절하고 싶어 하는 것이다.

■

[1] Seaford. 43~44쪽.

세 번째는 희생제의를 드린 후 젯밥을 함께 먹는 행위다. 제의 후 함께 만찬을 즐김으로써 같은 식구끼리 집단의 정체성과 응집성을 강화하는 기호로서의 기능이다. 정해진 순서로 고기를 분배하는 데서 뿐 아니라 의례에의 집단적 참가는 공동체를 창조한다.[2]

이처럼 시퍼드가 정리한 희생제의의 특징들은 호메로스의 『일리아스』나 『오뒷세이아』에 기록하고 있는 희생제의의 정교한 프로그램에 잘 녹아 있다. 부르케르트는 호메로스의 서사시와 그리스 비극에 나타난 기술 덕분에 희생제의의 윤곽을 거의 파악할 수 있다고 본다. 그는 『호모 네칸스』에서 올림포스 신들에게 그리스인들이 일상적으로 바치는 희생제의의 과정을 거의 완전히 재구성하고 있다.[3] 전쟁과 관련된 제의의 목적을 상기하면서 희생제의의 과정을 고찰해보자.

일단 희생제의의 준비 역시 목욕한 후 깨끗한 옷을 갈아입고 장식물과 화관을 걸치는데서 시작된다. 축제의 참가자들은 일상세계로부터 떠나 단일한 리듬의 노래와 함께 행진하고 희생용 동물도 금으로 뿔을 감싸거나 여러 장식으로 꾸민다. 여기서 희생용 동물은 "기꺼이 만족해서 행진을 함께 하며 자발적으로 행진에 참가"하는 것으로 본다. 희생자들을 자발적으로 보기 때문에 '살해'가 아니다. 전쟁터에서 적군들도 어쩌면 죽여주기를 바라고 자발적으로 전투하러 나온 것은 아닐까라고 여겨지도록 말이다. 다음 단계는 제물을 성화(聖化)시키는 것이다. 신성하게 만드는 성화의 방법은 물 뿌리기를 통한 정화이다. 처음에 이루어지는 공동의 행위는 각자 손을 씻는 것이다. 그리고 동물에게 물을 뿌려 동물을 정화한다. 이때 동물에게서 저항의 의지를 없애고 동의의 신호를 읽고자 한다. 물을 뿌리면 동물은 몸을 흔든다. 동물이 몸을 흔드는 행위는 '기꺼운 승낙'으로 읽힌다. 즉 희생제의 행위에 대한 자발적 승낙의 의미를 찾고자 한다.

■

2) Burkert, *Homo Necans*. 36쪽; *Greek Religion*. 55~59쪽.
3) Burkert, *Homo Necans*. 3~16쪽.

이제 성화된 제물을 희생시키는 죽음의 단계이다. 제의의 참가자들은 갈지 않은 생으로 된 보리 알곡을 희생제의용 동물과 제단에 그리고 땅바닥에 던진다. 여러 명이 집단적으로 던지기도 한다. '보리 알곡'을 던지는 것은 보리 알곡으로 희생물의 생명이 들어와 풍요를 기원하는 신석기적 사유의 잔재이기도 하다. 반면에 '던지는 행위'는 희생물을 때리고 공격하는 것과 유사한데 이에 대해 베어링과 줄시포드는 희생물의 "나쁜 힘을 공동체로부터 추방하기 위한 것"으로 보기도 한다.[4]

바구니 안에 든 곡식 밑에는 칼이 숨겨져 있다. 제의의 제사장은 희생제의용 칼을 동물이 볼 수 없도록 여전히 숨긴 채 동물에게 다가간다. 재빠른 칼질, 그리고 눈썹에서 몇 가닥의 털들이 깎여서 불 속에 던져진다. 그후 죽음의 일격이 온다. 여성들은 두려움이나 승리에 차

황소 한 마리가 아테나 여신의 제단으로 인도된다. 꽃병, 545 BCE. 출처: Wikipedia.

서 고통스런 비명을 지르고, 부르케르트는 이 단계에서부터 제의는 인간이 통제할 수 없는 수준으로 고양된다고 한다.

사실상 희생제의의 목적은 '피'에 있다. '물'이 제물의 정화에 사용되었다면 '피'의 목적은 제단석을 정화시켜 제단석이 상징하는 대지를 정화시키는 데 있다. 흘러내리는 피는 특별히 관리된다. 땅바닥에 피가 흘러서는 안 되고 제단이나 화로에 뿌려지거나 희생제의용 단지에 피를 받아야 한다. 희생제의 내내 계속해서 자꾸 피가 흐르도록 피를 잘 관리해야 한다.

---

4) Anne Baring and Jules Cashford. 같은 책. 161쪽.

부르케르트에 따르면, "희생제의가 요구하는 마지막 목표는 희생석, 즉 오래 전부터 마련되어 있는 제단을 희생용 동물에서 분출된 피로 뒤덮는 것"이다. 이렇게 해서 일단 희생제의에서 가장 중요한 행위는 끝난다.

그 다음은, 희생제의 자체는 아니지만, 신에게 바쳐진 희생물을 처리하는 단계다. 부르케르트의 설명에 따라, 제의 후 희생물의 처리와 부활의식을 보자. 고기는 얇게 저며지고 내장은 제거된다. 살해된 동물은 내부를 다 드러낸 채 최대한 펼쳐져서 살아있을 때의 모습과는 다른 낯설고 기괴한^{uncanny} 모습으로 수습된다. 펄떡이고 있는 심장은 도려내어지고, 예언자가 간의 엽(葉)들을 해석하기 위해 등장한다. 다음에는 먹을 수 없는 뼈들을 어떻게 하는가가 중요하다. 넓적다리뼈와 꼬리가 달린 골반은 '올바른 순서로' 제단에 올린다. 그 뼈로 미루어 사람들은 살아있는 동물들의 부분들이 어떻게 서로 어울려 형태를 이루는지 정확히 보게 된다. 그 기본 형태는 복원되어 제단에 바쳐진다. 부르케르트는 마치 이 모습이 거의 전쟁터에서 살해된 전사의 모습들과 흡사하다고 한다.

이렇게 재구성된 진행절차를 보면, 부르케르트가 강조하고자 하는 희생제의의 핵심은 전쟁과의 연관성임을 알 수 있다. 즉 희생제의 자체가 전쟁을 염두에 두고 짜여진 하나의 각본이라고 본 것이다. 이제는 전투에서 나타나는 희생제의적 장면에 대한 분석을 통해서 전투, 즉 전쟁 자체가 신에게 드리는 거대한 희생제의임을 보자.

인신공희로서의
트로이전쟁

왜 전쟁을 전쟁으로 말하지 않고 신에 대한 절대적 헌신, 즉 인간 희생제의로 만들까? 의례적 목적으로서 하는 전쟁이 결국 다른 부족을 절멸시키는 것으로 나아간다. 전쟁이 처음에는 희생제의에 공양을 할 인간 희생물을 확보하는 수단이었으나 그 수단이 목적이 되었다. 전쟁과 관련해서 희생제의는 처음에는 두려움을 없애기 위하여 위협적인 사람이나 집단들을 제물로 바쳐서 안도감을 얻으려는 심리가 더 우세하게 되지만, 시간이 흐를수록 전쟁 자체가 피비린내 나는 거대한 희생제의가 된다. 나의 몰락을 예방하기 위한 것이 이제 남을 노예화하고 그 재산을 약탈하고 개간한 영토를 빼앗는 것이 주목적이 된다. 하지만 아직 전쟁은 그 자체로 독립되지 아니하고 제의나 의례의 범주 속에 갇혀 있다. 제의나 의례의 범주에 포함된다는 것은 이데올로기적 목적을 우위에 둔다는 것이다. 고대에서 이데올로기는 신성이다.

존 티한은 『신의 이름으로』에서 종교적 폭력의 문제에 천착한다. 종교적 폭력은 신념의 변질이 아니라 도덕적 논리로부터 자연스럽게 만들어진 것이다.[5] 그는 모세의 십계명 '살인하지 말라'에서 금지된 것은 '죽임이 아니라 살해'라고 한다.[6] 산에서 내려온 모세에게 내린 첫 번째 명령은 그가 없는 동안 죄를 지은 사람들을 처벌하는 것이었다.

> 이스라엘의 하나님 여호와께서 이같이 말씀하시기를 너희는 각각 허리에 칼을 차고 이 문에서 저 문까지 왕래하며 각 사람이 그 형제를, 각 사람이 그 친구를, 각 사람이 그 이웃을 도륙하라 하셨느니라. 레위 자손이 모세의 말대로 행하매 이 날에 백성 중에 삼천명 가량을 죽인 바 된지라. 모세가 이르되 각 사람이 그 아들과 그 형제를 쳤으니 오늘날 여호와께 헌신하게 되었느니라. 그가 오늘날 너희에게 복을 내리시리라.
>
> (출애굽기 32장 26~29)

■

5) 존 티한John Teehan의 『신의 이름으로』In the Name of God는 진화심리학에 바탕을 두고 있다. 종교에 고유한 도덕적 논리도 진화심리학에 근거를 두고 있다고 한다(281쪽).

6) 존 티한. 『신의 이름으로』. 282쪽.

출애굽기는 모세의 명령으로 3천명이 죽임을 당하는 걸 진술하고 있는데 더구나 모세는 자기의 아들과 형제까지도 죽이라고 했다고 한다. 그 죽임은 살해가 아니라 여호와에게 헌신하는 것이며 따라서 여호와는 복을 내릴 것이다. 존 티한은 살인을 하지 말라며 살인을 부추기는 이 모세의 명령은 종교가 지니는 도덕에서 비롯된다고 한다. 도덕은 "내부집단의 결속을 증진시키는 체계로 발달한 것"이다.[7]

『일리아스』가 노래하는 것 역시 이와 다르지 않다. 출애굽기가 야훼의 분노에서 비롯된다면, 『일리아스』는 아킬레우스의 분노에서 출발한다는 것이 다를 뿐이다. 『일리아스』는 신에게 바치는 거대한 인간 희생제의로서의 트로이전쟁을 노래하고 있다. 제사장은 아킬레우스이고 희생제물은 트로이의 전사들이다. 무수하게 스러진 전사들의 피로 검붉게 적셔진 대지는 희생제물의 피가 뿌려진 제단이다. 제우스나 헤라, 아테나 신들에게 제물이 바쳐진다. 신에게 바치는 희생제물을 죽이는 것은 살해도 아니며 범죄도 아니고 죄악도 아니고 오히려 신성한 행위이다.

『고대그리스의 영웅들』의 저자 그레고리 나지Gregory Nagy는 『일리아스』제 16권에서 파트로클로스의 죽음에 대한 설명이 『오뒷세이아』제 3권에 나오는 어린 암소를 죽여 지내는 제사에 대한 설명과 세부적인 면에서 매우 유사해서 놀랍다고 한다.[8] 먼저 『오뒷세이아』에서 어린 소를 죽이는 장면을 보자. 헤카톰베를 지낸 바로 다음날인데, 텔레마코스와 함께 온 아테네의 마음을 달래려고 네스토르는 다시 희생제의를 지낸다. 여기서 지내는 희생제의는, 앞에서 설명한, 부르케르트가 정형화한 절차 거의 그대로다. 제물을 죽이는 부분을 중심으로 보자.

그들이 기도를 하고 보리를 뿌리자마자/ 네스토르의 아들 고매한 트

7) 존 티한. 같은 책. 287쪽.

8) 그레고르 나지. 『고대그리스의 영웅들』. 37쪽.

라쉬메데스가 가까이/ 다가와 내리치니 도끼가 목의 힘줄을 끊으며/ 암송아지의 힘을 풀어버렸다./ … / 그리고 그들은 길이 넓게 난 대지에서 제물을 들어 올렸고/ 그들이 들고 있는 동안 전사들의 우두머리인 페이스트라토스가/ 제물의 목을 잘랐다. 그리하여 검은 피가 쏟아지고 목숨이/ 뼈를 떠나자 그들은 지체 없이 제물을 해체하고 곧장 넓적다리뼈들을 모두 알맞게 잘라내어 기름 조각에/ 두 겹으로 싸고 그 위에 다시 날고기를 얹었다.

(제3권 448~457행)

제물의 생명은 한 번의 가격으로 치명상을 입고 제물은 더 이상 저항하지 못한다. 그리고는 목이 잘린다. 이건 전쟁터에서도 익숙한 모습이다. 『일리아스』에서 기술하는 파트로클로스의 죽음의 장면을 보자.

이어서 그의 머리에서 포이보스 아폴론이 투구를 쳐내자
면갑달린 투구는 요란한 소리를 내며 말발굽 아래로
굴러 떨어졌고, 말총 장식은 피와 먼지로 더럽혀졌다.
……
또 파트로클로스의 손 안에서는 그림자가 긴 창이 산산이 부서졌다./ 무겁고 크고 튼튼하고 날 달린 창. 그리고 그의 어깨에서/ 술 달린 방패가 멜빵과 함께 땅에 떨어졌다.
제우스의 아들 아폴론 왕은 또 그의 가슴받이도 풀었다.
그의 마음은 눈멀고 그의 팽팽한 사지는 풀어졌다.
그래서 그가 얼떨떨해서 서 있을 때 바로 뒤에서 다르다니에의/ 전사 에우포르보스가 양어깨 사이의 등을 날카로운 창으로 맞히니
……
그러나 헥토르는 기상이 늠름한 파트로클로스가 날카로운
창에 부상당해 도로 물러가는 것을 보자 대열을 헤치고
그에게 가까이 다가가서 창으로 그의 아랫배를 찔러
청동으로 꿰뚫었다. 그러자 그가 쿵하고 쓰러지며

(제16권 793~821행)

파트로클로스의 죽음을 세 부분으로 나누어보면, 일단 포이보스 아폴론이 뒤에서 치명적인 일격으로 머리를 쳐서 투구를 쳐내자 손에서 창이 떨어지고 방패도 땅으로 떨어지고 가슴받이도 풀어져 정신을 잃게 된다. 다음에는 전사 에우포르보스가 양어깨 사이의 등을 창으로 찔러 부상을 입히자 헥토르가 마지막 일격을 아랫배에 청동으로 꿰뚫는다. 나지의 말대로, 파트로클로스가 죽임을 당하는 이 장면과 희생제의 때 제물을 죽일 때의 공통점은 '모두 머리 뒤에서 내리친 치명적인 한 방으로 먼저 정신을 잃게 만든 후 다시 정면에서 내리치고, 그런 다음 마지막 일격을 가해 생명을 끝낸다'는 것이다.

여기서 어린 소가 신에게 바쳐졌듯이 파트로클로스 역시 신에게 제물로 바쳐진 것이라고 볼 근거를 제공한다. 파트로클로스는 트로이의 전사가 아니지만 그 역시 신에게 바쳐지는 제물이다. 주로 적의 병사들을 포로로 잡아 제물로 바치기도 하겠지만 자기 집단에서 가장 가치 있고 고귀한 제물을 바치기도 한다. 그리스 군의 운명을 좌우하는 것은 아킬레우스이고 아킬레우스에게 가장 귀중한 것은 파트로클로스이다. 그래서 그의 죽음은 아주 상세하게 서술된다. 그의 목과 머리, 사지 하나하나가 어떤 단계를 상정하듯 차례로 신에게 바쳐지는 느낌이다. 파트로클로스가 살해된 후 아킬레우스의 분노는 극에 달하고 그 제물에 상당하는 보상을 받으려는 듯 피비린내가 진동한다. 신들도 차츰 그 제물에 답하듯 아킬레우스를 도와 헥토르의 죽음을 만들어낸다.

나지에 따르면, 영웅숭배와 희생제의가 행해졌던 시기는 정확하게 맞물리고 있으며 영웅의 참혹한 죽음과 짐승을 죽여 지내는 제사가 노골적으로 동일한 신화들도 있다. 부르케르트 역시 이에 대해, 희생제의 후 "내장을 드러내고 죽어있는 동물의 모습은 남자들에겐 아주 흔하게 보게 되는 모습이라는 것이다. 그것은 바로 전쟁에서 죽어 널브러진 상처 입은 전사들의 모습"이다.[9] 호메로스가 『일리아스』에서 그리고 있는 전사들의 죽

헤르메스가 전사한 영웅 사르페돈의 주검을 사후세계로 옮기고 있다. 사르페돈의
주검은 신에게 바치는 신성한 제물처럼 다루어진다.
http://www.uark.edu/campus-resources/achilles/iliad/iliad.html

음, 바로 그것이 희생제의이다. 그것이 아무리 잔혹하더라도 숭고한 것이
된다.

　제물이 한 마리일 경우 제물의 죽임은 절차에 따라 아주 엄정하게 이
루어지지만 헤카톰베의 경우 수많은 제물들이 거의 동시에, 혹은 숙련된
도살능력을 가진 사제에 의해 매우 신속하게 이루어져야 한다. 왜냐하면
제물 몇몇서 죽임을 당하고 있는 장면을 다른 제물들이 보고 듣는다면
그들의 공포에 찬 울음과 행동 때문에 희생제의는 아수라장이 되고 말 것
이다.

■
9) Burkert. *Homo Necans*. 16쪽.

아킬레우스가 전장에서 트로이 병사들을 죽여 나가는 과정이 수십 마리 제물의 목숨을 따는 노련한 사제의 몸짓과 다르지 않다. 『일리아스』의 장면을 보자.

> ······
> 트로스가 그의 무릎을 잡고
> 애원하려 했으나 그는 칼로 그의 간을 찔렀다.
> 그러자 간이 쏟아져 나오며 거기서 검은 피가 흘러내려
> 그의 품안에 가득 고였다. 혼절한 그의 눈을 어둠이 덮었다.
> 그러자 아킬레우스는 물리오스에게 다가가 창으로 귀를
> 찔렀고 그러자 즉시 청동 창끝이 다른 귀로 뚫고 나왔다.
> 그 다음 그가 아게노르의 아들 에케클로스의
> 머리 한복판을 자루 달린 칼로 내리치니
> 칼은 온통 피에 젖어 뜨거워졌고 그의 두 눈은
> 검은 죽음과 강력한 운명이 붙잡았다.
> 그 다음 그가 데우칼리온의 팔뚝을 창으로 꿰뚫으니
> 그곳은 바로 팔꿈치의 근육들이 모이는 곳이다.
> 그래서 그가 죽음을 눈앞에 보며 팔을 늘어뜨리고
> 서 있었을 때 아킬레우스가 칼로 목을 쳐
> 그의 머리를 투구와 함께 멀리 내동댕이쳤다.
>
> (제20권 468~483행)

위의 장면 앞뒤로 무수한 병사들이 아킬레우스에게 즉결처분되듯이 살해된다. 제물을 죽일 때는 저항의 틈새를 주지 않고 고통을 최대한 적게 주어야 한다. 아킬레우스는 마치 제물의 목을 따듯이 정확히 급소를 알고 있다. 저항은 가장 빨리 저지되고 생명은 정확하게 죽음으로 처리된다.

그런데 이 살해를 뭔가 신성시하는 분위기가 『일리아스』의 품격을 높여준다. 호메로스는 이들 살해되는 전사들 거의 모두에 대해 트로스Tros, 물리오스Mulios, 에케클라스Echecls, 데우칼리온Deucalion 들로 이름을 붙여주고 나

아가 아버지의 이름은 무엇이었으며 좀 더 나아가 고향은 어디이며 때로는 어머니까지 밝히기도 한다. 고향의 골짜기를 말하고 고향에서 기다리고 있을 어머니와 아내를 말하기도 한다. 마치 비록 목이 잘리고 사지가 찢어져서 피를 흘리고 여기 널브러져 누워있지만 그 영혼들은 고향의 골짜기로 어머니의 품으로, 아내의 기다림 속으로 달려가리라. 이처럼 죽어가는 전사들을 호명하는 것은 신성한 제물에 예를 올리는 것과 같다. 동물 희생제의 후 희생제물의 골격을 갖추어 주어 그 영혼이 길을 잃지 않고 자신의 종(種)의 세계에 가서 부활하기를 기원하듯이 스러진 전사들의 영혼이 깨어나 이름과 고향 골짜기와 부모의 이름을 듣고 얼른 달려가 부활을 하도록 말이다.

하지만 아무리 죽어가는 전사들의 이름을 하나하나 부른다할지라도 그들은 제물이다. 이들 전사들은 살해되어 거대한 대지라는 제단에 바쳐진다. 왜 신들에게 소나 양과 같은 동물희생을 하지 않고 인간 희생제의를 드릴까? 이에 대해 존 티한은 다음과 같이 말한다. 비록 야훼를 빌려 말하긴 하지만 그의 언급은 호메로스에게도 틀리지 않다.[10]

> 그러나 야훼는 신이기 때문에 다른 종류의 전리품을 요구할 것이다. 지휘관에게는 가장 귀한 전리품이 주어지는 데 그것은 바로 패배한 민족이다. 인간 지휘관이라면 이 전리품을 노예의 형태로 취하겠지만 하느님의 경우에는 희생제물의 형태를 취할 것이다. 신에게 인간을 희생제물로 바치는 일은 고대의 종교 전통에서 비일비재했다.

이긴 집단의 지도자에게는 전리품이 노예의 형태로 주어지겠지만 신에게는 희생제물이 바쳐진다. 그들의 목숨을 바치는 것이다. 이 지점에서 『일리아스』가 지닌 이데올로기적 기능이 있다. 이데올로기란 그것이 거짓이든 진실이든 집단의 이념이다. 그 이념은 젊은이들로 하여금 기꺼이 신

10) 존 티한. 같은 책. 293쪽.

들(사실상 자신의 집단이나 민족)을 위해 생명을 바치고자 하는 열정을 조직해내기 위한 것이다. 다른 집단을 죽여야만 자신의 집단이 부흥한다는 이념은 인류 평화와 공존의 텍스트는 아니다.

그런데 희생제물을 바치는 것을 넘어 적의 전사들의 죽음에서 비롯되는 피는 대지에 흘러내림으로써 병사들의 부활을 기도할 수도 있다. 피가 제단을 검붉게 적시듯 대지 역시 피로 적셔져야 한다. 신석기 시대에는 대지로 빨려 들어간 희생제물의 피가 대지를 비옥하게 하여 곡식을 자라게 한다고 믿어졌다. 그리고 앞 장에서 호메로스시대의 희생제의에서 피를 특별히 중요하게 관리하는 것을 보았다. "전투에서 흘린 적의 피는 자신의 부족 집단의 생명력을 비옥하게 하는 것으로, 심지어는 왕 자신의 신성한 능력을 증진시키는 것"으로 생각되었다.11)

이것을 앞에서 언급한 '생명-속량 이론'으로도 설명할 수 있다. 그러한 희생의 피 속에 있는 신의 생명 창조의 권능이 효력을 일으켜서 예배자의 죄를 씻어내 주고 또 생명의 마력을 지닌 희생의 피를 흘림으로써 그 때문에 살해된 자는 신의 권능과 결합하는 결속관계를 수립하게 된다는 것이다.12)

호메로스는 '검은 피가 흘러 대지를 적셨다'는 표현을 자주 한다. 대지가 제의를 드리는 제단이라면 전쟁은 희생제의 행위의 과정이고 희생제물은 전쟁터의 용사로 비유할 수 있다. 아킬레우스의 살육은 신들에게 바치는 거대한 희생제다. 그러면 아킬레우스가 하는 살육의 피는 나쁜 피가 아니라 신들에게 바치는 신성한 피이자 깨끗한 피가 된다. 아킬레우스의 살육은 성스러운 행위가 된다. 그렇지 않고서야 제정신을 가진 자라면

11) Ann Baring and Jules Cashford. 같은 책.167쪽.
12) 김이곤. 「제물의 의미론 소고」. 33쪽.

아킬레우스의 살해를 뮤즈 신의 이름으로 예찬했겠는가? 따라서 『일리아스』는 신에게 바치는 희생제의를 노래한 거대한 헌시이다.

『일리아스』에서 아킬레우스가 참전하자 살육의 피바람이 분다. 아가멤논에 대한 분노에 이어 파트로클로스가 죽은 것에 대한 아킬레우스의 분노는 탱천한다. 그중 가장 잔인한 장면으로 여겨지는 것이 프리아모스 왕의 서자인 뤼카온의 살해이다. 비

아마도 동물희생제의를 했을 것이라 여겨지는, 사르티니아Sardinia의 다코니 산Monte d'Accoddi에 있는 제단. 출처: Wikipedia.

록 잔인하지만 이 살해에서도 방점은 '피로 대지를 덮는 것'이다. 희생제물의 피로 제단을 적시듯 말이다.

> 이렇게 말하자 뤼카온은 무릎과 심장이 풀어져
> 잡았던 창을 놓고 두 손을 벌리며 주저앉았다.
> 그러자 아킬레우스가 날카로운 칼을 빼어
> 목 옆 쇄골을 내리쳤다. 그리하여 쌍날칼이 온통 그의 몸 속에 잠기
> 자 그는 얼굴을 땅에 박고 길게 뻗었고 검은 피가 흘러내려 대지를
> 적셨다.
>
> (제21권 112~119행)

이것 역시 제단을 대지로 보았을 때 아킬레우스는 뤼카온을 죽여서 그 피를 제단에 적셨다. 이렇게 뤼카온의 멱을 딴 이후에도 아킬레우스는 분노를 멈추지 않고 뤼카온을 물고기 밥으로 처넣는 잔혹한 장면이 나온다. 트로이전쟁 자체가 제우스께 바치는 희생제의이고 그 제사장이 아킬레

우스이므로 그 분노는 신성한 것이다. 그리고 그 피가 대지를 적셔서 지하세계로 흘러들어가고 죽은 전사들이 깨어나고자 바치는 것이다.

전쟁터에서의 영웅의 죽음은 희생제의에서 희생된 동물의 모습이다. 부르케르크가 그리는 '제의 후 희생물의 처리와 부활의식'에 대해서 보자. 주요 내장이 제거되고 살이 저며진 제물을 처음 수습한 모습은, 부르케르트의 말대로, 전쟁에서 죽어 널브러진 상처 입은 전사들의 모습이다. 여기서도 희생제의와 전쟁터에서의 죽음이 서로 비유되고 있음을 할 수 있다. 또한 폴리스 즉 공동체와도 관계가 있다. 실제 제사에서 희생된 짐승의 각 부분은 정치적 통일체를 구성하는 집단을 의미한다.[13)

희생은 되었고 이제 부활이다. 넓적다리뼈와 골반을 비롯하여 뼈들을 살아있을 때의 모습 그대로 복원하는데서 나온다. "제사에서 짐승의 사체를 절단하는 의식은 불멸화의 신화 속에서 영웅의 사체를 다시 모아 부활시키는 개념에 대한 정신적 양식을 설명한다"고 한다. 부르케르트 또한 이에 대해 뼈들을 모으거나 두개골을 들어올리고 가죽을 펼쳐놓는 것은 재생, 가장 구체적인 의미에서의 부활에 대한 시도로 이해될 수 있다고 한다.

희생제의와 그 후의 이런 부활의식은 호메로스의 『일리아스』로 텍스트화되어 수천 년을 내려온다. 조국을 위해 꽃다운 나이에 젊어서 죽은 수많은 전사들은 그들의 생명 대신에 대지에 흘린 피로 다시 부활하며 불멸의 영광을 얻게 된다. 『일리아스』를 통해 되살아난다. 『일리아스』는 지금 이 시대에도 생생히 그들을 살아있게 하는 노래라 할 수 있다. 서구문명의 전사들이 죽음을 무릅쓰고 전장에 나가도록 하는 노래이다.

호메로스시대는 신석기적 의례의 형식이 부분적으로 남아있기는 하나 삶과 죽음의 순환이라는 우주적 논리는 사라지고 대신 인간이 주도하는 삶과 죽음의 대결 논리, 즉 전쟁이 그 자리에 들어온다. 의례로서의 전쟁

■
13) 그레고르 나지. 같은 책. 38쪽.

에서는 신의 제단에 바칠 제물로서의 포로사냥이 일어나지만, 희생제의로서의 전쟁에서는 전쟁터가 제단이고 적의 전사들의 죽음이 희생물이고 영웅들이 제사장이 된다. 이때 희생제의는 이미 상징이자 이데올로기로 작동한다. 비록 그리스 군들이 실제로 판을 벌여 희생제의의 절차대로 트로이군을 죽이는 것은 아니고 어디까지나 하나의 비유이고 허구적인 서사시이긴 하지만, 『일리아스』가 트로이전쟁을 신에게 바치는 거대한 희생제의로 그림으로써 침략과 정복을 일삼아 왔던 고대그리스가 얻어내는 이데올로기적 효과는 충분히 달성하고 있다고 본다.

히브리 민족에게 구약에 나오는 헤렘herem이 있다면 헬라스 민족에게 『일리아스』가 있다. 헤렘은 진멸법으로 적이나 하나님 여호와를 믿지 아니하는 내부인들을 완전히 멸하여 내부적 응집력을 공고히 하는 것이라면, 『일리아스』 역시 이에 다르지 않다. 사람을 죽이는 것은 나쁜 일이지만 적을 죽이는 것은 나쁘지 않다는 것이다. 적은 괴물이거나 하찮은 벌레가 되어 우리 인간 집단의 예외가 되기 때문이다. 더 나아가 전쟁은 신의 이름으로 하는 영광스런 일이 된다. 또한 전쟁교본으로 쓰임에도 모자람이 없다.

고대그리스 아테네 고전기 내내 『오뒷세이아』와 함께 『일리아스』를 암송하는 것이 거의 교육의 전부를 차지하였다. 지금도 고전읽기 목록에서 1번은 『일리아스』이고 2번은 『오뒷세이아』이다. 몇 천 년 전의 신화가 이 시대에도 그대로 적용되는 것에 대해 많은 신화학자들은 경고를 한다. 기독교의 신화라 할 수 있는 『바이블』과 이슬람교의 신화라 할 수 있는 『코란』 역시 매개 장치 없이 그대로 부딪힌다면 그것은 고대 전쟁의 재현이다. 호메로스의 위대한 서사시에 비판적 독해가 들어가야 하는 이유이다.

3장. 공존을 꿈꾸는 나비의 날개 짓

1. 신자유주의의 희생제의, 치맥파티와 살 처분

대구에서 대규모 치맥 축제를 한다는 발표를 들었을 때 떠오른 것은 이러한 그리스의 피-희생제의와 조류독감 닭 살 처분이라는 두 가지 풍경이었다. 그리스에서 기원전 5세기에는 사흘에 이틀 꼴로 전쟁을 했다고 한다. 그들은, 앞에서 부르케르트가 복원한 희생제의의 과정을 상기해보면, 전쟁터에서의 살인의 추억을 가지고 피범벅의 향연을 벌이고, 우리는 수백만 마리, 아니 수천만 마리의 닭들이 AI(조류독감)로 생매장당하고 살 처분되는 뉴스를 보면서 신나게 먹고 마시고 한다. 그들은 전쟁으로 인간을 죽인 후 피범벅의 희생제의와 바비큐 파티를 벌이고 AI 방제를 하고 살 처분을 하면서 우리는 BHC 뿌링클 치킨 광고하는 전지현을 보면서 치맥을 먹는다. 2013년 2월 25일 박근혜 대통령의 취임식이 있었다. 치맥 페스티벌은 2013년 처음으로 대구에서 열렸다. 보수적인 대구에서 대규모 시민 동원의 축제가 거의 처음 열리게 되었는데 그 주제가 치맥 페스티벌이라는 데 매우 놀랐다. 아들들에게 물어보니 야 신나겠단다. 나만 그런 생각을 하나. 거기에 오는 사람들은 주로 군복 비슷한 것을 입고 와서 닭죽이고 맥주 마시고 축구할 것 같은 느낌이 들었다.

축제날도 2박 3일의 일정이다. 주로 치킨과 맥주를 마시며 한류로 잘 나가는 가수들의 공연을 보는 게 축제의 전부다. 유독 치킨산업의 인프라가 우수한 지역이 대구이다. 우리나라 대부분의 치킨 브랜드는 대구에서 출발하여 전국적인 브랜드가 되었다. 70. 80년대 멕시칸, 치킨멕시카나, 처 갓집양념치킨, 스머프치킨 들이 탄생하였으며, 최근까지 전국적인 명성을 떨치고 있는 유명브랜드 교촌치킨, 호식이 두마리치킨, 종국이두마리치킨, 치킨파티땅땅, 치킨대구통닭, 별별치킨 들이 대구에서 첫 치킨 사업을 시작했다고 한다.

2013년도 치맥페스티벌에는 코요테, 노브레인 들이 왔다. 이 치맥페스티벌은 대구의 가장 큰 축제로 매김되고 2016년 7월에는 자원봉사자를 100명을 뽑을 정도로 규모가 큰 축제가 되어가고 있다. 1회와 달리 범시민적 축제로 자리잡기 위해 시민공연 팀도 모집하고 있다. 댄스와 클래식, 악기연주, 노래, 마술 들의 장르면 가능하다. 선정되면 축제 행사장인 달서구 두류공원과 코오롱 야외음악당 일대에서 공연한다.2017년 4회째인 대구 치맥페스티벌은 27~31일 두류공원과 평화시장 닭똥집골목, 서부시장 프랜차이즈거리에서 열린다.

종강파티나 대학축제, 혹은 여름날 평상에서나 가정에서 한 번씩 먹곤 하던 치맥파티의 절정은 대구 치맥페스티벌을 거쳐서 2016년 3월 28일 저녁 월미도 문화의 거리에서 중국 아오란 그룹 인센티브 방문단 4,500명이 한 자리에 모인 가운데 열린 '치맥파티'다. 드라마 '별에서 온 그대'에서 주인공 전지현 씨가 치킨과 맥주를 맛있게 먹는 모습을 보고 한국의 치맥 문화가 중국까지 퍼져 큰 인기를 몰았단다. 이날 한국을 찾은 중국인들이 다 함께 치맥을 즐길 수 있도록 월미도 치맥파티 현장에는 6인용 탁자 750개를 비롯해 무려 4,500캔의 맥주(2250리터)와 함께 치킨 1,500마리가 제공돼 장관을 이뤘다. 이 날 자리에는 아오란 그룹 곽성림 총재를 비롯한 내빈을 맞기 위해 직접 유정복 인천광역시장이 방문해 축하 인사를 나눴다. 그 덕에 이번 아오란 그룹 임직원의 포상관광은 당초 예상을 뛰어넘는 304억 원의 경제효과를 유발했다고 한다.

또 하나의 다른 풍경을 보자. 조류독감으로 살 처분되는 수천 수만 수십만 수백만 수천만의 닭들을 보자. 델포이 신전 밑은 퓌톤이라는 뱀을 묻은 곳이고 원주 치악산의 구룡사는 아홉 마리 용을 죽이고 그 위에 세운 절이다. 영국의 사원은 드루이드 사제들을 죽여 묻고 그 위에 세워졌다고도 한다. 우리 발밑은 살 처분된 수천만 마리의 닭들을 그것도 주기적으로 묻어버리고 한편으로 축제를 벌인다. 어떠한 애도도 없다. 마치 그 사실 자체를 거부하는 듯 더욱 소리 높여 축제를 벌인다.

<뉴스 1>에서 다음 기사를 보자.[1] 농림축산식품부 통계에 따르면 2010년 12월~2011년 5월까지 발생한 AI로 총 647만 3000마리의 닭, 오리가 살 처분됐고, 총 807억 원이 소요됐다. 2008년에는 봄철인 4월부터 42일간 AI가 발생했고 1020만4000마리 살 처분에 1817억 원의 재정이 투입됐다. 2006년 11월~2007년 3월까지 104일간 발생한 AI는 280만 마리의 닭,

---

[1] "AI 올해도 9월부터 … 겨울 아닌데도 잇따라 발생하는 까닭." 2015. 11. 02.

오리를 살 처분하는 피해로 이어졌고, 339억 원의 예산이 소요됐다. 2003년에는 12월부터 102일간 AI가 발생해 528만5000 마리를 살 처분했고, 874억 원이 투입됐다. 지난 10년간 AI 발생으로 인한 투입 예산은 연평균 1000억 원 수준이다.

미국도 예외가 아니다. 2015년 6월 jtbc 보도에 따르면, "미국에서 최악의 조류독감으로 달걀 값 두 배로 껑충" 뛰었다는 제목 아래 다섯 달이 넘게 미국 전역에 확산되고 있어 계란 값이 폭등하면서 긴급 수입에 나서게 됐다고 한다. 병든 닭들이 줄줄이 죽어 나간다. 양계농장들은 텅텅 비었다. 가장 최근 발병한 사례는 미시간 주 디트로이트 부근 농장에서 어린 거위들이 감염된 것이다. 미국 농무부는 최근 조류 독감에 대응해 만든 백신이 전체 닭의 60%에만 효과를 발휘했다고 밝혔다. 빌 노디 미국 농림부 아이오와 본부 비서관은 "바이러스가 현재 매우 활성화돼 있고 공격적입니다. 지금의 대비책으로는 충분하지 않아요"라고 말한다. 이런 얘기는 더 무섭다.

우리는 대부분 정말 정말 안전을 위해서 한 마리만 감염되어도 인근 몇 km 내의 모든 닭, 오리, 거위 들 가금류들이 살해된다는 생각에서 이들의 죽음을 아우슈비츠 식으로 처리하는 당국에 대해 불만을 가졌는데 그게 아니라 닭들이 정말 많이 죽어간다는 것이다. 다섯 달 동안 지금까지 조류 독감에 감염돼 죽거나 살 처분된 조류는 4700만 마리라고 한다. 닭에 대해서 애도하는 사람은 아무도 없다. 닭의 존재가 단지 물질일 뿐인데 애도가 있을 리 없다. 그 바람에 달걀 값은 한 달 새 두 배 이상으로 치솟았다나. 달걀 값 오른 것만 걱정이다. 그런데 달걀 걱정할 때가 아닌 것 같다. 이 글을 쓰고 있는 2017년 2월 12일의 풍경은 똑같이 더 끔찍하게 진행되고 이제 구제역이 창궐하여 소들이 죽어간다. 이 자료들을 찾을 엄두가 나지 않는다. 너무나 맥 빠진다. 2015년까지의 자료를 찾을 때까지는 분노 같은 것이 있었다. 지금은 그저 무기력할 뿐이다.

▲ 2016년 말 충북 음성군 생극면 한 산란계 농장에서 공무원들이 살 처분을 위해 안락사 시킨 닭을 한 곳으로 모으고 있다. "'AI 살 처분' 공무원들, 트라우마로 고통 호소." 오마이뉴스. 2017. 01. 13.

내가 기억하기론 최초라 여겨지는, 2003년 12월 17일 대구불교방송에서 조류독감으로 살 처분한 것에 대한 방송이다. "경상북도와 경주시는 공무원 2백여 명과 군 병력 60여 명을 농가에 투입해 오늘 오후 3시쯤 조류독감에 감염된 닭과 오리 20만 마리에 대한 살 처분을 모두 끝냈다고 밝혔습니다. 당국은 지난 22일 오후부터 매일 군 병력과 공무원을 발생현장 반경 3㎞ 이내 위험지역의 농가에 투입해 6일 만에 처리를 끝냈습니다." 이건 완전 전쟁이다. 아니 완전 제노사이드이고 홀로코스트이다. 이때 경북 안강에만 20만 마리이니 전국적으로 수백만 마리가 살 처분 되었을 것이다.

거의 최초로 대규모로 이루어진 살 처분에서 우리가 느꼈던 충격, 놀람과 죄의식, 대체 우리가 무슨 짓을 하고 있는가라는 황망함, 경제성장과 문명이 가져온 어두움 … 이 모든 복합적인 부정적인 생각들은 이제 치맥축제와 치맥파티에서의 흥분과 경제적 효과로 날아가 버렸다. 조류독감으로 인한 대량 살 처분의 기억을 또렷이 갖고 죄의식을 가지고 있는 사람들이 치맥파티에 가서 즐거워할까. 우리는 모두 잊어버렸다. 이제 몇 백만 마리가 살 처분되어도 별로 놀라지 않는다. 전화를 걸었을 때 30분 안에 치킨이 배달되지 않는다고 그렇게 닦달하여 수많은 오토바이 배달꾼들이 다치고 심지어 목숨까지 잃기도 했다. 하지만 아직 전화만 걸면 통닭은 배달된다. 이제는 지구상에서 닭들이 다 사라졌다는 사실을 알게 될 때까지 우리는 무슨 짓을 하고 있었는지 생각할 사람은 그리 많지 않을 것이다.

닭이 얼마나 영리한지 … 무관심을 먹고 자본은 이윤을 위해 자기증식에만 몰두한다. '돈벌이'만 최고의 가치다. 누가 남의 돈벌이를 옳다 그르다 할 것인가. 이 '돈벌이'만이 가장 신성하다. 이 '돈벌이'에 대해서 진보적인 정치가들도 감히 건들지 못한다. 신성하기 때문이다. 하지만 과학의 이중성이, 즉 산업화시켜 컨베이어로 육고기를 대량 생산해내는 과학은 "포유류와 조류가 복잡한 감각과 감정적 기질을 지녔다는 점을 의심의 여지없이 증명해냈다. 육체적 통증을 느끼는 것은 물론, 정서적 고통도 느낀다는 것이다." 하지만 어쩌랴 우리는 관심이 없는데 … 과학이 오히려 윤리적이라는 아이러니까지 ….

여기서 재밌는 것은 닭을 기르고 죽이는 것은 주로 호남지방이, 그 죽인 닭을 가공해서 파는 것은 대구 영남이 한다는 것이다. 부가가치는 대구에서 더 가져가겠지 원래 가공업이 생명을 기르는 일보다 부가가치가 높으니 말이다. 그런데 이 그림이 묘하게 맞아떨어진다. 나주나 영암이나 강진에서 치맥파티 무언가 어울리지 않는다. 축제의 목적은 경제효과이다. 경제효과는 소비를 진작시켜서 기업들의 매출이 늘어나는 것이다. 치맥페스티벌에 와서 소비를 욕망하라. 대구경제가 침체에서 벗어나 새로운 도약으로 갈수도 있을지 모르지 않겠나. 축제는 항상 기업을 사랑한다. 아니 기업은 항상 축제를 사랑한다. 미국의 추수감사절이나 우리나라의 추석, 어린이날, 설날 들을 두고 백화점에서 마트에서 감사세일을 한다. 우리들의 소비량도 증가하지만 기업의 재고처리도 빨라진다. 과잉생산의 독점자본주의 사회에서 공황을 막는 주요한 방법은 소비의 진작이다. 닭의 대량사육에 걸맞는 대량소비 … 축제는 소비의 향연이다. 축제가 끝나면, 노동의 피로가 풀리고 재충전이 되는 것이 아니라, 지갑은 비어지고 근심은 늘어난다.

한국동물보호연합에서 올린 "경기도 여주시의 조류독감(AI) '생매장'(生埋葬) 살 처분을 고발하는 동영상 공개"[2]와 그에 따른 성명 발표를 보자. 동영상의 장면들은 다음과 같다.

> AI 살 처분 현장에서 살아있는 닭들이 마대자루 안에서 머리를 내밀고 … 살 처분 인력들이 마대자루 밖으로 나온 닭들을 막대기로 내리쳐 죽이기도 … 마대자루 안에서 살아있는 닭들의 비명소리는 계속 흘러 나와 … 마대자루 안에서 죽음보다 더 고통스러운 골절, 파열, 압사 들으로 상당수 닭들이 이미 죽어 있다.

현행 '동물보호법'과 '가축전염병예방법', 'AI긴급행동지침' 들에는 닭과 오리는 CO2 가스 들을 이용하여 고통 없이 '안락사'시킨 후 처리하도록 되어 있음에도 불구하고, 농림축산식품부와 지방자치단체는 '생매장' 살 처분이라는 불법 행위를 자행하고 있는 것이다.

한국동물보호연합에 따르면, 2003년 국내에서 조류독감(AI)이 처음 발생한 이후 2015년까지 약 4,000만 마리의 닭과 오리들이 살 처분되고 있다. 이제 대한민국은 중국이나 동남아시아처럼 AI가 '풍토병'화 되어 가고 있는 조짐을 보이고 있으며, AI는 대한민국의 국가적 재난이자 국민적 재앙이 되고 있다.

한국동물보호연합에서는 이 문제를 근본적인 차원에서 재검토할 것을 요구하고 있다.

> 오늘날 닭들은 좁은 철창 상자에 감금된 채, 평생 땅을 밟지도 못하고 햇빛도 못 보며 고통스러운 하루하루를 연명하고 있다. 축사는

---

[2] http://kaap.or.kr/notice.html? idx=31576&mode=read

닭들의 분뇨, 오물, 깃털, 먼지 들로 온갖 세균과 바이러스의 제조 공장 역할을 하며, 저병원성 AI의 고병원성 AI로의 변이를 촉진하고 있다. 동물들이 자연습성대로 살아갈 수 있는 동물복지가 고려된 사육환경으로의 개선과 동물들의 건강과 면역력이 보장되지 않고서는 AI와 같은 가축전염병 발생을 근원적으로 막을 수 없다. 소독과 방역만으로 가축전염병 바이러스를 통제하겠다는 것은 손바닥으로 해를 가리겠다는 무모함과 다를 바 없다.

그래서 '동물사랑실천협회'와 '한국동물보호연합'은 잔인한 불법 생매장 살 처분이 중단될 때까지, 생매장 현장을 잠입 촬영하여 고발할 것이며 정부와 해당 지자체에게도 항의와 대책마련을 강력히 요구한다고 성명을 발표했다. 하지만 역부족이다. 그 무엇도 이 사태를 되돌릴 수 없다.

해부되어 부위별로 파는 고기를 먹을 때 별로 그것이 이전에 나처럼 살아있던 생명이라고 별로 느끼지 않는다. 더구나 갈아서 햄버거의 패티가 되어 돌아올 때는 더 생명이라는 걸 느끼지 못한다. 이 문제를 해결하기 위한 여러 여러 방법들이 있겠지만 우선 육식을 자제하는 것이 가장 중요하다.

한 달에 한 마리 먹을 것을 두달에 한번 먹으면, 그리고 한 마리의 가격이 두 배로 오른다고 하면, 이 세상의 닭은 절반만 필요하다. 그러면 닭을 대량생산할 필요가 1/2로 줄어든다. 그러면 닭들은 A4용지 한 장보다 작은 크기의 자리가 두 배로 늘면 운동도 좀 할 수 있고 여유가 좀 있으니 병든 닭을 먹는 확률은 1/2로 줄어든다. 그래서 닭고기를 적게 먹자는 것이 하나의 대안이 될 수 있다. 그런데 그렇게 되면 치킨 값이 더 떨어지고 그 수많은 영세 치킨 가게가 문을 닫는다. 이들의 생계에 칼을 들이대는 주장이라고 당장 반발이 불 보듯이 뻔하다.

국내 대형 치킨 프랜차이즈의 내부 통계에 따르면(2015), 치킨집을 창업한 가계가 월 500만원의 순수입을 얻으려면 약 2000만원의 매출을 올려야 하고 이를 위해서는 1마리에 1만6000원 하는 프라이드치킨을 하루 평균 45마리 팔아야 한다.[3] 월 500만원은 치킨집을 차리는 창업자들이 가장 선호하는 목표로 보건복지부가 발표하는 4인 가족 기준 중위소득 439만원에 투자금의 기회비용 들을 포함한 수준과 유사하다. KB금융지주 경영연구소 조사에 따르면, 국내에는 약 3만6000개의 치킨전문점이 있다. 국내 치킨집들이 평균적으로 월 500만원의 소득을 올리려면 하루에 약 162만 마리(3만6000개×45마리)의 치킨을 팔아야 한다는 계산이 나온다. 연간 단위로 보면 국민 1인당 11.5마리의 치킨을 먹어야 한다. 현재 치킨 가게 당 하루 평균 18마리가 팔리기 때문에 지금 먹는 양보다 2.5배를 먹어야 한다. 그래야 불쌍한 치킨 가게 사장님을 도울 수 있다.

낮부터 밤 12시까지 운영한 프랜차이즈 치킨 가게의 월 평균 수입을 조사해보니 2014년에 189만원이었다. 4인 가족 최저생계비가 149만원이니 굶어죽지는 않는다고 한다. 그런데 이것은 어디까지나 평균이다. 수입이 아주 많은 소수의 치킨 가게를 빼면 절반 정도가 100만원을 갓 넘길 것이다. 자신이 고용하는 알바의 임금보다 낮은 경우도 많을 것이다. 그래서 최저시급을 줄 수 없어 청소년을 고용하는 경우도 많다. 2014년도 최저임금은 5210원이다. 25일 8시간씩 일했을 때 백 4만 2천원이다. 그런데 이들 노동은 8시간을 훌쩍 넘고 주로 야간에 집중해서 일하며 아내나 남편이나 자식들이 와서 짬짬이 약간이라도 거들어야 된다. 그래도 최저임금에도 못 미친다. 그럼에도 취직하지 않고 치킨 가게를 하는 것은 어차피 최저임금 수준으로 비슷하다면 그래도 혹시나 대박을 치지 않을까 요행을 바라기 때문이다.

■

[3] "전국 3만6천개 가게 망하지 않으려면 지금의 2.5배 더 팔아야." 매일경제신문. 2015. 09. 18.

그래서 피 말리는 경쟁을 한다. 광고비가 닭고기 원가만큼 나간다. TV를 켜면 치킨 광고를 수시로 만난다. 전화만 걸면 된다. 요리할 필요가 없다. 닭고기는 더 많이 팔리고 닭들은 더 많이 죽어가고 AI는 더 기승을 부린다. 해결책은 간단하다. 최저임금을 시급 만원으로 올린다. 그러면 1주일 법정으로 정한 시간 52시간을 근무하면 210만원이다. 한 달에 투자도 없이 최소 210만원을 벌 수 있다면, 치킨 가게를 당장 때려치울 것이다. 그리고 최소한 210만원을 주고 알바를 고용해야 할 처지면 중소자영업이 망한다. 자연 자영업의 숫자가 줄어들고 닭고기도 적게 먹게 된다. 중소기업에 취직하면 된다. 그런데 이들을 고용하는 중소기업이 대부분 대기업의 하청공장이므로 대기업의 납품 단가후려치기, 대금 지불연기로 아주 힘들다. 그러면 대기업이 그러지 못하게 엄격하게 감시하면 된다. 하지만 대기업은 정관계와 많이 결탁되어 있으므로 엄격한 감시가 되지 않는다. 그래서 엄격하게 감시할 수 있도록 …. 이렇게 가다보면 우리가 원하는 나라가 어떤 나라인지 민주주의가 무엇인지 나온다. 닭을 위해서가 아니라 내가 건강한 닭고기를 먹기 위해서 민주주의가 필요하다는 얘기이다.

2. 공존을 꿈꾸는 나비의 날개 짓

닭고기를 적게 먹게 하기 위해서 교육도 중요하다. 닭을 예로 들지만 소나 돼지, 오리도 마찬가지다. 육식을 줄이는 게 여러 모로 좋다. 그래서 어린이가 직접 닭을 기르고 먹이를 주고 그 기른 닭을 잡아먹는 것도 어린이 교육에 포함시켜야 된다는 주장이 있다. 이에 대한 반론도 만만치 않다.

먼저 반론부터 보자. 동물 기르기가 지닌 잔인성과 냉담함에 대해 먼저 말하기로 한다. 사실 인간이 가축을 사육하기 시작하고 그 사육한 가축을 도살해서 먹음으로써 생명에 대해 공감보다 냉담성이 강화되었다고 할 수 있다. 가축이란 살아있는 생물의 노예화라 할 수 있다. 리안 아이슬러는『성스러운 즐거움』에서 자신이 키운 짐승을 죽여 먹는다는 것의 문제를 지적하고 있다.[1] 그렇게 되면 자연 냉담함이라는 심리적 갑옷을 입게 되면서 감성적으로 냉혹하게 된다고 한다. 가축 기르기를 통해 인간은 오히려 동물과의 정서적 유대감을 상실하고 모이의 대상으로만 바라보게 된다는 것이다.

이것의 극단적 예로 아이슬러는 나치 친위대원 교육을 든다. SS 친위대원들은 강아지에게 먹이주고 같이 놀고 매일 보살피다가 어느 날 명령이 떨어졌을 때 어떤 감정의 동요나 징후 없이 살해하는 프로그램이다. 히틀러의 이런 냉담화 전략으로 오래 마을에서 함께 지내던 이웃집 마음씨 좋은 유태인 아저씨나 예쁜 공산주의자 아가씨, 친절한 꽃집의 집시 아줌마 들을 명령이 떨어지면 그렇게 동요 없이 그들을 모두 잡아서 아우슈비츠 수용소행 기차에 태울 수 있었을 것이다.

[1] Riane Eisler. *Sacred Pleasure.* 96쪽.

한나 아렌트에 따르면2), 히믈러는 결코 거창한 이데올로기를 들먹이지 않았다. 히믈러는 친위대 고위층과 돌격대 지휘관들에게 말한다. "인간적 연약함으로 인한 예외를 제외하고는 그것을 참고 견디는 것, 품위를 지키며 남는 것, 그것이 우리를 강하게 만든다"고. 그리하여 "살인자가 된 이 사람들의 마음에 꽂힌 것은 단지 역사적이고 장엄하고 독특한 일"로서 유대인과 집시, 자유주의자들을 살해하는 것이다. 여기서 히믈러가 제거하고 싶어 한 인간적 연약함이란 어쩌면 빌헬름 라이히가 말한 제3의 층인 생물학적 핵심이라 해석할 수 있다. 그건 자신도 모르게 나오는 생명에 대한 사랑, 생명에 대한 동조현상이다. 아렌트는 이를 동물적 동정심이라 말했다. "모든 정상적인 사람들이 육체적 고통을 당하는 것을 보는데서 느끼게 되는 동물적인 동정심"의 문제 말이다. 히믈러는 정확히 알았던 것이다. 이 동물적 동정심을 없애기 위해서 냉담화 전략을 썼던 것이다.

함께 먹고 함께 시간을 보낸 것에 대해서는 대부분 애착이나 사랑, 공감, 연민 같은 감정이 있기 마련이다. 그런데 이런 냉담화 교육에서는 공감이나 사랑같은 감정을 습관적으로 억압하게 만든다. 이렇게 되면 심리학자들이 말하는 '둔감된 정동'blunted effect3)이 나타난다. 심각한 우울증이나 정신분열증 환자들이 보이는 증상을 보이게 되는데, 말하는 것은 이상이 없으나 얼굴에 표정이 전혀 없고 극도로 무관심한 태도를 보이며 눈을 마주치려고도 하지 않는다, 때론 예상치 못한 행동을 하기도 하는데 엄숙한 분위기의 모임에서 이유 없이 큰소리로 웃는 들 예의에 어긋나는 부적절한 행동을 보이기도 한다. 어쩌면 이런 '둔감된 정동'은 현대 산업사회의

---

2) 한나 아렌트 『예루살렘의 아이히만』. 173~174쪽.

3) 둔감된 정동은 혼란형정신분열증(Disorganized Schizophrenia), 파과병(破瓜病, ebephrenia)의 주요한 증상이다. 정서둔마(情緒鈍痲, flat affect), 또는 둔화된 정동(blunted affect)이라고도 한다.

인간들의 집단적 증상일 것이다. 유발 하라리가 말한, 산업발전에 필요한 '무관심'이 바로 이것이다.

'보름 안에 완치되는' 구제역이 '공포의 병'이 되었다.[4] 그 이유는 단 하나 상품성의 문제였다. 구제역(口蹄疫)은 소·돼지 들 발굽이 둘로 갈라진 우제류에 걸리는 1급 가축전염병이다. 치사율은 성체(成體)의 경우 5~10%에 불과해 낮은 편이고 사람에게 감염될 가능성도 없다. 축산이 지금처럼 산업화되기 전까지 구제역은 그렇게 무서운 병이 아니었다. 구제역이 처음 발생한 영국에선 따뜻한 죽과 부드러운 건초를 먹이고, 쓰라린 상처를 핥지 않도록 발굽에 타르를 발라주며 제대로 돌보기만 하면 보름 안에 완치되는 병이란 기록도 있었다.[5]

그러나 축산에 자본의 논리가 개입되면서 이야기가 달라졌다. 영국은 1871년 정치적·경제적·통상적 이익이 얽히고설킨 상황에서 구제역을 '신고 의무 질병'으로 정했고, 1940년대부터는 잔혹한 살 처분 정책을 실시했다. 그 뒤 세계 축산산업의 덩치가 커지고 자유무역의 시대까지 열리며 살 처분의 규모도 커졌다. 치사율도 낮고 인간에게 위해가 없는 질병임에도, 구제역 발생 족족 동물을 죽이는 까닭은 '상품성' 때문이다. 감기처럼 마땅한 치료제도 없는 데다, 일단 감염되면 우유 생산량이 급감하고 일반소의 경우 체중이 감소해 상품성이 떨어지게 된다. 인간의 육식을 위해 태어나 판매를 목적으로 사육된 가축에게, 구제역은 단순한 질병이 아닌 '죽음'이 될 수밖에 없는 까닭이다. 더 큰 문제는 매서운 전파력이다. 바람을 타면 육지에선 50km, 바다에선 250km까지 날아가 바이러스를 옮길 수 있다. 강한 전파력은 구제역 바이러스가 인간의 손을 빌려 구제역에 걸리지 않은 동물들까지 '집단 학살'하는 요인이 됐다.

■

4) "20억 육류 수출 위해 1조 원 규모 살 처분? 소탐대실!." 프레시안. 2011. 01. 16.

5) 앤드루 니키포룩. 『대혼란 - 유전자 스와핑과 바이러스 섹스』.

▲ 살 처분되는 닭과 오리들

▲ 희생자들이 남긴 신발. 나치는 희생자들의 신발을 재활용하였다.
미처 처리하지 못한 주인 잃은 신발들이 서늘하게 했다. "일하면 자유로워진다니
… 비극의 아우슈비츠," 오마이뉴스. 2013. 09. 02.

동물 홀로코스트다. 살 처분에 동원되던 수의사가 집에 가면 토하고 울고 하다가 자살을 했다. 하지만 대부분 방역당국자나 인부에게 살 처분은 고된 노동일뿐이다. TV로 돼지가 살 처분되는 광경을 보면서 삼겹살을 먹고 소주를 마신다. '둔화된 정동' 없이 어떻게 맨 정신으로 수십만 마리 수백만 마리를 살 처분하겠는가. 동물에게 인간은 모두 나치이다.[6] 인간이 아닌 무수한 생명체들은 단순히 인간에게 음식과 가죽을 제공하고자 창조되어 고문당하고 학살당한다. 동물들에게 이 관계는 영원한 트레블링카(유대인 수용소)이다. 『동물 홀로코스트』이 책의 원제는 *Eternal Treblinka*로 2002년 출간돼 전 세계 15개국에서 번역됐다. 책은 미국 시카고의 기계화된 대량 도축장에서 나치의 대량학살이 비롯되었다고 말한다. 저자는 동물을 학대나 착취의 대상이 아니라 존중의 대상으로 인식하는 것이 시작이라고 말한다. 유대 율법인 '토라'에는 동물을 가엾게 생각하는 전통이 담겨 있다. "가축이 안식일에 쉬도록 하고, 힘센 가축과 약한 가축이 함께 멍에를 메지 않도록 하며, 수고하는 가축에게 풀을 뜯을 수 있도록 한다." 동물의 권리는 곧 인간의 권리의 문제이다. 동물이 하나의 생명으로 존중받지 못하는 사회는 반드시 인간도 그 존엄성이 부정된다. 동물을 돈을 벌기 위한 하나의 수단으로밖에 취급하지 못한다면 반드시 인간도 돈을 벌기 위한 수단에 불과하게 된다.

사람도 살기 힘든데 동물복지가 웬 말이냐고? 우리도 살기 팍팍한 마당에 외국인 노동자 권리를 보호하는 게 말이 되냐? 이런 종류의 물음들은 아마 관련 뉴스에 가장 많이 다는 댓글이다. 이런 논리의 핵심 역시 돈이다. 동물을 잘 대우하려면 돈이 든다는 것이다. 외국인 노동자들은 우리 일자리와 임금을 뺏어가는 자이다. 경제논리가 생명이나 약자 보호, 인권 모두를 앗아간다.

■

6) 찰스 패터슨. 『동물 홀로코스트 - 동물과 약자를 다루는 나치 방식에 대하여』

그런데 엄격하게 경제논리를 적용시켜보자. 2011년 구제역 백신 도입을 꺼리면서 구제역이 빨리 전파되었고 대규모 살 처분이 이뤄졌다. 정부가 백신 도입을 꺼린 가장 큰 이유는 국제수역사무국(OIE)이 부여하는 '구제역 청정국 지위' 유지 때문이었다.

구제역 청정국의 지위를 잃으면 육류 수출에 차질이 생길 뿐만 아니라, 세계무역기구(WTO)의 '동등성 원칙'에 따라 다른 구제역 발생 국가가 우리 정부에 자국산 육류에 대한 수입 허용을 요구할 때 협상에 차질이 생긴다는 것. 실제 2009년 우리나라의 쇠고기 수출액은 약 4억 원, 돼지고기 수출액은 16억 원 정도로 미미한 수준이었다. 반면 살 처분 보상비 들 이번 구제역 사태로 인한 비용은 현재까지 1조3000억 원에 육박하는 것으로 추산된다. 20억을 위해 1조 3천억의 돈이 증발되었다. 더구나 중소규모의 농가는 수출업체가 아니다. 결국 몇 안 되는 대규모 수출업체를 위해 1조 3천억을 썼다. 이게 경제적인가?

우리의 경제적 상상력은 자신이 조그마한 양돈가이거나 한우농가라 생각한다. 우선 축사를 넓혀야 하고 넓히는 비용 뿐 아니라 관리비용도 증가한다. 그러면 고기값이 올라가고 얇은 지갑으로 사먹기 어렵다는 것이다. 또 여기서는 일개 소비자라 생각한다. 나는 다른 농가와 경쟁해야 하고 정부와 국가의 간섭을 받아야 하지 않고 나는 나만의 이익을 추구해야 하고 이것이 자유주의 경제학이 유도하는 상상력이다. 구제역에 걸리면 당장 우유의 생산이 급격히 떨어지고 살이 빠져 고기의 무게가 일시적으로 떨어진다. 그래서 심지어 백신 접종을 피하기도 한다. 옆 농가도 안하지 않는가? 농가는 망했는데 GNP가 올라갔다. 살 처분하는 데 드는 비용(트럭운전사, 인부들의 임금 포함) 백신접종 및 다양한 비용, 고기값의 폭등으로 소비자 지출 증가 들 명목상의 GNP는 더 높아질 수 있다. 개인이 자신의 욕망을 최대치로 늘리고자 하다가 전체 자본의 이익은 증가하는 데 개인들은 끊임없이 줄도산을 한다. 그래서 개인 농가들의 수입을 평균화시키면 실제로 마이너스까지, 즉 부채만 늘어가는 상황을 어떻게 벗어날 수 있을까?

돈벌이를 위해 축산을 한다는 상상력, 옆 축산농가와 경쟁해야 한다는 상상력을 조금 벗어나보자. 약자의 권리 보호를 제로섬 게임으로 몰아가는 자유주의 경제학에서 벗어나보자. 그 수많은 돈벌이 가운데 내가 축산을 하는 이유는 좋은 먹을거리의 생산이다. 좋은 먹을거리의 제공은 우리나라 국민 전체에 관한 문제이다. 좋은 먹을거리를 위해서 국민 모두가 고민해야 하며 정부는 농가가 지속적으로 좋은 먹을거리를 생산하도록 정책적으로 도와줄 책임과 의무가 있다. 소비자들도 비윤리적인 밀집 사육된 먹거리는 먹지 말아야 한다. 농가들은 농가들대로 소비자들은 소비자들대로 이 문제를 함께 고민해야 한다. 깊이 고민하고 토론하여 여럿이서 함께, 협동조합 방식이든, 해결책을 모색해야 한다. 결국 민주주의다.

앞에서 제기했던 문제로 다시 돌아가자. 치킨 배달을 일주일에 거의 한 번씩 시켜먹는 아이들에게 닭을 길러서 스스로 잡아서 먹으라고 할 때는 어떨까? 고이 기른 닭을 잡아야 하는 고통, 그 닭을 잡을 때 생명을 앗아야 된다는 엄연한 사실에 직면한다는 것, 그리고 그 닭을 잡을 때 손과 온 몸에 전해오는 닭의 생명이 보내오는 전율감 …. 이런 것들이 있다면 우린 정말 닭에게 미안해하며 감사해하며 닭을 먹을 것이고 그렇게 자주 닭고기를 먹지 않을 것이다. 이렇게 되면 공장식 축사에 밀집사육으로 길러진 닭에 대해서는 혐오감을 가질 것이다.

먼저 아이들이 동물을 기르는 걸 도와주고 함께 할 때 일어나는 변화를 보자. 이것을 풀꽃세상 최성각의 글 속에서 먼저 보자.[7]

---

7) 『고래가 그랬어』. 2016년 2월호(통권 159호).

그런데, 테리 커밍스라는 영국 사람도 짐승을 돌본 뒤에는 삼촌처럼 흐뭇해졌나봐. 그가 나이 들어 쓴 글인데, 14살 때 할아버지 농장에서 짐승을 돌봤던 모양이야. "지친 말의 뜨거운 몸에서 흠뻑 젖은 마구를 벗겨내는 일이 아주 특별하지는 않다. 차가운 빗속에 서 있는 양을 위해 헛간 문을 열어주는 일이나 닭에게 옥수수 낟알을 던져주는 일은 사소하지만, 이런 것들이 내면에 차곡차곡 쌓이면 나중에는 내가 중요한 사람이라는 생각이 든다"고 썼거든.

최성각은 이어지는 글에서 아이들에게 이 장면을 상상해서 그림 그려볼 것을 주문한다. 말 잔등에서 무거운 마구를 벗겨주고 젖은 양에게 슬그머니 보금자리를 안내하는 따뜻한 산골 소년의 모습을. 그리곤 그렇게 동물과 한마음이 되었을 때 소년의 가슴 속에 차오를 충족감을 그 산골의 아이처럼 가슴에서 한번 느껴보라고.

동물과 한 마음이 된다! 당시 현대의 메트로폴리탄 대도시로 발돋움하던 베를린의 아이 발터 벤야민은 『베를린의 유년시절』에서 '나비채집'에 대해 썼다. 그는 산골의 짐승들을 돌보는 배려의 마음을 지닌 시골 소년이 아니라 곤충채집망을 들고 나비를 포획해서 표본을 삼으려는 대도시의 아이다. 나비를 좇아가기도 힘들다. 앉을까 말까 망설이고 주저하다가 비웃듯 날아가버리는 들신선나비나 박각시나방을 잡으려고 애쓰는 아이는 자신이 아예 빛이나 공기처럼 보이지 않기를 갈망한다. 그러다가 어떤 느낌이 온다. "우리들 사이에는 오래된 사냥꾼의 법칙이 지배하기 시작했다. 즉 전력을 다해 사냥감에 순응할수록, 스스로 나비가 되면 될수록 그만큼 나비의 행동거지는 인간의 의지에 따라 변하는 색채를 띠게 된다".[8] 나비-되기이다. 곰-되기, 사자-되기도 있다. 옛날 곰 사냥꾼은 곰 가죽을 덮어쓰거나 주술사는 곰의 머리를 머리에 쓴다. 가죽이나 머리를 씀으로써 곰이 되어 살해된 곰의 영혼을 위로하고 선물로서 다시 곰이 나타나주기를 바라

■

8) 벤야민 『베를린의 유년시절』. 53쪽.

는 의례의 행위이다. 헤라클레스가 사자를 죽인 후 가죽을 벗겨 그것을 쓰고 다닌다. 감응을 통해 사자의 용기와 역동적 생명성을 얻고자 하는 것이다.

벤야민은 나비를 잡는 일이 '인간존재로서의 지위를 얻기 위해 치러야 할 하나의 대가'라고 한다. 호모 네칸스, 살해하는 인간이다. 그러나 그는 나비 사냥 후 에테르 액, 솜, 바늘, 핀셋을 담은 채집통이 있는 작업실로 가는 것이 고통이었으며 뒤돌아본 숲의 모습은 풀들은 마구 짓밟혀 있고 꽃들은 함부로 꺾여져 있다. 복잡한 감정으로 발걸음을 옮기는데, 그에게 죽음을 앞둔 나비의 정신이 불현 듯 들어왔다. "나비와 꽃들이 사냥꾼이 보는 앞에서 주고받는 낯선 언어—사냥꾼은 그 언어로부터 몇 가지 법칙을 찾아냈다. 그러자 사냥꾼의 살의는 줄어들고, 그 대신 나비에 대한 신뢰는 더욱더 커졌다"고 한다.[9] 배려와 돌봄이라는 시골소년의 감성은 아니지만 도시의 아이 벤야민도 비록 나비사냥이긴 하지만 사냥꾼이 되어야 인간이 된다는 것을 받아들인다하더라도 자연의 언어를 읽어내면서 자신이 나비가 되고 나비가 자신이 되는 감응의 경험을 한다.

누군가 그랬다. 아이가 뱃속에서 태어날 때는 석기시대의 인간이지만 현대의 냉담한 파괴자로 키우는 데 20년이면 충분하다고. 요즈음은 10년이면 충분할 듯. 석기시대의 언어를 가지고 있던 아이는 차츰 문명의 언어를 배우면서 콘크리트와 아스팔트에 살면서 흙과 벌레, 곤충, 짐승 들을 싫어하고 숲을 거부하고 자연이 완전히 배제된 무균질의 우주선 내부와 같은 환경을 선호한다. 그런 우주선과 가장 닮은 모습은 대기업의 사옥이다. 그래서 하얀 벽과 하얀 서류들, 냉난방이 인공적으로 조절되는 완벽한 대기업의 사무실에 취직하고 싶어 한다. 대기업 취직할 확률은 대졸자의 3%이다. 3%에 들어간 이 시대의 경제엘리트. 그들은 자신들도 철저히 자본에

---

9) 같은 책. 54쪽.

의해 인공적으로 조직되고 살아온 기억과 존재들을 하얗게 표백시키고 자본에 위해가 되는 어떤 균이어서도 안 되는 무균질의 인간이어야 한다.

그러나 아직 어린이는 벤야민 같은 감성을 지니고 있어 1년까지는 아니라하더라도 몇 달 농장에서 동물과 어울리고 먹이를 주고 그들과 함께 시간을 보낸다면 가라앉아있던 석기시대의 감성이 되살아난다. 그러면 어린이가 함께 보냈던 닭이나 오리를 잡아먹어야 하는 상황이면 어떻게 될까? 어린 시절에 도시이긴 하지만 잠깐 집 아래 마당에서 몇 마리의 닭과 토끼를 길렀다. 사실 그때만 해도 아무 생각도 안했다. 고기는 그리 흔한 게 아니었고 학교 다니느라 먹이 한번 제대로 주지 않았다. 7월의 어느 날 온 가족이 약간 어린 닭이 들어있는 삼계탕 냄비를 하나씩 받았다. 아마 초복날이었겠지. 기억으론 어느 언니가 말했던 것 같다. "좀 미안하네." 잠시 미안했다. 그냥 먹었다. 죄의식은 없었다. 가을이 시작되는 8월의 어느 날에 토끼고기 볶음을 먹었던 것 같다. 한 두 해 더 기르다가 언제부터인가 기르지 않고 시장에 가서 사서 먹은 것 같다. 시골에 가서 살게 되면 닭을 기르자고 남편에게 말했다. 단, 잡는 것은 내가 할 수 없으니 남편이 닭을 잡아야 한다고. 남편도 그건 자신이 없단다.

미국이나 영국 같은 선진 자본주의 국가에서 가정에서 닭 기르기 바람이 불고 있다. 아마 조금씩 옛날로 돌아가나 보다. 미국에서는 경기 불황으로 단백질을 제대로 섭취할 수 없게 된 하층민들이 주택 뿐 아니라 아파트에서도 닭을 기르기 시작해서 냄새가 나고 문제가 되어 행정당국에서 한 집에 한 마리만 키울 것을 지도하고 있다는 소식을 들었다. 2008년 한겨레 조홍섭 기자에 따르면, 영국 도시 주민들 사이에서 닭을 기르는 사람이 급속히 늘어나 불황기의 새로운 풍속도가 되고 있다.[10) 가정에서 닭을 기르면 신선한 달걀을 얻을 수 있고 닭이 비교적 사교적인 편이라 애

10) "영국 도시 '닭 기르기' 열풍." 한겨레. 2008. 12. 29.

완동물로서도 키울 수 있단다. 포식동물을 제외한 웬만한 짐승들은 서로 우호적인 환경이라면 인간들과 아주 잘 지낸다. 물론 다른 동물들끼리도 잘 지낸다. 주로 정원이 있는 도시 주택에서 벌어지고 있는 이런 현상 덕분에 닭장과 사료를 파는 사업이 호황을 맞고 있으며, 가정에 닭을 분양하는 시민운동도 벌어지고 있다고 한다.

소형 플라스틱 닭장을 판매하는 오믈렛 사는 지난 한 해 동안 닭장 판매량이 3배로 늘었다고 좋아라 한다. 갓 낳은 신선한 달걀을 먹을 수 있는 것은 닭 기르기가 지닌 큰 매력이다. 암탉 3마리를 치는 비키 길모어는 "달걀이 탄력이 있어 깼을 때 흰자가 퍼지지 않고 노른자는 노란 색깔이 더 진하고 맛도 좋다"고 말했다. 닭은 비교적 사교적인데다 따로 운동을 시키

'알을 낳는 애완동물'로 닭을 기르는 가정이 영국에서 늘고 있다. 공장식 축사에서 '구출'한 닭을 기르는 어린이의 모습. 출처: '축사 암탉 복지 트러스트'(영국)

지 않아도 되고 장소를 덜 차지해 애완동물로도 인기다. 닭을 치는 대부분의 가정이 닭 하나하나에 개성에 맞는 이름을 붙인다. 현재 이처럼 도시에서 닭을 기르는 사람은 약 50만 가구로 추산된다. 그러나 이들이 치는 약 100만 마리의 닭은 공장식 축사에서 밀집 사육되는 2천만 마리에 비하면 미미한 수준이다. 이에 따라 '축사 암탉 복지 트러스트'와 같은 시민단체들은 집단 사육되는 암탉을 분양받아 가정에 입양시키는 '구조 활동'을 벌이고 있다. 이렇게 공장에서 가정으로 둥지를 옮긴 암탉은 올해 6만 마리로 지난해보다 배 이상 늘었다. '알 낳는 애완동물'을 입양한 가정은 집집마다

닭을 치던 지난 세대의 추억을 되살리는가 하면, 음식 쓰레기를 처리하고 배설물을 정원비료로 재활용하는 들 친환경 삶을 실현하기도 한다고 한다.

집에서 닭을 기르는 것은 신선한 달걀을 먹고 음식쓰레기도 해결되고 거름도 해결되고 함께 놀아서 즐거움도 나누는 1석 4조이다. 어느 정도 나이 들어 죽으면 묻어줄 수도 있고 어린 시절의 우리 집처럼 온 가족이 잡아먹어도 되지 않을까. 처음에는 아이들이 눈물을 흘리며 먹겠지 그러다가 두 세 해 지나면 무심하게 먹을 것이다. 죄의식 없이. 하지만 공장식 축사에서 항생제로 길러서 닭 공장에서 전기충격으로 의식을 잃고 산 채로 끓는 물에 데워져 털이 뽑혀 슈퍼마켓에서 누워있는 냉동된 닭을 사먹고 싶어 하지는 않을 것이다. 그리고 무심코 치킨 가게로 전화를 돌리는 것도 많이 줄어들지 않을까? 그런데 세계에서 유례없이 높은 아파트 비율. 우리나라 전체 가구 수의 거의 70%에 육박하는 아파트적 삶이 최소한의 작은 이런 꿈이라도 꾸게 할 수 있을까?

문명의 신화는 식물이나 동물들 자연을 철저하게 대상화하여 정복대상으로 삼는다. 특히 데카르트의 '영혼과 육체의 분리'라는 이분법에선 더욱 영혼이나 정서적인 것은 배제된다. 어떤 것이 옳고 어떤 것이 나쁘다하기에는 모든 것이 너무나 얽혀 있다. 우리가 문명화를 위해 너무 우리의 본성이나 근원적인 것으로부터 너무 멀리 와버렸지 않나. 그것을 되돌리기엔 너무 균형이 무너지지 않았나. '기울어진 운동장의 논리'는 여기서 그대로 적용된다. 기울어진 운동장에서 많이 기울어진 쪽에 있는 것들은 아무리 노력해도 이길 수 없듯이. 고기를 너무 과도하게 즐겨먹는 문화, 경쟁적이고 공격적인 문화, 남보다 이겨야 하는 문화, 이긴 자가 모든 것을 가지는 문화 … 문화에서 초기 어떤 약간 기울어짐이 점차 벌어져서 결국 여기까지 왔을 것이다. 마치 우리가 우주선을 쏘아 올릴 때 발사각의 0.1도의 오차가 우주에서 미아 우주선을 발생시키고 세라믹 타일 한 장에 섞인 아주 작은 불순물이 우주에서 균열되어 폭발되듯이.

그 문화의 기울어짐, 나는 그것이 고대그리스에서 왔다고 생각한다. 고대그리스적인 것이 오늘의 서구근대문명 즉 자본주의의 한 날개를 만들었다.[11] 우리는 근대초기를 르네상스라고 하지 않는가. 고대그리스적인 것이 다시 살아나는 르네상스 말이다. 이제 서구의 근대 문명, 아니 우리의 문명 속으로 들어가 보자.

■

11) 이 글은 고대그리스신화와 영웅숭배를 소재로 하여 현대 자본주의 문명의 기원적 성격을 보고자 하는 것이다. 사실 현대 지금의 문명은 그리스적인 것과 헤브루적인 것이 함께 일구었다. 그리스적인 것이 수렵가/살해자 패러다임을 가지는 것 못지않게, 헤브루적인 것은 그 패러다임을 훨씬 더 능가한다. 아이슬러의 『성배와 칼』에서 다음 부분은 고대 헤브루적인 것의 성격을 보여준다고 할 수 있다. "남쪽 사막에서 올라와 가나안 땅을 휩쓸었던 헤브루 족은 전쟁의 신, 곧 사납고 질투심 많은 야훼 혹은 여호와를 찬양하는 신을 동반했다. 그들은 기술적 문화적으로 … 훨씬 진보했지만 난폭하고 전쟁을 좋아하는 남자들이 사회와 사람들을 지배했다"(196쪽). 고대그리스가 신화를 통해서 이념투쟁을 했다면 헤브루적인 것은 『구약성경』을 통해서 파괴와 약탈 명령을 내렸다. 이 글의 논지는 고대그리스에만 한정한다.

3부

문명의 불안, 헤라클레스

1장. 서구화의 아이콘, 헤라클레스

1. 서구문명의 아이콘, 헤라클레스

나는, 인류의 종말론적인 위기가 있다면 그 원인을 '사피엔스' 종 자체의 문제로 보지 않고, 사피엔스 종의 최후의 승자가 된 서구문명과 자본주의에 주된 책임이 있다고 본다. 현재 우리가 당면하고 있는 문제가 현대문명의 위기일지, 인류 자체의 종말의 위기일지는 아무도 모른다. 현대문명의 몰락과 함께 새로이 비자본주의적 지혜가 살아나고 평화가 도래한다면 인류의 종말이 오지 않을 수도 있을까? 그것이 경착륙으로 올지, 연착륙으로 올지, 아니면 아예 오지 않고, 생태적 재앙과 핵 재앙으로 사라질지….

서구문명이 현대문명의 위기의 근본원인이라고 보는 만큼이나 고대그리스의 신화와 영웅의 이야기 역시 그에 못지않게 서구문명의 실체라 본다. 타자를 배제하는 문명, 타자와의 차이를 극대화하여 타자를 말살하는 문명이 바로 서구문명이다. 타자말살은 다른 생물 종의 말살로도 이어짐은 분명하다. 끌라스트르는 "비록 모든 문화가 자민족중심적이라고 하더라도 오로지 서양문화만이 민족말살적이다"라고 한다.[1] 그래서 서구문명은 정복 전쟁을 통해 승리하는 강자의 역사를 가진다.

서구문명에 의한 정복을 통하여 어느 나라가 몰락하고 몰살당했는지 그리고 어떻게 노예로 팔려갔는지가 세계사의 주요부분을 차지하는 것이 아주 자연스럽고 우리는 그걸 당연하게 받아들인다. 그런데 이건 현대적인 시각에서 보자면, 인류의 범죄 중의 범죄인 제노사이드(민족말살 혹은 대량학살, 인종말살)다. 그러면 서구문명사는 제노사이드의 역사라 볼 수 있겠네 ㅠㅠ … 이런 서구문명의 역사가 내부로 향한 것이 1차 대전과 2차 대전이고 헬레니즘과 헤브라이즘의 내부적 대결투가 집중된 곳이 아우슈비츠이다. 이리하여 서구문명은 그전에는 하지 않았던 반성을 하게 되었는데 '제노사이드'를 복기하고 유엔협약에 넣는다.[2] 폴란드 유대인으로 미국의 법학자이자 역사가인 라파엘 렘킨Rafael Lemkin이 이 과정에서 지대한 역할을 한다. 그는 『추축국의 유럽 점령지 통치』에서 '제노사이드'란 용어를 현대에서는 처음으로 만들어 쓰고 그것을 범죄 중의 범죄로 정식화하였다.

서구문명의 첫 순위에 있는 고전인 호메로스의 『일리아스』는 트로이 전쟁에 관한 기록이다. 『일리아스』는 트로이멸망 직전까지만 서술하고 있지만 그 이후에 나오는 여러 비극들을 통해서 그리스 군들이 트로이에 행한 제노사이드가 집중 조명되고 있다. 렘킨은 아이스퀼로스의 『아가멤논』에서 아가멤논을 '제노사이드 가해자'로 지목한다. 아가멤논은 트로이의 도시와 국민뿐 아니라 트로이의 세계와 우주까지 멸망시키려 한다. 트로이전쟁에서 승리하고 돌아온 그에게는 승자로서의 자부심과 오만함이 가득하다. 아가멤논은 자신의 행동에 관해 조금이라도 반신반의하거나 의구심을

■
1) 끌라스트르, 『폭력의 고고학』, 74쪽.
2) 1948년에 통과된 UN 협약에 있다. 이 협약에서는 제노사이드를 "민족, 인종, 종교, 국가 집단을 겨냥한, 부분 또는 전체적으로 의도적이고 체계적인 파괴"라고 정의하고 있다.

느껴 괴로워하는 법이 없다. 그의 주관적인 생각으로는 프리아모스의 아들 파리스가 메넬라오스에게 저지른 죄[3], 헬레네를 납치해감으로써 그리스 남성들에게 준 모욕감만으로도 자신의 제노사이드 행위가 충분히 정당화된다고 생각한다.

존 도커John Docker는 『고전으로 읽는 폭력의 기원』에서 에우리피데스의 『헤카베』가 어떻게 제노사이드를 그리고 있는지 말한다.[4] 프리아모스 왕의 아내인 트로이 왕비 헤카베는 오뒷세우스의 하녀로 배당이 된다. 오뒷세우스가 귀환하는 즉시 그의 집에서 미천하고 굴욕적인 노예생활을 시작할 운명이다. 트로이에서 살아남은 부녀자들은 오늘날의 인종청소와 마찬가지로 트로이에서 그리스의 도시로 이송된다. 처음에는 그런대로 견딜 만하다. 아직 자신이 죽지 않았고 자식들도 몇 명 살아있으니. 하지만 곧 이어지는 소식, 딸들과 아들들이 어떻게 살해되어가는 가를 듣게 되면서 무대 위의 헤카베는 고통에 휩싸여 제대로 걸을 수조차 없어 주저앉거나 바닥을 기어 다닌다. 이는 제노사이드 희생자들이 겪는 신체적 정신적 트라우마를 재현한 장면이다.

에우리피데스의 『트로이의 여인들』 역시 패전국의 여인들에 대한 제노사이드를 그리고 있다. 나아가 트로이란 나라 자체가 완전히 사라진다. 도커는 작품의 마지막 장면에서는 트로이가 결국 몰락하여 곧 세상에서 완전히 자취를 감추는 이미지만 뇌리에 남는다고 한다.[5]

헤카베:
>   마치 연기처럼 하늘에 재가 올라가고 마침내는 궁전을 알아볼 수도

---

3) 메넬라오스는 헬레네의 남편인데 파리스가 헬레네를 유혹하여 자기 아내를 뺏어갔다고 생각한다.
4) 존 도커. 『고전으로 읽는 폭력의 기원』. 106~131쪽.
5) 에우리피데스 「트로이의 여인들」 『그리스비극2』. 116~17쪽.

없을 것이다.

코러스장:

이 땅의 이름조차도 머지않아 잊혀지겠죠. 모든 것이 차례로 사라져

가고 … 그것이 가엾은 트로이의 운명이었다.

(이때 무서운 소리와 함께 불탄 성이 무너진다.)

코로스장:

흔적도 없이 사라진다.

완전한 말살이다. 민족말살, 인종

말살에 모두 해당된다. 에우리피데스가

이를 슬프게 표현하고 공감을 가지고

표현했다면, 그것은 펠로폰네소스 말기

그리스 아테네가 시실리 원정에서 패한

후의 시대적 분위기를 반영했기 때문이

리라.

서구문명사가 이런 제노사이드의

역사를 가지는 것은 그리스신화의 풍경

과 그리 다르지 않다. 호메로스와 헤시

오도스가 그리는 그리스신화는 '신들의

전쟁'으로 시작한다. 낮과 밤이 생기고

여러 신들이 생기자마자 그들은 전쟁부

터 한다. 아버지를 거세하고 아버지를

아킬레우스의 아들 네오프톨레모
스가 트로이 왕자 헥토르의 아들
아스티아낙스를 트로이의 성벽에
서 던져 살해하고 있다.

죽이고 삼촌들을 죽이거나 지하 감옥 타르타로스에 가둔다. 최후의 아들

제우스가 승자가 된다. 신화는 인류와 우주의 기원(딱히 창조가 아니다)을

노래한다. 인류와 우주의 기원 자체가 전쟁이라는 것이다.

따라서 그리스신화와 서사시는 끊임없는 정복과 원정, 약탈의 영웅적

업적을 묘사한다. 전리품으로서의 여신이나 여성들과의 결혼, 강간을 통해

거대 패밀리를 이룬 제우스는 신들의 질서 구축에 힘을 쏟느라 인간지배에 대해서는 틀을 짤 뿐 직접 개입하지 않는다. 그래서 자신을 대신해서 인간 세계를 지배할 영웅이 필요하다.

제우스는 인간 암피트뤼온의 정숙한 아내 알크메네를 그 자궁으로 선정하여 남편 암피트뤼온으로 변신한다. 그리하여 제우스와 관계한 알크메네는 헤라클레스를 낳는다.[6]

> 한편 제우스는 암피트뤼온이 없는 틈을 타 그의 모습으로 변장하여 알크메네에게 형제들의 복수는 이루어졌다고 말하고는(왜냐하면 정말로 암피트뤼온이 바로 그날 아침에 승리를 거두었기 때문이다) 그의 명령에 의해 세배나 길어진 밤 동안 내내 그녀를 품에 안고 잤다. 제우스의 명령을 받은 헤르메스가 헬리오스에게는 태양의 불을 끄도록 하고 시간의 신에게는 시간의 마차의 말에게서 멍에를 벗기고 집에서 쉬도록 하였다. 왜냐하면 매우 위대한 정복자를 낳기 위해서 제우스는 절대 서두르지 않으려 하였기 때문이다. 헬리오스는 이 명령에 복종하였지만 좋았던 옛 시절을 떠올리며 투덜거렸다. 그 당시에는 낮은 낮이었고, 밤은 밤이었으며, 당시의 최고신이었던 크로노스는 합법적인 아내를 떠나 테바이로 외도를 하지 않았기 때문이다. 헤르메스는 달의 여신 셀레네에게 천천히 운행할 것을 명령하였고, 잠의 신 휘프노스에게는 모든 사람들을 깊은 잠에 빠지게 하여 무슨 일이 일어나는지 모르게 하도록 명령하였다. 완전히 속은 알크메네는 오이칼리아에서 프테렐라오스를 완전히 궤멸시켰다는 제우스의 설명에 기뻐하며, 가짜 남편과 함께 36시간동안 밤을 즐겼다.
>
> (『헤라클레스의 탄생』, 118)

6) Robert Graves. *The Greek Myth*. 118.c.

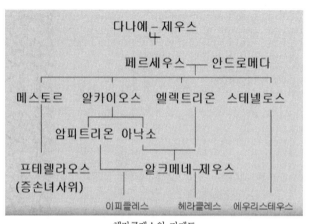

헤라클레스의 가계도
출처: http://www.jnuri.net/news/articleView.html?idxno=33505

알크메네는 자신의 아버지와 오빠의 원수를 암피트뤼온이 갚아주기 전에는 첫날밤을 절대 보내지 않겠다는 뜻이 아주 완강했기 때문에 암피트뤼온은 어쩔 수 없이 첫날밤을 치르기 전에 원정을 떠났던 것이다. 따라서 알크메네는 어떤 다른 유혹에도 넘어가지 않을 상황이었다. 그래서 제우스는 남편 암피트뤼온의 모습으로 변신하는 걸 넘어 자신의 강간을 성공시키기 위해 우주까지 동원한다. 태양의 신, 달의 신, 잠의 신 모두 자신의 강간이 들통나지 않고 성사되도록 이용한 것이다. 현대라면 국정원, 기무사, 언론매체, SNS, 댓글부대, 모두 동원한 것쯤에 해당될까?

이렇게 태어난 헤라클레스는 제우스의 뜻을 받아 인간지배의 틀을 실현시켜 서구문명의 지배적 폭력적 성격을 정초하게 된다. 헤라클레스가 얼마나 서구문명사에서 중요한지를 보려면 그가 그리스신화 체계에서 차지하는 비중을 보면 된다. 제우스보다도 훨씬 더 비중이 크다. 그 수많은 신들이 등장하는 아폴로도로스의 『원전으로 읽는 그리스신화』에서 단일 인물로 차지하는 비중이 10%가 넘으며 『이윤기의 그리스로마신화』에서는 4권 가운데 1권을 할애할 정도로 그 중요도가 크다.

'알크메네를 화형하려는 암피트뤼온'의 도기 그림. 가운데가 알크
메네이고 왼쪽 위 남자가 제우스이다. 장작 위에서 알크메네가
손을 뻗어 제우스 신에게 기원하고 있고 양쪽의 남자들이 불을
붙이려고 하고 있다. 제우스는 '비의 신'이기도 했기 때문에 그림
위쪽의 시녀들이 물동이로 물을 붓게 해서 불을 꺼버린다. 암피
트뤼온은 신의 뜻을 알고 그날밤 알크메네와 동침하였고 이피
클레스가 헤라클레스와 함께 쌍둥이로 태어난다. 출처: http://w
ww.vroma.org/

　　헤라클레스가 하는 일을 단순화하면 동물이나 사람을 죽이는 것이다.
존재 자체가 파괴를 지향한다. 그는 12가지 위업을 행하는 짬짬이, 그 위
업을 하러 가거나, 그 위업을 마치고 돌아오는 길에 하는 일은 주로 다양
한 생활방식의 종족들을 정복하거나 처단한다. 그것 때문에 더 위대하다.
알렉산더의 동방원정, 기독교의 십자군 원정, 16~17세기의 대항해 시대 들

영토를 계속 확장하고자 하는 서구문명을 이루어온 사람들이 바라는 어떤 것들이 속속 헤라클레스라는 영웅으로 응축되어 상징되었다.

그 가운데 알렉산더 대왕은 자신의 아버지가 제우스라 하며 헤라클레스와 형제지간을 암시하거나 사실상 거의 그와 동일시하였다. '헤라클레스의 잔'이라는 특별한 술잔을 아시아 원정 때도 들고 갔으며 동전에 헤라클레스의 얼굴을 새겨 넣었다. 특히 사자 가죽을 덮어쓴 알렉산더 대왕의 두상은 잘 알려져 있다. 간다라 시대의 '바즈라파니'는 '금강저(벼락)을 든 사나이'라는 뜻인데 헤라클레스처럼 사자 가죽을 머리에 쓰고 제우스의 벼락을 든 수행원의 모습을 돋을새김한 것이다. 부처님을 지키는 금강역사 역시 헤라클레스처럼 사자 가죽을 머리에 썼다.

대영제국 이전에 전 세계의 영토를 가장 많이 차지했던 스페인의 세비나 거리에는 헤라클레스와 카이사르의 동상이 나란히 서 있다. 마커스 래디커Marcus Rediker와 피터 라인보우Peter Linebaugh에 따르면,[7] 16~17세기 대항해 시대 대서양을 탐험하고 개척하여 커다란 경제권을 건설했던 사람들은 고전교육을 받은 자들로서 헤라클레스에게서 힘과 질서의 상징을 발견하였다. 그들이 고대그리스와 로마를 보았을 때 헤라클레스의 역할은 지대하였다. 헤라클레스는 그리스인들에게는 영토 위에 건립된 중앙화된 국가의 통합자였으며 로마인들에게는 원대한 제국적 야망을 뜻하였다. 이리하여 헤라클레스는 바다로 나가 지구를 정복하여 영웅이 되게 하는 자극제이자 영감의 원천이 되었다.

헤라클레스의 위업은 단지 영토의 정복과 확장에 그치지 않는다. 헤라클레스의 노역은 경제적 발전을 상징하였다. 가축에 위협이 되는 사자나 괴물을 처단하고 멧돼지나 황소를 가축으로 길들이기, 토지의 개간과 습지의 배수, 댐과 관개사업 들을 통한 농업의 발전, 상업의 발전과 기술의 도

----

7) 마커스 래디커와 피터 라인보우. 『히드라』. 11쪽. 이하 참조.

바즈라파니는 곧 금강역사이다. 헤라클레스 차림으로 제우스의 벼락을 든 부처님의 수
행원이다. 왼쪽은 영국미술관의 부처와 헤라클레스를 닮은 금강역사를 새긴 2세기 간다
라 불교미술이고, 오른쪽은 서울시 유형문화재 제160호 봉은사 사천왕상의 서방광목천
으로 허리에 사자 부조가 있다. 서울신문. 2012. 04. 11.

입 들, 자본주의 초기의 지배자들은 헤라클레스의 모습을 화폐와 옥쇄, 그
림, 조각, 궁전들 그리고 개선문들에 재현하였다고 한다. 영국의 왕족 중에
서 윌리엄 3세, 조지 1세, 그리고 조지 2세의 동생인 '컬로든의 살육자'
Butcher of Culloden 들이 모두 자신을 헤라클레스라고 생각하였다. 미국 독립전
쟁 직후 1776년에 존 애담스는 '헤라클레스의 심판'이 새로운 국가인 미국
의 국새가 되어야 한다고 제안하였다.

이렇게 하여 헤라클레스는 문명과 진보의 아이콘이 되었다. 왕이나
권력자의 입장에서만 헤라클레스가 영웅이 된 것은 아니다. 철학자들 역시
헤라클레스를 진보의 아이콘으로 삼았다. 근대에 이르러 18세기 전반에 이
탈리아의 법철학자 잠바티스타 비코Giambattista Vico는 헤라클레스를 역사철학
적으로 설명했다. '신들의 시대'와 '인간의 시대' 사이에 '영웅시대'가 있다
는 단계적 역사이론에서 신들의 시대를 끝내고 인간의 시대를 이끌어내는
데 영웅의 업적이 필수적이며 그 대표적인 영웅으로 헤라클레스를 들었다.

철학자이자 정치가인 프랜시스 베이컨도 과학이란 자연을 정복하고 지배하는 것이라 정의하고, 과학자의 임무와 헤라클레스의 위업을 비교하였다. 근대과학은 헤라클레스처럼 영웅적인 것이고 자본주의는 거의 신에 가깝다. 따라서 지구는 인간에게 종속되어야 하고 대지는 가차 없이 인간에게 무릎을 꿇어야 한다고 주장하였다. 베이컨에게 자본주의 시대 과학의 임무는 곧 헤라클레스의 12과업이었다.

베이컨과 정 반대위치에서 보고 있는 책이 마커스 래디커와 피터 라인보우의 『히드라』이다. 여기서 히드라는 단순 괴물이 아니라 이런 '헤라클레스 신봉자'들에 맞서 싸운 선원·노예·평민, 즉 다중multitude에게 붙여진 이름으로 본다. 하지만 헤라클레스가 히드라를 죽였듯이 자본주의는 확대 성장 발전하여왔고 그 속에서 헤라클레스는 불멸의 영웅으로 존재하게 된다.

이처럼 서구문명의 본질과 기원을 연대기적으로 내장시키고 있는 자가 헤라클레스이다. 헤라클레스는 신화적 인물이면서 역사적 인물이다. 신화와 역사가 얽혀 있는 헤라클레스의 이야기는 구석기 시대의 신화와 신석기 시대의 신화, 청동기시대와 철기시대의 신화, 현재 문명사회의 이야기들과도 융합 혼종되어 서구문화의 문명적 본질을 가장 잘 보여주는 정수라 할 수 있다.

고대그리스 문명은 이집트에서 발흥하여(헤로도토스 말씀이다. 물론 기독교는 중동에서 발흥하여), 고대그리스와 로마의 지중해 문명권에서 풍성한 내용과 체계를 갖추었다. 나아가 근대 유럽을 거쳐 현대 미국을 중심으로 하여 세계화되었다. 특히 20세기 말 세계화 바람을 타고 편입된 신자유주의 문화에서 가장 잘 꽃피고 있다. 그래서 현재 21세기의 신자유주의 자본주의 문명을 보기 위해 고대그리스신화와 영웅이야기를 살펴보는 것은 이미 '유발 하라리 식의 감성과 직관'에 포획된 우리들의 감수성의 문제를 들추어내는 작업이다. 맨손으로 사자를 때려잡고 기분 나쁘다고 자기를 편들며 술시중을 드는 이피클래스를 집어 던져 죽여버리는 비합리적 헤라클레스가 또한 얼마나 합리적이며 계몽적인지 그 둘의 모순성은 곧 서구문명의 모순성이다.

2. 합리적 인간, 문화영웅 헤라클레스

헤라클레스는 현대 디즈니 만화 영화에서 약자를 지켜주고 침략자를 무찌르며 여성들에게도 인기 많은 고대그리스의 영웅으로 나온다. 이 헤라클레스는 덩치는 산만큼 크지만 항상 웃음을 잃지 않은 유쾌한 호남형의 남성이다. 아니 오히려 웃음을 실실거리는 걸로 보아 약간은 지능이 부족하지만 성격이 좋으며 힘이 센 전형적인 쾌남으로 여겨진다.

그런데 헤라클레스가 전승되어오는 이미지는 이런 디즈니 만화에 나오는 헤라클레스의 유형과는 달리 몽둥이로 사자를 때려잡고 맨손으로 사자의 목을 졸라 질식사시키는 무시무시한 괴력을 지닌 것에 강조점이 두어졌다. 나아가 수많은 여성을 강간, 화간하고 잇달아 50여명의 여성과 잠자리를 할 정도의 정력을 지닌 마초적 이미지의 남성으로 전해져 내려온다.

이런 두 이미지, 즉 한쪽은 오로지 폭력적인 괴력의 사나이로 또 다른 한쪽은 힘은 세지만 약간 지능이 모자라는 영웅으로서의 이 두 이미지는 헤라클레스가 지력과 이성을 겸비했으며 실제로 문명과 계몽의 계기를 연 영웅이라는 이미지를 간과하고 있다. 헤라클레스는 아우게이아스의 소똥을 치우는데 자연을 이용한다. 그는 소 우리의 토대를 헐고 근처에 흐르는 두 강의 물줄기를 돌려 그 물이 다른 구멍으로 나가게 함으로써 하루만에 소똥을 다 치운다. 이것은 헤라클레스의 초월적 능력이 발휘되는 신화적 사건이라기보다 현대 세계에서와 같이 자연을 지배하여 인위적으로 그 흐름을 바꾸는 기술문명적 사건이다.

아도르노^{Theodor W. Adorno}와 호르크하이머^{Max Horkheimer}는 『계몽의 변증법』에서 한편에서는 문명이 꽃을 피운다고 하면서, 동시에 다른 한편으로는 파괴와 야만이 극성을 부리는 까닭이 어디에서 비롯되는지 찾아야 한다고 생각했다. 자연으로부터 지속적으로 해방되는 과정이 곧바로 인류의 진보의 과정으로만 파악할 수 없게 되었다는 것이다.

20세기 들어 거대한 댐 건설을 통해 물이나 불과 같은 자연력에 대해서 통제와 활용이 완성되었고 호랑이나 사자 같은 맹수와 콜레라나 천연두 같은 미생물에 이르기까지 자연은 정복되어 인간의 발아래 종속되었다. 인간을 위협하거나 불안에 떨게 하는 자연의 적들은 사라졌다. 그러나 가장 찬란하게 문명의 위업을 이룩한 서구 사회는 20세기 들어 1차 세계대전과 2차 세계대전이라는 유례없는 상호 파괴적 투쟁 속에서 수천만 명이 살상당하는 참극을 연출했다. 더구나 그 와중에 이루어진 아우슈비츠 유태인 대학살과 스탈린 강제수용소 굴락Gulag 들을 보고 단지 그것이 독재자 개인의 광기에 의한 것이 아니라 자연해방과 진보의 문명화과정 자체의 본질적 이면이 아닌가라는 의문을 제기한 것이다.

이러한 파국적이고 잔혹한 비참함을 통해 현대의 서구이성 자체에 대한 근본적인 의문이 제기되었다. 인간이 자연을 정복하여 만물의 영장이 되도록 한 합리적인 이성적 사유가 그 문제의 근원이 아닌가 묻게 되었던 것이다. 여기서 아도르노는 자본주의 세계 상태를 조건으로 확인하고 받아들이면서 이성 및 이성을 추진한 계몽의 기획에 대해 비판의 칼날을 돌렸다. 그리하여 그 첫 단계로 호르크하이머와 함께 인류문명이 직면한 위기의 현재적 양태인 파시즘을 분석하고 비판하는 작업을 했다. 『계몽의 변증법』은 자연과 계몽의 좌표 내에서 파시즘의 광기가 사회적으로 실행되는 지점을 밝힌다.

동물행동학자인 콘라트 로렌츠 역시 아도르노와 유사한 문제인식을 보여준다. 로렌츠는 "왜 이성적인 존재가 그렇게 비이성적으로 행동하는가에 대한 의문에서 벗어날 수 없다"고 한다. 그 역시 인간이 대규모 인간 살해인 전쟁을 통해 인간 절멸의 위기에 다다른 원인이 이성의 가장 대표적 작업인 개념적 사고력 때문이라고 보았다. 그것은 개념적 사고가 인간

에게서 생존에의 최적의 본능과 안정감을 빼앗아 가버렸기 때문이라고 진단하였다.[1]

　　문명은 보통 자연을 정복하여 인간에게 이로운 것으로 자연을 길들여 과학기술의 발전과 생산력을 비약적으로 증대시키는 것과 함께 시작되며 계몽은 애니미즘적 단계의 주술적인 것에서 벗어나 신적인 세계에 예속되기를 거부하는, 이성의 힘이 빛을 비추는 것으로 여겨진다. 문명과 계몽을 이런 식으로 정의할 때 헤라클레스는 계몽과 문명의 개척자이자 진정한 영웅이라 할 수 있다. 여기서 계몽이라 함은 서구의 18세기 이래 중세의 앙시앙 레짐의 어두움을 물리치고 이성의 빛으로 과학의 발전과 자유를 가져왔다고 주장하는 특정의 사조에 머무르지 않는다. 인류가 역사를 가지게 되면서 신화에서 벗어나는 바로 그 순간 이후부터 계몽의 시작이라 할 수 있다. 그래서 계몽은 인류가 자연을 지배, 정복하는 문명화과정인 동시에 세계의 '탈마법화'라 할 수 있다.[2]

　　헤라클레스를 문명과 계몽의 영웅으로 보고 헤라클레스의 운명과, 계몽과 문명의 운명을 상동관계로 놓고 보자. 아도르노는 "진보적 사유라는 포괄적 의미에서 계몽은 예로부터 인간에게서 공포를 몰아내고 인간을 주인으로 세운다는 목표를 추구해왔다"고 본다. 인간이 자연으로부터의 공포를 벗어나고 자연을 지배하여 주인으로 우뚝 설 수 있게 된 것은 무엇보다 사나운 맹수나 형언하기 어려운 괴력의 괴물들을 살해함으로써다. 그 다음에는 물을 마음대로 조종하는 자연력에 대한 지배력과 도구의 사용이다. 헤라클레스는 문명화의 첨병으로 신화에서 등장한다.

　　문명화과정에서 헤라클레스가 행한 역할을 보기 위해 그의 12고역을 순서대로, 12개 모두를 다 다루지는 못하지만, 따라가며 살펴보고자 한다.

■

1) 콘라트 로렌츠 『공격성에 관하여』. 264, 267쪽.
2) 아도르노와 호크하이머. 같은 책. 23쪽.

헤라클레스는 자신의 손으로 아내와 아이들을 살해한 가정폭력의 죄를 씻기 위해 에우뤼스테우스 왕이 요구한 12가지 시련들을 받아들이지 않으면 안 되었다. 하지만 헤라가 교사한 것으로 여겨지는 에우뤼스테우스의 시련들은 그 시련 하나하나가 모두 헤라클레스를 파멸시키기 위해 고안된 것들이었다.[3]

헤라클레스의 12고역. 3세기 중엽 로마 루니 지역 대리석 작업. 출처: Wikipedia.

일단 처음 요구되는 고역들은 전형적인 영웅의 모험양식에 걸맞게 대부분 육체적인 것들이다. 인간의 원시적 공포의 대상인 괴물의 처치는 인간을 능가하는 모든 동물들에 대한 살해를 통해 공포를 극복하고 자연에서 그 어느 동물도 인간을 능가할 수 없도록 한다. 인류가 초기 문명화과정에서 대형동물들을 괴물이란 이름으로 죽이고 어떻게 멸종시켜왔는가는 고고학적으로 증명되고 있다. 이것이 후세에 신화적으로 헤라클레스의 고역에 포함된 것인지 정확히 알 수 없지만, 문명화과정의 첫 단계는 일단 인간의 육체적 힘을 능가하는 괴물들에 대한 살해와 정복임은 확실하다. 첫 번째 고역은 네메아의 사자를 잡아오는 것이었다.[4]

그것은 튀폰[5]에게서 태어난 부상당하지 않는 짐승이었다. … 네메

■
3) 해리스와 플래츠너. 『신화의 미로찾기』 1권 350쪽.
4) 아폴로도로스 『원전으로 읽는 그리스신화』. 2.5.1.
5) 헤시오도스 『신통기』 326f.에 따르면 네메아의 사자는 튀폰의 아들 오르토스와

아에 도착하자 사자를 찾아내어 화살을 먼저 쏘았다. 그러나 그것이 부상당하지 않는 짐승임을 알고는 몽둥이를 집어들고 추격했다. 사자가 입구가 두 개인 동굴 속으로 피하자 헤라클레스는 한쪽 입구를 막아버리고 다른 쪽 입구로 들어가 사자를 공격했다. 그는 팔로 사자의 목을 감고는 질식할 때까지 꼭 죄었다. 사자가 질식을 하자 헤라클레스는 그것을 양어깨에 메고 클레오나이로 가져갔다.

헤라클레스의 이러한 완력은 번개를 내리치는 제우스나 포효하는 바닷물로 위협하는 포세이돈 같은 거대한 자연력의 형상화와는 달리 아주 노골적이고 적나라한 힘이다. 그 어느 누구도 대응하기 어려운 절대적 완력인 것이다. 에우뤼스테우스는 그의 용기에 놀라 그에게 앞으로는 시내에 들어오지 못하게 했고 그의 노고의 결과들을 성문 앞에서 보이라고 명령했다. 물론 이 첫 번째 고역에 드러나는 것은 완력만이 아니다. 상대방을 효과적으로 죽음에 이르게 하기 위해 동원되는 전술과 전력은 지식과 지혜, 속임수를 절대적으로 필요로 한다. 지혜의 신 아테나가 동시에 전쟁의 신인 것도 그런 이유다.

그 이후 괴물 및 동물 살해가 계속 이어진다. 헤라클레스는 어마어마한 완력과 지력을 이용하여 물뱀 휘드라Hydra를 죽이고 에뤼만티아의 멧돼지Erymanthian boar라고도 불리는 아카디언의 멧돼지Arcadian boar와 크레타의 황소를 사로잡아오기도 하고 트라키아의 말들이라는 식인마를 길들이기도 한다.

이제 인간에게 직접적으로 위해를 가하는 거친 황야의 동물들을 제거한 후 헤라클레스는 자연력의 정복에 나선다. 그 첫 번째 과업이 유명한 아우게이아스의 외양간의 소똥을 치우는 것이다.

■

괴물 에키드나의 아들이다.

네메아의 사자를 처치하는 헤라클레스(1634년).
프란시스코 데 수르바란.

다섯 번째 고역으로 에우뤼스테우스는 헤라클레스에게 아우게이아
스의 가축 똥을 단 하루 동안에 치우라고 명령했다. 아우게이아스는
앨리스의 왕이었는데 … 그는 수많은 가축 떼를 갖고 있었다. 헤라
클레스는 그를 찾아가 에우뤼스테우스의 명령임을 밝히지 않고 만
약 자기한테 가축 떼의 십분의 일을 주면 단 하루 동안에 우리를
치우겠다고 했다. 아우게이아스는 그것이 불가능하다는 생각에 그렇
게 하자고 약속했다. 헤라클레스는 아우게이아스의 아들 퓔레우스를
증인으로 세운 다음 가축 우리의 토대를 일부 헐고 근처에 흐르는
알페이오스 강과 페네이오스 강의 물줄기를 돌려 우리로 끌어들인
뒤 그 물이 다른 구멍으로 흘러나가게 했다. (2.6.5)

아우게이아스가 앨리스의 왕이라는 것은 왕으로서 부를 독점할 수 있
을 뿐 아니라 그 독점에서 오는 관리의 수많은 난제들을 해결하는 데에서
도 엄청난 인력을 동원할 수 있는 자라는 것이다. 하지만 소똥을 치울 수
없었다는 것은 그 당시의 기술 수준을 보여준다. 노예든 백성이든 삽이나

쇠스랑을 가지고 인간의 직접 노동을 산술적으로 더한다하더라도 이미 오래 치우지 못한 상황에서 엄청난 양의 소똥을 치울 수 없다. 무언가 개별 노동의 산술적 합을 뛰어넘은 무언가 있지 않으면 안 된다.

소똥은 무정형의 악취로 형태가 없을뿐더러 도살에의 쾌감을 주는 것도 아니다. 따라서 네메아의 사자를 잡듯이 힘으로 정면 대결하는 것이 무의미하다. 헤라클레스의 눈부신 전투력이 발휘되는 전쟁터가 아니다. 육체적 완력은 아무 소용이 없다. 독화살이나 곤봉도 소용이 없다. 하이네 뮐러의 「헤라클레스 5」는 헤라클레스의 이 다섯 번째 고역의 의미를 잘 형상화하고 있다.

헤라클레스는 처음에는 한 손으로 코를 움켜쥐고 하다가 이제는 두 손을 걷어 부치고 오물을 치우느라 삽질을 열심히 한다. 그러나 형태 없는 오물의 악취는 결국 헤라클레스로 하여금 지쳐버리게 한다.6)

(물통과 삽을 던져버리고 활을 집어든다)
헤라클레스:
　악취들아 너는 어디 있는 가. 너의 그 모습 없음에서 나와라. 너의 얼굴을 내밀어라. 아무것도 아닌 것이 너의 집이냐 나는 화살로 그것을 붙잡겠다.
　(사방으로 사납게 활을 쏘아대다가 활을 던지고 곤봉을 던진다)
헤라클레스:
　오물들아 너와 나는 적이다. 자유롭게 강물 속으로 뛰어들든지, 곤봉의 맛을 보든지 그것은 너의 선택이다.

■
6) 이선일 「하이너 뮐러의 문학에 나타난 문명화 인식 연구: 작품 「헤라클레스5」 *Herakles 5*와 필록테트*Philoktet*를 중심으로」, 50쪽. 재인용.

5th-labor-of-hercules-the-augeian-stables Drawing by Pierre Salsiccia

두 강물을 끌어들여 하룻밤 만에 소똥을 치우는 헤라클레스 피에르 살스키아Pierre Salsccia의 그림. 출처: https://blog.daum.net/petrus/220.

이렇게 자연은 원시시대에 인간에게 투시할 수 없는 무정형의 어두운 모습으로 나타난다. 이러한 자연에 대적하기 위해 칼, 곤봉, 화살을 이용하지만 오물은 승리자로 남아있고 눈앞에 자신의 모습을 보이지 않는다.

이 극에서 그는 소를 이용하여 오물을 치우려고 시도하는 들 생산력을 발전시켜나갈 사유의 소유자가 된다. 이제 헤라클레스는 자연지배자로 등장한다. 더 이상 힘으로 정복하려는 대신 기술을 발전시킨다. 즉 강물을 조정할 수 있는 자로 나타나는 것이다. 그것은 자연의 폭력을 누를 수 있게 한다. 뮐러에 따르면, 그리하여 헤라클레스는 댐 문을 연다.

기술의 문제는 반복적인 노동을 엄청 줄여주는 것이다. 강물에 댐을 쌓고 그 흐름을 바꾸어 소똥을 청소한다는 것은 강의 흐름에 대한 수치화와 계량화가 가능해졌다는 것이다. 즉 강물의 양과 속도에 대한 지식과 개념이 생겼다는 것이다.

인간의 우월성은 의심할 여지없이 '지식'에 있는 것이다. 지식은 많은 것들을 자신의 내부에 간직하고 있다. 그것은 제왕들이 보고를 가지고도 살 수 없는 것, 그들의 명령이 미치지 않는 것이며 왕의 첩자들이 그에 대한 정보를 구할 수도 없고 항해자와 탐험가들은 그것이 생겨난 원산지에 배를 타고 갈 수도 없다. 우리는 말로만 자연을 지배할 뿐 자연의 강압 밑에서 신음하고 있다. 그렇지만 우리가 자연의 인도를 받아 발명에 전념한다면 우리는 실제로 자연 위에 군림할 수 있을지도 모른다.[7]

실제적으로 헤라클레스의 강물 이용은 자연 위에 군림하는 지식을 가졌다는 말이다. "권력과 인식은 동의어이다. 루터에게서나 베이컨에게서나 실용적인 생산성이 없는 인식의 기쁨은 창녀와 같은 것이다. 중요한 것은 사람들이 진리라고 부르는 만족이 아니라 '조작', 즉 효율적인 처리방식인 것"이다.[8] 아는 것, 즉 인식을 권력으로 보았던 아도르노는 그 인식의 핵심은 실용적인 생산성이고 효율적인 처리방식으로 보았다. 헤라클레스가 오물을 하루 만에(이건 분명 신화적 시간이지만)에 치울 수 있다고 자신한 것은 강물을 이용한 효율성을 알았음에 틀림없다.

인간들은 어떤 더러움도 묻지 않은 깨끗한 문명을 원한다. 즉 악취 없는 고기, 오점 없는 문화재산을 원한다. 그러한 찌꺼기는 문명화과정의 장애물인 것이다. 이제 강으로 찌꺼기는 넘어갔다. 그런데 이런 효율성은 항상 다른 반대의 결과와 동반하는 것이다. 이 엄청난 소똥은 강물을 통하여 씻겨나가면서 강물을 오염시킨다. 진보의 효율이 빠를수록 퇴보의 효율도 깊어진다. 현재 생태계의 문제는 효율적인 자연지배가 가져오게 되는 엄청난 환경재앙이다.

계산가능성과 유용성의 척도에 들어맞지 않는 것은 계몽에게는 의심스러운 것으로 여겨진다. 외부로부터의 억압이나 간섭이 없다면 계몽은 중

7) Francis Bacon. "In Praise of Knowledge." Band I. S. 254f
8) 아도르노와 호크하이머. 같은 책. 25, 27쪽.

단 없이 발전할 것이다. 헤라클레스가 가축떼의 십분의 일을 품삯으로 요구했다는 이유로 에우뤼스테우스가 12고역에 포함시키지 않는 것, 그리고 명령에 따라서 수행한 것이므로 아우게이아스가 품삯을 줄 수 없다고 한 것들은 계몽을 중단시키는 권력자의 억압이나 간섭으로 볼 수 있다.

> 아우게이아스는 한술 더 떠 보수를 약속한 일이 없으므로 이 일을 중재판정에 맡길 용의가 있다고 말했다. 재판관들이 자리에 앉자 헤라클레스에 의해 불려온 퓔레우스가 아버지는 헤라클레스에게 보수를 주기로 동의했다고 그의 아버지에게 불리한 증언을 했다. 화가 난 아우게이아스는 투표가 행하기전에 퓔레우스와 헤라클레스에게 엘리스를 떠나라고 명령했다. … 에우뤼스테우스는 이번 고역은 보수를 받고 수행한 것이라 주장하며 열 가지 고역에 넣어주지 않았다.
>
> (아폴로도로스 2.6.5)

실제로 품삯을 받지는 못했지만 헤라클레스가 품삯을 받겠다고 한 것은 문명화과정에서 매우 중요한 의미를 가진다. 헤라클레스는 이것을 노동의 문제로 보았다는 것이다. 사냥과 달리 노동은 다음날 다시 똑같은 일을 반복한다. 물론 소들도 또 똥을 싼다. 시지프스의 돌을 올리고 올려도 내려오는 것처럼 소는 치우고 치워도 똥을 싼다. 네메아의 사자를 정복하는 것은 일회성이지만 노동과 자연력의 정복은 지속적인 반복의 행위이다. 시지프스가 끊임없이 무의미한 반복적인 일을 하듯 헤라클레스가 수행할 청소라는 것도 단지 그러한 무의미한 반복이 될 것이라는 것이다. 시지프스가 행하는 신의 명령은 끝이 없는 무의미한 계속적으로 동일한 것의 반복일 뿐이다. 이는 인간의 힘으로는 어쩔 수 없는 신의 섭리이고 인간의 힘으로 그 구속을 깰 수 없다.

품삯을 받음으로써 행해지는 시지프스의 노동은 문명화의 과정으로 자발적인 자본주의적 노동이 된다. 품삯을 받지 않는다면 사실상 며칠 지나면 소동을 치운 영웅의 위업이 사라진다. 헤라클레스는 문명화과정의 수행자로 끊임없는 노동의 성격을, 그리고 그것은 품삯을 통해서만 유지될 수 있는 것이라 보았다. 비로소 신과 인간의 교환이라 할 수 있는 희생제의가 아닌, 인간과 인간의 교환, 즉 시민적 경제의 원칙이 생기기 시작한 것이다.

소동을 치움으로써 사회와 문명의 개척자가 된 헤라클레스는 6번째 고역으로 새떼를 몰아내는 일을 하게 되는 데 이 새떼를 몰아내는 가장 큰 이유 역시 이들의 똥이 도시를 오염시키고 있기 때문이다.

> 여섯 번째 고역으로 에우뤼스테우스는 헤라클레스에게 스튐팔로스의 새 떼를 몰아내라고 명령했다. 아르카디아의 스튐팔로스에 있는 스튐팔리스 호수는 우거진 숲으로 둘러싸여 있었다. 그리고 그곳에는 늑대의 밥이 될까 두려워하는 수많은 새들이 떼를 지어 피신하고 있었다. 어떻게 숲에서 새 떼를 몰아낼 수 있을까 하고 헤라클레스가 난감해하고 있을 때 아테네가 헤파이스토스로부터 받은 청동 캐스터네츠를 몇 개 주었다. 그는 호수 옆에 있는 어떤 산 위에서 이것들을 흔들어 새 떼를 놀라게 했다. 새 떼는 그 소리를 견디다 못해 놀라서 날아올랐다. 그리하여 헤라클레스는 새 떼에게 화살을 쏠 수 있었다.
>
> (아폴로도로스 2.5.6)

위의 내용을 보았을 때는 단지 새떼가 많아서 몰아냈다는 것 뿐이지 왜 새떼를 몰아내야 하는가에 대한 이유는 알 수 없다. 이에 대해 스티븐 해리스Stephen L. Harris와 글로리아 플래츠너Gloria Platzner는 "도시를 오염시키는 스튐팔로스의 식인새들"이라고 말하고 있다.[9] 그리고 "이 새들의 오물은

---

9) 해리스와 플래츠너. 같은 책. 354, 358쪽.

아르카디아 도시에 골 칫덩어리였다"고 하면서 "어떤 버전에 따르면 이 새떼들은 인육을 먹는다고도 전해진다"고 덧붙인다.

헤라클레스와 스튐팔로스이 새떼들. BC6세기. 아테네 흑도자기 암포라. 브리티시 박물관. 출처: theoi.com

결국 이런 언급들을 통해보면 무수한 새떼의 똥들이 농사를 짓는데 방해가 된다는 것이다. 똥의 오염을 막기 위해서는 새떼를 몰아낼 수밖에 없다. 더구나 이 새떼들은 식인새들이다. 죽은 시체 즉 인육을 먹는 것은 독수리이다.「안티고네」에서 알 수 있듯이 그리스에서 매장은 예우를 갖춘 문명화된 장례이다. 그리스 비극에서 매장이 거부당하는 것은 폴리네케이스와 아이아스인데 이들은 자신의 공동체에 반란혐의가 있거나 혹은 해악을 끼친 자들이다. 그래서 유추해서 보면 정식으로 매장하지 않은 시체들이, 매장할 땅이 없는 일반 백성들의 경우, 숲 속에 모셔지거나 버려진다는 것인데 이것은 흔히 조장(鳥葬)으로 알려진 풍습이 아직 남아있다는 것을 의미한다. 문명화과정에서 과도적인 현상이라 할 수 있다. 어찌되었든 헤라클레스는 독수리의 똥으로 오염될 수도 있는 숲과 호수를 지키고 아직 남아있는 조장의 야만적(신화가 채록될 당시의 시대적 감수성으로) 관례를 타파한 것으로 볼 수 있다. 또한 신의 도움이긴 하나 케스테네츠라는 도구를 사용하여 새떼를 쫓아내는 지략을 보여준다.

제우스 명으로 간을 파먹는 독수리를 죽이고 프로메테우스를 구출하는 헤라클레스. 니콜라스 베틴Nicolas Betin. 출처: Wikimedia.

　　마지막으로 헤라클레스가 프로메테우스를 제우스로부터 구출해내는 사건은 문명과 계몽의 시조로서 그의 자리를 확실하게 자리매김한다. 신화적으로 문명화와 계몽이 가장 잘 드러난 것은 프로메테우스가 인류에게 불을 훔쳐다준 사건이라 할 수 있다. 아도르노와 호크하이머는 인간에게 불을 가져다준 프로메테우스에 의하여 인간사회는 "낮과 밤의 자연적인 순환의 질서에서 벗어날 수 있었으며" 이 신화의 불은 단순한 신화적인 내용을 넘어서서 "인간 이성 및 기술의 발전을 위한 메타포로 작용한다"고 말한다.10) 즉 신의 섭리에 따라 태양이 있는 낮에는 일을 할 수 있고 태양이 사라진 저녁에는 활동을 중지하고 잠을 자야하는 자연적인 시간에서 해방

되어 인위적으로 시간을 만들 수 있었던 것이다. 이어서 아도르노는 이 사건으로 "노동에 의한 기술의 진보가 시작"되었다고 본다.

그런데 헤시오도스는 이 문명화의 사건이 지닌 어두움을 이미 그 시원부터 간파하였다. 헤시오도스는 「노동과 나날」에서 이 사건으로 인류는 고된 노동과 삶의 고달픔이 시작되었다고 본다. 그는 인류가 불을 사용하게 된 것이 문명화된 사회의 인간조건을 특징지은 것이지만, 악과 지병, 그리고 고난을 초래한 비극적 사건으로 보았다.

그런데 불을 가져다준 것은 프로메테우스이지만 제우스의 벌을 받아 독수리에 의해 간을 매일 찢기우는 고통에서 풀어준 것은 헤라클레스이다.

> 그는 … 에마티온을 죽였다. 그리고 리뷔에를 지나 외해로 여행하다가 헬리오스로부터 잔을 받았다. 그는 맞은편 육지로 건너가 카우카소스 산에서 에키드나와 튀폰의 자식으로서 프로메테우스의 간을 먹고 있던 독수리에게 화살을 쏘았다. 그리고 그는 자신을 위해 올리브나무 족쇄를 택한 다음 프로메테우스를 풀어주고는 프로메테우스 대신 죽기를 자원하는 불사자로서 케이론을 제우스에 소개했다.
>
> (아폴로도로스 2.5.11)

헤라클레스는 제우스의 명으로 프로메테우스의 간을 쪼아먹는 독수리를 화살로 죽여 제우스의 명을 무력화시킨다. 그리고 제우스의 희생양으로 케이론을 대체시켜 생사의 운명에 끼어든다. 이것은 절대적 신권의 제우스를 상대화시키고 생사의 문제 역시 문명화의 프로그램 속에 어느 정도 편입될 수 있음을 의미한다. 헤라클레스는 불이라는 문명을 인류에게 가져다준 죄로 벌을 받는 프로메테우스를 해방시킴으로써 불이 가져다준 문명을 정착시키고 정당화시킨다.

---

10) 아도르노와 호크하이머. 같은 책. 29쪽.

그런데 헤라클레스의 이러한 문명화 행위들이 주목되지 않고 은폐되어 그의 폭력적이고 야만적인 호전성만이 시대가 갈수록 전면적으로 부각되는 것은 어떠한 이유에서일까? 그것은 문명화 행위와 야만적 행위가 계몽이라는 동전의 양면임을 드러내지 않고 분리시키고자 한 계몽 기획의 주요한 의도가 아니었을까?

2장. 문명의 불안과 죽음충동

1. 문명의 불안과 중독

리처드 하인버그^{Richard Heinberg}는 문명비판의 이유로 크게 두 가지를 든다. 첫 번째 이유는 "현대세계의 매우 불안한 어떤 경향에 관한 것"이다.[1] 문명은 불안한 것이다. 프로이트가 말하는 개인이 현대문명에서 겪는 신경증적 노이로제에 대해서는 언급하지 않겠다. 여기서 말하는 것은 문명 자체가 불안^{instability}하다는 것이다. 후쿠시마 원자력발전소 사태는 자연의 동의를 기반으로 해서만 문명이 가능하다는 것을 보여준다. 자연이 동의하지 않는 사태가 언제 올지 모른다는 것 그것이 가장 불안하다고 본다.

그는 어쩌면 우리는 지금 지구를 죽이고 있는지도 모른다고 한다. 2016년 10월 신문들은 일제히 "1970년 이후 지구촌 야생 척추동물 무려 58% 감소"라는 세계자연기금과 런던동물학회 보고서를 인용하였다.[2] 이런

---

1) 리처드 하인버그. 「문명은 잘못이었는가」. 『문명에 반대한다 - 인간, 생태, 지구를 생각하는 세계 지성 55인의 반성과 통찰』. 존 저잔 외. 222쪽.
2) "1970년 이후 지구촌 야생 척추동물 무려 58% 감소." KBS. 2016. 10. 27.

사태를 방관할 시엔 2020년 3분의 2 정도나 줄어들 수 있다. 보고서는 서식지 손실과 야생동물 불법 교역, 오염, 기후 변화 들을 야생동물 감소의 원인으로 꼽았다. 마르코 람베르티니 WWF 사무총장은 "야생동물들이 전례 없는 비율로 사라지고 있다"며 "생물의 다양성은 건강한 숲과 강, 바다의 기초를 구성하기 때문에 종이 사라지면 생태계가 무너진다"고 말했다. 눈에 띄게 감소한 것은 호수와 강, 습지에 사는 동물들이다. 민물에 사는 동물은 무려 81%나 감소했다. 댐 건설 들로 민물 시스템이 파괴됐기 때문이다.3) 더욱 놀라운 것은 전 세계의 포유류의 96%는 인간과 가축의 무게라는 것이다. 나머지 4%만이 야생 포유류의 무게이다.4)

　　도심에 멧돼지들이 나타나고 있다. 심지어 아파트 복도에도 나타난 적이 있다. 멧돼지들이 왜 내려 왔겠나 먹을 것이 없기 때문이다. 도토리가 주요 먹이인데 사람들이 싹쓸이한다. 천연의 탄닌 성분으로 인하여 떫은 맛과 약간 쓴 맛이 나는데 저 칼로리이므로 비만 체질 개선에 좋으며 동맥경화에도 효과가 있다고 한다. 더구나 천연 유기농이지 않은가. 어느 날 산책길에서 도토리가 이리저리 떨어져 있었다. 인사는 하고 지내는 어느 분이 도토리를 열심히 주웠다. 프로급은 아니고 매우 조심스럽게 줍고 있었다. 그래서 다람쥐와 멧돼지 먹이인데 주우면 어찌하냐고 하니 자기도 먹고 살아야 된단다. 그동안 어머니가 해주셨는데 이번에는 자기가 도토리묵에 도전해보겠다고 했다. 더 이상 실랑이는 하지 않았다. 다만 나는 윤리적으로 약간 우월한 마음을 가지고 하던 산책을 계속했다. 산책하다가 생각났다. 그날 점심에 도토리묵이 나왔고 나는 별 저항 없이 먹었다는 것을. 줍지도 말아야지만 먹지도 말아야한다.

■

3) 국제자연보호연맹(IUCN)에 따르면 육상 동물 4천556종 중 4분의 1이 멸종 위기에 처해있으며, 이 중 301종은 식용과 보양, 과시 들을 목적으로 한 인간의 사냥 때문이다.

4) Yinon M. Bar-On et al. "The biomass distribution on Earth." *Proceedings of the National Academy of Sciences*(June 2018).

나는 도토리 묵을 가지고 시비를 걸면서 알리바이를 만든다. 북극곰을 도우기 위해 10,000원을 내면서 알리바이를 만든다. 스타벅스에서 플라스틱 빨대를 문제 삼듯이. 은근슬쩍 사람들이 플라스틱 빨대를 금지하는데 집중하게 함으로써 훨씬 거대하고 광범위한 문제인 기후변화의 위협을 잠깐이나마 보지 못하게 한다.[5]

과학자들의 통계와 수치를 인용하지 않더라도 바다는 죽어가고 인구는 장기적 수용능력을 넘어 팽창하고 있으며 오존층은 사라지고 기후는 불안한 징후를 보이고 있다. 하인버그는 "뭔가 근본적 조치를 취하지 않으면 50년 안에 인류 대다수는 문명과 동떨어진 원시부족의 삶을 차라리 낙원으로 여기게 될 그런 조건에서 살게 될 가능성이 크다"고 본다. 포유류만 보면 5억년 만에 오는 6번째의 대멸종기에 속한다고 하는데 인류는 예외일까?

문명 자체가 잘못이 아니고 현대사회가 직면한 서구적 생활방식과 돈을 버는 것이면 무엇이든지 하는 자본주의 제도 때문이라고 주장할 수도 있다. 하지만 옛 문명의 발생지를 보자. 그리스의 아크로폴리스 언덕 주변이나 로마, 메소포타미아, 중국 들의 문명 발상지를 볼 때 낮은 관목 숲이나 황야는커녕 풀조차, 바위조차 없이 메마르고 푸석한 황량한 잔해들만 마주하지 않는가. 이것은 현대사회만의 문제라기보다 문명 자체가 문제가 아닐까 의구심을 갖게 하는 것이다.

문명은 기본적으로 도시에서 출발한다. 문명civilization의 어원 자체가 도시civitas에서 기인한다. 도시라는 것은 주변의 농촌지역의 산물이 있어야만 존재하는, 그 존재 자체가 이미 수탈을 전제하고 있다. 여기서 최소한의 균형은 깨어진다. 문명시대는 약 6천 년 전부터 시작되었고 그것을 역사의 시작이라 한다. 기원전 4000년 무렵 인류는 처음에는 메소포타미아

---

5) 데이비드 월러스 웰즈 『2050 거주불능 지구』. 229쪽.

그리고 그 다음에는 이집트에 도시를 건설하기 시작한 것이다. 그 후로 중국 인도와 크레타 섬이 뒤따랐다. 도시에서는 변화의 속도가 점점 빨라졌고 사람들은 이제 신의 문제나 우연이 아닌 인간 행위의 인과의 고리를 더 많이 의식하게 되었다. 새로운 기술이 발명되었고 이러한 기술로 통해 도시민들은 환경에 대한 더욱 철저한 지배력을 갖게 되었다. 그리하여 자연계로부터 부쩍 멀어지고 있었는데 이 결과, 지금 우리 앞에 놓인 이 황폐한 도시의 유적들을 보게 된다.

도시의 역사는 흥망성쇠의 역사라 할 때 그것은 몹시 불안한 경향성을 가진다. 이에 대해 카렌 암스트롱은 이런 환경에 대한 지배력은 도시민들에게 흥분과 해방감, 긍지를 주기도 했지만 다른 한편으로 "이런 규모의 거대한 변화는 극도의 두려움 또한 유발한다. 역사를 소멸의 과정이라고 하는데 그 이유는 새로운 발전과 함께 이전에 있었던 것들의 파괴가 요구되기 때문"이라고 한다.[6]

니체 역시 거대화된 문명, 복잡하고 고귀한 영혼을 가진 인류가 더 불안하고 몰락할 수밖에 없는가를 아름다운 문체로 쓰고 있다.[7]

> 모든 종류의 상해나 손해를 입었을 때, 좀 더 저급하고 조잡한 영혼이 좀더 고귀한 영혼보다 더 형편이 좋다. 후자의 위험은 더 클 수밖에 없으며, 더군다나 그들의 생존조건이 복잡하기 때문에 재난을 당하고 파멸할 개연성이 엄청나다. 도마뱀의 경우에는 없어진 꼬리가 다시 자라나지만, 인간의 경우에는 그렇게 되지 않는다.

문명의 불안에 관한 첫 번째 이유가 문명이 환경에 미친 영향에 관한 거라면 두 번째 이유는 문명이 인류에 미치는 충격과 관련된 것이다. 하인버그는 계급이나 계층과 같은 인간내부의 불평등 문제에 관하여 언급하는

6) 카렌 암스트롱. 『신화의 역사』. 67쪽.
7) 니체. 『선악의 저편』. 299쪽.

것은 아니다. 문명은 하나의 사회적 질병이라는 것. 원시부족 사람들은 첨단과학기술과 엄청나게 많은 인구를 가진 지금의 문명사회가 원시부족사회에 엄청 위협적인 것이라 하더라도 문명을 일종의 사회적 질병으로 간주하고 문명사회에 사는 사람들을 불쌍하게 본다는 것이다. 하인버그는 말한다.8)

> 우리 문명화된 인간들은 마치 강력한 약- 돈, 공산품, 석유, 전기들의 형태를 띠는 -에 중독된 것처럼 행동한다. 우리는 이런 약이 없으면 꼼짝도 못하기 때문에 공급이 부족되면 우리 존재 자체에 위험을 느낀다. 따라서 우리는 (보다 많은 것을 원하는) 욕망과(우리가 가진 것을 잃을지도 모른다는) 공포에 의해 쉽게 조작된다.

문명 중독 가운데 가장 심각한 것은 전기 중독과 기술 중독, 무기 중독이다. 중독이란 말은 개인 차원에서든 집단차원에서든 끊기 어렵다는 것이다. 정치적 경제적 특권 세력은 적절하게 우리의 욕망과 공포를 조절 통제하는 법을 터득하여 이윤과 통제라는 그들의 목적을 달성하게 된다고 본다. 에너지 중독이라고도 할 수 있는 전기중독을 보자. 석유 전기 공산품 같은 것들은 개인들이 만들 수 있는 것이 아니고 거대한 시스템으로 움직인다. 그 시스템은 노예노동이나 원주민으로부터의 강탈, 그리고 엄청난 생태학적 대가를 치러야 한다.

하지만 그런 얘기를 듣는다하더라도 자신과는 무관한 불가피한 일로 받아들여 외면하고 무시해버린다. 우린 노예가 없으니 노예로부터의 강탈이 없다고 할 수 있을까. 노예가 없으면 원주민, 혹은 주변인들이 있다. 밀양 할매들의 논밭을 강탈해야만 송전탑을 설치해서 서울 시민들이 값싸게 엘리베이터를 타고 TV를 보고 에어컨을 켠다. 자본주의가 망하기보다 지구가 멸망하는 게 낫다. 이 풍요, 제한 없는 풍요로움. 에어컨을 18도로 틀

---

8) 하인버그, 같은 책. 223쪽.

어놓고 두꺼운 이불을 덮고 사는 자유, 그건 여름에 겨울을 누리는 것이다. 겨울에 딸기를 마음껏 먹을 수 있듯이 말이다.

문재인 정부는 탈원전 정책으로 방향을 잡았다. 하지만 한국에서 지어지는 원자력발전소는 역대 못지않다. 또한 원자력담론도 아직 굳세다. 굳이 빌 게이츠의 말을 빌리지 않더라도. 원자력발전은 현재 지구온난화를 일으키는 화석연료를 사용하지 않으면서 대량으로 전기를 생산할 수 있는 가장 강력한 수단이라고 주장된다. 석유가 나지 않고, 석탄마저 북한에 집중되어 있기 때문에 화석연료를 거의 수입에 의존하고 있다. 더구나 화석연료는 열효율도 낮고 미세먼지를 많이 발생시킨다. 따라서 "실효성 있는 비화석 전기에너지는 현재까지는 원자력이다. 당장은 석유 값이 저렴해서 원자력 없이 지금의 산업을 유지할 수 있을지 몰라도 천연가스, 석탄, 석유 값이 폭등이라도 하게 되면 우리나라 경제는 치명상을 당하게 되고 그리 멀지 않은 날에 고갈 될 화석연료에 대한 대비책으로 일정한 원자력발전 비율을 유지할 필요가 있다"는 주장이 득세한다.

물론 "사고가 나면 심각한 대형사고가 될 우려가 높고 사용 후 나오는 여러 폐기물들을 안정화시킬 기술이 마땅히 없어 여러 우려를 낳고 있다"는 비판도 반드시 곁들인다. 여기서 대형 사고란 무엇인가? 지금까지의 대형 사고는 미국의 스리마일 원자력발전소 사고나 소련의 체르노빌 폭발, 일본의 후쿠시마 발전소 폭발 들이다. 이들 원자력 발전소의 위치는 대부분 인구밀도가 낮은 곳에 위치하여 있어서 체르노빌을 제외하면 인명사고는 그리 심각하지 않다. 하지만 토양은 죽음의 땅으로 변하고 거의 영원히 살 수 없는 곳으로 황폐화된다. 우리나라는 집적도 세계 1위로 고리원자력 중심으로 30km이내 부산, 울산, 양산지역에 360만 명이 살고 있고 한국경제의 1/3을 담당하고 있다. 이건 대형사고가 아니라 핵전쟁에 버금가는 재앙이다.

우리나라는 세계에서 가장 전기료가 싼 나라이다. 싼 전기료를 더 싸게 산업용으로 공급한다. 포항제철에서는 용광로를 전기로 땐다. 그만큼 싸기 때문에. 그래서 아주 싸게 세계에 수출하여 달러를 벌어들인다. 1인 청년 가구들에 전기료는 더 할인한다. 청년들은 에어컨 마음껏 틀라고, 더구나 대량의 전기를 사용하는, 전기 먹는 하마로 유명한 데이터센터들을 한국에 건설했고 건설하려고 하는 세계적인 IT기업들이 많이 있다. 이런 나라들이 우리나라에 온다고 자부심을 가질 것인가? 산업용보다는 조금 비싸지만 싸게 가정마다 공급되기 때문에 최저임금을 낮출 수 있고 원자력에 대해 호감을 가지게 한다. 에어컨, 난방, 엘리베이터 들에 일상이 중독되어 있다. 다만 부산, 양산, 울산, 경주, 영광 들의 주민들은 항상 옆에 핵폭탄을 두고 편안하게 쿨쿨 잔다. 우리의 생명과 후손들의 미래, 물과 바람, 대지, 나무, 바위까지 모두 죽음으로 갈 수도 있는 그런 핵발전소를 옆에 두고 말이다. 이미 중독되었기 때문이다. 이런 말들을 경주나 해운대에서 택시 탈 때 운전사들에게 물어보면, 우리만 죽는 게 아니라 다 죽으니까 그까짓 것 괜찮단다. 이걸 마비라고 부른다. 나는 원래 집이 부산이고 직장은 경주다. 경주에서도 살고 부산에서도 산다. 내가 할 수 있는 일은 원자력발전소의 안전에 대해 문제제기하고 그걸 방송해서 경각심을 가지게 하는 언론에 적은 돈이나마 기부하면서 윤리적 책임을 피하는 것뿐이다.

기술 중독을 보자. 개인적인 차원에서 기술 중독은 게임중독이나 인터넷 중독, 휴대폰 중독 같은 것이지만 좀 더 거시적 차원에서 보면 과연 기술이 인류의 문제를 해결할 수 있는가에 대한 문제제기이다. 『기술중독사회』에서 켄타로 토마야는 인류의 지속적인 성장이나 발전을 가로 막는 불평등을 해소할 수 있는 수단으로 일반적으로는 기술발전을 들고 있지만, 실제로는 그렇지 않다고 한다. 결국 저자는 기술보다는 이를 운용하는 사람들의 자세나 태도가 인류의 성장과 불평등 해소 들의 해결에서 훨씬 중요한 것으로 이야기하는데, 이를 위한 방안으로 다소 애매한 개념인 '내면적 성장'을 들고 있다. 자기만 아는 이기주의가 아니라 서로를 돕고 위하는 이타주의 사고방식과 세계관을 가져야한다. 특히 사회변화를 고장난 기계를 고치는 것으로 보지 않고 오케스트라를 육성하는 것으로 생각하자는 것이다.

산업혁명은 기술적 성취가 그 전 시대보다 엄청 크기 때문에 붙여진 이름이고 그 이후에도 기술적 성취는 눈부시게 발전하였다. 하지만 이러한 기술의 발전은 오히려 빈부격차를 늘리고 지니계수에서 조금씩 더 불평등하게 발전하는 걸로 나타났다. 1820년부터 2002년까지 변화된 전 세계 지니계수 수치는 상당히 충격적이다. 1820년 43.0이었던 전 세계 지니계수는 2002년까지 180년 동안 점차 증가하여 2002년에는 70.7에 도달했다.

「추정되는 전 지구적 지니계수」[9]

연도	지니계수	연도	지니계수
1820	43.0	1929	61.6
1850	53.2	1950	64.0
1870	56.0	1960	63.5
1913	61.0	1980	65.7
		2002	70.7

기술이 인류발전의 문제라기보다는 기술개발에 투자하는 자본의 측에서 이윤을 더 얻고자 함이 아닐까? 자본의 집중이 이루어질수록 이윤율은 저하되는 경향이 있는데 이 이윤율 저하경향을 만회하려는 자본 측의 이해관계가 들어간 것이 기술개발이라는 것이다. 헤라클레스의 아우게이아스

■
[9] 0은 완전한 평등(모든 사람이 동일 소득을 취함)을, 100은 완전한 불평등(한 사람이 모든 소득을 독차지함)을 나타낸다. (Branko Milanovich(2009)：Peet & Hartwick (2015：9)에서 재인용)

의 외양간 소똥 치우기를 예로 들어보자. 아우게이아스는 그 당시 소를 3천 마리 가지고 있었다고 본다. 대부분의 하층 사람들은 농가에 소가 없거나 부유한 평민들은 서너 마리에서 열 마리 정도 가지고 있을 것이다. 소가 3천 마리나 되면 소똥을 노예나 일꾼들이 치우는 것은 불가능하다. 설사 치운다하더라고 엄청난 노동력을 동원해야 하는데 불가능할 것이다. 어떤 기술적 돌파구가 있어야만 된다. 그래서 헤라클레스가 양 옆으로 흐르는 두 강을 끌어들여 그 물로 청소하는 엄청난 기술을 개발한다. 이 기술은 대목장주가 아니라면 별로 쓸모가 없는 기술이다. 3천 마리를 가진 대목장주가 더 많이 가지고 더 효율적인 경비절감을 위해서 사용한 최첨단 기술이다.

3천 마리 소를 가진 대목장주나 아니면 500마리 정도를 가진 서너 명의 사람들을 위해 그런 기술이 개발되어야 할까? 이미 그 당시부터 극소수의 독점 대목장(대자본이라 해도 별로 이상할 게 없음)과 대다수 가난한 농민으로 분화되었음을 보여준다. 그런데 양 쪽 강가에 사는 사람들은 아닌 날벼락이다. 오히려 이들의 삶은 기술 개발로 더 팍팍해진다. 더 이상 먹을 물도 없고, 농사지을 물도 땅도 오염되니 어떻게 산다는 말인가? 물고기도 잡아먹을 수 없고 강변 목초지에 소나 말을 칠 수도 없다. 선택은 오랜 터전을 두고 떠나거나 3천 마리 대자본가에게 아주 헐값으로 노예로 팔릴 수밖에 없다. 아니면 소도둑을 잡는 사병으로 팔리거나, 다른 부족으로 쳐들어갈 때 필요한 용병으로 팔리거나 아니면 좀도둑으로 유랑해야 한다.

그런데 기술개발은 그 기술을 개발하는 특정 자본의 이윤율 확장에 대한 욕망이 아니라 인류 보편의 욕망으로 포장된다. 그래서 대다수 사람들과 크게 연관이 없지만 새로운 기술은 무언가 해결사 역할을 해줄 것처럼 포장된다. 그리하여 기술에 대한 인류의 욕망과 기대는 과학기술이 문제를 해결해줄 거란 기술 중독으로 나타난다. 아직 기술은 부족하지만 더 발전시킨다면 핵융합발전이 가능할 수 있지 않겠는가? 아껴 쓰고 나누어 쓰기보다 기술개발에 희망을 건다.

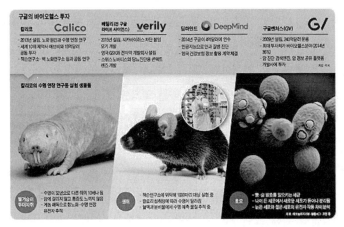

"인간 수명 500세로 늘리겠다는 구글 … '두더지쥐'가 답" 조선비즈. 2016. 12. 26.

기술중독사회에 가장 앞장서는 회사는 구글이다. 이세돌과 알파고의 대결로 이미 홍보효과는 끝났다. AI(인공지능)가 공포의 기술임에도 불구하고 구글에게, 혹은 다른 대자본에게 이익을 가져다주기 때문에 불가피하게 수용해야 하는가? AI가 발전할수록 일자리는 줄어든다. 평범한 사람이 품팔이라도 해서 먹고 살 수 있는 길은 거의 없어지고 지식 중간층 역시 날품팔이로 전락한다. 그러면 사회적 합의로 우리는 기술의 방향을 돌려야 하지 않는가? 4차산업혁명의 파고는 막을 수 없는가? UN, G7정상회의, 아세안연합, 아랍동맹 이런 세계조직은 뭐 하러 있나, 평범한 사람이 그런대로 살 수 있는 세상을 만들기 위해 힘써야 하지 않는가? 대자본의 앞잡이로서가 아니라.

아직 의료기술은 부족하지만 계속 기술을 발전시킨다면 인간은 500세까지 살 수 있단다. 구글 AI와 헬스케어의 결합으로 인간수명 500세 시대를 연다. 구글은 2013년 15억 달러를 투자해 칼리코^{Calico}를 설립, IT기술을 활용한 인간의 노화방지, 궁극적으로 생명연장을 위한 연구를 시작했다. 2016년 말에 MIT발간 잡지를 통해 벌거숭이 두더지쥐와 효모를 이용해 인간수명을 500세까지 연장하는 프로젝트를 진행중이라 밝혔다.[10] 벌거숭이 두더지쥐는 수명이 일반 쥐보다 10배 이상 길고 암에 걸리지 않으며 통증도 느끼지 못한단다. 인간으로 치면 800세 이상 장수하는 동물이다. 이것이야말로 이윤추구의 끝판 왕이다. 길가메시 프로젝트라할 이 사업에는 인간의 불로장생의 욕망을 무한대로 확장시켜 자본의 확장을 꾀하는 경제논리가 숨어 있음을 잘 안다.

사실상 지금 자본주의 시대 개인의 욕망은 자본의 욕망이다. 자본 즉 돈은 썩지 않고 병들지 않고 죽지 않는다. 물론 투자 잘못한 개인 자본가는 그 잘못을 처벌받아 망하지만 전체로서의 자본은 죽지 않고 영생불멸한다. 더구나 무한 증식(이자나 이윤)한다. 그러니 당연히 영생불멸의 욕망을 갖게 된다. 내가 가진 그 많은 돈은 죽지 않고 오히려 증식하는데 나는 이 돈을 두고 죽어야 하나. 억울하다. 그래서 내가 가진 모든 돈을 들여서라도 나는 살고 싶다. 이런 유치한 욕망을 영화 <프로메테우스>(2012)는 우주적 서사를 동원해서 최첨단 과학으로 포장한다. 인류기원을 찾는 태초로의 탐사는 자본가의 불로불사 욕망의 발로이다. 아마 인류 창조자를 만나면, 즉 하나님을 만나서 불로불사의 계약을 쓰고자 할 수도. 이제는 얼굴에 습기마저 사라져 가뭄의 논이 갈라지듯이 그리 얼굴이 잘디잘게 갈라진 우주탐사의 회장이 그 주인공이다.

옛날부터 나이가 들면 물러나 젊은이들에게 일거리도 물려주고 사회의 중심적인 역할과 일자리도 물려주고 사회의 책임과 결정권한도 물려주는 게 관행이었다. 하지만 신자유주의 시대 부와 욕망의 비정상적 확장,

10) "인간 수명 500세로 늘리겠다는 구글 … '두더지쥐'가 답?". 조선비즈. 2016. 12. 26.

그리고 이런 영생불사 프로젝트에 대한 기대로 나이 들어도 도통 물러나지 않는다. 예전 로미오와 줄리엣, 이몽룡과 춘향은 이팔청춘 열여섯에 사랑을 하고 우리 부모님 세대들도 그 나이에 결혼을 했다. 지금은 35세 쯤 되어야 결혼하는 게 정상이다. 20년이나 결혼이 늦춰지는 이유는 50대 60대 70대 부모 세대들이 모든 걸 움켜쥐고 있기 때문이다.

자본이 성형에 투자하면 인간의 아름다움에 대한 욕망은 확장된다. 자본이 무기에 투자하면 인간의 공격성이 예찬된다. 자본이, 구글이 그러듯이, 노화연구 뿐 아니라 암에 안 걸리고 통증 안 느끼는 두더지쥐의 유전자에 투자하면 우리의 욕망은 이제 생로병사가 모두 극복되는 불로불사의 욕망을 갖게 된다. 하지만 불사의 욕망은 자본의 욕망이지 인간의 욕망이 아니다.

기술이 가져오는 효율이 본말을 전도시키는데 그 효율을 자꾸 좇아가는 것 역시 기술 중독이다. 장자의 천지(天地) 편에 나오는 장면이다. 자공(子貢)이 초(楚)나라를 유람하다가 진(晉)나라로 가는 길에 한수 남쪽을 지나게 되었다. 한 노인이 우물에서 물을 길어 밭에 내고 있었는데 힘은 많이 드나 효과가 별로 없었다. 딱하게 여긴 자공이 '용두레'라는 기계를 소개한다. 노력은 적게 들고 효과는 큰 기계를 소개하자 그 노인은 분연히 낯빛을 붉혔다가 웃음을 띠고 다음과 같이 이야기한다.

내가 스승에게 들은 것이지만 기계라는 것은 반드시 기계로서의 기능(機事)이 있게 마련이네. 기계의 기능이 있는 한 반드시 효율을 생각하게 되고(機心), 효율을 생각하는 마음이 자리 잡으면 본성을 보전할 수 없게 된다네(純白不備). 본성을 보전하지 못하게 되면 생명이 자리를 잃고(神生不定), 생명이 자리를 잃으면 도가 깃들지 못하는 법이네. 내가 기계를 알지 못해서가 아니라 부끄러이 여겨서 기계를 사용하지 않을 뿐이네.

아득한 옛날, 21세기의 우리가 보기에 지극히 조잡한 기구나 도구밖에 사용하지 않았을 터인데 벌써 기계의 본성을 꿰뚫고 있다. 기계의 효율을 위해 인간은 뒷전으로 밀려난다. 알파고는 세기의 바둑 대결을 통해 기계의 효율이 앞섰음을 보여주고 있다. 효율이 있다면 인간은 필요 없다. 이제 꼬리가 머리를 흔들 듯 기계가 인간을 부린다.

개인에게 돈이 없는 것은 개별 지옥이지만 전기가 없는 것을 생각해보라. 전기자동차가 석유의 문제를 해결하고 원자력이 전기를 해결하고 아직도 태양열이 남아있지만 에너지 중독과 기술적 중독은 여기에 그치지 않는다. 학교, 은행, 정부 기관, 기업, 사업체 모든 업무와 기록들, 그리고 건설, 디자인뿐만 아니다. 탱크, 전투기, 항공모함 뿐 아니다. 전쟁의 지휘와 작전, 전략회의 모두 위성을 통해 한다. 전쟁도 전자로 한다.

전기와 디지털 중독이 지닌 공포 시리즈를 보자. 그 전의 전쟁 공포는 주로 살아있는 것을 죽이는 무기의 개발이다. 폭탄은 건물도 함께 부수어버리지만, 총이나 생화학무기는 살아있는 것만 죽인다. 그런데 최근에 알게 된 무기 가운데 살아있는 것을 전혀 죽이지 않는 것이 있다고 했다. 사람이, 나무가, 동물이, 땅이, 물이 살아있다면 전쟁이 일어나도 두려울 게 없지 않은가? 그러면 전쟁은 컴퓨터게임처럼 되고 은행에 저금을 많이 할 필요도 없고 건물을 많이 지을 필요도 없고 소박하게 오순도순 살지 않겠는가? 아! 얼마나 좋은가? 가슴 두근거리며 여기저기 찾아봤다. 그게 바로 EMP(Electro-Magnetic Pulse)폭탄이다. EMP폭탄은 폭발과 함께 방사전자장(放射電磁場)을 생성하여 각종 전자장비의 회로소자(RLC, IC, 다이오드, 반도체 칩 들)를 파괴하여 장비의 고유기능을 마비시키는 피해를 유발한다. 핵폭탄이 터질 때 발생한 강력한 빛(감마선)이 산소나 질소 분자에 부딪히면 높은 에너지의 전자가 튀어나오는데, 이것이 대기 중에 강력한 전자기장을 형성하여 전자회로를 망가뜨린 것이다. 이처럼 전자기 펄스를 발생시켜 사람이나 나무, 곤충 그리고 동물에게는 피해를 주지 않고 상대방

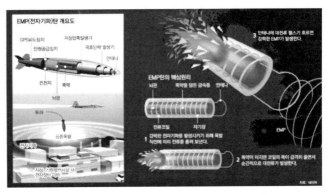

EMP(전자기파)탄 개요도. "EMP탄 전자장비 '먹통' 만들 가공할 무기."
주간동아. 2017. 09. 08.

의 전자 장비를 무력화하는데, 유사시 'E-폭탄'이 도시에서 폭발하면 텔레비전, 형광등, 자동차, 컴퓨터, 휴대전화 들 반도체로 작동하는 전자기기는 모두 망가져 150년 전의 세상으로 되돌아간단다.

그런데 그게 문제가 아니다. 이것은 문명이 모두 한꺼번에 파괴될 수도 있는 가공할 공포의 폭탄이다. 미국이 가장 두려워하는 시나리오는 북한이 EMP폭탄을 위성궤도에 쏘아 올리는 것이다. 미국 정부는 "북한, 핵 EMP 탄으로 미국본토 공격 가능"하다는 결론을 내렸다고 한다.[11] 워싱턴·뉴욕 들의 상공에서 EMP탄으로 공격해서 도시나 나라 전체의 전자 장치를 파괴하게 되면, 에너지와 물을 전기와 수도에 절대적으로 의존하고 있는 상황에서 그 공급마저 끊기게 되면 90%의 구성원들이 죽거나 직접적인 고통을 받을거라고 본다. 사람을 직접 죽이지는 않지만 문명을 파괴함으로써 간접적으로 죽게 된다는 것이다. 이것은 북한의 뻥튀기기 과잉선전 문구일수도 있지만 EMP폭탄은 그만큼 무서운 것이다.

그런데 더 무서운 것이 또 있다. 직접 사람만 죽이거나 폭탄을 맞지 않았는데도 그 영향권에 있으면 생명체가 찢어지는 무기다. 그게 요즘 핫

11) JTBC 방송. 2014. 05. 12.

하게 떠오르는 무기다. 백린탄이나 열화우라늄탄이다. 가자 지구 하늘 곳곳에서 쏟아지는 해파리 모양의 흰 연기의 정체는 이스라엘군이 사용하고 있는 '백린탄'이다. '백린탄'은 탄 끝에 인을 묻힌 폭탄으로 공기 중에서 쉽게 타오르고 사람 몸에 닿으면 피부를 타들어가게 하는 무기이다. 이런 잔인한 효과 때문에 사람에게 사용하는 것을 제네바 협약으로 금지하고 있지만, 가자 하늘에서는 백린탄 연기를 쉽게 볼 수 있고 팔레스타인 인들은 그대로 온몸이 화상을 입어 죽어간다. 더 나아가 열화우라늄탄은 전차의 장갑을 뚫고 들어가 녹이기 위한 용도로 사용되는데 이 신무기가 고도의 폭발력을 가지고 있어서 무기의 영향권 안에 있는 것들은 완전히 찢어진다. 그래서 열화 우라늄탄을 쏘면 손과 발, 사지가 절단된 시체들이 즐비하게 된다.

무기중독의 현장은 한반도를 빼놓을 수 없다. 무기성능을 더 좋게, 즉 살상력을 더 좋게 개발해야만 안전할거란 믿음이 무기중독이다. 우리나라의 경우만 보더라도 남북한 사람들을 모두 죽이고 대지를 영원히 파괴시키고 오염시킬 뿐 아니라 전 세계의 절반을 날릴 무기들이 가득한다. 한국일보 2016년 2월 18일자에 따르면[12], 한반도는 지금 핵무장한 전략자산들이 몰려드는 사실상의 준전시 상태. 이는 북한의 핵과 미사일 들 대량살상무기(WMD)와 사이버전·생화학전에 대비한 계획을 통합한 한미연합사의 '작계5015'와 '김정은 참수작전'에 동원될 예정이다.

지금부터 쓰는 이야기는 눈으로 그냥 읽지 말고 상상하면서 아주 천천히 읽기 바란다. 나나 나의 가족, 나의 친지들이 사는 나라, 그리고 우리가 밟는 땅과 길과 하늘과 바다가 어떤 무기들로 둘러싸여 있는지를 상상해보라. 2016년 2월 사나운 매나 독수리 같은 맹금류를 뜻하는 랩터Raptor 4대가 한반도 상공에 날아들었다. 세계 최강의 전투기로 불리는 F-22 스텔스 전투기, 랩터는 레이더에 잡히지 않아 북한 영공에서 주석궁을 타격할

---

12) "현존 최강 F-22 4대 한반도 상공 저공비행." 한국일보. 2016. 02. 18.

1870년 바이로이트의 '링 사이클' 초연에서 선보인 바그너의 '발퀴레' 한 장면. 발퀴레는 죽임을 당한 전사들을 발할라로 인도하는 여신이다.

수 있는 능력을 갖고 있어 북한군이 가장 두려워하는 전략무기로 꼽힌다. 적지에 몰래 침투해 핵 폭격을 할 수 있다. 때문에 한반도 상공에 F-22가 출격하면 김정은 북한 국방위 제1위원장은 한동안 공개 활동을 자제하는 것으로 알려져 있다. 미군이 199대 운용 중인 F-22의 대당 가격은 3억2,000만 달러에 달한다. 미군 전투기 F-16 4대와 우리 군 전투기 F-15K 4대의 호위를 받으며 한반도 상공을 저공비행 했다. 동해에는 이미 핵추진 잠수함 노스캐롤라이나 호(7800t급)가 바다 속을 유영하고 있다. 작전 반경이 사실상 무제한인 핵추진 잠수함은 언제든지 주석궁에 토마호크 순항미사일(사거리 2400㎞)을 발사할 수 있다. 다음 달에는 핵항공 모함 존 C 스테니스 호와 스텔스 상륙함 뉴올리언스 호, 미국 본토에서 출발하는 해병대를 군수 지원하는 해상사전배치선단 들이 출동한다.

　비슷한 얘기를 들어서 별로 감흥이 없을 수도 있다. 이 기사를 쓴 기자의 목표는 어떤 장엄함을 불러일으키려고 썼을 것이다. 가해자의 입장에서 한 번 서봐라. 전투기 조종사의 위치에서 한번 내려 봐라. 그러면 영화 <지옥의 묵시록>에서 아파치 헬기에서 폭탄을 쏟아 부으며 바그너의 오페라 <니벨룽겐의 반지>에 나오는 '발퀴레'를 듣는 장면이 생각날 수도 있다. 무기, 출격, 그것도 하나의 오르가즘일 수 있다. 정말 그런가? 가해자의 입장에서 파괴의 쾌감을 느끼는가?

한반도에는 이미 북한의 4차 핵실험 이후 장거리 전략 폭격기 B-52와 B-2 스텔스 폭격기도 배치돼 있다. 미 본토 주둔 B-2 스텔스폭격기 3대가 평양을 공습하는 데 든 비용은 우리 돈으로 62억 원, 괌에서 출격하면 33억 원인데, 평양 시내가 B-2스텔스기 폭격으로 잿더미로 변하는 데는 괌에서 5시간이면 충분한 것으로 조사됐다.[13]

지금 열거한 무기들은 미군과 남한군이 가지고 있는 것인데, 북한은 어떻게 하고 있는가? 한호석(통일학연구소 소장)은 「미국이 공포 느낀 북측의 첨단무기들」에서 쓰고 있다.[14] 이 글에서는 북측이 2010년 10월 10일 열병행진을 통해 공개한 각종 무기들 가운데 군사과학기술이 집약된, '현대전의 총아'라 불리는 로켓포와 미사일에 대해서만 언급한다. 견착식 저고도 지대공 미사일이다. 북측에서는 이 미사일을 '화승총'이라 부른다. '화승총'은 낮은 고도로 비행하는 헬기, 수송기, 무인기 들을 격추하는 대공유도무기다. 군사전문가들은 '화승총'이 러시아군의 스트렐라(Strela) -2M과 성능이 비슷하다고 말한다. 남측 정부 고위 소식통의 발언을 인용한 <연합뉴스> 2010년 5월 5일 보도에 따르면, 현재 인민군 특수병력은 18만 명인데, 그 가운데 5만 명을 최전방에 전진 배치하였다고 한다. 북측에서 말하는 '총폭탄 정신'으로 무장된 그들은 유사시 공중, 해상, 수중, 산악, 갱도를 통해 후방으로 침투하여 주한미국군기지를 불시에 기습하는 특수임무를 수행할 것으로 보인다. 그런 까닭에 그들은 미국군이 가장 두려워하는 공포의 대상이다.

■

13) 재미언론인 안치용씨가 미 의회 조사국이 의회에 보고한 오딧세이 여명작전(리비아공습) 비용분석 보고서를 인용해 보도하였다.
14) <통일뉴스> 한호석의 진보담론 (128) 2010. 10. 18.

인민군은 240mm 방사포로 기화폭탄Fuel Air Explosive을 쏠 수 있다.15) 기
화폭탄은 1차 폭발에서 가연성 연료를 반경 1km 이상 대기 중에 살포하
고, 2차 폭발에서 초속 200m의 열 폭풍, 800℃의 고온, 4-7의 고압을 발생
시킨다. 이것은 소형 전술핵폭탄에 버금가는 가공할 파괴력이다. 인민군은
비무장 민간인까지 무차별 공격하는 살육 작전을 벌이지 않지만, 만일 인
민군이 기화폭탄을 장착한 240mm 40관 방사포를 도시를 향해 무더기로
쏜다고 가정하면, 도시 곳곳에 있는 주유소와 거미줄처럼 설치된 도시가스
배관이 연쇄폭발하면서 도시 전체가 파괴될 것이다. 이 기사가 2010년인데
지금은 더 많이 파괴력이 강한(이걸 발전이라고 부른다) 무기들, 중국을 겨
냥한 고고도영역방어미사일 사드와 그 레이더망을 성주에 설치하고, 북한
은 괌 및 하와이 미군, 나아가 워싱턴까지도 파괴할 수 있는 ICBM(대륙간
탄도미사일) 화성-14형 시험발사에 성공했다고 전해진다.

그런데 우리는 무기에 중독되어 더 살상력이 높고 효능이 좋은 무기
를 더 많이 찾게 되고 더 많이 개발하면 안심한다. 한반도 전체가 아니 지
구 전체가 온통 살상용 무기로 가득하다. 핵무기를 다 합하면 지구 몇 개
쯤은 날려버릴 수 있다. 인류가 이때까지 쌓아올린 모든 지식과 기술, 그
리고 엄청난 자본이 투여된 최신 무기들이 우리나라 상공에 떠오르고 바
다 그리고 육지에 가득 널렸다. 인류의 모든 문명의 총아들이 원하는 것은
단 하나 사람을 죽이고 짐승과 나무들, 풀들을 불태우고 대지를 폐허로 만
드는 것이다. 허버트 v. 프로치나우Prochnow는 말했다. "화성인이 와보면 문
명국들을 쉽게 알아볼 수 있을 것이다. 문명국들은 가장 좋은 전쟁 도구들
을 갖고 있으니까"16)

■

15) 한국군 관계자의 발언을 인용한 국민일보 2006년 10월 12일 보도.
16) 데릭 젠슨. 『문명의 엔드게임』 1권. 63쪽. 재인용.

이런 걸 광기라고 해야 하나. 먼 훗날 후손들이 아니면, 어느 먼 별에서 온 그대가 지구에 이렇게 서로를 죽일 무기를 곳곳에 쌓아놓고 살고 있는 걸 역사로 쓰거나 보게 된다면 뭐라고 할까? 중독은 한편으로는 광기, 다른 한편으로는 마비이다.

2. 문명 속의 불만 그리고 죽음충동

데카르트는, 인간은 자연계에서 유일하게 영혼을 가지고 있는 동물로 만물의 영장이라고 스스로 정의 내린다. 자연의 동물과 식물들은 의식이나 영혼을 결여한 존재이므로 곧 물질만 있는 존재이다. 그러므로 영혼을 가진 인간이 영혼을 결여한 자연을 정복하고 지배하는 것은 정당하다. 죽음에 이르러서는 의식이란 에너지는 무한 공간으로 사라지지만 영혼이란 개념은 영원히 존재하며 또 다른 삶을 이어간다.[1] 여기서 영혼과 의식을 구별하는 것이 별 의미는 없다. 의식이나 영혼이나 살아 있을 때에 우리 인간에 관여하는 것은 비슷하다. 그런 점에서 의식을 가진 존재라고 하는 표현이 더 정확하다.

그런데 인간을 정의하는 '영혼'이라는 말도 차츰 사라진다. 영혼을 대체하는 말이, 어떤 의미에서, 19세기 말 새로이 등장한 '무의식'이다. 이 '무의식'의 등장은 매우 세기말적인 사건이다. 더구나 이 무의식은 원초적인 것으로 '성적 욕망'과 '공격성'이라는 충동을 가진다. '의식'만으로 인간을 설명할 수 없는 어떤 문화적 한계와 충격이 있었음이 분명하다. '의식'을 합리성으로 놓고 이 합리성으로 설명할 수 없는 어떤 '비합리성'을 '무의식'으로 설정했다. 인간은 자연과 달리 '의식'을 지닌 존재이지만, 자연처럼 '비합리성'을 지니고 있다. 그런데 이렇게 등치하긴 곤란하다. 자연은 '무의식'을 가지고 있다고 할 수 없기 때문이다. 동물이 지니고 있는, 지니고 있을 성적 욕망이나 공격성은 무의식이 아니다.

■

1) 영혼의 사전적 정의는 '육체에 깃들어 마음의 작용을 맡고 생명을 부여한다고 여겨지는 비물질적 실체' 혹은 '신령하여 불사불멸하는 존재'이다. 의식의 사전적 정의는 '깨어 있는 상태에서 자기 자신이나 사물에 대하여 인식하는 작용' 혹은 '사회적·역사적으로 형성되는 사물이나 일에 대한 개인적·집단적 감정이나 견해나 사상'이다.

서구문화가 스스로를 설명하기 어려운 막다른 골목에서, 즉 자기의 곤궁을 해결하기 위해 이 '무의식'을 발견하였다고 볼 수 있다. 인간 개체의 행동은 의식과 무의식의 대화, 혹은 긴장, 갈등에 의해 이루어지고 인간 집단의 문명 역시 개체의 의식과 무의식의 조화, 혹은 대결에 의해 조정된다. 지금도 무의식을 다루는 정신분석학이 인간을 설명하는 아주 주요한 기제로 작동하고 있지만 19세기 말에서 20세기 초에 '무의식'의 등장은 엄청난 사건이자 헤어날 수 없는 파도였다.

『통찰의 시대』에서 에릭 캔델Eric Kandel은 정신의학자 프로이트와 극작가 아르투어 슈니츨러와 함께 구스타프 클림트, 오스카어 코코슈카, 에곤 쉴레 들 3명의 화가를 불러온다. 프로이트가 '무의식'을 발견하는 것은 하나의 흐름 속에 있었고 그를 만나든 만나지 않았든 문학 뿐 아니라 그림들 여러 다양한 영역에서 그들이 무의식을 발견하고 추구하였다는 것이 시대적 통찰이었다는 것이다. 물론 매우 다종다양한 관점과 운동들이 있었지만 '무의식'의 등장을 중심으로 사후적으로 그들을 조직한 것이기는 하다. 그들에게 내면은 무엇일까? 동물과는 다른 영혼이나 신성을 발견하던 그 전 시대와 달리 그들이 내면에서 발견한 것은 아이러니하게도 동물적 본능으로서의 성적 욕망이었다.

1차 세계대전을 겪으면서 이 '무의식'에 주요하게 등장하는 것이 공격성이다. 인간의 본성을 공격성에 둔 프로이트는 토마스 홉스의 '인간은 인간에 대해 늑대'를 불러온다. 사실 멀리 십자군원정을 들지 않더라도 16세기 이후 제국주의 시대에 서구인들은 비서구인들에게 '늑대 이상의 가혹하고 잔인한 짐승'도 가벼운 비유라 할 정도의 '전능한 악마'였다. 엘리아스의 문명화과정이 세련되게 귀족과 부르주아의 집에서 진행되는 동안, 군인이나 투기꾼, 범죄자, 무직자 뿐만 아니라 수많은 사람들이 노예무역에 가담하거나 식민지 농장을 통해서, 부자가 되어 신사가 되어 돌아왔다. 샬롯 브론테의 『제인 에어』에서 제인 에어가 사모하는 로체스터 역시 자메이카의 사탕농장의 노예노동과 현지 크리올 연인과의 결혼을 통해 부를 일구어 세련된 감성을 지닌 신사가 된다.

엘리아스의 『문명화과정』은 제국주의 내의 자국민들 사이에서는 식탁의 예절을 비롯하여 다양한 의례로 폭력이 줄어들고 교양화하는 과정을 기술하고 있다. 19세기는 유럽의 전성기이자 평화가

노르베르트 엘리아스의 『문명화과정』 1, 2권.

가장 오래 지속되는 시기였다. 유럽이 세계의 주도권을 잡고 각지를 식민지로 삼고 유럽각국은 각자 식민지를 더 많이, 그리고 더 약탈을 많이 하여 부유한 제국주의가 되고자 하였다. 전쟁터는 아프리카나 아메리카, 아시아였지 그들 유럽은 아니었다. 식민지 약탈과 착취를 많이 하는 나라일수록 문학과 예술은 최고의 황금기를 누리고 사람들의 공격성은 순치되고 문명은 세련된 듯했다. 거꾸로도 가능하다. 과학 뿐 아니라 문학, 예술, 학문 들 문명이라 이름붙일 만한 것이 가장 잘 발전된 나라는 식민지에서 약탈이든, 다른 나라와의 철저한 부등가교환이든, 가장 착취와 약탈을 많이 하는 나라라 생각하면 된다.

따라서 19세기 말 오스트리아 빈은 전 세계에서 들어온 넘쳐나는 부를 지닌 유럽의 귀족과 중상층 부르주아들이 모여드는, 풍요와 성적 방종이 함께 넘치는 사회였다. 중산층 부르주아의 남자 어른은 살롱, 유곽, 자유연애 들 다양한 성적 자유를 누렸고 성적으로 문란하였다. 그들은 모두 성적 열정에 집중했다. 성적 욕망에 충실함 속에서 자신의 존재증명을 얻

어내려고 했다. 하지만 아직 유럽에 남아있던 빅토리아조의 근엄한 교육과 가정 내의 가부장적 관습은 아이들과 청소년 그리고 여성에 대해 청교도 적인 성적 억압으로 일관하였다. 이 모순, 아이들은 부모가 밤에 무엇 하는지, 아버지가 밖에서 어떤 매춘녀와 있었는지, 어머니의 미묘한 흔들리는 눈동자, 몸짓 속에서 어머니의 욕망을 … 그런 것들을 느낌으로 안다. 이제 갓 사춘기를 지난 10대말의 소녀들, 결혼을 앞둔 처녀들의 내면에서 무슨 일이 일어날까? 이 모순 속에서 성욕 발산을 갈망하는 부르주아 여 성들의 히스테리가 영민한 프로이트에 의해서 발견되고 개념으로 확정되 었던 것이다. 성적 욕망에 몰두하는 오스트리아 빈 사회의 분위기가 프로 이트를 만든 것이다.

프로이트가 본능을 성적 욕망에 제한한 이후 서구의 문화예술계와 지 성들은 이 성적 본능을 좇아서 행동하고 그 성적인 것을 그림이나 글로 드러내고자 혼신을 다함으로써 성적 본능은 하나의 우상이 되었고 대뇌 역시 그 상상력에 성적인 것이 지배하게 된다.

그런데 프로이트가 이 '성적 욕망'에만 머물렀다면 시대적 사상가는 될 수 없었고 무의식도 그렇고 그런 시대적 개념에 머물렀을 것이다. 프로 이트가 개념으로 만든 '공격성' 아래에 있는 '죽음충동'은 서구문화의 본질, 서구문화의 막다른 골목을 가장 잘 표현한 말이다. 무의식에서의 성적 욕 망은 바로 죽음충동이다. 빈의 신사와 숙녀들이 몰두했던 성적 열정이 바 로 죽음충동이지 않겠는가? 11월 말의 추운 날 간혹 사마귀 암컷과 수컷 의 교미 장면을 목격하곤 한다. 자신의 몸이 암컷에 먹히면서도 교미에 열 중하는 수컷들. 그리고 죽음을 향해 나아가지만 교미에 열중하는 암컷. 이 들에게 에로스는 죽음충동이다. 하지만 매우 신성한 에로스이자 죽음충동 이다. 인간이 다른 게 있다면 12월이 되어도 얼어 죽지 않는다는 것. 이 죽지 않음이 자신 뿐 아니라 다른 인간들, 비인간 생명들도 죽일 수 있는 죽음충동으로 몰아간다. 인간에게 에로스는 자기를 파괴시킬지도 모르는 죽음충동을 잊고자 하는 에로스이다. 세기말이 되면 삶의 의미도 활력도 시들해질 무렵에 집착하는 것은 성적 욕망이지 않는가? 리비도의 핵심이라 할 성적 욕동조차 생명의 신성함이나 인류의 재생산이라는 종족 보존이나 사랑의 감정의 결합이라는 에로스와는 거리가 멀고, 오히려 이 죽음충동의 또 다른 면인 것이다.

서구문화가 갖는 이 죽음충동은 자신을 포함하여 모든 생명을 죽이고자 하는 충동이다. 죽음충동이 갖는 이 폭력성은 인간의 본성으로 왜 치유불가능한가? 그것은 문명의 기반이 식민지민이든 자국민이든, 인간이든 비인간 생물이든, 착취에 기반하고 있

사신에 대한 묘사. 대낫을 들고 있는 해골의 모습으로 묘사되어 있다. 출처: 한국 Wikipedia.

기 때문이라고 본다. 그 폭력의 뿌리는 뽑아내기 어렵다.[2]

모든 도시국가 – 지금은 전 세계적으로 연결된 산업경제 –는 수입자원에 의존하기 때문에 우리 스스로 아무리 개명되고 평화롭다고 생각하건 상관없이 전체 문화의 착취기반은 유지되어야 한다. 폭력기반은 우리가 이를 인정하건 말건 상관없이 유지된다.

심리적으로 면역되어 있기 때문만도 아니다. 더욱 중요하게는 개개인이 심리적으로 면역되어 있듯이 이 체제 자체가 그 같은 호소에 기능적으로 면역되어 있기 때문이다. 그들은 자원을 필요로 하기

---

2) 데릭 젠슨. 『문명의 엔드게임』 1권 85~86쪽.

때문에 열화우라늄으로 기형아가 태어나고 만년설이 녹아 바다가 불어나더라도 어떻게 해서든 자원을 얻으려 할 것이다. 이 때문에 평화운동은 시작하기도 전에 결딴날 수밖에 없으니 이 문명의 뿌리를 따라서 폭력의 뿌리를 뽑아내기 전에는 기껏해야 피상적인 원인만 건드리고 따라서 증세를 누그러뜨리는 데 불과하기 때문이다.

데릭 젠슨이 여기서 말하는 문명의 뿌리, 바로 그것에 대해 프로이트가 말하고자 했던 것이다. 문명의 뿌리는 착취이고 착취가 가능하기 위해서는 공격하고 지배해야 한다. 공격하고 지배하고자 하는 것은 그 생명을 죽이는 것이며 전쟁이라는 형태로 나타날 수밖에 없다. 그래서 그들은 공격성을 인간 본성의 중심으로 격상시킨 것이다. 하지만 콜럼버스 이후 수많은 사람들이 아메리카에서 만난 인디언들의 사회나 삶에서 공격성은 중심적이지 않았다고 증언한다. 자연과의 조화로운 삶을 사는 인간들은 인간들끼리도 조화롭기 마련이다. 인간들을 내부적으로 지배하고 억압하며 착취하는 사회는 그만큼 자연의 비인간생명에 대해서도 지배하고 억압하기 마련이다.

프로이트는 개인의 내면 깊숙이 무의식인 죽음충동이 폭발하면 문명 그 자체가 위험에 빠짐을 알았다. 그것이 프로이트가 겪은 1차 세계대전이다. 그는 문명이 일군 과학과 기술의 발전이 결코 인간에게 행복한 삶을 제공하지 않았다고 비판한다. 유럽인들은 아메리카 아프리카 아시아 들 자국의 밖에서 착취를 마음껏, 즉 죽음충동을 마음껏 발산하나 자국 안에서는 제어되어야 한다. 엘리아스의 문명화과정이 그 제어장치이다. 그 제어장치가 바로 예절이나 도덕, 부모님 말씀, 꼰대 말씀 들로 초자아다.[3]

내 생각에는, 문명의 발달이라는 현상 속에서 초자아가 맡고 있는

3) 프로이트 『문명 속의 불만』. 339쪽.

역할을 추적하려는 사고방식이 훨씬 많은 것을 발견할 가능성이 있다. 나는 이 글을 마무리하려고 서두르고 있지만, 회피할 수 없는 의문이 하나 있다. 문명의 발달이 개인의 발달과 똑같은 수단을 채택하고 있다면, 문화적 욕구의 영향으로 말미암아 일부 문명이나 문명 시대 – 어쩌면 인류 전체-가 신경증에 걸렸다는 진단을 내릴 수도 있지 않을까?

이 초자아로 인해 유럽인들은 신경증에 걸릴 수밖에 없다. 왜냐하면 자국 밖에서 발산하던 욕망과 충동 역시 자국 내에서도 드러날 수밖에 없는 데 이것을 너무나 억제하니 말이다. 더구나 식민지로부터 들어온 막대한 부로 풍요와 방종이 사회를 지배하면 억눌렀던 욕망들의 뚜껑이 곧 열리려 하지 않겠는가?

폴 셰퍼드의 질문 "인간들은 왜 자신들의 서식지를 지속적으로 파괴하는가?" 역시 서구문화가 갖는 죽음충동에 대한 것이다. 셰퍼드가 보기에, 한때 인류는 자연환경과 안정적인 조화를 이루며 살았는데, 자연환경의 파괴가 가속화되어 지구는 생물종의 절멸과 토양의 파괴, 기후재앙으로 살기 어려운 서식지가 되었다. 그 원인이 무엇인가? 물질 중심의 경제적 성장 추구로 서식지가 파괴되었지만 그것은 서식지 파괴의 원인이 아니라 결과라고 본다. 그 원인을 셰퍼드는 "비합리적이고(비논리적이지는 않지만) 무의식적인, 일종의 인간존재의 근본적 차원에서의 실패, 즉 실수를 넘어선 비합리성, 일종의 광기라고 말하는 것이 더 그럴 듯하다"고 본다.4)

서식지의 파괴는 자연과의 단절이다. 자연이 아닌, 인간이 만든 것 속에서만 우리는 편안하다. 자연에 살고 있는 것들의 서식처를 파괴한 다음 그들이 모두 죽어갈 무렵 우리는 멸종을 걱정한다. 그리고 그들을 데려온다. 동물원으로.

■
4) Paul Shepherd. 같은 책. 1, 4쪽.

하지만 심층생태학이나 에코페미니즘에서 볼 때 본능은 자연과의 유대로서의 생명력이므로 문명이 자연을 파괴하는 만큼 자연으로서 생명으로서 인간의 본능은 파괴되고 단절되어, 이상 심리를 보일 수밖에 없다. 우울증을 비롯해 다양한 정신질환이 대폭으로 증가한다. 문명의 압력을 견디기가 점점 더 힘들기 때문이다. 생명의 활력은 사라지고 미칠 지경이다. 우리가 자주 쓰는 말 '돌겠다', '미치겠다'는 그 표현의 일부이다.

2015년 10월 페이스북에 어떤 사연이 올라왔다.[5] "부산에 갔을 때 사슴 '라라'를 만났습니다. 가슴이 찢어지는 듯했어요. 라라는 부산 롯데백화점 광복점 옥상 동물원에 홀로 남겨진 채 미쳐가고 있는 것 같았어요." 당시 부산을 방문한 홍콩인 루이 차우Louis Chow 씨가 지난 26일 페이스북에 올린 글과 사진이 28일 여러 커뮤니티 사이트로 확산되고 있다. 영상은 이틀에 걸쳐 촬영돼 2분16초 분량으로 편집됐다. 이상행동을 보이는 사슴 모습이 담겼다. 차우 씨는 영상 하단에 영어 자막으로 상황설명까지 달았다. 첫째날 라라는 울타리 주변에서 계속 머리를 돌리고 있다. 다음날 다시 찾았을 때는 자신의 용변을 먹고 있다. 그리고는 또 머리 돌리기를 반복한다. 사람이 다가오자 그를 반기다가도 이내 울타리 구석으로 가 다시 머리를 돌린다. 그렇게 영상은 끝난다. 차우 씨는 "부디 이 동영상을 공유해 불쌍한 사슴을 구할 방법을 찾아달라"며 "한국에서 라라를 구할 수 있는 사람이 나타나 우릴 도와줬으면 좋겠다"라고 호소했다.

롯데백화점 광복점 옥상에 정원식으로 꾸며진 이 미니 동물원에는 사슴 외에도 양, 토끼, 염소, 프레리독, 다람쥐와 같은 동물들이 사육되고 있다. 하지만 고객이 준 먹이를 양이 잘못 먹고 죽거나 먹이를 너무 많이 먹

---

[5] "부산 백화점 옥상 동물원, 사슴을 구해줘요" 외국인의 호소." 국민일보. 2015. 10. 29.

은 프레리독이 과체중이 되는 들의 일이 발생했다. 어떤 목격자는 2014년 1월쯤에 친구랑 같이 여기 갔었는데 토끼가 새끼를 낳았는데. 새끼를 잡아먹고 물어뜯었다는 얘기를 하기도 한다. 사실 사슴이나 토끼의 이러한 행동은 '좁고 단조로운 공간에서 동물이 극도의 스트레스를 받아 일으키는 정신병적 증세'로 볼 수 있다.

인간들의 행동도 이와 같지 않을까? 앞서 보았듯이 프로이트는 문명 속에서 불만에 빠진 인간들의 신경증이 집단적으로 나타난 것이 전쟁이라 한다. 문명이 급격히 성장하고 보다 높은 도덕기준을 요구하자 개인에게 가하는 억압 역시 거세지면서 버티지 못한 사람들의 불만이 폭발한 결과다. 프로이트는 제1차 세계대전이 야기한 환멸을 "대내적으로 도덕규범의 수호자인 척하는 국가가 대외적으로는 저급한 도덕성을 보여준 것"과 "개인들이 최고 수준에 이른 인간 문명의 참여자로서 도저히 생각조차 할 수 없는 잔인성을 행동으로 보여준 사실"로 본다.

그런데 프로이트의 이런 평가는 좀 문제가 있다. 앞뒤가 바뀐 것이 아닐까? 문명이 높은 도덕기준을 요구한 것이 아니라 인간존재를 가혹하고 잔인한 늑대로 몰아가면서 생명의 윤리를 어기게 한 것이 국가나 문명이 아닐까? 그리하여 국가나 문명이 압박하는 파괴적인 죽음충동이 차츰 자신에게로 집중한 결과가 아닐까? 프로이트가 인간 본질로 공격성을 본 것은 또 하나의 성악설의 일종인데, 선악의 구분을 벗어나 생명유대적인 것이 선이 아닐까? 존 A. 리빙스턴의 인터뷰를 보자.[6]

선을 '생명에 봉사하는' 혹은 '생명을 사랑하는' 무엇으로 정의해도 좋을까요?
: 생명을 인정하는 것이지요. 길을 막지 말고 생명이 생명답도록 내버려두는 것. 진화도 선이고 죽음도 선이고 포식도 선이고 전염병도

■
6) 데릭 젠슨. 『작고 위대한 소리들』. 59쪽.

선이고 모든 게 선이에요. 외부적인 인공적인 영향만 없이 일어나는 일이라면 말이지요.

리빙스턴은 선악의 구분은 생명에 대한 태도라고 본다. 인공적인 영향 없이 일어나는 일이 선이다.

인간은 유기체로서 삶의 존재유지를 지속시켜나가고 다른 생명들과도 유대를 통하여 생명의 신비를 경험하는 그런 존재로 본다면, 문명이 오히려 생명유대적 인간본질에 위협이 되고 그것의 압력이 높아져 자기파괴에 이르게 되었다는 것이 더 적절한 설명이 되지 않을까? 문명 속의 인간들도 토끼나 사슴처럼 자연과 오래 격리되어 단절된다면 비슷한 이상증세를 보이고 광기에 빠지지 않을까. 이어지는 젠슨과 리빙스턴의 인터뷰를 좀 더 보자.

- 그 말씀은 우리가 '인공적'이라는 뜻인지요?
- 우리는 자연계 바깥에 있어요. 우리한텐 생태적 지위도 없고 종 사이의 사회적 지위도 없어요. 우리는 양이나 소나 염소와 같아요. 그들처럼 가축화되어 있는 거지요. 생태적이든 사회적이든 장소(place)에 대한 감각은 인공적인 선택에 의해 우리가 가축으로 만든 동물로부터 얻은 것이며 문화적인 선택에 의해 잃은 것입니다. 우리 행동의 파괴성은 갈라파고스 제도의 염소[7]나 호주의 양과도 같은

---

7) 2007년 5월 2일 인터내셔널헤럴드트리뷴 지의 보도에 따르면, 갈라파고스 군도에서 인간과 염소의 전쟁이 한창이라고 한다. 태평양의 갈라파고스 군도, 찰스 다윈이 진화론을 정립했다는 곳으로 유명하다. 지금 이 곳에서는 '염소와의 전쟁'을 벌이고 있다. 이 염소가 갈라파고스에 처음 살게 된 것은 약 200년 전으로 갈라파고스군도를 기지로 삼았던 포경선 선원들이 식용으로 사용하기 위해 이곳에 들여온 것이라고 한다. 최근 이 갈라파고스에 염소가 14만 마리 이상으로 급격히 불어나 이 섬에 자생하는 선인장 들을 포함하는 자생식물을 닥치는 대로 먹어치우면서 생태계를 파괴시키면서 희귀종인 토착 거북이 들이 제대로 먹지 못해 멸종 위기에 처하게 됐다고 한다. 이러한 생태계의 파괴를 막기 위하여 1990년대

것입니다. 우리는 그들과 똑같이 자연적 제약을 벗어난 것이지요.

위의 글에서 보듯이 리빙스턴은 우리 행동의 파괴성도 이와 같다고 본다. 갈라파고스 제도의 염소소탕 작전은 그리스신화에 나오는 영웅의 이야기와 유사하다. 자연의 균형을 깨뜨리고 또 균형을 회복하려는 것이 모두 인공적이다. 이 균형을 새로이 만들려는 행동 역시 파괴적이다. 만약 이 섬에 인간이 들어가지 않고 몇 십 년만 그대로 두어보라.[8] 그러면 나름의 생태계 조화를 일구어 염소도 자신의 생태계적 지위를 적절하게 차지할 것이다. 토착거북이도 다시 자신의 생태적 지위를 회복할 것이다. 영웅들은 권력자의 편에 서서 인위적으로 상황을 조정하려고 한다. 그렇게 기울어진 균형이 조금 어긋나 민중들의 힘이 세어지면 다시 그 기울어짐을 복원하려고 할 것이다.

괴담인지 진실인지는 모르지만, 이와 유사한 인간 세상의 일에 대해 말해보자. 인구가 너무 많다. 현재 70억이고 2050년엔 100억이란다. 갈라파고스 군도의 염소나 호주의 양보다 훨씬 가파르게 증가하는 셈이다. 염소나 양보다 먹어치우는 것은 인간이 더 하니까. 여기서 상상력을 발동시켜 보면, 갈라파고스 군대에 인간이 최첨단 군사 장비를 가지고 (염소 입장이 아니라 하더라도) 쳐들어가 염소를 몰살하여 생태균형을 잡으려고 하듯이

■

말부터 본격적인 염소소탕 작전을 펴 현재까지 수 만 마리의 염소가 사라졌으며, 이 염소들을 소탕하기 위하여 약 천만 달러의 자금이 투입되었다. 그리고 소총과 망원조준기, 헬리콥터, 위성위치확인시스템(GPS) 들 첨단 장비까지 동원되었고, 심지어 뉴질랜드에서 수입한 사냥개와 숨어있는 수컷을 찾아내기 위하여 생식 능력을 없앤 암컷 염소까지 내세웠다고 한다.

8) "갈라파고스 이주민-염소 급증 생태계 위협". 문화일보. 2007. 05. 03.
환경운동가들은 1950년대 1000명선에 불과했던 갈라파고스 주민들이 현재 3만 명 정도로 급증했다며, 인간이 생태계 교란의 주범이라고 주장하고 있다. 메릴랜드대학의 자연자원관리 전문가 로버트 넬슨은 염소퇴치에 대해 "원래 생태계를 복원하려 한다기보다는 일종의 '디즈니랜드'를 만들려는 것처럼 느껴진다"고 말했다.

누군가 지구로 쳐들어와 인간 소
통작전을 펴지 않겠는가? 무시무
시한 사냥개나 사자들을 풀어서
죽이고 여성은 불임 시술시키고
아이들은 구덩이로 몰아 몰살시키
고 말이다.

그런데 지구 밖에서 지구를
염려하며 지구를 위해 쳐들어올
가능성은 없지 않은가. 오히려 지
구 안에서 남들보다 유달리 혜택
을 받는 서구 선진국의 지도층이
지구를 염려하며 과도한 인구의
확장을 저지하려하지 않겠는가. 과
도한 인구는 비용에 해당되고 자
기들의 이익에는 오히려 해를 끼
칠 터이니 말이다. 그래서 도는 것
이 우생학 불임프로젝트와 백신
괴담이다. 말라리아 백신과 아프리
카 인구멸종 프로젝트, 홍역, 볼거
리, 풍진 혼합백신MMR과 자폐증과
의 관계에 대한 괴담은 어떤 우려
와 공포를 반영한다. 유전자조작식
품GMO와 불임가능성에 대해 보자.

한살림에서 주최한 기자회견 포스터

먼저 미국 다국적기업인 몬
산토 사가 뿌린 고엽제에 대해서 보자. 1961~71년의 베트남 전쟁에서 몬산
토 사는 다우 화학회사와 함께 미국 정부와 계약하여 'Agent Orange'라는

고엽제를 무려 5~8천만 리터나 공급하여 베트남의 밀림과 숲 및 전략적 요충지에 무차별하게 살포하였다. 그 결과, 40여만 명의 베트남인의 사망 또는 불구화, 50여만 명의 불구아 탄생, 2백만 명의 암 또는 기타 악성 질병환자 발생으로 시달렸다고 한다. 美 농무성 과학자의 양심고백을 통해 드러나는 GMO의 저주를 보자.[9]

> 그런데도 세계 최고 갑부, 빌 게이츠와 멜린다 게이츠 부부는 몬산토사의 주식 50만주, 약 23백만달러를 투자하였고 불임종자의 상용화 계획마저 만지작거리고 있다고 한다. 그 아버지 윌리암 게이츠는 미국 가족계획협회장으로 인종 우생학에 따른 열등인간 도태를 백신개발을 통해 10~15% 줄여야 한다고 주장한 사람이다. 그래서인지 몰라도 빌 게이츠 내외는 유독 아프리카에 GMO 종자보급에 적극적이다.
>
> ......
>
> 다른 한편, 2월 17일자 <연합뉴스>는 국회 박윤옥 의원이 입수한 자료를 인용하며 우리나라는 2014년 현재 난임 환자가 20만8천명으로 늘어났고 그중 남성불임은 7년 사이에 67%나 증가했다고 보도하였다. 체외수정 들 정부의 불임치료 지원비용도 2012년 216억 원에서 2014년 249억 원으로 늘어났다. 우리 주변에 결혼한 지 5년이 지났음에도 임신하지 못한 신혼부부가 눈에 띄게 증가하고, 우울증과 자폐증 환자 수가 급격히 늘어나고 있는 현상, 각종 종양과 유방암 환자의 증가추세 또한 심각하다.

앞에서 인용한 글 위의 부분은 빌 게이츠가 우생학에 돈을 대는 정황을, 인용문에서 아래의 글은 우리나라의 불임, 자폐증, 온갖 종양과 암 발병률이 증가함을 말하고 있다.

■

9) "'GMO의 저주' ··· 美 농무성 과학자의 양심고백" 프레시안. 2015. 03. 10.

프랑스는 몬산토 사의 다른 GMO 옥수수 생산을 금지 조치하였고, 이탈리아와 폴란드, 러시아 들도 GMO 옥수수와 콩 들의 생산반대 대열에 참가하였다. 특히 러시아 의회는 GMO 생산자들을 환경과 인체를 해치는 "테러리스트"나 다름없다고 형사고발하는 법안을 통과시켰다. 그런데 우리나라는 세계 최대의 식용 GMO 곡물 수입국(2014년 210만 톤)이며 GMO 완제품 식품의 최대 수입국(약 129만 톤) 이다. 사료곡물까지 합하면 2014년 한해에만 무려 1천만 톤이 넘는 세계 제2 GMO 수입국이다.

그런데도, 위 컬럼에 따르면, 식약처, 농림축산식품부 또는 GMO 개발본부 농촌진흥청과 같은 공공기관과 대학 연구소 어느 독립연구기관 들도 GMO 식품의 위해성에 관한 임상실험은커녕 쥐, 돼지를 포함한 포유류 동물에 대한 GMO 급여 실험을 행한 바 없다고 한다. 그리고 정부 내에서는 몬산토 장학생들끼리 머리를 맞대고 서류 몇 장으로 안전성을 심사 통과시킨다. 현행 우리나라의 GMO 표시제는 있으나마나 형식적이라는 사실은 공공연한 비밀사항이다. 경실련과 소시모 들의 조사에 의하면 바야흐로 대한민국 대명천지 하에 그 많은 제조, 가공된 GMO 식품들과 수입완제품들에 GMO 표시가 되어 있는 품목은 하나도 없다할 정도이다. (단, 아직까지 국산농산물은 전부 非GMO이다!)

그럴듯한 괴담이지 않은가? 갈라파고스 군도로 쳐들어가서 염소를 몰살시키는 것이나 나찌의 아우슈비츠처럼 급격하게 대대적으로 죽이기는 것은 저항과 반발이 너무 심하므로 서서히 국가 및 권력(자본)에 의해 학살soft-kill democide을 행한다. 무엇을 먹는가가 그 사람의 존재를 결정한다. 불임으로 조작된 것을 자꾸 먹다보면 불임의 가능성은 높아지지 않겠는가? GMO를 상식하다보면 경제적으로 효율적이고 비용도 적게 들고 영양상태가 좋아 몸도 쑥쑥 크고 인물도 좋아지는데, 그런데 고자라니 ㅠㅠㅠ

인구 5억 명이 지구 최적의 인구라는 제임스 러브룩의 가이아이론이 한몫했을 수도 있다. 그런데 내버려두자. 내버려두면 생태계가 복원되는 경우를 많이 보아오지 않았는가? 대표적인 예가 DMZ이다. 전쟁 후 70년 동안 DMZ에 갇혀 버려진 땅. 위로도 아래도 막혀 비록 아주 제한된 구역 이긴 하지만 그곳은 놀라운 생명력으로 나름의 생태계가 복원되었다고 한 다. 아프리카의 경우에도 적용될 수 있다. 온갖 자원을 아주 아주 헐값에 빼앗다시피 가져오고, 이쪽저쪽 정치세력에 돌아가며 균형을 이루게 하여 끊임없이 분쟁이 있도록 해서 무기는 아주 많이 팔아먹고 … 그러지 말고 내버려두라. 그러면 아프리카인들 스스로 자기의 지역에 순응하며 그 지역 에 맞게 인구를 스스로 조절하여 다시 생태계적 지위를 찾게 될 것이다. 순응은 때로는 갈등을, 때로는 위기를 겪기도 하지만 어느 덧 보면 자신의 장소place를 가진다. 생명이란 무의식에서의 공격성을 통한 경쟁과 그 경쟁 으로 타 생명체 뿐 아니라 자신까지도 파괴시키는 죽음충동이 그 본질이 아니다. 그것은 서구문화와 자본주의가 결합한, 너무 막강해서 슬픈, 최악 의, 한 때 스쳐지나가는 인류문명의 자화상이 아닐까.

우리 인간들이 모두 인위적으로 만든 환경에서 살다보니 생명과의 유 대감은 거의 상실되었다. 혼술, 혼밥 나아가 혼살혼죽이라는 말도 나온다. 혼자 있는 것이 편하다. 혼자 살다가 혼자 죽지 뭐. 산책을 할 때도 개를 데리고 다니는 것이 좋다. 개와는 시간 약속이나 여타의 문제로 협상을 할 필요도 없고 갈등을 빚어도 개 주인이 압도적인 갑의 위치에 있기 때문에 문제가 되지 않는다. 부모와 함께 사는 것, 나이가 들면 부모를 떠나 새로 운 가정을 꾸미는 것, 아이를 낳는 것, 아이를 돌보며 그들이 자라는 것을 기쁜 마음으로 지켜보는 것, 아이들이 자라는 만큼 나는 늙고 병들어 그들 의 세상을 위해 비워주고 떠나는 것 이것은 한 생명체로서의 삶이다. 때론 결혼을 하지 않고 아이를 낳지 않더라도 이웃들의 아이들을 보며 즐거워 하고 나의 빈자리를 만들어 그들이 자라도록 길을 열어주고 나는 떠나는 것 바로 그것이 생명이다.

우리는 늙지 않으려하고 죽지 않으려하고 아이들을 위해 장소place를 마련해주려 하지 않는다. 돈도 권력도 모두 쥐고 있으려 한다. 100세까지 살려면 쥐고 있어야 한다고 이제 인간은 자연계 내의 생태계 위치만 없는 것이 아니다. 인간 세상 내에서 세대 간의 위치도 없어졌다. 아이들은 나의 짐일 뿐이다. 아이들은 나의 돈과 힘과 시간과 자유를 앗아가는 존재가 되어간다. 아이들과 우리는 경쟁 관계일 뿐이다. 한편으로 아이들에게 광적으로 집착하는 일이 벌어지지만 다른 한편 아이들은 버려진다. 아이와 사느니보다는 개와 사는 게 낫고 친구들과 사느니 개와 사는 게 낫고 부모와 사느니 개와 사는 게 낫다. 생명이 무엇인지 생명과 생명은 경쟁의 관계가 아니라 협상과 소통과 배려의 관계임을 잊어버렸다. 데이트폭력이 왜 일어나겠는가. 남자들은 지배와 피지배, 경쟁에서의 승패에 예민하다. 사귀는 여자로부터 조금의 모욕에도 참지 못한다. 남녀의 관계에서 마지막으로 남는 건, 물리적 힘의 관계이다. 힘으로 제압해야 한다.

인간 세상에, 아니 모든 생명의 세계에는 위계가 있다. 그것은 오랜 협상과 소통 배려의 결과이지 폭력적 경쟁의 결과는 아니다. 그리고 이 위계라는 것도 장소를 부여받는 것이지 권력적 관계가 아니다. 리빙스턴의 인터뷰를 조금 더 보자.10)

> 식물군락이 遷移(천이)를 거쳐 안정기인 極相(극상)으로 변하는 경우를 예로 보자. 처음에는 돌밖에 없다가 이끼가 나타나고 그 다음엔 풀이, 그 뒤엔 관목이 자라는 식으로 변해간다. 유진 오덤 같은 생태학자들은 그것이 같은 여건에 있는 두 업체가 같은 공간을 다투며 같은 목적을 위해 분투하는 것과 같다고 본다. 미루나무가 경쟁에서 풀을 물리치고 가문비나무가 그 미루나무를 물리치며 솔송나무가 가문비나무를 또 물리친다는 빌어먹을 얘기다.

■
10) 데릭 젠슨 『작고 위대한 목소리』. 65쪽.

··· 나는 빈터에서 크고 작은 나무가 새로 자라나는 모습을 볼 때마다 식물들이 서로의 여건을 마련해주는 모습을 확인하곤 한다. 경쟁이라니.

리빙스턴은 자연선택설을 인정한다. 하지만 그것의 원동력이 경쟁일 필요는 없다고 한다. 크고 작은 나무 모두 자신의 위치를 가진다. 인간이 개입하지 않는다면 말이다.

얼룩말이 경험한 비정한 자연의 질서를 보여주는 영상이 동영상 사이트에서 인기다.11) 디스패치의 이정 리포터의 설명을 보자. 얼룩말 한 마리가 강을 건넌다. 용감하기 이를 데 없다. 여기 저기 악어가 도사리고 있었기 때문이다. 얼룩말이 강의 한복판을 지난 때 악어 한 마리가 물속에서 빠르게 접근했다. 위기일발의 순간이었지만 얼룩말은 악어의 날카로운 이빨을 피할 수 있었다. 겨우 강을 건너 둑에 오른 순간 얼룩말은 안도했을 것이다. 그러나 더욱 강력한 포식자들이 기다리고 있었다. 암사자 한 마리가 달려들었다. 얼룩말은 달아나지만 속도에서 이길 수 없었다. 얼룩말은 물려 쓰러졌고 곧 다른 사자도 다가왔다. 얼룩말의 운명에 안타까움을 표하는 네티즌들이 많다. 약자에 대한 동정심은 인지상정이라고.

일요일 TV에서 자주 보던 '동물의 왕국'편과 유사한 것이다. 이런 프로그램은 경쟁이니 텃세의식이니 사회적 우위니, 아니면 잔인한 동물의 세계, 약육강식의 동물의 세계를 보여주며 우리의 동정심과 분노를 동물에게로 유도하게 한다. 얼룩말에는 동정심을, 사자에게는 분노를 말이다. 인간 세상에서도 가족도 친지도 직장사회도 없이 완전히 외따로 내버려졌을 때의 위기는 심각하다. 얼룩말은 무리 지어 다니는 것인데 어떤 인위적 상황으로 인하여 혼자가 되었을 것이다. 악어들도 무리이고 사자도 무리인데 얼룩말은 혼자라니, 이건 자연의 세계가 아니다. 다만 자연의 세계를 왜곡

■

11) http://www.dispatch.co.kr/816758

시켜 인간 사회의 폭악성을 정당화하고자 하는 연출일 뿐이다. 이 순진한 동영상 촬영자는 스스로 동정심의 발로로 찍었다고 생각할 수도 있지만 이데올로기적으로 그는 인간세상의 약육강식과 폭악성을 정당화하기 위한 연출을 했을 뿐이다. 혼밥 혼술 혼죽의 존재가 이처럼 혼자 고립된 얼룩말과 같은 신세일 수 있지 않을까.

서구문화에서의 죽음충동은 자본주의 경제와 뗄레야 뗄 수 없다. 자본주의는 이익이 있다면, 풍요가 있다면 모든 것을 다 죽여버릴 수 있는 막강한 힘을 가진다. 그것은 돈의 힘이다. 미하엘 엔데[Michael Ende]가 말하는, 자본주의의 경제가 종이돈을 가지고 어떻게 호수의 물고기를 모두 씨를 말려버렸는지 보자.[12]

- 지폐발행이 무엇을 가져왔을까요? 하나의 예가 빈스방거의 책에 나옵니다. 확실히 러시아의 바이칼이라고 생각되지만, 그 호반의 사람들은 지폐가 그 지방에 도입되기 전에는 좋은 생활을 하고 있었습니다. 나날의 성과에 따라 고기잡이는 달라도 어쨌든 물고기를 잡아서 집이나 이웃 사람들의 식탁에 올렸습니다. 매일 팔 수 있는 만큼의 양을 잡은 것이죠. 그랬는데 지금은 바이칼 호에서 이른바 마지막 한 마리까지 다 잡아버렸어요. 어떻게 해서 이렇게 되었는가 하면, 어느 날 지폐가 도입되었기 때문입니다. 그와 함께 은행의 대부도 이루어졌어요. 어부들은 물론 대부금으로 큰 배를 샀고, 나아가서 효율이 높은 어로기술을 채용하였습니다. 냉동 창고가 세워지고, 잡은 물고기는 더 멀리까지 운반 가능하게 되었습니다. 그 때문에 대안(對岸)의 어부들도 경쟁적으로 큰 배를 사고, 더 효율 높은 어로기술을 사용하여, 물고기를 빨리, 많이 잡는 데 열심이었어요. 대부금을 이자를 붙여서 상환하기 위해서만이라도 그렇게 하지 않을 수 없습니다. 그 때문에 오늘날에는 호수에 고기의 씨가 말랐습

12) 미하엘 엔데. 「돈을 근원적으로 묻는다」. 『녹색평론』.

니다. 경쟁에 이기기 위해서는 상대방보다 더 빨리, 더 많이 고기를 잡지 않으면 안 되는 거지요. 그러나 호수는 누구의 것도 아니기 때문에 물고기가 한 마리도 없는 상태가 되어도 아무도 책임을 느끼지 않습니다. 이것은 하나의 예에 불과하지만, 근대경제, 그중에서도 화폐경제가 자연자원과 조화를 이루고 있지 못하기 때문입니다.

엔데의 위의 글은 화폐가 자본주의 경제에서 어떻게 해서 죽음충동이 되는지, 풍요를 위해서 이익을 위해 조금이라도 잘 살고자 하는 경쟁이 어떻게 죽음충동으로 되는지 설명을 잘 하고 있다고 본다.

『푸른 수염의 성에서』In Bluebeard's Castle에서 죠지 스타이너George Steiner는 왜 그렇게 많은 인간들이 지난 2세기 동안(추정치는 1억 6천만 명의 사상자) 다른 인간들을 죽였는가 묻는다. 그는 어떤 이유로 유럽에서의 평화기는 질식할 듯하게 느껴졌음에 주목한다. 그가 말하길, 평화는 권태이며 주기적으로 전쟁에 의해 깨어져야 했다. 서로를 파괴시켜가는 죽음충동의 원인은, 슈타이너가 보기엔, '유일신'이다.[13]

그는 유일신이라는 참을 수 없는 정서적 지적 부담에 대한 무의식적 원한에 동기화된 홀로코스트에서 그 압박의 하나를 설명하는 표현을 얻었다. 기독왕국 전체에서 생기는 일종의 분노에 대한 광기의 실행자로서 행동하면서 독일인들은, 지구에게서 성스러운 존재와 초자연적인 존재를 박탈해버리고 멀리 있는 보이지 않는, 알 수 없는, 압박하는, 원한에 찬, 자의적인 신으로 대체함으로써 수세기 전에 신화적 창조관에 상처를 입혔던 사람들의 살아있는 대표자들을 파괴하고자 했다.

■
13) Paul Shepard. *Nature and Madness.* 4쪽. 재인용.

동물을 창조하시는 하나님. 1550~53년. 틴토레토Tintoretto.

슈타이너의 '유일신'은 추상적인 신이다. 그 신은 대지에서 여러 동물과 나무, 꽃에서 '성스러운 존재와 초자연적인 존재'를 박탈하고 대지로부터 벗어나 하늘로 올라간, 즉 구체적이고 실재하지 않는 추상적인 보이지 않는, 하지만 '압박하는, 원한에 찬, 자의적인' 신이다.

추상적인 신에 대한 선호와 죽음충동은 어떤 관계를 가지는가? 보이지 않는 유일신을 믿는 유태 기독교에서 자라난 사람들에게 낯선, 아니 적대적인 개념은 애니미즘이다. 유일신의 창조행위로 인해 모든 생명체는 창조주인 유일신에 빚지고 있다. 생명을 빚지고 있다는 부채개념과 달리, 애니미즘은 신(성)은 원래 자연에 내재하는 것으로 본다. 그러하니 유일신 사상은 모든 생명체에 신성함이 가득 차 있다는 생각에 적대적이다. 자연의 신성함은 잡귀나 악령이 된다. 서구문화에서 어릴 때부터 배우는 관점은 신성과 물질이 서로 분리되어 있고 물질은 지극히 하급의 존재일 뿐 아니라 위험하다고 한다. 그래서 물질적인 세계는 악마의 영역에 속한다. 하늘 위에 있는 것은 천국이지만 발아래 대지에 있는 것들은 지옥에 가깝다. 그리고 우리가 감각적이면 감각적일수록 더 쉽게 악마의 유혹에 빠질 수 있다. 대지와 더 가까운 존재인 여성은 뱀의 말을 듣고서 사람들이 사과를 먹게 했으며 그들을 죄악에 빠지도록 만들지 않았는가. 한마디로 정의하면 죽어야 천국에 가지 않겠는가?

자연의 뭇 생명들과 단절하고 오로지 보이지 않는 신에 대한 믿음을 강요하는 압박은, 구체적이고 장소성을 가진 것을 혐오하게 한다. 중세에 성당에서 신에 대한 몰입과 집중은 일종의 엑스터시를 경험하게 하는 데 그것은 성교에서 느끼는 황홀감 즉 오르가즘과 거의 같다. 남녀 간의 상호 정열로서의 황홀경이 아니라 추상적 신에 대한 상상만으로 오르가즘을 느끼는 것이다. 그리하다보면, 젠슨의 말을 빌리면, "특수성이 아닌 추상성에 대한 일관된 선호"를 하게 한다.14) 추상성에 대한 선호로 인해 인류는 차츰 "구체적 상황 아닌 추상적 원리에 입각한 윤리체계의 공포, 인터넷 매출 900억 달러로 전체 인터넷 매출액의 13%를 차지하는 포르노- 추상적 나체 여자 이미지 -의 홍수 그리고 갈수록 더 멀리 떨어진 심리적 물리적인 거리에서 사람을 살상할 능력과 경향"으로 치달아간다. 그리하여 이런 경향들은 다양성을 제거하고 지구를 죽이려하고, 갈수록 동류인간들과 비인간들의 집단살상으로 이어지는 죽음의 문화로 이어진다고 한다.

더구나 가시 면류관을 쓰고 손발에 못을 박아 피 흘리며 십자가에 달린 예수상은 지독한 피학증을 유발한다. 자신의 일생동안 뿐 아니라 2천년 이상의 세월로 내려오는 피학증적 압박은 종교적 신경증을 발생시킨다. 독일에서는 학부모들이 성당이나 교회에서 가시면류관을 쓴, 고통에 찬 헐벗고 피 흘리는 몸의 예수 십자가상이 청소년들에게 사디즘이나 마조히즘들 좋지 않은 정서를 불러일으킨다고 소송을 거는 경우도 있다고 한다.

프로이트의 트라우마는 유년기의 성적 체험이다. 몽고메리 크리프트 주연의 <프로이트> 영화를 보면, 프로이트는 아이들의 유년기에 성적 체험

---

14) 데릭 젠슨. 『문명의 엔드게임』 1권. 85쪽.

에서 트라우마를 겪으려면 못된 아버지 못된 오빠 못된 어른이 있어야 된다는 것에 깊이 고민에 빠진다. 즉 가까운 남자 어른의 성추행이나 성폭행이 있어야 되기 때문이다. 세상의 모든 아버지를 사악한 성폭행범으로 몰 수도 있는 자신의 학설이 성립되는 것에 대해 엄청 부담감을 느낀 프로이트가 오이디푸스 콤플렉스를 만들어낸다. 아버지에 의한 유년기의 직접적인 성적 (폭행) 경험이라기보다, 물론 있을 수도 있지만, 딸의 아버지에 대한 소망, 즉 오이디푸스적 성적 소망의 좌절에서 트라우마를 겪게 된다고 보았다. 아버지에 대한 '유아기의 성적 욕망'에 그 죄를 덮어씌운 것이다.

그런데 현실에서 보면 아버지에 의한 성폭행이나 성추행은 심심치 않게 언론에, 영화에, 소설에서 흔하게 나타나는 반면, 현실에서 지극히 병리적인 아주 흔하지 않은 예외적인 경우를 제외하면 사실 아버지에 대한 성적 소망이 좌절되어 딸들이 트라우마를 겪는 경우는 참 드물다. 그러므로 그것 자체가 보편적이지 아니하므로 학문으로 개념화하기도 어렵다. 하지만 프로이트는 그리스신화에서 오이디푸스를 불러와 인류보편의 현상으로 만들어버렸다. 프로이트는 부르주아 중산층 어른 남성의 사회적 도덕적 권위를 무너뜨리기보다는 권력 없는 아이들에게 그 죄악을 넘겨버렸다.

물론 여기서 유아기의 성욕이나 오이디푸스 콤플렉스는 주제가 아니다. 이 글은 죽음충동을 강화하는 트라우마에 대해 쓰고 있다. 성적 소망의 좌절에도 그만큼 트라우마를 느낄 정도라면 생명을 걸어야 하는 전쟁터의 전쟁신경증이나, 가정이 세상의 중심인 여성이 가정에서 겪게 되는 장기간에 걸친 가정폭력의 트라우마는 어떨까? 나아가 유일신의 추상적 폭력과 사도-마조히즘적 윤리의 강요는 장기간에 걸친 트라우마를 남기지 않을까. 박정희 군사독재 18년의 전체주의가 우리에게 트라우마를 남기고 칠레 피노체트 장기집권의 폭력이 트라우마를 남기듯이 말이다.

주디스 허먼^{Judith Lewis Herman}은 『트라우마』에서 복합적 외상 후 스트레스 장애(PTSD)에 대해 말한다. 인질이나 전쟁터의 포로 경험, 혹은 지진이나 강간 들 불연속적인 한 차례의 사고로 충격을 받은 것뿐만 아니라 장기간에 걸친 전체주의의 통치를 겪은 사람에게도 외상 후 스트레스 장애가 심각하게 일어난다고 한다.[15) 오랜 서구문화의 죽음충동, 불안, 신체에 대한 혐오감, 과학과 경제학에서의 감정배제 같은 것들은 문화 자체가 복합적 외상 후 스트레스 장애에 걸림을 말하고 있는 것이 아닐까? 서구문화가 장기간에 걸쳐 인간과 비인간에게 가한 폭력이 이런 복합적 외상 후 스트레스 장애를 만들어내고 이 장애가 서구문화의 죽음충동을 더 강화하고 있다.

자연에 대해 공존이나 신비감, 경외를 말하기보다 쳐 부셔야 할 공포에 대해 말하면 우리는 자연을 기피하고 무서워하며 자신의 삶에서 배제하려고 한다. 인간적인 것으로 둘러싸여야만 안심을 한다. 자연에 대해 억압적인 사회는 인간에 대해서도 억압적이다. 여성은 자연과 등치되어 억압되고 가난한 사람들은 정치적 경제적 경쟁에서 패배자들이므로 억압된다. 블록버스터 영화를 보며 그 속에 나오는 파괴적 영웅과 자신을 일치할 수도 있지만 반복되는 그런 영화의 감상은 우리를 무기력한 심성을 갖도록 몰아간다. 영웅이 있어야만 구조가 된다. 여기서 영웅과 자신을 일치시키듯, 자신을 학대한 자와 일체감을 느끼게 된다. 그래서 서로가 이롭게 공존하기보다는 모든 관계는 힘과 권력에 기초하는 것이라 생각하게 된다. 그들은 강자가 약자에게, 약자는 더 한 약자를 지배하며 가장 약한 자는 요령껏 살아남는 법이라고 생각하게 된다.

15) 주디스 허먼 『트라우마 - 가정폭력에서 정치적 테러까지』. 207쪽 이하.

3. 문명의 묵시록: 유발 하라리 vs 데릭 젠슨

여기서 서구문화에 대한 인지방식에 대한 문제를 짚고 넘어가자. 『문명의 엔드게임』 1권에서 "나는 학교에서 세계사를 배울 때마다 묘한 기분이 들곤 했다"는 데릭 젠슨의 말을 구태여 빌릴 필요도 없다. 서구문명의 주역인 백인인 젠슨도 그럴진대 우리들은 어땠을까? 세계사 시간은 서구문명사를 배우는 시간이다. 웬만한 사람들은 다 의문을 가진다. 문명의 시작을 역사로 본다면 그 이전의 비문명기는 역사가 아니란 말인가? 그 전에는 인류의 삶이 없었다는 말인가? 역사 이전 시대를 선사시대라 한다고 해도, 그러면 이 시대에 사람들이 살아왔다는 내력은 역사라 하지 않고 선사라 할 수는 없지 않는가? 6천 년 전에 하나님이 말씀으로 창조하기 전에는 아무 것도 없었다는 바이블의 이야기처럼 세계사는 6천 년 전에 시작되었다고 가르친다. 다만 십만 년을 구석기 시대, 만년을 신석기 시대로 할애하고 이집트나 중동, 중국의 문명을 아주 간단히 언급하고 고대그리스와 관련 있는 경우는 집중해서 배운다. 데릭 젠슨의 말에 의하면 아주 간추린 그 시대의 특징은 "언제나 가장 중요한 인간 이야기, 즉 서방문명을 시작하기 위한 서곡이었다."[1]

서구문명사가 세계사를 독점하는 것보다 중요한 문제가 있다. 그것은 서구문화는 다른 문화보다 우월할 뿐 아니라 가치 있는 유일한 문화이기 때문에 다른 생활방식 즉 다른 문화들을 없애는 것은 손실이기는커녕 실질적인 이득이 된다는 것이다. 문명은 곧 서구문명이고 따라서 서구문명 아닌 것은 문명이 아니다. 젠슨은 이것이 "다른 문명들이 공유하지 않는 이 문명의 특성과 관련된 문제"라고 본다. 생활방식은 오직 한 가지이며

---

[1] 데릭 젠슨. 『문명의 엔드게임』 1권. 51쪽.

2017년 기아인구 8억 2100만 명 가운데 아프리카 약 20%, 아시아 약 12%순으로 차지하고 있으며, 두 지역에서는 기상이변에 따른 가뭄이나 홍수가 자주 발생하는 것이 요인이라고 보고서는 분석했다.
출처: 뉴스타운

서구문명이야말로 그 방식의 유일한 소유자라는 믿음이다. 그러므로 우리가 할 일은 필요하면 강제로라도 이 생활방식을 보급하는 것이다.

밀을 길러 빵을 먹는 서구식 문화를 아프리카에 강제함으로써 어떤 상황이 벌어졌는지 보자.[2]

나는 파리에서 세바스턴 셀가도의 사진 전시회를 본 후에 「굶주림」이라는 시를 썼다. 사진들은 사헬이라는 아프리카의 한 지역에서 발생한 기아 현상을 찍은 것이었다. UN에서 우리 미국 사람들은 이것을 자연재해라 한다. 그러나 만일 식민주의 역사를 좀 더 면밀히 검토해본다면 이와는 다른 사실을 발견할 수 있다. 한 지역의 자연적 환경을 무시하는 것은 그 지역 사람들이 자신의 운명을 결정짓고 스스로가 선택한 삶의 방식대로 살아갈 자연적인 권리를 무시하는 것이다. 이러한 지배와 무시의 행동이 아프리카에 많은 기근을 가져왔다.

■
2) 수전 그리핀. 「굽어진 길」. 『다시 꾸며보는 세상』. 155쪽.

기근이 잦은 지역에 사는 아프리카 사람들은 기장을 재배하고 계절마다 윤작한다. 기장은 물을 많이 필요로 하지 않는 곳에 중요한 작물이기 때문이다. 백인 식민주의자들이 밀과 같은 농산물로 대체하였다. 이것은 기후조건의 변화를 더 불러왔고 밀은 가뭄에 견디지 못함으로써 최악의 기아 현상을 가져오게 된 것이다.

아이들의 몸에 파리 떼들이 웅성거린다. 아프리카 사진전에서 흔히 보는 풍경이다. 파리들마저 먹을 것이 없어 아이들의 땀내 나는 굶주린 몸에 달라붙는다. 어머니의 젖은 말라붙었고 아이들의 갈비뼈가 그대로 드러난다. 대지에는 나무도 꽃도 피어있지 않다. 하수구인지 도랑인지 모를 더러운 물이 흐르고 … 이 풍경들이 서구인들이 자원을 앗아갈 뿐 아니라 생활 방식과 자원을 다루는 방식을 강요한 결과이다. 끌라스트르는『폭력의 고고학』에서 이러한 것을 '민족말살'이라 한다. '인종말살'은 '인종'이라는 관념 및 인종적 소수자를 멸절시키겠다는 의지와 관계된다면, 민족말살은 사람들을 물리적으로 제거하려고 하기 보다는 그 사람들의 문화를 파괴하려고 하는 것이다. 따라서 민족말살은 "말살의 집행자들과 상이한 다른 사람들의 생활양식과 사고방식을 체계적으로 파괴하려는 것"이다.[3] 이러한 민족말살의 집행자들은 누구일까? 누가 민족 성원들의 영혼을 공격하는 것일까?

끌라스트르는 기독교 선교사들을 그 예로 드는데 이교도 신앙의 힘을 깨뜨리는 것은 사회의 기초 자체를 파괴하는 것이다. 그것은 원주민을 진정한 신앙의 길을 통해서 문명으로 이끄는 것이라는 신념의 결과이다. 이것은 야만인을 '위해서' 행해지는 것이고 선교사들은 선한 일을 한다는 사명감을 가진다. 더욱 웃긴 것은 '선교사 체위'the missionary position이다. 우리나라에서는 '정상위'라 부른다. 이 말이 처음 등장한 것은 1948년에 나온 유명한『킨제이 보고서』Sexual Behavior in the Human Male에서이다. 우리에게는 기독

---

3) 끌라스트르,『폭력의 고고학』. 69~70쪽.

교 선교사가 국외에 전도하면서 현지 주민이 낯선 자세로 사랑을 나누는 것을 보고 '정상 체위'로만 할 것을 강요했기에 이런 이름이 생겼다고 알려졌다. 교회는 남녀 간의 사랑과 그들의 자세에도 관여했다. 금욕이 최선이지만 번식을 위한 목적의 관계는 인정했다. 그들은 임신에 가장 좋다고 생각한 정상 체위만을 인정하고 다른 자세는 쾌락을 쫓는다며 죄악시했다. 길가메시 신화에서도 비슷한 얘기가 나온다. 처음 엔키두가 짐승처럼 웅덩이의 물(우물물이 아니라)을 마시고 짐승처럼 후위체위를 했는데 길가메시가 보낸 창녀와 정상체위를 하면서 엔키두가 인간이 되었다는 구절이 나온다.

젠슨은 이런 신념들이 결합하여 끔찍한 연금술적 변화가 일어나는데 서구문화에 "가담하기 싫어하는 자들은 죽여 버리면 그만"이라는 것이다.[4] 그래도 말을 듣지 않을 경우에 인종말살이 들어간다.

식민지 침략을 당하거나 아니면 그 경계에서 지독히 고통스럽게 살다가 한편으로 적응하여 살고 다른 한편으로 저항하면서 살다보면 세상이치에 깨닫는 바가 나온다. 그것은 부자이든 가난하든, 배웠든 못 배웠든 마찬가지이다. 세계사가 일방적인 서구문명의 승리의 이야기로 도배가 되어도, 그 와중에 민족사나 지역사도 나름 용솟음치면서 저항이 생긴다. 이제 헬레니즘과 헤브라이즘, 즉 아리아인들과 셈족들의 서구문명사가 세계사라 하기 어려워졌다. 그래서 지구사가 등장한다. 이런 걸 빅히스토리라 한다.

다른 한편으로, 빅히스토리의 등장은 서구문명의 자본주의가 세계화되면서 서구문명이 완전히 세계를 접수한 것처럼 보이게 되자 이제 지구를 접수하기 위한 하나의 전략이다. 그런데 지구사의 방향이 요상타. 우주와 지구의 대결로 나가거나 인간과 기계의 대결로 나간다. 이 대결에서 우리는 누구의 편을 들 것인가? 우주와 '지구'의 대결에서는 지구 편을 들고,

---

4) 데릭 젠슨. 『문명의 엔드게임』. 1권 35쪽.

'인간'과 기계의 대결에서는 인간 편을 든다. 당연히 '지구의 인간'이다. 그런데 그 인간은 그 기계를 만들어낸 창조주 아버지 대자본이거나 그 대리인이다. 결국 빅 히스토리를 읽다보면 우리는 '지구의 인간', 즉 서구 자본주의 문명의 대자본가와 대정치가의 크러스트가 만들어내는 우주쇼와 유전자조작을 지지하고 있음을 발견한다.

최근에 주목되는 두 저서는 인류 종말에 관한 묵시록에 관한 것이지만 매우 다르다. 지구사와 세계사의 대결이라고나 할까? 아님 지구사적 인류종말론과 세계사적 인류종말론이라고나 할까? 진단은 유사하나 처방은 정반대이다. 한 권은 고대그리스 비극에 나오는 주인공처럼 웅장하지만 인간 종의 몰락을 예고하고, 다른 한 권의 책은 인류의 종말을 말하지만 인간과 비인간 생물 종의 재생에 대한 희망을 아름답게 그리고 있다. 한 권의 책은 인류 종말의 원인을 인류 종 자체 사피엔스에 두지만, 다른 책 한 권은 인류 종말의 원인을 서구문명의 자본주의에 둔다. 이 글을 읽는 독자님들 여러분은 누구 편을 들 것인가요?

최근 전 세계를 강타한 베스트셀러 작가 유발 하라리의 책들 『사피엔스』나 『호모 데우스』가 그 중 한 권이다. 이 책은 우선 매우 매력적이다. 생물학과 경제학의 경계를 넘나들며, 자연사와 과학의 경계를 넘나들며 폭넓은 지식, 더구나 매끄럽고 자신감에 찬 그의 필력은 이성적 판단을 마비시킬 정도로 매우 매력적이다. 지금 우리나라의 식자들은, 언론 매체는 말할 것도 없고 이 유발 하라리에 푹 빠져 있다. 우리가 책을 읽을 때 그 책의 늪에 빠지지 않는 유일한 방법은 '인간을 어떻게 정의하고 있는 가', 그리고 대립되는 내용에서 '누구의 편을 드는 가' 이 두 가지를 염두에 두고 읽는 것이다. 난해하고 박학한 글일수록 사실 이 두 가지 진실에 관한 자신의 입장을 숨기는 게 많다.

인간 본성의 문제도 그렇게 어렵게 생각하지 말자. 유독 자본주의에 들어와서 인간의 성악설이 주된 자본주의 서사가 되고 악한 사람들의 경쟁(발전), 나아가 전쟁이 인류 발전의 원동력이 되고 있다. 이러한 성악설을 주장했을 때 누가 이득을 보는가? 곧 성악설의 목적은 누구를 편들기 위함인가? 성선설에 바탕을 둔 것인지 성악설에 바탕을 둔 것인지만 알면 된다. 정답은 쉽게 나오지 않는가. 자본주의에 관한 서사의 첫 사상가인 토마스 홉스는 '모든 인간은 모든 인간에 대해 늑대'를 주장하였고, 자본주의 경제학의 원조 아담 스미스는 '보이지 않는 손'이라는 인간의 이기심과 탐욕이 사회적 선을 가져온다고 하였다. 20세기 들어 인간 내면 깊이 인간 정신성의 고고학을 탐구한 프로이트는 공격성을 인간의 본성으로 규정하였고, 리처드 도킨스는 '이기적 유전자'로 생물학적으로 인간의 이기심을 신자유주의 시대 인간 본성으로 프로그래밍하였다.

　　이 끝자리에 나타난 자가 유발 하라리라 할 수 있다. 하라리는 인간이 얼마나 잔인하고 위험한가? 그 위험한 잔인함이 인간이 진화해온 생물학적 본성이라고 말한다.5)

> 인간은 너무나 빨리 정점에 올랐기 때문에 생태계가 그에 맞춰 적응할 시간이 없었다. 게다가 인간 자신도 적응에 실패했다. 지구의 최상위 포식자는 대부분 당당한 존재들이다. 수백만 년간 지배해온 결과 자신감으로 가득해진 것이다. 반면에 사피엔스는 중남미 후진국의 독재자에 가깝다. 인간은 최근까지도 사바나의 패배자로 지냈기 때문에 자신의 지위에 대한 공포와 걱정으로 가득차있고 그 때문에 두 배로 잔인하고 위험해졌다. 치명적인 전쟁에서 생태계 파괴에 이르기까지 역사적 참사 중 많은 수가 이처럼 너무 빠른 도약에서 유래했다.

　　따라서 유발 하라리는 사피엔스라는 인류 종 본질 자체가 '생물종 말살'적이라 한다. 하라리 같은 영민한 자가 어찌 놓치겠는가? 그도 서구 자

■

5) 유발 하라리. 『사피엔스』. 31쪽.

본주의의 찬란한 문명이 민족말살
이나 인종말살 위에 건립되었다는
이야기는 수시로 한다. 하지만, 생
물 종까지 말살하는데 민족말살이
나 인종말살은 크게 주요 변수가
아니다. 진화의 전 과정에서 희생
물은 생기기 마련이다. 진화란 경
쟁이자 적자생존이니까. 서구인들
이 초래한 서구 이외의 지역에서의
참담한 빈곤, 불평등, 초토화된 자
연, 전쟁 들에 대해서는 책임이 없다.

『사피엔스』를 쓴 유발 하라리 히브리
대 교수(역사학)가 26일 오전 서울 중
구 환경재단 레이첼카슨홀에서 연 기자
간담회에서 취재진의 질문에 답하고 있
다. 〈연합뉴스〉

　　그런데 유발 하라리 역시 국가와 시장이 가족과 공동체를 파괴하고
개인화를 통해 국가와 자본에 복속시키고, 자본과 과학의 결탁이 그 개인
을 조작의 대상으로 삼는다는 걸 말하고 있다. 결국 서구문명의 자본주의
가 승자가 된 것은 국가와 자본과 과학의 결탁임을 말이다. 그러면 이것은
제도의 문제이지 본능의 문제가 아니지 않는가? 물론 수만 년 올라가서
일어난 사건들의 파편들을 지금 현대 자본주의적 시각에서 선택하여 배치
하고 재해석하여 써 내려 오기 때문에 그 일관성 속에서 보면, 국가와 자
본과 과학이 지닌 포식성과 잔인성, 맹목성도 인간의 본능이 그대로 발로
된 것이라고 하면 할 말은 없다. 다만 『사피엔스』가 전제하는 내적 논리
안에서만 논리적일 뿐이다. 그 거대하고 방만하며 수려한 논리에서 좀 빠
져나와서 머리를 식히고 다시 보자.

　　'인류 vs 비인간 생물의 대결'로 지구사를 풀어내면 인류가 살아온 내
력인 세계사적인 흔적은 몹시 왜소해진다. 농업혁명으로 오히려 대다수 사
람들의 영양 상태나 질병, 그리고 노동조건 들은 더욱 힘들어졌기 때문에
농업이 사기라고 주장하는 유발 하라리는 그 농업에서 극소수의 신성과

귀족들과 관료들이 모두 앗아가기 때문에 그 결과 대다수의 삶이 더욱 피폐했다고 보지 않고 급속한 인구증가와 방자한 엘리트에 그 원인을 돌린다. 여기서 멈추지 않고 하라리가 서구문명의 지배체제가 저지른 착취와 수탈에 책임을 묻지 않고 진화론으로 이끌고 가는 솜씨를 보라.[6]

> 평균적인 농부는 평균적인 수렵채집인보다 더 열심히 일했으며 그 대가로 더 열악한 식사를 했다. 농업혁명은 역사상 최대의 사기였다. 그것은 누구의 책임이었을까? 왕이나 사제, 상인은 아니었다. 범인은 한 줌의 식물 종, 밀과 쌀과 감자였다.

자 여러분, 하라리의 솜씨가 어떠한가? 어떤 반전의 지적 즐거움을 느끼지 않는가? 현대의 우리들은 반전, 아이러니, 역설 이런 것 참 좋아한다. 흔히 들어오던 착취, 수탈 그런 말들은 좀 지겹다. 하도 들어서 상투적이다. 듣는다고 말한다고 바뀌지 않는다. 그러면 해석을 달리 하면 차라리 마음이 편하지 않겠는가? 농부들이 더 열심히 일했는데 더 고통스럽다, 그런데 그 원인은 밀과 쌀과 감자가 농부를 그렇게 만들었기 때문이다. 이 기발한 생각에 모두들 하라리에게 끔뻑 넘어간다. 지금은 식상한 비유이지만, 꼬리가 머리를 흔든다고 했을 때 얼마나 그 재치에 즐거웠던가? 사실 엄청난 사기임에도 불구하고 말이다. 하라리의 이 책은 우리를 현혹시키는 미망이지 않는가?

이런 논리라면, 사피엔스가 살아온 빅히스토리에서 거기서 개인이 무얼 할 것인가? 엄밀한 의미의 개인은 존재하지 않는다. 어떤 집단의 구성원일 때에만 개인은 목소리를 가지고 힘을 가지고 희망을 가질 수 있다. 이제 나는 북한과 마주보고 있는 한국인이기도 그렇고, 평화의 소녀상을 두고 서로 대립하는 것도 우습고, 직장에서 갑질하는 상사에 분노하는 것도 우습게 된다. 얼마나 사소한 것들인가? 지구에서 행해졌고 행해지고 있

■
6) 하라리. 같은 책. 124쪽.

는 사피엔스의 거대한 투쟁에 비하면 말이다. 우리는 발 디딜 곳을 잃고 붕 뜬다. 현실에서 떠나니 일단 기분은 좋다.

인간의 종 가운데는 사피엔스 종만 있듯이 서구문화만이 세계적 동일성을 획득했다. 사피엔스 서구문화가 세계에서 절대자가 되어 자기지배에 들어간다는 묵시록이다. 여러 지역의 문화들은 거의 사라졌다. 언어도 사라진다. 영어를 비롯한 열 몇 개의 언어만이 살아남을 수도 있다. 더 이상 지배하고 정복해야 할 것이 없는 외로운, 신이 된 사피엔스는 무얼 할까? 이제는 사피엔스 자체의 몸과 마음을 두고 지배와 정복이 들어간다. 이건 멈출 수 없다. 왜? 사피엔스의 지배와 정복은 본성이니까. 자기 지배의 핵심내용은 프랑켄슈타인 박사와 길가메시 프로젝트로 나타난다.

우리가 신의 행세를 하려 들고 생명을 조작하면 심한 벌을 받게 되리라는 경고 말이다. 하지만 이 이야기에는 더욱 깊은 의미가 있다.
프랑켄슈타인 신화는 호모 사피엔스로 하여금 종말의 날이 빠르게 다가오고 있음을 직감하게 한다. 프랑켄슈타인 신화에 따르면, 지금과 같은 속도로 기술이 발달할 경우 호모 사피엔스가 완전히 다른 존재로 대체되는 시대가 곧 올 것이다. 그 존재는 체격 뿐 아니라 인지나 감정 면에서 우리와 매우 다를 것이다. 모종의 핵 재앙이나 생태적 재앙이 개입하지 않는 한 그렇게 될 것이란 이야기다.[7]

길가메시 프로젝트가 과학의 주력상품인 이유가 여기 있다. 길가메시 프로젝트는 과학이 하는 모든 일을 정당화하는 구실을 하고 있다. 프랑켄슈타인 박사는 길가메시의 어깨에 목말을 타고 있다. 길가메시를 막는 것은 불가능하기 때문에 프랑켄슈타인을 막는 것도 불가능하다.[8]

■
7) 하라리. 같은 책. 82쪽.
8) 같은 책. 586쪽.

프랑켄슈타인 박사는 사피엔스를 다른 종으로 만들어버리고, 길가메시 프로젝트는 인간을 영생불멸을 향해 나아가게 한다. 과학자들에게 왜 유전체를 연구하는지 왜 뇌를 컴퓨터에 연결하려고 시도하는지 왜 컴퓨터 안에 마음을 창조하려고 노력하는지 물어보면, 그들은 병을 고치고 사람들의 목숨을 살리기 위해서 한다고 한다. 과학자들이 그런 말을 하는데 누가 반대하겠는가? 그래서 유발 하라리는 우리가 여기서 이대로 브레이크를 밟고 호모 사피엔스를 다른 종류로 업그레이드하는 과학프로젝트를 중단하리라고 생각한다면 순진한 착각이라고 말한다.

다시 하라리는 평범한 사람들의 평범한 욕망에 책임을 전가한다. 사람들이 불로장생하고 싶기 때문에 인류가 몰락하는 거라고. 과학과 자본은 인간의 욕망과 본능을 근거로 한 것이기 때문에 책임도 질 수 없고 멈출 수도 없다고. 하라리의 책을 비판하는 것이 목적이 아니므로 그만 쓰자. 몇 권의 책을 쓸 수 있겠지만. 이 책 전체가 곧 그 비판이므로.

여기서 쟁점은 우선, 인류문명 위기의 가장 큰 원인 제공자를 사피엔스 종 자체에 둘 것인가, 아니면 사피엔스의 승자가 되어버린 서구문명에 둘 것인가, 그렇지 않으면 서구문명을 가장 활짝 꽃피운 자본주의를 지목할 것인가이다. 그리고 이 모든 것의 원인이 매우 복합적으로 세 가지 차원에서 중층적으로 일어난다고 하더라도 각 차원 어디에 그 문제의 출발점을 두고 그 책임 정도를 어디에 더 많이 둘 것인가에 따라서도 다르다.

요즘 젊은이들은 말한다. 모든 종은 멸종되게 되어있다고 하지만 당장은 아니다. 그게 천년일지 2백년 후일지, 아니면 100년 후일지 …. 단 50년 후만 아니면 된단다. 노력을 해봤자 소용이 없다. 에어컨을 켜지 않으면 살 수 없다. 에어컨으로 온난화가 더 심해져서 기온이 올라가고 … 아니 당장 에어컨을 켠 덕분에 에어컨 열기가 바깥으로 뿜어져 나와 대기를 맴돌다 자신이 저녁에 퇴근할 때 역시 더위로 고통을 받을지라도 어쩔 수 없다. 개인이 할 수 있는 게 아무것도 없고 개인이 노력을 하더라도 멸종의 대세를 돌리긴 어렵다. 종으로서 사피엔스의 운명이다. 아마 유발 하라리가 지닌 호모 사피엔스 인류에 대한 분열된 시선 … 그의 자신감 있는 글은 묵시록이다.

이와 달리, 데릭 젠슨은 인류 종말의 묵시록을 쓰고 있는 것은 서구 문명과 자본주의의 폭력과 지배문화임을 분명히 한다. 좀 유치하게 편 가름하자면, 젠슨은 성선설이다. 성선설은 아직 인간에 대한 신뢰를 한다는 것이고 파괴적이고 폭력적인 서구문화의 방향을 어떤 식으로든 돌릴 수 있다는 희망을 가진다는 뜻이 아닐까. 그러기 위해서는 착한 사람, 평범한 사람도 사태를 알아야 하고 분노하고 폭력을 행사할 수 있다. 쥐도 궁지에 물리면 물 수 있듯이. 그래서 그는 비폭력보다는 반폭력을 주장한다. 젠슨의 글은 인간에 대한 신뢰, 나아가 생물 종에 대한 신뢰, 미래에 대한 신뢰로 가득차고 그 묘사 묘사가 매우 아름답다.

젠슨의 논리를 하라리에게 적용하면 결국 서구문명의 폭력과 지배문화가 그 사물의 이치대로, 그리고 논리적 귀결상 자멸로 들어섰다는 것이다. 그가 경제학적 개념으로 자본주의를 분석하는 것은 아니다. 하지만 젠슨은 서구문명의 권력자들과 자본이 유지되기 위해서는 왜 생태계를 파괴시켜야 하는 가를 깨닫는다.[9]

> 나는 오래 전부터 이런 것을 모두 알고 있었지만 지난주에야 비로소 권력층이 토지 이용권을 통제해야 하는 것과 마찬가지 논리에서 야생하는 모든 먹을거리를 파괴해야 한다는 것을 깨달았다. 예를 들어 야생연어가 살아남도록 허용해서는 안 된다. 바로 문밖에서 은 연어를 잡을 수 있다면 뭐 하러 세이프 웨이(미국의 슈퍼마켓 체인)

■
[9] 데릭 젠슨 『문명의 엔드게임 1』. 148쪽.

까지 찾아가겠는가. 그러면 권력층들은 무슨 방법으로 사람들이 식량을 자급하지 못하도록 만드는 가. 간단하다. 공짜로 얻을 수 있는 먹을거리를 모두 없애는 것이다. 권력층에게 대가를 지불하지 않고도 우리 욕구를 채울 수 있는 모든 것을 없애는 것이다. 세계 수자원의 사유화를 밀어붙이는 것을 보면 당국이 공짜로 얻을 수 있는 수자원의 오염에 왜 그처럼 무관심한지 이해할 수 있을 것이다.

산업혁명의 부수적 산물이 환경 재앙이 아니다. 자본이 이윤을 최대한 뽑아내기 위해 비용을 덜 지출하려고 생태계를 파괴하는 것이 아니다. 생태계 파괴는 자본주의 산업의 존재 기반 그 자체이다. 파괴 위에서만 산업은 존재한다.

데릭 젠슨

유발 하라리는 서구문명이 승자가 되는 것은 진화적 필연성으로 보고 있다. 유발 하라리가 보기에 진화적 필연성이라고 해서 서구문명이 승자가 되는 것이 옳거나 바람직한 것은 아니다. 승리의 원인은 서구문명의 폭력적 지배에 있는데, 그 결과 부유한 백인이 신격화되고 그들은 불멸의 야망을 실현하려고 하는데, 인류 전체가 그들이 하는 걸 지원하고 고민해야 된다고 본다. 영화 <프로메테우스>에서는 인류 기원을 탐사하는 LV-223 행성으로 항해할 우주탐사선 '프로메테우스'의 개발과 작전이 웨이랜드 유타니사의 회장인 웨이랜드가 자신의 불멸을 위해 벌인 개인적 야망에서 비롯되었음을 잠깐 보여준다. 왜 이런 영화들이 난무하고 우린 그들의 불멸을 위한 이데올로기 작업에 돈을 들이고 시간을 들여야 하나.

신격화되어 불멸을 노리는 백인이 그 광대한 영토를 접수하고 어떻게 부자가 되었나. 최근세 그들이 인디언에게 행한 그 파렴치함을 보자.[10]

백인이 공정한 싸움에서 인디언을 죽이면 명예롭다고 하지만 인디언이 공정한 싸움에서 백인을 죽이면 살인이라고 한다. 백인군대가 인디언과 싸워 이기면 위대한 승리라고 하지만 백인이 지면 대학살이라고 하면서 군대를 더 많이 모집한다. … 인디언 한 명이 죽으면 우리 민족에게 빈자리를 남기고 우리 마음 속에 슬픔을 남기는 큰 손실이 되지만 백인 한 명이 죽으면 서너 사람이 나타나 그 자리를 차지하기를 그치지 않는다. 백인은 자연을 정복하고자 하며 자연을 자기 뜻에 맞게 굴복시켜 사치스럽게 사용하다가 모두 없어지면 그저 쓰레기를 남겨두고 빼앗을 새 땅을 찾아 옮겨가기만 하면 된다. 백인종은 모두 언제나 굶주린 듯 땅을 먹고 사는 괴물이다.

결국 백인들은 타민족, 타 지역의 것을 빼앗아 부유해지면 그 부유함으로 기술을 개발하여 무기도 더 좋은 것으로 성능을 향상시켜 다시 전쟁해서 빼앗고 다시 부자가 되고 다시 더 좋은 무기를 개발하여 주변을 하나씩 하나씩 모두 삼킨다. 땅을 먹고 사는 괴물이다.

그러면 이런 백인의 서구문명이 만든 세상은 좋아졌는가? 젠슨은 좋아졌다는 것은 문명인들의 자뻑이라고 본다. 자동차 대수나 비행기, 빌딩의 높이 들로 측정하면 맞는 말이지만, 여가시간, 지속가능성, 사회적 평등, 식량안보 들을 기준으로 비교하면 수렵인들이 오히려 이긴다고 본다.[11]

그러면 우리는 무엇을 할 것인가? 데릭 젠슨은 말한다. 깨끗한 물과 공기가 바로 선이라고. 그리고 땅의 소리를 들으라고. 그러면 된단다.[12]

"우리에게 뭘 하라고 일러주지 않을 거라면, 무슨 목적으로 책을 쓰셨습니까?"

---

10) 데릭 젠슨. 같은 책. 15쪽. 인디언 쇼니족 지도자 칙시카Chiksika의 연설.
11) 데릭 젠슨. 같은 책. 65쪽.
12) 같은 책. 113~114쪽

"그렇게 가상의 독자들이 원하는 걸 이야기할 게 아니라, 당신이 원하는 게 무언지 말해 봐요."

"그걸 알려 주세요."

"당신에게 알려달라는 거지요?"

"네"

"뭘 해야 할지를 말이지요?"

"네"

"좋습니다. 내일 바튼 스프링스 온천장에 가서 앉아 계세요."(바튼 스프링스는 텍사스 주 오스틴에 있는 아름다운, 그러나 지금은 죽어가고 있는 광천이다.)

"그 다음은요?"

"광천수가 무슨 일을 해야 할지 알려줄 때까지 기다리세요."

"선생님은 왜 알려주지 않고 …"

"나는 방금 말했어요. 바튼 스프링스가 그 지역을 나보다 훨씬 더 잘 압니다. 그 지역이 무엇을 필요로 하는지, 지속 가능성이 그곳에선 어떤 모습인지도 잘 압니다. 그 광천은 나보다 훨씬 더 똑똑해요. 무엇을 해야 할지 정확하게 알려줄 겁니다."

"바튼 스프링스라고 하셨나요?"

"그렇습니다. 또 아니기도 하고요. 그것은 도처에 있습니다. 그저 귀를 기울이기만 하세요. 내 이야기가 아닌 여러분 스스로의 이야기를 경청하세요. 그리고 땅의 소리에 귀를 기울이세요."

유발 하라리가 우주로 나가는 사피엔스의 운명을 신의 모습으로 그리고 있지만 데릭 젠슨은 우주나 하늘이 아니라 땅의 소리를 들을 것을 말한다. 모든 생명의 출발이자 시원이자 종국은 땅에 있지 않은가. 땅의 소리를 듣고 깨끗한 물, 깨끗한 공기를 절대선으로 본다면 인류와 지구는 회복할 수 있다고 본다. 다음의 책에서 이걸 하늘과 대지의 투쟁으로 보아 신화적으로 해석해보겠다.

데릭 젠슨의 글은 잃어버린 태고적 목소리이자 시적 상상력에 가깝다. 유발 하라리의 『사피엔스』나 『호모 데우스』는 고대그리스 비극에서 몰락하는 영웅의 이야기와 닮았다. 온갖 권력과 살육과 이익을 탐하다 몰락하는 고귀한 영혼, 바로 비극의 영웅 말이다. 그래서 유발 하라리의 이 책은 고대그리스 문명을 이어받은 서구문명의 가장 승자인 미국, 더 나아가 유태문명을 대변하는 책이다. 우리나라에서 출판된 데릭 젠슨의 『문명의 엔드게임』은 어느 시사 잡지의 "아깝다 이 책"에서 소개되어 간신히 한 번 더 주목을 받은 반면, 『사피엔스』는 국제적 베스트셀러일 뿐 아니라 우리나라에서만도 수만 부가 팔렸다. 삼성이 세계의 승자가 되기를 바라는 마음, 아직 어떤 희생을 치르더라도 경쟁에서 승자가 되기를 바라는, 그리고 아직도 경제성장에 대한 환상을 버리지 못하고 있는 한국민의 심성에 데릭 젠슨의 책은 촌스럽고 유발 하라리의 책은 비극이 내장되어 있지만 매력적이다. 고대그리스신화나 비극의 영웅들은 인류를 위해 비극적으로 죽은 고귀한 자들일까? 인류를 멸망의 구렁텅이에 넣고 자신은 불멸의 명예를 추구한 메갈로메니악일까?

3장. 문명화과정: 야만인을 기다리며

1. 문명화과정에 대해

문명화가 무엇인가 문명화의 정의에 대해 수만 가지가 있지만 『원시적인 것을 찾아』의 저자 스탠리 다이아몬드와 『문명화과정』의 저자 노베르트 엘리아스Norbert Elias의 개념을 통해 알아보자. 문명화과정에 대한 스탠리 다이아몬드의 정의와 엘리아스의 정의는 매우 다르다.

스탠리 다이아몬드는 책을 시작하면서 첫줄에 정의를 내린다. "문명은 대외적으로는 정복에서, 대내적으로는 억압에서 기원한다. 정복과 억압각각은 다른 것의 한 측면이다."[1] 정복전쟁으로 다른 지역을 침략하여 약탈하고 복속시키는 것과 대내적으로는 계급의 분화와 노예제도, 여성에 대한 억압 들이 그것이다. 이것은 동전의 양면처럼 억압은 정복의 다른 측면이고 정복은 억압의 다른 측면이라는 것이다. 대개 외부의 정복은 영토의 확장을 통해서 부국강병의 길로 인식된다. 우리나라 사람들이 영토가 가장

---

[1] Stanley Diamond. *In Search of the Primitive*. 1쪽.

확장된 고구려를 찬양하듯이 일본 역시 조선을 침략하여 식민지화하고 중국까지 삼키던 대동아공영권의 시절을 미화하지 않겠는가.

그런데 전쟁하는 나라는 대내적으로 지극히 억압적이다. 장교뿐 아니라 병사들까지 전리품의 일부를 챙겨서 일시적으로 배를 불릴 수 있다하더라도 전쟁을 위해 인적 자원 뿐 아니라 수많은 물자들이 징발되어야 하고 전쟁 중인 정권에 대한 반대나 저항은 바로 군사법정에서 처리된다. 언론은 억압되고 민생은 배급체계가 되고 자유왕래도 불가하다. 이러한 억압과 그로 인한 순종의 내면화는 전쟁이 끝난 후에도 자유롭고 평등한 분위기로 완전히 다시 되돌리기는 어렵다. 전쟁 시의 군대가 평화 시에 억압기제로 작용하지 않겠는가.

대외정복이 대내억압으로 바뀌는 과정은 페리클레스의 민주정이 벌인 펠로폰네소스 전쟁에서 그대로 나타난다. 살라미스 해전과 마라톤 전투의 승리로 아테네는 제국주의가 되었고, 그 제국주의 유지를 위해, 즉 전쟁 동원을 위해 아테네 민주정이 필요했다. 페리클레스 시대의 고대그리스 아테네는 삼년에 2년, 즉 사흘에 이틀 꼴로 전쟁을 했다고 한다. 처음에는 페르시아로부터 보호해준다는 명분으로 동맹국을 전쟁으로 엮어 분담금을 내게 하였다. 페르시아에는 바치지 않던 조공을 같은 민족인 아테네에게 바치는 셈이

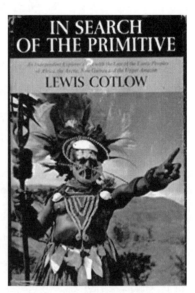

스탠리 다이아몬드의 책. 다이아몬드는 자신의 문명에 대해 비판하지 않는 인류학자는 무책임할 뿐 아니라 그 자신이 서구문명의 도구가 된다고 말한다.

되었다. 그 분담금과 전쟁의 전리품으로 찬란한 파르테논 신전을 지었다. 전쟁을 잘 하는 나라가 선진국이다.

더구나 대외적 정복과 대내적 억압의 짝은 "발전의 법칙으로서 반영된다; 문명이 가속적으로 발전함에 따라 문명을 지지하는 자들은 자신들의 역사적 현재를 전 인류의 진보적 운명으로서 객체화한다"는 것이다.[2] 델로스 동맹을 만들어 그 기금을 아테네가 독점적으로 관리할 뿐 아니라 페리클레스는 다른 폴리스들이 자신들의 군대를 못 만들게 하고, 화폐도 못 만들게 하는 들 정치 경제 군사적 지배를 하기에 이르렀다. 재판은 반드시 아테네에 와서 받게 한다든지 아테네는 그로 인해 숙박업, 자영업, 유흥시설이 엄청나게 발전하여 흥청망청하는 국제도시가 되었다. 만약 이를 어길 시에는 동맹국을 침략했는데 그 명분은 민주정이었다.[3] 스파르타와 아테네 즉, 펠로폰네소스 동맹과 델로스 동맹의 전쟁 명분은 독재정과 민주정이었던 것이다. 이 민주정의 수출을 위해 아테네는 30년 이상 전쟁을 벌였다. 20세기 후반의 미국과 같지 아니한가. 전쟁과 억압이 많을수록 문명의 발전과 진보가 이루어진다. 아테네와 미국, 우리가 뻑 가는 찬란한 문화를 꽃피웠다.

반면 엘리아스의 문명화과정은 일종의 교양화, 세련화라 할 수 있다. 엘리아스는 문명화과정을 르네상스 시기 유행했던 시빌리테(civilite: 예절) 개념을 빌려온다. 이를 통해 문명의 개념이 처음으로 부각되고 결국 이 단어가 전 유럽에 '문명'(독일의 경우 Zivilisation)의 개념으로 자리 잡아 가는 과정을 역사적이고 사회적인 배경 하에서 추적하고 있다. 엘리아스가

■
2) 같은 책. 1쪽.

3) 아테네 민주정의 문제가 무엇인지 보려면, 필자의 『어두운 그리스』 3부 "민주정과 국가주의의 기원"에서, 「그리스 민주정과 추첨제에 관하여」, 「국가와 희생: 페리클레스 추도연설을 중심으로」, 「청년전사 입문식과 비극의 성-정치학」을 참조할 것. 우리가 알고 있던 것 뒷면의 어두움을 보게 된다. 이 어두움이 아마 고대그리스에서나 현대 대의적 민주제의 바로 그 기원이 아닐까 한다.

『문명화과정』 1권 「매너의 역사」에서 밝히는 문명화과정의 지표 가운데 몇 가지만 살펴보자. 크게 '식탁에서의 예절'과 '똥이나 오줌, 콧물, 침과 같은 배설물에 대한 것', '개인의 공격성에 대한 합리적 유도' 들로 나뉜다.

우선, 식탁에서의 예절 변화를 보자. 포크의 사용은 뚜렷한 문명화의 상징이다. 이때 문명화를 이루는 감정구조의 변화는 수치심의 내면화이다. 중세의 상류층은 맨손으로 식사를 했는데 더럽고 기름기 있는 손가락을 사교모임에서 보이는 일이 수치스러운 감정을 불러일으키기 때문에 차츰 손을 사용하지 않고 포크를 사용하였다고 한다. '소스가 묻은' 손은 곧 '문명화되지 않은' 행동으로 낙인찍히게 된다. 그 다음에 중세 사람들은 "식탁 쪽으로나 식탁 위에 침을 뱉지 말고, 식탁 밑으로 뱉어라"고 권장되었는데 차츰 침뱉는 욕구 자체가 제어되는 쪽으로 문명화가 일어났다. 그 중간의 과도기에는 '침을 조그만 천에 뱉는 것'이 권장되었고 대안으로 손수건 사용이 거론되었으나 침 뱉기 자체가 점차 불쾌하게 여겨지면서 마침내 침을 뱉는 욕구 자체가 거의 사라지게 되었다. 현재 또 다른 배설물인 콧물도 손으로 풀지 않고 손수건으로 닦으며, 배설물에 관한 이야기는 공적인 자리에서 금기시되는 분위기도 같은 맥락이다.

물론 엘리아스는 문명화과정을 단순히 한 단계에서 다음 단계로 넘어가는 이행과정으로 보거나 진보적 과정이라고 보지는 않는다. 더 중요한 문제는 왜 포크로 식사하는 것이 더 문명화 되었다고 생각하는가이다. 엘리아스는 비위생적이기 때문이라고 보지 않고 수치심 때문이라 생각한다. 손가락으로 음식물을 집어먹으면 손이 더러워지고 기름기나 양념이 손에 묻은 걸 타인에게 보이게 되면 수치스러운 감정을 불러일으키기 때문에 미개하고 비문명화된 행동으로 간주되는 것이다.

그리고 이런 문명화과정은 시빌리테 개념의 근원지인 궁정에서부터 시작했으며 상류 귀족들에 의해 발전하고 결국 이것이 시민계급으로 확대되어 결국은 하류층에 전파된다. 엘리아스는 문명화과정이 직선적으로 이

행하거나 반드시 그 전 단계는 미개하고 다음 단계는 문명화라고 도식화하지도 않고 선과 악의 대립으로 보는 것도 아니라는 것을 전제하고 있기는 하다. 하지만 엘리아스의 이런 방향성에 대한 견해는 아무리 그가 원시와 문명의 이분법적 도식을 배제했다 하더라도 문명화과정에 있어서 귀족계층의 시빌리테 개념에서 출발해서 문명화의 전파과정을 설명한다는 것은 결국 위계 질서적이고 이분법적인 가치판단에서 그리 자유롭지 못함을 보여준다.

그래서 지그문트 바우만^{Zygmunt Bauman}도 『현대성과 홀로코스트』에서 엘리아스에 대해 비판한다.[4] 그가 보기에 엘리아스는 '근대화=문명화과정'이라고 하면서 식탁 예절 들을 통해 일상생활에서의 폭력을 합리적으로 제어해온 것이 현대성의 큰 성취라고 주장한다. 하지만 '예절'^{manners}은 그런 식으로 폭력을 순치시키는 것이 아니라 '우리의 예절'을 고수하면서 다른 이들에게 전치하려는 태도가 결국 폭력을 유도한다는 것이다. 앞서 끌라스트르의 말을 인용했듯이 민족말살 정책은 그 민족의 문화로써 언어와 의복, 풍습을 버리게 한다. 문명화로써 표준어를 쓰게 하고 고유의 언어를 버리게 하고 양복이 편하고 세련되어 보임으로써 옛 의상을 입지 않게 되고 결혼식 장례식 들 모든 의례도 서양식을 따르게 된다. 우리는 장례를 치를 때 흰 옷을 입었고 상주는 누런 삼베옷을 입었다. 하지만 이제 서양을 따라 검은 옷만 입는다. 일제시대 문화폭력은 강제적으로 일어났지만 미국식 자본주의화에서는 경제논리 효율의 논리에 따라 문화가 압살된다. 신자유주의의 세계화는 전 세계적으로 진행된 유례없는 민족말살정책이다. 일 년에 천 개의 언어가 사라지고 영어로 대체되고 TV는 글로벌 문화로 나이지리아, 몽고, 라다크 가리지 않고 자본주의적 서구문화를 전파한다.

■
4) 지그문트 바우만. 『현대성과 홀로코스트』. 43~53쪽. 이 부분이 '문명화과정의 의미'라는 소제목을 달고 있지만 책 전체가 현대성과 문명화과정 및 그 효과를 홀로코스트와 관련해서 논하고 있다.

현재로서는 TV가 가장 민족 말살적이다. TV가 가장 첨병의 문명화 수단이다.

스탠리 다이아몬드의 문명화에 대한 주장과 엘리아스의 문명화에 대한 정의가 서로 극단적으로 다른듯함을 어떻게 해석해야 할까? 바우만의 비판에서 접점을 찾을 수 있다. 이 극단적 대립이 있는 듯한 주장들은 서로 층위가 다르면서 하나로 맞물린다. 간단히 정리하자면 바우만의 비판, '따르지 않는' 사람들에 대한 전치의 문제이다. 이 따르지 않음, 이 복종하지 않음에 대한 폭력과 통제 이것이 문명화과정이라 할 수 있다.

그런데 이 두 가지 상이한 주장은 시공간을 초월하여 지속적으로 이루어지는 의식의 갭이자 인식의 장애물로 등장한다. 빌 게이츠가 2016년 여름휴가 때 필독도서로 가져간다는, 세계의 CEO나 유력 정치가들이 앞다투어 추천하는 책인 『우리 본성의 선한 천사』(부제: 천사인간은 폭력성과 어떻게 싸워 왔는가)는 정확히 엘리아스의 『문명화과정』의 층위에 있는 책이다. 이 책의 저자인 스티븐 핑커는 인간의 역사에서 폭력이 점점 줄어든 이유를 인간 본성 속의 네 가지 선한 천사(감정이입·자기통제·도덕성·이성)가 또 다른 다섯 가지 내면의 악마(포식성·우세 경쟁·복수심·가학성·이데올로기)를 억제해 왔기 때문이라고 주장한다. 지은이는 이런 논증을 위해 계량역사학이 정리해 놓은 방대한 수치를 꼼꼼히 찾아 제시한다. 핑커가 보기에 평화 과정은 비국가 사회에서 국가 사회로 변화하면서 이룩된 시기다.[5] 약탈과 살인이 일상처럼 번졌던 원시 사회에서 국가 체계로 넘어가며 감소하는 경향을 보인 것이다. 약 5천 년 전부터 시작된 이 과정은 농

■

5) 이 글 2부 "그리스신화와 호모 네칸스"에서 문명은 수렵가/살해자 패러다임을 사회체제의 기본으로 삼음을 보았다. 이 패러다임은 야만에서 문명으로 가는 과정에서, 공동체에서 국가사회로 이행과정을 주도하고 사회의 지배체제로 굳혔다. 스티븐 핑커는 이 과정에서 집중적으로 일어난 가공적 폭력을, 즉 남성 신과 남자 영웅이 주도한 침략과 약탈의 가공할 폭력사태와 현대의 비전쟁 상황을 비교하고 있다. 이행기 이전의 시대가 얼마나 평화로웠는지에 대해서는 함구하고 있다. 그런 점에서 스티븐 핑커는 필자의 논지에서 정확히 반대편 대척점에 있다.

업 문명에 기반한다. 자연 상태에서 나타난 약육강식의 습성이 점차 줄어들었다. 저자인 핑커는 폭력이 5분의 1로 줄어들었음을 보여준다.

과연 폭력이 줄었는가에 대해서는 많은 이견이 있다. 이 책의 주인공인 헤라클레스는 원시사회에서 국가체계로 넘어가는 과정의 이행기적 영웅이다. 핑커는 이 과정을 통해서 폭력이 감소하였다고 보는데 이 글에서는 그 폭력의 행사권이 영웅들과 지배집단들이라 할 수 있는 국가에 의해 차츰 독점되었다고 본다. 즉 국가에 의한 억압과 정복이 시작되면서 폭력은 대규모로 행사되었고 그 결과 철저히 지배계급과 피지배계급으로 나누어지는 폭력의 제도화가 이루어졌던 것이다. 미국 상위 1%가 40% 중산층의 자산과 맞먹는다. 평균 백인의 소득은 평균 흑인 소득의 15배가 넘는다. 이게 바로 폭력이 아닌가.

엘리아스의 문명과과정은 국가가 폭력을 독점하고 신민은 거기에 복종하고 규율을 내면화하는 과정에서 만들어진 것이다. 바우만은 현대 문명의 비폭력성은 하나의 환상이라고 말한다. 단지 보이지 않게 처리되었을 뿐이라고.6)

> 문명화과정에서 일어난 것은 폭력의 재배치, 폭력의 접근권의 재배분이었다. 우리가 혐오하도록 훈련받은 다른 많은 것들과 마찬가지로 폭력은 존재가 없어진 것이 아니라 단지 시야에서 사라졌을 뿐이다. 그것은 눈에 보이지 않게 되었다. 즉 협소하게 한정된, 그리고 사유화된 개인적 경험의 관점으로부터 보이지 않게 되었다.

폭력을 독점적으로 소유하게 된 국가는 개인이 할 수 있는 범위를 넘어서 대규모의 자본과 기술을 가진 관료제와 상비군을 창설했다. 지난 17세기에서 19세기 200년 동안의 전쟁의 사망자에 비해 20세기 양차대전으

━

6) 바우만. 같은 책. 173쪽.

로 생긴 사망자의 수는 훨씬 더 많았다. 2차 세계대전 때만 보면 동원된 총병력은 1억 명, 군인사망은 천5백만 명, 민간인 사망은 약 3천만 명 군인이나 민간인의 부상은 추정불가능하다.

그런데 스티븐 핑커의 말은 더 놀랍다. 그의 말 그대로를 인용해보자.[7]

히로시마에 원자폭탄을 떨어뜨렸던 에놀라 게이호의 조종사는 10만 명을 한 번에 한명씩 화염 방사기로 직접 죽이라고 했다면 틀림없이 수락하지 않았을 것이다. 한명의 죽음은 비극적이지만 100만 명의 죽음은 통계라는 말은 사실이다. 사람들은 위험에 처한 다수의 인간을 마음으로 감싸지 못하지만, 이름과 얼굴을 아는 한 명의 목숨을 구하는 데는 흔쾌히 나선다.

위에서 주장하는 스티븐 핑커는, 의도를 약간 모른 척하자면, 1명씩 10만 명 죽인다면 수락하지 않겠지만 10만 명을 원자폭탄 같은 걸로 한꺼번에 죽인다면 수락한다는 말이 무슨 뜻일까? 통계로 100만 명을 죽일 수 있지만 이름을 아는 사람은 못 죽인다는 것 말이다. 개인을 한 명씩 못 죽이는 것이 우리 본성의 선한 천사 때문이다. 하지만 이 선한 천사가 국가화한 다섯 가지 내면의 악마(포식성·우세경쟁·복수심·가학성·이데올로기)에게 모든 것을 위임하고 착한 척 코스프레를 하고 있다.

탈레반이나 IS(이슬람 국가)에서 칼로 참수하는 것과 미군이 열화우라늄탄을 사용한 것을 비교해보자. 탈레반이나 IS가 포로를 잡아 주황색 죄수복으로 입힌 다음 칼로 참수하는 동영상을 퍼뜨린다. 칼로 직접 목을 자르는 것을 보여준다. 그 목적은 몸값을 요구하거나 전쟁에 가담하지 못하게 공포를 조장하는 것이다. 미국과 유럽 뿐 아니라 중국, 일본, 한국 들 아시아에서도 규탄성명을 내고 그 야만성을 높이 성토하였다. 무척 끔찍함

■

7) 스티븐 핑커. 같은 책. 962쪽.

에 틀림없다. 칼이 나의 목을 썰면서 들어온다 생각해보자. 나의 의식은 말짱한데 말이다. 온 몸에 전율이 일고 공포에 질려 식겁하기 전에 단말마의 고통으로 울부짖을 것이다.

미국은 아랍국가와의 전쟁에서 열화우라늄탄을 주로 썼다. 최첨단의 과학이 모두 집중하여 완성한 최고의 무기인 열화우라늄탄에 대해서 살펴보자.[8] 열화우라늄은 우라늄 농축에서 나오는 핵폐기물이기 때문에 원재료비는 무료에 가깝고, 우라늄의 대안이 될 텅스텐 들의 금속에 비해 비용적으로 매우 저렴하다. 방대하게 계속 만들어내어 처분이 곤란한 핵 쓰레기를 병기로서 외국에 매각할 수 있고, 폐기(폭탄으로 투하)할 수 있는, 미국 에너지 성(省)과 군사 산업에 일석이조의 방법이다.

그러나 열화우라늄탄을 피해자의 입장에서 보면 아주 무서운 무기이다. 열화우라늄탄은 목표에 닿으면 우라늄 입자가 미세 분말 형태로 되어 확산된다. 즉, 방사능이 공기 중이나 물에 섞여 넓은 범위에 퍼져, 환경과 인체를 오염시킨다. 생물은 자연에서 만들어진 방사능은 축적하지 않지만 인공적으로 만들어진 방사능은 영양이라고 착각해 축적해 버린다. 식물이 영양으로 생각해 모으고, 그것을 미생물이 모으고, 그것을 작은 생물이 모으고, 그것을 큰 생물이 모아서 수만 배로 농축하여 버린다. 그러므로 환경 중에 방출된 방사능은 낮은 수준에서도 인간이 섭취할 때는 몇 만 배의 농도로 바뀐다.

특히 성장기에 있는 사람일수록 피해를 받기 쉽고, 어른보다 어린이는 10배 민감하고, 태아는 100배 민감한 것으로 알려져 있다. 공기나 음식을 통해 체내에 받아 들여져 피폭한 결과 이라크에서는 많은 어린이들이

---

[8] 열화우라늄 탄에 대한 설명은 다음카페의 글을 참고하였다. http://cafe.daum.net/ stinker/EO1y/1230? q=%BF%AD%C8%AD%20%BF%EC%B6%F3%B4%BD% C5%BA

백혈병을 중심으로 한 악성 종양에 걸렸다. 또한 경제 제재에 의해 약물이 없다고 하는 배경도 있어, 많은 어린이들이 속수무책으로 죽어갔다.

미군은 걸프전에서 300~400t, 아프가니스탄에서 500~1000t, 이라크 전쟁에서 800~2000t의 열화우라늄탄을 사용했다고 한다. 또한, 보스니아와 코소보에서 사용되었다. 열화우라늄의 방사능 반감기는 45억년이라고 알려져 있는데 이렇게 장기간 살상 능력을 가진 무기는 달리 없다. 원전이 가동하는 한, 그 처치 곤란한 핵 쓰레기로 만든 열화 우라늄탄이 인간을 살상하고 지구를 영원히 황폐한 불모의 지역으로 만들 것이다.

미군은 문명화된 선진국의 군인이므로 칼을 들고 목을 베러 달려드는 원시적 전사가 아니다. 칼을 드는 것보다 발사하는 것이 훨씬 좋다. 칼을 들고 달려들 때는 적의 얼굴을 보아야 하지만 폭탄을 투하하거나 발사할 때는 그들의 얼굴을 볼 필요가 없다. 앞서 설명한 '갈수록 더 멀리 떨어진 심리적 물리적 거리에서 사람을 살상할 능력이 강화'되는 문명의 특징이다. 열화우라늄탄을 사용한다고 선진국들이 규탄성명서를 내는 것을 보지 못했다.

탈레반이나 IS의 참수가 야만인가, 미군의 열화우라늄탄의 사용이 야만인가는 판단에 맡기겠다. 그런데 참수는 그 당사자의 죽음에 그치는데 열화우라늄탄은 식물, 미생물, 동물, 물고기, 그리고 대지까지 모두 오염이 되고 백혈병과 여러 암으로 어린이들이 죽어가고 태어는 기형아가 되고 차츰 대지는 죽음의 땅으로 변한다. 최고의 문명국이 가장 살상력의 범위와 강도가 높은 무기를 생산하지 않았겠는가? 이라크 보건부의 통계자료에 따르면 걸프전 이후 이라크 인들의 암 발병률은 비약적으로 증가했으며 유방암 6배, 폐암 5배, 특히 여성들의 난소암은 16배까지 증가했다.

그런데 문제는 그리 간단하지 않다. 언제나 업보는 돌아온다. 프로이트가 식민지에서의 인간과 비인간의 학살로 인해 문명국민의 무의식 속으로 도돌이표로 돌아온 죽음충동을 보고 그것이 문명을 내파시키는 것임을 알았듯이, 열화우라늄탄은 미국으로 돌아간 미군의 삶을 내파 뿐 아니라 외파까지 시키는 것임이 드러났다. 미국에서는 걸프전에 참전했던 군인들 사이에서 원인을 알 수 없는 각종 질병에 시달리는 사람들이 생겨나기 시작했다.[9] 참전군인 69만 7천명들 중 상당수가 만성피로와 피부 발진, 탈모, 두통, 근육통, 관절염, 신경마비, 불면증, 우울증, 정신착란, 기억상실, 위장질환, 호흡장애, 생리이상에 고통 받고 있다. 걸프전 참전군인협회[AGWVA]에 따르면 군인들의 30%가 만성적인 질병으로 일을 할 수 없어 보훈청으로부터 장애수당을 받고 있다. 그들 대부분은 30대 중반이다. 이 같은 질병은 열화우라늄탄 때문이며, 지금 진행 중인 이라크 전에서도 같은 사태가 되풀이되고 있다고 한다.

공격성을 순치하는 문명화과정에 대한 엘리아스의 예를 더 찾아보자. 식탁예절을 예로 든다. 육식은 일종의 식탁 위의 해부 실험이다. 중세사회 상류층은 동물의 커다란 부위 전체를 식탁 위에 그대로 올려놓았다. 하지만 근대에 와서 도살 들의 생산 활동은 전문가들에게 위탁하였다. 그리하여 오늘날 고기는 그 동물의 형태를 알아볼 수 없게 식탁 외의 공간에서 자르고 조리한다. 즉 불쾌한 것을 '무대 뒤로 옮기는 일'이 이른바 문명화과정의 큰 특징이다. 나이프는 식탁 위의 전쟁을 보여준다. 중세사회의 상류층은 항시 전투태세를 가지고 있었으며 충동 제어가 느슨하였고 지켜야 할 나이프에 대한 금기사항도 그리 많지 않았다. 하지만 차츰 '위협의 제한'과 '감정구조(혐오감)의 변형'이 일어나서 위협의 상징과 도구들에 대한 불쾌감이 증가하였다. 그리하여 칼 사용에 대한 제한과 금기도 늘어나게 되었다.

■
9) "열화우라늄탄이 이라크인과 미군을 죽이고 있다." 프레시안. 2003.11.08.

앞에서의 식탁예절, 즉 수치심과 불쾌감에 대한 식탁예절의 변화와 달리, 위에서 예를 든 식탁예절에서는 잔인함과 공격성의 순화에 초점을 둔다. 살인이나 결투와 같은 개인 간의 공격성에 대한 것도 국가권력이 대행하기 때문에 개인들 간의 폭력성이나 공격성은 눈에 띄게 줄었다. 이것을 엘리아스 식으로는 문명화과정이고 스티븐 핑커 식으로는 문명사회에 이르러 드디어 우리 본성의 선한 천사가 내림했다고 볼 수 있다.

600만 유대인 집단학살의 주범으로 거론되던 나치전범 아이히만은 재판에서, '나는 내 손으로 유태인을 직접 죽인 적이 없으며, 그 어떤 인간도 살해한 적이 없다. 더욱이 행정 집행자로서 유대인은커녕 그 어떤 인간도 살해하라고 지시하거나 지목한 적도 없다'고 대답한다. 아이히만은 자신이 유대인 소년을 직접 때려죽였다고 하는 것에 대해 가장 분개한다. 치클론B를 수용소의 간수나 담당자가 살포하여 죽였고 아이히만은 유태인에 대한 '최종해결책'에 서명

엘리아스는 식탁예절의 변화를 문명화과정의 예시로 많이 들고 있다.

했을 뿐이다. 스티븐 핑커의 '우리 본성의 착한 천사'와 똑같은 맥락이다. 아이히만은 유태인 한 명 한명을 때려죽이라 하거나 한 명 한 명 독가스로 죽일 때마다 명령하라고 했다면 못했을 것이다.

바우만은 근대성을 '계몽의 변증법'으로 해명할 수도 없고, 근대화를 '문명화과정'(엘리아스)이라는 명제로 말해버릴 수만도 없고, 근대성을 '감시와 처벌'(푸코)이라는 패러다임으로도 해명될 수 없는 근대(성)의 맹점, 그게 바로 홀로코스트라고 말한다.[10] 그는 홀로코스트는 '그때' '그들'의 이야기가 아니라고 한다. 냉전의 종언 이후에도 무수한 인종 학살이 자행

되고, 인간을 '쓰레기'로 만드는 근대성의 메커니즘은 여전히 작동한다는데 그에게 '(국가) 폭력', '(자발적) 복종', '합리성'이 근대성의 '어둠의 핵심'의 세 축이다.

그런데 바우만을 비롯하여 아도르노, 그리고 수많은 근대의 이성 비판자들은 근대적 자본주의가 잘못이라 한다. 물론 현대성의 핵심인 자본주의가 충분히 문제이다. 하지만 자본주의만이 문제일까? 엘리아스 식의 문명화와 아우슈비츠 식의 문명화는 항상 공존한다. 충돌하지 않고 아우슈비츠의 학살자들이 퇴근을 하고 집에 가서 저녁을 먹고 피아노를 치거나 책을 읽으며 사교모임에서 아름다운 여인들과 춤을 추며 피로를 풀 수 있다.

서구문명의 시원이라 할 고대그리스에서 이 문명화 층위를 살펴보자. 우리가 외설적이라고 하는 영어 단어 obscene은 off scene에서 유래한다. 장면 밖에서, 즉 무대 밖에서 일어나는 것이 외설적인 것이다. 아이스킬로스의 비극 『아가멤논』에서 아가멤논의 아내 클뤼타임네스트라는 욕조에 있는 아가멤논을 살해하러 도끼를 들고 뛰어간다. 10년 만에 돌아온 아가멤논이 트로이 공주 카산드라를 첩으로 데리고 와서 첫날밤을 자려고 했다. 하지만 살해 장면은 보여주지 않는다. 다만 장막 너머서 비명 소리가 들릴 뿐이다. 살해는 무대에서 일어나지 않는다. 소포클레스의 비극 『오이디푸스 왕』에서도 오이디푸스의 어머니이자 아내인 이오카스테가 대들보에 목을 매다는 장면은 보여주지 않고, 또한 죽어있는 이오카스테의 가슴에서 황금브로치를 빼서 자신의 눈을 찌르는 장면, 그리고 피가 쉴 새 없이 쏟아지는 장면은 보여주지 않고 사자(使者)의 보고로 처리한다.

이처럼 폭력성을 순화시키는 문명화과정이 그리스 비극 속에서 일찌기 나타나기 시작했지만, 펠로폰네소스 전쟁이 막바지에 이르던 416년에

■

10) 지그문트 바우만의 『현대성과 홀로코스트』에서 책 내용에서는 modernity를 '근대성'으로 번역하고 제목은 현대성이라 번역하고 있다.

일어난 멜로스 섬의 학살은 외설성을 넘어선다. 최초의 조직적인 제노사이드이다. 기원전 416년, 펠로폰네소스 전쟁 막바지, 그리스 남동부의 작은 섬인 멜로스가 느닷없이 아테네의 침공을 받았다. 멜로스는 줄곧 중립을 지켜왔기에 뜻밖일 수

"누군가를 우아하게 협박하고 싶다고? 그렇다면 '펠레폰네소스 전쟁사'를 읽어라." 19세기 화가 보젤의 펠레폰네소스 전쟁 상상도. 출처: 미래한국 Weekly

밖에 없었는데, 아테네는 멜로스 인들이 스파르타와 같은 종족임을 들어 그 중립을 믿을 수 없다, 항복하고 아테네에 예속되든지 멸망하든지 선택하라는 요구를 들이밀었다. 멜로스 인들은 중립을 깰 의사가 없음을 주장했으나 소용이 없었다. "정의가 우리 편에 있다. 강자라고 해서 이렇게 무도한 일을 저질러도 되는가"라는 멜로스 인의 항변에 아테네인들은 "우리야말로 정의이다. 정의란 곧 약자는 강자의 뜻에 따라야 한다는 것이기 때문이다"라고 대꾸했다. 결국 멜로스는 결사 항전을 벌였고, 아테네는 이 섬을 점령한 다음 성인 남성은 전원 학살, 부녀자는 노예로 만드는 '멸국'을 실행했다. 그 다음은 식민화였다. 식민화? 그건 땅을 빼앗아 아테네인들이 정착하는 것이다.

다시 두 문명화의 층위를 연결해보자. 바우만이나 데릭 젠슨이 비판한 것을 다시 생각해보자. 문명화를 먼저 이루었다고 하는 집단은 반드시 비문명화되었다고 하는 집단에 대해 폭력적이다. 자연에서 많이 멀어진(이 말은 자연 속에서 수렵채집하거나 농사를 짓거나 바다에서 물고기를 잡거나 하지 않는), 세련된 도시화된 문명인들은 자연과 직접적으로 생산 활동에 관여하거나, 도시 이외의 지역에 주거지를 갖는 사람들을 야만이라 하고 이들을 문명화시켜야 한다고 한다.[11] 그런데 이들을 문명화시켜야 한다

는 생각은 이들이 자연에서 만든 생산물을 약탈하거나 지속적으로 노예나 식민지 주민으로 삼기 위한 것이다. 엘리아스의 문명화가 세련된 도시화를 말한다고 할 때 그대로 적용된다. 왜냐하면 세련된 도시화는 필연 노동으로부터 면제되고 자연으로부터 오는 생산물이나 부를 남보다 훨씬 더 많이 소비하려면 필시 덜 문명화된 야만인들이 필수적이기 때문이다. 야만인들의 존재가 문명화의 밑받침이 된다. 당연 이런 야만인들은 반드시 있어야 하고 정복되어야 한다.

■

11) 앞서 보았던 베블런의 『유한계급론』으로 보면, 도시인들은 유한계급이고, 생산에 참여하는 자들은 더러운 일을 하는 지위가 낮은 자들이다.

2. 문명: 야만인을 기다리며

문명은 모순적이고 문명을 생각할 때마다 애증의 감정을 지니게 된
다. 내가 태어나서 가정에서 유년기를 보내고 학교를 다니고 사회로 나와
일하고 사랑하며 가정을 꾸리고 아이를 낳고 … 이 모든 것이 문명이고
나의 매트릭스인데 내가 어찌 문명에 대해 사랑하는 감정이 없겠는가? 나
는 자라면서 농사도 짓지 않고 물건도 팔지 않고 물고기도 잡지 않고 공
장에서 일하지도 않았고 새벽에 집집마다 쓰레기를 수거하러 다니지도 않
았고 … 실제로 생활에 꼭 필요한 의식주 필수품을 만드는데 전혀 종사하
지 않았다. 난 항상 누군가 타인의 노동으로 살아왔는데 그 노동하는 사람
에 대해서 감사하는 마음도 관심도 배려도 전혀 없었다. 오히려 모종의 우
월감을 항상 느끼며 살아왔던 것 같다.

철들자 환갑이라더니 이제 와서 내가 반성을 하거나 후회를 하거나
앞으로 안 그러겠다고 다짐하는 것은 별로 의미가 없는 듯하다. 내가 그렇
다고 지금부터 농사지어 밥 먹고 옷감 짜서 옷 지어입고 내 쓰레기를 수
거장에 직접 가져다주고 그렇게 할 수는 없지 않는가?

문명 비판을 한다고 하면 원시사회로 돌아가 봐라, 당장 차도 타지
않고 엘리베이터도 타지마라 … 이건 아니지 않는가? 좀 우스운 일이지만,
내가 가장 감동 깊게 읽은 책은 데릭 젠슨의 책들인데, 나는 그의 책을 읽
을 때마다 계산하고 있었다. 젠슨이 자동차를 가지고 있는가, 가지고 있다
면 자주 쓰는가, 한 번씩 비싼 레스토랑에 가는가, 에어컨을 켜는가, 그의
집에 소파나 TV가 있는 가 들들을 눈여겨보곤 하는 나 자신을 발견한다.
징집에 반대해서 병역거부를 했는지도 말이다. 젠슨은 백인에 의해 인디언
이 몰살된 지역에 자동차를 몰고 간다, 비행기를 타고 다른 지역에 강연도
하러 간다. 그는 대학에서 여자 친구랑 토론하면서 논다, 농사도 짓지 아
니하며, 햄버거도 먹는다 …. 실망은 하지 않고 … 오히려 안도감을 … 왜

냐하면 나도 그러니까 면죄부를 받는 심정으로. 젠슨은 원시주의자 혹은 신러다이트주의자로 불리는 데 그의 행동을 보면 우리와 비슷하다. 문명을 맘껏 누리는 것 같지만 아주 사소한 것으로, 문명이라는 시스템이 제공하지 않으면 그냥 또 달리 적응하며 살 수 있는, 사소한 문명의 편의품을 누릴 뿐이다. 이익을 위해 강물을 더럽히지도 않고, 살상무기를 만들지도 않고, 정치가가 되어 죽음과 파괴를 고무, 용인하지도 않고, 토건족(토목건축)이 되어 멀쩡한 집을 부수고 새로 짓지도 아니한다.

문명의 사소한 혜택을 누리지만, 하지만 나는 좀 더 아끼려고 한다. 엘리베이터 가급적 안타려 하고, 머리를 이틀에 한 번씩 감아 샴푸의 사용량을 1/2로 줄이고 이 더운 경프리카(경주+아프리카)에서 에어컨 안 틀고 버티기 들이다. 모든 국민들이 샴푸로 이틀이나 삼 일에 한 번만 머리 감아도 하천은 바다와 강은 얼마나 깨끗해질 것인가.

이보다 더 중요하게 나에게 주어진 것은 나에게 면제된 육체노동은 왜 문명사회에서 경시되는가? '왜 그러한 가'를 밝히는 것이라 생각한다.

육체노동을 하는 자는 문명인보다 야만인에 가깝고 기존 자연의 생활리듬에 적응하여 사는 사람들은 원주민이라 불린다. 스탠리 다이아몬드의 문명론과 엘리아스의 문명화과정이 만나는 지점에 '야만인'이 있다. 야만인은 육체노동을 통하여 자신의 대지에서 수확한 것을 갖다 바치고 도시의 문명에서 생산된 것을 가져간다. 그것은 철저히 부등가교환이다. 부등가교환을 가능하게 하는 것은 직접적으로 군사력과 정치력이지만 문명-야만 담론에 간접적으로 기대어 있다. 모든 문명-야만 담론은 '한 방향으로의 동화'를 전제로 깔고 있다. 그리고 높낮이도 분명하고 어느 것이 좋은 건지 나쁜 건지도 항상 정해져있다고 생각한다.

하지만 다르게 생각해보자. 보통 야만은 야생이고 문명은 성숙한 사회이므로 숙성된 것이다. 레비스트로스의 '날 것과 익힌 것'의 대립 마냥 야만은 '날 것'이고 문명은 '익힌 것'이다. 그런데 좀 다르게 보면, '날 것'은 언제든지 익힐 수 있지만 문명의 '익힌 것'은 '날 것'이 될 수 없다. 제임스 스콧James Scott의 말대로 부패가 있을 뿐이다. 문명 담론은 스스로 문화적이든 사회적이든 중심을 자처하고 자신들의 문명의 기준에 맞추는 것이 발전이라 여기기 때문에 수많은 사람들이 대규모로 이탈하는 것을 역사로 기록하지도 않고 설명하지도 않는다. 다만, 신화적 사건으로는 기록한다. 영웅들에게 죽임을 당하는 수많은 부랑자, 산적무리, 노숙자, 방랑자, 떠돌이 들이 이들이다. 헤라클레스나 테세우스와 같은 문명의 영웅들이 거대한 업적을 향해 원정대를 꾸리고 나아가면서 주로 이들을 처단한다.

헤라클레스의 12과업 중에 괴물 히드라를 죽이는 일이 있다. 머리가 아홉 개인데 가운데 있는 머리는 죽지도 않았고 다른 머리를 자르면 그 자리에서 두 개가 새로 솟아올랐다. 마커스 래디커와 피터 라인보우의 히드라는 대토지 소유자들의 사유재산화하는 과정에서 생겨난 대규모 이주와 노예화, 식민화, 그리고 국가 형성의 시기에 일어났던 수많은 반란과 유랑민 들을 상징한다고 보았다. 민중은 끝없이 저항했던 것이다.[1] 결국 헤라클레스는 그 당시 민중의 저항을 처절하게 분쇄한 영웅이었던 것이다.

테세우스 역시 마찬가지이다. 테세우스는 리틀 헤라클레스라 할 수 있는데,[2] 아버지를 찾으러 아테네로 가는 길에 해로를 택하지 않고, 노상강도들이 들끓는 위험한 이스트모스 육로로 갔다. 테세우스는 페리페테스나 이니스, 다마스테스 들을 처단하면서 나아갔다. 테세우스는 수많은 살인을 저질렀다. 누구를 죽였고 다음엔 어디로 가서 또 누구를 죽였고 끝없이 이어진다. 주로 산적, 좀도둑, 부랑자들을 죽였다. 비록 악당들을 죽이긴

■
1) 마커스 래디커와 피터 라인보우의 『히드라』. 이 책은 자본주의 원시축적기에 일어난 대규모 이주와 식민화, 노예화 과정의 반란들을 히드라로 그리고 있다. 하지만 이 책이 제시하는 그 폭력적인 자본의 원시적 축적기와 거의 비슷한 일이 대토지 소유자들의 사유재산 발생과 국가형성기에 일어났다고 필자는 본다.
2) 윤일권과 김원익. 『그리스로마신화와 서양문화』. 440~475쪽.

했지만 엄연한 살인행위였다. 오랫동안 무화과나무의 지배권을 누렸던 대토지소유자 퓌탈리다이[Phytalidai]가 초대해서 그를 환대해주고 살인죄를 정화시켜주었다.

문명은 자신이 야만을 어떻게 문명화시켜왔는가를 끊임없이 전파한다. 하지만 문명은 야만 위에서만 존립할 수 있지만 야만은 문명 없이도 스스로 존재할 수 있다. 콘스탄틴 카바피[Constantin P. Cavafy]의 "야만인을 기다리며"는 야만인이 사라지면 문명인들도 없다는 걸 시적으로 쓰고 있다.

  야만인을 기다리며

-우리가 이렇게 광장에 모여서 기다리는 것은 무엇 때문인가?
야만인들이 오늘 도착한다고 한다.

-원로원은 어째서 저렇게 게으름을 피우고 있는가?
왜 의원들은 아무 법률도 통과시키지 않고, 그냥 가만히 있는가?
그것은 야만인들이 오늘 도착할 것이기 때문이다.

왜 의원들이 법률을 제정해야 하는가?
법률은, 야만인들이 도착하면, 그들의 손으로 만들어질 것이다.

-어째서 우리의 황제는 오늘 저렇게 일찍 일어나서
도시의 가장 큰 관문 위에 자리를 잡고
엄숙한 모습으로 왕관을 쓰고 옥좌에 앉아 있는가?
그것은 야만인들이 오늘 도착할 것이기 때문이다.
황제는 그들의 지도자를 맞이하려고 기다리고 있다.
황제는 양피지 두루마리까지 갖고 나와
그 지도자에게 많은 명예로운 칭호와 작위를 수여할 준비를 갖추었다.

-어째서 오늘 우리의 집정관과 행정관들이

온갖 수가 새겨진 진홍빛 토가를 입고 나와 있는가?
어째서 자수정이 뻔쩍거리는 에메랄드 반지들을 끼고 나왔는가?
어째서 그들은 은과 금으로 정교하게 장식된
저렇게 귀한 지팡이를 들고 있는가?
그것은 오늘 야만인들이 도착할 것이고,
그런 것들이 야만인들의 눈을 부시게 할 것이기 때문이다.

-그런데 어째서 우리의 훌륭한 변론가들은 오지 않았는가?
평시처럼 연설을 하고, 각자 한마디씩 해야 하지 않는가?
그것은 야만인들이 오늘 도착할 것인데,
야만인들은 웅변이나 대중연설을 지겨워하기 때문이다.

-그런데 갑작스럽게 왜 불안이 우리 모두를 엄습하는가?
이 당황스런 분위기는 무엇 때문인가? (모두가 심각한 얼굴이 되었
다.)
어째서 거리와 광장이 이다지도 급히 텅텅 비어버리는가?
모두가 골똘한 생각에 잠긴 채 집으로 돌아가고 있는 까닭은 무엇
인가?
그것은 밤이 되었는데, 야만인들이 오지 않았기 때문이다.

몇몇 사람들은 변경에서 돌아왔다.
그들의 말로는, 야만인들은 이제 없다고 한다.
이제 야만인들 없이 우리는 어떻게 될 것인가?
저들은 일종의 해결책이었는데 말이다.

(김종철 옮김)

카바피의 시에서 문명인들은 하염없이 야만인을 기다리고 있다. 그들
은 황제이자 원로원이자 집정관이자 행정관이며 법률가이며 변론가들이다.
이들은 멋진 진홍색 토가를 걸치거나 왕관을 쓰고 옥좌에 앉아있거나 에
메랄드 반지를 끼고 금과 은으로 장식된 지팡이를 지니고서 말이다. 이것

〈야만인을 기다리며〉의 한 장면

들, 즉 문명의 놀이는 야만이 있을 때에만 빛이 난다. 문명은 야만의 상대
어이므로 야만이 없는 문명은 있을 수 없다. 문명인들은 야만인들이 무얼
가지고 오길 기다리는가? 광주리 가득 과일바구니를, 곡식이 가득 든 포대
자루를, 철광석을 실은 짐마차를, 목동이 몰고 오는 도야지들을 기다리는
가?

　야만인들이 생산물들을 가져오면, 문명인들은 대신에 법을 주고 칭호
를 주고 문화를 주지 않겠는가? 근데 야만인들이 알아버렸다. 법이나 칭호
나 멋진 왕홀이나 반지들이 단지 가장(假裝)에 불과하고 그것들 속에는 아
무 것도 없다는 걸. 야만인이 없는 세상은 문명인이 살 수 없다. 그러면 어
떻게 해야 하나. 1845년 알제리에 파견된 프랑스 관리의 말을 빌려보자.3)

　　　사실 중요한 것은 어디서든 이 사람들을 모으는 일이다. 그리하여
　　　다시 중요한 것은 그들에게 우리가 쥘 수 있는 무언가를 만들도록
　　　하는 것이다. 그들을 우리 손아귀에 둘 때에야 비로소 현재 우리로
　　　서는 불가능한 많은 것을 해낼 수 있고, 그들의 몸을 사로잡아야만
　　　그들의 영혼도 사로잡을 수 있을 것이다.

■
3) 제임스 스콧 『조미아, 지배받지 않는 사람들 - 동남아시아 산악지대 아나키즘의
　역사』. 186쪽.

프랑스 관리는 야만인들이 다 도망 가버리면 안 된다는 걸 알고 있다. 어떤 식으로든 이들을 모아서 무언가를 생산해야만, 즉 그들이 육체노동을 해야만 그들을 착취도 하고 그들의 영혼에 기독교를 불어넣을 수 있지 않겠는가.

다음은 미국 인디언 관리국원의 말이다. 어찌해서든 인디언들을 잡아와서 일을 시켜야 한다.[4]

> 이 사람들은 농업에 관심을 두지 않았거니와 그들을 특별 구역에 데려오기 전에는 그렇게 하리라 기대할 수도 없다. … 그들이 집과 같은 것을 제공받지 못하면 문명이나 기독교의 영향권 밖에 머물 것이고 … 사회의 유용한 구성원도 되지 못할 것이다. 야생 인디언들은, 야생말처럼 울타리 안에 가두어 놓아야 거기서 일을 시킬 수 있다.

인디언들은 세금도 없고, 농사를 지어 잉여를 남기고 축적해야 하는 걸 하지 않았다. 호주의 원주민들도 그렇지만 인디언들 역시 식민주의자들이 보기에 게으르고 한심한 사람들이었다. 땅에 무언가를 심고 열심히 수확해야 하는 데 하지 않고 땅을 그냥 놀리고 있었기 때문이다. 국가 이전의 사회에서는 하루 3~4시간의 노동으로 충분히 먹고 살고 나머지 시간은 춤추며 놀거나 마누라랑 낮잠 자거나 게임을 하거나 대마초 피우며 노래하며 살았다고 하지 않는가.[5] 우리가 돌아갈 수 없지만 사실이다. 이들은 끌라스트르의 말대로 국가에 대항하는 사람들이었다. 유럽의 식민주의자들이 잉여를 뽑아내기 위해서는 농업노동을 이들이 하도록 해야 하는 데 이

■

4) 스콧. 같은 책. 186쪽. 쇼손 족 담당 인디언 국 관리(1856년)의 말.
5) 『사피엔스』. 84쪽. 제레미 다이아몬드 뿐 아니라 유발 하라리도 그렇다고 했다. 그런데 이렇게 여유있는 구석기인들이 가장 폭력적일 수는 없지 않을까? 잔혹하고 호전적인 야만인 가설은 그래서 틀렸다.

들은 일하기를 거부했다. 인디언들을 대체한 것이 흑인의 노예노동이라 본다. 스콧에 따르면, "남은 원주민을 노예로 삼으려는 식민당국의 노력이 실패로 돌아가자 이를 만회하기 위해 아프리카 노예들을 들여온 터"였다.[6]

항상 문명은 빼앗는 위치에 있다. 남의 것을 빼앗기 위해 조직이 세고 체계화되어야 한다. 그것이 국가다. 야만은 빼앗기지 않으려하기 때문에 국가를 거부하는 것이다. 국가라는 조직이 있기 위해서는 육체노동하지 않는 많은 사람이 있어야 한다. 왕이나 공주 왕자 뿐 아니라 관료와 사제, 군인들도 육체노동하지 않는다. 이들이 먹고 자고 문화를 누리는 그 물질적인 부의 근원이 어디에 있겠는가? 빼앗기지 않으려고 하는 자들은 국가를 기피하였고 국가의 관료들은 이들에게 오명을 씌웠다. 그것이 바로 야만이다.[7]

> 국가권력으로부터 도망칠 이유, 즉 세금, 징집, 질병, 가난, 구속 또는 무역이나 습격의 이유를 가진 모든 사람들은 어떻게 보면 그들 스스로를 부족화했다. 말하자면 종족성은 주권과 세금이 끝나는 바로 그 지점에서 시작되었던 것이다. 종족적 공간은 주권 바깥에 있었고 따라서 어떤 이유에서든 국가로부터 벗어나고자 하는 사람들을 자석처럼 끌어당겼기 때문에 관료들은 이를 두려워하고 오명을 씌웠다.

국가의 봉록을 먹고 사는 사람들인 관료는 생산노동을 하는 야만인이 없으면 자신의 생활보장이 안 된다. 그러므로 끊임없이 달아나는 야만인을 잡아와 야만인이라는 것을 각인시키고 생산한 것을 저항 없이 갖다 바칠 사람들을 확보해야 한다.

■

6) 제임스 스콧. 같은 책. 242쪽.
7) 제임스 스콧. 같은 책. 223쪽.

제임스 스콧이 기록하는 '국가를 피해 달아난 사람들'의 사례 하나를 살펴보자. 동부 자바의 뗑게르 고원으로 도망간 사람들의 이야기이다. 처음에는 16세기 이후부터 이슬람화의 물결을 피한 사람들이, 다음에는 평지 국가 마따람의 노예포획을 피해서 온 사람들이, 그리고 반란을 일으켰다가 네덜란드 식민주의자로부터 도피해온 사람들이 차츰 더 높은 산으로 도망을 가다가 '경제적으로는 어렵지만 쉽게 접근할 수 없어서 방어하기에 안성맞춤인 고원지대'에 모여 살게 되었다. 이곳을 방문한 한 산림청 관료가 충격을 받았다고 한다.[8]

> 부유한 자와 가난한 자를 구분할 수가 없다. 지위에 상관없이 모든 사람들이 상대방과 평등하게 대화한다. 어린아이들이 그들의 부모나 심지어 마을의 촌장에게 일상적인 표현인 응오꼬(ngoko)를 쓰며 말을 건다. 어느 누구도 다른 사람 앞에서 허리를 굽히거나 인사하지 않는다.

스콧에 따르면, 뗑게르 고원지대 사람들을 관통하는 목표는 '명령받는 것'을 피하는 것이다. 그들은 서열을 중시하는 평지의 이슬람교도와 달리 평등주의적 가치와 힌두교 의례를 의식적으로 지켜나갔다. 500년 동안 평지 국가로부터 도피한 난민들이 그곳에 찾아들었으며 뗑게르 고원의 인구 유형과 사회 풍토는 모두 국가 효과였다. 국가를 가진 문명에 대한 도피, 반발, 그로부터의 자유가 그런 이상적인 사회를 만들었던 것이다.

제임스 스콧은 『조미아-지배받지 않는 사람들』에서 동남아시아 산악지대 아나키즘의 역사를 서술하고 있는데 국가와 자본주의에 포획되지 않는 지역 가운데 가장 큰 곳에 대해 쓰고 있다. 책의 주인공은 조미아^{Zomia}로 불리는, 동남아시아 일대 고산 지역에 거주하는 산악 종족이다. 조미아

---

8) 같은 책. 245쪽.

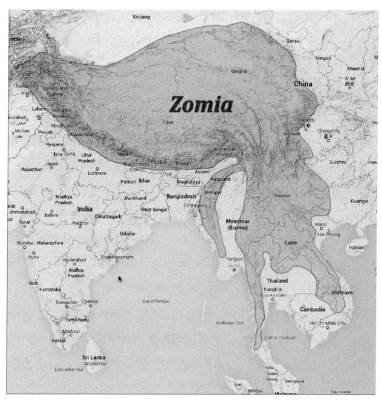

'조미아'는 베트남, 캄보디아, 라오스, 태국, 미얀마에서 중국 남부의 윈난, 구이저우, 광시, 쓰촨 성, 인도 동북부에 걸쳐 있는 해발 300미터 이상의 고원 지대를 가리킨다. 세계사에서 별다른 주목을 받지 못한 동남아시아 산악지대가 '조미아'라는 이름을 얻어 역동적인 공간으로 재탄생하고 소수종족이 역사의 주역으로 등장한다. 출처: https://www.researchgate.net/figure/Geographic-location-of-Zomia-in-Asia_fig3_323457785

는 인도-방글라데시-미얀마 국경 지역의 티베트-버마어족 계열 고산족들이 공통적으로 사용하는 용어다. '동떨어져 있다'는 뜻으로 산에 살고 있음을 함축하는 '조'와 사람을 뜻하는 '미'가 결합된 말이라고 한다. 지리적으로 베트남 중부 고원에서 시작해 대륙 동남아시아 5개국(베트남, 캄보디아, 라오스, 태국, 미얀마)과 중국의 네 지방(윈난, 구이저우, 광시, 쓰촨 성 일부)을 가로지르며 인도 동북부까지 뻗어 있는 해발 3,000미터 이상의 고지대가 조미아 권역이다. 이곳은 넓이가 250만 제곱킬로미터에 이르는데, 종족과 언어 배경이 다양한 1억 명가량의 소수 종족들이 살아가고 있다고 한다.

다시 문명의 말을 들어보자. 문명은 야만에게 무엇을 주었던가? 문명-야만 담론은 근대에 오면 제국주의-식민지 관계에서 작동한다. 20세기 문명 담론에는 국가에 의한 과세라든지, 철도나 항만 같은 인프라, 개인의 사적 서사를 높이 사는 소설 같은 문학 들이 선진 문물로 들어온다. 이런 것들로 그들의 문화적 도덕적 수준을 높였다고 여긴다. 이제 수사학적으로 '문명화'한다거나 '기독교화'한다는 것은 근대에 이르러 구시대적이고 촌스러운 것이고 잔인함을 감추는 완곡어법이라고 여겨졌다. 제국주의 침략들은 이제 발전, 진보, 근대화 같은 것으로 대체되었다.

2000년대 들어와서 우리나라에서 뉴라이트 운동이 노골적으로 일어났는데 이것은 일제의 침략이 조선에 근대화를 가져다주고 자본주의를 이식시켜 발전시켰다는 논리이다. 일제의 침략은 철도, 항만, 공장, 근대 법률제도 들을 통해 자본주의를 가져다주었으며, 대한민국이 수출 강국으로 자리 잡게 된 그 원동력은 일제의 조선 지배가 있었기 때문이라고 주장한다. 영국에서도 비슷하게 아니 더 심하게 영국 제국주의에 관한 논쟁이 진행 중이다. 과연 영국이 제국주의라 할 수 있는가라고 말이다. 야만의 나라에 선진 문물을 가져다주었다고 말이다. 2009년 영국 캠브리지 대학에서는 노예제와 인종주의를 옹호하는 일명 '제국 파티'를 열었고 2011년에는 헨리 모튼 스탠리Henry Morton Stanley의 동상 건립을 위한 모금운동이 있었다. 헨리 모튼 스탠리는 리빙스턴과 함께 콩고를 탐험하고 지도를 만들었으며 벨기에 왕 레오폴드 2세의 지원을 받아 콩고를 그의 사유지로 만들어 역사상 가장 유례없는 잔인한 착취와 약탈을 벌이게 되는 계기를 만들고 아프리카를 열강의 식민지 쟁탈전쟁터로 만드는데 가장 큰 공을 세운 사람이다.

헨리 모튼 스탠리의 이야기가 나왔으니 헤라클레스에 대해서 한 마디 더 하고 가자. 스탠리 경은 19세기 판 헤라클레스라 할 수 있다. 몇 천 년 전의 헤라클레스는 야만을 정복하기 위해 지구의 동과 서 끝까지 갔다 온 영웅이다. 동쪽은 헤라클레스의 기둥이라 알려진 지브롤터 해협이다. 서쪽 끝은 황금사과가 있는 헤스페리데스의 정원으로 오케아노스가 휘돌아 흐르는 가장자리, 세상의 서쪽 끝머리에 있다고 여겨진다. 헤라클레스에 대한 평가는 상반되지만, 역시 문명-야만 담론의 대표적인 예가 된다. 『이윤기의 그리스로마신화』 4권은 헤라클레스의 12가지 과업만 다루고 있다. 그만큼 그리스로마신화에서 헤라클레스가 차지하는 비중은 압도적이다. 이윤기는 루이 14세 때 지어진 베르사유 궁전에 있는 '헤라클레스의 방'의 천장화 "헤라클레스 예찬"를 설명한다.[9] 천장화 중심에는 제우스와 헤라가 딸 헤베를 헤라클레스에게 신붓감으로 인도하는 그림이 그려져 있는데, 네 모서리에는 '힘', '인내', '가치', '정의'를 상징하는 그림들이 배치되어 있다. 이윤기는 그건 그가 가시밭길을 걷지만 결국은 보상받게 되는 영웅의 덕행이라고 덧붙인다. 이윤기도 참 이해하기 어렵다. 헤라클레스에게 '힘'을 제외하고는 별로 읽히는 가치가 없는데 말이다. 12과업을 에우뤼스테우스가 시켜서 어쩔 수 없이 했기 때문에 '인내'인가? 문명을 위해 야만을 평정했으니 '정의'인가?

아프리카가 독립한 지 반세기가 넘었지만 아직 선진 제국의 식민지에 대한 관점은 여전하다. 2005년 영국 고든 브라운 수상은 자국의 식민지였던 아프리카를 방문하면서 "위대한 영국의 가치, 예를 들면, 자유, 관용, 그리고 시민의 의무는 영국 제국의 가장 성공적인 수출품"이라고 하였다. 이러한 논지는 그 후에도 끊이지 않는데 대체적으로 영국 제국은 발전, 안정, 그리고 유익한 제도를 식민 국가에 확산시켰다는 것이다.

---

9) 이윤기. 『이윤기의 그리스로마신화 4 - 헤라클레스의 12과업』. 45~47쪽.

후안무치하지만 조금 더 세련된 이야기는 존 그레이^{John Gray}에게서 나온다. 그레이의 저서 『하찮은 인간, 호모 라피엔스』에서 라피엔스는 '약탈하는'이라는 뜻을 가진 라틴어 rapacious에서 나온 단어이다. 현생 인류 종을 뜻하는 호모 사피엔스를 패러디한 용어로 인간이 결코 다른 동물보다 우월하지 않으며, 인간의 특성은 유독 파괴적이고 약탈적이란 존 그레이의 철학이 담겨 있다. 그런데 인간 존재에 회의적이고 시니컬한 존 그레이는 제국주의에서 신사가 나오지 야만의 식민지에서는 신사가 나오지 않는다고 한다. 그 이유는 다음과 같다.10)

> 인간은 도덕관념에서 보자면 비난해야 마땅할 조건에서 번성한다. 한 세대의 평화와 번영은 이전 세대들의 부정과 불의를 바탕으로 존재한다. 자유사회의 섬세한 감수성들은 전쟁과 제국의 열매다. 개인도 마찬가지다. 신사답고 부드러운 성격은 온실에서 자란다. 가혹한 운명에 맞서야 하는 사람은 다른 사람에 대한 본능적인 신뢰가 강하지 못하다.

참 어려운 글이었다. 나도 이 책을 처음 읽을 때 매우 긍정하면서 읽었다. 우리나라 식으로 하면, '의식이 족해야 예를 안다' 정도라 할 수 있는데, 아니 이를 훨씬 넘어선다. 물질이 풍요로우면 정신적으로 자유로우면 자유사회의 섬세한 감성도 지닌단다. 또한 물질 풍요의 배경이 도덕적인지 비도덕적인지 반성도 하게 되어 비판성도 길러진다고. 반면에 침략에 의해 내쫓기고 빼앗기고 빈곤에 몰리는 가혹한 운명에 맞서야 하는 사람은 주변의 사람이나 사물에 대해 애정을 갖지 못하고 신뢰하지 못하므로 거칠고 무례하단다.

■

10) 존 그레이, 『하찮은 인간, 호모 라피엔스』, 144쪽.

아마 앞으로도 미국과 유럽 들 서구인을 예찬하는 이보다 더 이상의 훌륭한 문구는 발견하기 어려울 것이다. 어떻게 이렇게까지 세련된 문명담론이 나왔을까? 세련되었다는 말은 많은 사람들이 별 비판 없이 멋진 말이라고 받아들인다. 현재 서구의 많은 사람들이, 아랍사람들은 자원봉사도 하지 않고 기금도 안내는데, 아랍의 전쟁터에서 포탄을 무릅쓰고 자원봉사를 하며 그 참상을 알리려 노력한다고 여겨진다. 아프리카에서도 난민이나 가난한 빈민들을 도와주는 대부분의 사람들은 아프리카 인이 아니라 유럽이나 미국에서 온 구호단체이거나 자원봉사자들이다. 물론 그것만 서구의 언론이 다루기 때문이기도 하다. 이들 구호단체와 자원봉사자들이 예전 선교사들이 한 하나님의 은총을 실현할까? 아랍과 아프리카를 쑥대밭으로 만들어놓고 구호기금 자원봉사 몇 명 간다고 대대적으로 선전한다. 전형적으로 스탠리 다이아몬드의 문명화 담론과 노베르트 엘리아스의 문명화과정이 만나는 지점이다.

헬레나 노르베리 호지^{Helena Norberg Hodge}는 말한다.11)

> 북반구가 번영을 이룰 수 있는 것은 오로지 세계 전체 인구의 5분의 1밖에 안 되는 북반구 사람들이 세계 전체 자원의 약 5분의 4를 소비하기 때문인데 이런 불균형은 날이 갈수록 확대되고 있다.

경제는 어떤 면에서 제로섬 게임이다. 제로섬 게임이라는 것은 지구라는 유한한 차원에서 자원 역시 유한한데 한쪽이 지나치게 많이 쓰게 되면, 기술발전으로 전체 몫이 약간 늘어난다하더라도, 다른 한쪽은 자신들의 몫을 빼앗겨 지나치게 적게 쓸 수밖에 없다. 북반구의 1인당 생산성이 높기 때문에 그들은 남반구의 사람들보다 풍요를 누리는 게 당연하다고 한다. 하지만 그 생산성이란 무엇인가? 남반구의 원자재와 인프라, 노동자

■
11) 헬레나 노르베리 호지. 「발전의 미래」『진보의 미래』. 24쪽.

들을 아주 헐값에 부리거나 빼앗아 오기 때문에, 그리고 자금을 원조해서 이자도 챙길 뿐 아니라 정치적 편의를 보게 됨으로써 생산의 단가가 내려 가기 때문에, 북반구의 사람들은 적은 비용으로 상대적으로 높은 생산성을 유지할 수 있는 것이 아닌가?

한쪽에서 다른 한쪽으로 부(富)의 이동이 어떻게 일어나는가? 17~18세기에는 주로 군대와 선교사를 통한 강제적 약탈과 노예노동을 통한 착취에 주로 의존하였다면, 20세기 와서 그 수사학이 달라지듯 무역과 원조, 부채 같은 걸 통해 부가 빨려 이동한다. 일제가 철도와 항만 건설 같은 인프라 사업부터 왜 먼저 했는가에 대한 답은 이들 다른 남반구에게도 적용된다.12)

> 남반구의 경우, 인프라 사업계획들은 현대화 과정에서 매우 중요시된다. … 보통 원조 프로그램에 따라 수립된 뒤 세계은행과 같은 국제금융기구의 차관을 재원으로 삼아 추진된다. 지난 30년 동안 제3세계 국가들의 외채가 엄청난 규모로 불어난 것은 상당 부분 인프라 개발 때문이었는데 이런 인프라 개발은 거의 모두가 국제 무역에서의 필요와 대규모 도심 지역의 요구에 부응하기 위한 것이다. 소규모 공동체나 지역 내 거래활동의 여건을 향상시킬 수 있는 인프라 개선에는 자원이 거의 투입되지 않고 있다.

헬레나 노르베리 호지의 말을 보면 가난한 제3세계인 남반구의 나라들이 왜 빚을 지는 지 알 수 있다. 이들 나라를 개발시키려는 목적이 이들 주민들의 후생복지나 파괴된 자연의 회복에 있는 것이 아니다. 현대화 이름으로 이루어지는 것은 국제무역에 도움을 줄 수 있는 인프라 시설과 농어촌 지역에서 대도시로 생산물의 유통을 원활하게 하기 위한 것이 대부분이다. 사실상 소규모 공동체나 작은 마을의 생활여건을 개선시킬 수 있

■

12) 같은 책. 17쪽.

는 인프라 개선은 거의 이루어지지 않는다는 것이다. 외국자본이 이들 나라에 들어와서 완제품 물건을 팔고 자원을 헐값에 사가기 위해 필요한 시설을 이들 나라의 주민들의 돈으로 하게 한다. 그런데 주민들은 돈이 없다. 그러면 금융제도를 이용하면 된다. 개발원조 뿐 아니라 차관이나 단기 금융 들을 발생시켜 그걸로 인프라 건설을 하고는 그들 나라의 빚으로 달아 놓는 것이다.

이런 걸 **빨대효과**라 한다. 인프라가 건설될수록 그 지역이 살아나는 것이 아니고 그 지역에서 부가 외부로 유출되는 걸 말한다. 도로나 항만, 항공, 철도 들이 빨대처럼 지역의 부를 **빼간다**는 것이다. 서울을 중심으로 거미줄처럼 엮은 고속도로나 국도들이 그런 역할을 했고 KTX도 마찬가지이다. 밀양 같은 중소도시만 아니라 부산 같은 대도시도 KTX 개통으로 부산지역의 부와 사람이 더 **빠져나갔다**. 이것을 역전시킬 수 있는 방법은 그 지역의 주민들의 공동체의 자급률을 높이는 것이다. 그래서 서울을 꿰차고 있는 중앙정부는 지역이 독립하지 못하도록 지역의 자급률을 낮추는 방향으로 정책을 편다. 그래야 의존하기 때문이다. 중앙정부의 수탈기능이 강화되는 것이다. 그러면 방향은 국가가 없거나 중앙정부의 수탈기능이 약화된, 즉 국가의 기능과 역할을 제한하는 방향으로 나아가야 하지 않겠는가?

그런데 조금 사정이 달라졌다. 정치라는 건 생물이다. 네그리와 하트의 말을 빌리면, 정치라는 건 끊임없는 다툼이 벌어지는 공동의 활동영역이라고. 데이비드 하비David Harvey는 『반란의 도시』에서 공공재와 공유재에 대해 분석하였다.[13] 하비에 따르면, 자동차가 다니기 이전 도로는 공유재였다. 사람들이 교류하는 장소, 아이들이 뛰노는 공간이었다(지금도 길에서 하루 종일 뛰놀았던 어린 시절을 기억한다). 하지만 현재 도로라는 공유재는 파괴되었고 이제는 자동차만 바삐 오가는 공공 공간으로 변모하고 말았다. 이 때문에 도시행정 당국은 보행자 천국, 인도에 맞닿은 카페, 놀이

[13] 데이비드 하비. 『반란의 도시』. 134쪽.

공간으로서의 공원 들을 정비해 옛날 '문명사회에 어울렸던' 공유재의 몇 몇 측면을 부활시키려고 한다.

그래서 하비는 "공유재를 분석하다보면 다음과 같은 물음에 답해야 하는 상황에 종종 직면하게 된다. 즉 어느 누구의 편에 설 것인가? 어떤 이들의 공동 이익을 어떤 수단으로 옹호해야 하는가?"라고 묻는다.[14]. 이런 면에서 보면, 내가 생각하기에 국가도 공공재이고 공유재가 될 수 있다. 누구의 편에서, 누구의 이익을 위해 국가를 구성하는가의 문제이다. 부동산을 다수 소유한 사람이나 대기업들, 그리고 엄청난 금융자산가들이 국가정책을 좌지우지하느냐 아니면 대다수 평범한 사람들이 시민으로서 예산 심의과정에 참여하고 국민으로서 국가정책에 대해 의견을 내고 정책 결정 과정에 참여할 수 있다면, 그렇게 된다면 국가는 단지 공공재를 넘어서 이익이 공유되는 공유재가 되지 않겠는가?

문명과 야만은 상대적이다. 뉴욕보다 서울이 야만이고 서울보다 부산이 야만이고 부산보다 광주가 야만이고 광주보다 울진이 더 야만이고 … 이런 식으로 도시화의 수준이 높을수록 문명이고 그 반대일수록 야만이다. 한 나라에서도 문명은 근대화이고 야만은 덜 근대화된 농촌지역이다. 인건비에도 못 미치는 쌀값은, 정말 쌀을 살 때마다 최소한 만원은 더 얹어주고 싶은 쌀값은, 먼저 그리고 더 근대화된 도시민들이 농촌을 식민지로 만든 결과이다.

그러면 문명과 야만의 경계를 없애려면 어떻게 해야 하는가? 카바피는 문명인은 야만인을 기다린다고 했는데 이제 문명인은 야만인을 내친다. 단작농장이나 대규모 제조공장은 거의 많은 부분 남반구로 옮겼다. 그곳이 인건비가 더 싸기 때문이다. 물, 공기, 땅에 대한 오염에 대한 규제도 약하다. 이것은 남반구의 정치체제가 부패하거나 무능하거나 약하기 때문이다.

■

14) 같은 책. 139쪽.

생태계에 관한 인식이 부족할 수도 있다. 오히려 이제는 보다 야만의 나라
나 지역에서 '자본을 기다리며' 있다. 외국인 투자이다. 서로 유치하려고
한다.

3. 다시 찾는 국가: 야만의 민주주의

이제 야만인은 문명화된 지역으로 가지 못한다. 문명인들은 이제 야만인들을 가다리지 않고 오히려 내쫓아내려고 한다. 서구에서는 요즘 가난한 나라 사람들이 이주하지 못하도록 해야 된다는 주장이 차츰 득세한다. 난민 뿐 아니라 이민이나 이주노동자도 이제 거부한다. 그 이유는 우선 복지예산을 나눠야 하고 일자리에서 경쟁해야 하고 도시가 유색인으로 더러워지는 걸 막아야 하고 … 들들 여럿 있다[1].

더구나 미국에서 백인들은 어느 정도 인구수를 안정시킬 만큼 출생률이 떨어졌으나, 가난한 유색인들이 떼를 지어 몰려와 백인들이 밀려날 수도 있다는 위기감이 고조되고 있다. 백인들이 유럽에서 몰려와 원주민 인디언을 죽이고 땅을 빼앗아 나라를 건설했는데 500년의 세월이 지나는 과정에서 백인이 오히려 이민자들에 의해 위협을 받게 된 것이다. 이러한 백인의 위기감이 정치적으로 반영된 것이 트럼프의 당선 한 원인이기도 하다.

트럼프는 멕시코 국경에 장벽을 건설해서 멕시코 인들이 불법으로 넘어오지 못하게 하겠다고 2017년 예산을 41억 달러(4조 6천억 원)을 쓰겠단다. 그리고 멕시코 대통령에게 전화해서 장벽 설치하는 걸 반대하지 않겠다고 말하란다. 장벽을 쌓는 것이 해결책인가? 왜 유색인들은 온갖 괄시를 무릅쓰고 백인이 사는 나라로 기어들어오려고 하는가? 멕시코에서 미국에 오는 대부분의 사람들은 가족과의 갈등 때문이 아니라 일자리 때문에 가족을 등지고 찾아온다. 그 이유는 분명하다. 그들이 오는 이유는 자원은

■
[1] 메르켈 독일 수상은 20만명의 아랍 난민을 받아들였다. 국제사회에서는 서구가 아랍지역을 전쟁터로 만들어 파괴시킨 책임을 져야 한다는 점에서 인권적인 행위로 칭찬받지만 독일 내부에서는 기존 독일노동자의 임금을 깎는 역할을 하기 때문에 반대 역시 만만찮다.

도둑맞고 공동체는 해체되어 본래의 모습을 상실하였기 때문이다. 문명이 시작될 때부터 사람들이 농촌을 버리고 도시로 옮겨가는 원인은 바로 여기에 있다.

이에 대해 데릭 젠슨은 사람에 대해서만이 아니라 자원, 돈, 모든 것에 대해서도 막아야 한다고 말한다.[2]

> 이런 주장에 대해 나는 "국경폐쇄에 대찬성이다. 다만 사람만 아니라 자원에 대해서도 국경을 폐쇄해야 한다"는 말로 응수하겠다. 멕시코산 바나나도 막아라. 커피도 석유도 안 되고 1월의 토마토 수입도 안 된다.
> ……
> 반면에 사람들에 대해서는 국경을 닫고 자원 도둑질을 위해서는 계속 국경을 열어두겠다는 것은 이른바 인구문제라는 것이 종전처럼 착취를 계속하기 위한 구실에 불과하다는 것을 말해준다.

젠슨은 서구로 사람만 오지 말라하지 말고, 지하자원이나 농산물 들도 오지 말라 한다. 젠슨의 이러한 주장이 너무나 당연한 것인데도 아주 급진적으로 들리는 이유는 무엇일까? 그것은 문명의 기반을 흔드는 것이기 때문이다.

문명인들이 야만으로 보내는 무기나 자본 뿐 아니라 TV문화콘텐츠도 보내지 말아야 한다고 본다. 지구촌이나 글로벌리즘이라는 말은 신자유주의 시대 제국주의의 또 다른 표현이다. 우리나라 막장 드라마들의 호화세트와 반인륜적 혈연주의가 몽고도 가고 에티오피아도 가고 태국의 시골 마을에도 간다. 한류의 우수성이라고? 이건 17~18세기의 선교사보다 더 빠르게 그 지역의 전통문화를 아주 빠른 속도로 말살시키고 경쟁과 배신, 독

---

2) 『문명의 엔드게임』 1권 129~130쪽.

점의 가치를 높여 공동체적 가치를 파괴시킨다. 몽고 시골이나 아프리카 오지까지 뻗어나가는 <대장금> K-문화에 대한 선망을 통해 자신들의 고유 문화에 대해 열등감을 가지게 한다. 우리가 그리스신화에 대해 선망하듯이.

언제나 야만에서 문명으로 이득이 옮겨갈 때만 서구의 지배 문명은 존속했다. 서구문명에 이득이 되지 않는 것, 예를 들면 야만의 풍습이라든지 생활습관, 유적이나 유물, 산이나 늪지 같은 것은 파괴되어도 무방하다. 오히려 파괴하는 것이 낫다. 그래야 자생력을 감소시키고 회복력을 약화시켜야 야만은 문명화에 의존할 테니까? '내버려 두라'는 let it be이다. 내버려 두라. 앞서 갈라파고스 섬의 염소소탕 작전에 대해서 말했다. 그러지 말고 그냥 내버려두라는 말을 했다. 국가 간의 문명과 야만의 문제일 때는 그냥 내버려두면 된다.

아프리카의 분쟁, 기근, 대지의 황폐화 들 도저히 해결할 수 없을 것 같은 문제들이 4년도 안되어 해결될 수 있다는 것을 보여준 것은 인구 2천만 명의 부르키나 파소$^{Burkina\ Faso}$의 대통령 토마스 상카라$^{Thomas\ Sankara}$였다.[3] 그는 아프리카의 체 게바라라고 불린다. 그는 1983년 젊은 청년장교로서 민중의 지지를 받는 쿠데타를 통해 권력을 잡았는데 4년 동안 완전히 새로운 나라를 만들었다. 이 사람이 대통령 자리에 오른 뒤에 한 일을 보면 눈이 부실 지경이다. 해외 원조를 끊고 토지 및 지하자원의 국유화를 통한 경제 개혁을 추진했으며, 추장들의 징세 및 징용권과 같은 특권을 박탈하고 여권 신장에 노력했다. 상카라는 정부 고위직에 여성을 여럿 등용했고, 여성할례, 강제결혼, 일부다처를 금지했다. 토지를 실경작 농민에게 재분배한 결과로 3년 만에 식량 생산이 2배 이상 증가, 식량의 자급자족이

---

3) 토마스 상카라에 대한 자료는 위키피디아의 힘을 좀 빌었다. 몇 년 간 어쩌다 생각날 때마다 이 자료를 찾으려고 했는데 이름이 기억나지 않았다. 우연히 영어로 여러 검색어를 넣는 과정에서 위키피디아의 내용과 자료가 충실한 것을 발견했다. https://en.wikipedia.org/wiki/Thomas_Sankara

가능하게 되었다. 그는 아프리카가 충분히 자립하고 잘 살 수 있는 것을 보여 주었다. 아프리카가 대외 원조 없이는 살아남을 수 없다는 제국주의자의 거짓말을 깨부쉈다.

Thomas Sankara à l'ONU octobre 1984

미테랑이 대통령일 때 프랑스 방문해서 연설하다.
http://www.godemn.com/xe/free_board/691298

　토마스 상카라는 물질적 이익 추구에 관심이 없는 사심 없는 지도자였다. 지금도 그렇지만 그 당시 아프리카 사람들이 굶어 죽거나 살기 위해 엄청 힘들게 살아가는 반면, 그들의 지배 엘리트들은 수백만 달러의 가치를 누리는 세상이었다. 그는 국가 소유의 고급 승용차들을 모두 팔아치우고 값싼 경차로 대체했고, 자기도 대통령직에 있으면서 자동차 한 대, 오토바이 4대, 기타 3개, 냉장고와 고장난 냉동고 외의 재산이 없었다고 한다. 이런 훌륭한 사람은 대부분 어떻게 되는가? 죽. 는. 다. … 미국 CIA와 프랑스 비밀첩보국French Secret Service에 의해 후원을 받은, 친구이자 혁명 동지였던 블레이즈 콩파오레Blaise Compaore에게 살해되었다. 콩파오레는 상카라가 프랑스(이전 식민지 종주국)와 이웃나라 아이보리 코스트와의 관계를 악화시켰다면서 쿠테타를 일으켰고, 상카라의 모든 개혁은 모두 없는 일로 했다. 그리고 다시 IMF와 세계은행에 가입을 했다. 콩파오레는 27년이 지난 지금도 부르키나 파소의 대통령이며, 개인용 제트기까지 갖고 있다.

토마스 상카라의 좌절은 아프리카 자주권의 좌절이었다. 아직도 서구 문명의 제국주의자들이 아프리카의 자주적 삶을 방해하고 그들의 앞잡이를 내세워서 이권을 챙긴다는 걸 보여준다. 프랑스의 패션, 풍요, 댄디함, 이 모든 것들이 이 바탕 위에서 살아있다. 존 그레이가 『하찮은 인간들』에서 말하는 것처럼, 세련되게.

요즈음 국제 면은 서구유럽 내부의 평화롭고 안정적이며 풍요로운 이런 세련된 분위기가 파열되는 것을 종종 보여준다. 그것은 서구 유럽 내부에서 일어나는 자생적 테러에 가깝다. 왜 이런 일이 일어났는가? 문명의 이름으로 야만을 약탈하고 착취해온 수백 년, 아니 수천 년의 결과인가? 20세기 말과 21세기는 서구문명이 아랍문명을 야만으로 규정하고 전쟁을 벌이는 시대였고 현재도 진행 중이다. 거기는 야만의 정치로서 독재가 판을 친다. 더구나 9.11 테러로 미국을 위협한 문명이지 않은가? 미국과 영국은 유엔군을 내세워, 야만적인 독재와 억압적 이슬람 문화를 자유화하기 위해서, 아프가니스탄, 이라크, 리비아, 시리아 들에 전쟁을 일으켰다. 압도적인 승리다. 그들에게 전쟁 후의 결과는 모르겠다. 파괴의 결과 이 나라 사람들의 삶은 뿌리 뽑히고 죽거나 거지가 되거나 난민이 되어갔다. 서구는 인도주의적 차원에서 이들을 이민이나 난민으로 받아들였다. 미영연합군이나 미군과 다수의 서구 유럽의 연합군들이 전쟁을 일으키는 동안 여러 명의 인도주의를 실천하는 의사나 기사, 구호기관들이 이 지역에 들어가서 도왔듯이, 불쌍한 마음을 가지고 이들 난민, 이민들을 받아들였다. 국제적 비난도 약간 두렵고

그런데 미국과 서구 유럽에 받아들인 이들 난민들이나 그 후손들이 자생적 테러를 하고 있다. 파리에서 일어난, 축구경기장 밖 자살 폭탄 테러와 식당·카페 총기 테러, 그리고 바타클랑 극장 총기 테러는 그 지역의

난민이나 이민세대의 후손들이 민간인들을 겨냥해서 벌인 테러이다. 항상 식민지에서 전쟁이 일어났다. 식민지에서 일어난 건 사실 전쟁이 아니다. 전쟁은 양측이 군사력을 가지고 벌여야 하지만, 식민지에서 서구 유럽 국가들이 저지른 것은 일방적 침략이자 압살이었다. 민간인들에 대한 착취, 납치, 폭행, 살인, 강간 온갖 부정적으로 상상 가능한 것들이 다 벌어지지 않았는가? 그들이 민간인을 가려서 했는가? 이게 모두 다 그들의 업보다. 하지만 아직은 말로 주고 되로 받는 업보이다.

그런데 약간의 문제가 있다. 식민지를 만들고 침략하고 수탈해온 것은 지배계급이자 군대와 교회가 아닌가. 자신들은 무장하지 않은 일반적으로 평범한 사람들이다. 이 민간인들에 대한 테러라고 비난한다. 하지만 평민들 역시 식민지 덕으로 높은 문화수준과 풍요를 누렸다. 이제 시민들도 침략을 반대하고 자국의 군대가 아랍지역에 자행하는 만행에 분노하고 군대의 파견을 막아야 하지 않는가? 아프리카든 아시아든 아랍이든 제발 내버려두라. 이제 그냥 내버려두지 말고 사과와 보상을 한 후 내버려두라. 구성원들이 지지하지 않는 독재자를 뒤에서 밀지 말고 그들이 그들의 국가를 세워서 자신들의 문제를 해결할 수 있도록. 내버려두라.

그러면 국가 내에 존재하는, 문명과 야만의 핵심인 지나친 불균형은 어떡하라고?

일제시대 우리나라 독립운동의 이념 가운데 아나키즘이 가장 가열차고 비타협적인 것이었다고 한다. 그 당시 일본국가가 제국주의 침략의 첨병이자 주체였으니. 그런데 지금 당장 국가를 완전히 거부할 수는 없다. 지역 공동체를 살려놓는다 해도 국가가 개입하거나 다른 국가의 침입을 받는다면 말짱 도루묵이다. 경기도 한강변에 다양한 생태공동체들이 생겨났다가 이명박의 4대강 개발로 중단된 아쉬운 사례들이 많다. 단순한 수평적 자치적인 연합체는 이상일 뿐이다. 이 많은 인구, 이 복잡다단하게 얽혀있는 이해관계와 전 지구적 상황에서 벌어지는 기후와 생태계의 문제들, 이런 상황에서는, 데이비드 하비가 주장하듯이, 보다 중층적이고 다극적인 위계적 체제가 필요하지 않겠는가.

강남구 아파트 한 채 값이 평균 3639만원, 서울에서 가장 낮은 노원구가 1381만원이다.4) 노원구는 26위이고. 지역으로 내려가면 그 편차는 더 커진다. 부산 수영구가 45위, 해운대가 49위라 하니. 가장 싼 아파트는 고흥에 있는 아파트로 평당 60만 원이란다5). 강남아파트는 2017년 7월 시세고 고흥 아파트는 2014년 거래가라서 좀 그렇기는 하다만 고흥의 아파트 가격이 올라도 평당 100만까지 올랐을까? 36배의 차이가 나는데 사실 이 비교는 별로이긴 하다. 하지만 우리나라 내에서 뉴욕의 펜트하우스와 아프리카 오지의 오두막이 공존한다고나 할까

여기서 국가가 중요해진다. 국가는 이제까지 서구문명의 산물이자 서구문명이 식민지를 개척하는 데 체계적인 지원을 하였던 기구였다. 그런데 국가라니. 그런데 신자유주의를 거치면서 이상한 현상이 일어났다. 정부는 기업프렌들리, 규제는 암 덩어리 외치는 데, 그 이유는 알고 보니, 자본가는 국가가 싫단다. 간섭하는 게 싫단다. 박근혜 정부를 보면 국가기구가 얼마나 귀찮았는지를 알 수 있다. 절차도 복잡하고 기구도 너무 비대해서 속닥하게 몇이서 효율적으로 하는 게 좋단다. 국가가 딱히 없어도 자본은 이미 너무 힘이 크고, 국가가 없어도 상층 부유층은 이미 국내뿐 아니라 해외에 부동산 가지고 있고 해외계좌(비밀이든 합법이든) 가지고 있으므로 국가가 별로 필요 없다.

2016년과 2017년 사이에 일어난 가공할만한 부동산 투기는 중상층 계급이 국가 없이도 잘 살 수 있기 위해서 벌인 반국가투쟁이자 계급투쟁이

■

4) 2017년 7월 국토부 실거래가 정보
5) 2014년 통계라서 좀 유감이다.

다. 시민들이 촛불을 드는 동안 부유층과 투기세력은 강남 뿐 아니라 전국적으로 아파트를 사러 다녔다. 박근혜 정부가 무너져도 부동산 값만 불패이면 괜찮다. 아파트 값은 하늘 모르고 솟았다. 분양가가 도쿄의 2~3배라고 한다. 정권은 넘어가도 절대적 부를 장악하고 있다면 괜찮다. 그 결과 이제 아파트 89제곱m가 40억이라니 헉 … .[6] 2021년 3월에 전용면적 273제곱미터가 115억 원에 거래되었다. 전남 고흥군의 22제곱미터는 400만 원에 거래되었다. 계산해보니 가장 비싼 아파트 1채로 2875채를 살 수 있다.[7] 여러분 이게 바로 폭력입니다. 스티븐 핑커의 『우리 본성의 선한 천사』 주장이 뭐가 문제인지. 돌조각으로 머리 가격하는 게 폭력이라면 이건 부유층이 핵미사일로 서민을 조지는 전쟁이지요.

이제 국가가 있다면 군대 가라, 재산 밝혀라, 국적 밝혀라, 양도세 폭탄이다, 오히려 성가시다. 이미 가질 만큼 가졌기 때문에 국가가 필요 없다. 이재용을 보라 너무 가지려고 하다 이제 탈이 나지 않는가? 그러니 이제 더 가지려고 할 필요도 없다. 이미 있는 돈은 임대료와 사용료를 받으며 새끼 쳐서 무한증식할거다. 그동안 우리 상류층이 자유를 찾는데 국가가 충분히 앞장서서 나서지 않았는가?

신자유주의는 작은 정부를 주장하고 지역분권, 지역자치를 주장한다. 요상하게도 아나키즘과 거의 유사하다. 신자유주의가 사회주의와 가장 닮았다고 생각해본 적 있는가? 웬만큼 다 알려진 사실이다. 신자유주의에서 부유층은 이익은 철저히 사유화하지만 손실과 비용은 철저히 사회화한다. 2008년 미국 서브프라임 사태로 미국의 굵직한 은행들이 부도 상황에 직

---

6) 이 자료는 2021년 7월 자료이다. '강남3구'에선 서초구 반포동 '아크로리버파크'가 올해 상반기 최고가 단지에 이름을 올렸다. 이달 39억8000만원에 팔려, 이른바 '국평(국민평형·전용 84㎡)' 주택이 40억원 돌파를 코앞에 두고 있다. 공급면적 3.3㎡(1평)당 가격을 계산해보면 1억1706만 원 정도다.

7) "가장 비싼 아파트 한 채로 2875채를 살 수 있는 아파트." 2021. 07. 22. https://urlife.tistory.com/927

면했을 때 그들은 공적 자금을 요구했고 국민의 세금을 퍼부어 사회주의적인 방식으로 다시 부활했다. 이것은 개인 자본가 경영은 자신이 책임져야 한다는 자유주의적 원리에 어긋난다. 이익은 자신이 투자했기 때문에 개인이 받아가야 한다면 손해가 나도 자신이 망해야 되는데 은행들은 망하지 않고 자신의 천문학적 손실을 국민에게 전가했다. 여기서는 국가의 힘을 빌릴 필요가 있다. 은행의 손실을 사회화하기 위해 (사회주의적) 국가의 작동이 필요하다.

그렇다면, 이것을 거꾸로 보자. 지금 우리에게 국가가 필요한 이유는 손실을 사회화하는 것을 막고 이익을 공유하기 위해서가 아닐까? 데이비드 하비는 『반란의 도시』에서 "분권화와 자치는 신자유주의 때문에 빚어진 불평등을 한층 확대하는 주요 수단"이라고 한다.[8] 신자유주의 정부가 작은 정부를 주장하는 이유가 여럿 있지만 그 가운데 하나가 노동의 사회적 재생산 비용을 책임지지 않기 위한 것이다. 스펙을 강조하는 것 자체가 노동의 사회적 재생산비용을 개인에게 떠넘기기 위한 것이다.

미국에서 신자유주의가 작은 정부, 지방자치와 지방분권을 강조한 결과 어떤 일이 벌어지고 있는지를 미국의 1인당 교육예산을 통해서 보자.[9] 주(州)별 비교를 보면, 뉴욕 주는 1만9529 달러로 워싱턴DC(2만530달러)에 이어 2위를 차지했으며 뉴저지 주는 1만8523 달러로 3위를 기록했다. 또 4위는 알래스카 주(1만8217 달러) 5위 커네티컷 주(1만7321달러) 버몬트 주(1만7286달러) 들의 순서로 뒤를 이었다. 이 주들은 좀 비슷하다. 그런데 광역학군으로 봤을 때 1인당 교육 예산이 가장 높은 뉴욕시와 가장 낮은

■

8) 데이비드 하비. 같은 책. 152쪽.

9) 전국교육통계센터(NCES)가 최근 발표한 2012~2013학년도 100개 광역학군과 50개 주별 학생 1인당 교육 예산 보고서 http://koreadaily.com/news/read.asp? art_id=3990209&branch=NY&category=education.general&page=10&source=NY

유타 주 데이비스카운티 학군(6130 달러)이 무려 1만4201 달러나 차이를 보여 교육 예산의 지역별 양극화 현상을 보였다.

미국민이라면 주나 시와 상관없이 어느 정도 균등하고 평등하게 공교육을 받을 권리가 있다. 이런 불평등을 시정하는 것이 국가 즉 중앙정부가 해야 할 역할이다. 이런 역할을 하기 위해선 세금을 교육예산으로 돌려야 한다. 즉 노동의 사회적 재생산비용을 국가(중앙정부)가 부담하여 전 국민들이 골고루 균등하게 교육받을 수 있도록 세금이 투입되어야 한다.

데이비드 하비는 도시나 문명은 그 속에 살고 있는 사람들의 노동과 시간 위에서 축적된 것이기 때문에 그 구성원들의 집단소유물이라고 주장한다. 그것은 자본주의의 국가이론을 수립한 사상가 가운데 중요한 한 명인 로크의 이론을 빌려서 한 것이다. 로크는 개인적 소유권은 개인이 자신의 노동과 토지를 결합해 가치를 창조할 때 생기는 자연권으로 본다. 그렇다면 도시는 그 속에 살고 있는 사람들이 자신의 노동과 토지를 결합하여 만들었기 때문에 도시 구성원들의 공유재라 볼 수 있다.

데이비드 하비의 주장대로라면, 야만적인, 덜 근대화된 농촌사회 역시 도시를 집단적으로 소유할 권리도 함께 가진다. 이때까지 문명사회 즉 도시문명은 야만적인 농촌, 어촌, 산촌 사회의 노동으로 많이 일구지 않았는가? 그러면 도시를 집단적으로 소유한다는 말은 무엇인가? 그것은 도시에서 최종적으로 생산하는 부의 일부가 시골의 공유가 되어야 한다는 말이다. 도시에서 만들어진 부에서 나오는 세금의 일부가 덜 근대화된 지역의 복지나 기본소득으로 씌어져야 한다는 것이다. 독일의 농부들은 1인당 68만 원 정도의 기본소득을 받는다. 3인 가족이면 약 200만 원이다. 그다음은 농사를 지어 자급자족의 발판을 마련하고 남는 것과 공예를 통해서 일부 현금화하여 보충하면 된다. 대신 그들은 이윤을 남기기 위해 농사지으면 안 된다. 그들은 유기농 농법으로 토지를 보존하고 나무와 식물, 동물들을 보호할 생태적 의무를 지게 된다. 공무원들도 나무 한 그루 그냥 베면 안 된다. 이것이 선순환 된다. 그러면 자연에 대한 지배와 덜 근대화된 시골에 대한 지배를 통해 자리 잡은 도시문명도 선순환과정에서 사막화의 경향을 벗어나게 된다.

이런 선순환을 위해서 국가가 필요하다. 부유한 소수의 이권을 보장하기 위해 그 부유한 소수에게 저항하는 다수를 억압하는 경찰과 법원으로 이루어진 국가가 아니다. 국가를 채우는 것은 자연에 대한 지배나 덜 근대화된 지역에 대한 수탈이 아니다.

문명사회 이후 국가는 거의 억압기구와 동일시되었다. 그리고 대개는 문명의 발생과 국가의 발생, 계급의 발생, 가족의 발생, 문자의 발생이 거의 동시에 일어난 것으로 본다. 그러면 문명 없는 비문명 사회로 돌아가란 말인가? 석기 시대가 이상사회니 그리로 돌아가란 말인가? 문명과 비문명을 가르는 기준은 수준 높은 문화생활에 있지 않고 그것이 억압적인가 아니면 평등적인가에 있다. 쿠르간 족이 침입하기 이전의 고대 유럽은 매우 수준 높은 문화생활을 누리고 있었다고 본다. 청동기로 무장한 전사들이 처음 에게 문명지역으로 들어왔을 때 그 문화수준에 압도되어 원래의 지역민들과 함께 잘 살았다고 한다. 그들의 세력이 강성해져 크노소스 궁전을 불태우고 반란을 일으키기 전까지는. 그리고 칼로 세상을 지배하게 되자 우리가 알고 있는 몇 백년간의 암흑시대가 덮친다. 기원전 8세기 호메로스가 트로이전쟁을 노래하면서 이제 칼의 문명이 지배문명이자 문명의 대명사로 자리 잡게 되었다고 할 수 있다.

그래서 지금 문명을 지배하는 칼의 문명이 아닌 공존의 문명으로 바꾸기 위한 작업이 있어야 한다. 그것이 바로 야만의 민주주의이다. 그리고 야만의 민주주의를 실현하는 국가기구가 필요하다. 야만의 민주주의는 아래로부터, 생산자로부터, 지역으로부터, 시골로부터 올라오는 절차를 밟는다. 그리고 그들이 중심이 되어 정책을 결정한다.

참고문헌

그리스신화 기본도서

아폴로도로스 『원전으로 읽는 그리스신화』. 천병희 옮김. 서울: 도서출판 숲, 2004.
오비디우스 『변신』 1, 2권. 이윤기 옮김. 민음사, 1998.
헤시오도스 『노동과 나날』.『신들의 계보』. 천병희 옮김. 서울: 도서출판 숲, 2009.
_____.『신들의 계보』. 천병희 옮김. 서울: 도서출판 숲, 2008.
호메로스 『일리아스』. 천병희 옮김. 서울: 도서출판 숲, 2015.
_____.『오뒷세이아』. 천병희 옮김. 서울: 도서출판 숲, 2009.
Harrison, Jane Ellen. *Prolegomena to the Study of Greek Religion(Mythos Books)*
      Andesite, 2015.
Graves, Robert. *The Greek Myths: The Complete And Definitive Edition*. UK
      Edition. 2011.
Kerenyi, Karl. *The Gods of the Greeks*. Grove Press, 1960.

그리스 비극

소포클레스 『소포클레스 비극 전집』. 천병희 옮김. 서울: 도서출판 숲, 2009.
아이스퀼로스 『아이스퀼로스 비극 전집』. 천병희 옮김. 서울: 숲, 2008.
에우리피데스 『에우리피데스 비극 전집』 1, 2권. 천병희 옮김. 도서출판 숲, 2009.
아이스퀼로스 외. 『그리스비극2』. 여석기 외 옮김. 서울: 현암사, 1999.

일반 문헌

권용선. 『이성은 신화다, 계몽의 변증법』. 서울: 그린비, 2003.

권혁웅. 『태초에 사랑이 있었다 - 신화에 숨은 열여섯 가지 사랑의 코드』. 서울: 문학동네, 2005.

그레이, 존. 『하찮은 인간, 호모 라피엔스』. 김승진 옮김. 서울: 이후, 2010.

그리핀, 수전. 「굽어진 길」. 『다시 꾸며보는 세상』. 아이린 다이아몬드 외. 현경, 황혜숙 옮김. 서울: 이화여자대학교 출판문화원, 1996.

김부타스, 마리아. 『여신의 언어』. 고혜경 옮김. 서울: 한겨레, 2016.

김봉률. 『어두운 그리스 - 사유와 젠더, 민주정의 기원』. 부산: 경성대학교출판부, 2011.

_____. 「헤라클레스와 문명의 병리학: 신화에 나타난 사이코패스 증상과 진단」. 『고전·르네상스 영문학』. 23권 2호. 2014. 5~31.

_____. 「호머의 일리어드, 인신공희를 노래하다」. 『영미어문학』. 2017, vol., no.127, 1~27.

_____. 「헤라클레스의 광기와 전쟁신경증」. 『영어영문학』 57(5). 2011. 889~910.

김순진, 김환. 『외상후 스트레스 장애』. 서울: 학지사, 2009.

김영종. 『너희들의 유토피아』. 서울: 사계절, 2010.

김이곤. 「제물의 의미론 소고」. 『신학연구』 34. 1983. 25~46.

끌라스트르, 삐에르. 『폭력의 고고학』. 변지현, 이종영 옮김. 서울: 울력, 2002.

나카자와 신이치. 『곰에서 왕으로 - 국가, 그리고 야만의 탄생』. 김옥희 옮김. 서울: 동아시아, 2003.

_____. 『신화, 인류 최고의 철학』. 김옥희 옮김. 서울: 동아시아, 2003.

나지, 그레고리. 『고대그리스의 영웅들』. 우진하 옮김. 서울: 시그마 북스, 2015.

난디, 아시스. 『친밀한 적 - 식민주의 하의 자아상실과 회복』. 이옥순, 이정진 옮김. 서울: 창비, 2015.

노르베리-호지, 헬레나. 『진보의 미래 - 개발과 세계화, 생태환경, 그리고 세계의 미래』. 반다나 시바 외. 홍수원 옮김. 서울: 두레, 2006.

니체, 프리드리히. 『비극의 탄생』. 박찬국 옮김. 서울: 아카넷, 2007.

_____. 『선악의 저편』. 김정현 옮김. 서울: 책세상, 2002.

니키포룩, 앤드루. 『대혼란 - 유전자 스와핑과 바이러스 섹스』. 이희수 옮김. 서울: 알마, 2010.

도커, 존. 『고전으로 읽는 폭력의 기원』. 신예경 옮김. 서울: 알마, 2012.

들뢰즈, 질 & 펠릭스 가타리. 『안티 오이디푸스』. 김재인 옮김. 서울: 민음사, 2014.

_____.『천 개의 고원』. 김재인 옮김. 서울: 새물결, 2001.

라이히, 빌헬름.『파시즘의 대중심리학』. 황선길 옮김. 서울: 그린비, 2006.

레디커, 마커스 & 피터 라인보우.『히드라 – 제국과 다중의 역사적 기원』. 정남영, 손지태 옮김. 서울: 갈무리, 2008.

러딕, 사라.『모성적 사유: 전쟁과 평화의 정치학』. 이혜정 옮김. 서울: 철학과현실 사, 2002.

로렌츠, 콘라트.『공격성에 관하여』. 송준만 옮김. 서울: 이화여대출판부, 1996.

리빙스턴, 존 A. 「생존의 소리」.『작고 위대한 소리들』. 데릭 젠슨 외. 이한중 옮김. 서울: 실천문학사, 2010.

리트베르헨, 페이터.『유럽 문화사 – 하』. 정지창, 김경한 옮김. 서울: 지와 사랑, 2003.

모왓, 팔리.『울지 않는 늑대』. 이한중 옮김. 서울: 돌베개, 2003.

미국정신의학협회.『정신장애의 진단 및 통계편람』. 제 4판. 서울: 하나의학사, 1994.

바우만, 지그문트.『현대성과 홀로코스트』. 정일준 옮김. 서울: 새물결, 2013.

박홍규.『그리스 귀신 죽이기』. 서울: 생각의나무, 2009.

박홍규.『형이상학 강의2』. 서울: 민음사, 2007.

베리, 웬델.『지식의 역습 – 오만한 지식 사용이 초래하는 재앙에 대한 경고』. 안진 이 옮김. 서울: 청림출판, 2011.

_____.『삶은 기적이다 – 현대 미신에 대한 반박』. 서울: 녹색평론사, 2006.

베블런, 소스타인.『유한계급론』. 정수용 옮김. 서울: 광민사, 1978.

베텔하임, 부르노.『옛이야기의 매력』 2권. 김옥순, 주옥 옮김. 서울: 시공사, 1998.

벤야민, 발터.『발터 벤야민의 문예이론』. 반성완 옮김. 서울: 민음사, 1992.

_____.『일방통행로/ 사유이미지』. 최성만, 김영옥, 윤미애 옮김. 서울: 길, 2007.

_____.『서사기억비평의 자리』. 최성만 옮김. 서울: 길, 2012.

_____.『베를린의 유년시절』. 반성완 옮김. 서울: 민음사, 1983.

보나르, 앙드레.『그리스인 이야기』 1권. 양영란, 김희균 옮김. 강대진 감수. 서울: 책과함께, 2011.

브라운, 크리스티나 폰.『히스테리』. 엄양선 옮김. 서울: 여성문화이론여구소, 2003.

브래드쇼, G. A.『코끼리가 아프다』. 서울: 현암사, 2011.

비덜프, 스티프.『남자, 다시 찾은 진실』. 박미낭 옮김. 서울: 푸른길, 2011.

산세이, 야마오.『애니미즘이라는 희망』. 김경인 옮김. 서울: 달팽이, 2012

쉬메겔, 라인하르트『인도유럽인 세상을 바꾼 쿠르간 유목민』. 한국 게르만어 학회 옮김. 서울: 푸른역사, 2013.

스콧, 제임스.『조미아, 지배받지 않는 사람들 – 동남아시아 산악지대 아나키즘의 역사』. 이상국 옮김. 서울: 삼천리, 2015.

아도르노, 테오도르 & 막스 호크하이머. 『계몽의 변증법』. 김유동 옮김. 서울: 문학
　　　과지성사, 2001.

아렌트, 한나. 『예루살렘의 아이히만』. 김선욱 옮김. 서울: 한길사, 2006.

아리스토파네스. 『아리스토파네스 희극전집』 1, 2권. 천병희 옮김. 서울: 도서출판
　　　숲, 2010.

암스트롱, 카렌. 『신화의 역사』. 이다희 옮김. 서울: 문학동네, 2005.

_____. 『축의 시대』. 정영목 옮김. 서울: 교양인, 2010.

양해림. 「니체와 老子의 생태학적 자연관」. 『사회비평 』. 12호

에우리피데스 「타우리케의 이피게니아」. 『에우리피데스 비극전집 1』. 천병희 옮김.
　　　서울: 숲, 2009.

엔데, 미하엘. 「돈을 근원적으로 묻는다」. 『녹색평론』. 제114호 2010년 9~10월호

엘리아스, 노베르트 『문명화과정』 1, 2권. 박미애 옮김. 서울: 한길사, 1996.

에우리피데스 「헤라클레스」. 『에우리피데스 비극전집 2』. 천병희 옮김. 서울: 도서
　　　출판 숲, 2009.

_____. 「헤라클레스의 자녀들」. 『에우리피데스 비극전집 2』. 천병희 옮김. 서울: 도
　　　서출판 숲, 2009.

웰즈 데이비드 월러스 『2050 거주불능 지구』. 김재경 옮김. 서울: 추수밭, 2020.

윈터슨, 제닛. 『무게 – 아틀라스와 헤라클레스』. 송경아 옮김. 서울: 문학동네, 2005.

유기쁨. 「애니미즘의 생태주의적 재조명」. 『종교문화비평』. 17권 0호 2010.
　　　234~261.

윤일권과 김원익. 『그리스로마신화와 서양문화』. 서울: 메티스, 2019.

이동수. 「자연과의 미메시스적 화해」. 『철학과 현상학 연구』. 제24권 1호 2002.
　　　105~134.

이선일. 「하이너 뮐러의 문학에 나타난 문명화 인식연구: 작품 ' 헤라클레스5 '
　　　(Herakles5)와 "필록테트"(Philoktet)를 중심으로」. 한양대석사학위논문.
　　　1993.

이순예. 『아도르노와 자본주의적 우울』. 서울: 풀빛, 2005.

이승욱 & 김은산. 『애완의 시대 – 길들여진 어른들의 나라, 대한민국의 자화상』.
　　　서울: 문학동네, 2013.

이윤기. 『이윤기의 그리스로마신화 1 – 신화를 이해하는 12가지 열쇠』. 서울: 웅진
　　　지식하우스, 2000. 전 4권.

임철규. 『그리스 비극』. 서울: 한길사, 2018.

장, 아이리스 『역사는 힘 있는 자가 쓰는가』. 윤지환 옮김. 서울: 미다스북, 2006.

정승일. 『누가 가짜 경제민주화를 말하는가』. 서울: 책담, 2017.

장영란. 「희생제의와 희생양의 철학적 기능」. 『동서철학연구』. 68 (2013.6): 90~113.

저잔, 존. 『문명에 반대한다 - 인간, 생태, 지구를 생각하는 세계 지성 55인의 반성과 통찰』. 김상우, 정승현 옮김. 서울: 와이즈북, 2009.

지라르, 르네. 『폭력과 성스러움』. 김진식, 박무호 옮김. 서울: 민음사, 2000.

지젝, 슬라보예. 『새로운 계급투쟁』. 김희상 옮김. 서울: 자음과모음, 2016.

_____. 『폭력이란 무엇인가』. 정일권,김희진,이현우 옮김. 서울: 난장이, 2011.

진, 하워드 『달리는 기차 위에 중립은 없다』. 유강은 옮김. 서울: 이후, 2002.

최복현. 『신화, 사랑을 이야기하다』. 서울: 이른아침, 2007.

최성각. 『고래가 그랬어』. 2016년 7월호(통권152호)

켐프, 에르베. 『지구를 구하려면 자본주의에서 벗어나라!』. 정혜용 옮김. 서울: 서해문집, 2012.

캔델, 에릭. 『통찰의 시대 - 뇌과학이 밝혀내는 예술과 무의식의 비밀』. 이한음 옮김. 서울: 알에이치코리아(RHK), 2014.

캠벨, 조셉. 『천의 얼굴을 가진 영웅』. 이윤기 옮김. 서울: 민음사, 2004.

_____. 『원시신화』. 이진구 옮김. 서울: 까치, 2003.

투키디데스 『펠레폰네소스 전쟁사』. 박광순 옮김. 서울: 범우사, 1993.

티한, 존. 『신의 이름으로-종교폭력의 진화적 기원』. 박희태 옮김. 서울: 이음, 2011.

패터슨, 찰스 『동물 홀로코스트 - 동물과 약자를 다루는 나치식 방식에 대하여』. 정의길 옮김. 동물권행동 카라 감수. 서울: 휴(休), 2014.

포츠, 말콤 & 토머스 헤이든. 『전쟁유전자』. 박경선 옮김. 서울: 개마고원, 2011.

프로이트, S. 「왜 전쟁인가?」. 『문명 속의 불만』. 프로이트 전집 15권. 서울: 열린책, 1997.

프롬, 에릭. 『자유로부터의 도피』. 김석희 옮김. 서울: 휴머니스트 출판그룹, 2020.

프릴랜드, 크리스티아. 『플루토크라트 - 모든 것을 가진 사람과 그 나머지』. 박세연 옮김. 서울: 열린책들, 2013.

피터슨, K. C. 프라우트, M. F. & 수바르츠, R. A. 『외상후 스트레스 장애의 통합적 접근』. 신응섭, 채정민 옮김. 서울: 하나의학사, 1996.

핑커, 스티븐. 『우리 본성의 선한 천사 - 인간은 폭력성과 어떻게 싸워 왔는가』. 김명남 옮김. 서울: 사이언스북스, 2014.

젠슨, 데릭. 『문명의 엔드게임 1, 2』 황건 옮김. 서울: 당대, 2008.

_____. 『거짓된 진실 - 계급. 인종. 젠더를 관통하는 증오의 문화』. 이현정 옮김. 서울: 아고라, 2008.

_____. 『작고 위대한 소리들』. 이한중 옮김. 서울: 실천문학사, 2010.

카잔차키스, 니코스 『영혼의 자서전』. 안영효 옮김. 서울: 열린책들, 2009.

토야마, 켄타로. 『기술 중독 사회』. 전성민 옮김. 서울: 유아이북스, 2016.

테일러, 스티브. 『자아폭발』. 우태영 옮김. 서울: 다른세상, 2011.

하라리, 유발. 『사피엔스 - 유인원에서 사이보그까지, 인간 역사의 대담하고 위대한 질문』. 조현욱 옮김. 서울: 김영사, 2015.

_____. 『호모 데우스 - 미래의 역사 』. 김명주 옮김. 서울: 김영사, 2017.

하비, 데이비드. 『반란의 도시』. 한상연 옮김. 서울: 에이도스, 2014.

하워드 진. 『달리는 기차 위에 중립은 없다』. 유강은 옮김. 서울: 이후, 2016.

_____. 『미국 민중사』. 1,2권. 유강은 옮김. 서울: 이후, 2008.

하인버그, 리처드. 「문명은 잘못이었는가」. 『문명에 반대한다 - 인간, 생태, 지구를 생각하는 세계 지성 55인의 반성과 통찰』. 존 저잔 외. 김상우, 정승현 옮김. 서울: 와이즈북, 2009.

허먼, 주디스 『트라우마 - 가정폭력에서 정치적 테러까지』. 최현정 옮김. 서울: 열린책들, 2012.

프랭켈, 헤르만. 『초기 희랍의 문학과 철학』. 홍사현, 김남우 옮김. 서울: 아카넷, 2011.

황헌영. 「전쟁관련 외상후 스트레스 장애(PTSD)와 정신분석: 대상관계론적 치료적 접근을 통한 목회상담학적 담론」. http://cafe.daum.net/emfwhdo/IhDX/760?docid=18N7t|IhDX760|20100616213910

해리스, 스티븐 앨 & 글로리아 플래츠너. 『신화의 미로』. 1, 2권. 이영순 옮김. 서울: 동인, 2002.

헤겔, 프리드리히. 『헤겔의 미학강의 2』. 두행숙 옮김. 서울: 은행나무, 2010.

헤로도토스 『역사』. 천병희 옮김. 서울: 도서출판 숲, 2009.

히틀러, 아돌프. 『나의 투쟁』. 서석연 옮김. 서울: 범우사, 1991.

Baring, Ann. and Jules Cashford. *The Myth of the Goddess: Evolution of an Image*. New York: Penguin Books, 1993.

Bar-On, Yinon M. et al., "The biomass distribution on Earth." *Proceedings of the National Academy of Sciences* (June 2018).

Brooks, J. H., and Reddan, J. R. "Serum testosterone in violent and nonviolent offenders." *Journal of Clinical Psychology*. 52. 1996. 475~483.

Burkert, Walter. *Homo Necans: The Anthropology of Ancient Greek Sacrificial Ritual and Myth*. Trans. Peter Bing. Berkeley: California UP, 1983.

_____. *Greek Religion: Archaic and Classical*. Trans. John Raffan. New York: Harvard UP, 1985.

Chidester, David. "Animism." Bron Taylor, ed. *Encyclopedia of Religion and*

Nature. London: Continuum, 2005. 78.

Diamond, Stanley. *In Search of the Primitive: A Critique of Civilization*. Transaction Books, 1974.

Dumezil, Georges. *The Stakes of the Warrior*. Trans. David Weeks. Ed. Jaan Puhvel. Berkeley: California UP, 1983.

Eisler, Riane. *Sacred Pleasure: Sex, Myth, and the Politics of the Body*. Harper Collins, 1996.

Francis Bacon. "In Praise of Knowledge." *Miscellaneous Tracts Upon Human Philosophy, The Works of Francis Bacon*. Ed. Basil Mintagu. London, 1825.

Francis, D. D., Diorio, J., Lio, D., and Meany, M. J. "Variations in maternal care form the basis for a non-genomic mechanism of inter-generational transmission of individual differences in behavioral and endoccrine responses to stress." *Science*. 289. 1999. 1155~1158.

Frazer, James. *The Golden Bough: A Study in Magic and Religion*. Vol. 8 of 12. Part Ⅴ: The Spirit of the Corn and of the Wild. 1912. 23 Dec. 2017.

Gibson, James J. *The Ecological Approach to Visual Perception*, Lawrence Erlbaum Associate. Inc., 1986 (originally published in 1979).

Gimbutas, Maria. "The First Wave of Eurasian Steppe Pastoralists into Copper Age Europe." *Journal of Indo-European Studies* 5. Winter 1977.

Goodall, Jane. *Through a Window: 30 years observing the Gombe chimpanzees*. London: Weidenfeld & Nicolson, 1990.

Graves, Robert. *The Greek Myths: The Complete And Definitive Edition*. UK ed. Edition. Penguin Books, 2011.

Griffin, Susan. *A Chorus fo Stones: The Private Life of War*. New York: Doubleday. 1992.

Hawkes, Jacqutta. *Dawn of the Gods: Minan and Mycenean Origins of Greece*. New York: Random House, 1968.

Horkheimer, Max. "Materialism and Morality." Trans. John Torpey, *Telos*. No. 69(Fall 1986): 85~119.

Ingold, Tim. "Rethinking the Animate, Re-Animating Thought." *Ethnos*. Vol. 71:1, March 2006. 9~20.

_____. "Culture, Perception and Cognition." *The Perception of the Environment: Essays in livelihood, dwelling and skill*. Routlege, 2000.

_____. "Totemism, Animism and the Depiction of Animals." *The Perception of the Environment: Essays in livelihood, dwelling and skill.* Routlege, 2000.

Kardiner, A. & Spiegel, H. *War Stress and Neurotic Illness.* New York: Paul B. Hoeber, Inc., 1947.

Krystal, Henry. *Massive Psychic Trauma.* New York: International UP, 1968.

Kumhof, Michael and Romain Ranciere. *Inequality, Debt, and Crises.* IMF Working Paper. (November 2010)

Milanovic, Branko. *Global Inequality.* Harvard UP, 2016.

Money-Kyrle, R. E. *Psychoanalysis and Politics.* London: Norton, 1951.

Naegele, Rainer. "*The Scene of the Other:* Theodore W. Adorno's Negative Dialectic in the context of Poststructualism." in Jonathan Arc(ed), *Postmodernism and Politics*(Manchester: Manchester UP, 1986).

Neuman, Eric. *The Origins and History of Consciousness.* Bollingen Series, 42. Trans. R. F. C. Hull. N. J.: Princeton UP, 1970

Oesterley, W. O. E. *Sacrifices in Ancient Israel: Their Origin, Purposes and Development.* London: Lutterworth, 1937.

Ovid. *Metamorphoses: A New Translation.* Trans Charles Martin. New York: Norton; Reprint edition, 2005.

Padilla, Mark William. *The Myths of Herakles in Ancient Greece: Survey and Profile.* Lanham, Md.: UP of America, 1998.

Papadopoulou, Thalia. *Heracles and Euripidean Tragedy.* Cambridge UP, 2005.

Peter, John. *Homer's Odyssey: a Companion to the English Translation of Richmond Lattimore.* Bristol: Bristol Classical Press, 1988.

Rajan, Raghuram G. *Fault Lines: How Hidden fractures still Threaten the World Economy.* Princeton: Princeton UP. 2010.

Schaps, David M.. *The Invention of Coinage and the Monetization of Ancient Greece.* Michigan UP, 2004.

Seaford, Richard. *Reciprocity and Ritual: Homer and Tragedy in the developing city-police.* Oxford: Clarendon Press, 1995.

Shepard, Paul. *Nature and Madness.* Georgia UP, 1998.

Shepherd, Paul. *Nature and Madness.* Georgia UP, 1998.

Shin, Lisa M et al. "Amygdala, medial prefrontal cortex, and hippocampal function in PTSD." *Annals of the New York Academy of Sciences.* vol. 1071 (2006): 67~79.

Simon, Bennett. *Mind and Madness in Ancient Greece. The Classical Roots of Modern Psychiatry.* Ithaca and London: Cornell UP, 1980.

Sjoo, Monica and Mor Babara. *The Great Cosmic Mother.* San Francisco: Harper & Row, 1987.

Smith, William Robertson. *Lectures on the Religion of the Semites.* London: Adam and Charles Black, 1894. 10 Dec. 2017.

Stein, Ben. "In Class Warfare, Guess Which Class Is Winning." *New York Times,* November 26, 2006.

Steiner, Goerge. *In Bluebeard's Castle: Some Notes Towards the Redefinition of Culture.* (T. S. Eliot Memorial Lectures) Revised ed. Edition. Yale UP, 1974.

Strenski, Ivan. *Understanding Theories of Religion: An Introduction.* West Sussex: Wiley Blackwell, 2015.

Teicher, M. "The Neurobiology of child abuse: Maltreatment at an early age can have during negative effects on a child's brain development and function." *Scientific American.* March 2, 2002. 68~75.

Tylor, Edward. *Primitive Culture Researches Into the Development of Mythology, Philosophy, Religion, Art, and Custom. Vol. 2.* London: John Murray, 1987. 10 Dec. 2017.

Vico, Giambattista. *New Science*(Penguin Classics). Trans. Dave Marsh Anthony Grafton (Introduction). Penguin Classics, 2000.

Zerjal, T., Xue, Y., and Bertorelle, G. "The Genetic Legacy of the Mongols." *Annals of Human Genetics.* 78. 2003.

문명의 불안, 그리스신화와 영웅숭배

초판 1쇄 인쇄 2021년 11월 01일
초판 1쇄 발행 2021년 11월 15일

저자 김봉률
펴낸이 정혜정
펴낸곳 도서출판3
표지디자인 김소연

출판등록 2013년 7월 4일 (제2020-000015호)
주소 부산광역시 금정구 중앙대로 1929번길 48
인쇄 호성피앤피
전화 070-7737-6738
팩스 051-751-6738
전자우편 3publication@gmail.com

ISBN: 979-11-87746-59-1 [93890]

**이 도서는 한국출판문화산업진흥원의 2021년 우수출판콘텐츠 제작
지원사업 선정작입니다.**